規則的、変則的、偶然的

【大久保進先生古稀記念論文集】

カサノヴァ劇

フランツ・カフカ

アーダルベルト・シュティフター

ドイツ・ゴシック小説

暴力と物語構造

ゲーテと風刺

ドイツ・ロマン派

シューマンとベートーベン

ニューロエコノミー

ドイツとユダヤ問題

ドイツ宗教改革

ベンヤミンの〈超世代的伝承〉

ドイツのヒップホップ音楽

ヘルダーリンの〈音調の交替〉

性と生権力

カール・ファレンティンの『受堅者』

ゲーテの動物形態学

フリードリヒ・シュレーゲルの『フランスへの旅』

ハンス・ヘニー・ヤーンとオルガン音楽

クック世界航海と天文学史

カスパー・ダヴィット・フリードリヒの連作《四季》

フロイト精神分析と翻訳の〈記念〉作用

大久保進先生古稀記念論文集編集委員会〈編〉

2011.1.16

献　辞

本書を、
二〇一一年三月をもって早稲田大学を定年退職される
大久保進先生に捧げます。

大久保進先生古稀記念論文集編集委員会

刊行にあたって

本書は、早稲田大学文学学術院所属の大久保進先生が2011年３月をもって定年退職されるにあたり、有志の発案によって企画出版されたものです。

略歴を見ていただければわかるように、大久保先生はとりわけドイツ文学畑で研究されてきました。そのなかでも、大久保先生が、長年、研鑽を積まれてきた研究対象であるゲーテの文章から、とくにお気に入り（？）の「regelmäßig, unregelmäßig, zufällig」[1]という言葉をご自身に選んでいただき、本書のタイトルとしました。実際、本書の諸論文は、このタイトルの示すように、複数の分野に分岐するものとなっています。

1970年に早稲田大学の専任教員として奉職されてから、大久保先生は40年間のあいだずっと、早稲田大学で教えてこられました。本書に寄稿してくださったのはほとんどが、早稲田の大学院に在籍されて、一度は大久保先生のご指導を仰がれた方たちですが、教え子としてはごく一部にすぎません。これまで大久保先生が教えられた学部学生も考慮するならば、どのくらいの人数に達するのかは、まったく見当もつかないのですが、いずれにせよ、膨大な数字になるのは、まちがいないでしょう。

ところで、大久保先生の謦咳に接したことのある方なら、すぐおわかりかと思いますが、先生の穏やかで優しい面持ちには、つねに眼光が鋭く光っています。その鋭敏なまなざしは、対する話者の会話内容を精確に把握しようとすると同時に、なにをどのように話せば、その相手にとって最良の内容と話し方になるかということを、いつも勘案していらっしゃるのを示しているように思われます。じっさい、大久保先生がお話になるときは、先生独特の表現や、そのときに思いつく引用を使いながら、冷静にして着実に、ご自分のお考えを伝えようとされるのです。そして、この眼光とはうらはらに、大久保先生がお話しになるさいの物腰は、このうえなく丁寧かつ親切な雰囲気であふれているのでした。先生

1　ゲーテ『ゲーテ形態学論集　植物篇』木村直司編訳、ちくま学芸文庫、2009年、101頁。本書のタイトルも、同書のこの言葉の訳を使っていることをお断りしておく。

をご存じの方ならば、だれでも一度は、このギャップを経験したことがあるのではないでしょうか。

さらにいうと、大久保進先生はかなりお若くして早稲田大学に赴任されて以来、専修・学内のみならず、学外でもさまざまな要職を担われていたこともあって、他大学の先生方から見れば、いわば早稲田の独文の「顔」でもありました。

授業期間のみならず、長期休暇期間にも、ご自宅よりも大学の研究室で仕事されるのがお好きだった大久保先生と、2011年４月以降は、もう大学でこれまでのようにはお会いできないと思うと、なんとももの悲しく、なにかひとつの大いなる時代が終わったような気がします。

しかしながら、本書を一読していただければ、大久保先生に教えを受けた方たちがけっして少なくはなく、なお意気揚々と健在なのが看取できます。くわえて、ご退職されたからといって、先生とわたしたちとの関係が完全に断絶されたわけではありません。きっとまたすぐにお会いして、大久保進先生がパイプをくゆらしながら、眼光鋭く、しかしおおらかにお話になるのを拝見すれば、ご退職はただのひと区切りにすぎないということを、即座に感受できるはずなのですから。

2011年３月吉日

大久保進先生古稀記念論文集編集委員会を代表して
高橋　透／森　貴史

大久保進先生略歴

1941年３月14日	東京都世田谷区で出生
1947年４月～1953年３月	世田谷区立祖師谷小学校
1953年４月～1956年３月	玉川学園中等部
1956年４月～1959年３月	早稲田大学付属高等学院
1959年４月～1963年３月	早稲田大学第一文学部ドイツ文学専修
1963年４月～1965年３月	早稲田大学大学院文学研究科ドイツ文学専攻修士課程
1965年４月～1968年３月	早稲田大学大学院文学研究科ドイツ文学専攻博士課程
1966年４月～1968年３月	東邦音楽大学付属高等学校ドイツ語非常勤講師
1966年４月～1970年３月	早稲田大学文学部助手（ドイツ文学専修）
1970年４月～1973年３月	早稲田大学理工学部専任講師（一般教育）
1972年７月～９月	DDR夏期講習会に招待参加後、ワイマル・ドイツ古典文学研究所（NFG）に研究滞在
1973年４月～1975年３月	早稲田大学理工学部助教授（一般教育）
1975年４月～1978年３月	早稲田大学文学部助教授（ドイツ文学専修）
1978年４月～2007年３月	早稲田大学文学部教授（ドイツ文学専修）
1978年４月～1979年３月	BRD滞在後、９月からDDR「ゲーテ奨学生」としてワイマル・ドイツ古典文学研究所（NFG）に研究滞在
1981年４月～1982年３月	日本歯科大学歯学部ドイツ語非常勤講師
1982年４月～９月	東京大学教養部ドイツ語非常勤講師
1984年４月～2011年３月	早稲田大学大学院文学研究科教授（ドイツ文学専攻）を兼任
1985年４月～1987年３月	学習院大学文学部ドイツ語非常勤講師
2007年４月～2011年３月	早稲田大学文化構想学部教授（複合文化論系:比較文学）
2011年３月	早稲田大学を定年退職

大久保進先生研究業績目録

1965年　修士論文「ゲーテの〈イタリア〉への道 ―ヴァイマル―」

1965年　修士論文概要「ゲーテの〈イタリア〉への道 ―ヴァイマル―」、『早稲田大学大学院文学研究科紀要』、第11輯、128～130頁

1966年　論文「ファウスト的生存の概念」、『ヨーロッパ文学研究』、早稲田大学文学部ヨーロッパ文学研究会、第11号、27～57頁

1968年6月　口頭発表「若いゲーテの芸術把握」、早稲田大学独文学会第20回研究発表会

1968年　論文「若いゲーテの芸術把握」、『ヨーロッパ文学研究』、第15号、90～121頁（1969年度「日本ドイツ語学文学振興会奨励賞」受賞）

1970年　翻訳（分担訳）「アルフレート・ドーレン：願望空間と願望時間」、『文芸総合誌 海』、中央公論社、1970年8月号、228～245頁

1973年　論文「ヴェールターにおける〈Liebe〉と〈Tod〉」、『日本ゲーテ年鑑』、日本ゲーテ協会、第15巻、155～176頁

1978年　翻訳（分担訳）「ハンス=ユルゲン・ゲールツ：ドイツ文学の歴史」、朝日出版社、118～128頁

1979年6月　口頭発表「シューバルト『祖国年代記』1788年6月13日号所載の記事「ドイツの刑法について」をめぐって」、早稲田大学独文学会第35回研究発表会

1982年　論文「Chr. Fr. D. シューバルトとC. I. ガイガー（その1）―シューバルト『祖国年代記』48号（1788年6月13日）所載の記事「ドイツの刑法について」をめぐって」、『ヨーロッパ文学研究』、第15号、1～15頁

1982年11月　口頭発表「Chr. Fr. D. シューバルトの歌謡『喜望峰の歌』」、ワイマル友の会第9回研究集会

1983年　論文「Chr. Fr. D. シューバルトの歌謡『喜望峰の歌』―― ―ドイツ民謡の歴史をめぐって ――」、『ワイマル友の会研究報告』、ワイマル友の会：日本-DDRゲルマニスティク交流促進協会、第8号、24～62頁

1985年6月　口頭発表「ハイネの時事詩『シュレージエンの織工』の井上正蔵訳について」、早稲田大学独文学会第45回研究発表会

1985年　論文「ハインリヒ・ハイネの織工詩（1）――時事詩『貧しき織工』と『シュレージエンの織工』についての若干の予備的説明――」、『早稲田大学大学院文学研究科紀要』、第31輯、33～46頁

1985年　マルジナーリア「『ゲオルク・フォルスター作品集　世界旅行からフランス革命へ』（三修社、1983年）の刊行によせて」、『ドイツ文学』、日本独文学会、第74号、161～164頁

1986年1月　口頭発表「17世紀ドイツの「国語協会」とその継承」、早稲田大学比較文学研究室第118回研究発表会

1988年　論文「ハインリヒ・ハイネの織工詩（2）――決定稿第2連第2行：„In Winterskaelte und Hungersnoethen;“理解のために――」、『早稲田大学大学院文学研究科紀要』、第34輯、27～40頁

1988年　紹介「ウーヴェ・ヨーンゾンの小説『記念の日々』」、『ヨーロッパ文学研究　特集号』、190～195頁

1988年　エッセイ「B. B. の詩をひとつ」、『早大考古学研究会OB会だより』、No. 11、1～3頁

1992年　論文（共著）「教育改革と教科書づくり―戦後ドイツの場合―」、『早稲田教育評論』、早稲田大学教育総合研究室、第6巻第1号、73～88頁

1993年　論文（共著）「戦後ドイツの教育とネオナチの台頭―旧東ドイツの場合―」、『早稲田教育評論』、第7巻第1号、81～97頁

1996年　紹介「『一地球住人の火星への旅』（1790年）――古書渉猟（2）――」、『ワセダ・ブレッター』、早稲田大学ドイツ語学・文学会、第3号、172～186頁

1997年　論文「ブレヒトの詩『焚書』をめぐって」、『Angelus Novus』、早大文研ドイツ文学専攻Angelus Novus会、第25号、103～114頁

2001年　紹介「『クリューニッツ大百科事典』の紹介」、早稲田大学図書館報『ふみくら』、第68号、6・7頁

2002年　紹介「H. H. フーベン『警察令違反者ゲーテ』（1932年）――古書渉猟（3）――」、『ワセダ・ブレッター』、第9号、81～94頁

2004年11月　口頭発表「H. ヘッセ『デーミアン』の物語展開と、登場人物の名前の意味について」、早稲田大学比較文学研究室第188回研究発表会

2005年　論文「物語展開と、名前の意味――ヘッセの小説『デーミアン』試論――」、『ワセダ・ブレッター』、第12号、65～80頁

2005年６月　講演「死都ヴェネツィア　あるいは　トーマス・マンの死神」、早稲田大学比較文学研究室2005年度春季公開講演会

2006年　論文「〈死都〉ヴェネツィアと〈死神〉――トーマス・マン『ベニスに死す』の一次元――」、『比較文学年誌』、早稲田大学比較文学研究室、第42号、１～24頁

2006年　紹介「K. ハープレヒト（岡田浩平訳）『トーマス・マン物語　Ｉ 少年時代からノーベル文学賞まで』」、『早稲田学報』、早稲田大学校友会、第1155号、50頁

2008年　翻訳（分担訳）「ゲオルク・フォルスター　コレクション――自然・歴史・文化――」、関西大学出版部、123～248頁

2009年　論文「ブレヒト『食文化』の『美食文化』なる翻訳について」、『Angelus Novus』、早稲田大学大学院文学研究科ドイツ語ドイツ文学コースAngelus Novus会、第36号、86～99頁

2010年10月　口頭発表「「ある象徴的な植物」――「原植物」の「見えるもの」としての生成可能性について――」、早稲田ドイツ語学・文学会第18回研究発表会

2010年　エッセイ「本当の話」、『早大考研元気会報』、No. 8、1・2頁

2010年12月　講演「芸術の価値と無価値について考えるために」、早稲田大学比較文学研究室2010年度秋季公開講演会

2011年３月　最終講義「サーベルで正義は回復できるか？――カール・イグナツ・ガイガー『レオノーレ・フォン・ヴェルテン』について――」、早稲田大学文化構想学部複合文化論系／文学部・文学研究科ドイツ語ドイツ文学コース

2011年　論文「「ある象徴的な植物」――「原植物」を「見えるもの」として経験する可能性について――」、『ワセダ・ブレッター』、早稲田ドイツ語学・文学会、第18号、47～67頁

考古学関連

1958年　報告書（分担執筆）「早稲田大学高等学院歴史研究部：千葉県香取郡奈土貝塚発掘調査報告書」、『学院雑誌』、早稲田大学付属高等学院、第5号（=早稲田大学高等学院史学研究誌第1号「千葉県香取郡奈土貝塚発掘報告書」）、101～113頁

1960年　報告書（分担執筆）「早稲田大学高等学院歴史研究部：八王子市宇津貫町閑道第二号窯址」、『古代』、早稲田大学考古学会、第35号、27～33頁

1960年　報告書（分担執筆）「早大考古学研究会：三鷹市大沢御塔坂Ⅱ・Ⅲ号横穴」、『古代』、第38号、1～7頁

1963年　報告書（分担執筆）「早稲田大学考古学研究会：千葉県芝山町山田古墳群調査報告」、『金鈴』、第17号、8～11／14～17頁

映画出演

1947年　『戦争と平和』、監督：山本薩夫・亀井文夫、東宝

1947年　『エノケン・ロッパの新馬鹿時代』、監督：山本嘉次郎、新東宝

1948年　『面影』、監督：五所平之助、東宝

1949年　『母三人』、監督：小石栄一、大映

1949年　『流れる星は生きている』、監督：小石栄一、大映

1950年　『一匹狼』、監督：小石栄一、大映

目　次

献辞……………………………… 大久保進先生古希記念論文集編集委員会
刊行にあたって……………………………………… 高橋透　森貴史　3
大久保進先生略歴………………………………………………………… 5
大久保進先生研究業績目録……………………………………………… 6

論　文

「小市民」への憧れ
ラオウル・アウエルンハイマーのカサノヴァ劇………………… 荒又　雄介　15

内なるゲットーを脱するために
—ドイツにおけるヒップホップ音楽の受容と展開—………… 伊藤　　壮　41

「書くこと」と「食べること」
—カフカの『失踪者』における「食」の意味について—…… 江口　陽子　77

シュティフターの日蝕観測記……………………………………… 岡田　素之　105

C．D．フリードリヒの「寓意的風景画」
—再発見されたセピア画連作《四季》について—…………… 落合　桃子　119

ヘルダーリンの「音調の交替」について
—脳神経科学からのアプローチ—……………………………… 小野寺賢一　137

イグナーツ・フェルディナント・アルノルト『血の染みの付いた肖像画』
—ドイツにおける〈解明される超自然〉の一例—…………… 亀井　伸治　161

日常的暴力あるいは暴力的日常の迷宮
クレメンス・マイヤー『暴力』の物語構造……………………… 杵渕　博樹　181

異教の楽器としてのオルガン
—音楽との関わりで辿るハンス・ヘニー・ヤーン—………… 黒田　晴之　205

「真剣な戯れ」としての諷刺
—ゲーテ文学における行為遂行性についての予備的な考察—
……………………………………………………………………… 河野　英二　235

Fr. シュレーゲル『ギリシア文学の研究について』における
「模倣」の概念 ……………………………………………………… 胡屋　武志　257

ある声の記憶としての旋律
—R・シューマンとベートーヴェンの《遥かなる恋人に寄す》— 佐藤　　英　281

譯さないもの、下らないまま………………………………………… 佐藤　正明　303

キレイなペニス
—第一次世界大戦下のドイツ軍における性病対策と身体の規律化—
……………………………………………………………………… 嶋田　由紀　333

親子の悲喜劇
—ファレンティン劇『受堅者』におけるコミック—………… 摂津　隆信　357

ゲーテの動物形態学—パリ・アカデミー論争によせて—……… 高岡　佑介　375

電子マネー、ニューロマーケティング、そして生のエコノミー… 高橋　　透　399

「ドイツとアメリカの間で
—ユダヤ人財産の返還をめぐる冷戦時代の国際政治」……… 武井　彩佳　413

〈限界＝境界〉のトポグラフィー
—フリードリヒ・シュレーゲルのフランスへの旅—………… 武田　利勝　443

聖歌とプロパガンダ
—宗教改革期のドイツにおける《歌唱》の社会的作用について—
……………………………………………………………………… 蝶野　立彦　465

ジェームズ・クックとタヒチの金星観測
—天文学を航海術に実用化する実験をめぐって—…………… 森　　貴史　493

「系譜学」超世代的伝承のイメージをめぐって：緒方正人とベンヤミン
……………………………………………………………………… 柳橋　大輔　519

謝辞……………………………………………………………………… 大久保　進　541

芸術の価値と無価値について考えるために……………………… 大久保　進　543

付録　エーリッヒ・ケストナー：人間の価値と無価値（大久保進訳）……　555

執筆者一覧……………………………………………………………………　560

規則的、変則的、偶然的

Aufsätze

【凡例】
各論文の表記法は、各執筆者のそれに従っている事をお断りしておく。

「小市民」への憧れ
ラオウル・アウエルンハイマーのカサノヴァ劇

荒又 雄介

序

若いころは旺盛な好奇心に突き動かされて、後には複数の政府の密使として、そして年をとってからは定職と定住の地を求めて、ジャコモ・ジロラーモ・カサノヴァ（1725-1798）は世界中を経巡った。人生の大半は旅の空である。「世界市民」を自認する山師カサノヴァにとって、国境など無きに等しいかに見える。

とはいえ、航海術の発達が世界地図の最後の空白を埋めつつあった時代に、カサノヴァにとっての世界は「ヨーロッパ」に限られていた。フランス語が通じ、山師の振る舞いを面白がる富裕層の住む都市がカサノヴァの主な逗留先であって、遠い見知らぬ土地への浪漫的な憧れや、新世界発見への学問的情熱が、ロココの現実主義者を駆り立てた形跡は見当たらない。

旅の書類には大抵、名前の後に「ヴェネツィア人」と書き添えられた。しかし、カサノヴァが都市国家ヴェネツィアの発行する書類を携帯していたことはめったにない。鉛屋根の牢獄ピオンビを脱獄してから、人生の大半を追放の身で過ごしたカサノヴァにとって、頼りはヨーロッパ諸都市に散在する庇護者の紹介状であって、不本意にも小さな町に滞在しているとすれば、それは大方この紹介状の到着を待っているのである。

ヴェネツィアの元老院議員ブラガディーノ、フランスの外務大臣ベルニス枢機卿やショワズール公爵をはじめとして、錚々たる面々がカサノヴァの庇護者のリストに名を連ねている。ポンパドゥール夫人も彼の後援者のひとりであった。こうした名士を後ろ盾にしたカサノヴァは、ヴェネツィアのしがない俳優夫婦の息子でありながらエカテリーナ二世に謁見し、フリードリヒ大王からは宮廷の職を提供されたがかたじけなくも辞退し、時の教皇クレメンス十三世からは勲章まで頂戴している。[1]

こうした八面六臂の活躍は多くの作家を刺激して、カサノヴァを登場人物とする様々な作品を生み出させた。出来する事態の物珍しさは、ほとんどそれだけで読者を引き寄せる力がある。ひとまず文学的質を度外視してみると、カサノヴァが出会った人物でもっとも読者の関心を引いたのは作曲家モーツァルトであろう。歌劇『ドン・ジョヴァンニ』のプラハ初演の折、カサノヴァもまたこの町に滞在していたのである。しかも、彼が残した書類の中には、歌劇台本の修正案までが見つかって、稀代の猟色家が実地で積んだ体験をもとに、ドン・ファンの仕上げに一役買ったのではないかという仮説を生んだ。[2]王侯貴族や哲学者ヴォルテールとの出会いもまた、カサノヴァ作品を彩った。

しかし本稿は、大作曲家や王侯貴族が登場する華やかな作品ではなく、ささやかといえばあまりにささやかな出会いをもとに書かれた作品から、二十世紀初頭のウィーンの作家たちがカサノヴァに投影した願望を描き出してみたい。[3]この作品が当時数多く書かれたカサノヴァ作品の特徴を

---

1 Horst Albert Glaser, “Le beau moment de partir”. Giacomo Casanova, in: ders. und Sabine Kleine-Roßbach (hrsg.), *Abenteurer als Herden der Literatur. Oder: Wie wurden oder machten sich Schwindler, Spione, Kolonialisten oder Militärs zu großen Gestalten der europäischen Literatur?* Stuttgart 2002, S. 173 ff. hier S. 174. James Rives Childs, *Giacomo Casanova de Seingalt in Selbstzeugnissen und Bilddokumenten,* Reinbeck bei Hamburg 1960. なお、本稿で言及している資料の収集に当たっては、大東文化大学特別研究費の助成を受けた。

2 歌劇『ドン・ジョヴァンニ』の台本作者ダ・ポンテはカサノヴァの同郷人である。カサノヴァが歌劇のために書いたテクストについては、以下の文献を参照。*Richard Bletschacher, Mozart und Da Ponte. Chronik einer Begegnung,* Salzburg / Wien 2004.
この書物の日本語訳が出ている。リヒャルト・ブレッチャッハー『モーツァルトとダ・ポンテ　ある出会いの記録』、小岡礼子訳、小岡明裕補訳、アルファベータ、2006年。カサノヴァとモーツァルトの関係を扱った文学作品としては、ルイス・フュルンベルクの『モーツァルト小説』（1947）とハンス・ヨーゼフ・オルタイルの『ドン・ファンの夜』（2000）がよく言及される。Louis Fürnberg, *Mozart-Novelle und Die Begegnung in Weimar,* Weimar 2009. Hans Josef Ortheil, *Die Nacht des Don Juan,* München 2000.

典型的に示していると考えられるからである。[4]登場するのは戦争画家として一定の成功を収めたカサノヴァの弟。舞台はマリア・テレジアの帝都ウィーンである。

1．1．

カサノヴァの兄弟の一人は画家として名をなした。戦争画家フランチェスコ・カサノヴァ（1727-1803）である。フランチェスコ・グァルディの下で絵画の勉強を始め、フランスのアカデミー会員にまでなった人物で、ロシアのエカテリーナ二世も彼の顧客であったことが知られている。ウィーンの作家ラオウル・アウエルンハイマー（1876-1948）[5]の喜劇『ウィーンのカサノヴァ』（1924）[6]は、この弟とカサノヴァの出会いをテーマにしている。舞台に登場する画家は家庭を持ち、市民としてつつましく生きている。これに華麗な山師カサノヴァの生活が対比される。

3 若きウィーン派の世代の人々にとって、カサノヴァは“Identitätfigur”であった。彼らは十八世紀の山師の活躍に己の願望の実現を見ていたのである。Vgl. Gesa Dane, “›Im Spiegel der Luft‹, Trugbilder und Verjüngungsstrategien in Arthur Schnitzlers Erzählung *Casanovas Heimfahrt*”, in: *Arthur Schnitzler, Text+Kritik,* hrsg. von Heinz Ludwig Arnold, H. 138/139 (1998), S. 61-75, hier S. 61.

4 二十世紀初頭に書かれたカサノヴァ作品の包括的な記述は以下を参照。Carina Lehnen, *Das Lob des Verführers. Über die Mythisierung der Casanova-Figur in der deutschsprachigen Literatur zwischen 1899 und 1933,* Aachen 1995.

5 ラオウル・アウエルンハイマーは、ウィーンで活躍した作家・劇作家。テオドール・ヘルツルの甥。1906年から1933年までノイエ・フライエ・プレッセの文化欄、ブルク劇場の劇評を担当する傍ら、自身もブルク劇場デビューを果たしている。若きウィーンの作家たち、特にアルトゥール・シュニッツラーと親交が深く、本作品もシュニッツラーに捧げられた。

6 アウエルンハイマーの『ウィーンのカサノヴァ』はブルク劇場で上演されている。この事実は作品の一定の成功を物語っていよう。しかし、現在は忘れられた作品と言ってよい。先行研究で作品内容にまで言及したのは、レーネン（註4）のみであるようだ。レーネンの研究は、二十世紀初頭の文学に現れるカサノヴァ像を、ホーフマンスタールとシュニッツラーの作品を軸に、フェミニズム的な観点から分析したものであるが、アウエルンハイマーについては、ごく短く論じた後に「ステレオタイプ」であると評価する。Lehnen, S. 259. しかし、私の考えるところでは、レーネンは自身がホーフマンスタールとシュニッツラーから引き出したテーゼに固執するあまり、アウエルンハイマーの作品の可能性を狭めている。以下に論じるように、アウエルンハイマーは、広く受容されていたカサノヴァのイメージを踏まえつつも、この山師の新しい側面に光を当てている。

とはいえ、喜劇は市民と山師を並列的に描くだけではない。劇中、兄は弟の平凡な結婚生活に憧れ、弟の方は反対に兄の感化で実直な生活をあやうく逸脱しそうになる。結局、カサノヴァは山師のままウィーンを去り、家庭人の弟はこれまで通りの生活を続けていくことになるのだが、兄弟はそれぞれ束の間、普段と異なる生活を体験するのである。

喜劇は全三幕ともフランチェスコのアトリエで演じられる。幕が上がると、画家は初対面の男と問答の最中。カサルビーギを名乗る初老の男が、カサノヴァの名を表札に見つけて押しかけてきたのである。姿かたちが良く似ており、年齢もわずか二つしか違わないフランチェスコを、男は旧知の山師カサノヴァの扮装であると信じて疑わない。

フランチェスコ：私は画家です。部屋をぐるっと見てください。
カサルビーギ：それで、あなたのお兄さんとやらは何なんです。
フランチェスコ：彼がならないものがあるでしょうか。
カサルビーギ：ほら、もし彼が何にでもなるのなら、ちょっと冗談で画家にならないとも限らない。
フランチェスコ：ちょっと冗談というなら知らないが、私はしかし大真面目でやってるんですよ。
カサルビーギ：カサノヴァが何かやるとすれば、完全にやりおおせますとも。[7]

多才多芸なジャコモ・カサノヴァが、その才能のためにかえって確固としたアイデンティティーを持ちえないことは、ウィーンで書かれたカサノヴァ作品でしばしば取り上げられたテーマであって、ホーフマンスタールやシュニッツラーの作品冒頭にも同じような場面がある。[8]アウエルンハイマーもこれを踏襲するのだが、彼が詳しく描き出すのは正体不

7 Raoul Auernheimer, *Casanova in Wien. Komödie. Drei Akte in Versen*, Drei Masken Verlag München 1924, S. 11. 以下、作品からの引用は、本文中にページ番号のみを記す。
8 ホーフマンスタールとシュニッツラーのカサノヴァ作品については、以下を参照。荒又雄介：刹那主義の行方 ― ホーフマンスタールとシュニッツラーのカサノヴァ劇、ワセダブレッター第14号、2007年、58-77頁。

明の山師ではなく、職業を自己の標識とする市民の方である。したり顔で山師の生活を語る客人に、フランチェスコは自分が職業としての画業にいかに精進しているかを説明し、腕一本で自分と家族を養っていることへの誇りを口にする。

カサルビーギ：もちろん良く分かっていますとも、友よ。人生は様々な偽装をわれわれに強いる。自分だって若い時分にはいろいろやったもんです。一度は女にだってなりおおせた。ましてや君のこと。まずは神父になり、次には山師になったんだから、一晩で画家にだってなれるでしょう。

フランチェスコ：失礼ですがね。一晩で画家になったわけじゃないですよ。七年前からここウィーンに住んで、つつましい才能を頼りに自分と愛する家族を養ってきたのです。(14)

この後も滑稽なやり取りが続いて喜劇の気分を醸成するが、最終的には定石通りの説明でカサルビーギは納得する。フランチェスコがウィーンに七年も住んでいること、さらに誠実な家庭人であること、この二つを確認するとカサルビーギの疑いは一瞬にして晴れてしまうのである。二十世紀初頭以来、ドイツ語圏で数多く作られてきたカサノヴァ作品において、カサノヴァは相矛盾する様々な属性を帯びている。まさに「何にでもなる」男なのだ。しかし「旅」と「不実さ」だけは、変更不可能な例外であって、一つの町に「定住」し、妻子に「誠実」であり続けた男がカサノヴァであろうはずがない。[9]

ところが、まさにこのカサノヴァ作品の定石にアウエルンハイマーは手をつける。先の場面に引き続き、町娘を追いかけまわすカサノヴァの傍若無人ぶりが伝えられ、爵位の詐称、金銭に対する鷹揚さ、口から出まかせの雄弁など、いわば型どおりのカサノヴァ像が山師本人の登場前

9　ウィーンのカサノヴァ劇において「定住」と「誠実」の概念がどのように使われていたかについては以下を参照。荒又雄介：二つのカサノヴァ像 — フランツ・ブライとエルンスト・リサウアーの作品に現れる山師、大東文化大学紀要第47号＜人文科学＞、2009年、1-12頁。

から固められていくのだが、実際に弟の前に姿を現したカサノヴァの表明する願望は、家族を持って子供に囲まれてウィーンに住みつくことなのである。

1．2．

第一幕後半、弟と二人きりになったカサノヴァは、自分の願望を次のように述べる。

カサノヴァ：俺は山師の衣装を脱ぎ棄てて、新しい、まともな生活を始めることにする。（中略）お前を手本にして、一歩一歩ゆっくり足場を固めて、夫になることも小市民になることだってできるだろう。
フランチェスコ（敏感に反応して）：小市民だって？兄さん、おかしいよ。僕は芸術家なんだから。
カサノヴァ：そりゃお前の思い違いだ。お前が芸術家だったら、遠くに行きたいと思うだろう。冒険に憧れるはずだ。（55 f.）

本人の芸術家としての自負はともかく、フランチェスコは徹頭徹尾小市民的に描かれている。彼は家族を養うために、毎日決まった時間を毎度変わらぬ画題（トルコとの戦争画）に捧げて、仕上げた作品を毎週一点ずつ画商に卸す。絵の出来如何ではなく勤勉さこそが画家の誇りで、手にできたマメが彼の努力を証拠立てるべく引き合いに出される。家庭と仕事を厳密に分け、仕事部屋に家族が立ち入ることを許さない。他方、一度居間に戻れば良い夫でありやさしい父であって、絵の値下がりを気にしながら、生活物資の高騰を妻と一緒に嘆いて見せる。小ぢんまりした家庭人を絵に描いたような人物であるといえよう。

冒険を嫌う画家は、収入を増やすために画題を広げては如何という妻の提案にも「失われるもの」ばかりを心配して消極的な反応しか示さない。ところがそんな彼のところに思わぬつてから肖像画の依頼が舞い込んでくる。依頼主はとある男爵で、彼の母親は宮廷にも人脈があるという。収入倍増の大きなチャンスである。この男爵夫妻を前にして、フランチェスコの市民的振る舞いは俄然際立つ。依頼主の横柄な態度を前にへりくだっても何の痛痒も感じないばかりではない。男爵夫妻との面談中に闖入してきた兄との血縁関係を、フランチェスコは体面への気遣いから即座に否認するのである。彼は兄に向って次のように言い放つ。

フランチェスコ：私の名前はカサノヴァです。ですが、あなたの弟では決してない。

カサノヴァ（つらそうに）：俺を知らないというのかい。

フランチェスコ：私はあなたを知らない。あなたは赤の他人です。あなたと関わりなどない。もし私を訪ねてきたというのなら、さぞかしあなたは行き先をお間違えになったのでしょう。(45 f.)

山師の常として、アウエルンハイマーのカサノヴァも常に自己演出に気を配っている。上のやり取りの直前、男爵に見下したような態度を取られても、楽々と切り返したばかりであった。[10]弟の否認を受けてのト書き「つらそうに」は、普段は如才ないカサノヴァが生の感情を思わず表した数少ない場面の一つである。

ホーフマンスタールの『山師と歌姫』(1898) を皮切りにして、ウィーンでカサノヴァ作品が次々と発表されたのは、シュテファン・ツヴァイクが『昨日の世界』(1942) で描いた「安定の黄金時代」であった。「ほとんど千年も続いているわれわれのオーストリア君主国は今後も長らく持続していくように見えた。国家そのものがこの永続性の最上位の保証人のように見えたものである。(中略) 自分がどの程度所有しているか、あるいはどの程度が自分のものになるかを誰もが知っていた。何が許され、何が禁止されているかを知っていた。(中略) 戦争や革命や転覆があるなどと思うものは誰もいなかった。極端なものや暴力的なも

10　アウエルンハイマーの描くカサノヴァは、立ち居振る舞いと話術において、常に他の登場人物を凌駕している。「**男爵**：私とあなたでは違いますからな。**カサノヴァ**：そのことにあなたの注意を喚起するのは遠慮しておったんですがね。」(43)

のはすべて、分別の時代にはもはやありえないと思われたのである。」[11]
二十世紀初頭、裕福な市民階級の若者は豊かさを存分に享受した。若きウィーン派を形作ったのは、こうした若者たちである。しかし他方で彼らは、潜在的には閉塞感に悩まされてもいたはずである。「安定の黄金時代」は、若者たちに安全こそ保証したかもしれないが、自由の余地はほとんど残さなかったからである。

若い作家たちのこうした生活感情を、シュニッツラー研究者のシャイプレはゲオルク・ジンメル（1858-1918）の『文化の概念と悲劇』を手がかりにして説明している。ジンメルによれば、人間精神においては生産的な段階の後には必ず弛緩状態が続いて、これが交互に繰り返されている。「際限なく発展し続ける」精神は、時とともに自らが作り上げた文化的諸形式——この概念は社会制度から生活習慣あるいは芸術作品すべてを含んでいる——の中では自己表現できなくなってくる。すると形式は硬直し、生にとってよそよそしいものになるばかりでなく、場合によっては生を疎外するものにすらなる。こうなると生はもはや力を発揮することができない。これがジンメルのいう弛緩状態である。[12]ジンメルの考えでは、これが次なる形式が形成される契機となるのだが、普遍を目指したその議論をシャイプレは時代に制約された生活感情の表現と解釈する。つまりいわゆる泡沫会社乱立時代の急速な発展が一段落した後の停滞感こそが若きウィーン派の作家たちの共有していた気分であり、こうした時代の気分の哲学的表現がジンメルのいう「文化の悲劇」だと言うのである。[13]

山師カサノヴァはこうした閉塞感を打破するのに最適な登場人物であった。自分の才覚だけを頼りにその日暮らしをしている山師は、市民生

11 Stefan Zweig, *Die Welt von Gestern. Erinnerungen eines Europäers,* Frankfurt/Main 1990, S.14 f.

12 Georg Simmel, "Der Begriff und die Tragödie der Kultur", in: ders., *Philosophische Kultur. Gesammelte Essais,* in: ders., *Gesamtausgabe*, hrsg. von Ottheim Rammstedt Bd. 14, Frankfurt/Main 1996, S. 385-416, hier S. 389.

13 Hartmut Scheible, *Giacomo Casanova. Ein Venezianer in Europa,* Würzburg 2009, S. 158.

活には多かれ少なかれつきものの、退屈さや空虚さと何のかかわりも持たない。なにしろ山師の人生はいつも崖っぷちであって、まさにそれゆえにその人生は、充溢した瞬間の連続にほかならない。カサノヴァを登場人物に選んだ作家たちは、誘惑者カサノヴァの名前で読者や観客の目を引こうとしただけではない。山師を主人公に据える彼らの選択には内的必然性があった。安全ではあるが窮屈な市民生活を背景にしてこそ山師の活躍は際立って見えるのである。

ところで、もっぱら保身に心を砕くフランチェスコの振る舞いは、卑しく見えるかもしれないが、貧乏画家の現実に即したものでもあった。実際、彼は高収入の仕事のチャンスを、兄との関係をにらまれてふいにするのである。アウエルンハイマーの批判は、画家の小心な振る舞いにだけではなく、そうした振る舞いを画家に強いる社会全体にも向けられている。

男爵：彼があなたのお兄さんだなんて疑っているわけじゃありませんよ。しかし、カサノヴァなる人物が牢獄に繋がれているときに、わたしが（同じく）カサノヴァと称する画家に肖像画を書かせたことが女帝閣下のお耳に入れば、お気を損ねるようなことになるかもしれん。（中略）紋章にはしみが付きやすいのでね。(50)

男爵は町の風紀を担当する部局の長という設定で、フランチェスコが「市民的徳の手本」、「夫として、家庭の父として模範」(29) であるからこそ、彼に白羽の矢を立てたのであった。フランチェスコが幕開け早々に抱いた「兄は私の仕事を台無しにしかねない」(16) という予感は的中し、カサノヴァの予期せぬ登場によって、周到な小心さもむなしくフランチェスコの生活は存分に掻きまわされることになるのである。

1．3．

第一幕前半の筋の運びはスピーディーかつ的確で、次々と途切れることなく伏線を繰り出すアウエルンハイマーの筆さばきに、いつもは手厳しいシュニッツラーも一定の評価を与えている。[14]この流れは、先に言及したフランチェスコの否認で一度完全に停止する。次々と加わって数を増やした登場人物もひとまず舞台を去って、アトリエには画家一人が取り残される。むき出しの市民的な冷酷さが、はしゃいだ気分に水を差した按配である。

そこへすでに遁走したかと思われていたカサノヴァがひょっこり帰ってくる。警官から逃げ回っているのかと思いきや、ひとまず追っ手を巻いて、今は子供たちと鬼ごっこの最中であるという。あきれ顔のフランチェスコに、カサノヴァは天真爛漫に次のように語りかける。

カサノヴァ：お前があらゆるやり方で俺を否認してくれたおかげで、俺を探してここが捜査されるのは最後だな。ずいぶんと上手くやったもんだ。俺はすぐそうと気づいたがね。(53)

フランチェスコは意固地な態度を崩そうとしないが、そんなことにはお構いなく、カサノヴァはウィーンに定住して家庭を築く夢を大いに語る。弟の子供たちを見ているうちに、気持ちはいよいよ固まった。「子供のいない人生なんて空虚なものだ。」(55) 結婚相手のめどはついている。アトリエの向かいに住んでいる娘レジである。レジには周囲も認める許婚ルドルフがいるが、それはまあ何とかなるだろう云々。

こうして喜劇の筋を支える緊張関係が示される。カサノヴァ、レジ、そして彼女の許婚ルドルフの三角関係である。[15]これにアウエルンハイマーは二つ目の三角関係を組み合わせた。男爵と男爵夫人イッフィ、それにフランチェスコの関係がそれである。この後、フランチェスコのアトリエに男爵夫人イッフィが忍んでくるのだ。夫に内緒で小型の肖像画を

14 1923年11月18日の日記に次のような記載がある。「晩にアウエルンハイマーの作品を読んだ。なかなか良い。特に出だしは。筋は込み入って追いづらい。」*Arthur Schnitzler – Tagebuch 1923-1926*. Unter Mitwirkung von Peter Michael Braunwarth u. a. hrsg. von der Kommission für literarische Gebrauchsformen der Österreichischen Akademie der Wissenschaften, Wien 1995, S. 98. また、翌年1月10日の記載によれば、シュニッツラーは舞台稽古にも顔を出して感想を述べている。Ebenda, S. 116.

描かせるというのが口実で、絵を贈る先も別の浮気相手らしい。二十も歳の離れた夫を持ち、かつては踊り子でもあったというイッフィの誘惑をフランチェスコは退けることができない。

ここでアウエルンハイマーが巧みなのは、町の風紀を司る男爵がカサノヴァを追いかけるという背景を用意したことで、夫がカサノヴァの追跡に多忙な隙にイッフィは画家を訪問する。彼女との関係を継続したければ、フランチェスコはカサノヴァの逃亡の手助けをせざるを得ない。レジはルドルフと結婚すべきと常々考えてきたフランチェスコであるが、イッフィへの執着から不本意にもカサノヴァのレジへの求婚を側面から援助する羽目になるのである。それぞれに恋愛沙汰を抱えた兄弟は、弟の側からみれば不本意ながら、いわば共犯関係にある。

ところで、まっとうな市民生活を送るには市民の娘と結婚するだけでは足りない。市民的な職業が必要である。ここでアウエルンハイマーは、ウィーンの観客に露骨に媚びた。レジの実家が老舗のカフェを経営しているという設定にしたのである。カサノヴァは彼女の父親から店を買い取って、伝統あるウィーンのカフェの主人の座を得ようとする。すでに半ば引退している父親は、仕事の大半をルドルフに任せていて、いつか彼が店を買い取ってくれることを望んでいるのだが、カサノヴァはどこで調達したかはともかく、ルドルフよりも高額の資金を準備する。

だがその際、現金払いとはいえ身元の保証が必要で、すでに逮捕状が出ているカサノヴァでは具合が悪い。そこでカサノヴァは父親の前ではカサルビーギを名乗ることする。かつての山師仲間であるカサルビーギがウィーンにいることも、ついさっき弟を訪ねてきたことも知らないのだ。追っ手をかけられ、さらには二つの名前を使い分けているために、カサノヴァは頻繁に身を隠さなければならない。しかもレジの許婚ルド

15 カサノヴァ作品にあっては、この恋が実るかどうかは読者・観客の関心事ではない。恋が成就した後、カサノヴァが町娘を不幸にすることなくどのように逃げおおせるかが問題である。代表的なカサノヴァ作品であるホーフマンスタールの『クリスティーナの帰郷』(1907-1909) がまさにこのテーマを扱っているが、アウエルンハイマーの場合は、町娘にはすでに許婚がいるのだから、話はクリスティーナのエピソードよりも複雑になっているといえよう。

ルフが金策に困って融資を乞うた相手が偶然にもカサルビーギその人であったため、舞台の出入りは騒々しいことこの上ない。登場人物の関係は極めて複雑であるが、こうした人間模様をアウエルンハイマーは破綻なく展開する。説明的な言辞が極めて少ないことも、この劇作家の高い技量を窺わせる。

2．1．

第二幕は三日後、フランチェスコと彼の前でポーズをとるイッフィの会話で始まる。肖像画はまさに完成しようとしているが、フランチェスコはイッフィとの面会継続の口実に描き直しを提案し、彼女もそれを受諾する。カサノヴァが逃走している限りは、忙しい夫の目を盗んでポーズをとることもできようというわけである。会話は自然と兄弟の関係に及んでいくが、そこでイッフィは次のような台詞を吐く。

イッフィ：あなたの中にも、お兄さんの持っている何かがありますもの。私の中にもアヴァンチュールを求める部分があるようにね。ひょっとしたらもっと悪いものが隠れているかもしれなくってよ。あなたを引きつけているのは、まさにその部分——そのごく小さな部分——かもしれませんわ。私たちはいつも、相手とは違う何かを、でも別様だったらおそらくそうだったかもしれない何かを愛しているのですわ。別の人間——私たちの中の、そして私たちの外の——。まさにそれこそが私たちに危険をもたらすのです。

フランチェスコ（相手の意図をつかみかねて）：別の人間、それは誰なんです。それをどこで捉え、どのように理解すればよろしいのでしょうか。

イッフィ（少し間をおいた後で微笑みながら）：別の人間、それは私たち自身——別様のね。(69)

市民生活とは異なる生活への憧れが本作品のテーマであることはすで

に述べたが、ここではそれが社会的観点からではなく、心理的な観点から眺められている。つまり別の生活への憧れの原因は、市民的生活の窮屈さにではなく、人間精神に普遍的に宿る潜在的な変身願望に求められているのである。このとき山師カサノヴァが表明する市民生活への願望が、市民の冒険への憧れと鏡像関係にあることは言うまでもない。

ジンメルの定義によれば、冒険とは本来の生活からこぼれおちることだという。[16]日常生活と冒険との間に合理的な脈絡はないということだろう。冒険はいわば人生の異物であって、本来の人生とは一見無関係である。とはいえ、それは単なる偶然の産物ではない。人生の外縁をかすめ過ぎるだけに見える冒険は、その束の間の外見とは裏腹に人生の深い層と結びついている。これを説明するために、ジンメルは夢を引き合いに出している。夢は日常生活と表面的には何のかかわりも持たない。それゆえ人は一度目を覚ませば昨晩の夢のことなど大抵は忘れてしまう。昨日と今日の生活の間に夢は脈絡なく挟まって、現実とは何の連続性も持たないからである。それにもかかわらず、夢は人の心の奥深くに根を張っていて、夢見る人の人生と深くかかわっている。これと同じことが冒険にも当てはまる。冒険は日常生活に脈絡なく割り込んできて、たしかに済んでしまえば忘却に委ねられるのかもしれないが、これもやはり心の奥底の願望を映し出しているのである。このように考えるなら、二十世紀の初頭のウィーンで夢への関心と冒険への関心が同時に高まったのは、偶然ではありえない。山師カサノヴァの闖入によって突然引き起こされた一連のから騒ぎは、登場人物たちの内面の隠れた声の表出なのである。山師の闖入によって生じた混乱は、人々の潜在的欲求を顕在化させる。

16 Georg Simmel, "Das Abenteuer", in: ders., *Philosophische Kultur. Gesammelte Essais*, in: ders., *Gesamtausgabe*, hrsg. von Ottheim Rammstedt Bd. 14, Frankfurt/Main 1996, S. 168-185, hier S. 168 ff.

2. 2.

ところでフランチェスコのアトリエには物置に通じる隠し扉があって、ここに潜んだ者は他の登場人物に姿を見られることなく舞台上の会話を聞くことができるようになっている。喜劇の複雑な筋の展開を支えているこの扉は、しかし、筋のための単なる道具ではない。登場人物の普段は気づかない願望を意識化するための装置でもあるのだ。先に引用したイッフィとフランチェスコの場面が展開されているときに物置に入っているのはカサノヴァで、彼は弟と男爵夫人の恋の成り行きに聞き耳を立てている。これとは反対に、カサノヴァと町娘レジの会話は弟に筒抜けで、この二人がそれを踏まえて語り合う場面は、彼らの内面を客観化していると言えよう。この時、カサノヴァは自分の欲求をけろりと認めて平気な顔でいるが、良き家庭人である弟の方はそうはいかない。ちなみにこの隠し扉は外から施錠できるようになっていて、アトリエの主であるフランチェスコは、兄を物置に閉じ込めることも物置から締め出すこともできそうであるが、そこはカサノヴァの方が一枚上手で、ぬかりなく合鍵を用意して、思わぬときに突然この扉から現れる。合鍵の存在によって、潜在意識はもはや隠蔽不可能なのである。

先にカサノヴァとフランチェスコが鏡像関係にあると述べた。物置の扉を使ったアウエルンハイマーの演出はさらに進んで、カサノヴァと弟を別の人格としてではなく、異なる環境の下に置かれた同じ人格の二つの面と解釈することを容認しているようにも見える。彼らが扉から出てくる様子は、ほとんど交換可能なほどよく似ているし[17]、扉を挟んで二人が入れ替わる場面に至っては、兄弟がジキルとハイドのように見えさえする。カサノヴァとレジが二人で話している場面で、都合の悪い人物の登場を受けてカサノヴァが物置に隠れると、それと入れ替わりに弟が出てくる。その際、カサノヴァに向けたレジの問いかけは、弟によって引き取られるのである。「**レジ**（カサノヴァに向かって）：どこに隠れる

17 立ち聞きを咎めだてされてカサノヴァは次のように答える。「立ち聞きなるものを憎んではいますがね、強要されてはいかんともしがたい。」（72）弟の態度もこれとそっくりで、立ち聞きを非難されるものの「否応なくそうせざるを得なかったのだ」（89）と切り返す。

の。**フランチェスコ**：私がいた場所に。」(89) このとき物置の扉は、異なる役割を演ずる一人の人間の意識の敷居のように見える。[18]

とはいえ、アウエルンハイマーは喜劇を心理劇に近づけることは好まない。空疎な思弁は観客に委ねて、先の会話の内容も恋愛遊戯のレトリックの域を超えないように配慮している。カサノヴァは弟のイッフィへの思慕を焚きつけて面白がっていたが、期待をかけていた請願書が退けられ、その代りに逮捕状が発行されたと聞くと、今度はイッフィを誘惑して彼女の助力に期待することにする。その際、もう一度「別の人間」への言及が現れるが、ここではそれは誘惑のレトリック以外の何物でもない。相手が海千山千だとにらんだカサノヴァは、弟のように単刀直入に恋を語らずに、自分が町娘レジと結婚するふりをしているのは身分のある夫人に近づくための隠れ蓑だと述べたのち、本当に思いを寄せている相手はイッフィその人だと仄めかす。

イッフィ：一つだけ分からないことがありますわ。なぜあなたはこの秘密を私に打ち明けるのでしょうか。私どもの間では他のご婦人の秘密は守られることはありませんのに。

カサノヴァ：ご自身の秘密なら、それゆえなおのこと良く守られるでしょう。

イッフィ（慎重に）：私はあなたがお話になっているご婦人を存知あげているのでしょうか。

カサノヴァ（曖昧に）：「はい」とも「いいえ」とも言えますな。私が思うに、あなたは彼女をまだ知らないのです。でも、喜んでご紹介いたしましょう。

イッフィ：謎めいたおっしゃり様だこと。(99 f.)

アウエルンハイマーは人間心理への深入りは回避して、喜劇的気分を

18 劇ではカサノヴァ兄弟の外見は極めてよく似ているという設定になっている。フランチェスコをカサノヴァだと思い込んでいたカサルビーギはこれを否定されると次のように言い返す。「まずもって良く似ているじゃありませんか。同じような背丈ですし、髪も、目も、鼻も同じです。(中略) 歳だってぴったりだ。」(11)

失速させずに、話をさらにややこしくしながら第三幕へと繋いでいく。

3．1．

カサノヴァに言い寄られたイッフィは、彼がウィーンに留まれるように画策することを約束させられる。しかし、面倒に巻き込まれることを警戒して次のように問いかける。

イッフィ：でも、もしあなたがここに留まることが女に不幸をもたらすことになったら。そうなったらどうするおつもりですか。

カサノヴァ：ご婦人を不幸にしたことは一度としてありません。私がもたらすのは幸福だけなのです。(100)

『回想録』に登場するカサノヴァは、立つ鳥跡を濁さずを常に心がけている。友人たちの好意だけが頼みの綱の身の上であってみれば、出立の後に自分がどのように評価されるかに無関心ではいられなかったのだろう。また、文学形象としてのカサノヴァにあっては、もう一人の誘惑者ドン・ファンとの対照が重要な要素になっていたはずである。ドン・ファンの通り過ぎた後には不幸な女性が取り残されるのが常である。例えばティルソ・デ・モリーナのドン・ファンは次のように言い放つ。「セビーリャではおれのことを大きな声で『色事師（ブルラドール)』と呼んでいるが、なるほどそういえば、おれの心の中にある最大の喜びは、何よりもまず女を誘惑して、相手の名誉を台無しにして捨てるってやつさ。」[19]これに対して文学形象としてのカサノヴァは、恋人を幸せにするのはもちろんのこと、周囲の人々にも愉快な記憶しか残さない。多少の反骨精神なら持ち合わせているかもしれないが、反逆や破壊とは無縁なのである。カサノヴァとドン・ファンが近代ヨーロッパ文学における誘惑者の双璧であることに大方の異論はなかろうが、この二人には明確な

19　ティルソ・デ・モリーナ『セビーリャの色事師と石の招客』　世界文学大系８９古典劇集２、筑摩書房、1963年、250頁。

棲み分けがある。[20]

こうした文学的約束に忠実に従って、アウエルンハイマーの喜劇は、第二幕幕切れまで快活な気分のまま進行する。しかし、それは傷つけられる二人の女性の人物造形がおざなりだからである。これまでのところフランチェスコの妻カタリーナは朗らかで家族思いの主婦にすぎず、カサノヴァに言い寄られるレジの恋愛感情も一時の気の迷いで片付けられている。しかし第三幕でアウエルンハイマーは、この二人の女性に一つずつ重要な場面を用意した。

第二幕幕切れ、カタリーナは普段は入室を禁じられているアトリエで家事をしながら無断で外出したまま行方の分からない夫の帰りを待つ。これに続く第三幕は数時間経過した後の同じ情景から始まるが、カタリーナは相変わらず同じ場所で手仕事を続けている。そこにレジの父親シュティンゲルが入ってきて、フランチェスコの奇妙な振る舞いが話題になる。

カタリーナ：あなたもそうでしょうけど、私も何か変だと思いますの。夫は普段、一日中絵を描いていますし、外出するときもどこに行くか教えてくれます。それなのに三日前から、夫はほとんど姿を見せませんし、何か人が変わったみたいなんですの。（中略）七年前に一度だけ同じようなことがありました。（中略）丸一日、夫は姿をくらまして、夜になってやっと帰ってきたのです。眠れずに泣きながら横になっていた私に、春のせいなんだ、と彼は言いました。リラが色鮮やかに咲き乱れるところへ行きたいという憧れに抵抗できず、町中にいることに我慢が出来なかったのだと。市門を出て何時間もあちこち歩いた後に、やっと我に返ったと彼は言いました。(114)

今も季節は春だし、また同じことが夫に起こったのかもしれないと話

20 ドン・ファンとカサノヴァの比較対照の議論は、アウエルンハイマーが喜劇を書いていた時期にもすでに存在していた。代表的なものとして、以下のものを挙げておく。Oscar A. H. Schmitz, *Don Juan, Casanova und andere erotische Charaktere. Ein Versuch*, München und Leipzig 1913.

すカタリーナに、シュティンゲルはおっしゃる通りに違いないと相槌を打つ。カタリーナとシュティンゲルが、この説明でどの程度納得しているのか、アウエルンハイマーはト書きを一切つけていない。しかし、劇中カタリーナの心情を表す唯一の台詞である上記のくだりには、二幕幕切れまで一貫していた軽率な上機嫌を曇らすに十分な力がある。第二幕の幕切れと第三幕の冒頭を全く同じにすることで、アウエルンハイマーは夫を待つ妻の姿を強く印象づけることに成功している。

もう一人の被害者、すなわちカサノヴァに誘惑された町娘レジについても、先にも述べたとおり、第二幕の幕切れまでは、登場人物たちがまともに気に病む様子はない。父親であるシュティンゲルの見立てによれば、娘レジは恋愛には無関心で、もっぱら商売のことだけを気にかけており（77)、結婚相手よりも家業の店を大事にしている。(114) カサノヴァとの関係が話題になっても、父親はおおむね楽観的である。

シュティンゲル：あなたはレジが彼に熱をあげているとおっしゃるんですか。(親密そうに) 藁を燃やした火のようなものですよ。一晩で恋に燃え上がるなんてことは娘たちにはよくあることで。藁でかまどに火を入れたりはしません。そんなことを真面目に取る奴の頭にはさぞかし藁でも詰まっているのでしょう。(80)

しかし、カサノヴァと一夜を共にした後、レジの態度は周囲の人物はもちろんカサノヴァさえ驚くほど変わってしまう。カサノヴァに追手がかかっているだけでなく、期待していた有力者からの助力も見込みがないと知ったレジは、自ら駆け落ちを提案するのである。「若い女を連れて歩くのが恥ずかしいのなら、小姓か下僕に扮装してついていきます。私はとても痩せているから、誰も気づきませんわ。」(125)[21]劇中、常に家業の店とセットで扱われてきたレジが店を捨てると言うのである。

カサノヴァはレジの提案を却下する。レジの将来を案じるのだ。そして、むしろ彼女を置いて一人で出発しようというそぶりを見せる。もし、このまま上手く逃げおおせるなら、アウエルンハイマーのカサノヴァも従来の定型に忠実ということになろう。しかし、見通しのきかない将来よりも、今置き去りにされることを恐れるレジの様子を見て、気を取り直したカサノヴァはウィーンに定住する道をもう一度探そうと決心する。カサノヴァ作品に慣れ親しんだ読者・観客を大いに驚かせる決断である。実際、登場人物の一人が読者・観客に代わってこの驚きを口にしている。

イッフィ：でも、一つ解らないんですの。どうしてあなたは、お発ちになればいいものを、わざわざあなたご自身や周囲の方々に面倒をおかけになるのですか。だって旅はいわばあなたのお仕事でしょうに。なぜ、ウィーンに留まりたいのでしょうか。

カサノヴァ：恋をしているからです。(97)[22]

ここでカサノヴァの言う恋愛は、いわゆるカサノヴァ流の束の間の恋とは対極の、家庭と定住が前提のもので、そこに生じる責任あるいは面倒を、彼はその能力もないくせに引き受けようというのである。

しかし、およそいかなる責任も負わないから何でもできると感じているだけのカサノヴァは、身の丈に合わない約束に縛られて進退きわまってしまう。物置に身を潜めて来る当てもない恩赦を待ちうける以外に出来ることは何もない。しかも外ではレジがカサノヴァとの関係を疑われて逮捕される寸前。ルドルフと所帯を持つなら見逃すが、そうでないな

---

21 劇の中でカサノヴァ自身が示唆しているが、それがなくともカサノヴァの『回想録』の読者なら、男装の麗人と聞けばすぐにアンリエットを想起するに違いない。二人の修道女C・C、M・Mと並んで最もよく知られた『回想録』の登場人物である。レジの台詞における男装への言及は観客へのサービスであったと考えられる。フランツ・ブライも自身の作品で、筋の展開とは無関係にうら若い女性を男装させて登場させている。Franz Blei, *Casanova, in: Die Puderquaste,* München 1918, S. 156-191, hier S. 181.

22 ホーフマンスタールの喜劇『クリスティーナの帰郷』で、主人公のクリスティーナはカサノヴァ（劇中、彼はフロリンドーと名乗っている）に一度は誘惑されるが、その後、自分にふさわしい結婚相手を見つけて家庭を築く。そして自分に対してなおも執着を見せる山師に次のように言い放つ。「あなたはいつも旅をしていなければならないような気がしますの。」Vgl. Hugo von Hofmannsthal, *Christinas Heimreise, in ders., Gesammelte Werke in zehn Einzelbänden, Dramen* Ⅳ, *Lustspiele,* Frankfurt/Main 1979, S. 115-222, hier S. 221. 定住なき常なる旅は、文学形象としてのカサノヴァの重要な属性である。

らカサノヴァ共々シュピールベルクの監獄行きだと脅されているのである。レジはひたすら沈黙する。彼女の心の内は推し量りがたいが、カサノヴァを捨てるとはとても言いそうにない。

シュティンゲル：これは不幸だ。

フランチェスコ（取り乱して）：彼が、彼が彼女の不幸だ。いつだって彼は不幸だけをもたらしてきた。

カサノヴァ(物置から出てきながら)：いいや、弟よ。（俺がもたらしたのは）幸福だ。

男爵：何ということ。カサノヴァ殿。

カサノヴァはレジとルドルフの結婚の証人として名乗りを上げる。これまで自分は悪いこともしてきたが、自分のせいでウィーンの老舗カフェが店じまいとなってはさすがにやりきれない。こうしたカサノヴァの演説は内容空疎で、ウィーンの観衆も好意的な拍手を送ったかどうか定かではない。だいたい先にしたレジとの約束はどうなったのか。しかし、少なくとも彼は大切なものを二つ救いだした。苦境に立たされたレジと、これまで守られてきたカサノヴァ神話である。カサノヴァは幸福だけをもたらさなければならない。これがカサノヴァ作品の型である以上、これなくしては主人公にカサノヴァの名を与える意味がない。[23]

23 レーネンは、イッフィへ関心を移したカサノヴァが、レジと手を切る口実に許婚のルドルフを引き合いに出したと解釈する。また、弟の方はカサノヴァの軽々しい態度を目の当たりにして、家庭生活の幸福を思い出したとする。Lehnen, S. 257 f. 軽薄な山師は軽薄なまま、実直な市民もまた実直なままに留まるという解釈である。だが、このように整理してしまうと「別の生活」が二人の兄弟にもたらした内面の揺らぎを掬い取ることができない。兄弟の生活は表面的には変わらない。内的にも「成長」と呼べるような発展があるわけではない。しかし、困難を承知で定住の可能性を探るカサノヴァの決断は、彼にとっては非常に重い。また弟の方も、これまでの自分の生き方が、あまりに「頑迷で、小市民的」（103）であることに気づくのである。

３．２．

ところで滑稽な話であるが、このカサノヴァの登場によって、情勢に大きな変化は起こらない。カサノヴァが引き起こした混乱は、彼本人の力ではすでに終息不可能であって、彼が逮捕されることも、受け止め手を失ったレジの気持ちも、フランチェスコ夫妻の間の不和の予感もすべてがそのままである。

ここまで混乱を極めた舞台を、喜劇的に締めくくろうと思えば、デウス・エクス・マキナの登場を待つしかなかろう。第一幕からカサノヴァが事あるごとに言及していた庇護者への申請書がついに効力を発揮して、ヴィットゥム伯爵なる人物がマリア・テレジアの恩赦の知らせとともに登場するのである。市井の人々を騒がせた欺瞞や詐欺は、より高い圏域からの鶴の一声で他愛のない冗談として片付けられる。そしてカサノヴァが町を去ることを唯一の条件に、まだ明るみに出されていない事柄を含めて、すべては円満に解決したと宣言される。以下、少し長いがこれに続く箇所を引用したい。

カサノヴァ：俺は自分の生活に戻るってわけだ。（フランチェスコに向かって）お前はお前の生活に。役割を取り替えようなんて無理だったんだな、弟よ。小市民になりたいなんて思ったけれど、俺は山師のままだ。お前はこれまでずっとそうだったように小市民のままだ。（中略）これでぴったり帳尻は合っているのさ。哲学者にとってだけは、問題が残ったがね。（世慣れた様子でヴィットゥムに向き直りながら）というのも、いったい何のために人は変身に憧れるのでしょう。神はそれを禁じているというのに。別の生活はなぜ我々に誘いかけるのでしょう。結局、別の生活が我々の生活をなにも変えはしないというのに。

ヴィットゥム（優越感を漂わせて微笑みながら、悲壮さを漂わせることなく）：別の生活は我々の生活ではない。人が何者であるのかだけが評価されるのだ。我々の本質的特性に合致しないことは、我々の本質からの脱線にすぎない。これが正されて、我々の性格がこれまで通りに自分の軌道を進むなら、多少の逸脱の害は一時的なもの。ひとたび束の間、不遜にも悪しくあろうとも、良き者は良き者に留まる。そして、ひとたび良くあったところで、それが悪行で知られた者の役に立つものでもあるまい。神の了見は狭くはないのだ。(142 f.)

アウエルンハイマーが喜劇の幕切れに用意したのは、オーストリア演劇に伝統的な世界劇場の理念である。人生とはすなわち神の前で人間が演じる舞台であって、役柄の貴賎は役者である人間の価値とは関わらない。舞台に登場する人々には、王であれ、乞食であれ、もっぱら自分に与えられた役割を十全に演じることだけが求められる。こうした巨大な理念の前には、カサノヴァの市民的願望などは、地上で与えられた使命からの下らぬ逸脱にすぎない。

世界劇場の理念は、ホーフマンスタールの『イエダマン』(1911) や『ザルツブルク世界大劇場』(1922) に典型的に見られるように、オーストリア文学においては二十世紀になっても繰り返し登場した。第一次大戦後、安定した体制が崩壊した後にもなお、劇場では繰り返し絶対の権威が呼び出された。[24]祖国壊滅の後、マリア・テレジアの権威の背後にさらに神の意思を透かし見るアウエルンハイマーの作品は、観客の多くが抱いていた「安定の黄金時代」への郷愁に訴えかけたのかもしれない。

さて、すでに述べたように、ドン・ファンとは違ってカサノヴァが真正面から権力に楯突くことはほとんどない。革命前の社会でカサノヴァが享受したのは、制限つきで与えられる小さな自由であって、権威の前でふさわしい態度をとることもまた、こうした自由を確保するための方便である。実際、ヴィットゥムの登場以来もっとも生き生きしているのはカサノヴァで、格式張った言辞の見事な使い手であることを誇示しつつ、弟夫婦と子供たちを気遣い、新しく夫婦になるルドルフとレジを祝福した後、彼は悠々と去っていく。そんな中、若夫婦に対して、彼は一人目の子供の名づけ親になることを申し出る。自分は市民生活を断念せ

24 1911年初演の『イエダマン』は1920年以降、今なおザルツブルク祝祭劇で上演され続けている。

ざるを得ない。その代わり、自分の名づけ児は立派なウィーン市民になってほしいというのである。名づけ親がいかなる人物であったのかを物心ついた子供に伝えるために、カサノヴァは若夫婦に次のような言葉を託す。「多くの女性を彼は迎え入れ、愛した。多くの国を彼は見、旅した。多くの役を彼は遍歴のうちに演じた。しかし、寛容であったのはたった一度だけ、ウィーンにおいてのみである。」(147) 女と旅と変身、これらは文学形象としてのカサノヴァにいつもながらの属性であるが、[25]これに寛容さを加えることで、カサノヴァは頑なだった弟とも和解する。ところで新婦レジの一人目の息子である小さなジャコモ二世が、必ずしも新郎ルドルフの息子とは限らないことは改めて指摘するまでもなかろう。[26]

３．３．

市民的な生活とは対極の自由を体現し、人々の潜在的な願望をしばし体験させる媒体の役割を果たし、しかも立ち去った後に幸福感しか残さない。こうして見てくるとアウエルンハイマーの作り上げたカサノヴァは、二十世紀初頭から延々と作られてきたカサノヴァ像を繰り返しているだけにも見える。作品の成立が1924年であることを考えると、従来の型の執拗なまでの踏襲は、作家の片意地とも時代感覚の不足とも受け取られかねない。

しかし、カサノヴァ作品に数多く接してきた当時の観客の目は、ここに新しい要素が加わっていることを見逃さなかったはずである。アウエルンハイマーが強調したのは、カサノヴァの故郷を喪失した追放者とし

25 文学形象としてのカサノヴァ像の定型をホーフマンスタールの作品を手掛かりに引き出した最も早い例としてリヒャルト・アレヴィンの論文を挙げておく。Richard Alewyn, “Casanova”, in ders. *Probleme und Gestalten, Essays*, Frankfurt/Main 1974, S. 75-95.

26 ホーフマンスタールの『山師と歌姫』やフランツ・ブライの『カサノヴァ』には、カサノヴァがこれまでその存在を知らなかった息子と出会う場面がある。パリを舞台としたブライの作品では、カサノヴァの息子はジャコモではなく、フランス風にジャックと呼ばれている。Franz Blei, *Casanova*, S. 172.

ての姿なのだ。確かにカサノヴァはいつものように去っていく。それはしかし、さんざん愚弄された人々がその事実に気づく前に逃げ出すのでもなければ、秘密の任務を担って旅立つわけでもない。設定によれば、この時カサノヴァは四十二歳。「人生のたそがれの町」(52) と思い定めたウィーンに拒絶されての退散である。

幕切れに振り返ってみると、第一幕でカサノヴァは、くたびれた馬車馬に自分を重ねていた。もちろん、見かけ上は子供の遊び相手をしているのである。「**小さなフランツル**：僕が先導役だ。馬車に道を開けろ。**カサノヴァ**：そして私は馬。(中略) 少々歳を食った馬車馬だけれど、まだどうにか立派なもんです。私たちはウィーンの町を流して愉快に弟君の家までやってきました。」(40 f.) 男爵夫妻の同席に気づいてすぐに如才ない社交性を発揮するカサノヴァだが、冷静な自己認識に基づいているからこそカサノヴァの如才なさは誰にも切り崩せないのである。彼の定住と家庭への願望は、単なる一時の思いつきだったのだろうか。

幕切れにヴィットゥムはカサノヴァを馬車に乗せる。名士とともに現れたカサノヴァに市井の人々は歓声を挙げる。しかし友人を歓待しているかに見える保護者の同行は、実は山師が城壁の外に放逐されるのを確認するためで、カサノヴァは今後ウィーンに立ち入ることまかりならぬと言い渡されたばかりなのである。

余談だが、テオドール・ヘルツルの甥で、彼の口ききもあって若いころからノイエ・フライエ・フレッセで健筆をふるったアウエルンハイマーが、ウィーンを追われてダッハウに送られるのは1938年である。知人の画策が成功してアメリカに逃れた後も、彼は古き良きウィーンへの哀惜を文学を通して表明し続けた。

結

アウエルンハイマーの『ウィーンのカサノヴァ』の成立は1924年。1898年成立のホーフマンスタールの『山師と歌姫』との間には、実に四半世紀の開きがある。本作品は若きウィーン派周辺の作家の最後のカサノヴァ作品といってよい。ホーフマンスタールが作り上げたカサノヴァ像にシュニッツラーが取り組んだのは大戦前後で、アウエルンハイマーはさらに数年遅れている。三人の作家の作品を比べてみると、それぞれの作品が書かれた時代の影響をはっきり示しているように思われる。ホーフマンスタールのカサノヴァが人生の果実をつかみ取ろうと刹那に没入する姿は文学における印象主義の典型であろうし、カサノヴァ像を分析して解体ぎりぎりまで追いつめたシュニッツラーの小説『カサノヴァの帰郷』は、青春と故郷を失った男の苦悩を赤裸々に映し出している。しかし、ロココへの、そしてまた失われた「安定の黄金時代」への郷愁は、シュニッツラーにもう一つカサノヴァ喜劇を書かせた。アウエルンハイマーの作品においては、この郷愁は古き良きマリア・テレジアのウィーンに向けられた。安定した権威に支えられた定石通りのから騒ぎは、確かに空疎かもしれない。しかし、「人生のたそがれ町」への哀惜が軽やかな笑いで表明されたこの喜劇は、その喪失が取り返しのつかないものであることを決定的に印象づけてもいるのである。

内なるゲットーを脱するために[1]

― ドイツにおけるヒップホップ音楽の受容と展開 ―

伊藤 壮

美学者のリチャード・シュスターマン *Richard Shusterman*は、1992年の『実利主義美学 Pragmatist Aesthetics』においてラップを新たな〈ポストモダン的〉芸術として高く評価し、以下のように定義づけている――

ラップは、ポストモダン的なポピュラー音楽で、我々に深く浸透した美学的慣習のいくつかに挑戦していると考える… …その特徴とは、唯一オリジナルな創造というよりもリサイクルして自分のものにすること（奪用）、さまざまなスタイルを折衷的にミックスすること、新たなテクノロジーとマスカルチャーを熱狂的に取り入れること、美的自立や芸術的純粋性というモダニスト的観念に挑戦すること、局地化された一時的なものを好み、いわゆる普遍的永続的なものを好まないこと、こうしたことである。（シュスターマン 1999、160頁）

20年足らずの間に、こうした定義も少々古びて見えてしまうようになった。まず、ここで彼が〈ラップ〉の語のもとに総称しているのは、

1 本稿は、2010年7月29日、早稲田大学比較文学研究室、第211回 月例研究発表会において、大久保進先生の司会進行のもと行った発表、『悪党か社会派か ― ドイツ語圏ヒップホップの歴史と特徴』がもとになっている。ただしその際は、前半部分でアメリカのヒップホップの歴史を、特に人種問題を重視して概観したうえで、後半部分でドイツ語圏の事情を比較検討するという形式をとった。しかし今回は紙面が限られているということもあり、その後半部分の原稿に加筆訂正をしたものとさせて頂く。

DJプレイも含めたヒップホップ音楽そのもののことにほかならず、問題とされているのは結局ラップではなくDJの特性であるといえるからだ。

そもそも、ヒップホップというこのかなり若い芸術ジャンルは、そもそもDJとラッパーによって作られる音楽に加え、ブレイク・ダンスとグラフィティー・アート、そしてファッションから思想までもが含まれる複合体のことである。その中でも、こうしてシュスターマンが讃嘆するように、作曲も演奏もせず、既存のレコード音源をさまざまに組み合わせ、表面を引っ掻くことにより音楽を作るというDJプレイの画期的なことと言えば、従来の西洋美学における自律的芸術作品の概念を根底から覆すものである。創造する主体の解体と言ってもよい。著作権を基礎とする法秩序にも正面から挑戦するものだ。しかし他方で、こうした特性はそもそもラップやブレイク・ダンスにおいてはどれだけ妥当するのであろうか。むしろ80年代後半以降ラッパーたちは競って唯一無二の「自分自身」を語ることに熱中し、ますます〈創出する自我〉が肥大していく一方ではなかったか。

ともあれ、通常ヒップホップの４大要素と呼ばれる、ラップ、DJプレイ、ブレイクダンス、グラフィティー・アートのそれぞれが、特権的な斬新さを持って共存することができていたのは、その場限りのヒップホップ音楽をまだ誰もレコーディングしようなどと考えなかったごく一時期であっただろう。79年のシュガーヒル・ギャング*Sugarhill Gang*の「ラッパーズ・ディライト Rapper's Delight」(Sugar Hill Records) の録音、発売により、俄然ヒップホップは世界に知られるようになったが、これ以来、大資本による支配と、著作権の処理の問題などが行く手に大きく立ちはだかることになる。

〈ゲットー〉と呼び慣わされるもっとも貧しく危険なニューヨーク近郊の黒人街の住人たちが知恵を絞り、ほとんど無一文でもできるダンス、アート、そしてパーティを編み出したというのが大雑把なヒップホップの起源であるといえる。ただし、ゲットーのギャングたちが暴力沙汰の決闘で血を流すのを避けるためにダンスやラップで勝負するようになった、などというストーリーのほうがより好んで語られる。

しかしラップの出現は鮮烈であった。もっとも一定のリズムにメロディーのない言葉を乗せるというだけのことであれば、例えば政治的アジテーションの文句にせよ、商いの口上にせよ世界中にその前例は多分にあった。ただしその種のものはいずれの場合も拍の表にアクセントが置かれるということが常である。ラップのリズムの画期性は、まず一拍目にアクセントが置かれた後に、８分や16分の裏の拍を強調していくという、あたかもドラムやベースのようなリズムの取り方にある。また一拍目のアクセントは、半拍か一拍、前か後ろにシンコペートされることもしばしばある。楽器のようなリズムということから、その修錬はある楽器をマスターするのと同様に難しいとも言える。たとえ歌手であっても習得には時間がかかるか、全くできるようにならない場合もあるほどである。ともあれ、ラップのこうした音楽的性格は、これが自然発生したものなどではなく、ましてや原始的なものでは全くなく、才能ある音楽家により創出された洗練された〈音楽〉に他ならないということを示すものだ。

またラップには、歌唱から離れることで、湿っぽい叙情から解放された爽快さがあった。より音楽的に言えば、調性からの解放ということになるだろうが、ともかく後に強烈なメッセージを伝える際にその力を発揮することになるのである。

そしてヒップホップ誕生の歴史的背景には、まず奴隷制の残滓を解消しようとする公民権運動の停滞による黒人の生活環境の悪化という社会悪が存在したことから、パブリック・エネミー *Public Enemy*のようにそうした悪に全面的に立ち向かう者、またむしろゲットーの腐敗と暴力を敢えて誇示しようとする*N.W.A.*のようなギャングスタ・ラップ、あるいはこうした文化にあこがれるがゲットーには立ち入らずにパーティー的なラップをするビースティー・ボーイズ *The Beastie Boys*のような白人ラッパー、のちには貧困層の白人が黒人社会でもまれてのし上がるというエミネム *Eminem*のような者が現れるなどといったように、その後ラップは多様な発展を遂げる。

ただ、特にギャングスタ・ラップなどではしばしば見られることだが、詞の内容に文学的なフィクション性が全くなく、その場その時の自分の立場や気分を述べるのみ、さらに挙句は徒党を組んで敵対する集団と派手に抗争したりする、そうしたラップがしかしシュスターマンの言うような〈ポストモダン芸術〉たりうるのであろうか。

そしてヒップホップは日本を含む世界中にも広まっていく。本稿では、この文化の伝播とローカライズの一例として、日本では今までほとんど紹介されてこなかったドイツにおけるヒップホップの受容と展開の歴史を、実例を挙げながら紹介していく。ただ、ここではヒップホップといっても音楽の部分に、そのうち特にラップに焦点を絞ることとする。なぜならグラフィティやダンスなどの領域は国や民族の間の障壁が比較的少なく、世界中どこへもほぼ直接伝わることができたが、言語と文化に大きく依存するラップにおいては、単なる模倣では対応できないので、適応するまでに様々な困難が待ち受けているのである。そして、一つの国への新しい文化の伝承の過程を観察していくうちに、むしろこのヒップホップの本質的な特徴が明らかになればとの期待も込めつつ、早速年代を追って、ただしかなりの駆け足で辿っていくことになるだろう。

1. ヒップホップの伝来　－　〈オールドスクール〉

ファルコ　－　ドイツ語ラップの黎明

さて、ドイツにおいては80年前後に駐留米軍がレコードを持ちこみ、米軍ラジオ（AFN）で放送したのがヒップホップとの第一コンタクトであったと言われるが、より明らかな衝撃を与えたのは、82年の『ワイルド・スタイル Wild Style』と84年の『ビート・ストリート Beat Street』の２本の映画である（Bennett 2000, S.139、ほか）。いずれも生まれたてのヒップホップ文化を全面的に導入して作られた青春映画であった。しかしドラマの内容よりもロック・ステディ・クルーといったブレイクダンス・チームの本物のパフォーマンスや、*DJ*クール・ハークらの演奏シーンが何より観客に衝撃を与えた。これらは奇しくも東ドイツと西ドイツで同時に84年から85年にかけて２本立てで公開されたのだという(Klein / Friedrich 2003, S.8、ほか)。その影響は絶大で、直後からいくつものブレイクダンス・チームが作られたという。

そして例えばヒップホップ文化の普及がなければ、分断されたベルリンの空を縁取ったあの壁面のグラフィティー・アートもなかった（ただしそれ以前にはパンク系のグラフィティーが既に定着してもいたのだったが)。もっともそれも当時はアメリカ文化の安易な模倣として苦言が呈されることもあったが、それでも次第にこの地にはそれなりに独自の文化となって根付くことになる。

ともあれ、このようにしてダンスとグラフィティーについては、一部のマニアの間においては早くも定着したのであったが、ラップやDJプレイの実践についてはより習得に期間を要したのだという（Archiv der Jugendkulturen 2008, S.59)。

しかしながら、それにすら先立つ81年、ラップなどはまだ新しもの好きの若者たちがラジオや輸入レコードを頼りに模倣しているにすぎないという段階で、いきなりメインストリームに浮上してきたラップの曲がある。オーストリアのニュー・ウェーブに属するミュージシャン、ファルコ*Falco*の、「警部Kommissar」という探偵小説《クリミ》めいたデビュー曲であるが、オーストリア、ドイツともにヒットチャートの１位を獲得する。ファルコはそのデビュー前にパンクバンドでベースを弾きながら歌っていたという経緯もあり、サウンドはヒップホップではなく当時のパンク＝ニューウェーブのものである[2]。この時期ドイツに同様のバンドが多

2　同様のラップを用いたニューウェーヴとしては、フランスにおいても同じ 81 年にシャグラン・ダムール *Chagrin d'amour* というユニットが「それぞれが（好き勝手に）する Chacun fait（c'qui lui plaît)」という曲（詞の内容は都市生活者の私小説ふう）で大ヒットを記録しており、それに続く白人ミュージシャンも多く現れた。しかし 90 年ごろからは、大都市郊外の移民街から *MC* ソラー *MC Solaar* や *NTM*、*IAM* といった〈リアルな〉ラッパーたちが現れることで、フランスのヒップホップ・シーンはアフリカ系が主導していくことになるという経緯については、日本においても比較的よく知られているところである。

数出現するという動きがあり、これは〈ノイエ・ドイチェ・ヴェレ Neue Deutsche Welle〉と総称されたが、オーストリア人のファルコもしばしばここに数え入れられる。彼は前述の通りリズム楽器演奏の経験があり、また一時期ウィーン音楽院で学んでもいたということもあって、さすがにオールド・スクールのラップのリズムを忠実に研究し、器用に再現している。またヒップホップ音楽というジャンルが確立する前、ましてやゲットー神話が付随してくるよりはるか前であることから、彼はラップを自由に自己流に利用することができたのである。

こうした経験によりさらに産み出されたのが、85年に日本を含む世界中でヒットした「ロック・ミー・アマデウス Rock me Amadeus」(A&M Records) である。モーツァルトというオーストリアならではの観光資源を十全に活かした戦略が見事にはまって、アメリカにおいてはシングル・チャートでドイツ語の曲として初めて1位を獲得した[3]。この前年にミロシュ・フォアマン監督の映画『アマデウス Amadeus』がヒットしていたのも追い風となった、というよりこれは明らかにこの映画に着想を得て作られた曲である。なお、ブロンディー *Blondie*の「恍惚 Rapture」以来2例目の白人ラッパーのヒット曲としての記録も残すのだが、アメリカのラップ史には何故かほとんど登場しない。しかし実はのちのミクスチャー・ロックなどのヒップホップの影響を受けた白人系ラップの基礎を作ったのはファルコである、と言っても過言ではないだろう。

Es war um 1780
Und es war in Wien
No plastic money anymore
Die Banken gegen ihn
Woher die Schulden kamen
War wohl jedermann bekannt
Er war ein Mann der Frauen

3 1983年の*Nena*の世界的ヒット、「99の風船 99 Luftballons」は最高位2位だった。

Frauen liebten seinen Punk

時は1780年ごろ
そして場所はウィーン
クレジットカードなんてない
銀行は彼の敵
その負債のせいだと
誰もが知っていた
彼はとても女にもてた
女たちは彼のパンクを愛していた

こうして、ドイツにおいてはこの隣国人の活躍で、ラップのドイツ語化という難題が早くも解決されたようにも見えるのだが、ここにはヒップホップ文化の背景を欠いていたことから、驚くほどに後が続かなかったし、ファルコ自身もラッパーではなく歌手であろうとし、これらの曲以外ではあまりラップを披露しなかった。ともかくドイツにヒップホップを根付かせる試みはまだ端緒についたばかりであって、今後もこの国のラップはかなりの期間アンダーグラウンドに留まり続けることになる。

80年代の動きとしては、先に述べたようなブレイク・ダンスやグラフィティー・アートの活動を主とする西ベルリンのヒップホップ集団のひとつ、インペリアル・ネーション *Imperial Nation*に所属するロック・ダ・モースト*Rock Da Most* というラップグループが1988年に「ユーズ・ザ・ポッシー（仲間を使え）Use The Posse」というシングルを自分たちのレーベルから発表したのが、ドイツ初のヒップホップのレコードであると言われる（Burchart 2009, S.48）。この時期こうした集団は、ハンブルクのイージー・ビジネス *Easy Business*、キールのユニーク・ロッカー *Unique Rocker*などが代表的であったが、彼らのラップはどれも英語を用いた趣味的なものであった（ebd.）。

東ドイツにおいても、『ワイルド・スタイル』、『ビート・ストリート』が公開されたことにより、ヒップホップ文化を取り入れようとする若者が少なからず出てきた。ブレイク・ダンスに限っては、紆余曲折ののちに「アクロバット的なスポーツ」としてではあるが、政府の記念式典に登場するまでに認知されることになったのだが、DJプレイとラップに関しては、冷遇され続け、例えば国営レコード会社アミーガAmigaからヒップホップのレコードがリリースされることはなかった。ベルリン、ライプツィヒ、ドレスデンなどに在住するヒップホッパーたちは、西側からのラジオ・テレビ電波のみを頼りにし、機材に至っては想像力で補って自作するなどして、やはり慣れない英語で自己流のラップを試みていた[4]。ただ88年にはチェコ国境沿いのラーデボイルにおいて、1000人以上の観客を集めてただ一回のラップ・コンテストが開催されたという。なお、東ベルリンにおいてズールー・ボーイズ*Zulu Boys*というグループで活動していたシュパイヒェ*Spaiche*は、後述するようにのちにベルリンでドイツ一悪名高いレーベルを創設することとなる。

アドヴァンスト・ケミストリー　ー　ハイデルベルクからの回答

こうした80年代半ばごろのこと、静かな学生街ハイデルベルクにはしかし駐留米軍の本部基地があり、アメリカ文化をじかに感じることができる環境であったことから、当地の若者たちの間にヒップホップ・サークルが自然発生した。その中から、３人のハーフのドイツ人MCによって(サウンド作りのためにDJなどが加わることもある)、87年に結成されたのがアドヴァンスト・ケミストリー *Advanced Chemistry*である。ハイチ系のトーチ*Torch*はニューヨークの親戚のもとをよく訪れており、またガーナ系のリングイスト*Linguist*はその名の通り語学全般に堪能、イタリア系のトニ・*L*はやはり生来のバイリンガルであるということから、彼らにとっては他の誰にも増して英語でラップすることは自然なことで

4　こうした事情については、ニコ・ラシック*Nico Raschick*監督の『Here We Come』(2006)というドキュメンタリー映画に詳しく描かれている。秘密警察が、若いラッパーたちの謎めいた英語を必死で解読しようとしていたりといった事実など大変に興味深い。なお、ここにも登場するドレスデン（西側の電波が届かない地域であった）のラップ・グループ、スリー*M*メン *Three M-Men*は、統一後にも再始動し、特に90年代後半に盛んな活動を見せ、また東ドイツ時代の音源も晴れて披露した。

あった。しかし元来アフリカ・バンバータ*Afrika Bambaataa*やパブリック・エナミーを大いに敬う彼らが本当に伝えたいメッセージがなかなか聴き手に届かないということにはもどかしさを感じていたという。後にリングイストが回想するストーリーによれば、あるライブの最中、トーチがいままでの英語詞を途中からドイツ語に切り替えてみたところ、寝転んで談笑していた客たちが次第に起き上がり、ほどなく熱狂しだしたさまを目の当たりにして、というのが彼らがドイツ語でラップをするようになった切っ掛けだという（Loh / Güngor 2002, S.134 f.）。その時の曲が、「Fremd im eigenen Land 自国でもよそ者」であり、やがてミュンヘンにできたばかりのヒップホップ雑誌、MZEEが設立した同名の独立レーベルから92年10月にデビューシングルとして発表することになる。

Ich habe einen grünen Pass mit 'nem goldenen Adler drauf.
Dies bedingt, daß ich mir oft die Haare rauf.
...
Fahr' ich zur Grenze mit dem Zug oder einem Bus,
frag' ich mich, warum ich der Einzige bin,
der sich ausweisen muß, Identität beweisen muß!
Ist es so ungewöhnlich, wenn ein Afro-Deutscher seine Sprache spricht
und nicht so blaß ist im Gesicht?
...
Nicht anerkannt, fremd im eigenen Land,
Kein Ausländer und doch ein Fremder.

俺は金の鷲がついた緑のパスを持っている
これがよく腹立ちの種になるんだ ／...
電車かバスに乗って国境に差し掛かるとするだろ
おかしいのは何で俺だけが
身分証明をさせられなければいけないんだ、ということだ！

アフリカ系ドイツ人がドイツ語を話すということが
そして顔があまり白くないということがそんなに奇妙なことなのか？
…
存在を認められない、自国でもよそ者
外国人ではないが、異質な存在

ドイツ再統一前後のいわば混乱状態において人種差別犯罪が頻発していたこの時期は、まさに時宜に適っていた。この年の８月にはロストックにおいて亡命者住居が放火されトルコ人が殺されており、この曲の冒頭にはこの事件を報道するニュースの音声が収録されている。もっともヒットチャートなどとは無縁であったものの、これがドイツに初めてコンシャス（社会派）・ラップが誕生した記念すべき瞬間であった。

また、その直線的なラップのリズムや禁欲的なブレイク・ビート、また大胆な転調やノイズの導入は、そのライムの内容以上に例えばパブリック・エネミーを彷彿とさせるものであり、ドイツ・ヒップホップのオールド・スクールのスタイルを決定づけたと言ってよい。

なお、この引用箇所においてMCたちがひらひらとパスポートを見せつけるライブ・パフォーマンス（そのビデオ・クリップでも見ることができる）の部分は実は問題含みであり、ここで彼らは自分たちの親戚であるドイツ国籍を持たない外国人を見下している、と非難されてもおかしくない。実際に、文化的な同化以外の立場を認めない彼らの姿勢がトルコ人などから批難されることもあった（Bennett 2000, S.144）。しかしアドヴァンスト・ケミストリーが何よりそうした移民系の後進たちへの道を切り開いた偉大な開拓者であることには変わりがない。また、クルト・トゥホルスキーを引用した「聴衆へ告ぐAn das Publikum」においては、売れ筋狙いのレコード産業が激しく批判されているが、こうした彼らの反商業性の姿勢も後の世代の一部に確実に引き継がれていくのである。

なお彼らは当初より、生活基盤もアビトゥーアも持っている自分たちは、アメリカの〈ゲットー〉出身のラッパーたちとは基本的に異なるということは自覚していたという（Loh / Güngor 2002, S.146）。

折しも、80年代に音楽の商業化が進みすぎた反動もあり、この時期にはグランジなどのオルタナティヴ音楽が力を得てきており、商業音楽の総本山であるMTVに対抗して、反主流の音楽を積極的に取り上げる音楽専門テレビ局VIVAが93年ケルンに開局する。ここで早速開設されたヒップホップ専門番組「フリースタイルFreestyle」においてトーチが司会を務め、ハイデルベルクのシーンを超えてドイツのヒップホップ・シーンを形成するために大いに寄与するのである。

彼らはしかし1995年に最初で最後のアルバムを発表したうえで解散する[5]のであるが、彼らの後には、イーザーローン（ザウアーラント）のアナーキスト・アカデミー *Anarchist Academy*や、シュトゥットガルトのフロインデスクライス *Freundeskreis*など多くのコンシャス・ラップの後継者が出現する。その多くが地方の小都市を拠点としているということ、また比較的高学歴であるという点はアドヴァンスト・ケミストリーと共通していたが、まずはそのほとんどが中産階級の白人であった。

その中のひとりアナーキスト・アカデミーのMC、ハネス・ロー *Hannes Loh*（バンド内でのMC名は*LJ*）は、ヒップホップ専門誌“Anarchist to the Front”や非メインストリーム系音楽誌の“Intro”などのライターおよび編集者としても活躍していたのだが、こうして限られた言論空間をインテリが支配していくにつれ、それに対する反発の火種も播かれていく[6]のである。ローはやがてドイツ語ヒップホップの正史とでもいうべき本を著わすことになるが（Loh / Verlan 2000、Loh /

5　解散後のトーチは、世界を股にかけた旺盛な活動をしており、後述するブラザーズ・キーパーズでの活動をはじめとして内外の多くのアーティストとのコラボから、自らのルーツがあるハイチでの地震後の救済活動に至るまで多彩である。リングイスト（本名：*Kofi Yakpo*）は、本当にその名の通りクレオール語を専門とする言語学者（現、オランダ、ナイメーヘン大学）となっており、一時はドイツ政府のアドヴァイザーを務めたり、また劇作も手掛けたりなどと、異色なキャリアを辿っている。他方、トニ・*L*はハイデルベルクに残り、家業のイタリア料理店を継ぎつつも地元での着実な音楽活動を続けている。

6　2005年には、ベルリンのギャングスタ系ラッパー、クール・サヴァシュが発表した「判決 Das Urteil」によってローとの間にビーフ（抗争関係）が生じる。

Güngor 2002など)、当然アドヴァンスト・ケミストリーをはじめとするコンシャス・ラップを中心に据えた内容となっている。ただし、ヒップホップ界の作り手、および聴き手の大部分は、知性や教養によっては馴致されない層なのである。

ファンタスティッシェン・フィーア　―　ドイツからのもうひとつの回答

さて、80年代終わりのシュトゥットガルトからは、のちのファンタスティッシェン・フィーア *Die Fantastischen Vier*（略してファンタ４）が出現するのだが、小さいながらも一端のシーンが作られていたハイデルベルクの場合とは異なり、その初期には彼らは誰かの部屋に集まり英語でラップのまねごとをしているティーンエイジャーの仲間たちに過ぎなかった。だが、MCのスムード*Smudo*とトーマス*D*が１年近くアメリカに滞在するなかで「自らのヒップホップのアイデンティティは自国語を通じてでしか築くことができないのだ」と痛感したことから、89年、メンバーが固定され、ドイツ語で詞を書き始めたのだという(Burchard, 2009 S.78 ff.)。しかし彼らは安直にナショナリズムに目覚めたわけではない。むしろ、アメリカン・コミックのドイツ語タイトルから取られたそのユニット名に示されるように、ドイツあるいはシュトゥットガルトの土着性を思わせる部分はほとんどなく、アメリカ的というより無国籍な雰囲気を当初から持ち分としている。ジャンルとしては、デ・ラ・ソウル*De La Soul*あるいはビースティ・ボーイズを思わせるパーティ・ラップの系列に分類されるものだ。

地元とミュンヘンでのライブ活動と並行して広くデモテープを頒布しているうちに、91年にメジャーのソニー・ミュージックと契約を結ぶが、翌年に発売された第２シングル「Die Da? そこの彼女？」(Columbia Records) は予想外の大きな成功を収めることになる。ある美しい女性に手玉に取られる男の子たちのクラブでの会話をコント風にラップしたものであり、ここにはもちろん無理強いされたゲットー・イメージなど一片もない。

es ist die da die da am eingang steht
was das ist die da um die es sich doch bei mir dreht
was die da und wer ist dieser mann
ich glaub das ist der grund warum sie freitags nicht kann

それは入口のところに立っている彼女のことだよ
何だって、あれは俺が話していたその娘だ
何だって、あの娘か、するとあの男は一体誰なんだ
そうか、だから彼女は金曜日には来られないって言っていたのか

グローヴァー・ワシントン *Grover Washington Jr.*をサンプリング[7]したお洒落でポップなサウンドに乗って、この曲はドイツのヒップホップにおいて初めての大ヒットとなった。シングル・チャートの２位を記録し、ZDFの人気歌番組「ヒットパラーデHitparade」にも出演する。若く見栄えのするこの４人は、そのヒップホップ風のファッションもあり"Bravo"などのティーン雑誌にひっぱりだことなり、TVコマーシャルにも登用されるなど一気にスターとなるのである。大きな人気と認知度とを得るに伴って、しかし少数派である永年のヒップホップ・ファンからは、「商業性に堕している」として強い反発を受けるようにもなり、また"Spex"のような批評性の高い音楽専門誌の評価も辛辣であった(Burchard, 2009, S.79)。

ちなみに、良くも悪くもドイツの音楽史を一気に塗り替えたこの曲は、アドヴァンスト・ケミストリーの「自国でよそ者」のわずか３週間後にリリースされたものであった。そうした時期であったにもかかわらず社会的メッセージから大きく離れたユーモア・ラップをやっていただけあって、むしろブレることなく非政治性を貫くことでこの後も長くいっそう活躍することになる彼らは、95年の「彼女は行ってしまった Sie ist

7　後年には彼らのサンプリング元も、アメリカの黒人音楽からピンク・フロイドやメタリカなどの英米ロック、あるいはカンやクラフトヴェルクのようなクラウト・ロックへと移行していく。

weg」によってヒップホップのシングルとしては初めてのチャート1位[8]を記録する。こうして彼らは今日に至るチャート首位の常連の座を獲得するのである。96年に自らのレーベル、「フォー・ミュージック Four Music」を興した後、レーベルごとベルリンへ拠点を移している。ともあれ、彼らの活動は決してアメリカの猿真似ではない独自のドイツ語ラップのかたちを提示するものであったし、また少なくともこれでようやく英語でラップするドイツ人がドイツから一掃されたと言っていい。

2．商業化の加速とそれに対する反発

フェッテス・ブロート　―　ハンブルク・シーン

さて、ハンブルクにはビートルズがその修業時代を過ごして以来の強固なロックの伝統がある。よってこの街のヒップホップ・グループは、ロックや他のジャンルのバンドとの交流が盛んであったり、しばしばロックバンド的な編成をしていたりもするという特徴がある。

そんなハンブルクのフェッテス・ブロート*Fettes Brot*はファンタ４の弟分とも言うべきユーモア・ラップの３人組であるが、対照的なのは地元色をしばしば前面に出すことだ。実質的なデビューシングルである95年の「生まれつき北方人Nordisch by Nature」[9]（Alternatio）は、脱退した初期のメンバーをも含むいずれも悪ガキ風のハンブルクおよび北ドイツの若いヒップホップ・ミュージシャンが総勢13人入れ替わり立ち替わり方言を交えたラップで仲間と地元への愛着を強調していくといういわゆるポッシー（仲間）トラックであり、大ヒットを記録した。

8　ヒットチャートについて少し補足をするのなら、アメリカのビルボード、日本のオリコンに相当するのがメディアコントロール Media Control 社のチャートである。また日本のように洋楽チャート、邦楽チャートと分けられていないので、チャート上位は常に半数以上が英米のアーティストの作品に占められてきていた。CD の売り上げ全体で見ても国内ものは40パーセント以下。他方、日本では８割以上が国内ものである。

9　このタイトルは当時アメリカで売れていたラップ・デュオ、ノーティー・バイ・ネイチャー *Naughty by Nature*（やはりどちらかと言えばパーティー・ラップ系であるが、ギャングスタ系との親和性も高い）から借用したものである。ただ、この北方人という用語はナチスがドイツ人を世界の人種の頂点に位置づける際に使った概念でもあり、不用意なものであるとも言える。

Hier gibt es nur Flachland, aber deshalb einen weiten Horizont.
Nicht geboren auf Jamaika, doch zu rollen mit der Zung'
ist 'n Klacks für' n Hamburger Jung.
…
ich trinke Holsten und ich liebe St. Pauli.[10]

ここには平地ばかりだが、だからこそ広い地平線が開けてるんだ
ジャマイカ生まれじゃないけど、口先で転がっていくってのが
ハンブルクっ子の性なのさ …
ホルスタイン牛乳を飲む俺は、ザンクト・パウリを愛してる

上の引用はフェッテス・ブロートのメンバーによるラップではなく、ヒップホップ・バンド、アブソルート・ビギナー *Absolute Beginner*（後には単にビギナー*Beginner*と称す）のヴォーカル、ヤン・ディレイ*Jan Delay*がラップならぬ歌で参加した部分である（彼は今やソロのソウル、R&B歌手としても大変に有名になっている)。

そもそもヒップホップにおいては、DJが誰のどの作品をサンプリングするかということと同様に、ラッパーは誰とコラボレートするのかということが非常に大きな問題となる。つまり、作品一つ一つが自閉した価値を持っているということよりも、それぞれの関係性がむしろ重視されるということである。ここには、ラップが長く失ってきた主体性の解体のモチーフが再び見いだせるであろう。ともかくフェッテス・ブロートはこの曲で、地縁によるラッパー同志の繋がり、つまりハンブルクのヒップホップ・シーンの存在を明確にアピールしたのである。

---

10 ハンブルクの中心地区であり、移民と外国人とアーティストが多く住む住宅街である。また、とりわけ最大の歓楽街であるレーパーバーンという通りを含むことで知られる。フェッテス・ブロートやその仲間たちの活動している地域はまさにここである。また、ここでディレイが偏愛を表明しているのは、ことによるとこの地の有名なサッカー・クラブ「ザンクト・パウリ FC」のことでもあるだろう。

しばしばファンタ４の世代がオールド・スクール、フェッテス・ブロートの世代がニュー・スクールと呼ばれるが、デビューの年が数年異なるだけであり、本質的には両者の間にさほどの隔たりはない。アドヴァンスト・ケミストリーなどは95年発表の「オールド・スクールAlte Schule」という曲で、ヒップホップ本来の政治性や芸術性に根ざした自らをオールド・スクールに分類し、ポップ路線のラッパーたちをひとまとめにニュー・スクールと定義したうえで苦言を呈している。そうした態度《アティテュード》以外の違いとしては、オールド・スクールは初期のアメリカのラップの裏拍リズムを忠実に再現している一方で、ニュー・スクールにおいてはあまりこだわらずに頭打ちをするか、より複雑なリズムを追求するかのいずれかであるということが挙げられる。

サブリナ・セトルアからユーロ・ダンスまで

フランクフルト出身のインド系女性ラッパー、サブリナ・セトルア*Sabrina Setlur*は、20歳そこそこで95年にシュヴェスター・エス*Schwester S.*としてデビューするが、詞の多くはプロデューサーが書いたものだった。しかしラッパーとしては稀なことに名を本名[11]に切り替えた彼女は、自作の詞による「あなたは私を愛していないDu liebst mich nicht」によって、ラップ曲としてはファンタ４に続く２つめのチャート１位のヒットを記録するのである。この曲は自分を捨てた恋人への怒りを飾らぬ直截な表現であらわしたものだ。ラップは本来その非抒情的な音楽的性格から恋愛ものは不向きとされてきていたが、こうして成功例が生まれたのである。

この時代の音楽産業の特色として、エキゾチックな若い女性をラッパーとして売り出すという傾向があった。ヤング・ディネイ*Young Deenay*[12]

11　ラッパーにしてもDJにしても、活動の際には芸名を名乗るのが常であるが、これにはもともとマルコムＸのように、奴隷制の残滓である英語の氏名を否定し、本来の独立した人間に立ち返るという象徴的な意味がある。黒人だからこその切実な問題であるのだが、白人ラッパー、DJもほぼ例外なくこの習慣は踏襲しているのである。

12　アブソルート・ビギナーのヤン・ディレイの名は、この人の名を捩ったものである。ちなみに、彼女はその早い引退後、精神分析家となるための研鑽を積み、アフリカ系の人々の精神の健康を向上させるために尽力している。

はその一例である。97年、マリ移民の彼女はまだ17歳のとき「ウォーク・オン・バイWalk on by」によってデビューし、大きな成功を収める。ただし一枚のアルバム（一曲のフランス語を除いてすべて英語のラップ）を発表してすぐに引退する。また、96年に結成されたティック・タック・トー *Tick Tac Toe*は、それぞれ異なる民族的出自を持つ３人組のティーンの女の子によるアイドル・ラップ・グループであり、ヒップホップ風のファッションでドイツ語のラップをするが、詞の内容は口当たりの良いポップスそのものであった。そしてその戦略は大当たりし、当時の中高生に大きな人気を得るが、グループ内のトラブルにより2000年には解散することになる（2005年に再結成し、復活を図っている）。

さらに、ヒップホップ周辺には〈ユーロダンス〉と呼ばれるジャンルがあり、四分音符のアクセントを強調するリズムに、口当たりの良いラップとメロディアスなリフレインからなるエレクトロ・ダンス音楽であった。このジャンルはドイツも中心地のひとつであり、90年前後から活躍しだして世界的な成功を収めたグループには、スナップ *Snap!*、リアル・マッコイ *Real McCoy*、スクーター *Scooter*などがいるのだが、彼らは元来世界市場を目指しておりほとんどすべてが英語でのラップと歌であり、その詞は（ダンス音楽の伝統に沿って）常に無内容に徹しているということから、ヒップホップのラップとはまさに似て非なるものである。とはいえ、これらの音楽がドイツのラップ音楽に与えた影響は皆無ではないのではあるが、本稿では紙面の都合からこれ以上の言及は割愛することとする。

ともあれ90年代までのドイツ・ヒップホップ音楽の情況はこうしたものであった。市場が基本的に欲したのは、〈ゲットー〉にまつわる社会的なメッセージなどではなく、ヒップホップと称しながらもコミックソングかラブソングのような実質ポップスであり、結局のところここは元々ファルコが耕した土壌なのである。

ただし、後に見るように2000年代に入ると時代の流れが変わってくる。ヒップホップ・ファン待望の〈リアルさ〉を良くも悪くも体現したラッパーが一挙に登場してくることにより、セトルアも含むメインストリームのポップ・ラッパーたち、またファンタ4とフェッテス・ブロートのみを例外としてパーティー・ラップ系のグループもほとんど見向きされなくなっていくのである。

アフロブ　―　アフリカ系ラッパーの連帯

メインストリームのラップがゲットー・イメージを綺麗に拭い去り、ポップ路線を突き進む一方で、90年代というのは住み分けるかのようにアンダーグラウンドにおいては社会的問題に反応してメッセージを伝えるコンシャス・ラップが育ってきた時代でもある。

90年代初めごろ、前述のシュトゥットガルトの友達の輪《フロインデスクライス》の周囲には、その名の通り多くの同志が集まるシーンができていた。積極的な政治的アンガージュマンで知られるマッシーヴェ・テーネ*Massive Töne*など、この街のグループやミュージシャン、またはダンサーなども含め「コルホーズKolchose」と名乗る複合体を形成することとなった。そしてその輪の中に少し遅れて入ってきたのが、エリトリア系のアフロブ*Afrob*である。レコーディングやライブでゲスト参加を繰り返し、99年には第一作のアルバム『ヒップホップで転がるぜ Rolle mit Hiphop』(Musicrama Records) を発表するが、特にブレーメンのフェリス*Ferris MC*と組んだある種のヒップホップ賛歌「押韻モンスターReimmonster」によって広くその名を知られることになる。翌々年に発表した第2作のアルバム『メイド・イン・ジャーマニー Made in Germany』(Four Music) はしかし全体的に陰鬱なトーンで、以下の表題曲にみられるようにドイツの社会のみならずヒップホップ・シーンに対する不信と落胆に満ちている。

> Meiner Meinung nach gibt es keine Gegenwehr
> keiner von euch Rappern kann sagen dass ihr je dagegen wärn
> ihr macht doch Rap Music ist black und ist so fett
> langt nicht für ne Äußerung oder für nen Track

ihr seid noch schlimmer als die Presse mit nem Sommerloch
gibt es kein Geblitze aber spüre das Gedonner noch

俺に言わせりゃあここには抵抗運動なんてない
お前らラッパーのうち誰もそれに反対しているとは言えないだろう
お前らのやってるラップというのは本来黒くてすげえ音楽なんだ
意見を述べたり音楽トラックを作ったりするには力量が足りないようだな
お前らは夏休み呆けの新聞よりもはるかに駄目だ
もう稲光は見えなくとも雷鳴だけはまだ轟いているのが俺には聞こえる

とはいえ、彼の場合は単に絶望に暮れているだけにはとどまらない。その前年2000年には、旧東ドイツのデッサウでモザンビーク人がネオナチに謂われもなく殴り殺されている。それに対する真の怒りを共有する黒人系のミュージシャンたちによる抗議と追悼のラップを作るため、この頃のアフロブは奔走していたのだ。聖書のカインの言葉を引いてブラザーズ・キーパーズ*Brother's Keepers*と名付けられたこのプロジェクトには、アドヴァンスト・ケミストリーのトーチ、サミー・デラックス*Samy Deluxe*やタイロン・リケッツ *Tyron Ricketts*などの多くのラッパーを迎え、マンハイムのソウル・レゲエ系バンド、ゼーネ・マンハイムス*Söhne Mannheims*のヴォーカル、ゼイヴィア・ナイドゥー *Xavier Naidoo*（スリランカ系の彼は黒人ではないが、母親がアラブ系の南アフリカ人）がコーラスを担当した曲が、その殺人事件の犠牲者の名をとった「アドリアーノAdoriano」(Warner Music）である。

Dies ist so was wie eine letzte Warnung
Denn unser Rückschlag ist längst in Planung
Wir falln dort ein, wo ihr auffallt

Gebieten eurer braunen Scheiße endlich Aufhalt
Denn was ihr sucht ist das Ende
Und was wir reichen sind geballte Fäuste und keine Hände
Euer Niedergang für immer.
Und was wir hören werden, ist euer Weinen und euer Gewimmer

これはいわば最後の警告だ
もうとっくに俺達には復讐の準備はできている
俺たちが突入したら、そこでお前らは倒れる
お前らナチの糞ったれなことをいい加減に止めることを命ずる
お前らが求めているものは終末だからだ
俺たちが差し伸べるのは手のひらではなく握りしめた拳だ
お前らの永遠の没落
そして俺たちが聞くことになるのはお前らの啜り泣きだ

引用部分はナイドゥーが歌うリフレインの部分だが、相当に強い戦闘的な言葉をぶつけている。もちろんラッパーたちの言葉もほとんどがブラック・パンサーばりに激しいものばかりだ。しかしながら、とりわけ有名なナイドゥーをはじめとして顔ぶれが華やかであったこともあって、ヒットチャートの10位以内にも入る健闘を見せる。2000年代に入ると市場もこうしたものを選択するようになるのである。

特に90年代以降、黒人系をはじめとする多くのエキゾチックなミュージシャンたちがドイツのポピュラー音楽界に現れたのだが、この時まではしかしこうして主体的に連帯することはほとんどなかった。ミュージシャンはただのレコード会社の駒あるいはお人形ではないと初めて知らしめたという意味で、彼らの起こした行動の意義は大きかった。そして〈ブラザー〉のための番人との名の通り、黒人差別を告発するための機関も兼ねることになる。また2005年に再結成された際には、参加者・賛同者もヒップホップというジャンルや国籍や人種を超えて大幅に増加した。

ともあれこのようにして、アメリカの〈ゲットー〉の背景を持たないドイツにおいてヒップホップは独自の文脈で試行錯誤を重ね、次第にその規模を拡大していったのである。一方では産業化が進んでいったが、反面で対抗的な社会派も力をつけていくのであった。しかし、同時期のベルリンにおいてはヒップホップはそのいずれとも異なる方向性に展開を遂げようとしていた。ここのラッパーたちにとっては、アメリカの〈ゲットー〉が何か異質なものであるとは受け止められなかったのである。

3. ドイツのゲットー　－　ベルリンからイスタンブールを超えて

カルテル　－　トルコ人ラッパーたち

80年代後半に生まれたイスラミック・フォース *Islamic Force* というグループは、元はといえばベルリンのクロイツベルク地区において、ネオナチ集団の暴力に対抗するために結成されたトルコ系ストリートギャング兼ヒップホップ・クルーの*36*ボーイズ *36Boys*に、スペイン系の*DJ*デレソン *Derezon*が加わったことによって音楽活動も始まったものである（Martin 2003, S.50）。トルコの民族音楽や歌謡曲の音源をサンプリングするなど、他のドイツのヒップホップ・グループとは明らかに一線を画すものだった。この地の青年公民館「ナウンユンリッツェ NaunyunRitze」で彼らが催していたコンサート、あるいはダンス・バトルは誰でも訪れることができ、のちに有名なトルコ系ラッパーとなる若き日のクール・サヴァシュ*Kool Savas*もここで彼らの薫陶を受けた（Loh / Güngor 2002, S.201）。ただ、精力的な活動の割には音源の発表[13]に消極的であったことから、このグループはほとんど無名のままにとどまってしまった。導師的存在であったMCのボー・ビー *Boe B*の急死により、バンドとしての活動がままならなくなってしまったのが残念であるが、２代目のメ

13 キール、ケルン、ニュルンベルクなどにも相次いでトルコ人によるラップ・シーンが発生したが、初めて発表されたトルコ語ラップのフルアルバムは、94年のフランクフルトのループタウン Looptown レーベルのコンピレーションであった。イスラミック・フォースは、97年に唯一のフルアルバム「メッセージ Mesaj」を発表する。

インMCのキラ・ハカン*Killa Hakan*は現在もドイツとトルコの両方で活躍しているなど、その足跡は確かに刻まれている。

この流れを受けて*DJ* デレソンを中心に95年に結成されたオリエント・エクスプレス*Orient Express*は、イスラミック・フォースよりも民俗ポップの色彩を強め、当時隆盛していたワールド・ミュージックの一端に加わるものとなった。ヒップホップの要素も捨ててはおらず、ラップを担当したのはアジザ・アー *Aziza A*である。ドイツにおける女性ラッパーとしても草分けの一人と言える。彼女はほどなくソロとしても活動するようになるが、1997年の代表作『今こそその時 Es ist Zeit』はドイツではあまり成功せず、以降はトルコでの活動に重点を移している(Burchart 2009, S.243-275)。

そして特にドイツでのトルコ語ラップにおいて決定的な役割を果たしたのが、94年に結成されたカルテル *Cartel*というグループである。ベルリンのラッパー兼ラジオDJのエルジ・エルギュン *Erci Ergün*、そしてニュルンベルクのバンド、カラカーン*Karakan*、そしてキールのバンド、ダ・クライム・ポッシー *Da Crime Posse*という３都市の３組のミュージシャンの複合体である。特に93年にメルンで移民施設のトルコ人がネオナチに殺された事件に触発され、ここでトルコ人も発言をしなければならないとの強い使命感がこのプロジェクト結成の動機となったという（Martin 2003, S.53)。

彼らの音楽はかなり折衷的で、彼ら自身がそう称するように「オリエンタル・ヒップホップ」以外の何ものでもない。トルコ歌謡曲をサンプリングするだけにとどまらず、３種の民族楽器を生で演奏し、よって音階はトルコ流の複雑なものである。ラップのリズムについては、アメリカ黒人のものとは明らかに異なり、比較的拍の頭が強調される。

団結と民族回帰を訴える彼らは、トルコ人に対する最も軽蔑的なドイツ語の呼称である〈カナークKanak〉という語を多用し、アメリカのラップにおいて頻繁に自称されるニガーという蔑称に対照させた。「恥ずかしがるな、カナークであることに誇りを持て」とトルコ系の若者たちに呼びかけ、その言葉をTシャツやステッカーにプリントして流布させたのである（落書きは推奨しなかった）。(ebd.)

デビューアルバム『カルテルCartel』はドイツで２万枚売れ、これは決して悪い数字ではなかったのだが、決定的な傑作を作ったという自負があった彼らには少なからぬ落胆をもたらした。この時点でのドイツ国内の若いトルコ人はおよそ100万人であったと見られており、その大部分に届けるつもりであったからだ（ebd.）。

ところがトルコにおいてこれが発売されるとドイツとは対照的に熱狂的な人気を博す。売上は30万枚にも及び、トルコで凱旋公演した際は巨大なサッカー場が満員になった。トルコでの大きな歓迎には、しかし彼らはむしろ大きな違和感を感じてしまう。カルテルのおかげで以降一気にラップがトルコに広まったのではあるが、あくまでもカルテルのスタイルの真似であって、ヒップホップという音楽ジャンルからは懸け離れていた。トルコでは、結局のところ彼らの音楽はハイカラな民俗歌謡曲であるとしか受け止められず、つまり彼らが先進的で革命的な芸術を編み出したはずのものが、保守的で土俗的な芸能に回収されてしまったということである。

ロイヤル・バンカー　ー　バトル・ライム

さて、98年にはロサンゼルスの「プロジェクト・ブロウドProject Blowed」などを手本にして、トルコ人街にもほど近いクロイツベルク区の一角に「ロイヤル・バンカーRoyal Bunker」というラッパーのフリースタイル・バトルが行われるカフェが開業するのだが、これがベルリン、そしてドイツのヒップホップ・シーンを変容させていく場となる。ここにはレコード・レーベルが併設されここで勝ち残ったラッパーを獲得してデビューさせることも狙っていた。

ジドー *Sido*、ビー・タイト *B-Tight*、フーマンシュー *Fumanschu*、クール・サヴァシュ、エコ・フレッシュ*Eko Fresh*など次世代を担うベルリンのラッパーたちが多く集まった。またここの常連は*MOR*（*Masters of Rap*）と名乗るクルーとしてゆるい連帯でまとまってもいた。前述の通りイスラミック・フォースの薫陶を受けたサヴァシュとその弟分のエコ、またベルリンのフアートFuatがトルコ人であり、実に民族的にも多様であった。

フリースタイルでラップの腕を磨ける場があるのは貴重なことである。しかし相手を攻撃する際には人種差別禁止などの基本的ルールは守らなければならないのだが、限度を超える者がままあり、彼らは次第に悪罵の度を上げていくに連れ、ベルリンのヒップホップ・シーンは全国的にも悪名[14]が轟くのであった。そして、この時点を境に、この都市のヒップホップ・シーンの〈ゲットー神話〉を喧伝していく者は、トルコ人以外のラッパーになっていくのである。

ブシドー ー ゲットー・イメージの完成

そんななかロイヤル・バンカーから出てきた不良《ワル》のラッパーたちに合流し、やがてリードしていくことになるのがブシドー *Bushido*である。彼はチュニジア人の父とドイツ人の母のもとにボンで産まれ、ベルリン市内の住宅地テンペルホーフ（移民街ではない）で育つが、幼い時に父に見捨てられ、貧しい少年時代を過ごし悪の道へと入りこみ、麻薬所持や暴力行為での逮捕歴もある。

しかし、彼は20歳あまりで98年ごろからベルリンのアンダーグラウンド・シーンでラップ活動を開始し、仲間たちとレーベルを立ち上げたりもするが、2001年ベルリンの新しいレーベル、「アグロ・ベルリン Aggro Berlin」に加わってから大いにブレイクするのである。

アグロ・ベルリンは、東ベルリンのヒップホップ・シーン出身であるシュパイヒェや音楽ライターのスペクター *Specter*らがベルリン都心の南西部シェーネベルクに設立したものだが、ロイヤル・バンカーから当時は*A.i.d.S.*というユニットを組んでいたジドーとビー・タイト（父親がアフロ・アメリカン）も合流する。さらには、フレア*Fler*（ポーラン

14 MOR名義で発表されたあるコンピレーションの中でロナルド・マク・ドナルド *Ronald Makk Donald* は、前述の黒人ラッパー、アフロブに向かって、「原始的な猿め、サバンナの茂みに帰れ」とまで罵る。アフロブの痛烈なドイツ社会批判が気に入らなかったのである。もともとMORにおいては、女性蔑視、ゲイ差別などが目に余るほどであったのだが、この時にはロナルドは決定的に信用を失った。

ド系)、トニー・デー *Tony D*(レバノン系)、のちにはキティ・キャット*Kitty Kat*(東ベルリン出身の女性ドイツ人)などが加わる。というわけで、特に従来のメインストリームのラッパーには全くなかったブシドーの不遜で大胆なスタイルが、移民系というよりもごく普通の若者たちの間でカリスマ的な人気を得るのだが、これはまさに米国でかつて*N.W.A.*が提示した凶悪なゲットー・イメージが怖いもの見たさの白人の若者たちの興味を強く惹き、結果的に大きなセールスを得たさまになぞらえられる。ほどなくブシドーはメジャーのユニヴァーサルに引き抜かれ、2004年のセカンド・アルバム『エレクトロ・ゲットー Electro Ghetto』はギャングスタ・ラップとしては前代未聞の売り上げ(アルバム・チャート最高位は6位)を記録する。またこの際にユニヴァーサル傘下に「ersguterjunge」という自身のレーベルを立ち上げ、デー・ボー *D-Bo*や一時期はエコ・フレッシュ、後には忠実な弟分のケイ・ワン *Kay-One*(フィリピン系)などが加わり、さらには2006年には自らのレーベルごとソニー傘下へ移り、もはやこのジャンルでは唯一の老舗になりつつある。こうして彼の出現により、ドイツ音楽市場におけるヒップホップ風土はまた一変したのである。

ハンブルク界隈の白人パーティー・ラップは急速に陳腐なものに思われるようになり、アドヴァンスト・ケミストリーのようにあたかも被害者意識を売り物にするような移民系コンシャス・ラップは女々しくも思われるようになったのである。しかしその代わりにブシドーのように移民系であること、なおかつワルであることが誇らしく格好いいのだというある意味では誤ったメッセージが子どもたちに届けられることになってしまった。

彼のライムで再三再四繰り返されるのは「ゲットーの貧しく厳しい環境で育ったこの俺も、類まれなる才覚によって大金持ちの雲の上の存在になれた」などのことで、ギャングスタ・ラップとすればありふれた内容であると言える。ただ、彼はロナルド・マク・ドナルドのようなへまを犯すことなく、過激な言辞で挑発するのである。例えば、次の「9月11日 11. September」などは、2006年にあらかじめ発禁となることを避けるため非売品として配布されたものだが、公序良俗を乱す言辞に満ちている。

Der 11.September der Tag der Entscheidung.
Ich bin dieser Junge über den man las in der Zeitung.
Wenn ich will seid ihr alle tot ich bin ein Taliban.
Ihr Missgeburten habt nur Kugeln aus Marzipan.
Der 11-09 der Tag der Verdammnis.
Du kannst dich überzeugen falls du ein Mann bist.
Ich lass dich bluten wie die Typen aus dem Twin Tower.
Was meine Freunde tragen Lederjacken und sind stinksauer.

9月11日、裁きの日
俺は新聞に載ってたあの男だ
俺がその気になったらお前らは全滅だ、俺はタリバンだ
出来損ないのお前らが持っている弾丸なんてせいぜい菓子玉《マルチパン》だ
9月11日、業罰の日
もしおまえが男なら分かるはずだ
ツイン・タワーから落ちたやつらのように俺はお前に血を流させる
俺の仲間たちは革ジャンを着て、そして怒り狂っている

ただ挑発のみに目的をおいており、イスラム原理主義や黒人ナショナリズムなどの一貫した思想に導かれての言葉ではないことがむしろ明らかである。ここではまたこの時に敵対していたかつての同僚たち、ジドー、フレア、ベース・スルタン・ヘンクツトに対する中傷も織り交ぜられ、さらに9月11日が彼のニュー・アルバムの発売日であることがアピールされるというありさまである。

ただ、陰鬱で激しい情熱を秘めたように見える彼の独特の風貌がしかしMTVの中では非常に見栄えがしてしまうのである。

ジドー　ー　ゲットーイメージからの退避

ともあれ、今やドイツの音楽史において最も成功したラッパーとなったブシドーに続いて、そしてのちには自ら先頭に立ってアグロ・ベルリンを支えてきたのがジドーである。

彼は元来麻薬などを売りさばくギャングであり、それゆえ逮捕の危険を避けるためと称して公の場には銀の頭蓋骨のマスクをかぶって登場[15]していた。ただしこれは実際にはヴァニラ・アイス[16]なみの誇大広告であって、彼は確かに不良ではあったとしてもその実さして凶悪な犯罪者ではなく、強いて言えば、母親がシンティ・ロマであることによる微妙にエキゾチックな顔立ちをうまく隠し、普通の白人に見せかけるための道具だてであったのかもしれないとも言える。

彼は当然のように攻撃的で露悪的なギャングスタ・スタイルをとっており、ブシドーに劣らぬほどの批判を浴び、作品が発禁されることも度々である。前述のロイヤル・バンカーでラップを始めて数年で頭角を現し、2001年の立ち上げ直後のアグロ・ベルリンに参入したのもほとんど必然であると言える。ただし、彼の大きな特徴は、おおかたのギャングスタ・ラップのフォロワーとは異なり、自らの立ち位置を客観的に見極め、泳いでいける器用さも備えているという点である。

ジドーは例えば2004年のデビューシングル「俺の街区 Mein Block」の中で、自らの育ったベルリン北部の生活保護受給者が住人の多くを占める高層団地街、メルキッシェス・フィアテル（同じくここで育った旧友がビー・タイト）について表現している。先達の例に倣い、それがまるでゲットー[17]のような荒んだ環境だったということを訴えているのだ

15　これは、実際にこうした手段によってデビューに際して警察に面が割れるのを避けたというウータン・クラン *Wu-Tang Clan* のゴーストフェイス・キラ *Ghostface Killah* に倣ったギミックである。

16　1990年に「アイス・アイス・ベイビー Ice Ice Baby」が大ブレイクした白人ラッパー。マイアミのゲットー出身であるとの触れ込みでデビューさせられ、実際には普通の中産階級の子であったことが暴かれると、軽蔑と嘲笑を浴びて一気に失墜した。そしてこれ以降エミネムの登場まで白人ラッパーが世に出にくい風潮が残ったと言われる。

17　例えば強面な白人ラッパー MC ボギーの場合には、ランクヴィッツあたりの南ベルリンが彼の〈ゲットー〉とされるが、ここは実際にはさらに閑静な住宅地である。

が、なまじ描写力があるのでむしろアメリカのゲットーとは明らかに異なる風土であることが瞭然とするのだ（とはいえ、土地やそこの仲間たちへの愛着が仄めかされることにおいては、遠くグランドマスター・フラッシュによる世界最初のコンシャス・ラップ、「メッセージ The Message」をも思わせさえもする）。

情況に応じて素早く様式を変えることができる器用さが持ち分である彼は、アメリカ大都市のゲットー・イメージをドイツに翻案するからくりはもう賞味期限切れだと勘付くと、2006年には「ストリートの少年 Strassenjunge」（Aggro Berlin）というシングルにおいて、自ら捏造したゲットー・イメージを払拭しようとするのである。

Ich bin kein gangster, kein killer, ich bin kein dieb
Ich bin nur ein junge von der straße
…
Ich bin nicht böse, ich tanz nur ab und zu aus der reihe
Doch ich pass auf, dass ich verhältnismäßig sauber bleibe
…
俺はギャングスタではない、殺人者《キラー》[18]でも泥棒でもない
ただのストリートの少年なんだ／…
俺は悪人ではない、たまにちょっと人と違うことをするだけだ
割と清潔でいるようにも心がけているし／…

この作品を含むアルバム『俺（自我）Ich』には、未婚の彼には実は子供がいて、チョイ悪ながら良きパパであることを明かす「俺の一部分 Ein Teil von mir」なども含まれる。こうした脱ゲットーの方向転換には、エミネム*Eminem*が大いに手本になっているとも思われる。その子煩悩ぶりも含め、彼のホワイト・トラッシュとしての生い立ちのほうが

18 もちろんここでは彼のゴーストフェイス・キラーばりのマスクが単なるギミックであったことが示唆されている。この頃にはそのトレードマークのマスクは上へとずり上げられ、顔をほとんど露出させている。

黒人ギャングスタよりもよほど自らの存在に重ね合わせやすいからだ。

また、無表情を決して崩さないブシドーとは対照的にジドーは非常に表情豊かであり、さまざまなキャラクターも演じ分けることができる。その言わばエミネム的な特性が最もよく現れているのが2008年の「眼を上げて Augen auf」というシングル曲のPVであろう。この曲の舞台はゲットーではなく、14歳の女の子が両親の愛情を感じられなかったために家出をし、悪の道に入り転落していくというストーリーを持ち前の描写力で描いたうえで、励ましの言葉を与えるというものである。こうして彼はこの曲を含むその３枚目のアルバム、『俺と俺の仮面 Ich und meine Maske』発表に際して、もう一回りのイメージ転換を図るのだ。こうした教訓めいた寓話によって、ギャングスタ・ラッパーも若者たちの「悪い手本 Schlechtes Vorbild」（これは前作のアルバム内の曲のタイトルだが）から卒業することができるのだということを示そうとする。

ちなみに、レーベルの集大成を意図した2009年の新しいアルバム『アグロ・ベルリンAggro Berlin』においてもジドーはやはり方向転換を図るのだが、このとき、彼は自分が東ベルリンの生まれであり、壁の崩壊前に命からがら母親と妹とともに西ベルリンに逃げてきて、難民収容所で過ごしたり、東側出身者だからと差別されたりしたという幼少期の体験について初めて明かしている。また母親が肌の色のために東でも西でも差別されたことなども。そして引越しを機に出自については隠し通すことになり、西ベルリンのヒップホップ仲間たちと一緒になって東ベルリンのバトル相手たちを馬鹿にしていたとのことである。こうした身の上話はそのことを直接語ったシングル「ねえ、君 Hey Du」の宣伝になってもいたことには、すでに誰も驚かないが、彼の新しい社会派のマスクは定着するのだろうか。

独立ヒップホップ・レーベルの苦境

ジドーのように回りくどい変遷を遂げるまでもなく、白人ラッパーには初めからエミネム流のホワイト・トラッシュ路線を取っている者が少なくなかった。前述のポーランド系のフレアなどはそれに加えて、国粋主義的なドイツ賛美によって異彩を放つのである。特に問題となった曲がファルコの「ロック・ミー・アマデウス」のサンプリングに乗った「新しいドイツの波Neue Deutsche Welle」である。ただ、ホワイトトラッシュの不良である自分もカナークのラッパーたちも結局同じ立場にある仲間であるということを、詞と、何よりも態度で示しているので、よく言われるようなネオナチ呼ばわりはあたらない。

より危険であるのはこうしたシーンに属さない者たちであり、例えばデッサウのディッサウ・クライム Dissau Crimeなどは、あからさまな人種差別とナチ崇拝によって2003年の発表と同時に発禁処分を受けている。これらについては本稿では詳述する暇がないが、別の機会に右翼系のロックの問題とともに論じることにしたい。

さて、2008年にはベルリンのヒップホップシーンの礎を築いたロイヤル・バンカー・カフェも閉鎖され、またクール・サヴァシュが2002年に立ち上げたレーベル、「オプティック・レコード Optik Records」や、そこから離反したエコ・フレッシュが2004年ケルン[19]で立ち上げた「ジャーマン・ドリーム・エンターテイメント German Dream Entertainment」、そして後述のフランクフルトのアザド*Azad*による「ボズ・ミュージックBozz Music」などが立て続けに閉鎖、または経営難に陥っている。ヒップホップ・ファンの多くを占める若年層ほど違法ダウンロードによりCDなどを買わなくなってきている上に、金融危機も遠因となっている。

---

19 ケルンにも80年代後半からヒップホップ・シーンは存在した。本稿では詳述する暇がなくなってしまったが、トルコ人街が形成されていたこの都市においては、ベルリンのシーンと共通して、移民系ラッパーは〈ゲットー体験〉をアメリカのラッパーと共有しようとしていたのである。中でもトルコ系とイタリア系による３人組マイクロフォン・マフィア *Microphone Mafia* は89年に結成され、強く人種差別への抵抗を表明し続けていたが、彼らが面識もあったアドヴァンスト・ケミストリーなどとは異なり、*N.W.A.* ばりのギャングスタ系を目指すこととなる。この流れは、エコ・フレッシュを経て現在にも受け継がれ、その先輩格のエス・ドッグ *S-Dog* やエコのレーベルに属するラ・ホンダ *La Honda* などがほとんどアンダーグラウンドで活動を続けている。この現在のケルンのトルコ系ヒップホップ・シーンについては、ペーター・シュラン *Peter Schran* 監督によるドキュメンタリー映画「ウェストサイド・カナーケン *Westside Kanaken*」(2009) に詳しく描かれている。

アグロ・ベルリンにおいては、その一枚看板ジドーは常に堅調であり続けていたものの、結局2009年にレーベル閉鎖となり、ジドーはキティ・キャットとともにユニヴァーサルへ移籍することになった。メジャーとインディーズとに二極化された状況が固着してしまっていることだけは事実のようである。

アザド　ー　フランクフルトのゲットー

近辺に米軍基地があり、80年代以降トルコ人などの外国系の人口比率が増大したフランクフルトはヒップホップ・シーンが形成される格好の培地であった。

イラン生まれのクルド人のアザドは、年少の頃からブレイクダンスやビートボクシングに親しみ、1990年にはアジアティック・ウォーリアーズ*Asiatic Warriors*というヒップホップ・グループを率いて、やがてフランクフルトのシーンの中心的人物へとなっていく。フランクフルト北西部の荒涼とした風土を伝えることで、ドイツにおいて初めにゲットー・イメージを体現しようとしたラッパーの一人であると言える。当初は英語やクルド語も用いていたものの、やがてドイツ語でラップすることにこだわり、今やドイツじゅうの移民系（およびドイツ人）ラッパーたちの人脈をつなげることに尽力する世話人としても知られるようになった。ただ曲調や詞はかなり威圧的である。あくまでも詞の内容で何を伝えるかということよりも、どのような文脈で誰とどう伝えるか、ということが大事であるという、ヒップホップの在り方のひとつの典型も彼の姿勢から伺えるだろう。こうした他のアーティストとのコラボレーション活動のひとつとして、2007年に人気ポップ・シンガーソングライターのアデル・タウィル *Adel Tawil*（チュニジア系、通常は*Ich+Ich*というユニットで活動している）と組んで発表した「お前を信じる Ich glaub an dich」は、ヒップホップのシングルとして史上３番目にドイツチャートの１位に入り、15万枚を売り上げるという実績も残す。ともあれ、アザドはお行儀のよい従順な移民たちのイメージを打ち破りつつも、任侠にも似た、不良《ワル》ならではのモラルの構築に励んでいるようだ。

ここで、一つ付け加えなければならないだろうことは、こうして90年代以降、北アフリカ系、西アジア系を中心として、数多くの移民系ラッパーがドイツで活躍している今日、その人口比とは裏腹にその中でトルコ人が世に出る割合が大変に低いということである。クール・サヴァシュとエコ・フレッシュを例外として、少なからぬトルコ人ラッパーたちはほとんど無名に甘んじている。

さらにポップス界においては、前述の通り、90年前後から様々な民族のスターが次々に生み出されてきていたが、やはり今に至るまで、最大の人口を擁するトルコ系のポップ・アーティストは数えるほどしかいないのである。となるとドイツ社会、あるいはドイツの音楽業界が少数派の異民族はむしろ歓迎しながらも、トルコ人の参入だけは拒むような構造を持っていると考えざるを得なくなるし、しばしばそのように指摘される。米国でも黒人をしのぐ多数派であるヒスパニック系のアーティストが大変に少ないという事実を思い起こさせるものだ。

ブルーミオ　―　異質のトリックスター

最後になるが、生まれも育ちもデュッセルドルフの日本人ラッパー、ブルーミオ *Blumio*（本名：国吉史夫）は、この街のラップ・コンテストで優勝し、先輩ラッパー、ドン・トーネ*Don Tone*のもとでレコーディング、デビューするに至ったという。こうした育ちの良さそうな経歴とは裏腹に、2008年の彼のデビューシングル「僕の好きなラッパーたちMeine Lieblingsrapper」において彼は10人のドイツのラッパーにオマージュを捧げているのだが、その多くがアグロ・ベルリンなどに属するギャングスタ系なのである。アザド、エコ・フレッシュ、ハリス*Harris*[20]、カース*Curse*[21]、ヤン・ディレイなどである。この曲はそれぞれのラッパーの声色やライムの特徴を掴んだモノマネを披露していると

20 ベルリンのアメリカ黒人系ラッパー。ジドーとともにDeine Lieblings Rapper（君のお気に入りのラッパーたち）というコンビをかつて組んでおり、ブルーミオのこの曲名はこのユニットに対するオマージュでもある。

21 通常コンシャス系に分類されるベルリンの白人ラッパーだが、幅広いコラボ活動でも知られ、アザドなどの移民ギャングスタ系との付き合いも多い。

いうもので、そのヴィデオ・クリップは、主にインターネットで話題を集めた。

彼のアルバムは『Yellow Albumイエロー・アルバム』（2008）と題され、つまりビートルズの『ホワイト・アルバム』とJay-Zの『ブラック・アルバム』の後を黄色人種のミュージシャンを代表して引き継ぐのだという野心に満ちたものである。よって人種問題に正面から（というよりむしろ斜めから）取り組み、例えば以下の「チン・チャン・チョン Ching Chang Chong」（L Records）という曲にもみられるように、ドイツ人による日本人（と東アジア人全般）に対する偏見を白日の下に引きずり出している。

Jo ich scheiß auf euch alle und sing mein Song,
der geht Ching Chang Chong , Ching Chang Chong!
Wenn ihr meinen Namen nicht kennt lebt ihr hinterm Mond,
ich sage Ching Chang Chong , Ching Chang Chong!
Wenn dein Leben vorbei ist erklingt der Gong.
Ching Chang Chong , Ching Chang Chong!
Jo ich scheiß drauf auch wenn ich dir nicht gefalle,
denn Ching Chang Chong heiß FICKT EUCH ALLE!

ヨー、おまえらみんなにくそ食らわすぞ、そして歌うぞ
この歌を、チン・チャン・チョン、チン・チャン・チョン！
俺の名が分からないとは、お前らモグリだろ
だから言うぞチン・チャン・チョン、チン・チャン・チョン！
お前が死ぬときには銅鑼が鳴るぜ
チン・チャン・チョン、チン・チャン・チョンってな！
ヨー、俺のことが気に入らないならくそ食らいやがれ
つまりチン・チャン・チョンていうのは「くたばっちまえ」て意味なんだよ

こうしたテーマであれば知的なコンシャス・ラップで扱えばいいのかもしれないが、ブルーミオはそうしたスタイルは選ばない。ニガーやカナークのように自らを〈ヤプゼ〉（日本人に対するドイツ語の蔑称）と称して、粗暴なブラック・ジョーク（イエロー・ジョーク）で笑い飛ばそうとする。もっとも曲によってスタイルは様々で、ピンプ系のような下ネタラップもあれば、フェッテス・ブロートのようなジョーク系もある。また「ねえ、ナチさん Hey Mr. Nazi」という曲は、「寿司やマンガや折り紙でもてなしてあげるから一度うちに遊びにおいでよ」とネオナチに呼びかけるという珍しい種類の反ナチ・ソングである（それこそブラザーズ・キーパーズの「アドリアーノ」とは対照的である）。

そのように多くの問題を投げかける力作であるはずのこのアルバムに対しての反応は決して十分なものではなかった。それなりに音楽番組で紹介されたり、ヒップホップ専門誌のレビューに載ったりはしたし、そこそこ好評ですらあったのだが、つまり全くスキャンダルであるとか不適切であると腹を立てる者がいなかったということは、彼のメッセージが届いているのかどうかはなはだ疑わしいのである。ドイツ人は実はこれを聴いても、ここでさんざん笑い飛ばされている彼らの差別意識について認識できないのではないか。ブルーミオの怒りは、まるでパブリック・エナミーのフレイヴァー・フレイヴ Flavor Flavのような道化たスタイルで表わされるのだが、結局それが欧米のメディアで再生産され続けている「滑稽な小さな東洋人」のイメージとして、何の抵抗もなく受け流されてしまっているかのようである。

ドイツの白人ラッパーが、アメリカのラッパーのゲットー体験と、自分が身を置く環境との間の余りに大きな祖語に戸惑い、逆に移民系のラッパーがゲットー・イメージに敢えて自らを重ね合わせようとするとき、日本人であるブルーミオはそのいずれとも異なる立場におり、その存在そのものが批評的であるはずだ。実際、コンシャス・ラップ、パーティ・ラップ、ギャングスタ・ラップ、それぞれの蓄積を外側から手を伸ばして自由に我が物にしてしまえる気楽さはドイツのヒップホップ界において貴重なものである。

ともあれ、欧米のヒップホップ・シーンにおいては非常に稀有な東アジア系ラッパーとして、引き続いての活躍が期待される。

4．終りに

以上のように、限られた紙面でドイツのヒップホップ史全体を出来る限り網羅的に概観しようとする無謀な試みをしてみたが、ひとつひとつの事項に詳しく立ち入ることができず、腰を据えた考察ができなかったことは残念である。字数オーバーにより大幅に削除した箇所も多い。まずはひとつひとつの詞そのものにもう少し密接に寄り添い、より詳細に深く検討したいところであるし、ラップのリズムと韻律との関係をドイツ語の特性も絡めて分析することもまた必要であると思われる。よってそうした課題は別の機会に譲ることにしたい。

また、日本人がドイツにおけるヒップホップ受容と展開の歴史を概観するということは、日本のヒップホップの歴史を別の視点から見つめ直すことに他ならない。アメリカのラッパーのゲットー体験との大きな相違をどう処理するかという問題などは、日本のラッパーたちの30年にわたる試行錯誤と否応なく重なり合い、とても人ごととは思われないのだ。ただ、移民の多さや、社会的アンガージュマンに対する意識などの大きく異なる社会的条件が存在し、のみならず、英語とドイツ語との差異とは比べ物にならない懸隔が英語と日本語との間にはある。それを踏まえた上で日本のヒップホップ受容史とも是非比較検証したいところであるのだが、それもまた機会を改めて行いたい。

そして、国ごと地域ごとの差異を検証すればこそ、変わらないヒップホップの核心的な部分も明らかになるべきで、本稿においてはほとんど踏み込むことができなかった美学的な議論、果たしてヒップホップがポストモダン的芸術であるのかどうかなどを改めて精査すべきところである。表現活動と音楽産業との関わりについてや、今回も多く言及はした人種問題についても、より確固たる結論が必要となるだろう。ともあれ、今回はそうしたもろもろの課題に取り組むための端緒についたところであったのだと認識しなおすことで、いずれより詳しく、さらに新たな知見を加えたうえで、総合的なヒップホップ史およびヒップホップ美学論としてまとめたい所存である。

参考文献：

Amend, Lars: *Bushido*, München 2008

Archiv der Jugendkulturen e. V.: *HipHop in Berlin*, Berlin 2008

Bennet, Andy: *Popular music and youth culture. Music, identity and place,* London 2000

Burchart, Kati: *Deutsche Rapmusik der neunziger Jahre*, Hildesheim 2009

Greve, Martin: *Die Musik der imaginären Türkei*, Stuttgart 2003

Klein, Gabriel / Malte Friedrich（hrsg.）: *Is this real? Die Kultur des HipHop*, Frankfurt a. M. 2003

Loh, Hannes / Murat Güngör: *Fear of a Kanak Planet. Hiphop zwischen Weltkultur und Nazi-Rap*, Höfen 2002

Loh, Hannes / Sascha Verlan: *20 Jahre HipHop in Deutschland,* Höfen 2000

Price, Emmett G.: *Hip Hop Culture*, Santa Barbara 2006

Rose, Tricia: *Black Noise. Rap Music and Black Culture in Contemporary America*, London 1994（T・ローズ『ブラック・ノイズ』新田啓子訳、みすず書房 2009）

Shusterman, Richard: *Pragmatist Aesthetics : Living Beauty, Rethinking Art*, Blackwell 1992（R・シュスターマン『ポピュラー音楽の美学』秋庭史典訳、勁草書房 1999）

Zaimoglu, Feridun: *Kanak Sprak. 24 Mißtöne vom Rande der Gesellschaft*, Berlin 1995

「書くこと」と「食べること」

—カフカの『失踪者』における「食」の意味について—

江口 陽子

1　カフカにおける「書くこと」と「食べること/食べないこと」との関係

フランツ・カフカ（Franz Kafka. 1883-1924）の『失踪者（Der Verschollene)』[1]（1914年成立；以下、作品名の後の括弧内は成立年を表わす）では、食

* カフカのテクストからの引用は以下の版に拠り、略記号と頁数を示した。
B1= Kafka, Franz: Briefe 1900-1912. Kritische Ausgabe. Hg. v. Hans-Gerd Koch. Frankfurt. a. M.（S. Fischer）1999.
B2= Kafka, Franz: Briefe 1913-März 1914. Kritische Ausgabe. Hg. v. Hans-Gerd Koch. Frankfurt. a. M.（S. Fischer）1999.
B3= Kafka, Franz: Briefe April 1914-1917. Kritische Ausgabe. Hg. v. Hans-Gerd Koch. Frankfurt. a. M.（S. Fischer）2005.
BO= Kafka, Franz. Briefe an Ottra und die Familie. Hg. v. Hartmut Binder und Klaus Wagenbach. Frankfurt. a. M.（S. Fischer）1981.
BR= Kafka, Franz. Briefe 1902-1924. Hg. v. Max Brod. Frankfurt. a. M.（S. Fischer）1966.
NⅡ.= Kafka, Franz: Nachgelassene Schriften und Fragmente Ⅱ. Kritische Ausgabe. Hg. v. Jost Schillemeit. Frankfurt a. M.（S. Fischer）1992.
T= Kafka, Franz: Tagebücher. Kritische Ausgabe. Hg. v. Hans-Gerd Koch, Michael Müller u. Malcom Pasley. Frankfurt. a. M.（S. Fischer）1990.
V= Kafka, Franz: Der Verschollene. Kritische Ausgabe. Hg. v. Jost Schillemeit. Frankfurt a. M.（S. Fischer）1983.

1）『失踪者』は未完の長編小説である。第一章から第六章までは、作者によってタイトルがつけられている（第一章「火夫」・第二章「伯父」・第三章「ニューヨーク近郊の邸宅」・第四章「ラムゼスへの行進」・第五章「ホテル・オクシデンタルにて」・第六章「ロビンソン事件」)。次に連続して書かれた二つの章にはタイトルがない。さらに続く二つの断章のうち、最初のものにのみ作者によってタイトルがつけられている（「ブルネルダの出発」)。また二番目の断章のあとには、新しい章の書き始めと見られる短い部分が残されている。Vgl. Kafka, Franz: Der Verschollene. Kritische Ausgabe. Apparatband. Hg. v. Jost Schillemeit. Frankfurt a. M.（S. Fischer）1983. S. 53-89.

物や食べる行為が、物語の展開のうえで興味深い役割を果たしている。

主人公カールに一貫して見られる食欲の欠如は、断食のモティーフを作品化した『断食芸人（Ein Hungerkünstler)』(1922年)、『変身（Die Verwandlung)』(1912年)、そして『ある犬の研究（Forschungen eines Hundes)』(1922年）の主人公と共通する。だが『失踪者』においては、これらの作品に比べて、食事風景や飲食物に関する描写がより多彩で、詳しい。主人公はアメリカへ渡り、生活の根を張ろうと幾度か試みるが、その都度自らの居場所を追われる。追放のきっかけには、職業上その他で「食」に関係をもつ女性たちが必ず関与している。

このような食物および食べる行為の描かれ方は、「食」に対して作者が抱く錯綜した感情にその根をもつ。同時にこの情動と、作者の「書くこと」とは表裏一体の関係にある。菜食主義を不完全ながら実行していた[2)] カフカは、顕著な肉食嫌悪の一方で、[3)] 全く逆の大食の妄想に捉えられた。[4)] 日記や手紙が伝えるカフカは、肉や脂に対して不快感を示す半面、強烈な関心をもって、他人の食べる姿の観察に耽る。[5)]

カフカは『父への手紙（Brief an den Vater)』(1919年）の中で、父との関係を回想し、自分の執筆活動は父からの「自立と逃走の試み」(NⅡ. 211）であったと述べている。それはまた、父の支配が及ばなくなった領域で「ようやく体を動かそうとする」(NⅡ. 160）試みでもあった。父の教育は、テーブルマナーの「授業」(NⅡ. 155）に象徴される。その態度は矛盾に満ち、上から押さえつけるようなものであって、息子は常にダブル・バインド的立場に置かれて混乱し、かつ無力感と罪悪感を植えつけられる。

2）恋人フェリーツェ宛ての手紙で、自身の食事内容を詳細に伝えている。肉類はわずかで、菜食主義的である。果物やナッツ類も取り入れている。Vgl. B_1 250.

3）Vgl. B_1 134f. (An Ottla), B_3 100 (An Brod), BR 304 (An Brod), B_2 233 (An Felice).

4）日記には燻製屋の前での妄想が記されている。店にあるソーセージやリブ肉、古くなって傷んだ食べ物などを次々食べ尽くし、大食への欲求を満たすというもの。Vgl. T 210.

5）フェリーツェへの手紙には、他人が食べる行為を見るのが好きだと書いている。Vgl. B_1 50. 一方日記には、食欲に取りつかれた人物の食べる様子を、嫌悪を抱きつつ貪欲に観察したことが記されている。Vgl. T 538.

「骨は噛み砕いてはいけない、あなたがそれをするのは構わない。ドレッシングは啜ってはいけない、あなたがそうするのは構わない。食卓で重要なことは、パンを真っ直ぐに切ることだ、だが、あなたがソースの滴るナイフで切るのは、構わなかった。……そういう大したことのない個々の事柄は、僕にとって絶大なる権威者であるあなた自身が、僕に課した掟に自分では従わないことによって初めて、僕にとって抑圧的なものとなったのです。」(NⅡ. 156)

本来寛ぎの場であるはずの食卓だが、こうした父の躾のゆえに、息子の食べることへの意欲はおのずから萎縮せざるを得なかったであろう。自分の家庭を含めて社会がとる肉食という食慣習・食文化に対して、カフカが後年、半ば拒否するような姿勢を示したことは、この生育環境と無関係ではない。カフカは「子供としての愛情から」(B_1 250)、家族との食事を拒否はしないものの、家族と同じものはわずかな量しか食べなかった。父と同じ食物を同じ食卓で食べることを避けるのは、「すべての暴君が身につけている謎めいたもの」(NⅡ. 152) をもつ父への抵抗であり、また、共食による相手との同化[6)]を回避しようとする姿勢でもあるだろう。

我々は食べることによって、食物を消化・吸収し、自らの体に取り入れるが、それは、食べる対象との一体化を意味する。その際、自己と他者の境界が曖昧になることから、必然的に自己が侵食される不安、ひいては自己消失・死の不安が呼び起こされる。[7)]また、食卓を共にすることは、洋の東西を問わず、神人共食の儀礼を起源にもつ。[8)]日本語の「同じ釜の飯を食う」という表現に見られるように、共食は相手との心

6)下坂幸三、大平健、野上芳美、藤本淳三、斎藤久美子、小田晋、村本詔司、福島章、武田建著：食・性・精神（岩波書店）1983年、27-34頁（下坂)、140頁（大平）参照。
7)ラプトン、デボラ（無藤隆、佐藤恵理子訳)：『食べることの社会学』（新曜社）1999、14-18頁、21-22頁、214-215頁参照。
8)下坂、大平ほか：前掲書、139-140頁参照。小口偉一、堀一郎監修：『宗教学辞典』（東京大学出版会）1993、127頁参照。

理的距離を近づける効果がある一方で、他者との人格的な同化に対する不安や恐れともつながっている。

カフカの「書くこと」は、この「食」に対する拒否的姿勢と不可分の関係にある。彼の文学には、父と自分自身との同一視を拒否することに連動した「食」の拒否と、自分自身の世界への逃避という相が刻印されている。

さらにまた、カフカにおいて「書くこと」は、現実生活の様々な局面に注がれるべきエネルギーを犠牲にすることによって、成り立っていた。

> 「なぜなら、僕の諸力は全体において非常にわずかだったので、書くという目的のためにはそれらが集中されることによってのみ、まあどうにか役立つことができたからである。」(T 341)

「書くこと」は、カフカの生活そのものであり、一般的な食事に対する拒否的な態度が彼の「書くこと」の契機をなし、かつ「書くこと」を保持するために「食べないこと」がある、という逆説的な状況を生み出していたように見える。

一方、カフカにとっての「書くこと」への欲求は、自家中毒から逃れようとしながら、同時にそれを離すまいとする執着のようにも見える。

「僕は今も、そしてすでに午後に、大きな欲求を感じた。それは、僕の不安な状態を丸ごと僕の中から外へ書き出したい、また、それが内部の深みから生ずるのと同じように、紙の深みへ書きこみたい、あるいは書かれたものを僕が完全に自分の中へ取り入れられるような形で書きつけたい、という欲求である。これは芸術的な欲求ではない。」(T 286)

ここでは、紙が自らの身体と置き換え可能になっている。カフカは、心の中の「不安な状態」(Ebd.) を記号として、身体という紙の中へ深く書き込み、それにより自分の中へと取り込もうという願望を抱いている。それは、書かれた文字や文章と自分を、身体レベルで一体化させたいという願望である。それはまた、自分の内部からわき起こる不安という、呑み下しづらい食べ物を、拒否するのではなく、むしろ料理し消化しやすい形にしたうえで、これを余すことなく吸収しようとする強い執着とも言えそうだ。

カフカにおいて、「食べること」にまつわる「食べよう」という意欲的側面は、「書くこと」に転化し、紙と文字と物語空間で、いわば象徴的な意味において再生される。一方、現実の摂食は、量的に最小限のものとなる。『失踪者』の主人公カールには、日記・手紙におけるカフカと相似した、「食」に対する距離と関心のアンビヴァレントな態度が認められる。自らは積極的には食べないが、他人の食事はよく観察する。特に物語前半の緊張と不安を強いられる場面では、食欲不振が目立つ。物語の時間進行と共に、「食」の描写は、カールから彼以外の登場人物の方へと比重を移し、カール自身が食べている形跡はほとんど伝わらなくなる。むしろ、カールが自己防衛的に、食物を注意深く避けているという仄めかしの効果すら認めることができる。

これまでの所、『失踪者』に関する研究において、「食」の問題が中心テーマとして取り上げられる例はほとんど見られない。従来中心的位置を占める問題設定は、プラハタによると、以下の四点である。[9)]

1. 作者がこの物語を書くにあたって利用した資料の証明。
2. 作者が思い描いたアメリカ像の現実性に関する吟味。
3. そのアメリカ像を自律的な語りのシステムに移し替えていること。
4. テクストの生成過程を含め、作者にとって初めての長編小説であるこの作品の伝記的文脈や、書く過程における困難について。

その他、カフカの「書くこと」の自己言及性を詳細に検討したものがある。[10)] また、カフカ及びその作品における「食」に関しては、「性」や「権力」の問題との連関で副次的に論じられることが多い。だが『失踪者』においては、「食」は独自の問題性を主張し、それに見合った意味

9) Plachta, Bodo: *Der Heizer / Der Verschollene*. In: Kafka-Handbuch. Hg. v. Bettina von Jagow und Oliver Jahraus. Göttingen (Vandenhoeck & Ruprecht) 2008, S. 439f.
10) Vgl. Wolfradt, Jörg: Der Roman bin ich. Schreiben und Schrift in Kafkas *Der Verschollene*. Würzburg (Königshausen & Neumann) 1996.

的大きさをもつと考える。ここでは、「食」が作品『失踪者』の中で果たす役割をいくつかの側面から検討しつつ、カフカの「書くこと」と「食」との錯綜した関係についても考察してみたい。

2　楽園追放のモティーフ：誘惑と罪を媒介する食物

主人公カール・ロスマン（Karl Roßmann）は、たった一人でアメリカ合衆国に渡る。女中ヨハンナ・ブルンマーに誘惑され、彼女に子供ができたことから世間体を気にした両親が、17歳[11]のカールをアメリカに送り出した。カールが、両親の家を追い出されたのを皮切りに、渡米後は伯父の家、ホテル・オクシデンタル、歌手ブルネルダのアパートへと、一ヶ月半ないし二ヶ月半という短い周期で落ち着き先を追われては、移動を繰り返す。保護者的な人物のもとから遠ざけられるという、追放のモティーフが繰り返されるのが、この物語の一つの特徴である。主人公の社会的地位と生活水準は、追放される度に下降する。また追放には、後述するように、食物を司る女性たちが行う直接・間接の誘惑が関係し、「食」は、カールと罪科とを媒介する記号の役割を果たしている。そしてこの追放のモティーフを最も顕著に示すのが、「ロビンソン事件」[12]の一部始終である。以下に、第一章から第六章の「ロビンソン事件」までの概略を示しておく。

アメリカで手広く商売をしていた伯父の家に身を寄せた主人公は、二箇月半後、伯父の意向に逆らい、不興を買う。伯父の友人グリーン氏を通じて絶縁状を渡されたカールは、職を求めて一人旅立つ。途中、二人の失業者ドラマルシュとロビンソンに出会い、行動をともにする。アメリカ生活の長い二人についていけば、何かと安心だという打算もあった。だが二人は、カールの所持金を見て以来、それを当てにし始める。特に

---

11) 主人公の年齢についての記述には、物語中で若干の矛盾がある。Vgl. Binder, Hartmut: Kafka-Kommentar zu den Romanen, Rezensionen, Aphorismen und zum Brief an den Vater. München（Winkler）1976, S. 125.

12)「ロビンソン事件（Der Fall Robinson）」（V 209）は、第六章のタイトルであるが、本稿では、ロビンソンがかかわって主人公がホテルを解雇された事件そのもののことを指す。

ドラマルシュは油断がならない男だった。カールの荷物に両親の写真が見当たらなくなったことと、[13] 夕食を三人分調達するため、近くのホテル・オクシデンタルを訪れ、料理長グレーテ・ミッツェルバッハからそのホテルに泊まるよう勧められたことにより、この二人とは別れることになる。

カールはこの料理長の口利きで、ホテル・オクシデンタルでエレベーターボーイの職を得る。料理長が娘同様に可愛がる秘書テレーゼと友達になり、お互い助け合うようになった。テレーゼは、厨房で働いていたときに料理長に目をかけられ、彼女の秘書に昇格したのだ。一ヶ月半ほど経ったある日、カールのもとに、テレーゼがりんごとチョコレートを持ってやって来る。そのときの話の中で、テレーゼはドラマルシュを批判したが、カールは彼を弁護したい気持ちだった。仕事の休憩中、カールがもらったりんごをかじったその直後、カールを訪ねて泥酔したロビンソンが登場する。ひとしきり騒動が起こり、カールは服務規定違反を問われ、かつ窃盗の疑いをかけられて解雇される。

主人公がホテルから追放されるこの顛末には、聖書の創世記における楽園追放への暗示が認められる。[14] 創世記との一致は、果実を食べたことが罪または罪の引き金になり、安住の場所から追放されること、女性が男性に果実を渡したことである。その他、カールがホテルを解雇されて再び職を求める点も、神がアダムに対し「生涯食べ物を得ようと苦しむ」[15] と言うことと二重映しに見える。因みに、エヴァを誘惑したヘビに直接該当する人物はいないものの、その代わりに、カールがドラマルシュたちと別れる直前の屋外の場面で、カールを迎えに料理長が寄こしたボーイの、そのあたりでは「よくヘビがでる」(V 166) という台詞

13) カールは二人が両親の写真を隠したかのではないかと疑うが、本当は前の晩宿泊した宿に忘れたものと読める。Vgl. V 136, 138. Binder: a.a.O., S. 122.

14) ヤーンは、作品中の聖書に関するいくつもの暗示について、イローニッシュな意図による戯画的描写と解釈している。Vgl. Jahn, Wolfgang: Kafkas Roman »Der Verschollene« (»Amerika«). Stuttgart (Metzler) 1965, S. 97f., 132-136.

15) 聖書　新共同訳：(日本聖書協会) 1987、創世記 3：17。

16) ヘビの登場により、カールが料理長の保護下に入る以前に、誘惑の接近が仄めかされている。

がある。[16]

ところで、カールの服務規定違反自体は、その場で即時解雇されるべき重い咎ではない。具合の悪くなったロビンソンを自分のベッドに連れて行く際、持ち場を離れる報告を怠ったというもので、この違反の度合と、彼が受けた追放という形での罰の重さとは、明らかに釣り合いが取れていない。[17] 一介の違反行為であっても神による裁きに値する、というのはどうにもグロテスクである。[18]

いずれにせよ、ここでのカールの受難の話は、りんごをかじると同時に開始している。りんごは、カールの違反行為の軽重とは無関係に、何らかの深刻な罪科と罰が到来する兆候に見える。創世記の記述には、「善悪の知識の木」[19] の「果実」[20] とあるだけで、りんごという種類の特定を欠くが、キリスト教的表象の伝統では、りんごはその色と味から誘惑と罪を象徴する。[21] また、りんごを渡したのが女性である点も聖書と符合し、誘惑と罪の契機には、女性が随伴して登場すると言える。ただ、テレーゼは意図して誘惑をしたわけではない。むしろカールが、すれか

---

16) ヘビの登場により、カールが料理長の保護下に入る以前に、誘惑の接近が仄めかされている。

17) Vgl. Jahn: a.a.O., S. 133.

18)『訴訟（Proceß)』(1915 年）の主人公ヨーゼフ・K が陥る苦境にも、同様のことが指摘できる。こちらの場合には、その罪の内容すら明確ではない。因みに『訴訟』にも、主人公が朝食代わりのりんごをかじる場面がある。Vgl. Kafka, Franz: Der Proceß. Kritische Ausgabe. Hg. v. Malcom Pasley. Frankfurt. a. M.（S. Fischer）1990, S. 16. なおカフカは 1917 年から翌年にかけて、聖書の堕罪神話に関する一連の哲学的考察を行っており、例えば「罪深いのは我々の状態であり、罪とは関係がない。」(N Ⅱ. 72) と記している。また 1915 年の日記においては、「ロスマンと K、罪なき者と罪ある者、結局は両者とも区別なく罰を受けて殺される」(T 757) と、物語の構想めいたものが書き留められている。作者の堕罪をめぐる見解とカールの罪との関係については、稿を改めて論じたいと思う。一方また、『失踪者』にはこの場面を典型として、当時の合衆国での移民への差別や、欧州でのユダヤ人差別という社会問題もテーマとして響き合っているように見える。

19) 聖書　新共同訳：前掲書、創世記 2：9。

20) 聖書　新共同訳：前掲書、創世記 3：3。

21) ハインツ - モーア、ゲルト（野村太郎・小林頼子監修、内田俊一・佐藤茂樹・宮川尚理訳）：西洋シンボル事典（八坂書房）2007、335 頁参照。ビーダーマン、ハンス（藤代幸一・宮本絢子・伊藤直子・宮内伸子訳）：図説　世界シンボル事典（八坂書房）2007、483 頁参照。

らしのドラマルシュに感化されていることを察知し、カールの考えを変えようと説得するが、カールにうるさがられてしまう。この堕罪神話の変奏において、りんごは、胡散臭い仲間からの悪い感化に対する警鐘という意味を帯びており、その象徴性は保持されている。

なお、テレーゼはカールにチョコレートも与えている。[22] 17世紀〜18世紀のヨーロッパでは、チョコレートは性的なものや怠惰を意味する飲み物であったし、19世紀に入っても一部で、性欲促進剤であると信じられていた。[23] 物語のこの時点では、テレーゼはカールにとって恋人のような存在であるので、彼女から渡されるチョコレートは、性的誘惑の記号と見ることもできる。また、カールがチョコレートをもらった直後、勤務の懈怠・服務規律違反を犯していることと併せると、テレーゼは、カールが罪へと導かれるきっかけを与える役を担っていると言えるだろう。

実際、『失踪者』の追放に関する他の二つのエピソードでも、二人の女性が、カールを性的に誘惑しつつ接近しており、追放の直接原因または遠因を作り出している。その一人ヨハンナ・ブルンマーは、カールの両親の家の、住み込みの「女中（Dienstmädchen）」（V 7）であり、カールを誘惑して彼の子供を産んだ。カールがアメリカへと追いやられることになる直接の原因を作った人物だが、同時にまた、伯父に手紙を書いてアメリカでの当面の落ち着き先を確保してくれたのも彼女である。いま一人はクラーラ・ポランダーで、伯父の友人で銀行家のポランダー氏の娘である。彼女は、カールが伯父から縁を切られることに間接的に関与している。カールのポランダー氏宅訪問に反対していた伯父は、容

22）『失踪者』を執筆中のカフカは、ほぼ毎日恋人フェリーツェに手紙を書いた。ある時、自分は書いている最中は彼女のことは全く考えていないと思っていたが、物語のこの場面には彼女との関連をいくつか発見したと報告している。その関連の一つは、主人公同様カフカも、チョコレートをプレゼントされていたことである。カフカは贈られて一週間かそれ以上たってから、自分がそれを食べる習慣がないことを伝えている。Vgl. B_1 198, 203, 218.

23）シヴェルブシュ、ヴォルフガング（福本義憲訳）:『楽園・味覚・理性』（法政大学出版局）1989、93-99頁参照。Vgl. Schivelbusch, Wolfgang: Das Paradies, der Geschmack und die Vernunft. Berlin (Ullstein), 1988, S. 99-104.

認の態度に変わったが、それは、ポランダー氏の言葉「しかしクラーラは……やはり彼女も彼を待っているんです」（V 71）が「決定的なこと」（Ebd.）となったからである。またカールは、彼女の唇に魅力を感じ、彼女の方もカールに対し、いささか暴力的ともいえる誘惑を行なっている。ヨハンナ、クラーラの両者はともに、家の中で食料を取り扱い管理する立場にある。[24] ヨハンナは「女中」、クラーラはポランダー家の娘であると同時に、「女主人（Hauswirtin）」（V 78）である。そしてテレーゼの前職も「厨房の女中（Küchenmädchen）」（V 180）だった。ホテルを解雇される件をはじめとして、小説中に反復される追放のモティーフには、常に女性が関与する誘惑と罪が存在する点で、創世記における追放物語の枠組みが通底していることは否定できない。ただしこの物語では、社会的規律への「取るに足らない」[25] 違反が、生活基盤からの追放という重い罰を導き出しており、著しくバランスを欠いた話になってはいるけれども。一方、女性を罪悪への誘惑者とする思考は、ひとつの根強い伝統的女性観であろうが、オットー・ヴァイニンガーに代表される同時代の女性蔑視の思想が影を落としていることが指摘できるだろう。[26]

3　食料貯蔵庫と採光窓：汚物を媒介する食物

「ロビンソン事件」に関して食物は、主人公の罪を媒介する機能をもつ他に、物語の展開を深いところで支える役割を果たしている。第五章の終りの場面で、つまりカールが朝四時ごろようやく休憩を取ることができて、りんごをかじったその直後、カールの視界にバナナが映る。それはロビンソンが登場する直前である。

---

24) ビンダーは、カールを誘惑する女性たちが「台所の領域に結びついている」と表現している。Vgl. Binder: a.a.O., S. 137.

25) Jahn: a.a.O., S. 133.

26) マーク・アンダーソン（三谷研爾、武林多寿子訳）：『カフカの衣装』（高科書店）1997、327 頁。Vgl. Anderson, Mark M.: Kafka's Clothes. Oxford / New York (Clarendon Press) 1992, S. 203f.

「カールはエレベーターの横の手すりにもたれてゆっくりとりんごを食べた。一口かじるともう、強い香りが漂ってきた。そして、食料貯蔵庫の大きな窓で囲まれた下の明かり窓を覗き込んだ。その向こうには沢山のバナナの房が下がっていて、暗い中でかろうじてほのかに光っていた。」(V 208)

食料貯蔵庫は地階にあるかに読み取れる。[27] カールはエレベーター横の手すりに寄りかかってりんごをかじり、食料貯蔵庫の採光窓の奥を見ている。ホテルの一階の床から見ると、角柱のように掘りぬかれたような形になっていて、その四つの面に大きな窓を取り付けることで光を取り入れているものと思われる。カールはその採光窓の奥にバナナが光っているのを見た。

バナナはりんご同様、色も鮮やかで、甘く、香りも強い。さらに、りんご以上に傷みやすい。食材は時間が経つと腐敗する。食物は、常に腐敗の危険と隣り合わせである。また、食物摂取は、異物を受け入れ、自己と同化することを意味するため、潜在的に不安が伴うことがある。全編を通じてカールが小食であることは、このことと関連する。りんごもバナナも、カールが今まさに、自分を不当に重い罪に陥らせようとしている人物と接触し、罪に染まる危険ポイントを暗示していると考えられる。現象としては、カールが酔って具合の悪くなったロビンソンを介抱し、それが露見して服務規定違反に問われ、窃盗の疑いまでかけられ解雇されるという結果になる。また、りんごはカールの手の中にあるが、バナナは貯蔵庫内にあり、この時点以降も引き続きカールは誰かに誘惑され利用される潜在的可能性が告げられている。

食料貯蔵庫に取りつけられた採光窓によって囲まれた空間は、いわゆる吹き抜けになっている。そしてこの吹き抜けは、『失踪者』における「食」の機能を象徴する決定的な出来事に襲われている。主人公がバナナに目を留めた直後、つまり、第六章の冒頭からロビンソンが登場する。

---

27) 第四章では、ホテル一階のビュッフェの奥にあるかのように書かれている。Vgl. V 156.

カールを自分たちの仲間に入れようという目的で、ドラマルシュに命令されてやって来たのである。ロビンソンはしたたかに酔っていて、追い返そうとするカールに金を無心したり、俺たちのところへ来いと誘ったりする。そのうちに彼は吐き気を訴える。

「『こんちくしょうめ』とカールの口から思わずもれた、そしてカールは両手でロビンソンを手すりの方へひっぱっていった。するともうロビンソンは、吹き抜けの深い所へと吐き出していた。」(V 212)

食料貯蔵庫は、「神経質なほど清潔に保たれている」(V 214) ホテルの中でも、もっとも衛生的でなければならない場所である。その採光用の吹き抜けの中に、ロビンソンの吐瀉物が落下する。カールは「不安と吐き気」(V 212) を感じる。ガラス一枚隔てているとはいえ、食物に隣接して汚物が存在することは、続く場面展開の中で主人公が直面する危機的状況を予示している。もし誰かが食料貯蔵室に行って、「吹き抜けの中におぞましいものがあるのに気づいて驚き」(V 213)、カールに問い合わせの電話をして来たら、彼の立場は極めて深刻なものとなる。ロビンソンのような知り合いがいること自体、露見すれば職を失う危険にもつながりかねず、社会的脅威である。およそ食物というものは、食べた後に消化・排泄され、ときに嘔吐の原因となる。時間的には汚物に変化した状態と隣り合わせの存在である。この場面では、ロビンソンの吐瀉物とバナナやその他の食料とが、空間的に隣接している。それは、人間的・社会的腐敗物の空間的・時間的接近という、カールの危機的状況を示唆している。

作品中の食物は、りんごの例に典型的に認められるように、語りの道具として、主人公と他の人物との間の対話を導き出して、彼らを結びつける役割を果たす。また、バナナの例のように、カールが次に赴く先を決める呼び水のように現れ、物語の展開を起こさせるツールともなっている。りんごはカールを罪に落とす働きをしたが、他方、使い方によっては主人公に有利な働きをする可能性もあり、その意味論的位置は流動的である。また、食物貯蔵庫の採光窓に汚物が落ちた場面は、未完ながら書かれた分量全体のほぼ中央に位置する。そうした食材を蓄えたこの食料貯蔵庫は、『失踪者』の物語を動かす力の総体を表している。

さらに言えば、『失踪者』における食料貯蔵庫は、カフカにとっての「書くこと」の場を指示してもいるようである。執筆当時の恋人フェリーツェに宛てた手紙で、カフカは、最も望ましいのは、「広大な隔離された地下室の最も奥まった空間で」(B_2 40) 書くことだと書き送っている。食事は地下室のドアまで運ばれて来るので、自分でそれを取りに行くのである。

「それから自分のテーブルに戻り、ゆっくりとよく考えながら食べ、またすぐに書き始めるでしょう。それから僕は何を書くでしょう！どんな深みから、僕はそれを引っぱり出すことでしょう！苦労もなしに！」(Ebd.)

地下室こそは、カフカの「書くこと」にふさわしい場所だ。なぜなら、カフカにとって「書くこと」は、「過度なまでに自分を開くこと」(Ebd.)[28] であり、地下室はそれを可能にしてくれる場だからである。この「地下室」では、食事と言葉が書き物机の上で、文字通り隣接し合う。その暗い「地下室」の奥で、カフカの生活と内面とが入り混じり相互に貫入して、新たな物語の一部として誕生する。その誕生の場が「地下室」であり、食料貯蔵庫なのである。

4　共食のモティーフ：拒否または回避される食物

『失踪者』には、カールが他の人物たちと食卓を共にする場面が四つある。共食の場面自体、他のカフカ作品には少ない。この四つの場面に共通しているのは、主人公と出席者が、親睦を深めたり、本音の話をす

28)『判決（Das Urteil)』（1912年）を書いた時の日記にも、同様の表現がある。「ただこうすることによってしか書くことはできない、……肉体と魂がこのように完全に解放されることによってしか。」（T 461）

るということがなく、主人公はただ、苦痛または不信感からの用心深さを強いられるという点である。共食の本来の趣旨からすれば、出席者は交流を行い、あるいは、人格的同化の目的を共有するであろう。しかし、出席者同士が初対面であったり、複雑な人間関係が存在する場合、共食は様々な感情・心理が複雑に交錯し合う場となる。『失踪者』において一貫して描かれているのは、この共食の変則的場面のほうである。他の者と共にする食卓で、主人公はほとんどの場合、食欲がないか、または食物に対する関心を表に見せない。ここには間違いなく、父親の食卓での「授業」による作者カフカの情動の記憶が反映しているだろう。

主人公が食物を美味しそうに食べるとか、打ち解けた雰囲気の中で会食するなどといった情景がほとんど見られない中で、例外が二箇所ある。一つは、エレベーターボーイの仕事の休憩中にりんごを一口かじり、そのりんごから「強い香りが漂ってきた」場面である。その香りに安堵を感じている様子から、りんごを美味いと思っているらしいことが推察される。それは、すでに述べたように、罪の始まりを告げる合図と表裏のものであるけれども。もう一つは、カールの空想の中の情景である。伯父の意向に逆らってポランダー氏の邸宅を訪ねたとき、カールは途中から後悔の念に苛まれ、すぐに帰って伯父に謝ろうと決心する。カールは自分の帰宅が朝になるだろうと予想し、伯父のベッドに腰掛けて一緒に朝食をとる場面を想像する。伯父とは一度も朝食を共にしたことがなく、「お互いに率直に話す」(V 86) 機会もなかった。伯父に対して反抗的になったのは、「結局はひとえにそういう率直な会話が欠けていたせいだった」(V 86f.)。さらにこの訪問が、「伯父との関係改善の機会になるかもしれない」(V 87)、あるいは、「伯父も今晩自分の寝室で同じようなことを考えているかもしれない」(Ebd.) などと憶測する。だが、帰宅は実現しないばかりか、そのあと伯父の友人グリーン氏を介して絶縁状を受け取ることになり、カールの想像する幸福と真っ向から背馳する経緯をたどる。そしてカールの生活には、誰かと自然体で交流するという本来の趣旨にかなった共食の機会は、その後もついに訪れないのである。

さて、一度目の共食は、二度目の共食のきっかけとなっている。伯父の家に投宿して二ヶ月半ほど経ったある日、カールが食事を「いつものように一人でとろうと考えていた」(V 68) ところ、伯父から、仕事上の二人の友人との晩餐に同席するよう言われる。ここには、伯父とカールは普段食卓を共にしていない、つまり親しい間柄にないことが言外に示されている。伯父は少しずつビジネスを覚えさせるため、カールを二人に引き合わせたのだ。ビジネスの相手を観察して様々なことを学ぶという課題に、カールは会食中、常に緊張している。席上、銀行家のポランダー氏がカールのことを気に入り、ニューヨーク郊外の邸宅に招待する。カールは乗り気だが、伯父のほうは招待を断りこそしないが、具体的な日時には言及しない。翌日、ポランダー氏が迎えに来ても、伯父はただ一泊の遠出をなかなか許可しない。前述のように、ポランダー氏は娘のクラーラのことを引き合いに出すことで伯父の反対を押さえ、カールをニューヨーク郊外の邸宅へ連れて行く。後に、カールが伯父からの絶縁状を渡される場面で読者には明らかになることだが、カールがポランダー家に向け出発した直後、伯父は、前日の会食に同席した友人グリーン氏を、絶縁状を渡す仲介役として同じくポランダー氏宅へ派遣していた。

共食の第二の場面は、そのポランダー氏の邸宅でのことである。カールとポランダー氏より先に、伯父からの密命を帯びて邸に来ていたグリーン氏が、この共食の場面内で始終、言葉や振舞いでカールを攻撃する。食卓を囲むのは、グリーン氏とポランダー氏、そしてクラーラとカールの四人である。会食の開始直後、グリーン氏は、伯父がカールの訪問を許可したことに驚いた、と言う。「伯父がカールをどんなふうに見張っているか、いかに伯父のカールに対する愛が、伯父の愛と呼ぶには大きすぎるか」(V 80) を説明した。これを聞いてカールは、グリーン氏が「ここで不必要に干渉してくるだけでは足りず、そのうえ僕と伯父の間にも干渉してくる」(Ebd.) と考え、食欲を失う。すでにスープも喉を通らないほどだったが、「食事は悩みのようにゆっくりと進行した」(Ebd.)。また、グリーン氏は話をしつつ鳩の肉を切り分けて、口へと運ぶ。カールは、グリーン氏の舌が「食べ物をヒュッとつかんだ」(V 82) のを見て気分が悪くなり席を立とうとしたが、ポランダー氏とクラーラに引き留められる。グリーン氏は、カールの食欲がないことが残念だとしきりに繰り返し、カールはこの言葉に自分に対する攻撃を感じとる。カールは考えが混乱し、自分を擁護するポランダー氏の言葉をも悪くとる。一度にたくさん口に運ぶかと思うと、全く食べなくなる、という振舞いを見せる。さらにグリーン氏は、「クラーラの顎の下の方に手を伸ばし」(V 84)、「かわいい子だ」(Ebd.) と言う。彼女は「なすがままにし、目を閉じた」(Ebd.)。カールは、グリーン氏の彼女に対する不躾な振舞いと、それを見ても抗議しない父親のポランダー氏にも苛立つ。極めつけは、食後にグリーン氏が吸う葉巻の煙だ。カールが離れたところに立っていても、煙からは逃れられなかった。

この会食場面では、ホスト役のポランダー氏ではなくグリーン氏が食卓を仕切り、伯父の権威を代位し、体現する。この時点ですでに、伯父の意向に逆らう反抗的態度への罰が始まっていると考えられる。共食は、伯父の権力に歯向かったカールに対する罰の一環である。それと対照的なのは、カールが伯父に許されたいという願いで想像した共食の場面が、永遠に空想にとどまったことである。

共食の三つ目は、カールがポランダー氏の邸宅を追われた翌日の昼のことである。前夜に出会ったドラマルシュとロビンソンとともに、昼食を注文した。他の二人が金を持っていないことに気づいていたため、「食事はカールにとって苦いものとなった」(V 147)。食事の間、所持金を二人に見られずに代金を払おうと、必死に上着の隠しポケットを探るが、失敗して金を二人に見られてしまう。また食事の内容についても、カールは美味しいと感じていない。「ナイフやフォークでは切れず、ただ引き裂くことができるだけであるほとんど生の肉」(V 147) とパンを食べた。飲み物には、「喉が焼けるような黒い液体」(Ebd.) が出された。[29] 飲食物自体にも、カールは強い違和感を覚えている。他の二人と

29) この飲み物は、1886年に発売され、1892年からはヨーロッパにも輸出されたコカ・コーラであると思われる。Vgl. Binder: a.a.O., S. 119.

の食べ物の嗜好の違い、または背景とする食文化の違いも示唆されている。本来共食は、リラックスして食べ物を味わい、他の会食者との交流を楽しむ場であるはずだが、カールにとってそれは、緊張を強いられる自分に不利な場である。

第四の共食は、カールが「オクラハマの劇場（Teater von Oklahama)」(V 389)[30)] に採用された直後、劇場側が被採用者全員を招待した豪華な食事会である。「オクラハマの劇場」での採用審査を描いた章[31)] は、これ以前に書かれた部分との明確なつながりに欠けており、最終章でもないが、比較的長い部分である。カールはある日街角で、従業員を募集するポスターを目にする。

「本日早朝六時より真夜中までクレイトンの競馬場においてオクラハマの劇場要員を募集！オクラハマの大劇場は諸君を呼んでいる！……誰でも歓迎！芸術家になろうと思う者は申し出よ！わが劇場は誰でも適材適所に採用！…… われらを信ぜぬ者は呪われるがよい！さあ、クレイトンへ 」(V 387)

そこには聞こえのよい誘い文句が書かれてあったが、一番重要な給料については一言も触れていないなど、全体に疑わしいものだ。しかしカールはこの劇場が、来る人は誰でも「適材適所に採用」するという言葉に強く惹かれ、何らかの職を得ようと募集会場であるクレイトンの競馬場へ出かけて行く。なお後にカールに分かることだが、競馬場を募集会場とするのは、数多くある馬券売り場を採用窓口として使うためであり、また、審判席で採用決定の確認を行い、そこで被採用者の名前と職種・仕事内容を掲げるため、そして観覧席を、ディナー用の椅子とテーブル

30) “Oklahoma”が正しい綴りである。作者が情報源として利用したアルトゥール・ホリチャー（Arthur Holitscher）による旅行記『アメリカ　今日と明日（Amerika. Heute und morgen.)』（1912年）の中に、“Oklahama”の誤植があった。カフカは承知の上でこれを用いた。Vgl. Jahn: a.a.O., S. 100f.
31) この章には、新約聖書の「ヨハネの黙示録」や「マタイによる福音書」、「ルカによる福音書」への暗示が指摘できる（注14参照）。Vgl. Jahn: a.a.O., S. 94-98.

に使用するためである。[32] この場合、会食の出席者は走行トラックに背を向けて座り、一段高いベンチを食卓として使うことになる。

カールは身分証明書を持っていなかったので、いくつかの募集窓口を転々とし、最後の採用者となる。採用のさい、カールは本名を言わず、「前の職場での呼び名」(V 402) である「ニグロ」(Ebd.)[33] を名のる。その理由は、本格的に採用されて、満足ゆくように仕事をしてから本名を言いたいという矛盾したもので、それ以上は明確に語られない。それにもかかわらず、カールは採用された。だが採用後も、実際に本名を明かす場面はない。

カールはクレイトンに着いた直後、昔の女友達ファニーに再会する。彼女は「オクラハマの劇場」の宣伝部隊で働いており、天使の恰好をしてトランペットを吹いていた。ファニーによれば、この劇場は、以前からある「世界で最も大きな劇場」(V 394) であることが伝えられるが、主人公にも読者にも、その実像は不明である。採用面接でも、福利厚生についてはおろか、カールにとって懸案の給与の話題さえ出ていない。だが宣伝部隊を持っていることから、何らかの宗教団体か事業者が、信者ないし労働者を集めるために行う活動にも似ている。そしてカールが、この劇場および、採用された人々のことも、まだ完全に信用してはいない様子が、会食中の描写によって伝えられる。

ここでの会食は、初めに被採用者の代表が感謝の意を表し、彼らに多くの鳥肉と赤ワインが振舞われる。皆が料理に夢中になったり歓談した

---

32) カフカ作品においては、馬はインスピレーションの形象化を表すとされ、作者の「書くこと」との関連が指摘されている。Vgl. Fingerhut, Karl-Heinz: Die Funktion der Tierfiguren im Werke Franz Kafkas. Bonn (Bouvier) 1969, S. 126-157. また、競馬場をこのように利用することは、カフカ文学に特徴的な隠喩と言えるだろう。施設を、非本来的な目的で使用して新たな意義を与えることは、文学の役割に通じるものがある。つまり、先行する様々な物語や書物の言葉に、別の内容を付与し、従来の意義を変質させ新たな相を作り出すことである。『失踪者』には、聖書をはじめ、作者が読んだり見たりした様々な書物や講演、芝居における描写の類似点が指摘されており (Vgl. Jahn: a.a.O., S. 138-153. Plachta: a.a.O., S. 445f. ロベール、マルト：古きものと新しきもの [法政大学出版局] 1987、194-195 頁参照。)、所謂「間テクスト性」が多く指摘できる。

33)「ニグロ」についても、Holitscher の本 (注 30) との関連が指摘されている。Vgl. Jahn: a.a.O., S. 100f.

りしているが、「皆との会話に参加したくない人は、オクラハマの劇場の風景画をみることもできた」(V 412)。その風景画は何枚もあり、一枚づつ回覧された。カールは一番端に座っていたので何枚もあった中の一枚だけしか回って来なかった。そこには、アメリカ合衆国大統領の豪華な桟敷席があり、桟敷席の前には手すりが設置されていた。さらに、その手すりのポール間には、「歴代大統領の円形レリーフが飾られていた」(V 412)。「カールは食事を忘れたわけではないが」(V 413)、絵に見入った。主人公は、仕事仲間となる人々とコミュニケーションをはかろうとはせず、大統領のきらびやかな桟敷席にばかり関心をもっている。また、このあたりの描写からは、カールが食卓に仕立てられたベンチに向かって座っていることは分かるが、彼が食べたり飲んだりしたという記述がない。わずかしか食べなかったか、食べなかったと考えることもできる。こうしたことから、カールはこの共食場面に、半ば部外者的であり、積極的ではない態度で、その意義を拒否していると思われる。

ところでこの場面には、キリスト教における聖餐(Eucharistie)[34] の形式が透けて見える。しかし、その象徴的意味合いは、反転された形ではめ込まれていることが確認できる。聖餐では、キリストが最後の晩餐で示したパンと赤ワインを、それぞれキリストの体(パン)と血(赤ワイン)の徴として、信者が分け合い共に食べる。それによって「キリストとの人格的な交わり」[35] が生じ、「キリストの実在の確かさとその力にあずかる」[36] ことができる。さらに、聖餐はキリストと交わることで罪の「赦し」[37] を得る儀式であり、それは「神の国の前触れ」[38] でもある。

---

34) "Eucharistie"の原義はギリシャ語のeucharistiaで、「感謝」を意味する。Vgl. Duden Deutsches Universalwörterbuch. Hg. v. Günther Drosdowski. Mannheim / Wien / Zürich (Bibliographisches Institut) 1983, S. 376.

35) キリスト教大事典(教文館)1977、612頁。J. E. ホワイト(越川弘英訳):『キリスト教の礼拝』(日本基督教団出版局)2000、243-244, 354-355頁参照。 Vgl. Lexikon für Theologie und Kirche. Bd.2. Begr. v. Michael Buchberger. Hg. v. Walter Kasper. Freiburg im Bresgau (Herder) 1994, S. 950.

36) キリスト教大事典:前掲書、612頁。ホワイト:前掲書、327頁参照。Vgl. Lexikon für Theologie und Kirche: a.a.O., S. 945.

37) キリスト教大事典:前掲書、612頁。

38) キリスト教大事典:前掲書、612頁。

またこの儀式では、神とキリストに感謝の礼拝をすることも重要な要素である[39]。キリスト、神との交流により、信者も浄化される機会であるとともに、それに感謝し、信者同士の交流と一体化をも図る場と言える。「オクラハマの劇場」主宰の会食にも、形式的には聖餐に類似した要素が見られる。赤ワインは共通しているが、聖餐のパンに一致するものはない。しかし、聖餐ではパンがキリストの肉体と見なされることから、逆に鳥肉をパンに見立てることができる。実際、皆で分けて食べるのに都合がよいように「こんがりと焼けた肉にたくさんのフォークを突き刺した形で」(V 411f.) 回された。さらに、食事の最初と最後に、被採用者の代表が丁寧な謝意を述べる点が、聖餐での神とキリストへの感謝を表す典礼に符合する。また、劇場側はこの食事を、劇場と被採用者との一体化や、採用された人同士の交流を図る機会として提供している。

しかし、先にも述べたように、カール自身はこの食事会には消極的な態度を見せ、劇場という組織にも距離を置こうとしている。彼の関心事はもっぱら大統領用の桟敷席の図柄にある。この豪奢な椅子は、玉座を連想させる。玉座は一般に、皇帝や王の権威[40]を表す。だが従業員の採用に際し「誰でも歓迎」するような劇場の、意匠を凝らした桟敷席は、かえってその素姓の怪しさを疑わせる。またそれが空席であることも、逆に劇場には権威がないことを暗示していると推測できる。

この場面では、聖餐における重要な要素の意味が全て反転していると考えられる。従って、カールの罪も赦されることはない。伯父のもとやホテルを追い出された原因を罪と考えれば、その後の彼の社会的下降は、罰として位置づけることができる。「オクラハマの劇場」でそれに対する赦しが与えられ、生活を上昇させることができるかは永遠に謎だが、[41] カールがこの組織の論理を避け続ける限り、赦されることはないだろう。

---

39) ホワイト：前掲書、354-355頁参照。

40) 西洋シンボル事典：前掲書、92-94頁参照。図説　世界シンボル事典：前掲書、130-131頁参照。

41) カフカ自身は『失踪者』の結末に主人公の死を考えていたが（注18)、友人マックス・ブロートによれば、カフカは、主人公がこの劇場で「楽園到来の魔法により、職や自由、支え、それどころか故郷、両親をも再び見出」し、物語は「和解的に終わる」と仄めかしたという。Vgl. Kafka, Franz: Amerika. München (K. Wolf) 1927, S. 389f.

5　豪華な食事とヴェローナ風サラミ：買収の手段としての食物

ところで、「オクラハマの劇場」と被採用者たちとの間には、雇用・被雇用の経済的な関係が存在する。応募者たちはそれを前提に競馬場までやってきたのだが、現実には幾分曖昧さを匂わせている。宣伝ポスターにも、採用の面談の際にも、給与についての言及がないからだ。採用者・被採用者ともに、それを意識していることを示唆する部分が見える。被採用者代表が、出された料理を数えあげて意見を述べたのち、最後にこう言った。

> 「敬愛する上司の皆さま、こうして皆さまは我々を獲得しました(Geehrte Herren, so gewinnt man uns.)」(V 415)。

ここでは"gewinnt"は、「仕事の仲間にする」という意味に重ねて、「獲得する」という意味合いの方を強調しているように見える。[42] 呼びかけられた上司である採用者たちを除いて、皆が笑ったが、「それは冗談と言うよりはむしろ真実だった」(Ebd.) と語り手はコメントをしている。上司たちが笑わなかったのは、この「獲得する」という言葉が、「真実」だったからではないだろうか。つまり、被採用者たちが給料に関する詳細を聞かされていないとすれば、今後の何らかの労働と食事とが交換条件であるか、もしくは報酬が非常にわずかであることも十分に考えられる。代表者の謝意では、たっぷりの食事と引き換えに劇場要員を「獲得した」という、いささか冗談めいた言い方をしているが、来る者は拒まず受け入れ、食事も与えた劇場側にとっては、今後この従業員たちをいかようにも使うことができる前提を作ったということである。

ところでこの"gewinnen"という語は、物語の初めの方に、同様の意味で使われている箇所がある。それは、カールが食物を利用して人間関係を築こうとする場面である。ニューヨークに着いて船を降りようとしたカールは、船室に傘を忘れたことを思い出し、トランクを他人に預け、取りに戻る。その途中、船の火夫に出会う。まだ伯父がアメリカでの当

42) Vgl. Duden Deutsches Universalwörterbuch: a.a.O., S. 494

座の保護者になることを知らないカールは、火夫がこぼす仕事の不満を聞くうちに、しばらくは彼を頼りにしようと考える。そして、故郷を発つ前に母がトランクに入れてくれた「ヴェローナ風サラミ」（V 15）を火夫に進呈しようと考える。それは一口だけかじってあった。カールがこの時思い出していたのは、「父が取引相手の会社の下っぱ社員たちに葉巻を配ることによって、皆の歓心を得（獲得し）ていた（welcher [=sein Vater] durch Cigarrenverteilung alle die niedrigern Angestellten gewann)」（Ebd.）ことである。カールはそれを真似ようとした。「なぜならこういう人たちは、何かささやかなものを渡せば、容易に獲得できるからだ（Denn solche Leute sind leicht gewonnen wenn man ihnen irgendeine Kleinigkeit zusteckt)」（Ebd.）。火夫を見下す視線も幾分見えはするものの、当のトランクは人に預けてしまっていたので、「ヴェローナ風サラミ」を贈ることはできず、この考えも空想に終わる。[43)]

「オクラハマの劇場」の場合、給料について何も言及していないが、豪華な食事を与えることによって、カールを労働力として得たことになる。だが先に指摘したように、カールはこの共食の儀式を半ば拒否した。他者と食事を共にすることは、彼自身伯父との関係で感じていたように、相互理解や親密さを増す効果がある。カールは採用されて一旦は安堵するが、劇場で共に働くことになる人々との交流を図ろうとはしない。ここには組織や共同体、もしくは他者への不信感が垣間見える。この態度は、それ以前の三回の共食から教訓を得たものと思われる。つまり、共食の相手は敵であるか、信頼できない場合が多いということだ。共食は本来、共同体や目的を同じくするグループ内の交流を深め、一体化を図るためのものだが、一方では、そうした打ち解けた雰囲気を利用した毒殺の機会として、あるいは敵対者を皆の前で陥れる場として利用することもできる。食物を摂取することが組織・グループの論理を受け入れ、従うこととなるため、カールはこの危うい場である会食での飲食を最小限にとどめるか、巧みに避けていると考えられる。カールの考え方にも、

43) 結局は傘もトランクも失くしてしまうが、伯父からの絶縁状を渡された時、一緒に戻ってくる。

他の登場人物たちにも、「食」を介して人間関係や契約関係をコントロールしようとする傾向が見てとれる。

6　囚人の食事と残飯で作った朝食：攻撃としての食物

前節で指摘した「ヴェローナ風サラミ」の使い方同様、カール自身が食物を利用して相手を意のままにしようとする、あるいは結果的に攻撃するというやり方は、他の場面にも見られる。それは単に道具として機能するのみならず、物語の展開をも左右している。

それは、まずカールがホテル・オクシデンタルに雇われる少し前に起きた。先にも述べたように、カールは伯父に絶縁されたのち、ドラマルシュとロビンソンという二人の男に出会い、二日ほど行動をともにした。野宿するつもりで、ホテルに三人分の食事を調達しに行く。頼まれたものは、「ベーコン、パン、ビール」(V 152) だったが、親切な料理長ミッツェルバッハは、それを「囚人の食事」(V 157) と呼んだ。彼女に導かれてカールは食料貯蔵庫に入り、多くの種類豊富な食料品を目にする。頼めば安く手に入りそうではあったが、カールは他に「何を注文してよいか分からず」(Ebd.)、頼まれた通りのものを二人の同行者のもとへ運ぶ。二人は、直ちにカールの分まで食べてしまう。つまり、カール自身は「囚人の食事」と貶められたものを食べることなく、彼らに全て与え、自分のほうは料理長の庇護のもとに入った。貧しい食事を他者に与えることによって、結果的に彼らから離れることができた。

ここでも食事を共にしないこと、そして相手にネガティヴな意味を帯びた食事を与えることで、好ましくない関係を断っている。カールが意図的に行った行為ではないが、物語の筋の運びから見れば、この価値の低い食事がカールの運命の展開に寄与していることは確かである。

同じような食事の利用法が、「オクラハマの劇場」の章の少し前に書かれている。ここでも、カールは故意にしたわけではないが、マイナスの符号を帯びた食事を相手に与えることで、ドラマルシュの支配から逃れた様子がうかがえる。ロビンソンを使ったドラマルシュの策略が成功し、カールは暴力と軟禁状態により自由を奪われる。カールはやむをえず彼らの使用人として、ブルネルダのアパートにしばらくとどまる決意をする。ドラマルシュは財産をもっている彼女の情夫となっていて、カールとロビンソンをこき使う。ブルネルダの入浴に、男たち三人が右往左往したのち、ドラマルシュがカールとロビンソンに、アパートの台所から朝食を調達するように命令した。だが時刻はもう午後の四時で、台所にいた大家の女性から朝食をもらうことはできなかった。カールはアパートの他の住人に出した朝食の残りが台所の一角に集められていたのを見て、それらを利用して朝食を作ろうと考える。ポットには、コーヒーやミルク、チョコレートがまだ少しずつ残っており、「ひっくり返った大きなブリキの缶からは、ビスケットが転がり出ていた」(V 367)。カールは他人が残した「様々なバターの残り」(V 368) を一つの皿にかき集め、「かじりかけのパンを真っ直ぐに切り」(V 369)[44]、「残り物と分かる痕跡を全て取り除いた」(V 368f.)。さらにビスケットも添え、見た目にはきちんとした朝食を作り出した。ブルネルダとドラマルシュはそれを満足げに食べる。特にブルネルダは、カールが朝食を調達したことを褒め、褒美にビスケットを与える。家族や仲間同士の場合を除き、一般に他人の食べ残しは、食物としての条件を欠く。だが、命令に背けば暴力で脅される他はないカールは、残り物から朝食を作り出した。とはいえ、そのことについて沈黙したまま他者に与える行為は、攻撃となりうる。

また、本来ゴミとなるはずのものを他者に食べさせることは、悪魔の役どころである。ゲーテの『ファウスト　第一部』における「天井の序曲」で、メフィストーが神に呼びかけ、ファウストに「塵を食わせてやります、喜んで食うでしょう、私の伯母のように、あの有名なヘビですよ」[45] という台詞がある。これは、ファウストを誘惑して意のままに操り、その魂を我が物にしようという宣言である。また、聖書の創世記には、エヴァを誘惑した蛇に向かって神が「お前は、生涯這いまわり、塵

44) Vgl. N II. 156. 本稿第１節に引用あり。
45) Goethe, J. Wolfgang von: Poetische Werke. Berliner Ausgabe. Bd. 8. Berlin / Weimar (Aufbau-Verlag) 1965, S. 158 (Vers 334-335).

を食らう。」[46] と宣告する。「塵を食らう」ことが人間を誘惑した罰であり、蛇は「楽園における悪魔の化身」[47] でもある。

当然ながら「食」は、食べる者を、与える者の意図次第でいかようにも毒する可能性を持つ。カール自身にその意図はなかったが、朝食を残飯から作ったことは報告していない。それゆえ彼は、この食事の不潔さと不当性を認識している。告白すれば自分が罰せられるために黙っているのである。

この場面は、「起きろ！起きろ！」（V 355）という文で始まるタイトルのない章の後半で、この後には「ブルネルダの出発」（V 377）という題のついた断章が続く。「ブルネルダの出発」では、ドラマルシュもロビンソンも登場せず、カールがブルネルダを病人用の手押し車に乗せて引っ越しをする。彼女は娼婦として、「企業25番」（V 383）という娼館を暗示する場所へ行く[48]。それまでドラマルシュが彼女のいわゆる「ヒモ」の立場であったが、ここではカールがドラマルシュの役割を担っている。さらに、前章と比較すると、ブルネルダの人物像がかなり変化している。前章での我儘でヒステリックな性格が影を潜め、カールに従順な、弱々しい幼い印象を与える。残り物から作った朝食をブルネルダに渡したことにより、カールはドラマルシュを排除し、彼女に対しても優位に立つという変化が起きたと考えられる[49]。ただし、カールがこの役割を引き受けたからといって、彼の社会的下降を止める術はない。ネガティヴな意味を担った食物が、敵対者への攻撃手段として機能したことは確認できる。

物語の終盤では、人間関係で有利に立ち回るために食物を利用しよう

46）聖書　新共同訳：前掲書、創世記 3：14。
47）図説　世界シンボル事典：前掲書、379 頁。
48）Vgl. Binder: a.a.O., S. 151.
49）メニングハウスは、かじりかけの「ヴェローナ風サラミ」を火夫に進呈しようというカールの考えは、残飯から作る朝食の登場を予示しており、それが「語りの手段（Narrationsmittel）」としての機能をもっていることを指摘している。Vgl. Menninghaus, Winfried: Ekel. Frankfurt a. M.（Suhrkamp）1999, S. 413. だが、「ヴェローナ風サラミ」のみならず、その他の食物も物語の進行に影響力をもっている。食料貯蔵庫に象徴されるように、『失踪者』では「食」全般に物語の展開を導く働きがある。

とする主人公の性質が発揮され、それが首尾よく成功している感がある。物語前半では食物や共食を通じて不利に展開した自らの人生行路を、後半では、食べ物を逆に利用したり、「食」から生じそうな不利益を回避する方向に転換している。

7　口唇期の特徴をもつ人物：「書き込みたい」願望

これまで『失踪者』における「食」の意味について、いくつかの側面から考察してきたが、この作品における「食」とカフカの「書くこと」について、いまひとつ指摘しておくことにする。

『失踪者』には、一貫して食欲がない主人公とは対照的な二人の人物が登場する。彼らには、精神分析の発達理論において口唇期[50)]と呼ばれる段階の特徴が、顕著に現れている。乳児は乳を吸う活動によって、栄養摂取の他に性的快感を得ていると考えられているが、人によっては、この口唇活動にともなう快感の意義が強化され、保持される場合もある。そのまま成人すると、キスの達人になったり、倒錯的なキスを好んだりするようになり、また、飲酒や喫煙を特に好むようになったりする。[51)]カールとは対照的な性質を見せる二人は、食べること・話すことを好み、食べながら大いに語り、また喫煙を好む。

一人は伯父の友人グリーン氏である。彼は巨体の大食漢で、ポランダー氏宅での晩餐の席上、その饒舌によって殊更に伯父の話題をもち出し、カールをうしろめたい気持にさせて苦しめたり、カールの食欲の欠如をあげつらってみせたりする。さらには、舌で「食べ物をヒュッとつか」むという、動物的ともいえる動作によってカールに嘔吐を感じさせる。

もう一人はロビンソンである。彼はグリーン氏よりさらに特徴的である。ブルネルダのアパートに居候したロビンソンとカールは、神経質なブルネルダの訴えのために、バルコニーに追い出される。ロビンソンは、自分用に蓄えてあった食べ残しを取り出して消費し始める。黒くなった

---

50) フロイト、ジーグムント：フロイト著作集５（人文書院）1977、38-84（特に 47）頁参照。
　下坂幸三、大平健ほか：前掲書、13-14 頁（下坂）参照。
51) フロイト：前掲書、47 頁参照。下坂幸三、大平健ほか：前掲書、13-14 頁（下坂）参照。

ソーセージ・細い煙草・蓋の開いたオイルサーディンの罐詰め・ボンボンの塊・パンといったものが、ふつうは名刺入れに使う「銀メッキの皿」（V 297）に載っており、さらには飲み物が入った香水瓶も出て来た。[52] それらを平らげ始めたロビンソンがカールにも勧めるが、カールは断る。ロビンソンは食べている間じゅう、ブルネルダと自分たちとの出会いを物語り、カールはその話に引き込まれてゆく。

仕事が見つからないドラマルシュとロビンソンが、物乞いに入った先がブルネルダの家であった。彼女は離婚したオペラ歌手で、財産を持っている。ドラマルシュと彼女が男女の関係になり、ブルネルダはその家を出てアパートに引っ越した。因みに彼女は、自分でストッキングもはけないほどに太っている。ロビンソンは、ブルネルダを初めて見たときのことを思い出し、「舐めて食べてしまいたいくらいだった。飲んでしまいたいくらいだった（Zum Ablecken war sie. Zum Austrinken war sie.）」（V 303）と表現する。ここにはまさしく、性的欲求と食欲とが、分かちがたく渾然一体となった状態が読み取られる。また、フロイトの図式に従えば、ロビンソンが口唇期の特徴を強く残していることが分かる。食事は順を追って進み、おそらくは香水の残り香と混ざり合って味も不確かであろう液体もまた、「じっくりと一気に」（V 302）飲まれる。ボンボンの塊も口一杯に押し込み、舌の上で転がしながら食べた。締めくくりの煙草の煙が噴き上がると、彼のおしゃべりも終わる。食べ物を平らげ、煙草をふかすのと同時に、ロビンソン自身の件の話題への関心も終わったかのようである。

グリーン氏とロビンソンは、このように主人公とは対照的に、食べることを好み、おしゃべりを好む。語り手はロビンソンの食べ方を詳細に描写し、カールは完全に彼の話に引き込まれている。カールの視線に寄り添っている語り手もまた、必然的にロビンソンの食べ方に注目していることになる。

本稿第１節で示したように、この物語の作者であるカフカ自身、他人

52）名刺入れの皿や香水瓶の使われ方にも、競馬場という施設の使用法と同様、作者カフカの「書くこと」の特徴が表れているように思われる（注 32）。

が食べる光景を眺めるのが好きだと言っており、彼にとって嫌悪を感じさせる食物を食べる人々の様子を観察し、書き留めてもいる。「食」を嫌うという彼自身の性向からすれば、矛盾するようにも思われるけれども、カフカは「食」に固執する諸々の人物像を詳細に描き出す。メニングハウスは、その書きぶりについて、嫌悪をもよおさせる事柄を「驚くほど中立的に表現している」[53]と評し、また『失踪者』は、「願望充足ローマーンであって、それは自分自身とは逆の姿を装っている」[54]と述べる。カフカはこの小説の中で、自分の真の願望とは正反対の事柄を描いている、というのである。

だが一方で、ロビンソンやグリーン氏に典型的に見られるような、口唇期の特徴を強く残した人物の食べ方や話しぶりは、人間の自然的欲求の現れであるから、人間の観察者である作家カフカが、それに強い関心を寄せていても不思議ではない。事実、主人公カールの視線は二人の食べ方をつぶさに観察しているのである。また書き手のカフカにとって、食べる行為の光景は、何らかの嫌悪や不安を引き起こすものでありつつも、『失踪者』においてのみならず、日記や手紙などで何度も言及していることから察せられる通り、彼が執着している一点である。カフカは「不安な状態」を自分の中から抽出しつつ、「自身の内部に書き込みたい」という強い欲求をもち、実行した。ロビンソンとグリーン氏という特徴的な人物の描写は、彼のこの書く欲求に相応しており、「自身の内部に書き込みたい」という願望実現の一端であると言えるのではないか。

最後に、本稿は現在執筆中の博士論文の梗概であることを付言しておく。

---

53) Menninghaus: a.a.O., S.416.
54) Menninghaus: a.a.O., S.417.

シュティフターの日蝕観測記

岡田 素之

シュティフターが自然描写に秀でた作家であることは周知の事柄であるが、その四半世紀をこえる執筆活動の初めと終わりが文字通りの自然観察記で縁取られている、と強弁すれば、むろん事実を無視したことになる。かれの絶筆は友人で遺稿編者のアプレントが、〈この箇所で詩人は亡くなった〉と記した『わが曽祖父の紙ばさみ』最終稿（第４稿）の未完成部分であって、その二年ほど前にみずから体験し、死後まもなく発表された豪雪体験記『バイエルンの森から』（1868年）[1]ではない。また、かれの処女作と一般にみなされる短篇『コンドル』は1840年の発表で、ヴィーンにおける皆既日蝕を観察した『1842年７月８日の日蝕』が同年同月の雑誌に載るのはその二年後である。ただ、この両体験記がシュティフターの執筆活動の最初と最後をいかにも縁取り結ぶように感じられるのは、〈穏やかな法則〉を説くこの作家に秘められたデモーニッシュな核心が、これらの観察記にじつに生々しく、また顕なかたちで認められるからである。

それでも『バイエルンの森から』は、保養滞在先のドライゼッセル山麓の村で猛吹雪に閉じこめられた〈白い暗闇〉[2]の威圧する恐怖を語りながらも、自宅のあるリンツに残してきた病気の妻の安否を気遣う思いにあふれた、事実と虚構が混在する晩年様式の従容たる自伝口調で語られており、後年トーマス・マンの『魔の山』で主人公が吹雪のなかで神秘

1　執筆は1867年。

2　このweiße Finsternisという撞着語法は、短篇『水晶』の雪中描写にみられる良く知られた表現であるが、ここで使っても不適切ではあるまい。当体験記でそれに当るのはweißes Ungeheuer。

体験をする場面のモデルになったという挿話[3]も、その物語的文体の類比からさほど無理なく理解できる。それに対して、日蝕観測記のほうは、対象の性格からいっても、垂直軸と水平軸とが鋭角的に交差して、R.オットー流にいえば、戦慄であると同時に魅惑でもある驚異が観察者を襲い、これまでの経験の次元を超えた異世界に束の間さらっていくにとどまらず、この驚異は性的な比喩ともかかわり、さらには光と色彩と音楽が共感覚的な表象世界をつくりだす。ここでは神的な驚異を中心とした複数の位相が、plötzlichとか auf einmal という情態副詞の多用から推測できるように、絶えず〈不意に〉入れ替わり、また切り出されてくる。その意味で、一口に自然観察記と称しても、この両者の性格は多分に異なり、日蝕観測記の多面性は、シュティフターの内攻した多面性を小さな形で、だがそれだけいっそう鋭く映し出しているように考えられる。さしあたり、事の次第に即して述べるのが順当だろう。

1842年7月8日の皆既日蝕が見られた地域帯は、ポルトガル沖からはじまり、マドリード、マルセイユ、ミラノ、ブラチスラヴァを経て、ウクライナからロシア南部を通り、中国の杭州から東シナ海に抜け、那覇をかすめて北マリアナ諸島を越えたあたりで消滅した。ヴィーンでの皆既日蝕は、二分間つづいたと記されているように、正確には午前5時43分54,0秒にはじまり、その一分後に頂点に達し、45分57,9秒に終わった[4]。巷間ではしばしば、皆既日蝕を体験した者はその人生観なり世界観が変わるといわれる。実際、シュティフターにとっても類似のことが起こった。かれの日蝕観測記はこう書き出されている。

〈50年のあいだ知っている事柄がある、だが、51年目にその内容の重要さと豊かさに気づいて驚いてしまう〉[5]。ここでいう〈知っている〉とは、

---

3 Thomas Mann: Die Entstehung des Doktor Faustus. In: ders.: Gesammelte Werke, Frankfurt am Main: S. Fischer 1960, Bd. XI, 237f.

4 以上はNASA（http://eclipse.gsfc.nasa.gov/SEsearch/SEsearchmap.php?Ecl=18420708）の統計資料による。

5 Adalbert Stifter: Sonnenfinsternis am 8. Juli 1842. In: ders.: Die Mappe meines Urgroßvaters / Schilderungen / Briefe. Mit Nachwort, Anmerkungen und Zeittafel von Karl Pörnbacher. 5. Aufl., München: Winkler Verlag 1995, S.503. なお、この日蝕観測記からの引用箇所は、以後、本文中にその頁数を節目ごとに略記する。

知識として知っていることで、当時の自然科学に通じていたシュティフターは、読者に向ってあらかじめ皆既日蝕が起こる仕組みを、〈自分ですでに見たことがあるかのように〉(503) 概説してみせる。だがしかし、かれが住んでいた建物の、ヴィーンとその郊外全体が見渡せる展望台に朝早く登り、自分の眼でこの現象にじかに触れたとき、これまで予想だにもしなかったことが起こったのである。〈わたしは自分の全人生でこれほど衝撃を受けたこと、この二分間ほど戦慄と崇高さのために衝撃を受けたことは、いまだかつて一度もなかった——まさに神が不意に明瞭なことばを語り、わたしにそれが理解できたかのようであった〉、そして〈何千年も前に、たとえばモーセが燃える山から降ったときのように、惑乱し麻痺した心のまま展望台から降りてきたのだった〉(503/504)。

これは一種の見神体験にほかならないが、1805年生まれのシュティフターは、クレームスミュンスター修道院付属ギュムナージウムで相当自由で豊かな教育を受け、ヴィーン大学では法律を専攻する傍ら、数学・物理学・天文学の講義を聴講し、かつ社会改革に少なからず関心を抱く青年期を過ごした、典型的な近代の知識人だといえる。この合理主義、産業化、資本主義、国民国家その他の術語で説明される近代は、今日にいたるまでその姿を変えながらも、未来と過去への眼差しが互いに目まぐるしく交錯する分裂と矛盾にみちた時代である。一般にシュティフターが近代批判——これもまた近代の指標のひとつだろう——に転回するのは、1848年の三月革命に幻滅した結果だとみなされることが多いが、時代の様相に、つまり世界の全体像がひび割れてゆくありさまに、個人的にも社会的にも生涯敏感に反応しつづけたかれは、名目上は日蝕観測記と同じ1842年(実際はその前年)に執筆したヴィーン案内記の一篇『地下墓場を行く』において、〈精神的に偉大なもの〉を何もかも〈われわれの栄光ある時代の進歩〉[6]の結果だとみなす同時代の風潮に早くも疑念を呈している。今日の〈教育〉なるもののいかがわしさ、フランス革命の無残な帰結、鉄道や工場など物質的に実用的なものしか生み出せない

6 Stifter: Ein Gang durch die Katakomben. In: ders.: Die Mappe meines Urgroßvaters / Schilderungen / Briefe. L.c., S.301.

時代精神、口先だけの信仰を許容する信仰無差別論(Indifferentismus)等々が支配的な現状[7]に対して、案内記の筆者は、シュテファン大聖堂の地下に広がるカタコンベを探訪したのち、地上の〈みだりがわしい雑踏を通って〉[8]家路につきながら、じつに憂鬱な気分になる。この地下墓場では、上部の大聖堂が天空を目指して聳え立つありさまと対照的に、暗闇のなかで死が破壊的な暴力をおもうさま揮ってはばからない。死の猛威という不壊の力が筆者にとって時代を批判する判断指標となる。だが、一方的な死の勝利は、メメント・モリの警鐘ではあっても、おぞましさ以上の価値があたえられているわけではない。

日蝕観測記に戻ると、太陽と月と地球が直線で結びつく簡明な自然現象には、〈高じては不思議な奇跡に変わると思われるほどの道徳的威力が秘められている〉(504)、すなわち日蝕という現象のもとに蒼古な超越神が示現する。星辰の文字を介して〈神は何千年も前に今日この時刻に奇跡が起こるように定めていた〉ので、自分たちの祖先はその文字を解読して奇跡が到来する時点を予告したのだった。こうして人びとはいまその時刻に頭上の太陽を見あげる、すると実際その通り〈はじまった / 来た〉(es kommt)。この計算の正確さは〈人間の悟性の勝利〉、言い換えれば事物を計数化して思考する人間の勝利にほかならない。だが、神は〈悟性が把握し、あらかじめ計算できたものより何百万倍も価値あるものを人間にもたらした。つまり、「わたしはある」(Ich bin) と——わたしがあるのはこれらの天体が存在し、こうした現象が存在するからでなく、この瞬間にお前たちの心が戦慄を覚えながらみずからに「わたしはある」といい、また、その戦慄にもかかわらず自分を気高く感じるからである〉(504)。

観測記の筆者は先に、神のことばを聞き、ホレブの、柴が燃える山から降るモーセにわが身を喩えていた。ここでは『出エジプト記』第三章のモーセと神の出会いに即してより具体的に日蝕体験の核心が捉えられる。〈わたしはある〉とは、モーセが訊ねて知る神の名である。イェル

7 L.c., S.302f.
8 L.c., S.304.

サレム版聖書の簡潔なドイツ語訳にしたがえば、〈わたしは「わたしはある」という者である〉[9]となる。進歩の時代にあって神の存在は忘却されているのに対して、シュティフターは皆既日蝕という現象において、一見逆説的なかたちではあるが、神の遍在に遭遇する。かれがこの手記を草す主眼は、なによりも悟性の予示能力を超えた、その出会いの不思議な経緯を、同時代人のために描こうとする点にあった。

しかしながら、このテクストには、シュティフターの自覚の有無は別として、その下敷きとなった文章の存在が推定されている。それは、シュティフターが青年期に愛読したジャン・パウルとの関係を比較研究したF. W. コルフ[10]が指摘する、後者の『貧民弁護士ジーベンケース』(1796/97年)に収められた短い戯文、題して『死せるキリストが、神はいないと宇宙から語る弁舌』である。これと日蝕観測記のテクストを比べてみると、ジャン・パウルの影響の大きさに改めて気づかされる。多くの類似点のうち、典型的な一例をあげるだけとどめるが、日蝕観測記のすでに引用した冒頭の文、〈50年のあいだ知っている事柄がある、だが、51年目にその内容の重要さと豊かさに気づいて驚いてしまう〉は、ジャン・パウルのテクストの最初のほうにある〈20年のあいだ魂の不死を信じていられる——だが、21年目に、ある大いなる瞬間にはじめて、この信仰の豊かな内容、この油井がもたらす温かさに気づいて驚いてしまう〉[11]に対応している、というより、後者の明らかな影響に注目せざるを得ない。さらにコルフは日蝕という背景やテクストの構造をはじめ、その他あまたの類似点を指摘している。

ただ、そのような個々の類似点を除いてその基本姿勢に眼を向けると、

---

9 上記イェルサレム版では »Ich bin der "Ich bin da"«、ルター訳にもとづく翻訳では »Ich werde sein, der ich sein werde«、ブーバー / ローゼンツヴァイク訳では »Ich werde dasein, als der ich dasein werde« である。後者二文例の未来形は生成する存在の未完了態を表すらしい。この神は生成する神 »der werdende Gott« である。ちなみに日本語文語訳では〈我は有て在る者なり〉。

10 Friedrich Wilhelm Korff: Diastole und Systole. Zum Thema Jean Paul und Adalbert Stifter. Bern: Franke Verlag 1969 の、とくに第一章・第二章を参照。

11 Jean Paul: Rede des toten Christus vom Weltgebäude herab, dass kein Gott sei. In: ders.: Werke in drei Bänden. Hrsg. von Norbert Miller. Nachwort von Walter Höllerer. Band I. München: Carl Hanser Verlag 1969. S.641.

両者の立場が対蹠的であることがわかる。ジャン・パウルにあっては語り手が皮肉な口調で暗澹たる夢語りをすることになるが、その表題が示唆するように、そこでは無神論が支配権を握っている。中心をなす太陽は失われて数多くの薄ぼけた太陽が鬼火のように生まれ、自然は瘴気漂う世界で屍と化す。〈霊的な宇宙全体が無神論の手で粉々に砕かれ、水銀のような無数の自我の点に変わっている〉[12]。これらの孤独な自我は予定調和を欠いたモナドのように幽界をさまよい歩く。それにひきかえシュティフターの描く世界はそれなりに明確な輪郭があたえられており、前景にはシュテファン大聖堂を中心にして、19世紀中葉の日常的な都市風景がのどかに広がり、人びとは日蝕を見るために望遠鏡や燻しガラスを用意して建物の高所や窓々に集まってくる。時代はビーダーマイアー期とはいえ、いかにも近代の途上にあり、それらの風俗を点描しながらも、シュティフターは基本的には有神論の側に立つ。後年のニーチェの神の死の宣告と異なり、シュティフターにとって神は死んだのではなく、近代生活の営みの背後に忘却されている。

ここで神の忘却との関連で、〈神の蝕〉(Gottesfinsternis) を論じたマルティン・ブーバーを参照しておく必要があるだろう。周知のごとく、かれの基本的主張では、人間の世界に対する態度は〈われ－なんじ〉(Ich－Du) 関係と〈われ－それ〉(Ich－Es) 関係の二つから成り立ち、神を含む存在者との本質的な出会いが可能なのは〈われ－なんじ〉関係においてだけである。むろん〈われ－それ〉関係はもうひとつの生の常態で、この〈われ〉は主導的主体として〈それ〉を捉え、近世にいたっては主客に関するデカルト的構図がその典型になる。とはいえ、この両関係は元来相補的なものであり、生き生きした〈なんじ〉はおのずから硬化して〈それ〉に変容するのが運命だとしても、やがて蛹から孵る蝶のように〈なんじ〉の再生が庶幾される。あるいは経済や国家など〈それ〉の世界も、人間の〈われ－なんじ〉関係によって支えられているかぎり自然で正しい結果を生むという[13]。シュティフターが関心を抱く天文学も最古の科学だろうが、かつては宇宙的な〈なんじ〉と繋がり、近

12 L.c.

代科学とは異なる豊かさに恵まれていたはずである。

しかしブーバーは、近代以降、とりわけ現代においては〈「われ－それ」関係が巨大に膨れあがり、ほとんど誰にも邪魔されずに主導権と支配をほしいままにしている〉と指摘する。〈この関係における「われ」、すなわちすべてを所有し、すべてを作り出し、すべてとうまくやる「われ」は、「なんじ」と呼びかけることもできず、ある存在者と本質的に出会うこともできない「われ」であり、それが現代の主人である。この絶大な権力をもつようになった「われ」はその周りがすべて「それ」で囲まれているので、当然、神をも、また人間以外に由来するものとして人間に示現される何らかの真の絶対者をも認めることができない〉[14]。したがって神の蝕が、神が隠れている事態が、起こるのである。その意味では、シュティフターがおかれている状況も、程度の差はあれ、すでに神の蝕が開始されている時代だが、にもかかわらず、かれはこの神の蝕の時代に日蝕という別の蝕を介して聖なるものの顕現に立ち会う。

皆既日蝕は、予定の時刻に〈いわば眼に見えない天使によるかのように太陽がやさしい死の接吻を受ける〉(505)ことではじまる。この観測記におけるシュティフターの叙述は、大別すれば、このような日蝕現象の修辞的ないし比喩的表現、日常世界を点描するリアリズム、そして嘱目の事柄に対する見解と問いから成り立っている。日蝕の〈われわれの魂を圧倒する崇高さ〉その他の現象は、説明的なことばでは容易に表現しがたいことを筆者は承知している。ふだん夜を銀色に照らす〈美しくやさしい月〉は、〈眼に見えない暗闇〉とも、〈悪しき獣〉とも、あるいは率直に〈不気味な、塊状の、真っ黒な、推し進んでくる物体〉とも喩えられ(506)、やがて〈天空の美しく穏やかな輝きは息を吹きかけられて曇ってくすんだように消えてしまった〉。何分か前までの〈すがすがしい朝のさなかで起きたこの緩慢な死〉、そして〈夕焼けのない夕暮れは幽霊じみた〉ものと化し、見慣れた自然は重苦しく不気味で異様な姿

13 このあたりのブーバーの根本観は、マルティン・ブーバー『我と汝・対話』(植田重雄訳、岩波文庫、1979年)から摘録した。

14 Martin Buber: Gottesfinsternis. Betrachtungen zur Beziehung zwischen Religion und Philosophie. Zürich: Manesse Verlag 1953, S.152f.

に変わり、また橋を渡る馬車や歩行者や騎馬の動きは〈黒い鏡に〉映して見ているようであった。あたりは暗くなるというよりも、冥界に似た別の王国のなかに音もなく滑りこんでいく。そして太陽が月に呑みつくされる光景は〈まことに見る者の胸が張り裂けるような一瞬〉であり、すべての人びとの口から一斉に〈ああ〉というため息が漏れた(507)あと〈死の静けさ〉が訪れる。それは〈神が語り、人が傾聴する瞬間であった〉。

同じ自然現象はしかし、波状的に別の位相でも述べられる。皆既日蝕は必ずしも太陽の死を意味するとはかぎらず、それは生の生々しい営みと密かに対比される。地平線に見えていた雲はいまや不意に〈巨人のように〉屹立し、郊外に棚引く霧も〈光のピラミッド〉を成し、さまざまな強烈な原色を帯び、そして〈いまだかつて見たことがない色彩が大空を揺曳していた〉。これはただ崇高な眺めというより、むしろ死の反転した、すなわち生の不気味な光景に似ている。先に日蝕の開始に際してes kommtという表現が見られたが、この表現は皆既日蝕にいたるまで4回使われている。むろん空を見上げる人びとの、日蝕の成就を今か今かと待ち望む切迫した気持をあらわしているに違いない。だが、es kommtという非人称表現は、卑語的な意味では性的快感の絶頂に向う歓びの表現でもある。神が語るという、この名状しがたい状態は、他方では性的な成就の状態と重なり合うのであり[15]、筆者は太陽と月の合一の光景をこう記す。〈月は太陽の中央にあったが、もはや黒い円盤ではなく、ほのかな鋼色の微光に彩られたように、いわば半透明であって、月の周りには太陽の縁は見えず、なんとも言いがたい、美しい、円い微光が、青白く紅色に、四方に屈折して輝き、まるで上にある太陽があふれる光を丸い月に注いで、それがぐるりに飛び散っているように見えた〉(508)。この文の最後にある〈飛び散る〉(spritzen)という動詞も卑語としては〈射精する〉の意味がある。

15 この点はEva Geulen: Worthörig wider Willen. Darstellungsproblematik und Sprachreflextion in der Prosa Adalbert Stifters. München: iudicium verlag 1992. S.20, Anm. 22を参照。

したがって、皆既日蝕の聖なる瞬間は偽装された性的合一の瞬間でもある。というより、ブーバーのことばを借りれば、宇宙的な規模で〈われ〉と〈なんじ〉の出会いが成就する根源の時が、作中にみられる多くの撞着語法と類似の姿をとって現れる。ここでは怖ろしくも美しい崇高の感情が性的で不気味な感情と並存するばかりか、この二つの位相は、むろん前者に重点がおかれているにしても、時として入れ替わり反転してあらわれる。後者の不気味さの一例として筆者はバイロン卿の『暗黒』(1816年)という詩を想い出す。この詩は、シュティフターが日蝕観測記の24年後の晩年、『キルヒシュラーク山からの冬の便り』(1866年)という書簡体の自然科学的エッセイで光について述べた一節でも要約引用されており[16]、そこでは光が地上から消滅した結果が物語られる。〈人びとは最後に家や教会や森に火をつけ光を手に入れようとする。そしてついには人間も家も教会も森もなくなり、そして地球は死んだ土塊になってしまう〉と[17]。バイロンが描くのは人類が恐慌狼狽する終末観的光景であって、先にあげたジャン・パウルの戯文に類似する。その中心を占めるのはともに人間界をあまねく照らす〈光の死〉[18]である。ただし、この日蝕観測者にとって、二分間の蝕は恐怖と戦慄にみちた幽界めいた世界の現出にとどまらず、同時に〈どこかに神がいるに違いない〉

---

16 この詩は、クレームスミュンスターのギュムナージウム時代からシラーの詩『天文学者たちに捧ぐ』とともに周知のものだったらしい。この点は Edda Ziegler: Im Zirkelodem der Sterne. Über Die Sonnenfinsterniß am 8. July 1842 in Wien. In. Walter Hettche et al. (Hg.): Stifter-Studien. Ein Festgeschenk für Wolfgang Frühwald zum 65. Geburtstag. Tübingen: Max Niemeyer Verlag 2000. S.10 を参照。だとすると、シュティフターにとってこの〈美しくも恐ろしい〉詩は、日蝕観測記のこの箇所の直後で述べられる否定的言辞を超えた、ほぼ生涯にわたる重要性があるのだろうが、その推測理由はすぐ後で触れるつもりである。

17 Stifter: Winterbriefe aus Kirchschlag. In: ders.: Die Mappe meines Urgroßvaters / Schilderungen / Briefe. L.c., S.520.『1842 年 7 月 8 日の日蝕』には、ただあっさりと〈人びとはただ光を見たいばかりに家に火をつけ、森に火をつける〉(L.c., S.509) とあるばかりなので、前者から引用した。バイロンは原詩 (Darkness) の冒頭で、これは必ずしも夢語りではないと断っているが、それは 1815 年にインドネシアの火山タンボラの史上最大級の爆発が惹き起こした地球規模の天候異変で、ヨーロッパでは 1816 年から 18 年ごろまで〈夏のない年〉がつづいた事情と関係がある。

18 シュティフターの日蝕観測記の〈光の死〉を美術史的に扱ったものとしては、Hans Sedlmayr: Der Tod des Lichtes. Salzburg: Otto Müller 1964 の同名のエッセイを参照。

(509) と思わせるに足る〈神の近さ〉を確信させるものでもあった。この緊迫した二重性がはらむ豊かさの自覚のせいか、〈バイロンはいかにも卑小すぎる〉と筆者は視点を変え、次いでいきなり、キリストの死に際して起こった出来事が想起される。〈太陽は暗くなり、大地は震え、死者たちは墓から蘇り、そして神殿の垂れ幕は上から下まで真っ二つに裂けた〉[19]。この光景には、キリストの死と復活に即した秘儀の予兆がはらまれている。

事実、太陽の死を見守る多くの者たちの挙措は、構造的には、キリストの死を見守った者たちと似ている。かれらはともに死(光の死 / 神人の死)という現象を介して不壊なるものの現前に立ち会ったのだった。日蝕がもたらした束の間の沈黙のあと、感嘆の〈ことばにならない声 (unartikulierte Laute)が起こった。ある者は両手を差し上げ、ある者は感動のあまり静かに手をよじり、また別の者たちは互いに手をとりあって握手した――ある婦人は激しく泣き出し、わたしたちの隣の建物に住むある婦人は気を失った。そしてある男性は、ふだんは謹厳実直な男だったが、涙が滂沱と流れたと、あとで話してくれた〉。つまり、かれらが体験したものは根本においてことばで言いあらわしがたく、この筆者の観測記をも含め、これまで書かれた日蝕体験記なるものは、いずれも真実からはるかに遠いと述べられる。〈それらはただ外的に生起したことしか描けない、それも不器用にしかできず、感じたことについてはさらに不器用にしか描けず、天空全体に揺曳する色彩と光による名状しがたく悲劇的な音楽にいたっては、まったく描くことができない〉。ここで〈神が見えるようにとわれわれの心を引き裂くレクイエム、怒りの日〉と呼ばれる音楽[20]は、死=復活を伴う多くの秘儀と同じく、通常の分節言語では捉え得ない性格を示している。このおどろに色取られ〈妖怪が群がるまったく見知らぬ空間〉で演じられる秘儀、すなわち〈神が外套を少し開いてわれわれにその姿を見せる〉(510) 奇跡は、皆既日蝕

19 これらのことばはマタイ福音書 27:51 と他の福音書の当該箇所にもとづく。
20 この〈レクイエム、怒りの日〉はグレゴリオ聖歌にさかのぼるというより、モーツァルトあたりが念頭におかれているのだろう。

が頂点に達した須臾の間の出来事にすぎず、〈人びとが自分の感情をことばにできる〉前に早くも消滅してしまう。同時にまた、月の縁に太陽が光の雫となって復活するとともに、一挙に不気味な〈彼岸の世界〉も消え失せ、日常的世界がふたたび戻ってくる。こうして人間ばかりか、動物までもが、光の復活を言祝ぎ、世界は回復される。ここに生=死=再生の循環論法を当てはめることもできるだろう。

だがそれにしても、いまだかつて〈音楽や文学からも、何らかの現象や芸術からも〉(511) 受けたことのない、この名状しがたい感銘を後世に伝えることは、〈子供時代からもっぱら自然に親しんできた〉シュティフターといえども、さらには名状しがたい体験を搦め手から言語化する使命を負う作家としても、じつに難しいことのように思われた[21]。筆者が記した日蝕体験記も、実際の体験に比べれば、まことに〈貧しいことば〉によるものだと感じられ、〈もし自分がベートーヴェンなら、音楽を使って表現するだろう。そうすれば、もっとうまく表現できるに違いない〉と述べる。そしてかれはこのように語りながら、最後に、日蝕という〈不思議な自然現象〉が自分に課した二つの問いを記すことで1842年7月8日の日蝕体験記を閉じる。

問いのひとつは、なぜ日蝕のような自然法則の例外時に限って神が示現するのかというものである。〈自然の法則はすべて神の奇跡や神の創造物だというのに、われわれは、神の存在をこれらのものに感じとるより、自然の法則がひとたび不意に変化し、いわば変調をきたしたとき、不意に恐怖して神の姿を見ることのほうが多いのはなぜだろう？　これらの法則は神の身を覆いかくす素晴らしい衣服なのだろうか、そして神はわれわれにご自身が見えるようにその衣服をほんのわずか開いて見せ

21　シュティフターのもうひとつの才能である画才は、その志向が、あとで述べられるように、当時の慣習的な現実描写の範囲にとどまったため、この種の体験の表現は最初から拒まれていたと考えられる。そのためにはターナーやドラクロワの才能が必要だったろう。この点について詳しくは Otto Stelzer: Die Vorgeschichte der abstrakten Kunst. Denkmodelle und Vor-Bilder. München: R. Piper & Co. Verlag 1964. S. 83ff. を参照。ちなみに、ヴィーン郊外から同じ日蝕を描がいた絵画としては、Jakob Alt: Die Sonnenfinsternis am 8. Juli 1842 (Museum Georg Schäfer Schweinfurt) のような作品がよく知られているが、風俗画の次元を格別超えるような作品ではない。

なければならないのだろうか？〉

この問いについて考えられることのひとつは、モーセの時代の、神と人がそこで出会える移動式聖所が、テントで造った幕屋と呼ばれ、同時に神の衣服とみなされることがあった[22]のに対して、ここで自然の法則自体が神の衣服に喩えられるのは、時代の世俗化に応じて自然の法則が世界を覆う衣服に変質してしまったという経緯によるだろう。その結果、この世界は神との出会いを可能にさせるような形で現前するのではなく、先の〈神の蝕〉と同じく、絶対的他者である神を隠蔽することで成立するようになる。自然の法則はもはや神の手から滑り落ち、自然科学が宰領する歴史化された自然の法則、すなわち生身の人間の立ち入りを拒む幕屋＝衣服に変わってしまった。皆既日蝕とて自然の法則に従う現象にちがいないが、その現実は自然法則の破れ目である例外現象としてしか認められず、その外殻がわずかに開いた瞬間にのみ人びとはかろうじて神に出会えるのである。いまや蝕=暗闇こそが、却ってそのような場を提供してくれるようになる。シュティフターがジャン・パウルの戯文やバイロンの詩のような暗澹たる作品に愛着を示すのは、先に触れた悟性の一方的な自然支配という趨勢が破綻した状態に、密かに積極的な意味を見出しているからであるように推測される。

もうひとつの問いは光と色彩が創り出す音楽の問題にかかわる。〈さまざまな光と色彩を、同時に並べて連続させることでも、耳のための音楽とほぼ同様の、眼のための音楽を考え出せないだろうか？　これまで光と色彩は独立して使われず、デッサンに付随してのみ使われていた。(……) 光の和音とメロディーの全体によって、音楽と同じく、強烈で感動的なものを惹き起こすことができないものだろうか？　少なくともわたしは、あの二分間に光と色彩とともに聴いた天空の音楽ほど高貴なものを、交響曲とかオラトリオなどの名で呼ぶことはできないだろう。たとえそれだけが感銘をあたえるものでなかったにしても、やはりその

22 カンディンスキー／フランツ・マルク編『青騎士』（岡田・相澤訳、白水社、2007年）154/155頁を参照。なお、本書には次の第二の問いで触れられることになる共感覚的表現の具体的試みを扱った「スクリャービンの《プロメテウス》」論も収載されている。

一部をなすのは光と色彩による天空の音楽なのであった〉(511/512)。

ここで述べられていることは、簡単に言えば、たとえば視覚と聴覚のような異なる感覚のあいだに照応関係が成り立つ共感覚にもとづく芸術表現の願望である。具体的には18世紀に淵源を発し、19世紀にいたり、シュティフターがジャン・パウルと並んで影響を受けたE. T. A. ホフマンの『クライスレリアーナ』において〈わたしはさまざま色と音と香りの融合を見出す〉[23]と述べられ、ボードレールがそれを踏まえて『悪の華』の一篇「照応」(Correspondances) で〈もろもろの香り、色、音はたがいに応《こた》え合う〉[24]と歌い、画家や作曲家ではターナーあたりを嚆矢に、その後の印象派を通って、20世紀初頭のスクリャービン、カンディンスキー、シェーンベルクにいたって実践的構想のもとに展開された願望、つまり共感覚に根ざすことで内容と形式の区別を超えた音楽の状態[25]にその理想を見出す発想である[26]。画家としてのシュティフターの作品は、結局のところ、〈光と色彩は独立して使われず、デッサンに付随してのみ使われていた〉という従来の範囲を出なかったとはいえ、かれがここで表明する願望は、たんに時代を先取りした先駆的な見解であるとともに、法則化・歴史化されてしまった自然の壁を穿ち、人間と超越的存在者との出会いが可能な自然を取り戻そうとする志向に関連する。たとえばカンディンスキーが〈抽象化 / 捨象〉(Abstraktion) という場合、極言すれば、そのような自然の探求が目指されていたともいえる。また、いま触れたばかりの詩行を含むボードレールの「照応」の出だしは、La Nature est un temple... (〈自然〉はひとつの神殿……[27]) とはじめられて

23 E.T.A. Hoffmann: Kreisleriana. In: ders.: Fantasie- und Nachtstücke. Hrsg. von Walter Müller-Seidel [u.a.]. 2. Aufl. München: Winkler 1967. S.50.

24 『ボードレール全集Ⅰ・悪の華』(阿部良雄訳、筑摩書房、1983年) 22頁。

25 〈音楽の状態〉であって音楽そのものにとどまらない。この点に関して、ウォルター・ペイターの次の一節を思い出しておいてもよいだろう。〈すべての芸術は絶えず音楽の状態に憧れる。というのも、他のすべての芸術では内容と形式を区別することが可能であり、悟性はつねにこれを区別しうるのであるが、それをなくしてしまうことが芸術の絶えざる努力目標となっているのだから〉『ウォルター・ペイター全集』第1巻 (富士川義之訳、筑摩書房、2002年) 93頁。

26 このあたりの経緯はE. ロックスパイザー『絵画と音楽――ターナーからシェーンベルクに至る絵画と音楽の比較美学』(中村正明訳、白水社、1986年) を参照。

おり、この頭を大文字化した nature はまさに諸要素がたがいに共鳴し合う神殿であって、自然法則の馴致された状態から解かれた、あるいは近代生活のさなかに不意に口を開いたデモーニッシュな自然だと考えることも可能だろう。

ちなみに、『悪の華』の初版が出版された1857年はシュティフターの長篇小説『小春日和』(Der Nachsommer) が出版された年であった。表題は秋に一時的に戻ってきた夏のような暖かな陽気を一般に意味するが、かつて情熱的に愛し合っていた男女が一度別れたあと、歳月を経た初老の時期に二人がふたたび見出した穏やかな愛情生活を示唆しており、それが物語全体の背景をなしている。しかしその世界は、シュティフターの多くの作品に見られるように、一見ビーダーマイアーふうの、些事にこだわる坦々とした日常性を描きながら、時おり天空を走る遠雷が仄めかすように、いつ起こるとも知れぬ破局とともに示現する驚異=ダイモンの力を秘匿している。シュティフターの作品の多くはそのような張り詰めた重層構造をなしており、このことが叙述の表面の深さを保証している。その原型的構造を、小篇ながら、もっとも鋭く、また顕に示しているのが、かれの日蝕観測記にほかならない。

27『ボードレール全集 I ・悪の華』同上、21頁。

C. D. フリードリヒの「寓意的風景画」
― 再発見されたセピア画連作《四季》について ―

落合 桃子

ジェームズ・トムソンの詩集《四季》は1730年に発表された。1745年にはドイツ語訳も刊行されている[1)]。ハイドンがこの詩集を元に作曲したオラトリオは、1801年にウィーンで初演され、翌年にはドレスデンでも上演された[2)]。

画家のカスパー・ダヴィット・フリードリヒ（Caspar David Friedrich, 1774-1840）もまたドレスデンで1803年頃に四季を主題としたセピア画連作に取り組んでいた[3)]。この《四季》連作（図1-4）は第二次世界大戦中に焼失したと考えられていたが、2004年に《夏》（図2）を除く3枚が再発見され、2006年秋にベルリン国立美術館版画素描室で一般公開された[4)]。

《四季》連作はフリードリヒの初期主要作品の一つに数えられる。画家の代表作となる《山上の十字架（テッチェン祭壇画）》や対副の《海辺の修道士》・《樫の森の中の修道院》が公開されるのは、それから数年後のことである。その後も画家は四季をテーマに作品を制作しており、

1）Z.B. Brockes, Barthold Heinrich: Aus dem Englischen übersetzte Jahres-Zeiten des Herrn Thomson. Hamburg: Christian Herold, 1745.

2）Vgl. z.B. IV. Nachrichten aus Wien. 1. Wiener Kunstnachrichten. Wien, den 10ten Juni. In: *Journal des Luxus und der Moden*. August 1801, S. 411-423, bes. S. 411-414; III. Musik. 1. Musik in Dresden. Dresden, den 18ten April 1802. In: *Ebda*. Juni 1802, S. 317-320, bes. 319.

3）Börsch-Supan, Helmut; Jähnig, Karl Wilhelm: Caspar David Friedrich. Gemälde, Druckgraphik und bildmäßige Zeichnungen. München: Prestel, 1973, Nr. 103-106.

4）Ausst.-Kat.: An der Wiege der Romantik. Caspar David Friedrichs Jahreszeiten von 1803. Berlin: Kupferstichkabinett, Staatliche Museen zu Berlin, 2006.

油彩画の《夏》（図５）（1807-1808年）と７枚組の素描連作（1826年）が今日現存している[5)]。

同連作に関しては、これまで残された写真図版や同時代の文字資料を元に論じられてきた。しかし連作中の３枚が再発見されてオリジナルに即した検討が可能となったにもかかわらず、フリードリヒ研究においてはその第一人者であるベルシュ・ズーパンが包括的に論じるに留まっている[6)]。

そこで本稿では、《四季》連作の基礎データと来歴を確認した上で、これまでほとんど注目されてこなかった絵画技法としてのセピアに言及し、さらに本作品の制作年代について新たな説を提示する。次にゴットヒルフ・ハインリヒ・フォン・シューベルト（Gotthilf Heinrich von Schubert, 1780-1860）ら同時代人による作品評を元に、従来の研究で様々に推論されてきた本連作及びその関連作品の成立過程を再構成し、最後に本連作の図像的および意味的特徴を明らかにする。なお本連作は画家の作品総目録では描写内容から《１日の時、四季、人生の年齢の連作》と題されているが、本稿においては2006年の展覧会タイトルにも用いられた《四季》という作品名を用いることとする。

作品データ、来歴

《四季》連作のうち、再発見された《春》・《秋》・《冬》は、紙（私製のベラム紙）にセピア・褐色インク、鉛筆で描かれており、大きさはそれぞれ19.2×27.5センチメートル、19.1×27.5 センチメートル、19.3×27.6 センチメートルで、現在ベルリン国立美術館版画素描室に所蔵されている。《春》（図１）には小川の流れる野原に幼子たちと子羊が認められる。《秋》（図３）では画面手前に小さな十字架の立つ岩や木々が描

5）Börsch-Supan u. Jähnig, a.a.O., Nr. 164-165; Nr. 338-340, 431-434.《冬》(BS165)は1931年にミュンヘンのグラス・パラストの火災で焼失。

6）Börsch-Supan, Helmut: Caspar David Friedrichs Zeiten-Zyklus von 1803. Leitmotiv seiner Kunst. In: Ausst.-Kat., Berlin 2006, *a.a.O.*, S. 25-38; ders.: Caspar David Friedrich. Gefühl als Gesetz. München und Berlin: Deutscher Kunstverlag, 2008, S. 155-175.

かれ、彼方には連峰が浮かび上がっている。《冬》（図４）では海辺の修道院廃墟を背景に、教会墓地で白髭の老人が墓の縁に腰を下ろしている。

本連作はハインリヒ・ヴィルヘルム・カンペ（Heinrich Wilhelm Campe, 1771-1862）のコレクションに由来する[7)]。カンペはバイエルン王国総領事や財政顧問官も務めたライプツィヒの羊毛卸売商人で、美術コレクターとしても知られていた[8)]。カンペの叔父ヨハヒム・ハインリヒ・カンペ（Joachim Heinrich Campe, 1746-1818）はフンボルト兄弟の私教師でもあった人物で、『ロビンソン２世』（1779）や『ドイツ語辞典』（1807-1811）の編纂で名を残す。ハインリヒ・ヴィルヘルム・カンペは1819年にフリードリヒの友人の画家ダール（Johan Christian Dahl, 1788-1857）のアトリエを訪ねて油彩画を購入しており[9)]、おそらくダールを通じてフリードリヒにも接触していたと考えられる。1862年のカンペの没後、彼の美術コレクションは３人の娘によって分割相続され、フリードリヒのセピア画連作を含む美術品はゲッティンゲンのハッセ家（Sophie Hasse; Karl Ewald Hasse, 1810-1902）に渡り、義息で動物学者のエルンスト・エーラース（Ernst Ehlers, 1825-1925）に受け継がれた。フリードリヒは1840年の没後よりしばらく等閑視されていたが19世紀末に再び注目されるようになり、1906年にベルリンで開催された『1775年から1875年までのドイツ美術展』には90点近くのフリードリヒ作品とともに《四季》連作も出品されている[10)]。その後エーラース旧蔵の絵画コ

7）来歴については以下に詳しい。Schulze Altcappenberg, Hein-Th.: An der Wiege der Romantik. Die Jahreszeiten Caspar David Friedrichs von 1803. In: Ausst.-Kat., Berlin 2006, *a.a.O.*, S. 15-24, bes. S. 15-16.

8）カンペについては以下に詳しい。Gleisberg, Dieter: Heinrich Wilhelm Campe. Glanz und Verhängnis eines Leipziger Gemäldesammlers. In: Zwahr, Hartmut (hrsg.): *Leipzig, Mitteldeutschland und Europa. Festgabe für Manfred Straube und Manfred Unger zum 70. Geburtstag*. Beucha: Sax, 2000, S. 109-121; ders.: Ein Gerichtssiegel auf Zeichnungen aus Goethes Besitz. Der Leipziger Kaufmann Heinrich Wilhelm Campe und das Schiksal seiner Sammlung. In: Bertsch, Markus; Grave, Johannes (hrsg.): *Räume der Kunst: Blicke auf Goethes Sammlungen*. Göttingen: Vandenhoeck & Ruprecht, 2005, S. 76-88.

9）Bang, Marie Lødrup: Johan Christian Dahl, 1788-1857: life and works. vol. 2. Oslo: Norwegian University Press, 1987, pp. 88-89, no. 181; Gleisberg, a.a.O., 2000, S. 114; Gleisberg, a.a.O., 2005, S. 79.

レクションは1935年11月27日にライプツィヒでオークションにかけられ[11]、《四季》連作は帝国造形美術院（Reichskammer der bildenden Künste）の画商カール・メーダー（Carl Meder）によって12,150ライヒスマルクで競り落とされた[12]。この価格は素描の取引価格としては第一次世界大戦以後の最高価格であったというが[13]、ここにナチス・ドイツ期におけるフリードリヒへの高い関心を読み取ることもできよう[14]。その後同作品は1937年以降に個人蔵となり、その後所在不明となっていたが、67年ほど経った2004年に《春》・《秋》・《冬》の３枚が所蔵者の子孫よりマインツの州立博物館に持ち込まれた[15]。再発見時の作品の状態はきわめて悪く、おそらく第二次世界大戦中にガラスの額に入った状態で大きな衝撃を受けたと考えられ、その過程で未発見の《夏》は消失したのではないかと推定されている[16]。同作品は美術商のベルナー（C. G. Boerner）

---

10) Ausst.-Kat.: Ausstellung deutscher Kunst aus der Zeit von 1775-1875. Zeichnungen, Aquarelle, Pastelle, Ölstudien, Miniaturen und Möbel. Königliche Nationalgalerie Berlin, München: Bruckmann, 1906, Nr. 2432-2435. ただし図録では《春》と《夏》が入れ替えられている。

11) Aukt.-Kat.: Handzeichnungen aus der Sammlung des verstorbenen Geheimrats E. Ehlers, Göttingen und einige wenige andere Beiträge. Leipzig: C. G. Boerner, 1935. S. 7, Nr. 80-83.

12) 帝国造形美術院はナチス・ドイツの文化統制機関、帝国文化院（Reichskulturkammer）の７つの下部組織の一つである。帝国文化院については以下に詳しい。Hinkel, Hans (hrsg.); Gentz, Günther (bearb.): Handbuch der Reichskulturkammer. Berlin: Deutscher Verlag für Politik und Wirtschaft, 1937.

13) Ueberraschung [sic] auf der Boerner-Auktion. In: *Die Weltkunst.* IX. Jahrgang, Nr. 48 vom 1.12.1935, S. 1; Schulze Altcappenberg, a.a.O., S. 23, Anm. 8.

14) ナチス・ドイツ期のフリードリヒ受容については以下に詳しい。Hinz, Berthold: Die Mobilisierung im deutschen Faschismus. In: Hofmann, Werner (hrsg.): *Caspar David Friedrich und die deutsche Nachwelt.* 2. Aufl. Frankfurt am Main: Suhrkamp, 1974, S. 56-63; Rautmann, Peter: Romantik im nationalen Korsett. Zur Friedrich-Rezeption am Ende der Weimarer Republik und zur Zeit des Faschismus. In: Ausst.-Kat.: *Caspar David Friedrich. Winterlandschaften.* Dortmund: Museum für Kunst und Kulturgeschichte, 1990, S. 33-41 u. 91-92.

15) 再発見から作品購入までの経緯については以下で触れられている。Schulze Altcappenberg, Hein-Th.: Caspar David Friedrich – Die »Jahreszeiten«. Eine Neuerwerbung für das Kupferstichkabinett. In: *Jahrbuch Preußischer Kulturbesitz* 43 (2006), S. 389-398, bes. S. 389.

16) Brückle, Irene: Die Restaurierung von Caspar David Friedrichs Sepia-Jahreszeitenzyklus von 1803. In: Ausst.-Kat., Berlin 2006, *a.a.O.*, S. 47-57, bes. S. 48.

を通じてベルリン国立美術館版画素描室に購入されたが、版画素描室におけるここ数十年で最も高額な作品購入になったという。

セピア、制作年代

《四季》連作にはセピア・インクが用いられている。セピアとはイカ（Sepia officinalis）の墨に由来する顔料のことを指し、古代ギリシャより文献上の記録が残されているが、絵画技法としては1780年代末にザイデルマン（Jakob Crescentius Seydelmann, 1750-1829）によって発明されたと言われている[17)]。1772年からローマに滞在し、画家のメングス（Anton Raphael Mengs, 1728-1779）のもので学んでいたザイデルマンは、あるイギリス人男爵の依頼で古代彫刻の模写を行ったが、黒チョークや白チョークで描いたデッサンが１年後には擦れてしまっていた。そこで耐久性のある画材を追求し始め、セピアイカの胆汁をビスタと混合させることによってセピア画法を生み出したとの逸話が残されている[18)]。ザイデルマンは古代彫刻やラファエロ《システィーナのマドンナ》などイタリア絵画の原寸大模写で当時広く知られており、ドレスデン美術アカデミーの教授を務め、1797年以降は他の教授と共同でアカデミー長も兼任していた[19)]。19世紀初頭のドレスデンではツィンク（Adrian Zingg, 1734-1816）を始め多くの風景画家がセピア画に取り組んでいたが、フリードリヒもコペンハーゲンでの修業を終えて1798年に移住したドレスデンでこの画材に接するようになったのだろう[20)]。1805年にはゲーテの

---

17) セピア画法とザイデルマンについては以下に詳しい。Radis, Boguslaw: Kunstgeschichtliche und naturwissenschaftliche Untersuchungen zur Sepia. Restauriering und Konservierung zweier Sepiazeichnungen von Jakob crescentius Seydelmann. Köln: Fachhochschule, Diplomarbeit im Fachbereich Restaurierung und Konservierung von Kunst und Kulturgut, 2000; Glück, Eva; Brückle, Irene: Caspar David Friedrichs künstlerische Technik im Sepia-Jahreszeitenzyklus von 1803. In: Ausst.-Kat., Berlin 2006, *a.a.O.*, S. 39-46, bes. S. 39-40.

18) Wl. [Therese von Winkel]: Sepiazeichnung. In: *Conversations-Lexicon oder encyclopädisches Handwörterbuch für gebildete Stände*. Bd. 9. Stuttgart: A. F. Macklot, 1818, S. 35; B. [Böttiger, Carl August]: Crescenz Jacob Seydelmann. In: *Artistisches Notizenblatt*. April 1829, Nr. 7, S. 25-27, bes. S. 25; Glück u. Brückle, a.a.O., S. 39, Anm. 2.

主催するヴァイマール美術展覧会で、フリードリヒによるセピアの風景画対副《日没の巡礼》・《秋の夕べ》がヨゼフ・ホフマン（Joseph Hoffmann, 1764-1812）の素描《ヘラクレスの牛小屋掃除》とともに大賞を与えられた[21]。フリードリヒは1807年頃より油彩画へと移行していくが、後年にいたるまでセピアの風景画で知られることとなった。1829年のザイデルマンの追悼記事には次のように書かれている。「いまだセピア画を描いている我々の風景画家フリードリヒを除いて、ザイデルマンに匹敵しうる追随者は現れなかった[22]。」フリードリヒ自身もザイデルマンを偉大で比類ない画家と評価している[23]。

《四季》連作は今日では1803年の制作と表記されることが多い。しかし再発見に伴う作品の調査結果から判断するならば、本連作はかつて議論されていたように段階的に成立したと考えられる[24]。グリュックとブリュックレによる調査報告によれば、《春》・《冬》と《秋》では褐色顔料の成分が異なっており、前者ではいずれも純正のセピアが用いられているのに対し、後者からはセピアに加えて大量の骨炭（Beinschwarz）が

19) Keller, Heinrich（hrsg.）: Nachrichten von allen in Dresden lebenden Künstlern. Leipzig: Dyk, 1788, S. 166-168; Kläbe, Johann Gottlieb August（hrsg.）: Neuestes gelehrtes Dresden oder Nachrichten von jetzt lebenden Dresdner Gelehrten, Schriftstellern, Künstlern, Bibliotheken- und Kunstsammlern. Leipzig: Voss, 1796, S. 158-159; Meusel, Johann Georg: Teutsches Künstlerlexikon oder Verzeichniß der jetztlebenden Teutschen Künstler. 2. Ausg. Bd. 2, Lemgo: Meyer, 1809, S. 355-356.

20) Sigismund, Ernst: Caspar David Friedrich. Eine Umrisszeichnung. Dresden: Wolfgang Jess, 1943, S. 51ff.

21) Goethe, F. W. v.: Siebente Weimarische Kunstausstellung vom Jahre 1805. In: *Jenaische allgemeine Literatur-Zeitung*. 1806, Bd. 1, S. I-XII, bes. S. I, Nr. 8-9 u. S. VII; Börsch-Supan u. Jähnig, a.a.O., Nr. 125-126.

22) B. [Böttiger, Carl August], a.a.O., S. 25; Sigismund, a.a.O., S. 104, Anm. 5. Vgl. auch Sumowski, Werner: Caspar David Friedrich-Studien. Wiesbaden: Steiner, 1970, S. 139.

23) Eimer, Gerhard; Rath, Günther（bearb.）, Caspar David Friedrich. Kritische Edition der Schriften des Künstlers und seiner Zeitzeugen I. „Äußerungen bei Betrachtung einer Sammlung von Gemählden von größtentheils noch lebenden und unlängst verstorbenen Künstlern“. Frankfurt am Main: Kunstgeschichtliches Institut der Johann Wolfgang Goethe-Universität, 1999（Frankfurter Fundamente der Kunstgeschichte. Bd. XVI）, S. 121, E2990-2999; Börsch-Supan und Jähnig, a.a.O., S. 50, Anm. 199; Ohara, Mayumi: Demut, Individualität, Gefühl. Betrachtungen über C. D. Friedrichs kunsttheoretische Schriften und ihre Entstehungsumstände. Berlin: Freie Universität Berlin, Diss., 1983, S. 112; Börsch-Supan, a.a.O., 2008, S. 111.

検出されたという[25)]。《春》と《冬》が寒色系よりの黒褐色を呈しており、《秋》は暖色系の褐色で透明度が幾分高くなっているのは、そうした材料の違いに起因するとされる。また前者の２枚では画面上に無数の斑点が生じ、滲みが見えたり輪郭線が加筆されたりしているのに対して、後者では色面が均質に描かれ、手書きのような印象が排除されている。ここにフリードリヒのセピア画法の展開が見られることも指摘されている[26)]。以上の点から《春》・《冬》の２枚と《秋》では成立年が異なると判断できる。《春》の裏面には画家の手になる「1803」の年記があり[27)]、《春》の描写内容は1803年夏の日記の記述と一致することが指摘されていることを鑑みれば[28)]、《春》と《冬》は従来どおり1803年の制作と見なすべきであろう。では《秋》は何年頃に描かれたのであろうか。《山の風景》（1804-1805年頃）の山頂[29)]と《秋》の画面左の山巓の筆致を比較すると、前者では斑点状のインクの跡や滲みが生じているのに対し、《秋》ではセピアの濃淡が効果的に用いられ、聳え立つ山頂がより立体的に描き出されている。この違いは先に述べたセピア画の展開に対応するものであり、《秋》のほうがセピア画としての完成度が高くなっていると言える。《四季》連作に関する同時代批評は1807年になって初めて登場しており、また画家の関心は1807年頃より油彩画へと移っていく。《山の風景》が1804、５年頃に描かれたとするなれば、《秋》はその後、遅くとも1807年までには完成していたと考えられる。

24）かつてベルシュ・ズーパンは《春》・《夏》・《秋》の３枚を1803年頃、《冬》を1808年頃の制作と見なし、ズモウスキーは筆致を根拠に《春》と《夏》を1803年、《秋》と《冬》を1807年の制作と判断していた。ただしいずれも白黒写真に基づく推定である。Börsch-Supan, Helmut: Die Bildgestaltung bei Caspar David Friedrich. Berlin: Freie Universität, Diss., 1960, S. 85-86; Sumoswki, a.a.O., S. 143-144.

25）Glück u. Brückle, a.a.O., S. 42.

26）Ebd., S. 41.

27）Vgl. Einem, Herbert von: Caspar David Friedrich. Berlin: Konrad Lemmer, 3. Aufl. 1950, S. 53, S. 124, Anm. 7（ヘルベルト・フォン・アイネム（藤縄千艸訳）『風景画家フリードリヒ』高科書店、1991年、183-184頁）; Ausst.-Kat., Berlin 2006, a.a.O., S. 59, Nr. 1.

28）Vgl. Sumowski, a.a.O., S. 142.

29）Börsch-Supan u. Jähnig, a.a.O., Nr. 122 und 124.

同時代批評と関連作品

本節では《四季》連作についての同時代批評を時間軸に沿って検討し、いまだ説得力のある説明がなされていない本連作および関連作品の成立と公開の経緯について明らかにしたい[30]。

1807年２月末に「C. B.」というイニシャルの人物がドレスデンを訪ね、フリードリヒのアトリエでセピアの風景画連作を見ている。「気晴らしのためにとフリードリヒは詩的な着想に満ちた４枚の風景画連作を我々に見せてくれた。その作品において彼は、１日の４つの時と四季、幼年期から老年期までの人生の四段階を、描き込まれた点景物によって、そして風景全体のたたずまいによって、きわめて独創的に描き出していた[31]」。前節で検討したように《四季》連作（図１-４）が1803年から1807年にかけて段階的に制作されたとすれば、この記述は公開年においても内容においても同連作と一致すると言える[32]。なお筆者の「C. B.」は従来カール・ベッティガー（Carl Böttiger）と推定されてきたが、Journal des Luxus und der Moden誌の編纂人を父に持つカール・ベルトゥーフ（Carl Bertuch, 1777-1815）であると考えられる[33]。フリードリヒはこの作品を提示するに留まっており、画家には同連作を商品として売るつもりのなかったことが想像される。

その後1807年から1808年の冬にかけて、《四季》連作の第二バージョンが制作されたと考えられる[34]。1807年の冬学期にG. H. シューベルト

30）1965年にガイスマイヤーによって同時代の作品評を根拠に《四季》連作の第二版の存在が想定されており、この説は広く受け入れられてきた。Vgl. Geismeier, Willi: Die Staffage bei Caspar David Friedrich. In: *Forschungen und Berichte* 7（1965）（Staatliche Museen zu Berlin- Preußischer Kulturbesitz）, S. 54-57, bes. S. 55-56, Anm. 6 ; Börsch-Supan u. Jähnig, a.a.O., Nr. 153-156. 一方で同説には反論も出されている。Sumowski, a.a.O., S. 196-197, Nr. 101-104; Schulze Altcappenberg, in: Ausst.-Kat., Berlin 2006, *a.a.O.,* S. 17.

31）C. B.: Kunst-Erinnerungen aus Dresden. Dresden d. 28. Febr. 1807. In: *Journal des Luxus und der Moden.* April 1807, S. 264-270, bes. S. 270.

32）1970年にズモウスキーがすでに同様の説を提示しているが、従来のほとんどの研究では「C. B.」による記述は第二版と関連づけられてきた。Vgl. Sumowski, a.a.O., S. 196-197, Nr. 101-104; Börsch-Supan u. Jähnig, a.a.O., Nr. 153-156.

33）同記事はヴァイマール在住のベルトゥーフによるドレスデン滞在報告である。なおベッティガーは「B.」のイニシャルを使用することが多かった。

が『自然科学の夜の側面』と題した連続講義の第12講においてフリードリヒの連作を取り上げている[35]。ここでの作品記述には連作全体を貫く水の流れが描写されており、現存する《四季》連作とは一致していないことが指摘されている[36]。女性画家のルイーゼ・ザイトラー（Loiuse Seidler, 1786-1866）も回想録の中で同様の四季の連作に言及している。「[４枚の風景画は]『人生の年齢』を表現しており、しだいに激しくなっていく水流の強大さのもとに、人類の幼年期、青年期、壮年期、老年期を描出していた[37]」。同作品は現存していないが、《四季》連作と同様の小型のセピア画であったと思われる。1810年４月14日に「C.」というイニシャルの人物が「彼［フリードリヒ］はすでに４枚のセピア小品において、人生の四段階と一日の４つの時が四季と結びつくというイデーを彼の友人たちのために見事に具現化した」と書いているが、おそらくシューベルトの講義を指しているのだろう[38]。

1808年１月には油彩画による《夏》（図５）と《冬》（図６）が完成していた[39]。《夏》はおよそセピア画に準拠しているが、その人物表現や構図はニコラ・プッサンやクロード・ロランなどの古典的風景画を想起させる。《冬》はセピア画とは異なる雪景色で、点景人物は老人から僧侶となり、樫の巨木が追加されている。この対副作品は同時代の美術愛

---

34) Vgl. Anm. 30

35) Schubert, Gotthilf Heinrich: Ansichten von der Nachtseite der Naturwissenschaft. Dresden: Arnold, 1808. Nachdruck. Darmstadt: Wissenschaftliche Buchgesellschaft, 1967, S. 303-309（G・H・シューベルト（鈴木潔訳）「自然科学の夜の面　第12・13講」、薗田宗人（編）『ドイツ・ロマン派全集第20巻、太古の夢革命の夢、自然論・国家論集』所収、国書刊行会、1992年、54-57頁）.

36) Vgl. Barth, Suse: Lebensalter-Darstellungen im 19. und 20. Jahrhundert. Ikonographische Studien. München: Ludwig-Maximilians-Universität, Diss., S. 247-248.

37) Kaufmann, Sylke (hrsg.): Goethes Malerin. Die Erinnerungen der Louise Seidler. Berlin: Aufbau Taschenbuch, 2003, S. 55.

38) C.: Kunstausstellung in Dresden, am Friedrichstage den 5ten März 1810. Dresden, den 14. April 1810. In: *Journal des Luxus und der Moden*. Julius 1810, S. 346-354, bes. 350.

39) Börsch-Supan u. Jähnig, a.a.O., Nr. 164-165. 本作品に言及しているゼムラーの批評は1808年１月に執筆されている。S. [Semler, Christian August]: Klinsky' s allegorische Zimmerverzierungen und Friedrichs Landschaften in Dresden. In: *Journal des Luxus und der Moden*. März 1808, S. 179-184.

好家たちに高く評価された。1808年２月８日付の記事には、「彼（フリードリヒ）の最も大きな油彩画は《夏》であり、その作品はこよなく私を魅了した」と書かれた[40]。1808年１月にはドレスデン王立図書館の秘書ゼムラー（Chrisitian August Semler, 1767-1825）が四季と人生の諸段階をテーマとしたクリンスキー（Johann Gottfried Klinsky, 1765-1828）の室内装飾画と共に論じている[41]。フリードリヒの同対副はクリストフ・ヨーハン・フォン・メデム（Christoph Johann（Jeannot）Friedrich von Medem, 1763-1838）によって購入された[42]。

フリードリヒは実際には４枚の油彩画による《四季》連作を構想していたようである[43]。ゼムラーは「彼［フリードリヒ］はそれ［四季と人生の諸段階の二重連作］を４枚の風景画において表現するつもりである」と書き記している[44]。1810年４月14日付のドレスデン・アカデミー展覧会評においても、フリードリヒに対して「四季」を主題とした連作（筆者はおそらく油彩画を念頭に置いている）への期待が記されている[45]。しかし実際に油彩画の連作が制作されたかどうかはわかっていない。

図像的および意味的特徴

ヨーロッパにおいて四季を主題とする風景画連作は月暦図の伝統に基づいて発展し、16世紀後半より多くの作例が登場している。そこでは四

40) Korrespondenz-Nachrichten. Dresden. In: *Morgenblatt für gebildete Stände*. Nr. 33 vom 8.2.1808, S. 132.
41) S. ［Semler, Christian August］, a.a.O., S. 179-184. ゼムラーは庭園および風景画理論に関する著作もあり、フリードリヒの風景画に関する論考も発表している。Vgl. auch Frank, Hilmar: Aussichten ins Unermessliche. Perspektivität und Sinnoffenheit bei Caspar David Friedrich, Berlin: Akademie Verlag, 2004, S. 20-32, 143-152. クリンスキーによるライプツィヒ郊外フローブルクのエルンスト・ブリュムナー（Ernst Blümner, 1779-1815）邸の壁画については以下に詳しい。Schneider, Sabine; Jurzok, Konstanze: Schloss Frohburg. Leipzig: Edition Leipzig, 2002, S. 32-38.
42) Börsch-Supan u. Jähnig, a.a.O., S. 299. その他２点の油彩画（BS158-159）が同時に購入されている。メデムおよびメデム家の美術コレクションについては以下に詳しい。Ausst.-Kat.: Elejas Pils. Katalogs. Riga: Rundāles Pils Muzejs. 1992.
43) Vgl. Sumowski, a.a.O., S. 196-197, Nr. 101-104.
44) S. ［Semler, Christian August］, a.a.O., 1808, S. 184.
45) C., a.a.O., S. 350.

季が季節の労働や娯楽によって表現された[46]。例えばブリューゲルの《季節画》連作では農作業を中心に各季節の営みが描写されており、ヴァトーやニコラ・ランクレといったロココ時代の画家たちは田園での世俗的な娯楽によって四季を描き出した。こうした図像的伝統は18世紀末になっても続いていた。イタリアで長年活動し、ゲーテにも評価されていたドイツの風景画家ハッケルト（Jakob Philipp Hackert, 1737-1807）による《四季》（1784-1785年）は羊飼いのいる風景と穀物・ぶどうの収穫、狩猟の場面で構成されている[47]。

フリードリヒの《四季》連作はこうした伝統的な四季の風景表現から逸脱したものであった。ここには農作業も世俗的な娯楽も描かれていない。巡りゆく季節の風景の中に、幼子たちと子羊、生を謳歌する若い男女、老人の姿が見出されるのである。

《春》（図１）には小川のほとりで子羊とともに戯れる幼子たちが描かれている。こうしたモチーフに関してはルンゲ（Philipp Otto Runge, 1777-1810）による《１日の４つの時》との関連がしばしば指摘されてきた[48]。同素描も1802年から1803年にかけて制作されている[49]。だが彼らが滞在していたドレスデンの画壇に目を向けるならば、スイスの詩人で画家のサロモン・ゲスナー（Salomon Gessner, 1730-1788）によるいわゆる牧歌的風景画にも注目すべきであろう[50]。ドレスデンではハーゲドルン（Christian Ludwig von Hagedorn, 1712-1780）の主導のもと1763年に新たに美術アカデミーが開設されていた[51]。ゲスナーの作品は

---

46) Vgl. z.B. Busch, Werner: Von unvordenklichen bis zu unvorstellbaren Zeiten. Caspar David Friedrich und die Tradition der Jahreszeiten. In: Ausst.-Kat.: *Philipp Otto Runge und Caspar David Friedrich: Im Lauf der Zeit*. Amsterdam: Van Gogh Museum, 1996, S. 17-32, bes. S. 17-25.

47) Nordhoff, Claudia; Reimer, Hans: Jakob Philipp Hackert: Verzeichnis seiner Werke. Berlin: Akademie Verlag, 1994, Nr. 379, 384-385, 440.

48) Vgl. Sumowski, a.a.O., 1970, S. 142-143; Börsch-Supan, a.a.O., 2006, S. 25-26; ders., a.a.O., 2008, S. 156-157.

49) Traeger, Jörg: Philipp Otto Runge und sein Werk: Monographie und kritischer Katalog. München: Prestel-Verlag, 1975, Nr. 265-283.

50) 例えば《滝のそばにいる森の牧童たち》（1777年）にはフリードリヒの《春》と同様、植物の生い茂る小川のほとりで戯れる牧童たちが描かれている。Birchner, Martin; Weber, Bruno: Salomon Gessner. Zürich: Orell Füssli, 1982, S. 52 u. S. 169, Nr. 62.

アカデミーの校長のハーゲドルンらにも評価されており、ゲスナー風の牧歌的イメージを18世紀後半のドレスデン周辺の画家たちは好んで描いていた[52]。無垢な牧歌的風景はシラーの言うところの人類の幼年時代を想起させる。19世紀初頭にはゲスナーの絵画作品がドイツでも広く知られるようになっていた。ゲスナーの没後にチューリヒのゲスナー邸で公開されていた絵画作品の目録が1802年には公開されており[53]、カール・ヴィルヘルム・コルベ（Carl Wilhelm Kolbe, 1759-1835）による複製銅版画（1805-1811年）も出版されている[54]。

《夏》（図２，５）では明澄な空の下、川の流れるゆるやかな丘陵を背景に相愛のカップルと白い番の鳩が描かれている。本作品についてはクロード・ロランの《アキスとガラテア》の影響が指摘されてきた[55]。ドレスデン絵画館に所蔵されているロランの同作品にもフリードリヒ作品と同様、恋人たちや番の鳩が見られるが、その舞台となっているのは日没と思しき薄暗い海辺である。フリードリヒと同世代の画家たちはむしろ晴れ渡る風景の中に愛し合う恋人たちを描いた。ヨーゼフ・アントン・コッホ（Joseph Anton Koch, 1768-1839）の水彩画《恋人たちとファウヌスのいる山岳風景》（1792年）には、岩山を背景として蔦のからまるアーチの下、抱き合う男女の姿が見出される[56]。またパノフスキーはプ

---

51) ドレスデンの美術アカデミーについては以下に詳しい。Hochschule für Bildende Künste Dresden (hrsg.): Dresden. Von der Königlichen Kunstakademie zur Hochschule für Bildende Künste [1764-1989]. Dresden: Verlag der Kunst, 1990.

52) Vgl. Fröhlich, Anke: Salomon Gessner und die Dresdner Akademie. In: Ausst.-Kat.: *Idyllen in gesperrter Landschaft. Zeichnungen und Gouachen von Salomon Gessner.* Zürich: Kunsthaus; München: Hirmar, 2010, S. 169-181. マイザックはゲスナーをドイツ語圏独自のアルカディア絵画（Arkadienbild）の誕生に貢献した芸術家として位置づけている。Maisak, Petra: Arkadien. Genese und Typologie einer idyllischen Wunschwelt. Frankfurt am Main u.a.: Peter Lang, 1981, S. 203-213.

53) Vgl. Ausst.-Kat.: Maler und Dichter der Idylle. Salomon Gessner (1730-1788). Zürich: Wohnmuseum Bärengasse; Wolfenbüttel: Herzog August Bibliothek. 1980, S. 147-157.

54) Vgl. z.B. F. [vermutl. Karl Ludwig Fernow] : Tableaux en Gouache, demi-gouache et desseins au lavis de Salomon Gessner, gravées à l' eauforte par W. Kolbe. I-III Cahier. A Zuric [sic] chez Henri Gessner, librarire 1805-1806. In: *Journal des Luxus und der Moden.* Januar 1807, S. 27-41; Februar 1807, S. 94-104.

55) Ausst.-Kat.: Caspar David Friedrich 1774-1840. Romantic landscape painting in Dresden. London: Tate Gallery, 1972, S. 27-28.

ッサンの《アルカディアの牧人たち（われまた、アルカディアにありき》に関する有名な論文の末尾で前出の画家コルベによる同タイトルの銅版画（1801年頃）にも触れているが、コルベのいくつかの作品にも生い茂った草木の中に若い恋人たちが登場する[57)]。こうした相愛の恋人たちのいる風景はアルカディア、人類の黄金時代と結びつけられていた。

しかしフリードリヒの真骨頂は、むしろ《秋》と《冬》にあった。当時はスウェーデン領だったポンメルン出身のフリードリヒは文字通り北方の画家であったが、同時代の批評家は次のように書いている。「ご覧のとおり、彼［フリードリヒ］の力強く激しい想像力は、南方の明澄で温和な空、実り豊かで晴れやかな地域によって形成されたのではない。北方的な崇高さと偉大さが（中略）彼に影響を与えたのである[58)]」。多くの画家がイタリアへ向かう中、フリードリヒが彼の地を訪ねることはなかった。フリードリヒは「キリスト教的オシアンの世界」を表現する画家とも評された[59)]。セピア画の《冬》（図４）に描かれている修道院の廃墟は故郷グライフスヴァルトのエルデナ修道院跡に由来しており[60)]、《秋》（図３）の画面手前に見られる岩の上の十字架は《山上の十字架（テッチェン祭壇画）》へ[61)]、油彩画の《冬》（図６）に登場する樫の木と修道士は《海辺の修道士》と《樫の森の中の修道院》へと展開していくこととなる。油彩画の《夏》と《冬》を画家のゲルハルト・フォン・

---

56) Lutterotti, Otto R. von: Joseph Anton Koch: 1768-1839. Leben und Werk, mit einem vollständigen Werkverzeichnis. Wien, München: Herold, 1985, S. 322, Z 66. 他の作例としてペン画《アキスとガラテアのいる風景》（1796 年）が挙げられる。Lutterotti, a.a.O., S. 206, Abb. 95; S. 362, Z 622.

57) アーウィン・パノフスキー「われ、また、アルカディアにありき：プサンと哀歌の伝統」『視覚芸術の意味』（中森義宗、内藤秀雄、清水忠訳）岩崎美術社、1971 年、273-297 頁。コルベの作例として《洞窟の中の恋人たちのいる植物図》（1808-1810 年頃）などが挙げられる。Martens, Ulf: Der Zeichner und Radierer Carl Wilhelm Kolbe d. Ä. (1759-1835) . Berlin: Gebr. Mann, 1976, Taf. 25, Abb. 47.

58) C. B., a.a.O., S. 268.

59) S. [Semler. Christian August], a.a.O., S. 182.

60) Schmitt, Otto: Die Ruine Eldena im Werk von Caspar David Friedrich. Berlin: Gebr. Mann, [1944], S. 10ff.

61) 大原まゆみ「カスパー・ダヴィット・フリードリヒ画『テッチェン祭壇画』考」『美術史』第 117 号（第 34 巻第 1 冊）、1985 年、16-27 頁、特に 18-20 頁を参照。

キューゲルゲン（Gerhard von Kügelgen, 1772-1820）は「生」と「死」の表現と見なしたが[62]、両作品は後世の研究者によって「牧歌（Idylle）」と「哀歌（Elegie）」、「古代」と「近代」とも解釈されている[63]。《四季》連作（図1-4）のうち、《春》と《夏》の２枚が過ぎ去った理想的古代、あるいは南方を想起させるのであれば、《秋》と《冬》は同時代のキリスト教世界、北方の表現と捉えることができる。

フリードリヒの友人でゲーテの崇拝者でもあったカールス（Carl Gustav Carus, 1789-1869）は『風景画に関する９つの書簡』において、あらゆる生命形式のうちに４つの段階が存在していると論じているが、フリードリヒの《四季》連作は四季や１日の４つの時、人生の諸段階に留まらず、人類の歴史を、さらにはシューベルトが書いているように「ポエジーの高次な世界、芸術家の高遠な理想の世界、宗教の世界」をも観る者に想起させた[64]。こうした《四季》連作は「寓意的風景画（allegorische Landschaften）」として同時代に受け入れられた[65]。

それから20年余り経って、フリードリヒは《四季》を７枚組の連作へと展開させた。同作品は1826年のドレスデン美術アカデミー展に「セピアで描かれた７枚のスケッチ」として出品された[66]。１枚目に地球の生成を思わせる《夜明けの海》が、四季の４枚を挟んで６・７枚目に《洞窟の中の骸骨》と《礼拝する天使》が追加された同連作は、四季や人生

62) Hoch, Karl-Ludwig (hrsg.): Caspar David Friedrich-unbekannte Dokumente seines Lebens. Dresden: VEB Verlag der Kunst Dresden, 1985, S. 31-34.
63) Rautmann, Peter: Caspar David Friedrich. Landschaft als Sinnbild entfalteter bürgerlicher Wirklichkeitsaneignung. Frankfurt am Main u.a.: Peter Lang, 1979, S. 38-47.
64) Carus, Carl Gustav: Neun Briefe über Landschaftsmalerei, geschrieben in den Jahren 1815-1824. Leipzig: Gerhard Fleischer, 1831, S. 45-47（C・G・カールス『風景画に関する九通の書簡』、神林恒道、仲間裕子編訳『ドイツ・ロマン派風景画論』所収、三元社、2006年、41頁）; Schubert, a.a.O., S. 308.
65) S. [Semler, Christian August], a.a.O., S. 182-184; Kaufmann, a.a.O., S. 55.
66) „664 Sieben in Sepia getuschte Skizzen, vom Prof. C. D. Friedrich." Verzeichniß der am Augustustage den 3. August 1826 in der Königl. Sächsischen Akademie der Künste zu Dresden öffentlich ausgestellten Kunstwerke. Sp. 57. Nachdruck: Die Kataloge der Dresdner Akademie-Ausstellungen 1801-1850. Bearbeitet von Marianne Prause. Berlin: Bruno Hessling, 1975. Börsch-Supan u. Jähnig, a.a.O., Nr. 338-340, 431-434.

の四段階といった枠組みを超え、人類の誕生から消滅に至る壮大な時の流れを思い起こさせた[67]。だが、かつて好意的に評価されたフリードリヒ流の寓意画はもはや時代遅れになっていたようだ。同時代人は「芸術ヒエログリフあるいは謎解き遊び（Kunsthieroglyphen oder Räthselspiele）」と評した[68]。

1834年の秋にはフランス人の彫刻家ダヴィット・ダンジェがドレスデン滞在中にフリードリヒのアトリエで見たという四季と人生の四段階を表した５枚組の連作について書き記している[69]。この完成したばかりという大型のデッサンには1826年の連作と類似のモチーフが描かれていたというが、同作品の所在は今日知られていない[70]。

67) 82.: Bemerkungen über die diesjährige dresdner Kunstausstellung. Zweiter Besuch. In: *Blätter für literarische Unterhaltung*. 1826, S. 358-360, bes. S. 359.

68) Ebd., S. 359.

69) Bruel, André: Les Carnets de David D'Angers. vol. I. 1828-1837. Paris: Plon, 1958, pp. 328-329. Vgl. Sumowski, a.a.O., S. 232, Nr. 343-347.

70) ベルシュ・ズーパンは《秋》・《冬》・《洞窟の中の骸骨》・《礼拝する天使》の４枚をハンブルク美術館所蔵のセピア画と同定している。Börsch-Supan u. Jähnig, a.a.O., S. 449-451; Börsch-Supan, 2008, a.a.O., S. 168. しかし描写内容や５枚組の大型デッサンであるといったダンジェの記述に従えば、別作品と判断するのが妥当であろう。

図1《春》セピア・鉛筆、19.2×27.5cm、ベルリン国立美術館版画素描室

図2《夏》所在不明

図3《秋》褐色インク（セピア、骨炭?）・鉛筆、19.1×27.5 cm、ベルリン国立美術館版画素描室

図4《冬》セピア・鉛筆、19.3×27.6 cm、ベルリン国立美術館版画素描室

図5《夏》1807-1808年、油彩、71.4×103.6 cm、ミュンヘン、ノイエ・ピナコテーク

図6《冬》1807-1808年、1931年に焼失

図版出典

図１、３、４=bpk. / Kupferstichkabinett, SMB / Volker-H. Schneider

図２=Handzeichnungen aus der Sammlung des verstorbenen Geheimrats E. Ehlers, Göttingen und einige wenige andere Beiträge. Leipzig: C. G. Boerner, 1935.

図５=執筆者撮影

図６=Eberlein, Kurt Karl (hrsg.): Caspar David Friedrich. Bekenntnisse. Leipzig: Klinkhardt und Biermann, 1924.

ヘルダーリンの「音調の交替」について
―脳神経科学からのアプローチ―[1)]

小野寺 賢一

序

「音調の交替」（Wechsel der Töne）はフリードリヒ・ヘルダーリンの構想した未完の理論である。[2)] それは詩作品が備えるべき法則性についての省察が記された、断章的諸文書の集積として残されている。これらのテクストは一貫して保持されるべき教理の断片というよりは、いわば詩作品の構成原理を模索するための実験場のような性質を有している。本稿の目的はヘルダーリンによる未完のプロジェクトの「完成形」を再構成することにあるのではない。そうではなく、詩人の思考実験の方向性を定めている問題連関を理解し、抒情詩という一概念の適切な把握ならびにその拡張に貢献しうるいくつかの洞察を導き出すことにある。この試みが可能であるのは、「音調の交替」がヘルダーリン独自の詩論であるばかりでなく、抒情詩を本質的に規定しているものの分析を含んで

1）本稿は 2010 年 10 月 2 日に行われた早稲田ドイツ語学・文学会第 18 回研究発表会における口頭発表に基づく。また、本研究は科学研究費補助金（研究活動スタート支援・課題番号：22820071）の助成を受けた。

2）ヘルダーリンの文書からの引用は以下の全集版による。Friedrich Hölderlin: Sämtliche Werke. ›Frankfurter Ausgabe‹. Historisch-Kritische Ausgabe. Hrsg. von D. E. Sattler. Frankfurt am Main（Stroemfeld/Roter Stern）1975-2008, Bd. 1-20. なお、訳出の際には下記の邦訳を参考にさせていただいた。手塚富雄他訳：ヘルダーリン全集第 4 巻（河出書房新社）1969；フリードリヒ・ヘルダーリン（武田竜也訳）：省察（論創社）2003。また、後者の邦訳の原書として次の文献を挙げておく。Johann Christian Friedrich Hölderlin: Theoretische Schriften. Mit einer Einleitung hrsg. von Johann Kreuzer. Hamburg（Felix Meiner）1998. 以下引用に際しては FHA と略記、それに続いて巻数と頁数を記し、併せて邦訳の対応箇所を示す。

いるからだ。[3)]

上記の問題設定に基づき、以下ではこのジャンルの一般的な定義、すなわち、抒情詩とは詩的主体の思想や感情を直接的に表現する手段であるという定義に立ち返り、「音調の交替」を解釈する。またその際には、詩人の発言を客観的に吟味するための外的基準を設ける。この基準とは現代の脳神経科学の諸理論である。近年当該の分野においては、情動や感情についての研究が著しく進み、長らく科学的には説明不可能だとみなされてきたこれらのメカニズムを客観的に記述する方法が確立されつつある。この比較的新しい情動と感情の科学は「音調の交替」という抒情詩の特殊理論の一般的な有効性を吟味する上で、一つの信頼に値する観点を提供してくれるはずである。

1

まず、ヘルダーリンによる抒情詩の定義を確認しておく必要がある。それは「外見の上では理想的な、抒情的な詩は［…］」（Das lyrische dem Schein nach idealische Gedicht [...]）という一文で始まる文書の冒頭、「抒情的な詩」は「一なる感情の進展する隠喩」であるという規定にみつかる。[4)]「音調の交替」に関する文書全体をみわたしても、抒情詩の一般的定義にここまで合致する文言を含んだテクストは存在しない。

3）S. Peter Szondi: Gattungspoetik und Geschichtsphilosophie. Mit einem Exkurs über Schiller, Schlegel und Hölderlin. In: Ders.: Hölderlin-Studien. Mit einem Traktat über philologische Erkenntnis. Frankfurt am Main（Suhrkamp）1970, S. 119-169, hier 119. ペーター・ソンディ：ジャンル詩学と歴史哲学——シラー、シュレーゲル、ヘルダーリンについての補説を付す［同著者（ヘルダーリン研究会訳）：ヘルダーリン研究——文献学的認識についての論考を付す（法政大学出版局）2009、121-163 頁］122 頁を見よ。

4）FHA, 14, S. 369,　ヘルダーリン全集第 4 巻、29 頁、省察、114 頁。以下 „idealisch“ は「理想的」と訳すが、ここでは感性を超えた、物質的にではなく精神的に規定された、単に想定された、想像上の、といったほどの意味で用いられている。Vgl. Fr. L. K. Weigand: Deutsches Wörterbuch. Hrsg. von Herman Hirt. Photomechanischer Nachdruck der 5. Auflage, Gießen 1909-1910. Mit Genehmigung des Verlags Walter de Gruyter & Co., Berlin. Tokyo（Sansyusya）1973, Bd. 1, s. v. „idealisch“; Goethe Wörterbuch. Hrsg. von der Berlin-Brandenburgischen Akademie der Wissenschaften, der Akademie der Wissenschaften in Göttingen und der Heidelberger Akademie der Wissenschaften. Stuttgart（Kohlhammer）2004, Bd. 4, s. v. „idealisch“.

しかしその直後に続く「叙事的な詩」と「悲劇的な詩」の定義によって、「音調の交替」がなんの留保もなしに通常の理解にあてはまるわけではないことが判明する。並列する二つの定義において「叙事的な詩」は「もろもろの偉大な努力」の、また「悲劇的な詩」は「ある知的直観」の「隠喩」だとされるのである。[5] この三分法は当然のことながら文学ジャンルの三区分に由来する。注意しなければならないのは、ヘルダーリンの目論見が抒情的、叙事的、そして悲劇的な各要素を一つの抒情詩において登場させることにあるという点だ。「悲劇詩人が行うとよいのは［…］」(Der tragische Dichter thut wohl [...]）という文言によって始まる文書で、ヘルダーリンは次のように述べている。

> 悲劇詩人は抒情詩人を、抒情詩人は叙事詩人を、叙事詩人は悲劇詩人を研究するのがよい。というのも、悲劇的なものに叙事的なものの完成が、抒情的なものに悲劇的なものの完成が、叙事的なものに抒情的なものの完成があるからである。それというのも、これらすべてのものの完成は、三種のものの混合した表現であるとはいえ、それでもやはり、各々においては三つの側面のうちの一つが最も際立ったものであるからだ。[6]

抒情的、叙事的、そして悲劇的な各要素は、一つの作品において欠けることなく存在すべきであり、そのうちのどの要素に強調がおかれるかによって、各々の作品が抒情的であるか、叙事的であるか、あるいは悲劇的であるかが決まるのである。一般的な意味における抒情詩が主観的かつ個別的な感情に基づくのに対し、本来悲劇や叙事詩が基づくのはけっして一個人の内面ではない。ヘルダーリンは悲劇ならびに叙事詩の主たる構成要素の対応物が「もろもろの偉大な努力」や「知的直観」といったかたちで個別的な主体において存在することを発見し、これによって、叙事的なものならびに悲劇的なものを抒情詩において表現する可能性に

5）FHA, 14, S. 369, ヘルダーリン全集第４巻、29頁、省察、114-115頁。
6）FHA, 14, S. 342, ヘルダーリン全集第４巻、36頁、省察、114頁。

道を開いたのだといえよう。

「もろもろの偉大な努力」と「知的直観」は、「感情」と並び詩作をその根底から規定する、詩的主体の内的状態である。このような定式化に対しては、「感情」はともかく、「もろもろの偉大な努力」や「知的直観」とは具体的にどのような状態を指すのか、という問いが立てられよう。この問いに的確に答えるためには、三つの概念の並列化を可能にしている基準、いいかえれば、これらが共通して属している概念の水準を理解しなければならない。手がかりは三つの要素の規定が不可欠とされたことの根拠にある。

悲劇的なもの、あるいは叙事的なものが第一の根拠であり、それを表現するために「感情」とは異なる内的状態が探し出されたのではない。「感受は詩において理想的に語る［…］」(Die Empfindung spricht im Gedicht idealisch [...]）という定義で始まる断片的文書を読むと、「音調の交替」プロジェクトが、詩に特定の「音調」を与える詩的主体の内的状態や能力を規定し、これらと「音調」との関係を把握しようとする試みから始まったことがわかる。[7] その際に登場する「感受」、「情熱」、「想像」という三つの「音調」は、それらを生み出すと考えられている状態や能力の名称に由来する。[8]

つまり、先行していたのは抒情的主体が基づくさまざまな内的状態や能力を規定しようとする試みであったのだが、その後この試みに伝統的な詩学の枠組みにそった検証が加えられたのである。ヘルダーリンは西欧の歴史と伝統によってその価値を裏打ちされ、それゆえに本質的なジャンルとして想定された「抒情詩」、「叙事詩」、「悲劇」（劇詩）の主要な「音調」を研究することで、彼の発見した三つの「音調」をより普遍的に表現しうる概念を探し求める。[9] これによって、当初「感覚」、「情熱」、「想像」とよばれていた各音調は「素朴」、「英雄的」、「理想的」音

7）FHA, 14, S. 325f., ヘルダーリン全集第 4 巻、34-35 頁、省察、105-106 頁。
8）Ebd., 同上。
9）このときに書かれたのが「音調の交替」のさまざまな図式である。FHA, 14, S. 340f., ヘルダーリン全集第 4 巻、23-25 頁、省察、108-113 頁。「音調の交替」の基本的図式については本稿末の図も参照せよ。

調へといい改められる。[10] さらにその際、これら三つの「音調」を基礎づける詩的主体の内的状態が改めて規定されたのである。

「感情」、「もろもろの偉大な努力」、「知的直観」を理解する上で重要なのは、ヘルダーリンが詩作の根底をなす内的状態を分析しなければならないと考えた、その理由である。このことは「音調の交替」に関する諸論考においては単に自明視されており、その根拠を明示するような文言はみられない。そこでテクスト分析の対象範囲を広げてみると、『《アンティゴネー》への注解』（*Anmerkungen zur Antigonae*）に対応しうる箇所がみつかる。ヘルダーリンは自身のソフォクレス翻訳に付したこの注解のなかで、ポエジーの対象を「人間のさまざまな能力」として規定するのである。

> つまり、哲学は常に魂のある一つの能力のみを取り扱うので、この一なる能力の描出がひとつの全体をなし、そしてこの一なる能力の諸分岐の単なる連関が論理とよばれるように、ポエジーは人間のさまざまな能力を取り扱うので、このさまざまな能力の描出がある全体をなし、またさまざまな能力のより独立した諸部分の連関が、より高次の意味におけるリズム、あるいは計算しうる法則とよばれうるのである。[11]

以上の規定が「音調の交替」の解釈にも有効であるとすれば、この詩学の目的は「人間のさまざまな能力」の個々別々な活動に関連を与え、描出することにある。しかもその際に与えられる関連は創作者の恣意によるものではなく、「計算しうる法則」にかなっていなくてはならない。この法則こそが「音調の交替」の法則、すなわち「感情」、「もろもろの偉大な努力」、「知的直観」に基づく「音調」の連関の法則である。つまりヘルダーリンの内的状態の分析は、「人間のさまざまな能力」の根底に存在し、その展開に法則性を与えている各要素を明らかにすることを

---

10) Ebd., 同上。
11) FHA, 16, S. 411,　ヘルダーリン全集第4巻、55頁、省察、173頁。

目的にしていたと考えられるのである。

さらに先へと論述を進める前に、さしあたり、「音調の交替」での見解を悲劇論におけるポエジーの定義に結びつける手法の妥当性が示されなければならないだろう。留意すべきなのは、「音調の交替」に関する諸文書の成立が1800年1月から3月にかけてであり、『《アンティゴネー》への注解』が書かれた1803年12月までには約四年の月日が流れているという事実、またその間にヘルダーリンの詩作に決定的な転機がおとずれるという事実である。「音調の交替」の模索が行われたのと時期を前後して、多くの頌歌が、またそれに続いて哀歌が書かれはじめる。1800年の秋以降、ヘルダーリンは詩作の比重を次第に讃歌へと移しはじめ、さらに1802年のボルドー滞在を契機として、詩的なものについての省察に新たな観点を導入する。研究者のなかには、この時期に「音調の交替」の図式に即した詩作の試みは事実上放棄されたとみなす者もいる。[12)]しかしまさにそれゆえにこそ、この1803年時点での発言が重要な意味をもつともいえる。なぜならここからは「音調の交替」プロジェクトを当初から規定し、図式の放棄後にもなお保たれた、より根本的な洞察を推し量ることもできるからだ。

「音調の交替」が抒情詩の理論である一方で『《アンティゴネー》への注解』が悲劇の理論であるという事実はさほど問題とはならない。後述するように、ヘルダーリンは悲劇が本来備えるべき法則性について、抒情詩をモデルとし、それとの差異を際立たせるという仕方で説明するからである。さらにポエジーが一般的に抒情詩、叙事詩、悲劇といった個々のジャンル区分よりも上位にある概念であり、詩的なもの全般を指すことを考えれば、ヘルダーリンによるポエジーの概念規定が悲劇論の枠内にとどまるべきであるとする必然性はないといえる。

12) S. Lawrence J. Ryan: Hölderlins Lehre vom Wechsel der Töne. Stuttgart (Kohlhammer) 1960, S. 176, 316f. Vgl. auch Meta Corssen: Der Wechsel der Töne in Hölderlins Lyrik. In: Hölderlin-Jahrbuch 5 (1951), S.19-49, hier S. 44-49.

2

これまでの論述において「感情」、「もろもろの偉大な努力」ならびに「知的直観」の属する概念の水準が明らかになった。それらは「人間のさまざまな能力」の連関に根底から法則性を与える要素である。次に問われるべきは「さまざまな能力」の意味であろう。それが明らかになりさえすれば、それらの能力の連関に法則を与える要素が具体的に何を指すのかについても、なんらかの理解が得られるはずだ。その上で「感情」だけでなく「もろもろの偉大な努力」と「知的直観」を脳神経科学の理論を用いて解釈することの妥当性が示されなければならない。

まず、脳神経科学者のデートレフ・リンケが提示した「能力」の解釈を批判的に検討しておく必要がある。リンケによればヘルダーリンのいう「能力」は、これが「物質性ならびに可能性」の領域に属する概念であるという点で、一個の脳全体を意味しうるという。[13] 彼の示す根拠は、脳もまたニューロンという物質の集合体であり、この「物質性と可能性」の領域から「精神の現実性」、すなわち人間の精神活動が生じるという点が、「能力」(Vermögen)の概念に合致するという点にある。[14]

リンケの依拠するジェラルド・M・エーデルマンとジュリオ・トノーニの「ニューロン群選択理論」(theory of neronal group selection)によれば、人間の精神活動は脳全体で活動するニューロン群から、特定のグループが選択されることによって生じるという。[15] リンケはこの理論にヴォルフ・ジンガーとチャールズ・グレイの共同実験の成果を結びつけ、[16] 脳の初期の活動から表象が産出されるまでの過程を次のようにまとめている。[17] まず、活性化した無数のニューロンは相互的に関連するものどうしで脳の各所にグループを形成する。このグループ化が生じる

---

13) Detlef B. Linke: Hölderlin als Hirnforscher. Lebenskust und Neuropshychologie. Frankfurt am Main (Suhrkamp) 2005, S.46f.

14) Linke, a. a. O., S. 46.

15) Gerald M. Edelman und Giulio Tononi: Consciousness. How Matter Becomes Imagination. London (Penguin Books) 2001, ins Besondere S. 79-92.

16) Wolf Singer und Charles M. Gray: Visual Feature Integration and the Temporal Correlation Hypothesis. In: Annual Review of Neuroscience 18 (1995), S. 555-586.

17) Linke, a. a. O., S. 161f.

には条件があり、伝達される個々の活動電位が一定のリズムで同期することが必要であるという。同期した活動電位の各グループは、それぞれが対象構成に関わるなんらかの情報を担っている。したがって、これらの情報の連続的提示は一定のリズムをともなって生じるといえる。

しかし、こうして生み出された個々の情報が関連しあい思考のプロセスへと流入するには、そこからさらに特定のグループが選び出されなければならない。いいかえれば、情報のリズミカルな連続的提示がいったん断ち切られ、特別に選択された情報が合流する契機が必要なのである。リンケは以上の知見に対応するヘルダーリンの洞察を『《アンティゴネー》への注解』と同時期に書かれた『《オイディプス》への注解』(*Anmerkungen zum Oedipus*) から導き出す。

> そのため、移し換え[18] が現れるリズミカルな表象の継起のなかに、韻律において中間休止とよばれるもの、純然たる語、反リズム的な中断が不可欠となるが、それはこの反リズム的中断が、急速な諸表象の交替にその頂点でぶつかるためであり、その結果として、それ以後はもはや表象の交替ではなく表象そのものが現れるのである。[19]

リンケの説に従えば、リズミカルな連鎖において急速に交替する「諸表象」は、同期したニューロンのグループによって構成される対象の情報に該当し、「中間休止」(Cäsur) はそこから選択された情報が合流する契機に、また「表象そのもの」は最終的に意識に滞留する決定的な表象に、それぞれ対応する。このように考えるとき、『《アンティゴネー》への注解』で言及される「さまざまな能力」とは、脳の各所で形成されるニューロンのグループを指すことになるだろう。別のいい方をすれば、「脳」という一個の全体的な「能力」が複数のニューロン集合体という

18)「移し換え」(Transport) とは、作品を根拠づけるものが記号へと移し換えられることを意味する。Vgl. Hölderlin, Theoretische Schriften, S. 125, 127, 省察、215、220 頁を参照。
19) FHA, 16, S. 250, 省察、159 頁、ヘルダーリン全集第 4 巻、55 頁。

「部分」に分節化したもの、それがリンケの考える「さまざまな能力」の意味にほかならない。

以上のような解釈は非常に狭いテクストの選択範囲にとどまることで成立しており、そこから少しでもはみだすと、いくつかの致命的な矛盾に直面してしまう。例えばリンケが中心的に用いるテクストはソフォクレス悲劇についての二つの『注解』であるが、彼が固執する「全体」と「部分」のコンセプトについて最もまとまった言及があるのは、冒頭で言及した「外見の上では理想的な、抒情的な詩は［…］」という文言で始まる断片的文書、そのなかでも「知的直観」について論じられる箇所なのである。ヘルダーリンはそこで、「知的直観」を「生きとし生けるものとの一致」とする定義に基づき、[20]「一致」する「諸部分」と、その総和であるところの「全体」との関係について詳しい説明を行っている。[21]

詩人の体系的な術語使用法に従えば、「知的直観」とは対象認識によって失われてしまう主―客の結合状態を指す。[22]「知的直観」は意識形成の前段階にあたるため、この結合それ自体を把握することはできない。ましてや「知的直観に」（時間的にではなく）理論的に先行するであろ

---

20) FHA, 14, S. 370, ヘルダーリン全集第4巻、31頁、省察、117-118頁。

21) FHA, 14, S. 370-372, ヘルダーリン全集第4巻、31-33頁、省察、117-123頁。

22) シュトゥットガルト版全集の編者フリードリヒ・バイスナーによってつけられた『判断と存在』（*Urtheil und Seyn*）という表題でも知られ、FHA版の編者D. E. ザットラーによって新たに『存在　判断　可能性』（*Seyn Urtheil Möglichkeit*）と名づけられたテクストにおいては、主体と客体との完全な一致は「知的直観」において成立するとされる。FHA, 17, S. 156, 省察、15頁。ディーター・ヘンリッヒによれば、ヘルダーリンは「知的直観」に関してこのテクストにおいて展開した考察を越え出るものを提示することはなかった。Dieter Henrich: Der Grund im Bewußtsein. Untersuchungen zu Hölderlins Denken（1794-1795）. Stuttgart（Klett-Cotta）1991, S. 550, 556. それに対してアンネッテ・ホルンバッハーは、詩人のその後の詩作や理論において、当初の思弁的思考の枠組は事実上乗り越えられたとみなし、「知的直観」の概念の内実に新たに与えられる感性的な意味を強調する。Annette Hornbacher: „Eines zu seyn mit Allem, was lebt... “. Hölderlins „intellectuale Anschauung“. In: Hölderlin: Philosophie und Dichtung. Turmvoträge 5（1992-1998）. Herg. von Valérie Lawitschka. Tübingen（Edition Isele）2001, S. 24-47. 本稿では基本的にヘンリッヒの見解に基づき、「音調の交替」が「知的直観」をめぐる初期の思弁的思考にも直接依拠しているという前提に立つ。ヘルダーリンの「知的直観」については次の論文も見よ。S. auch Michael Franz: Hölderlins Logik. Zum Grundriß von ‘Seyn Urtheil Möglichkeit,. In: Hölderlin-Jahrbuch 25（1986-1987）, S. 93-124, hier S. 107-113.

う主―客未分離の根源的「全体」、あるいは「根源的に一致したもの」について語ることができるのは、[23] それを失われたものとして、事後的に想定することによってであろう。つまり、「知的直観のなかにある一致は、それが自己を抜け出て、その諸部分の分離が起こる、まさにその程度において感知できるようになる［…］」のであるが、[24]「より制限された心情によっては感じられることはできず、その最高の努力においても予感されうるのみ［…］」なのである。[25]

「全体」から「諸部分」への「分離」の運動そのものは現実的であるものの、その運動の始点である根源的状態は観念的にしか想定できない。すなわちこの意味において「理想的」なものにとどまる。[26]「分離はこの理想的な始まりから、諸部分が最も極端な緊張状態にあるところまで、すなわち最も強力に対立しあうところまで進む」。[27] こうして極限まで分節化された諸部分はその後再び全体化へと向かい、「新たな一致」において止揚されるのである。[28]

もしリンケがこの洞察を自らの解釈に組み込んでいたのなら、「全体」と「部分」のコンセプトについてより一貫した説明を行えたはずだ。なぜならば、ニューロンのグループ化にともなう脳内活動の局所的集約は「根源的に一致するもの」から「諸部分」への分節化過程に対応しており、また、情報の合流による決定的な表象の産出は、諸部分の「新たな一致」に該当するとみなせるからである。ただ、その場合また別の困難が生じてしまう。後述するように、「全体」と「部分」に関する考察が行われる箇所には「知的直観」のみならず、「感情」や「努力」に関する考察が挿入される。しかし、二つの『注解』で展開される理論を脳の認知プロセス、あるいは表象の産出過程のみに関わらせようとするリンケの論述の枠組みには、「感情」ならびに「努力」といった概念のため

23) FHA, 14, S. 370, ヘルダーリン全集第 4 巻、31 頁、省察、118 頁。
24) FHA, 14, S. 371, ヘルダーリン全集第 4 巻、32 頁、省察、120 頁。
25) FHA, 14, S. 370, ヘルダーリン全集第 4 巻、31 頁、省察、118 頁。
26) 注 4 を参照。
27) FHA, 14, S. 371, ヘルダーリン全集第 4 巻、33 頁、省察、121 頁。
28) Ebd., 同上。

の余地は存在しないのである。

3

以上の事柄をより包括的な観点から検証することで、さらなる論述の方向性を導き出す必要がある。先ほど言及した『《オイディプス》への注解』の一節はリンケの主要典拠の一つであるが、彼はその直後に続く数行を無視し、さらにそれに続く数行は再び取り上げている。この操作によって「削除」されてしまった部分には、より適切な議論を可能にする情報が含まれている。

> 法則、計算、ならびに一つの感受システム、すなわち全的人間が、元素の影響のもとにあるものとして自らを展開する際のありよう、そして表象や感受や理性的思考が、さまざまな継起において、しかし常に確実な規則に従って次々と生じてくる際のありようは、悲劇的なものにおいては、純粋な継起というよりも、むしろバランスである。
>
> 悲劇の移し換えはしたがって本来空虚で、最も制約されていないものなのである。[29)]

注目すべきは、「全的人間」を生物学的モデルに基づいて「一つの感受システム」(Empfindungssystem) とする規定である。ここで用いられる「感受」(Empfindung) という語は直後に登場する同一の語とは意味の上で異なり、感官感受による知覚を意味している。これに対して接続詞「そして」以降の文章では、「一つの感受システム」の展開にともなう「表象や感受や理性的思考」の規則的かつ連続的な継起について語られている。前後の文脈から判断して、これこそ人間のもつ「さまざまな能力」の具体例にほかならない。それに対してこの引用の直後に続く文章——前掲の引用箇所——で急速に交替するとされる「諸表象」とは、

29) FHA, 14, S. 250, ヘルダーリン全集第4巻、48頁、省察、158頁。「移し換え」の意味については注14を見よ。

「表象や感受や理性的思考」の連続的継起が悲劇において表現されたものを意味している。つまり、『《オイディプス》への注解』の冒頭部分を解釈する際には、対象を描出することで生まれる「表象」と、「感受」や「理性的思考」と並んで描出の対象をなす「表象」とを区別する必要がある。

ヘルダーリンの発言を認知プロセスのみに関わらせようとした場合、上記の引用箇所は二重の意味で都合が悪い。まず、リンケの引用した箇所でいわれる「表象」が悲劇において描出されたものを意味することが明確になる点において、そして次にヘルダーリンの理論が認知プロセスにとどまらない、より広範な人間の活動を対象にしていることが明白になる点においてである。三つの能力のうち「表象」は確かに認知能力に関係するが、「理性的思考」はそれを前提としたより広範な知的活動であるし、この文脈における「感受」(Empfindung)とは感情とは異なり、はっきりとした輪郭をもたない、より複雑な心情の動きを指す。

諸表象の構成のあり方が悲劇においては「純粋な継起というよりも、むしろバランスである」といわれるとき、この「むしろ」は直前におかれた「継起」(Aufeinanderfolge)という語のもつ単線性を緩和するためだけにではなく、悲劇とは異なるジャンルとの比較を意図して用いられていると考えるべきであろう。直後に「韻律において中間休止とよばれるもの」という詩学概念への言及があることから、比較の対象が抒情詩であるばかりか、そもそもこの悲劇論の下敷きになっているのが抒情詩の構造であることがわかる。以上のことを手がかりにして、次のようにいうことができる。抒情詩においては「表象や感受や理性的思考」が純粋な継起において展開する。「一つの感受システム」とは、これら日常的な活動を生物学的レベルで支えている有機的機構である。「感情」、「もろもろの努力」ならびに「知的直観」もまた、一定の法則性に従い関連しあうことで「さまざまな能力」、すなわち「表象や感受や理性的思考」を支配する要素である。したがってこれらは概念の水準において「一つの感受システム」と一致する。

問題となる三つの概念が人間の活動の基盤をなす生物学的メカニズム

の構成要素であるとすれば、それは自然科学的記述の対象でもある。このことは、「感情」ばかりでなく「もろもろの偉大な努力」や「知的直観」をより一般的な概念におきかえて説明しうることを意味する。以下ではまず、このなかでは最も理解しやすいと思われる「感情」を脳神経科学者アントニオ・ダマシオの理論を用いて分析し、次いでそのほかの二つの概念を脳神経科学の用語によって説明する。[30)] とりわけダマシオの理論に焦点を合わせるのは、彼が情動の働きの臨床的な分析に集中する学者や、認知問題において意識の働きのみに焦点を合わせる学者とは異なり、身体と脳との相互作用を視野に入れ、情動、感情、そして意識の諸相の相関的な関係を仮定的に提示する試みを続けているからである。生物学的メカニズムのみでは当然説明しきれるはずもない「音調の交替」の理解に脳神経科学の知見を役立てるためには、ダマシオの提示するような包括的な観点が不可欠なのである。

4

ダマシオの研究の革新性は、人間が感情をもつに至る一連のプロセスを情動と感情とに分節化し、それを「自己」感覚ならびに意識の発展過程と結びつけた点にある。このプロセスはまず、視覚領域や聴覚領域などにおいて情動を誘発しうる対象が感知され、それらの部位の活動が「情動誘発部位」(emotion-triggering sites)——扁桃体、前頭前・腹側内側皮質として知られる前頭葉の一部、補足運動野と帯状回におけるもう一つ別の前頭領域など——を活性化することから始まる。[31)] 「情動誘発部位」の活動は神経結合によって視床下部、前脳基底、脳幹被蓋領野

30) 以下の論述は部分的に筆者の既発表の論文に基づくが、本稿ではその際に行った分析を修正しつつ、「音調の交替」の解釈に用いる。S. Kenichi Onodera: Hölderlins Gedicht Hälfte des Lebens. Versuch einer Analyse nach der neurologischen Theorie von António R Damásio. In: Veröffentlichungen des Japanisch-Deutschen Zentrums Berlin 60 (2010), S. 166-184.

31) Antonio Damasio: Looking for Spinoza. Joy, Sorrow and the Feeling Brain. London (Vintage Books) 2004, S. 57-62. アントニオ・R・ダマシオ(田中三彦訳):感じる脳—情動と感情の脳科学—よみがえるスピノザ(ダイヤモンド社)2005、87-92頁。なお、ダマシオの著書からの訳出に際しては、いずれの場合も田中充彦氏による邦訳書を用いた。

内の核、脳幹核に伝播され、それら「情動実行部位」(emotion-execution sites) が神経的・科学的な反応をよびおこすことで、内部環境、内蔵、筋骨格システムなどがある一定の時間変化する。[32] ダマシオの定義によれば、この身体状態の一連の変化が情動であり、感情とは主として、変化した身体状態の感性的知覚からなるのだという。[33]

つまり、感情が生じるためには、情動のプロセスを通じて活性化される内臓、筋骨格、神経伝達物質核より発せられる神経的信号が、大脳皮質ならびにいくつかの皮質下核に伝達される必要がある。[34] 血中に放出された化学物質も神経的信号の処理パターンに影響を与える。[35] こうした神経的・化学的信号を通じて、帯状皮質、島および二次体性感覚野(S2)、視床下部、脳幹核からなる「身体感知領域」(body-sensing brain regions) に身体の変化が伝達される。[36] この領域では有機体の状態が常にニューロンの活動パターンによって写し取られており、その情報の蓄積が一定の水準に達すると、一般的に感情とよばれるものが生じるのである。[37]

以上のような学説は、情動は身体の生理的変化に応じて経験されるとする、19世紀末にウィリアム・ジェームスとカール・ランゲによって初めて提唱された説を発展的に受け継ぐものである。[38] さらにダマシオは「有機体の物質構造」、つまり内部環境、内臓、前庭システム、筋骨格の各状態を間断なく写し取っているニューロンの活動パターンが根源的な「自己」をなしていると考える。[39] この意識形成に先立つ生物的な先駆体

---

32) Ebd., S. 62-65, 前掲書、93-96 頁。
33) Ebd., S. 85-90, 前掲書、120-125 頁。
34) Antonio R. Damasio: Descartes' Error. Emotion, Reason, and the Human Brain. New York (Avon Books) 1994, S. 145. アントニオ・R・ダマシオ(田中三彦訳):生存する脳—心と脳と身体の神秘(講談社)2000、231 頁。
35) Ebd., S. 144, 前掲書、232 頁。
36) Damasio, Looking for Spinoza, S 65, 96, ダマシオ、感じる脳、96, 135 頁。
37) Ebd., S.86, 前掲書、122 頁。
38) William James: What is an Emotion? In: Mind 9 (1884), S. 188-205; Carl Georg Lange: Die Gemütsbewegungen. Ihr Wesen und ihr Einfluss auf körperliche, besonders auf krankhafte Lebenserscheinungen. Eine medizinisch-psychologische Studie. Besorgt und eingeleitet von H. Kurella. 2. Aufl. Würzburg (Curt Kabitzsch) 1910.

は「原自己」(proto-self) と名づけられる。[40]「原自己」はむろん、われわれが日常において意識している自己とはまったく異なるものである。ダマシオによれば最も低次の意識でさえ、変化にとらえられた「原自己」と変化を引き起こした対象との因果関係が、より高次のニューラル・パターンにおいて提示されることによって初めて生じるのだという。[41] つまり、意識形成のプロセスには情動のプロセスが先行するかたちで結びついているのである。

定義の上からいえば「原自己」はヘルダーリンの概念「存在そのもの」(Seyn schlechthin)、すなわち「知的直観」に理論的に先行し、その後の意識形成によって失われる主—客未分離の根源的状態に正確に対応する。[42] そして「知的直観」とは事実上、この「存在そのもの」が成立しうる状態を主体と客体との関係に基づく認識モデルによって説明するために用いられる概念なのである。脳神経科学の概念を用いて「感情」ばかりか「知的直観」を定義できることの意義は大きい。なぜならこのように考えるとき、両概念を一つのプロセスにおいてとらえ、結びつけることができるからだ。もし「音調の交替」の理論にダマシオが提示するプロセスの詩学的定式化をみいだすことができたならば、そこにおいて「もろもろの偉大な努力」が占める位置を確認することで、この概念を情動と感情の理論を用いて定義することができるだろう。先取りしていえば、ヘルダーリンの「努力」はダマシオが「情動」とよぶ生物学的・生理的反応に相当する。手がかりは先に言及した「全体」と「部分」に関するヘルダーリンの発言にある。そこには「知的直観」から「努力」を通じて「感情」へと至る展開についての考察が含まれているからだ。

---

39) Antonio Damasio: The Feeling of What Happens. Body and Emotion in the Making of Consciousness. Orlando u. a. (Harcourt) 2000, S. 153-159. アントニオ・R・ダマシオ(田中三彦訳):『無意識の脳　自己意識の脳——身体と情動と感情の神秘』(講談社) 2003、195-201 頁。

40) Ebd., 同上。

41) Ebd., S. 168-171, 前掲書、212-216 頁。

42) FHA, 17, S. 156, 省察、15 頁。ここでの „Seyn“ を連辞(コプラ)の意味にとる注目に価する解釈もあるが、ここではひとまず度外視する。Vgl. dazu Franz, a. a. O.

「知的直観」において根源的に一致する全体は諸部分への「分離」を経て「新たな一致」へと至る。[43] このとき「分離」の運動はとりわけ「努力」(Streben) の概念と結びつけられて説明される。たとえば「分離」は根源的に一致する「分離可能なもの、より際限のないもの、より非組織的なものの努力」、あるいは「精神の物質性への努力」において生じるとされるほか、[44] 分離する諸部分を「変化への努力までしかとらえ」ない、ともいわれる。[45] この最後の規定は「分離」が受動的な運動であるということを前提としてなされている。すなわち、「それが受け止められた分離である限りにおいて、分離は形成しながら、つまり、それ自身の全体を再生産しながら現れることはできない、それはただ反応することしかできない」のである。[46] まとめれば「分離」とは有機体の変化として生じる、「知的直観」という理念的領域から物質的領域への移行、すなわち潜在的な活動性の現実的な展開である。そして「努力」とは、受動的な反応として生じるこの変化の運動の名称である。

重要なのはヘルダーリンが「分離」の生じる「努力」の段階から次の「感情」の段階への移行過程に、能動的な対象認識のプロセスを通じた広義の自己意識の構築を想定している点である。まず、「根源的に一致するもの」からの「分離」が限界まで押し進んだところで、今度は分離された諸部分のうちの「主要部分」が反応する。この反応は「新たな一致」における自己構成のプロセスの端緒をなし、また「努力」を始点とするがゆえに「精力的に始まる」といわれる。[47]「主要部分」、すなわち主体は、自らに対置されたもう一つの「主要部分」である客体の表象との「作用と反作用」を通じて、かつては受け止めたにすぎない「分離」を今度は「再生産」すべく働きはじめる。[48] そしてそこから最終的に「諸部分」の「新たな一致」、すなわち「個別的な一致」が生じるのであ

43) FHA, 14, S. 371, ヘルダーリン全集第 4 巻、33 頁、省察、121 頁。
44) FHA, 14, S. 371, ヘルダーリン全集第 4 巻、32-33 頁、省察、122 頁。
45) FHA, 14, S. 372, ヘルダーリン全集第 4 巻、35 頁、省察、122 頁。
46) Ebd., 同上。
47) Ebd., 同上。
48) Ebd., 同上。

る。[49)]

つまり「新たな一致」とは認識主体が自らと客体との関係を能動的に再構成することを通じて、「それもまた一つの全体をなすのだが、ただし、比較的軽く結びつけられている」「諸部分」を自らに属するものとしてとりまとめた結果生じるものなのだ。[50)] 以上のことから「主要部分」以外の「諸部分」とは、最終的に有機体が自己のものとして把握する一切の身体的・生理的な諸活動であると定義できるだろう。明らかにヘルダーリンは「努力」においてもたらされるもろもろの活動が「感情」のみならず広い意味での自己意識の成立に先行すると考えている。この見解は意識形成には情動のプロセスが先行するとするダマシオの説と一致する。実際にヘルダーリンは「諸部分」の「活発さ、規定性、統一性」が閾値を越えたときに、初めて自己に対する感覚が生じるとみなしている。

> […] したがって次のようにいうことができる。諸部分の活発さ、規定性、統一性が、これら諸部分の全体性が自らを感じるときに、全体性のために限界を超え、受苦となり、可能な限り絶対的な決定性と個別化へと至る場合に、初めて全体はこの諸部分において自らが活発であり、規定されていると感じるのである、と […]。[51)]

ここに記されているのは「感性的統一」にはあるが意識の及ぶ範囲の外で個別に働く「諸部分」が「全体」において統合されるための条件、すなわち「理想的」にのみ想定可能な根源的「全体性」ではなく、現実的な「より局限された全体性」が成立する条件である。[52)] 端的にいえば「諸部分」の総体としての自己を対象としてもつ「全体」とは、「受苦」(Leiden) として受け止められたもろもろの身体的活動や生理的反応において、自己を感知する有機体をいいかえたものにほかならない。そし

49) FHA, 14, S. 371, ヘルダーリン全集第4巻、32頁、省察、119頁。
50) Ebd., 同上。
51) Ebd., 同上。
52) Ebd., 同上。

てヘルダーリンは、自らを「より局限された全体性」、すなわち個体として把握する有機体においてこそ、「感情」に満たされた「個別的な世界」——それは「抒情的な詩」の対象となる——を構成することができると考えるのだ。[53]

これまで述べてきたことはダマシオの理論を用いて以下のようにまとめることができる。脳神経科学の用語を用いるならば「分離」とは、「原自己」の変化を反映するニューラル・パターンと、その変化を引き起こした刺激に対応するニューラル・パターンが脳内に形成された状態を意味するはずだ。[54]「原自己」の変化は情動の働きによってもたらされるものであり、この情動反応を通じて有機体は刺激に適切に対応し、自己保存を遂行するための運動を開始する。つまり、情動とその結果生まれる二つのニューラル・パターンとの関係は、ヘルダーリンのいう「知的直観」からの「変化への努力」と「分離」の結果として生じる二つの「主要部分」との関係に対応するのである。以上のように考えるならば、「分離」から「個別的な一致」への移行は、二つのニューラル・パターンがより高次のニューラル・パターンによって写し取られることで、主体と客体として脳に感知されるプロセスを意味しうるだろう。「原自己」の変化を反映するニューラル・パターンはその時点でもちろん感情になりうるが、有機体がそれを変化の原因と区別し、自己に属するものとして意識できるためには、この最後のプロセスを経なければならない。[55]

ヘルダーリンの文書に意識と「感情」の関係についての記述はない。しかし、感情を対象化しうるのは自らを「より局限された全体性」としてとらえる存在であること、またこの意味における個の構成には「努力」という情動に対応するプロセスが必要であること、この二点に関する認識は彼のテクストから読み取ることができる。注目に値するのはヘルダーリンが「感情」に至る前の段階を想定し、そこで働く力を「努力」(Streben) と名づけたことだ。ヘルダーリンがここで「努力」をス

53) Ebd., 同上。
54) Damasio, The Feeling of What Happens, S. 169f., ダマシオ、無意識の脳　自己意識の脳、213-215 頁。
55) Ebd., S. 168-172, 279-281, 前掲書、212-216、334-336 頁。

ピノザの概念「コナトゥス」の意味で用いていると仮定するならば、[56] ダマシオの場合、この概念が情動と感情の有する生物的・社会的な自己保存の能力を指して用いられるのに対して、[57] ヘルダーリンは「感情」に先立ち、意識的には統御されえない生物的・身体的反応のみを名指すためにこの語を採用したことになる。いずれにせよ彼は「努力」の概念を用いることで、ダマシオが「情動」とよぶ純粋に生物的な自己保存の運動と「感情」とを区別することに成功した。そればかりか厳密な意味での「感情」が成り立つためには対象と自己との関係の認識とそれが可能にする広義の自己意識が必要であること、そしておそらくは、この自己意識が身体活動や生理的反応に根ざす自己感覚から生じることを洞察してもいたのである。これによって、「感情」を根底におく抒情詩がなぜ「個別的な世界」を描出するのかが根拠づけられ、また、「感情」以外の内的状態の「発見」とそれらに基づく抒情詩の新たな枠組みの構想が可能になったのだ。

5

「感情」、「もろもろの偉大な努力」、「知的直観」の意味を情動と感情の科学の観点から定義できたとしても、それは「音調の交替」を体系的に解釈するための基礎をなすにすぎない。この理論の本質はその名が示すように、三種類の音調の多種多様な組み合わせにある。まず前提として、「知的直観」を根底にもつ詩の「基底音調」は「理想的」であり、「もろもろの偉大な努力」の場合は「英雄的」、また「感情」の場合は「素朴」であるとされる。[58] さらにこれら三つの詩様式は、それぞれが「基底音調」に加えて「芸術性格」ともよばれる「外見」の音調を有する。つまり、「悲劇的な詩」は「英雄的」音調を、また「叙事的な詩」は「素朴」な音調を、そして「抒情的な詩」の場合は「理想的」な音調

56) Vgl. dazu Margarethe Wegenast: Hölderlins Spinoza-Rezeption und ihre Bedeutung für die Konzeption des »Hyperion«. Tübingen (Niemeyer) 1990, S. 63.

57) Damasio, Lookingfor Spinoza, S. 36f., 79f., 131f, 138f., 170-175, 269f., ダマシオ、感じる脳、61-62、114-115、178-179、184、223-228、345 頁。

58) FHA, 14, S. 369-370, ヘルダーリン全集第 4 巻、29-30 頁、省察、114-117 頁。

を、それぞれの「外見」としてもつのである。[59]

この規定が部分的に有機体の自己展開との明らかな平行性を含んでいることに留意すべきである。「知的直観」を基底とする詩の「外見」の音調が「もろもろの偉大な努力」の「基底音調」である一方で、「もろもろの偉大な努力」を基底とする詩の場合は「感情」の「基底音調」にあたるものを「外見」の音調としてもつ。この関係を理解する鍵は、「外見」の音調をそれぞれの詩においてとられるべき「方向」とする、ヘルダーリンの説明にある。[60] つまり、「知的直観」が「もろもろの偉大な努力」へと、また「もろもろの偉大な努力」が「感情」へと自らを方向づける際のありようがそれぞれの「外見」の音調を構成するのである。

「悲劇的な詩」に関していえば、その根底におかれるのが「知的直観」であるだけに、そこからの分離の運動は「理想的」な音調をもって始まるが、運動そのものは「変化への努力」として「精力的」、すなわち「英雄的」な「音調」を有する。それに対して「叙事的な詩」における「感情」への移行は「もろもろの偉大な努力」を根底に据えるために「英雄的」に始まるが、運動そのものは「素朴」な「外見」を有するとされる。すでに述べたように「努力」から「感情」への移行は対象の規定を通じた「自己」の構成過程と平行している。それゆえ「叙事的な詩」における詩的主体は自己よりむしろ客体に向かい、対象描写に際して「精確さや静けさや具象性」を求める。[61] そしてその結果として「素朴」な「外見」の音調が生じるのである。「叙事的な詩」の「外見」の音調に関する規定は「もろもろの偉大な努力」が「情動」に対応することの傍証となる。ダマシオによれば、対象と有機体の変化との因果関係が高次のニューラル・パターンにおいて表現されることでもたらされるものとは、漠然とした自己感に加えて原因的対象の強調されたイメージであるからだ。[62]

---

59) Ebd., 同上。

60) FHA, 14, S. 369, ヘルダーリン全集第 4 巻、30 頁、省察、115 頁。

61) FHA, 14, S. 369, ヘルダーリン全集第 4 巻、29 頁、省察、114 頁。

62) Damasio, The Feeling of What Happens, S.169, 171, ダマシオ、無意識の脳　自己意識の脳、213, 216 頁。

以上のことをまとめれば、「外見」の音調とは詩作の際に根底におかれた内的状態が情動と感情のメカニズムに基づき、次の段階の内的状態へと移行する際のありようを意味するといえる。しかし「音調の交替」にはこうしたダマシオの理論に基づく論述の枠組みによっては説明できないものがある。それは「感情」を根底とする詩が「理想的」な「外見」の音調をもつとされることの根拠である。これを明らかにするにはもっぱらヘルダーリンの分析に基づき、「感情」から出発する抒情的主体の特性を理解しなければならない。詩人の発言を要約して再構成するならば、「抒情的な詩」の「基底音調」が「素朴」なのは抒情的主体が自らの構成する安定した「個別的な世界」から出発するためであり、また「外見」の音調が「理想的」なのは、その向かう先が「知的直観」にあるからだと考えられる。抒情的な詩が「そのもろもろの形成とそれらの編成においては、好んで不可思議なもの、超感性的なものである」といわれる理由はここにある。[63]

「感情」から「知的直観」へと向かう運動はやはり「全体」と「部分」の論理に従って「より局限された全体性」を有する「個別的な世界」が「諸部分」へと分割される過程として描かれる。個別的世界の消滅の先にあるものは、個別的ではない、すなわち「根源的に一致するもの」である。この論理的帰結から、「個別的な一致」の解体は完全な「全体」へと向かう運動であると考えられよう。

それは「分離」を経て「新たな一致」へと至った二つの「主要部分」、すなわち主―客の関係において結合された「感じるものと感じられるもの」とが再び分離することによって始まる。しかし、「抒情的な（より個別的な）情緒は、個別的な世界がその最も完成された生と最も純粋な一致のなかで自己を解消しようと努めるとき、そして、この世界が個別化される点において、すなわち、個別的な世界の諸部分が合流する部分において、この世界が消滅するようにみえるとき、最も親密な感情のなかにある」のであり、「そこで初めて、個別的な世界がその全体性において自己を感じ」、また「感じるものと感じられるものとが互いに分離

63) FHA, 14, S. 369, ヘルダーリン全集第4巻、29頁、省察、115頁。

しようとするところにおいて初めて、より個別的な一致が最も活発に、そして最も明確に現前し、反響する」のである。[64)]

「抒情的」主体が「より局限された全体性」から「分離」するなかで、根源的で完全な「全体性」はその性質上「理想的」なものとして「予感」されるにとどまる。したがって「個別的な世界」の根底にある「感情」は失われることはない。そればかりか、詩的主体は自らが基づく「感情」と「個別的な一致」に、対象との「素朴」な関わりの解消過程において向き合うことになる。つまり主観的で個別的な「感情」は個別的なものの止揚を通じて完全な「全体性」へと至ろうとする憧憬の前提であるが、この満たされない憧憬がかえって個別的な「感情」を強調する結果を生むのである。

ダマシオによれば、感情を意識できることによって有機体にもたらされる利益とは、情動に基づく半ば自動的な反応を社会的コンテクストに照らし合わせることで制御し、個別的な生を共同体においてより適切に展開できることにあるという。[65)] 個々人は自らの感情の意義を社会の価値基準に即して判定することで、自己という個的存在の生存に役立つ行動を選択できる。感情はこのようにして「自己」をより大きな全体に位置づけることを可能にするものの、その生物学的な目的は全体への奉仕ではなく効率的な自己保存にある。ヘルダーリンは上記の考察において、感情の社会的機能によってかえって強調されてしまう個としての意識を詩学的観点から分析したのだといえる。

ヘルダーリンはおそらく、自らを厳密な意味における「抒情的」詩人――その基盤は「感情」であり、「理想的」な「全体性」を志向する――であると考えていた。[66)] その彼が次第に共同体における詩人としての役割を主題にもつ後期讃歌へと詩作の比重を移していったのは、情動と感情の科学の観点からみても理にかなったことであったといえる。詩人がその過程において抒情詩人としての資質と讃歌詩人の使命との間で引

64) FHA, 14, S. 371, ヘルダーリン全集第4巻、32頁、省察、119-120頁。
65) Damasio, Looking for Spinoza, S. 137-179, ダマシオ、感じる脳、182-233頁。
66) S. Szondi, a. a. O., S. 125-129, ソンディ、前掲論文、126-129頁を見よ。

き裂かれざるをえなかったのは、彼の全体性への希求が「抒情的」詩人の限界を超えるものであったからだ。この限界の先にあるものこそ純粋な意味における「讃歌的なもの」にほかならない。[67]

結び

ヘルダーリンは人間の内的状態を三つに分節化し、本来感情を直接表出する手段であるとされる抒情詩において、「もろもろ偉大な努力」ならびに「知的直観」を表現するための方法を確立した。その成果は「音調の交替」の前半部分における「基底音調」と「外見」の音調との関係にみることができる。むろん、「音調の交替」の配列は本稿で素描したような有機体の単線的な展開に沿うわけではない。詩人の目的は省察を通じて三つの内的状態に基づく「音調」の特性をみきわめ、その多彩な組み合わせを生み出すことにあったからである。実際に「音調の交替」の後半部では「外見」と「基底」の音調の組み合わせにさえ変化が加えられている。「音調」のこうしたさまざまな組み合わせの法則を情動と感情の科学によって説明できるか否かに関しては、また機会を改めて吟味することにしたい。

本稿の目的は「感情」、「もろもろの偉大な努力」そして「知的直観」といった概念を現代の脳神経科学の理論を用いて解釈することで、「音調の交替」を部分的に一般化すること、そして抒情詩という概念のより厳密な定義とその拡張とを可能にする洞察を引き出すことにあった。一連の作業を通じて獲得された知見の妥当性は今後、ヘルダーリンの詩作品の解釈を通じて検証されなければならないだろう。もし、この検証作業を通じて三つの内的状態の表現方法を具体的に提示できるならば、ヘルダーリンの詩解釈にとどまらない「音調の交替」の活用法をみいだすことも可能かもしれない。

---

67) Vgl. Peter Szondi: Der andere Pfeil. Zur Entstehungsgeschichte des hymnischen Spätstils. In: Ders., a. a. O., S. 37-61. ペーター・ソンディ：別の矢――讃歌の後期様式の成立史によせて［同著者、 前掲書、33-59 頁］を参照。

〈「音調の交替」の基本図式〉[68]

抒情的

基底音調	外見
素朴	理想的
英雄的	素朴
理想的	英雄的
英雄的	理想的
理想的	素朴
素朴	英雄的
英雄的	理想的

叙事的

基底音調	外見
英雄的	素朴
理想的	英雄的
素朴	理想的
理想的	素朴
素朴	英雄的
英雄的	理想的
理想的	素朴

悲劇的

基底音調	外見
理想的	英雄的
素朴	理想的
英雄的	素朴
素朴	英雄的
英雄的	理想的
理想的	素朴
素朴	英雄的

〈ダマシオ・ヘルダーリン概念対応表〉

ダマシオ	有機体の状態	原自己	情動	感情
ヘルダーリン	有機体の状態	根源的に一致するもの	分離	個別的な一致
	〈詩の根拠〉	知的直観	努力	感情
	基底の音調	理想的	英雄的	素朴
	外見の音調	英雄的	素朴	理想的
	詩の様式	悲劇的	叙事的	抒情的

68) FHA, 14, S. 337, 340f., ヘルダーリン全集第 4 巻、23-25、34-35 頁、省察、105-113 頁を参照して独自に再構成したもの。

イグナーツ・フェルディナント・アルノルト『血の染みの付いた肖像画』
―ドイツにおける〈解明される超自然〉の一例―

亀井　伸治

一

　ゴシック小説は、未知の脅威的な何かに対する主人公の恐怖と、それについての読者の関心を巡って展開する文学ジャンルである。ただしその物語は、作者と読者が共有するひとつの了解の上に成り立っていた。すなわち、人知を超えた存在や次元によってわれわれが干渉を受けることは現実には起こり得ないという認識である。従って、ゴシック小説の中での超自然的要素の処理や、超自然の解明による保証がどこに帰着するかは、理性の世紀の作家たちにとってつねに大きな問題だった[1]。ゴシック小説の鼻祖ホレス・ウォルポールHorace Walpoleの『オトラントの城』*The Castle of Otranto, A Gothic Story*（London, 1764）は、描写の写実性というコンヴェンションを用いることによって、作中の超自然が読者にとって経験的に「リアル」に成り得ることを示した。マシュー・グレゴリー・ルイス Matthew Gregory Lewisの『修道士』*The Monk, A Romance*（London, 1796）でも同様に、悪魔が実在するものとして読者に経験される。これに対して、『ユードルフォの秘密』*Mysteries of Udolpho*（London, 1794）などのアン・ラドクリフ Ann Radcliffeの作品を範とするタイプでは、恐怖や不安の効果を達成するべく導入された超自然現象が、その物語自体の中で合理的に解明されて終わる。すなわちそこでは、結果として超自然は仮象に過ぎないことが暴かれるのである。

1　E. J. Clery, *The Rise of Supernatural Fiction 1762-1800*, Cambridge, Cambridge University Press, 1995, pp.9-10, 32.

この、合理化された精神的態度によって特徴付けられたゴシック小説の手法は、十八世紀における懐疑主義の文学への反映を示しており、一般に〈解明される超自然〉'explained supernatural' と呼ばれる[2]。

ドイツ語圏のゴシック小説たる〈恐怖小説《シャウアーロマーン》〉Schauerroman[3]も、英国のゴシック小説と同じく、超自然を扱うにあたって二つの形式を用いた。「本当の」超自然と「説明のつく」超自然である。前者には、クリスティアーン・ハインリヒ・シュピース Christian Heinrich Spieß の『侏儒ペーター、十三世紀の幽霊譚』*Das Petermännchen, Geistergeschichte aus dem 13ten Jahrhundert* (Prag, 1791)[4]やヨーゼフ・アーロイス・グライヒJoseph Alois Gleich の『短剣と燈火を持った血まみれの姿あるいはプラーハ近郊のシュテルン城における招霊』*Die blutende Gestalt mit Dolch und Lampe oder die Beschwörung im Schlosse Stern bey Prag* (Wien, 1799) のような小説を代表とする無数の作品がある。出版市場における恐怖小説《シャウアーロマーン》の流行は1780年代末から始まっていたが、この新たな小説ジャンルの発生と伸張を、人々は当時大いに盛んだったオカルティズムと関係付けた。その中でも〈幽霊〉という道具立ては、その独自性がひじょうに強かった[5]。英国のゴシック作品の影響と、1780年頃から文学や人文科学の分野において霊的な存在を問題対象とする考察が多く見られるようになった状況[6] に加え、いろいろな素材と多様に結び付く可能性がそれに貢献した。その結合可能性には限界がなかった。古城、廃墟、洞窟、地下納骨堂、悪魔の呼び出し、祟りや呪い、等々、あらゆる素材が累積された。通俗作家たちにとって幽霊は、自由に使える必須のアイテムにして創作の薬味であり、筋に活を入れ、何より読者に、

2 op. cit., pp.106-114.
3 石川 實,「ドイツ恐怖小説とゴシック小説」;『シラーの幽霊劇』国書刊行会, 1981, pp.163-185.
4 邦訳は、クリスティアン・ハインリッヒ・シュピース『侏儒ペーター』波田節夫訳, 世界幻想文学大系第十八巻. 国書刊行会, 1979.
5 幽霊の登場するドイツの小説全般については次のような論考がある。Muriel W. Stiffler, *The German Ghost Story as Genre*. New York, Peter Lang, 1993. / Gero von Wilpert, *Die deutsche Gespenstergeschichte. Motiv-Form-Entwicklung*. Stuttgart, Kröner, 1994.
6 G. v. Wilpert, *op. cit.*, pp.98-107.

ある決まった感情を喚起できる手段だったのである。

十八世紀の終わりの三分の一の期間のドイツでは、理性の力に対する信頼が目に見えて衰微していた。理性哲学の約束は実現しておらず、かつての広汎な熱狂を維持できたならそれだけでもまだ成功と言えた。予期された理性的で高潔な人間のタイプは実際には生じることなく、その代わりに利己主義と競争的態度が増加して広がって行った。新しい人間の出現への期待が亡失すると共に、社会状況の速やかな変化への希望もまた消滅した。あらゆる努力にもかかわらず、封建的・絶対主義的な支配機構は、いまだ完全な形で残っており、諸邦の分裂とそこから導出された特種権益は、将来的にも市民的な政治参加運動の進展を阻害した。市民階級の指導による反封建的団結の形成は、この状況下で現実的な成功はその見通しを失い、啓蒙主義の観念を実現し得たかも知れぬ集団的な力を必要とするものは存在しなかった。見込みのない状態とそれに伴う将来的な不確かさの帰結として、諦念と厭世主義的諧調が生じ、堅固な現実からの離反と、快楽的なものへの逃避、及び、それと密接に結び付いた、秘密めいたもの、非合理なものへの志向という傾向が形成された。その上になお、この時代における神学的な合理主義の成立によって、氾濫する悟性の即物性に対する最後の堤防の決壊が始まり、感情倫理の領域と文学の領域への供給だけでは、感情的な存在の力に対する欲求を十分かつ持続的に満足させることにはもはや追いつかなくなった。同時代人たちは、その自然な解決欲求を満たす為に超越的な領域へと向った。光の世紀の中で抑圧され休止状態に置かれていた反啓蒙的な力が、こうした条件の下で再び影響力を獲得した。

恐怖小説《シャウアーロマーン》の作家たちは、この世情に応じて、超自然や神秘の道具立てを動員し、空想によって現世の境界を越えようと試みたのだった。これに対し、十八世紀末当時の批評は明らかに、超自然的な登場人物の使用と物語世界の神秘主義的解釈を危険視していた。例えば、ヨーハン・アーダム・ベルクJohann Adam Bergkはその『読書術、並びに著作と著作家についての論評』*Die Kunst, Bücher zu lesen. Nebst Bemerkungen über Schriften und Schriftsteller*（Jena, 1799）において、こうした作品を啓蒙主義への侮蔑と考えた。ベルクの主張によれば、それらは、超自然的現象の根源について読者に全く疑問を抱かせようとはしないからである。

多種多様なものの絶えざる変化は彼［読者］の心を完全に惑わした。いかなる現象に対しても、「何処から、そして如何にして」といった疑義をもはや彼が差し挟むことはない。超自然的なものを調査したり、霊の領域に入り込もうとしたり、そしてそれが上手く行かぬなら、それについての説明を得ようとする労力を彼は十分払っていると言えるだろうか。[7]

そして、そうした小説は、迷信に対して警告するよりむしろ「超自然的現象についての迷妄」[8]を広げ、結果的に道徳の低下を導くものであると結論付けられている。

しかしながら、神秘が実在として描かれる作品だけがドイツのゴシック小説ではなかった。初めに述べたように、もうひとつ別のタイプの小説が存在した。1790年代後半にラドクリフやルイスの作品が英国から翻訳紹介される前のドイツにおいて、幽霊現象や降霊術師を描いた小説でむしろポピュラーだったのは、フリードリヒ・シラー Friedrich Schiller の『招霊術師』*Der Geisterseher. Aus den Memoires des Grafen von O ＊＊* (Leipzig, 1789)[9]の成功とそれに負う多くの作品であって、そこでは、超自然的な不思議は、秘密結社に代表される強力な組織や人間による陰謀の一部としてか、あるいは、主人公と読者の双方に、超越的な世界に対する不健康なまでの熱中や夢想に耽ることの危険性を教えるべく

---

7 J. A. Bergk, *Die Kunst, Bücher zu lesen. Nebst Bemerkungen über Schriften und Schriftsteller.* Jena, Hempel, 1799. Unveränderter Nachdruck. Nachwort von Horst Kunze. Leipzig, Zenralantiquariat der DDR, 1966, p.250.

8 op.cit., p.253.

9 代表的な邦訳としては以下のものがある。『見靈者 フォン・О××伯爵の手記より』櫻井和市訳：新關良三編『シラー選集１ 詩・小説』冨山房, 1931, pp.333-486 / F・シラー『招霊妖術師 フォン・О＊＊伯爵の手記より』石川 實訳, 世界幻想文学大系第十七巻. 国書刊行会, 1980.

故意に設計された仕掛けとして、その謎が最終的に解明されるのである[10]。

そして、その創作の際に作家たちが援用したのが、〈自然魔術〉natürliche Magie の仕掛けについての教説である。〈自然魔術〉とは、啓蒙主義者たちが、当時流行していた怪しげな神秘の現象をその下に総括した概念を指す術語をいう。1790年代に入り、フランス革命が自国にも波及するのではとの危惧からドイツの君主たちが不安に陥いると、その多くは、自由で啓蒙的な思想の光を遮蔽するべく反啓蒙主義に手を貸せば、自身の国で同様の事態が出来することを最も良く予防し得ると信じた。そうして、反啓蒙主義者の重要性は益々強まり、ついには諸邦で政権に影響を与えるまでになる。この動きは、啓蒙主義者たちの眼に深刻な危険としてのみならず大きな挑戦と映った。彼らは、反啓蒙主義の蔓延に対する最も重要な対抗手段として、何より、目覚ましく発展した自然科学、特に物理と化学を自在に使用した。詐欺師たちもまた自然科学の成果を利用していたので、当然それを逆手にとることで、彼らの化けの皮を剥ぐに効果的な可能性が与えられた。啓蒙主義者たちは優れた体系的研究者として、それらを光学的現象、磁気的現象、電気的現象などの物理的な方法による魔法、発生現象などの化学的方法による魔法、そして、主に素早い手捌きによる奇術に区分した。啓蒙思想を可能な限り広く確実に普及させるべく、彼らは、この暴露を巧みにも、愉快な娯楽の為の手本となる便覧の形で公刊した[11]。これを創作に利用する方向は、カイェタン・チンク Cajetan Tschinkの『その解明の手掛かりも一緒になった驚異譚』*Wundergeschichten sammt den Schlüßeln zu ihrer Erklärung*（Wien & Prag, 1792）や、匿名作家による『万人に対する啓発と娯楽の為の化けの皮を剥がれた幽霊譚』*Enthüllte Geistergeschichten zur Belehlung und Unterhaltung für Jedermann*（Leipzig, 1797）といったゴシック作品の題名に最も良く表れていよう。ドイツの多くの作家たちも

---

10 マンフレート・W・ハイドリヒは、この種のドイツのゴシック小説を、〈神秘の小説〉の下位ジャンルに属するものとして、〈秘密結社〉Secret societies と〈合理的に説明される霊〉Rationalized Spirits の二つに分類している。Manfred W. Heidrich, *The German Novel of 1800. A Study of Popular Prosa Fiction.* Berne, Peter Lang, 1982, pp.43-78.

また、英国ゴシック小説の〈解明される超自然〉と同じ観点に立つ種類の恐怖小説《シャウアーロマーン》においては、啓蒙主義の原理を擁護する為に逆説的に超自然的要素を用いていたのである[12]。

二

ここでは、ドイツにおける〈解明される超自然〉タイプの一例として、恐怖小説《シャウアーロマーン》作家イグナーツ・フェルディナント・アルノルト Ignaz Ferdinand Arnold（テーオドール・フェルディナント・カイエタン・アルノルト Theodor Ferdinand Kajetan Arnold と表記される場合もある）[13]の『血の染みの付いた肖像画、実際の奇談による幽霊譚』*Das Bildniß mit dem Blutflecken. Eine Geistergeschichte nach einer wahren Anekdote*

11 とりわけ有名なのは、ヨーハン・ザームエル・ハレ Johann Samuel Halle の全書（その代表作は、『実用及び娯楽に用いられた魔術あるいは自然の魔術的緒力、ベルリーンの王立プロイセン幼年学校教授ヨーハン・ザームエル・ハレによる』*Magie, oder, die Zauberkräfte der Natur, so auf den Nutzen und die Belustigung angewandt worden* (Berlin, 1783-87) 及び、ヨーハン・クリスティアーン・ヴィークレープ Johann Christian Wiegleb の『あらゆる種類の娯楽用のそして実用の技法から成る自然魔術』*Die natürliche Magie, aus allerhand belustigenden und nützlichen Kunststücken bestehend* (Berlin & Stettin, 1779) であるが、これらは部分的には、エドム＝ジル・ギュイヨ Edme-Gilles Guyot の『物理と数学の新しい気晴らし、この種の最も興味をそそる考案と日々の発見を含む；新しい気晴らしの原因と結果、作り方、及び、愉快な驚きと不意打ちを与える為にそうした気晴らしから引き出し得る娯楽』*Nouvelles récréations physiques et mathématiques, contenant ce qui a été imaginé de plus curieux dans ce genre et qui se découvre journellement ; auxquelles on a joint les causes, leurs effets, la manière de les construire, et l'amusement qu'on en peut tirer pour étonner et surprendre agréablement* (Paris, 1769-70)（独訳は、ヨーハン・クリストフ・テン Johann Christoph Thenn の翻訳による『物理学的なそして数学的な新しい楽しみ、あるいは、磁石や数字を用いたり光学や化学による、娯楽の為の新しい手品集、並びに、その原因と結果、また、それに必要な道具、ギュイヨ氏のフランス語の著作から』*Neue physikalische und mathematische Belustigungen, oder Sammlung von neuen Kunststücken zum Vergnügen, mit dem Magnete, mit dem Zahlen, aus der Optik sowohl, als aus der Chymie, nebst den Ursachen derselben, ihren Wirkungen und den dazu erforderlichen Instrumenten / aus dem Französischen des Herrn Guyot.* Augsburg, 1772-77）を拠り所としていた。

12 Marion Beaujean, *Der Trivialroman in der zweiten Hälfte des 18. Jahrhunderts. Die Ursprünge des modernen Unterhaltungromans.* Bonn, H.Bouvier, 1964, p.122, p.151 / Marianne Thalmann, *Der Trivialroman des 18. Jahrhunderts und der romantische Roman: Ein Beitrag zur Entwicklungsgeschichte der Geheimbundmystik.* Berlin, 1923. Rep., Nendeln/Liechtenstein, Kraus Reprint, 1978, p.64.

13 アルノルトは、1774年エアフルトに選帝侯侍従にしてオルガニストの子として生まれた。同地のカトリック系のギュムナージウムを卒業後、大学で法学と哲学を学び、幾つもの学位を取得して、弁護士、大学書記、オルガニスト、音楽教師となった。また大学講師として、音楽・芸術、脳と頭蓋の構造に関するフランツ・ヨーゼフ・ガルの体系、経験心理学、政治学そして美学についての講義を行った。1800年に結婚して二人の子をもうけたが、ほどなくして神経的虚脱となり癲狂院に送られた。退院すると再び講義を続け、通俗小説の執筆にも精を出し、1812年に亡くなった。アルノルトはその音楽的才能の故にしばしばE・T・A・ホフマンと比較される。それは、エアフルトのウルスラ会の教会、後にはセヴェリ教会で十九曲以上の有名な作曲家のミサ曲を演奏したことや、モーツァルト、ハイドン、ディッタースドルフのモノグラフィーを含む音楽史的著作を書いたことによって示されている。(Albert Seller, 'Vorwort' ; Ignaz Ferdinand Arnold, *Der Schwarze Jonas, Kapziner, Räuber und Mordbrenner. Ein Blütgemälde aus der furchtbaren Genossenschaft des Berüchtigten Schinderhannes. Aus seinem Inquisitions-Protokoll gezogen.* Frankfurt, ExcentricClub, 2000, pp.6-8 及び、Gustav Sicherschmidt, *Liebe, Mord und Abenteuer. Eine Geschichte der deutschen Unterhaltungsliteratur.* Berlin, Haude & Spener, 1969, pp.107-108.)

父の死後からアルノルトを襲った恒常的な経済的困窮が、「しばしば心底からの嫌悪をもって」('Vorbericht' zu *Amalie Balbi. Eine wunderbare Vision, die ich selbst gehabt habe. Von Theodor Ferd. Kajetan Arnold, d. Weltweisheit u. Rechtswissenschaft Doktor, Lehrer a.d. Univ. zu Erfurt.* Erfurt, Hennings, 1805, p.15) 行った創作へとアルノルトを駆り立てた。1798年から1812年までの間に彼は、少なくとも六十八の作品を書いた。それにはゴータの劇場年鑑や子供向け雑誌への寄稿などもあるが、約四十の小説の大半は、作者の、恐ろしいもの、降霊術、犯罪などの関心に呼応した魔術や隠秘への傾倒を示している。そうしたアルノルトの作品には次のようなものがある。『灰色の天使、東洋の物語』*Der graue Engel. Eine orientalische Erzählung* (Rudolstadt, 1798)、『赤い袖の男、幽霊譚』*Der Mann mit dem rothen Ermel. Eine Geistergeschichte* (Gotha, 1798-99)、『吸血鬼』*Der Vampyr* (Schneeberg, 1801)。また、『夢遊病の女あるいは恐るべき暗黒の結社、現在は国事犯としてS.に収監されているF＊＊＊n伯爵の回想録から』*Die Nachtwandlerin oder die schrecklichen Bundesgenossen der Finsterniss. Aus den Memoiren des Grafen F＊＊＊n, gegenwärtigen Staatsgefangenen zu S.* (Hamburg & Mainz, 1802) 及び『ミラクローゾあるいは恐るべき結社イルミナーティ、ある国事犯とヴィスチェラートの赤い仮面の男の遺稿からのある侯爵一家の描写』*Mirakuloso oder der Schreckensbund Illuminaten. Ein fürstliches Familiengemählde aus dem Nachlass eines Staatsverbrechers und der rothen Maske auf dem Vischerad* (Coburg, 1802) は、シラーの『招霊術師』の影響下に書かれた秘密結社小説である。さらに、『墓の上での婚礼の接吻、あるいはマリーエンガルテン教会での真夜中の結婚』*Der Brautkuß auf dem Grabe oder : Die Trauung um Mitternacht in d. Kirche zu Mariengarten* (Rudolstadt & Arnstadt, 1801)、『モール伯爵、ある家族の描写』*Die Grafen von Moor. Ein Familiengemählde* (Rudolstadt, 1802)、『オイリダーネ、地獄の娘、坊主譚にして幽霊譚(ポルタレグレ伯爵の遺稿から)』*Euridane, die Tochter der Hölle. Ein Pfaffen- und Geistergeschichte (aus dem Nachlass des Grafen Portalegre)* (Hamburg, 1803)、サディスティックな盗賊小説『黒いヨーナス、盗賊にして放火殺人犯』*Der Schwarze Jonas, Räuber und Mordbrenner* (Erfurt, 1805) などの作品がある。

(Zerbst, 1800)[14]を採り上げ、その特徴と問題点を詳しく眺めてみよう。物語のあらすじは以下の通りである。

　これまで遊蕩児として鳴らしてきたエルンスト・フォン・リンダウは、ある降霊会で補佐を務めることにする。夢想家のエルンストは死の彼方の領域を垣間見たいと熱望している。「博士」と呼ばれる術師は、エルンストの前に、彼が誘惑して捨てたフリーデリケの霊を呼び出すことになっている。ある修道院に寄宿していたフリーデリケはエルンストの子を宿し、密かに出産したが、それが因で修道院には居られなくなった。しかし、他に身寄りもなく絶望した彼女は、短銃で自殺したのである。現在、エルンストには婚約者カロリーネがいる。近く予定されている結婚に備えて、エルンストが心のやましさをすっきりさせることが、この降霊会のそもそもの目的だった。降霊に先立って、博士は入念な準備を施し、さらに、魂、予感、記憶などについての長々とした講釈を行う。いよいよ降霊が始まると、血まみれの姿のフリーデリケが現れ、誘惑者を指し示しながらその罪を告発する。霊の指弾によってエルンストは参ってしまう。会に同席したエルンストの親友フェルディナントは怒って、翌日、博士に軍刀を向けるが、何とその刀は目の前で孔雀の羽に変わる。ところで、霊は非難と同時に償いの方法も告げていた。それは、エルンストが誘惑を行った場所に戻り、フリーデリケの墓を訪ねること。そして、すべてをカロリーネに告白し、また、その時に彼女が自身について如何なることを明らかにしようとも、彼女との結婚をやめたりしないというものである。それを実行しようとしたエルンストは、カロリーネに小さな子供がいることを知って驚くが、それでも彼は霊の示した条件をすべて受け入れる。カロリーネの連れ子は、実はエルンストとフリーデリケの間にできた子供だった。心優しいカロリーネは子供を引き取り、その後見人

14 使用したテクストは、[Ignaz Ferdinand Arnold], *Das Bildniß mit dem Blutflecken. Eine Geistergeschichte nach einer wahren Anekdote von D. J. F. Arnold. Zerbst,* Füchsel, 1800. Digitalisierte Ausgabe, Göttingen, Göttinger Digitalisierungszentrum, 2008.

になっていたのである。カロリーネは、その子が胸に母フリーデリケの小さな肖像画を着けていることに気付く。そして、そこからは血が染み出しているようだ。子供の主張するところによれば、ある晩、ひとりの婦人が現れ、彼にその肖像画を齎したのだという。カロリーネはこの発見をエルンストに隠しておくが、子供はほどなくして亡くなり、やがて肖像画を見つけたエルンストの手にも血の滴が流れ落ちる。ついに彼は発狂し、幽閉されて死ぬ。吝嗇な従兄弟がエルンストの所領を相続するが、この従兄弟はあの博士と深く交際していると噂されていた。

この小説の主たる神秘は、フリーデリケの降霊、孔雀の羽に変化するフェルディナントの軍刀、そして、標題にもなっている、肖像画から流れ出す血にある。肖像画の件については、われわれは小説の終り近くで次のような文章を読む。

ある調査で、あの肖像画は、巧みにこしらえられた血、あるいは血の色をした人工的な調合物を染み出させることが分かった。しかし、この発見は遅過ぎた。なぜなら、不幸な男には、それはもう理解できなかったからである。(p.101)

さらに、物語の最後のパラグラフは、エルンストからその所領を奪い取る入念な計画が企まれていたことを仄めかす。あらすじにも書いたように、小説はこう締め括られる。

エルンストは子を持つことなく亡くなり、その財産は、博士とひじょうに親密な関係にあったと人が言うところの、吝嗇な従兄弟のものとなったのである。(p.102)

物語は、その真相が博士と従兄弟が共謀しての奸計にあったと告げる。エルンストの末路は確かに自業自得ではあるが、彼は、因果応報によってではなく、良心の呵責を利用した悪人の世俗的な欲望の罠に嵌められることによって死ぬのである。この作品のように、〈解明される超自然〉タイプのゴシック小説における神秘は、大抵の場合、金、権力、女性への欲望に突き動かされた人物の詐欺的なはかりごとによるものであり、よって、神秘の解明の過程は、しばしば犯罪の発見へと至る。理性の使用を教示し、人間を改良するという実践的な啓蒙主義の関心事は、十八世紀末の通俗文学にも反映していた。正しい思考の使用に関する言明が、部分的に恐怖小説《シャウアーロマーン》においても具体化された。先にも述べたように、読者はそれらの物語の中に、騙されやすい登場人物が愚弄されて食い物にされるのを読み、明確な教訓を得る。そこでは、神秘化が悪行の常套手段を構成する一方で、それを解き明かす理性的な働きが善とされるのである。

　こうした点は、われわれに、否応なくある別の文学ジャンル、すなわち〈探偵小説〉Detective fiction というジャンルを想起させるだろう。その〈探偵小説〉では、理想的には、まず神秘が望ましい衝撃を生み出す中で効果的なものとなり、次にその合理的解明が創意工夫によって驚きを与えるものとなって、しかもそれが適切であるということにおいて読者を楽しませるものとなるはずである。われわれはそこに、対立する二つの項である神秘的な謎と理性的現実、そしてそれらを媒介する第三項としての論理的解明、これらのどの項にも同等の重要性を置く小説の構造を所有する。つまり、情動的な衝撃の強さと、それを生み出した要因が本当は日常的なものであることを理解して行く過程で、人は、主体の困惑と合理的な理解に等しく依拠した理知的な歓びを経験するのである。だが、1800年には、そのような小説はまだ現れていない。『血の染みの付いた肖像画』と同年に上梓された『分身のいるウルスラ会修道尼、灰色の仮面のR伯爵の手記から ／ パウリーナ王女、妻、母にしてウルスラ会修道尼、灰色の仮面のR伯爵の回想録から』*Die doppelte Ursulinernonne : aus den Papieren des Grafen R. mit der aschgrauen Maske / Prinzessin Paulina oder Gattin, Mutter und Ursulinernonne zugleich : aus den Memoirs des Grafen R. mit der aschgrauen Maske* (Rudolstadt, 1800)[15]においてもアルノルトは、標題にもなっているヒロインの分身を含む幾つかの神秘を描き、合理的な説明を加えようとしているが、きちんとした物理的説明が与えられるのは分身の謎に関してだけで、それ以外の超自然現象については、漠然と、物語中の魔術師的人物であるザンポーニの仕業によるものとされるだけである[16]。この作品の如く〈解明される超自然〉のゴシック小説では一般に、神秘の解明の過程は、ポオ Edgar Allan Poe 以降の探偵小説ジャンルの成立と発展を経験したわれわれから見ると、その目的達成の為には余りにも不注意に扱われている。しかもそれは、かなり単純であり、ただ啓蒙主義の時代の合理精神に反していないことを示す為だけの、ほとんど附けたりであると言ってよい。[17]

『血の染みのついた肖像画』も例外ではない。血を滴らせる肖像画以外の超自然現象に合理的解明が為されることはなく、物語末尾の文章も、すべてはトリックであっただろうという視点を与えるヒント以上のものではない。また、物語の理性を代表するフェルディナントの扱いも中途半端である。彼は当初、「[降霊などの]一般に誤りだと証明されている事柄を本当だと考えることは、われわれがかくも長い年月に亙り、かくも多大の犠牲を払ってそこから抜け出ようとして来た野蛮さへの明らかな逆戻りである」(p.5)と考え、ペテンに対する警告を発する。探偵小説であれば、彼はおそらく一貫して〈探偵〉の役を務めることになろう。しかし、彼は、降霊に先立つ博士の講釈に言い包められ、そして、博士への攻撃に失敗するシークェンスで、この物語における彼の役割は終ってしまう。

> フェルディナントは、彼[博士]に襲いかかった。最初の一撃が博士の背に加えられんとしたまさにその時、しかし、フェルディナントの軍刀は、驚いたことに、立派な孔雀の羽に変わってしまった。(p.65)

---

15 この作品は、扉と内扉のそれぞれに記された標題が微妙に異なっている為に、こうした二重の標題表記になっている。

16 M. W. Heidrich, *op. cit.*, p.52.

17 横山茂雄「ミステリの淵源を探る」;「幻想文学」第55号(1999), pp.19-29; pp.23-24.

将校として閲兵式の時間が迫っていたフェルディナントがこの事態に困惑すると、博士はすぐに孔雀の羽を軍刀に戻してやる。フェルディナントは博士に詫びて立ち去り、それ以降、もう読者はフェルディナントの活躍を目にすることはない。フリードリヒ・ニコライ Friedrich Nikolai 編集による十八世紀末の書評集『新・一般ドイツ文庫』*Neue allgemeine deutsche Bibliothek*（Berlin, 1793-1806）は、このアルノルト作品に対し、同時期に出版されたヨーハン・ゴットリープ・ミュンヒ Johann Gottlieb Münch による『現実世界の三つの道徳的な物語で描かれた、人間の心の迷い』*Verirrungen des menschlichen Herzens, dargestellt in drey moralischen Erzählungen aus der wirklichen Welt*（Frankfurt a. M., 1800）と併せて批評しているが、評者は、「ある降霊についての極めてありきたりな物語」[18]であるとの全体的評価を下した上で、やはり、神秘の合理的解明が不徹底である点を指摘している。

> そもそも、この小冊子（分量が少ないことが、この本の最大の取り柄である）には、また、その中で惜しみなく描かれた不思議な出来事の数々にどんな解明も与えられず、それらについては、ちょっとした示唆を与えるだけで片付けているという不備がある。[19]

加えて、プロットにも破綻が認められる。例えば、博士がエルンストから財産を奪取する悪巧みに加担しているのなら、彼がエルンストとカロリーネの結婚を推し進めることは、その目的に背反するのではないのか、といった矛盾である。

だが、この作品における解明の曖昧さは、設定や構成のこうした粗雑に因るばかりではない、神秘の出来事を提出する際の表現方法にも、実はその原因の一端がある。ゴシック小説では、英国の作品でもドイツの作品でも、恐怖を作り出す為に二種類の表現方法が用いられていた。直接的なものと間接的なものである。後者はラドクリフ流の表現の仕方で

18 *Neue allgemeine deutsche Bibliothek.* 1801, 60.Bd.,1.St., p.108.
19 *op. cit.*, pp.108-109.

あり、恐怖を齎すものや出来事が登場人物に与える衝撃を描くことで成り立っている。そこでは、恐怖の元そのものは示されない[20]。そうして女史は、神秘を描くにあたって、「起こった」“It happened”、「だった」“It was” という断定的な表現を周到に避け、「のように見えた」“it seemed”、「彼女は見たと思った」“she fancied to have seen” という一人称的な視点が入り込んだ語りを用いる[21]。脅威的なものは、ただ主人公の聴覚を通じてか、あるいは、瞬間的な視覚の印象としてのみ伝えられる。読者は、超自然現象が本当に起きたのかどうかを知り得ないスタンスを保ち続けさせられるのだ。

これに対してドイツの小説の多くは、しばしば直接的な手段に訴えた。つまり恐怖の事象そのものを描写するのである。ドイツの作家たちはそうすることに何の困難も躊躇もなかった。彼らは、何よりもまず、ひたすらに読者の戦慄の感覚を刺激することを目指していたからである。フリーデリケの霊が出現する場面の一部を次に見てみよう。

> 厚顔な男、わたしにまだ何を望むの。恐るべき声で彼女は叫んだ ― 彼女の息は燃えるように熱かった。彼女の頭蓋はこめかみで砕け、裂けた動脈から大量の血が白い服へと迸り出た。彼女の美しい黒の巻き毛は、頭の側面に血ですっかりくっついてしまっていた。(pp.59-60)

---

20 ラドクリフはこのアプローチを、自身が terror より美学的に劣ると見做した horror を描くことの拒絶と不可分のものであるとした。もし超自然を直接的に叙述すると、そこに表出する恐怖の種類は terror ではなく horror になるとラドクリフは考えたのである。ラドクリフの定義付けにおける terror と horror の違いは以下の通りである。―「terror と horror は全く反対のものです。前者は、魂を広くし、その機能を高度な人生へと覚醒させます。後者は、魂やその機能を萎縮させ、凍えさせ、絶え絶えの状態にしてしまいます。シェイクスピアもミルトンもその創作の中で、またバーク氏もその考察の中で、純然たる horror を崇高の源泉と見做すなどということはどこにも行っていないと、わたくしは理解しております。しかし、彼らは皆一致して、terror こそ崇高の優れた源泉であると認めているのです」― Ann Radcliffe, 'On the Supernatural in Poetry' ; *The New Monthly Magazine* (1826), pp.145-152 ; p.151.

21 Karl S. Guthke, *Englische Vorromantik und Deutscher Sturm und Drang: M. G. Lewis's Stellung in der Geschichte der deutsch-englischen Literaturbeziehungen.* Göttingen, Vandenhoeck & Ruprecht, 1958, p.18.

描写は、ジャンルの意図を強調する目覚ましい手技を示している。恐るべき見世物の中にどこまでその効果を生じさせ得るかという能力を問われていた恐怖小説《シャウアーロマーン》の作者たちは、自分が自由にできるよりもっと多くの血を、目的を達成し得るよりもっと多くの恐怖や戦慄を作り出そうと鎬を削っていた。これは、生理的な種類のゴシック小説の恐怖であり[22]、登場人物たちの怯えの反応は、専ら恐怖刺激を強めんが為のものである。怯えの果てのエルンストの死は、まさにその極点としてある。

上の引用に見られるように、〈解明される超自然〉タイプの作品で超自然現象が「起こった」というような客観性の濃厚な表現によって描写され、それに対する反証としての合理的解明を行おうとすると、そこには間接的な表現に対する場合よりも一層強い説得力が求められよう[23]。そして、読者への効果の為に神秘が不可解になればなるほど、当然その人為的な仕掛けとしての解明は複雑にならざるを得ない。探偵小説では、謎の解明がひとつのクライマックスを形成しつつ達成されるが、ドイツのゴシック作品は、そうした観点では書かれておらず、物語全体の語りは、一貫して自然な因果関係の論証に努める理性的な調子を維持している訳ではない。描き出された超自然現象が本物かそうでないかは、もうほとんど重要ではなくなっている。ここでは、理性の卓越を称揚するよりも不安や恐怖の効果を与える目的に最優先順位を授けていることによって、啓蒙主義的思考から大きく隔たり、それどころかその反対へさえも転換してしまいかねない気配が生じている。

三

〈解明される超自然〉作品では基本的にまず、本当は自然であるものに対し、それを超自然として経験する主人公の錯覚を読者も共有するよ

22 この点においてドイツのゴシック作家たちは、ラドクリフに言わせれば、terror ではなく主に horror を生み出そうとしていたということになろう。

23「至るところで彼［エルンスト］は、自分に付き纏うフリーデリケの血まみれの幽霊を目にしていると思うのだった」(p.101) という表現もあるが、ここでの幽霊は明白に、超自然現象によるショックの結果としてのエルンストの精神錯乱が生み出した幻影として語られているのであって、作中の超自然現象そのものの描写箇所とは区別される。

う仕向けられる。ラドクリフ作品の主人公は大抵、不安な状況に置かれて神経過敏に陥った若い女性であるが、ドイツのゴシック小説では、女性以外にも夢想家の青年が主人公であることが多い。そうして、心を掻き乱された主人公における理性への信頼が疑問に付される。『血の染みの付いた肖像画』でも、読者は、「霊的な世界と関わり合うことや、この世の者の目では見透かせない厚い闇を見通すことに何か際立って崇高なものを」(p.3) 見ようとして騙されるエルンストの運命に、非合理なものを信じることへの忠告を読み取ることができよう。作者は、自身の想像力に対するエルンストの過信を深刻な誤謬として描いている。語り手はわれわれに、もしエルンストが自身の想像力に信を置き過ぎなければ、そして、自身の罪責の念に噴まれていなかったとしたら、彼は題名の由来となっている絵の秘密を解く鍵を発見できたであろう、とも告げる

血の滴が絵から彼の手に落ちた。さらに一滴が肖像のこめかみから湧き出して手に滴り、すぐに次の一滴また一滴と続いて、彼は肝を潰した。彼は、ほとんど血の染みでいっぱいに見えた絵を調べた。彼がそれをもっと詳しく調べていれば良かったのだが。しかし、彼の昂ぶった想像力や不安な意識は、彼がそうすることを妨げたのだった。(p.100)

この作品では、ゴシック小説としては珍しく、想像力が生み出す幻影と神秘の現象の関係を巡る入念な論議がメインプロットに先立って展開される。博士が語るその部分は、降霊術に対する手の込んだ準備の描写と共に、超自然現象の説明不足を補い、小説の少ない分量を増すのに奉仕するものであると見做されるかも知れない。少なくとも、出版当時の『一般文芸新聞』*Allgemeine Literatur Zeitung* (Jena. 1785-1803, Halle, 1804-1849) の書評者はそう判断した。

著者は、素材や想像力を思うように応用したり拡大することができずに困っているようだ。そこで著者は、肉体への魂の効果、肉体と魂の

相互の関係、そして幽霊現象についての博士の冗漫な講話を選んだ。しかし、その講話が置かれている部分では、物語の歩みが停滞させられてしまっている。それ故、それが提示する事柄は、新奇さの面からも描写からも際立つことなく、二重に退屈で不適当なものになっている。[24]

だが、博士の講釈はこの作品にとってそんなに無駄な部分なのだろうか。博士は明らかにソフィスト的な詭弁を弄し、しかし巧妙に議論を進めて、霊が実在するとまでは言わないが、われわれがなぜ霊を目にする能力を備えたり、何がわれわれにそのようなものを想像させるのかという理由を説明する。この作品と同じく、作中の幽霊現象が最終的に悪漢のトリックであることが暴かれるフリードリヒ・カーレルト Karl Friedrich Kahlertの『降霊術師』*Der Geisterbanner, Eine Wundergeschichte aus mündlichen und schriftlichen Traditionen gesammelt von Lorenz Flammenberg*（Hohenzollern［Wien］, 1792）では、そうした議論は避けられていた —「わたしはある幽霊譚を書こうと思うが、哲学的な問答を書こうとは思わない」[25]。しかし、アルノルトは、「哲学的」討論を、その作品の基盤として置いている。

博士は、エルンストの夢想家としての性格とフリーデリケへの罪悪感を利用する。博士は、たとえ彼女が死んでいても、エルンストがその姿を目にする可能性があると論じる。

もしわれわれが、その死者が普段居た場所に立ち、あるいは、彼の所有していた物を目にするなら、彼に関するあらゆる想念がわれわれの中に入り込んできて、いま実際に見ていると思うかのように生き生きと彼の姿を描き出しはしないだろうか。(p.56)

さらに博士は、なぜ殺人者は「血を流す傷と、復讐の念に燃える眼と、

24 *Allgemeine Literatur Zeitung,* Jahrgang 1800, Band 4, Numero 286, Seitenbereich: 56.
25 引用は1799年の改訂版から。[Karl Friedrich Kahlert], *Der Geisterbanner. Eine Geschichte aus den Papieren eines Dänen gesammelt von Lorenz Flammenberg. Zweyte, vermehrte Auflage. 3 Thle.* Breslau, Korn, 1799. I, p.3.

怒り狂った口を持った」（p.57）姿をした犠牲者に付き纏われるのか、と問うて、活発に働いている想像力や惑わされた心には、人物はその最も印象的な形姿を取って現れるのが自然であろうと説明する。博士は、経験的な問題を存在の問題にすり替えながら議論を進めて行く。確かにこれは、超自然の直接的な描写を繰り出す恐怖小説《シャウアーロマーン》のプロットには至極好都合であろう。エルンストは、霊のヴィジョンに悩まされ続けたあげく、ついには超自然的存在の可能性を認めようとするに至る。エルンストへの効果が、従兄弟と博士の意図的な惑わしであるにせよ、少なくともエルンストの目には、フリーデリケの幽霊が本物として映っていることは間違いない。

博士は、ナイーヴなエルンストを得心させ得るのみならず、エルンストとは対照的なフェルディナントの得心をも議論の果てに勝ち得る。フェルディナントの得心とは、すなわち理性の時代の読者の得心でもある。そもそも、ゴシック作家にとっての特別な技術とは、仮初めにせよ、ある超自然的な法則に登場人物が屈し得るような状況を、説得力を持って読者に与えることに他ならない。アルノルトは、登場人物のみならず、読者もまた自身の想像力に捕われる可能性を認識していた。エルンストの不安と恐怖を共有することは、まず最初に想像の力に信任を与えることを、小説を楽しむにあたっての、避け難い、あるいは、むしろ望ましい前提と見る傾向を含んでいる。作者は、博士の講釈を通じて、それを詭弁的な議論として書いてはいた。だが、熱心に想像力の領域や来世について論じることは、心が生み出す幻影が実在することに対する弁明であり、正当化であり、宣言にさえなってしまうことがある。その時アルノルトは、博士の説に仮託して、作中の超自然現象を分かち合う要求を、他の登場人物たちに向けるだけではなく、われわれ読者にも振り向けている。博士が、人間の魂は別の世界と繋がっており、死は「われわれを無に帰さしめるのではなく、われわれをより完全なものにするのだ。死は、わたしの自我が持続する中での変化なのだ」（p.49）と登場人物に主張する時、彼は同時に読者にもそれを行っているのである。想像への過度な傾斜を警告される一方で、読者は、博士の論議を通じて、想像力と理性を混ぜ合わせ、そして、それら二つを対置させるのではなく互いに補完し合うものとして拡大することを促される。博士の講釈は、物語中でエルンストたちに降霊が本物であると思わせるための詐欺の準備であると同時に、読者に対しては、その後の神秘の描写の衝撃を補強する土台となっている。

さらに、この作品では、すでに述べた超自然現象の不十分な解明に加え、肖像画を齎した婦人が誰で、どこから来た者なのかが説明されないなど、アルノルトは敢えて幾つかの曖昧な部分を残して小説を終えている。また、「博士」とは一体何者だったのかも小説は教えてはくれない。ここでは、超自然的なもののほとんどが、エルンストの思い込みと狡猾な詐欺師のトリックであることにはほとんど疑いの余地が無いにもかかわらず、博士の論説よりもなお権威と説得力を持つべきはずの語り手が、完膚無きまでに超自然の可能性を論駁し、合理的な見方を決定的に提出するには至らない。作者と物語の間の、あるいは、読者自身と物語の間の距離を如何に測り、作品をどう解釈すべきかは、物語の最後になっても宙吊りの状態のままである。その結果、読者は本を閉じた時、解放ではなく、不穏な動揺の内に残される。

〈解明される超自然〉タイプのゴシック小説と探偵小説の差異（後者と違って前者には、謎の解明における論理に、ほとんど欠落にも近い杜撰があること）を先に指摘したが、ここでもう一度〈探偵小説〉を比較として持ち出すなら、『血の染みのついた肖像画』のこうした読後感はしかし、巧まずして、この作品をある特殊なタイプの探偵小説には近付けていると言えよう。それは、ジョン・ディクスン・カー John Dickson Carr の『火刑法廷』*The Burning Court*（New York / London, 1937）、ヘレン・マクロイHelen McCloy の『暗い鏡の中に』*Through a Glass, Darkly*（New York, 1950）、あるいは、ジョージ・ホプリー George Hopley 名義によるコーネル・ウールリッチ Cornell Woolrich の『夜は千の目を持つ』*Night Has a Thousand Eyes*（New York / Toronto, 1945）といった、通常の合理的解決と並行して超自然的解決の可能性を導入する「幻想的な」探偵小説のことである。カーの『火刑法廷』では、物理的な法則の範囲内で説明されるトリックが極めて複雑であるため、より簡明でしかも合理的説明同様に謎を細部までカヴァーし得る神秘主義的説明にむしろ読者の意識は傾く。マクロイとウールリッチの作品では、神秘を用いた犯罪事件がすべて合理的に解決された後、それでもなお理性を超えた力の存在可能性が暗示される。探偵小説は、合理のルールを徹底させて不動のものとしたが、後にその規則の制約内で再び現実の不可解さを描き出す為には、上に挙げた高名な三作品のように、はなれわざにも近い技巧の極致を凝らさねばならなかった。それは皮肉にも、探偵小説の作法からすれば未熟で不出来な〈解明される超自然〉作品が示したのと同じ認識の地点、理性の世紀の文学でありながら、理性は決して万能ではなく不安定な基盤の上にあるということを露呈させた地点へと回帰することだった。

ロジェ・カイヨワRoger Cailloisは、「幻想」を「日常的な不変恒常性の只中へ、容認しがたきものが闖入することである」[26]と定義付けた。この闖入は、これまで述べた作品におけるように、神秘の現象に隠された犯罪の場合にも同じく起こる。そこでは、想像力による幻影が現象学的な徴候であるように作用する。本当はそれは経験的なものに過ぎないのだが、博士が詭弁を用いて説いていた通り、その真実を弁別するのは確かに困難であろう。そしてこれは、日常的で「自然」な領域に収まり得ない現実が存在し得ることをわれわれに指し示している。こうして、〈解明される超自然〉作品でも、ゴシック・ジャンル本来の性質が、その啓蒙主義的意図を自ずと裏切るのだ。ラドクリフの小説のように神秘が完全に解体されて主人公が現実を回復する場合にも、実はその現実はもう、事件以前の散文的な現実と決して同じではない。ひとたび自然が超自然として知覚され得ることを知ってしまった者が物語の終りで立ち戻る現実は、自然に反するという意味でも自然法に反するという意味でも逆しまな世界解釈の可能性を内包した現実に変わっているからである。その上、『血の染みの付いた肖像画』にあっては、従兄弟と博士の邪悪

26 ロジェ・カイヨワ『幻想のさなかに』（Roger Caillois, *Au cœur du fantastique,* Paris, 1965 の和訳）三好郁朗訳, 法政大学出版局, 1975, p.124.

な計画が成就してしまうが、この悪の勝利の結末には、夢想の悪用を戒める道徳的教化を超えた刺戟（倒錯的な魅力と言ってもよい）がある。神秘がきちんと説明されようがされまいが、日常はもはや、転倒の危険性を孕んだ、それまでとは別の穏やかならざる光の下に眺められるしかない。

十八世紀の啓蒙主義は、暗い世界を理性の光で照らし尽くすべきだと考えた。しかし、結局のところ、この世界とは、啓蒙主義が理想とした光の世界でも、それが否定しようとした影の世界でもない。それはつねに、光と影のあわいにある、ほの暗い世界なのだ。これを如実に語る『血の染みの付いた肖像画』が1800年に出版されたのは、その年が十八世紀最後の年であったことを思うと、聊か象徴的ではある。

（本稿は、平成22年４月24日に早稲田大学で行われた日本比較文学会東京支部４月例会での研究発表の原稿を基に作成された。）

日常的暴力あるいは暴力的日常の迷宮
クレメンス・マイヤー『暴力』の物語構造

杵渕 博樹

1．序

クレメンス・マイヤーClemens Meyer（1977-）は、デビュー作の自伝的長編『俺たちが夢見ていた頃』Als wir träumten[1)] でMara-Cassens-Preis, Clemens-Brentano-Preis等多くの文学賞を受賞し、第二作である短編集『夜と灯りと』Die Nacht, die Lichter[2)] でPreis der Leipziger Buchmesseを獲得している。旧東独ライプツィヒ出身で、現在も当地に拠点を置くこの作家は、かつての不良少年としての、また、肉体労働者、失業者としての自身の体験に裏づけされた、いわばノンフィクション的迫力を伴う作品世界によって、現在のドイツ文壇において異彩を放っている。

ここで取り上げる『暴力』Gewalten[3)] は、マイヤーの三作目にあたる。本論では、実質的に十一編の独立したテキストから成る本作の構成的性格に注目し、その全体としての物語構造の特質を分析する。さらに、これを踏まえ、この物語構造とテーマ「暴力」との関係に考察を加える。

1）Meyer, Clemens: Als wir träumten. Roman. Frankfurt am Main 2006.
2）Meyer, Clemens: Die Nacht, die Lichter. Stories. Frankfurt am Main 2008.
3）Meyer, Clemens: Gewalten. Ein Tagebuch. Frankfurt am Main 2010. 以下、本文中及び脚注における丸カッコ内の数字は、本作参照ページを示す。

2．文芸ジャンルとしての「日記」

この作品は日記Tagebuchとのジャンル表記が添えられているが、それぞれにタイトルを伴う全十一篇からなる構成は、一見して典型的な日記ではない[4)]。

そもそも文芸ジャンルとしての、特に存命中の作家自身の手で出版目的の原稿として完成された「日記」には、作家にとっての逆説的な自由がある。一般的な公表されることのない日記からの連想からすれば、そのような「日記」にもまた、日常の事実報告、あるいは素顔の作家の本音が期待され、他方では、書き手が作家である以上、創作活動に直結する思想的営みの表出への期待も存在する。だが、実際には、「日記」と称しつつ、作家が虚構や評論等の（非日記）作品同様の、推敲と書き換え、大幅な加筆訂正を行っていることの蓋然性は高く、場合によってはテキストがいつ書かれたか、という日記にとっての基本的成立要件さえ虚偽報告されうる。発表されるテキストが、当初から全体として構想されている場合があったとしても、読者にはそれを確認するすべはない。また、仮に作家が、構想中の作品や、作品のアイデアのみを直接書き付けるような日記をつけていたとすれば、それは未完成の虚構作品以外の何物でもない。[5)]

マイヤーの『暴力』は、語り手が一貫して作家自身であるということと、日付が明かされない場合でも、それぞれの章の枠組となる出来事のおおよその時期だけは言及されることによって、最低限の日記的条件を満たしていると言えるが、日付の欠如とタイトルを伴う章立てからして

4）日付はタイトルには見られず、文中に散見されるが、年号や季節、月にとどまる場合が多く、場合によっては「2009年だが何月か定かでない、春か夏か秋か、とにかく今よりは前だ（…）」“Kann den Monat nicht festlegen, Frühjahr, Sommer, Herbst 2009, bis jetzt jedenfalls,（…）“（160）などという記述さえある。

5）Ulrich Greiner は “Gewalten” を含む2010年春に発表された日記作品を取り上げ、文芸ジャンルとしての「日記」のルソー以来の歴史を引きつつ、その本来的多様性と自由を指摘している。Vgl. Greiner, Ulrich: Alibi der Wirrköpfe oder Heimat der Wahrhaftigen? In: Zeit Online. 19.3.2010.

すでに、狭義での「日記」の枠からはみ出しており、作家自身も本作は「ロマーンのようなもの、完結した物語の連作、ショートカット」であると述べている。[6)]

3．『暴力』の構成と内容の概略

本作は十一の部分からなる。以下にタイトルと概要を挙げる。

『暴力』Gewalten（泥酔して警察に保護され、その後医療施設に拘束された体験）
『琥珀の中で』Im Bernstein（米軍に捕らえられ長期間拘束されたトルコ系ドイツ人の経験を基にした映画構想を中心に、映画会社のエージェントとの会見の様子や執筆時の心理を描く）
『ジャーマン・アモク』German Amok（タイトルと同名のPCゲームの体験記。無差別殺人を計画、実行し、殺害した人間の数が得点となる）
『ザクセン山地を探して』Auf der Suche nach dem sächsischen Bergland（死んだ親友の亡霊と対面し、駅のカフェでビールを飲む）
『Mの場合』Der Fall M（猟奇的殺人事件の犯人との架空の対話の試み）
『流れの中で』In den Strömen（地元ライプツィヒ市内の水路でのカヌ

6）“Es ist so etwas wie ein Roman, wie ein Zyklus abgeschlossener Erzählungen, Shortcuts.” Vgl. Wickert, Ulrich: Wir sind alle der Gewalt unterworfen. Gespräch. In: Welt Online. 6. 3. 2010. この発言を見る限り、マイヤーは小説のジャンル区分をあまり厳密にはとらえていない。マイヤーの前作“Die Nacht, die Lichter”は、英語で short stories と副題を添えられた短編集だったが、Roman とされるデビュー長編 „Als wir träumten “でも、構成する諸章はタイトルを持ち、それぞれのエピソードの独立性が高く、同じ語り手と登場人物による連作の趣向を持つ。また、本作 “Gewalten” は、Guntran und Irene Rinke Stiftung の企画の枠内で執筆された作品である。Vgl. Ebd. したがって、このジャンル選択そのものは彼にとって外的な契機によるものだが、彼はそのチャンスを活かし、この枠組の強いる条件をあえて受け入れつつも、その曖昧さを逆手にとって、最大限の自由を行使する実験を試みたのである。「私は自分に高い要求を出しました。それはクロニクルでなければならず、ルポルタージュになってはいけなかったのです」“Ich habe mir hohe Ansprüche gestellt. Es sollte eine Chronik sein, aber es sollten keine Reportagen werden.” Vgl. Hugendick, David: Buchmesse mit Clemens Meyer. “Was verdammt nochmal ist hier los?” Gespräch. In :Die Zeit. 20.3.2010.

ー遊びの際の体験)
『観客席』Tribünen (競馬とフーリガンの暴動)
『M市』Die Stadt M (女占い師、作者の女性ファンたち、売春婦。マクデブルクでの謎めいた一日)
『ホイールの中で』Im Kessel (ハノーファーのカジノでのルーレット体験)
『アンダーカヴァーと頭』Undercover und der Kopf (バラバラ殺人事件で頭部が発見された場所を目指す。ベルリンでの謎めいた一日)
『戸口の前で』Draußen vor der Tür (深夜、鍵を忘れて自宅から締め出された作者の奮闘。タイトルはWolfgang Borchert (1921-1947) の同名戯曲のパロディ)

第一話は暴力的体験の報告だが、それ以降は、映画のシナリオの構想、殺人事件を巡る考察などの思考内容や、一般的には虚構に分類されるべき状況（死んだ親友との対面・会話や、多くを明かされない自称潜入捜査員としての行動など)、訪れた場所に係わる史実や新聞記事への言及や夢など、多様な形で「暴力」的なるものが展開、変奏される。

4．作品全体の構成における閉鎖空間と非閉鎖空間

作品全体は、その物語の主たる成立現場の特徴によって、おおよそ前半と後半に二分される。第一話『暴力』から第五話『Mの場合』までは、語り手マイヤーは室内に閉じ込められているか、閉じこもっており、物語はその外界からの隔離状況を重要な前提として展開される。それに対して第六話『流れの中で』から最終話『戸口の外で』までは、語り手の置かれた場所は自室や仕事場の外であり、特に、締めくくりの一篇『戸口の外で』を例外として、語り手の移動が物語展開の契機となっている点が共通している。

5．閉鎖空間における隔離

第一話『暴力』は、拘禁状態から逃れようとする不毛でありながら飽くなき抵抗を描いている。ここでは、タイトルに掲げられた、当面はつかみどころのない「暴力」なるものの、理不尽な唐突さ、逃れ難さが暗示され、また、それに対する語り手の抵抗の意思が表明されることで、作品全体の基調が予告されているといえる。そして、ここで端的に示された監禁状態に起因する不安は、作品前半を構成する諸篇に共通する要素となる[7)]。

第二話『琥珀の中で』は、タイトルからして、琥珀に閉じ込められた虫を連想させる。映画業界の関係者との一見とりとめのない映画談義（32-37）のなかで、マーチン・スコセッシ（1942-）やサム・ペキンパー（1925-1984）の諸作品などへの言及によって本作全体のテーマと響きあう「暴力」の諸相が暗示された後、やがて、この会見の本来の目的である、語り手が用意した映画の原案に話題が及ぶと、その後の記述は、仕事場に閉じこもった語り手の状況を中心に展開する（41-58）。トルコ系ドイツ人Murat Kurnazは、テロ容疑者として無実の罪で米軍に拘束され、グァンタナモ基地で五年間の監禁と拷問を経験した[8)]。語り手はその現実を再構成すべく、壁に貼り付けられた写真やメモなど、拷問や虐

7）マイヤーによれば、ここで描かれる体験がこの作品全体の構想の契機だったという。「さまざまな暴力についてのテキストを書くアイデアはこの体験で熟しました」"Durch dieses Erlebnis reifte die Idee, einen Text über die verschiedenen Gewalten zu machen, (…)." この体験は彼に強烈な印象を残した。「ベッドに縛り付けられるのもまさに暴力です。それは私にとって、生き死ににかかわる状況で、私は不安に、死の不安に耐え抜かねばならなかったし、そのせいで私は何ヶ月も苦しみました。(…) まったく無力な状態、まったくの降参状態で、なおかつ、なぜそうなっているのかわけがわからない状態でした。正気を失います」"Es ist eben auch eine Gewalt, an ein Bett geschnallt zu sein. Das war für mich eine sehr existenzielle Situation, in der ich Ängste auszustehen hatte, Todesängste, und die mich viele Monate berührt hat. (…) Absolute Hilflosigkeit, absolutes Ausgeliefertsein und auch ein Nicht-Begreifen, warum das so ist. Man verliert sich selbst." Vgl. Wickert.

8）Vgl. Murat Kurnaz: Fünf Jahre meines Lebens. Ein Bericht aus Guantánamo. Berlin 2007.

待にかかわる資料に囲まれてPCに向かっている（47)。カーテンを閉めれば昼夜もわからない（53)。その状況はKurnazのグァンタナモ経験のアナロジーとなり、マイヤーはこの擬似的監禁状態によって、素材の中へと入り込み、精神的に追い詰められてゆく。ここでは作者が仕事場に選んだホテルの特徴もまた重要である。このホテルはすべてが自動化された無人のホテルで、建物の内部で語り手は誰とも出会わない（47)。

ただし、未知の他者の気配だけは感じられ、自室に戻ると閉めたはずのドアが開いている（50)、消したはずの電気が点いている（51）などの出来事が語り手を不安にする。その結果、彼の部屋ばかりではなく、建物全体が、不安をもたらす閉鎖空間としての印象を強められている。

第三話『ジャーマン・アモク』は、同名のコンピュータ・ゲームを枠組として展開する。実際に起こった銃乱射事件などへの言及、連想関係の暗示を交えながらも、物語のパースペクティヴの基点は、このゲームを行う語り手であり、語り手は自室の中、さらにはゲームの中に閉じこもった状態になっている。このゲームは、自身の在籍していた学校でより多くの人間を殺すことを目的とする（62)。ここではこの現実および架空の閉鎖空間からの離脱がことさらに指向されることはない。しかし、語り手自身はこのゲームにてこずっており、その失敗が主要な話題となるため、言及される他のプレイヤーの信じがたいハイスコア（66）を背景にして、ゲームに対する語り手自身の一定の距離感や違和感が暗示され、語り手にとってのゲーム空間の閉鎖性は相対化されている。すなわち、ここでのゲームという枠組の虚構性が揺らぐことはなく、「現実」レベルへと転化しながら語り手を巻き込むようなことはない。ただし、この語り手の現状の陰画として、何者かにとって、このゲーム世界が必然として現前するような場合、たとえばその無限のリプレイを強要されるような心理的強迫が存在する場合が暗示されているともいえる。このゲーム世界の閉塞性は、作家の自室の空間的閉鎖性によって象徴され、そこでの不安を動機とする、そして、その閉塞性の打破を指向するものとして、虚構における銃乱射と現実におけるそれとは重なり合う。

第四話『ザクセン山地を探して』は作品前半にあって異色である。物語の起点からしてすでに、作家は日常の拠点であるライプツィヒを離れており、列車での移動中である（72-73）。主要エピソードである死んだ友人との対話は駅のカフェを舞台としているが、この場面設定そのものにおいては公共性と非閉鎖性が際立つ。語り手は、当初友人の亡霊を無視しようとするが、付きまとわれ、ついに対面せざるをえなくなる（74-77）。この経緯からも、ここに生じる不安と恐怖は空間の閉鎖性に由来するものではなく、移動の自由があってもなお逃れられない力の所在という、作品後半で主に展開されるテーマの先取りである。ただし、仕方なくカフェに落ち着いてビールを飲み始めると、語り手はそこに出現した異界からなかなか逃れることができない。そこは、一見、駅の雑踏の一角に過ぎないが、実は見えない壁によって外界から遮断された密室なのである。この導入部における開放空間から主要舞台となる密室への移行は、第二話『琥珀の中で』に通じる展開であると言える。

第五話『Mの場合』では、地元で起こった少女殺害事件[9)]が取り上げられ、加害少年との架空の対話が試みられる。語りの現場は作家の自室である。テキストは少年への語りかけの形式を取り、まずは犯行にいたるまでの彼の状況を確認するような内容から始まる（93-95）。語り手は少年と自分との接点を探るべく、十代の少女への性的関心を自らに認め、自室の窓から双眼鏡でギムナジウムの校庭を覗いた体験を語る（96-97）。体育の授業を受ける少女たちに対する視姦行為である。この構図はその空間的閉塞と、その外部に対する欲望との対比を端的に示している[10)]。この室内空間は、加害少年が置かれていた心理状況を象徴する。この『Mの場合』においても、第三話『ジャーマン・アモク』の場合同様、語りの現場の空間的閉塞と、語られる対象としての事件の当事者の心理的閉塞状況とが重ね合わされており、そこから抜け出そうとする力の作

9）2009年8月、ライプツィヒで九歳の少女が殺害され、2010年3月に容疑者が逮捕された。Vgl. Burger, Reiner: Mordfall Michelle. Nachbar legt Geständnis ab. In :FAZ-Net. 11.3.2010.

10）重ねて語り手は思春期に妹とのセックスを想像した経験まで告白して信頼関係を築こうとする素振りを見せるが（97）、直後にまた少年との隔たりが確認される。被害少女が九歳だったのに対して、二十代当時の語り手が欲望を認めえたのは十代半ば以降の少女たちであった（99）。

用が問題とされていると言える。

6．非閉鎖空間における移動

第六話『流れの中で』は、カヌーで地元の水路を下る体験を描く。この一篇は、前半諸篇において支配的な、テーマ「暴力」と取り組む作家の執筆現場の息苦しさからの唐突な解放として位置づけられる。ここでのリラックスした雰囲気と屋外の情景は、それまでの、この作品自体の形成過程の場としての閉鎖的室内空間との対比において際立つ。このことは、作品前半で「暴力」なるテーマに当面付随していた、空間的・心理的閉塞感を読者に再認識させる。また、カヌー遊びに出かけていく前の場面で描かれる、妻と暮らす作家の自宅の様子も、排泄がコントロールできなくなった愛犬の世話のエピソードを含め、実に牧歌的で、先行諸篇の殺伐とした状況とは対照的である（112-121）。ただし、この一篇では、直接的には暴力的なるものに接続するとは言えないものの、屋外でのレジャーという設定が期待させる開放的娯楽は、語り手の蜘蛛やカタツムリに対する嫌悪や、水路の汚染に由来する一般的不快感によって相対化されている（122-124, 128-131）。語り手は乗り込んだカヌーの上で、それらの不快な要素を、ただ受け入れることしかできない。目的地もあれば、同乗者、同行者もおり、舟から勝手には降りられないからだ。これは一種の閉塞状況である。つまり、この『流れの中で』は、不安からの脱出の具体例を提示しながら、それが結局不安の解消にはつながらないことを暗示し、同時に、「暴力」というテーマとの作者の格闘の場が、密室だけにとどまらないこと、すなわち、後半の特徴である不案内な町を舞台とする彷徨を予告しているのである。

第七話『観客席』で、語り手は観客席にパースペクティヴの基点を定める。競馬場でスタンドから眺めるレース（136-150）は、その本質において力と力が競い合うという点と、その経過と結果が、偶然による影響を免れ得ないという点が強調され、また他方では、それにもかかわらずある程度の予測は可能であり、だからこそ語り手を含む多くの人々がのめりこむという様子が提示されることによって、「暴力」の含意を幅広く体現するものとなり、サッカーのフーリガン同士の衝突と暴動（150-159）という、狭義での暴力の端的で具体的な発現へと接続される。競馬ファンでもあり、サッカーファンでもある語り手にとって、それぞれのモチーフは自分自身の日常である。彼は競馬に熱中することで、その暴力的なダイナミズムに自らの精神的・心理的・経済的実存を投げ込んでおり、特定のサッカーチームを熱烈に愛するがゆえの暴力的状況を日頃から体験している。

しかし、ここでの語り手は、観察者の視点を維持し続ける。すなわち、自らにとって当たり前の日常的現実としての暴力に対して、彼にとっては非日常的な距離を取っている。そこで得られる眺めは、そこに巻き込まれている主体が身体レベルで自動的に対応している範囲内では意識されることのない、カオス的情景である。そこでは「小さな」個別の暴力的要素が合流し、まさに暴力的なるものの総体が視覚化される。語り手は、身体レベルで巻き込まれることのない安全な距離を取りつつ、本来の自分の日常としてのこの不条理な暴力世界をあえて外側から観察しているのである。

第八話の『M市』は、Magdeburgである。彼がこの町にやってきた目的は明らかにされない。彼自身がそれを自問してみせつつ、「この見知らぬ町を探索せよ」*Du sollst diese Stadt, die du nicht kennst, erforschen.*（原文もイタリック）とのモットーが繰り返される（161,167）。彼は年の市の屋台を冷やかして歩き、その入り口にあるトレーラーハウスで女占い師に運勢を見てもらう（161-162, 164-165）[11]。ここで宣告された彼自身の運命と、それに係わるとされるいくつかの数字が、このエピソードにおける語り手を支配する。この一種の呪縛は、数字から連想された当地の競馬場での体験（167-169）を経て、このM市のとらえどころのない「秘密」と一体化する。「この町の呪縛」からの逃走[12]は、みずからの運命からの逃走でもある。この日の出来事をバーで回想していた彼は、その後、市外の売春クラブに向かう移動中のタクシーの車内

11）占い師は近日中の飼い犬の死も予言する（165）。

で夢を見る（176-177）。M市の大聖堂のなかで、剣を持った彫像に性的関係を迫られるのだ。本篇『M市』では、語りの主要現場は閉鎖空間であるバーの店内（169-174）だが、回想の中では、中心街（161）、年の市（161-164）、競馬場（167-169）、大聖堂前の広場（170,173）などの非閉鎖空間を移動する。それら多様な場面のなかで、もっとも重要な位置にあるのは、占い師のトレーラーハウスである（164-166）。彼はそこで運命を告げられる不安と恐怖を味わう。タクシーの車内は、移動する閉鎖空間でもあるが、ここではその閉鎖性が直接語り手の不安を喚起するわけではない。ただし、そこでの悪夢の舞台となる大聖堂は不安をもたらす閉鎖空間に分類されるべきだろう。締めくくりの場面となる売春クラブでの束の間の平穏（177-180）もまた、突如相手の娼婦が例の女占い師となり、娼館がトレーラーハウスに転ずることで終わる[13)]。そしてこの場面転換を踏まえるなら、それまで語られたことのすべては、あのトレーラーハウス内部での夢、あるいは妄想であったとの解釈も成り立つ。この『M市』の場合、回想される各場面の属性としての閉鎖空間と非閉鎖空間が目まぐるしく入れ替わり、それが語り手の実際の空間的移動と共鳴しつつ、恒常的な心理的移動状態を形成していると言える。

第九話『ホイールの中で』[14)]は、ハノーファーのカジノを主要舞台として展開する。彼はかつて祖父が当地で経験した大当たりの再現を期してルーレット賭博に挑戦する（181）。語り手はアメリカから帰ったばかりで、その際の飛行機墜落の不安の話題から、列車で移動中の現在へと語りの現場が移行する（181-183）。駅の雑踏は多種多様な人間たちで賑わい、「エネルギーの流れ」Energiestromとなって縦横無尽に交錯している（184）。駅前広場の騎馬像の前では、かつての領主の暴虐が想起さ

12)「(…) この町の秘密なんて関係ない、そんなものの呪縛にはまってたまるか（…）」„(…), die Geheimnisse dieser Stadt sollen mich nicht berühren, sollen mich nicht in ihren Bann ziehen, (…)"（174）

13)「(…) そしておれは彼女に乗っかる、目を閉じて、大きな腰に両手を添えて、トレーラーハウスが軋む、「目を開けて！」、女占い師が笑う…」„(…), und ich liege auf ihr, die Augen geschlossen, die Hände auf ihren großen Hüften, der Wohnwagen quietscht, ››Öffne deine Augen!‹‹, die Wahrsagerin lacht …"（180）

14) 原語タイトルのKesselは、ルーレットの回転部分、いわゆるホイールを指す。

れ、ナチス時代、当地にも存在した強制収容所のイメージを経て、カジノの土台には無数の人骨が埋まっているとされる（185-186）。このような不吉な連想を入口に、書き手は深夜のカジノの店内へと進み、そのゲームの詳細を理解できぬままルーレットで勝負を重ねる（188-195）。この主要舞台であるカジノ自体は閉鎖空間であるが、ここでは、いくつかの段階を踏んでそこに至る過程が記述され（181-188）、そこを出たあとのライプツィヒへの帰路にも言及があるため（195-196）、この一篇全体の眺めにおいては、都市空間の移動の印象が強く、物語空間の閉鎖性は相対化されている。また、カジノの内部では、語り手を含めて多くの人間が、ゲームのテーブルからテーブルへと移動しており、その閉鎖性よりは流動性が前面に出ている。

第十話『アンダーカヴァーと頭』は、ベルリンを舞台に展開する。特定の町を物語の枠組として殊更に顕在化させている点は、先行する二話と共通している。冒頭、語り手はSバーンでベルリン市内を移動している。そこで彼は自身の状況に、既存のホラー作品[15]を重ね合わせる（197-198）。この移動する密室の恐怖のイメージによって、ここでは、密室に由来する不安と自由な移動の下でのそれとの双方の要素が暗示されていると言える。語り手は、その後も一貫して不安と緊張にさらされながら、Sバーンの車内（197-199）、駅構内（198-200, 208-209）などの閉鎖空間と、街頭や公園（201-206）などの開放空間の双方を移動し、その都度現場の状況を報告する。

最終話『戸口の外で』の空間設定は、非閉鎖空間を舞台としながら移動を伴わない唯一の例である。深夜に自宅から締め出されるという状況にも一般的不安は伴うが、このエピソードを支配するのは、他篇における異様な雰囲気とは明らかに異質の静けさである。ここで暗示されるのは、「暴力」を巡る冒険からの帰還であり、不安の場からの脱出である。家への入口は、その外部に広がる「暴力」の世界からの出口なのだ。

15）食人鬼の餌として乗客が皆殺しにされてしまう列車を描く短編小説。Vgl. Clive Barker: Midnight Meat Train. In: Books of Blood 1. London 1984. 邦訳：クライヴ・バーカー『ミッドナイト・ミートトレイン』宮脇孝雄訳、集英社文庫（1987）2008年、アメリカで北村龍平監督によって映画化されている。

7．暴力の諸相の相互関係と現実性

この作品における「暴力」の当面の現実性にはいくつかのレベルがある。まず、体験的事実に分類されるべきものとしては、第一話『暴力』のエピソードが典型的だが、狭義での暴力的状況の当事者というよりは、目撃者としての体験的事実を示す第七話『観客席』のような例、さらに、必ずしも一般的ではない感受性、あるいは観点から、広義での暴力的状況の当事者としての体験的事実を報告する、第六話『流れの中で』、第八話『M市』、第九話『ホイールの中で』などの例も見られる。また、第二話『琥珀の中で』や第三話『ジャーマン・アモク』、第五話『Mの場合』では、語り手が現場で直接体験したわけではないものの、公に報じられた出来事が扱われる。資料をもとにして想像を巡らせ、疑似体験を試みるパターンである[16)]。これに加えて、第十話『アンダーカヴァーと頭』のように、既存のホラー小説・ホラー映画、すなわちフィクションを下敷きにして、それを通常なら必ずしも暴力を連想させないであろう日常風景に結びつける場合もある。[17)]

そこに見られるスプラッタ・ホラーのように、小説や映画等の形式で、そもそも語り手がいわば嗜好品として摂取している虚構の「暴力」は、非当事者として暴力的状況の現実にアプローチする際には、その現実性を再構成するための手がかりともなる。第二話『琥珀の中で』では、主題である作者自身の映画構想に話題が収斂していく過程で多くの既存の映画への言及がある。ここでの彼の構想作業は、実話の再現の側面を持

16)『アンダーカヴァーと頭』でも、現実にベルリンで起こったバラバラ殺人事件が取り上げられており、そのバラバラ死体の頭の部分が、タイトルにも現れ、物語の起点となっている。Vgl. Schnedelbach, Lutz: Am Bahnhof vergraben. In: Berliner Zeitung. 4.9.2009. ここでの題材へのアプローチの仕方は『琥珀の中で』や『ジャーマン・アモク』、『Mの場合』などの場合とは異なるが、非体験的事実が現実性の契機として機能している点は同様である。

17) そのほか、健康被害をもたらす煙草（149,170-171,187）や電磁波（182-183）、また、同様に毒と称される数字（150,170）、すなわちギャンブルなども、暴力的存在として扱われていると言える。

つが、そこでは『地獄の黙示録』[18] に関する監督フランシス・コッポラの発言が引用される。「私の映画はベトナムについての映画ではない。私の映画はベトナムそのものだ」My film is not about Vietnam. My film is Vietnam. (43) 虚構によって現実そのものを指向する創作のあり方に、語り手は倣おうとしているのである[19]。

書き手としての彼のここでの構えは、映画構想のみならず、執筆あるいは創作のプロセスをさらけ出しつつ、彼が紡ぎだすテキスト一般の虚構性と現実性とのせめぎ合いを暗示するものであると言える。「暴力」の現実性の度合いに注目した前述の分類は、それぞれのテキストの出発点の問題、素材における「暴力」の問題であった。その素材を、マイヤーはその都度、作家としての彼のフィルターを通して、それぞれに違う角度と手法を用いて目先を変えながら、加工している。すなわち、現実を虚構化し、虚構を現実化しているのだ。また、各テキストにおいてはその作業そのものが提示されているとも言える。作業過程ではすべてが暫定的な状態にある。その結果、素材としての「暴力」の現実性における次元の違いは一時的に棚上げされ、また、素材時同様に多様な加工後の結果としての「暴力」の様相は、まさにその質的な多様性の故に、それら自体の現実性を相互に補い合う契機となる。

特に、第一話『暴力』は、この作品における「暴力」全般の狭義での現実性の基点となっている。すでに述べたように、この冒頭の一篇で報告される体験は、狭義での直接的・身体的現実である。これに対して、後続の諸篇における暴力的状況は、語りの現場における書き手にとって、当面は観念的、象徴的、あるいは潜在的なものであり、心理的ダメージ

18) Apocalypse Now. USA 1979.

19) 語り手はコッポラの言葉を自分の映画構想にそのままあてはめる。「私の映画はグァンタナモについての映画ではない。私の映画はグァンタナモだ」„my film is not about Guantánamo, my film is Guantánamo." (47) ただし、語り手自身が、この素材の映画化の困難を指摘しており (42-43,44)、この映画構想がまだ飽くまでも構想の段階にあることを強調している (47)。また、実際、このエピソードが下敷きとする作者マイヤーの実体験においても、映画化は実現していない。「でもそれは私の力を超えていました。グァンタナモについて映画を作るなんてそもそも無理なんです」„Aber es überschritt meine Kräfte. Über Guantánamo einen Film zu machen, ist eigentlich unmöglich." Vgl. Wickert.

はともかくとして、一定の物理的暴力がその場で作動することはない。このため、この作品全体の扱う「暴力」というテーマとの関連で、表題作でもあるこの冒頭の一篇は、このテーマの狭義での現実性の契機として機能することになる。現実の体験の直接的報告という、通常のフィクションでは想定されず、「日記」なる形式においては部分的に期待される性格が、ここに確認できる。読者もまた、その直接的現実性を基点として、その後展開され、変奏される暴力のモチーフの間接的現実性へのアプローチを促されることになるのである[20]。

また、いくつかのテキストで書き手が置かれている閉鎖空間も、そこで展開される非現実レベルでの「暴力」の現実性の契機として機能している。たとえば、第二話『琥珀の中で』では、さしあたって現実に作家の置かれた（発端としては自主的な）軟禁状態と、彼の思考が探索する他者の体験した監禁状態とが、二重の閉塞感を生み、狭義での現実空間における作家の不安が、擬似的現実における恐怖に接続されている。また、第五話『Mの場合』で、語りの現場としての作家の自室が、そのまま犯人にとっての私的な空間に重ね合わされうるのは、住居を含めた犯人の生活環境が作者自身のそれに近いものとされているからであった[21]。

8．密室における架空の対話と雑踏における対話の欠如

上述のように、本作『暴力』に収録された諸篇は、その空間的条件から分類することが可能であり、その区分を越えて見られる、「暴力」を背景にした不安が作品全体を束ねる重要な要素となっている。この、空

20）また、この冒頭の一篇では事件当日の具体的な日付が繰り返し提示される（6,9,21）。これは本作においては例外的ケースである。このこともまた、このエピソードの狭義での現実性を強調している。

21）語り手は加害少年が暮らしていたのと同じ地区に住んでいたことがあると述べ（94）、犯行現場を自分の住む集合住宅に重ね合わせてみせる（99-100）。また、本編は一貫してこの少年に語りかける形式を取っているのだが、ことさらに彼らが空間を共有していることを強調する記述も見られる。「おれは君の隣に立つことができるわけだ、よくわかるよ、（…）家のなかに他に誰かいるのはいやなんだろ？」„Ich kann also neben dir stehen, weiß genau, (…), das gefällt dir nicht, dass da noch jemand in der Wohnung ist, was?"（102）

間的条件の相違を相対化する不安は、心理的孤立に対応している。

本作は、日記という形式に従い、基本的にモノローグによって構成されており、特定の人物との間でのある程度まとまった量のコミュニケーションの様子がそのまま提示されるケースは限られている。前半の諸篇で主要舞台となる密室において、語り手の対話相手は架空の存在である。『琥珀の中で』の仕事場での語り手は、夢の中で故人である祖母と言葉を交わしたり（52-53)、尋問にあたる米軍関係者に成り代わって囚人Kurnazに語りかけたりするが（54-58)、同テキスト前半でさしあたっては実在の人物として登場する映画会社のエージェントも、その様子や言動については語り手にとって不審な点が多く指摘され、その日常的現実性が相対化されている[22)]。『Mの場合』での加害少年の出現もまた常識的判断基準からすればフィクションである。『ザクセン山地を求めて』における友人の亡霊もまた同様である。『ジャーマン・アモク』には、ネット上のチャット経由の情報交換への言及（66-68）が見られる程度で、他者との対話そのものが存在しない。

他方、都市における彷徨が主要な空間的枠組となる後半の諸篇では、一貫して不安な心理が支配的であるようなケースは『アンダーカヴァーと頭』だけで、それ以外のテキストでは、作品全体のテーマである「暴力」と向き合う語り手の緊張を伴う営みは断続的にのみ報告され、その合間には弛緩のプロセスが置かれる。たとえば、『ホイールの中で』においてカジノの場面に先行し、これと対置される女性読者ふたりとビールを飲むエピソード（186-187）や、『流れの中で』冒頭の友人との対話（115-120)、『M市』における娼婦との対話（177-180）などがその例である[23)]。しかし、これらの場面を除けば、それぞれのテキストにおける主要場面はやはり対話とは無縁である。『流れの中で』の主要場面である

22）語り手は約束通りライプツィヒ駅のホームで列車の到着を待ち受けるが、待ち合わせた人物は降りてこない。携帯も通じない。諦めて立ち去りかけたところで、思わぬ場所に相手を見つけるが、なぜその時点にそこにいられたのか、語り手は納得がいかない。また、それ以前に何度も電話で話していたにも係わらず、相手の声はまったく違ったものに聞こえ、ケルンから来たはずなのに、手荷物を持っておらず、前日のメールでの連絡ではあまり時間がないとのことだったのに、今は六時間あると言い、マイヤーのスケジュールについても誤解している。(25-31)

水路上でも、この場合同行者が存在するにもかかわらず、対話らしい対話はほとんど交わされない。

密室における架空の対話は、心理的孤立を陰画として強調するものであり、移動中の都市空間の雑踏、あるいは他者との空間の共有下における対話相手の欠如は、そこでの逆説的孤独の顕在化であると言える。語り手が「暴力」と向き合う現場は、いつもこの対話を欠く孤立と孤独の場所なのである。[24)]

9．犬の死と日記性の実現

最終話『戸口の外で』で、語り手は犬と出かけた折に鍵を忘れ、深夜、玄関をこじあけるべく奮闘する。ここには実存の危機の予感も、得体のしれない脅威も存在しないが、彼の試行錯誤の詳細な描写と解説は、状況を越えて行為そのものをクローズ・アップし、不条理な自己目的のニュアンスさえ生じさせる。その意味での非日常性と、具体的行為における直接的な破壊性が、この一篇を作品全体のテーマである「暴力」に結び付けている。ここでは、作品冒頭に置かれた第一話同様、語り手の身体性が際立つ。それは暴力の現実性の重要な契機である。「暴力」はこの作品を通し、多様な変奏による拡散を経て、最後にまた、身体レベルでの具体性へと回帰するのである。

語り手は、当然帰還できたはずの安心できる場所から締め出されている[25)]。助けを借りられるかもしれない隣人たちは、その犯罪や暴力に彩られた日常と共に想起される[26)]。彼らもまた、その暴力的日常を生きる

23）ただし、『流れの中で』で突然訪れてくる友人は、『ザクセン山地を探して』に登場する死んだ親友の弟でもあり、その泥棒稼業の最近の成果なども話題になるため、テーマである「暴力」およびその兆としての不安との接点が維持されていると言える。

24）『M市』における女占い師と語り手との対面の構図（163-166）は例外である。実在の他者との空間を共有する緊張関係のもとで、主題に係わる重要なプロセスが展開されるからだ。ただし、テキスト内では、語りの現在からの回想として導入されるため、その現場性は相対化されている。

25）タイトルに引かれたBorchert作品は、戦後苦労して故郷にたどりついた兵士が、そこに帰る場所を見出せないという悲劇を描く。本編はこの基本構図を踏襲している。Vgl. Borchert, Wolfgang: Draußen vor der Tür. In: Gesamtwerk. Hamburg 1949.

ことに忙しいのである。そこには老いた愛犬が寝そべるばかりで、人間は語り手のほかに誰もいない。この一見のどかな情景は、第一話で語り手が密室からの脱出を求めて不毛な試みを繰り返していた様子と好対照をなす。彼は犬のおかげで孤独ではない。彼の想念が身近な暴力を巡って回り続けても、そこに不安や恐怖はない。今、彼はただ、早く自室に入って休みたいだけだ。そして最後にそれは成功する。暴力を巡る虚実ないまぜの旅の終わりに、作品内では第一話以来、初めての直接的身体的実力行使によって、いわば暴力的に語り手は帰還を果たす。

しかし、ここにもうひとつの終わりが置かれる。愛犬の死の報告である。この死は象徴的である。なぜなら、それが書き手の安全な場所への帰還と重ね合わされるからだ。

暴力の延長上にはいつも死があった。死は本作の描く暴力の諸相に常に付きまとい、恐怖の源となり、漠然とした不安の段階ですでにそこに影を落としていた。犬の最期は老衰と闘病の末の安楽死であったが、その一見穏やかな経緯にもまた、長い苦痛と、最終的には命を奪う逆らえない力の作用があったことは事実である。この犬の存在は、すでにほかの箇所でも言及されている（9,112-113,165,187）が、読者はここでまたあらためて、この犬がいつも書き手と一緒にいたこと、ひとりで町をさまよう語り手の帰りを家で待っていたことを想起する。作者が、なじみの対象としての日常の暴力を再発見し、書くことの冒険に専念しているとき、彼の日常の重要な一部を構成しながら、この犬は自身の死と戦っていたのである。この瀕死の老犬の経験した「暴力的」日常は、ここでスポットライトを浴びることで、読者にとって、作品全体の流れを遡る契機となる。

暴力を巡る想念の饒舌が鳴りを潜め、汗まみれでドアをこじ開ける具

26）近所を走る線路の土手からは夜遅くまで叫び声が聞こえ（214）、焼却炉からはときおり悪臭が立ちこめ（214）、夏の夜にはアル中の群れが深夜営業のガソリンスタンドの売店を目指して行列し（218-219）、空家に囲まれた一軒家に住むロシア人たちは連日喧嘩と宴会で騒音を立て、ときに発砲し（214-215）、語り手と同じ集合住宅の隣人だったトルコ人は、不法滞在のための偽装結婚、毎晩のように繰り返された激しい夫婦喧嘩ののち、今は麻薬で牢屋に入っている（221-222）。

体的作業の詳細が、身体的存在としての語り手をより生々しく浮かび上がらせたあとに置かれた、犬の死に関する簡潔な報告は、その淡々とした調子によって、逆に存在感を増し、この作品の中で語り手にとってもっとも重要な事件となる。こうして、この最後の１ページで初めて、この作品は狭い意味での典型的「日記」の様相を示す。具体的な日付の明記もまたその印象を強めている。大きなテーマによって結ばれた、飛躍と連想に富む自由な展開の連鎖は、書くこと自体を扱いながらフィクションの秘密を追って彷徨し、最後に、書き手としての苦闘から解放された、裸の作者にたどりつくのである。

こうして犬の死は時間軸上の定点となる。この事実報告は作品末尾に置かれることによって特権的位置を占めるが、既にあらかじめ言及され、その都度、過去の出来事として（187)、また、占い師に告げられた未来の出来事として扱われている（165)。このことは、本作を通して随所に見られる時間的前後関係の転倒の手法[27)] を作品全体の構造にも応用するものであると言える。ここでは元来、構成要素としての諸篇同士に物語展開上の必然的結びつきはないのだが、「日記」という前提の影響で、語られる出来事の時系列に沿って個々のテキストが配列されているのではないか、という一般的期待が存在する。しかし、そのような直線的配列への期待は、作品の最後、８月のエピソードの末尾であらためて10月の犬の死が報告され、最終話の時間設定が先行諸篇よりも前の時点にさかのぼっている事実が印象付けられることによって決定的に裏切られる。この時間的条件から見た構成上の特徴は、作品全体の迷宮的印象を強めている。「暴力」とタイトルに掲げ、冒頭から端的な暴力的状況に身を置き、語り手は「暴力」なるテーマを追及する素振りを見せており、それを受けて読者もまた当然なんらかの結論を期待するが、特に作品後半ではぐらかすかのような迂回と逸脱を重ね、実際には一向に核心に迫ることができない。この内容のレベルでの迷宮性が、形式のレベルでも強調されているのである。

27）本作『暴力』に先行する二作品においても、マイヤーは時間的前後関係の転倒やフラッシュバックの手法を多用している。

10. 作家の日常の暴力性と「潜入捜査」としての書く行為

作家の日常の中心には執筆がある。マイヤーは書く行為そのものの不安と苦痛を描いているが、それは明らかに「暴力」なるテーマの一部を形成している。ここでの書く行為は不安と苦痛を伴い、それを通して「暴力」に接続する。書く行為はその暴力性において対象と一体化しているのである。しかし、作家としての書く行為は、そのテーマにかかわらず、原理的に、少なくともこの書き手にとっては、暴力的な作業なのかもしれない。この作品が変奏を重ねながら繰り返し提示しているのは、書くべき対象によって書き手が支配されていく様であり、その支配に対して抵抗を続ける様だからだ。だからこそ、マイヤーは、書くことに関して端的な嫌悪を示すのである[28)]。彼はそれでも書き続けずにはいられない自分の姿をさらす。これはまさに生活全体を覆う暴力的緊張関係である。

第十話『アンダーカヴァーと頭』で語り手は、二ヶ月前のバラバラ殺人事件で頭の部分が発見された場所を目指す（197）[29)]。しかし、彼が探しているのは単なるその場所ではなく、「頭」そのものだ（201）。もちろん物体としての「頭」はもうそこには存在しない。その場所ももはや物質的なものではない[30)]。他方、彼は、冒頭で暗示される通り、食人鬼の餌食となるべき死体を満載した「ミッドナイト・ミートトレイン」*Mitternachtsfleischzug*（原文もイタリック）の出現を待っている（197）[31)]。この文脈での「頭」は、人喰い鬼たちの拠点である。それは彼に「状

28)「（…）ご婦人の一人が自分も書いているというのでギョッとする、私自身よく嫌になるからだ、いつもいつも書いてばかりなんて（…）」„(…) eine der Dame schreibt auch, das erschreckt mich, denn ich selbst hasse es oft, Schreiben immer nur Schreiben, (…)"（186）「他の多くのこと同様、書くというのはほんとに厭なことだ」„Wie vieles andere auch, ist Schreiben eine recht unschöne Sache."（195）

29) 注 16）参照。

30)「（…）その頭と共に、だが私はその頭を探していて、（…）その場所に近づきながら、しかしそれは物質的なものとは思えない、（…）」„(…), mit dem Kopf, den ich doch suche, (…) mich dem Ort nähernd, der mir aber nicht materiell zu sein scheint, (…)."（204）

態」*Zustand*（原文もイタリック）を示してくれる「中心」Zentrumであり、「入口」Portalであるという（208）。この「頭」の物質レベルから非物質レベルへの変化は、語り手における、「暴力」を体現するひとつの事件を契機とした、より一般的な「暴力」の本質への肉薄の意図を象徴している。

語り手は、この自らの行動を「潜入捜査」*Undercover*（原文もイタリック）であると称する（204）。彼は「暴力」に潜入し、その中枢の秘密を暴こうとしているのだ。語り手自身が殺人を犯したかのような、タクシー運転手殺害をめぐる曖昧な記憶の提示（208）は、この潜入捜査の不毛と危険を強調している。ただし、作品の内部では、「頭」なる核心の秘密は明かされない。テキストの末尾、目的地の貨物駅跡地で何も見つけ出すことができず途方にくれる語り手の前に、突如、進入してくるはずのない列車が出現する。これは例の「ミートトレイン」である。彼の潜入捜査はついに目的を達成するのかもしれない。だが、ここでもし「頭」と直面してしまったら、語り手は果たして無事でいられるのだろうか。

この潜入捜査のイメージは、この作品全体における書き手の位置そのものを暗示している。この作品の書き手は、なにげなく日常を生きているフリをしながら、あたかもそれが偶然であり、当然であるかのように、しかし実際には意図的に「捜査」対象としての暴力へと接近する。彼はそのようにして実現された「暴力」的日常において自らも「暴力」の一部となりつつ、「暴力」の正体を探っているのだ。その意味では、『アンダーカヴァーと頭』のみならず、ほかの諸篇での書き手もまた、潜入捜査中なのである。

31）注15）参照。バラバラ殺人事件と、その死体の一部が貨物駅跡地で発見されたこととが、語り手に、『ミッドナイト・ミートトレイン』における列車の中の殺人者と食用に処理された死体とを連想させたのだろう。

11. 闇にわけ入る

マイヤーは乱射事件や猟奇的事件の犯人に興味を持ち、あらかじめの分析や問題設定を最小限にとどめた仕方で、素朴な関心をそのまま表現するような直接的アプローチを想定する。その契機となるのは、彼自身にとって身近な「暴力」である。『ジャーマン・アモク』の場合も、『Mの場合』の場合も、それぞれにおける心理的距離には差があるものの、安易な共感は存在しない。それにも係わらず、彼が語る当事者たちとの架空の接触は、顔見知りの隣人に対するかのような、非常にカジュアルで、肩肘はらないものだ。マイヤーがそのような場面を設定できるのは、具体的な暴力行為への近さを、自分と殺人者たちが共有しているという自然な自覚があるからだ。殺人者たちと語り手には、社会的規範の暴力的逸脱という共通性がある[32)]。マイヤーは一時期ナイフを持って学校に通っており、教師たちを刺し殺しかねなかった状況も具体的に紹介されている（67-68）。また、銃乱射犯のホラー映画コレクションは、語り手のそれと顕著な共通性を示していた（68）。

こうしてマイヤーは殺人者たちの人間像をリアルなものにするべく試みるが、結局は闇に突き当たる。しかし、そこには闇だけがあるのではないし、闇は誰にでもあり、どこにでもあるのだ。これは当然のテーゼのように見えるが、実際には、この闇にたどりつくまでにはそれなりの苦闘が必要になる。闇の存在が周知の事実であったとしても、それを常識として心得ているということと、実際に個別の闇をのぞいてみるとい

32) ただし『Mの場合』の場合、その主題となる事件と、それとはさしあたり異質の「暴力」との対比もまた重要な意味を持つ。もうひとつの「暴力」とはすなわち、この事件に対するマスコミと地域社会の反応である。被害少女の叔父は地元では知られたネオナチであった。この人物が中心となって、加害者に極刑を求める運動が起こり、夜には松明デモが行われた。また古風な書体でメッセージが刷られたキャンペーンTシャツが作られ、語り手自身、その購入を求められるが、彼はそれを断る（105）。差別と排除を志向する社会的暴力が、例外的な事件を契機に広がってしまったわけである。本来ほとんど共感することのできない容疑者への、あらかじめの怒りや憤りを伴わない、という意味で特異な接触の試みの虚構は、このようなファッショ的社会現象に対する違和感を背景にしているのである。

う行為との間には大きな隔たりがある。

上述の二編に見られるような世間を騒がせた事件や、『琥珀の中で』で取り上げられた、米軍に突然逮捕された無実の男の悪夢のような体験などは、多くの場合、世間の注目は浴びるものの、常軌を逸した出来事に関する情報として興味本位で消費され、あえて生々しく追体験するべき対象としては扱われないだろう。他方、原因の究明や再発の防止が問題になる場面では、その作業に適合するよう、出来事は抽象化されざるをえない。

マイヤーがこの「日記」で提示しているのは、現実の認識への常軌を逸した誠実さを伴う「暴力」的試みの記録である。それは、死に至る暴力・死をもたらす暴力の闇を体験しようとする、それ自体が体験として暴力的でもあるような認識作業の実践である。そして、この「非日常」を追う実験は、もとより作家としての彼の「日常」の一面であり、そもそも狭義での具体的暴力の発現もまた彼の日常の一部であった。だからこそこの実験には「日記」という形式がふさわしいのである。仮に、そのような認識的実験そのものが、一義的に非日常の様相を帯びていたなら、それ自体がまた、追体験を拒む特殊な事例と化してしまうだろう。また、それが手際よく分析され整理されてしまえば、現実における闇の体験的感触は伝わらないだろう。これに対して、彼は自分にとっての日常の範囲内での逸脱を演じ、あるいは実践してみせるのである。彼は自身の生きる日常のなかに、当然そこにあるもの、なじみのものとしての「暴力」、日常的「暴力」を見出し、これを本来は遠かったはずの、別の場所、別の時間、別の人間たちの現実における「暴力」、あるいは本来虚構であったはずの「暴力」と隣り合わせにして提示する。それらが隣接させられることによって、探索を続けようとする語り手自身の心理の一貫性と連続性は、異なる時空の入り乱れる迷宮に紛れ込むことになる。

マイヤーは、日記という枠組の持つ本来的に越境的な特性を利用して、現実でもあり疑似現実でもある「暴力」体験を提示している。それは他者の闇にわけ入る作業であると同時に自身の闇にわけ入る作業でもある。もちろん、闇は視線を拒み、そこにはなにも見えない。だからこそ、彼の行動は堂々巡りにならざるをえない。しかし、その軌跡は、この「闇」の輪郭を浮かび上がらせる。

12. 暴力の迷宮としての日常

本作『暴力』は、それぞれに時間的・空間的枠組によって最低限のまとまりを与えられた諸篇から成るが、それらはテーマ「暴力」との関係において、質的に異なった性格を与えられており、このテーマにさまざまな角度から光を当てるとともに、総体としては一定の方向性の形成を拒みつつ、多様な要素が混在し、相互に混じり合うカオス的全体像を形成している[33)]。また、各物語内部の展開および物語相互の配置関係における、時間的前後関係の相対化は、一種の循環構造の暗示によって、個々の諸篇および作品の全体像に出口なき迷宮の印象をもたらしている。この効果は、「日記」なる副題に由来する（より単純な並列的構造および直線的展開への）期待を裏切る性質によって、より強化されている。また、この迷宮性は、悪夢的な果てしなさを予感させながらも、異質の要素の混在による拡散傾向に拮抗し、個別の諸篇の枠を越えた作品全体をひとつの世界として成立させる枠組としての役割を果たしている。

「日記」というジャンルは、自らの姿をさらさねばならないという条件を作者に課す。この条件を満たしたうえで、作家としての本分である虚構展開の自由を最大限に行使しようとしたマイヤーは、自身の身体的現実性を基点に、現実と虚構との境界領域を往来する。ここでは、日記性の自称によって保証された作家の今、ここ、における身体レベルでの現実において、書く行為そのものとしての作家の日常と、作家以前に人間であるという意味でのより一般的なレベルでの日常とが重なり合う。この作家的日常と一般的日常との渾然一体となった舞台は、現実と虚構との緊張関係の場である。そこでは、考察対象、表現対象の暴力性が、

33)「カオス」Chaos はこの作品が描く世界の特徴を示すキーワードのひとつである。語り手はそこでの考察対象あるいは自分自身の状況を評して、繰り返しこの表現を用いている（101, 144, 153, 164, 165, 171, 194, 206, 207）。

書く行為においてマイヤーの陥る状況の暴力性と溶け合う。ここに描き出されるのは「暴力の日常性」であり、「日常の暴力性」である。作家マイヤーの日常には、探索とプロセスだけがあり、謎は解明されず、作業は完成しない。「暴力」の完成とは、おそらくは死であり、死が達成された瞬間、もうそこに「暴力」は存在しない。その意味で、この作品においては、その、過程からのみ成る日記性こそが、そのような仕方で描かれる日常こそが、「暴力」なるものの本質を暗示しているのである。

異教の楽器としてのオルガン
―音楽との関わりで辿るハンス・ヘニー・ヤーン[1)]―

黒田 晴之

わたしが理解するところのオルガンの生み出す音楽的響きは、永遠なる諸音楽の魂を地上の肉体として受け容れる。わたしがオルガンが奉仕すると考える音楽は、おのが自己目的であり祭祀的《クルティッシュ》なものであって、かくてオルガンを設置する場としては、祭祀の場所《クルトシュテッテ》を考えることができる。[2)]

『手記』に描かれた音楽への疑問

おそらくヤーン（Hans Henny Jahnn, 1894-1959）の『岸辺なき流れ』（*Fluß ohne Ufer*）[3)] を最初から読んできた者は、第２部『49歳を迎えたのちのグスタフ・アニアス・ホルンの手記』（以下『手記』と略す）に

１）本論で扱うヤーンの発言と経歴は以下の文献に多くを負っているが、注では煩雑さを避けるために略語とページ数で出典を挙げた。

HHJB - Thomas Freeman: *Hans Henny Jahnn. Eine Biographie.* Hamburg（Hoffmann und Campe）1986
DBT - Jochen Hengst（Hrsg.）: *Hans Henny Jahnn. Fluß ohne Ufer. Eine Dokumentaton in Bildern und Texten.* Hamburg（Dölling und Galitz Verlag）1994
Obia - Schweikert（Hrsg.）: "Orgelbauer bin ich auch". *Hans Henny Jahnn und die Musik.* Paderborn（Igel Verlag）1995

２）Hans Henny Jahnn: *Die Orgel.* In: Ders.（Hrsg. von Uwe Schweikert）: *Werke in Einzelbänden. Hamburger Ausgabe. Band 7. Schriften zur Literatur, Kunst und Politik. Teil 1. 1915-1935.* Hamburg（Hoffmann und Campe）1991, S. 542-552.

３）この長編３部作の構成と出版年は以下のとおり（本文での議論のため第２部『手記』のみ目次を挙げておく）。

第１部『木造船』（*Das Holzschiff.* 1949）
第２部『グスタフ・アニアス・ホルンの49歳を迎えたのちの手記』（*Die Niederschrift des Gustav Anias Horn nachdem er 49 Jahre alt geworden war.* 1949/50）
　第１巻「11月」「12月」「１月」「２月」「３月」「４月」「５月」「６月」
　第２巻「７月５日」「８月」「９月」「10月」「11月、再び」「亡き母に宛てたグスタフ・アニアス・ホルンの手紙」「遺言書謄本」
第３部『エピローグ』（*Epilog.* 1961（未完の遺稿））

いたって、主人公ホルンはいったいいつの時代を生きているのか疑問に思うはずだ。かれが作曲家に成長する過程は『手記』で詳細に描かれているが、あたかも読者は音楽史のエア・ポケットかなにかに迷いこんで、音楽がバロックから現代に直結しているような錯覚に陥る。第１部の『木造船』には時代背景を示唆する描写が希薄だが、第２部ではそれでも作曲家が具体的に名指しされている。だがバロック期のリューベック（Vincent Lübeck, 1654-1740）、シャイト（Samuel Scheidt, 1587-1653）やブクステフーデ（Dietrich Buxtehude, 1637-1707）はまだしも、ジャヌカン（Clément Janequin, 1480–1558）やダ・ミラノ（Francesco Canova da Milano, 1497-1543）などルネッサンス期の作曲家への偏愛、モーツァルトをほぼ唯一の例外としてロマン派が等閑視されていることを、読者はいったいどのように考えればよいのだろうか。わたしたちが『岸辺なき流れ』を読むときに抱く疑問の１つである。

なるほど『手記』は――なかんずくその最終章において――バッハやモーツァルトに言及している。だがそれは純粋に音楽的な関心からなされているというよりは、天才は同時代から疎外されるということの実例として、申し訳程度にのみ名指しされているという印象を与えかねない。おまけにホルンが同時代の音楽家としてしばしば挙げるのは、ニールセン（Carl August Nielsen, 1865-1931）というさほど有名とは言えないデンマークの作曲家で、あるいはグリーグがホルンのノルウェー滞在に因んで触れられるだけだ。かれが作曲で問題にするのもフーガやポリフォニーといった一昔前のものばかりである。おそらくはジャヌカンらルネッサンスの作曲家が取り上げられるのも同様の文脈からであろう。たとえばストラヴィンスキーが『春の祭典』で物議を醸した変拍子や、シェーンベルクの無調音楽や12音技法が『手記』に影響していないということ。さらにはホルンとトゥータインに南アメリカやアフリカへの旅をさせていながら、『手記』が触れている非ヨーロッパ系の音楽はジャズとガムランだけだということ。あらためて当の小説が20世紀の作家のものだと思い返したとき、このような音楽観の特異さは保守的という範囲をはるかに超えて、さしずめ反動的とも時代錯誤とも言えるものではないだろうか。なるほど戦後のヤーンが原水爆反対運動に立ち上がったように、かれにあって反動はすぐさま革新に転じることもあるし、あのシュヴァイツァーがバッハをほとんど神聖化し、バロック音楽が19世紀末から再評価されていたことを考え合わせれば、ヤーンも時代の趨勢から逸脱していたとは言えないのだが。

かりに主人公の音楽的志向が作者ヤーンのそれを反映しているとしても、強いて言えばバランスを欠いたホルンの音楽観はどうして可能になったのか。たぶんそれは『岸辺なき流れ』の執筆がナチの時代だったという事情にもよるだろう。たしかに第２次世界大戦中のヤーンは1933年以降ドイツを逃れ、バルト海にあるデンマーク領のボルンホルム島で生活していた。かれがなぜ亡命先としてドイツに近いボルンホルムを選んだのかについては諸説ある。たとえば戦時中にヤーンが実際しばしばそうしていたように、ハンブルクにある友人ハルムス（後述）の墓を訪れたかったというのもその１つだ。かれ自身は1933年のナチスによる「焚書」の対象にはならなかったが、「コミュニストでポルノ作家」との風評ゆえに危険視され、自宅がナチスに家宅捜索されることさえあったというのに、「ドイツ帝国作家協会」（Reichsschrifttumskammer）の会員にとどまるなど、ドイツとの繋がりを完全に断つということはついになかった。なぜなら自作の出版が見込めるのはドイツ以外になかったからだ。およそ当局を刺激する時代の痕跡が『手記』で避けられている所以である。だから『岸辺なき流れ』は戦間期が舞台であるにもかかわらず時事性が皆無で、ナチスにとって都合の悪いいわゆる「頽廃音楽」への言及も、意図的に排除されたのではないかと推測することができる。ちなみにヤーン自身はナチスの禁じたストラヴィンスキーを1940年時点で聴いて評価もしている。[4)]

かかる事情以上にホルンの音楽観に刻印しているのはもちろんヤーン自身のそれだ。あえて作家と主人公との関係については深く立ち入らな

４）Vgl. Hans Henny Jahnn: *Brief Jahnns an Judith Káráz vom 4. 1940.* In: Ders. (Hrsg. von Uwe Schweikert): *Werke in Einzelbänden. Hamburger Ausgabe. Band 10. Briefe 1. 1913-1940.* Hamburg (Hoffmann und Campe) 1994, S. 1344.

いが、おもしろいことにディートヘルム・ツックマンテルは、『岸辺なき流れ』のなかに散りばめられた記述との符合から、ホルンの生年を1895年すなわちヤーンのそれの１年後と算出している。[5] あるいはホルンが作曲した交響曲『避けられざること』（*Das Unausweichliche*）は、ニールセンが1916年に完成した交響曲第４番『滅ぼしえざるもの』（*Det Uudslukkelige*）を想起させる。第２次大戦中にデンマークに逃れたヤーンはニールセンと手紙のやり取りをし、この作曲家の作品を自身の「ウグリノ出版」（後述）から出版しようともした。たとえばヤーンに私淑した作家にフーベルト・フィヒテ（Hubert Fichte, 1935-1986）がいるが、後者もやはり自伝とも小説ともつかない作風で知られる。かれは自分の主人公を終始一貫して「分身《ダブル》」と見なしたうえで、虚実の境界を操作しながらそれを超えるような小説を書き継いだ。かたやヤーンは姓の綴りをJahnからJahnnに変えることによって、ダンツィヒのマリア教会の建築に関わったロストック出身の14世紀の職人「ヤン」Jannの末裔――ただしその教会の建築史に「ロストックのヤン」Jann von Rostockなる人物の記録はない――に自分を捏造してみせたりする。さらには名前を男性名のHenryから女性名のHennyにすることで、ジェンダーを攪乱する確信犯的な操作さえやってのけた。[6] おなじようにホルンもまたヤーンが操作した分身にすぎなかったのか。

たとえば『手記』で取り上げられる音楽エピソードを拾うと次のとおりである（「　」はそれぞれの章のタイトルを示す）。

1．第１巻「11月」　ホルンの交響曲『避けられざること』、パイプオルガン等のための作曲への言及。
2．第１巻「12月」　ホルンは作曲を20〜30年前に開始したことを回想する。
3．第１巻「２月」　機械仕掛けの人形と連動した自動ピアノのため、

5）Vgl. Diethelm Zuckmantel: *Tradition und Utopie. Zum Verständnis der musikalischen Phantasien in Hans Henny Jahnns Fluß ohne Ufer.* Frankfurt am Main (Peter Lang) 2004, S. 143.
6）Vgl. Elsbeth Wolffheim: *Hans Henny Jahnn.* Hamburg (Rowohlt Taschenbuch) 1990, S. 7f.

ホルンは自作をロールに穿孔して聴衆に聴かせる。かれらは機械による超絶的な演奏に興じるだけで、ホルンは自他ともに欺いていることを痛感し、自動ピアノの演奏に自分のそれを加えて共演する。ガムランやジャズのポリリズムへの言及。

4．第１巻「４月」 ノルウェー滞在中にグリーグの「ソルヴェーグの歌」に感動。スプリングダンス・ハリング民族舞踊団、ハルダンゲル・フィドルなど、ノルウェーの民族音楽にまつわる記述。カトリック教会の典礼からヴァーグナーまで、おのおのの時代の音楽へのホルンの評価。ホルンは管弦楽『ドリュアス５重奏曲』を作曲する。

7．第２巻「７月５日」 幼少時代のホルンの音楽との出会い、オーケストリオンやオルガンの体験。

8．第２巻「９月」 バロック前後の巨匠（ジョスカンからバッハまで）への言及、ホルンの交響曲『避けられざること』作曲。

9．第２巻「10月」 ホルンの曲が音楽会で演奏される。

ただし『岸辺なき流れ』に盛り込まれた音楽だけでも十分複雑であり、あまつさえヤーンの音楽との関わり方は間に合わせのものではなかった。たとえば戦後すぐにヤーンと同様に音楽をテーマ化した小説家に、『ファウスト博士』のマンと『ガラス玉演技』のヘッセがいるが、ナチスを生んだ文化風土を音楽で検証するという点で両者は一致している。だけどヤーンの『岸辺なき流れ』は文明への呵責ない批判はあっても、かりにもマンたちがしたようなドイツそのものへの批判は希薄で、かれはしかも音楽との関わりが比較にならないほど具体的だった。かれ自身が実際にピアノ演奏や作曲もすればオルガン製作にも携わり、ハルムスと立ち上げた「ウグリノ」（後述）ではバッハ以前の作曲家を中心に、楽譜の本格的な出版にも手を染めていき（後述）、かれはことオルガンにかんするかぎり新路線の火付け役でもあった。さらに付け加えるなら『手記』に挿入された次の一覧（一部を抜粋）に見るように、自作と他作を問わず楽譜を作中に挿入するような例――初期の小説『ペルージァ』（*Perrudja*. 1929）から最晩年の悲劇『トーマス・チャッタートン』（*Thomas*

Chatterton. 1955）まで事情は変わらない——は他の作家にはほとんど見られない。

1．第1巻「2月」396ページ ザムエル・シャイトが1650年に出版した『100の宗教的な歌と聖歌のタブラチュア』（*Tabulatur-Buch hundert geistlicher Lieder und Psalmen*）所収の「テデウム」（*Tedeum*）の冒頭。
2．第1巻「4月」697ページ クレマン・ジャヌカン「鳥の歌」（*Le chant des oiseaux.* 1545）の冒頭を、フランチェスコ・ダ・ミラノが編曲したもの。
3．第1巻「4月」775ページ ハンス・ヘニー・ヤーンの未完のフーガ。
4．第1巻「6月」985ページ ヤーンが『ギルガメシュ叙事詩』に曲を付けたものの断片で、これをホルンは作中で『頌歌交響曲』（*Ode-Symphonie*）のトランペットの合図に使う。
5．第2巻「11月、再び」643ページ上 イングヴェ・ヤーン・トレーデ（後述）が初期に作曲したフーガの主題。
6．第2巻「11月、再び」646ページ モーツァルト「ピアノ・ソナタ第2番ヘ長調」（KV280）から第1楽章75～77小節の抜粋。
7．第2巻「11月、再び」646ページ モーツァルト『ドン・ジョバンニ』のピアノ版抜粋。
8．第2巻「11月、再び」651～653ページ これも4と同様にヤーンの『ギルガメシュ叙事詩』作曲断片で、ホルンの『頌歌交響曲』最終楽章の問答歌のモデル。

以上は好事家としての思いつきでも机上の慰みでもなく、音楽の専門家としての矜恃を文学でも示そうとした挙措であり、かかる自己理解は終生ついに揺らぐことがなかった。

ここでは『岸辺なき流れ』で取り上げられている音楽家たちを、音楽史のなかに然るべく位置付けることが目的ではなく、かれらが『岸辺なき流れ』で占めているはずの意味を検討することも目的ではない。おそらくそれは文学研究を超えた音楽史の専門家の仕事であり、わたしにはその能力も資格もないからである。だがそれに代わってヤーンが具体的に音楽にどう関わったのか、『岸辺なき流れ』には書かれていないその音楽面での活動を、この小説の理解となるようにまずは年代順に辿ってみる。かれのそうした活動からはさしずめヤーン的と言えるような、なおかつそれが『岸辺なき流れ』にも揺曳《ようえい》している音楽観、かれがすなわち音楽になにを見ていたのかということが窺えるかもしれない。

ヤーンの音楽環境、オルガンとの関わり

かならずしも音楽的環境に恵まれた家庭だったわけでないが、ヤーンは『手記』第２巻「７月５日」にもあるように両親に連れられ、ハンブルクのアルスター湖沿いのコーヒー・ハウスで休日の食事を楽しみ、オーケストリオン（後述）やサロン・オーケストラに接していた。かれのピアノ・インプロヴィゼイションは終生の趣味で、従妹のエリーによるとすでに小さいころから、メンデルスゾーンの『結婚行進曲』や即興の曲を演奏していたという。おそらくは見よう見まねでピアノを奏でたという程度だろう。あるいは幼いヤーンは教会で聖歌隊の一員として歌うこともあり、オルガンとの出会いもそうした機会がもたらしたものだった。かれは1915年にハルムス（Gottlieb Friedrich Harms, 1893-1931）とともに、第１次世界大戦の兵役を逃れるためにノルウェーに亡命、晩年に出版社主のペーター・ズーアカンプに書き送っているように、このときの亡命が作曲家になるという目的を断念させたのだが、18歳から関心を抱きつづけてきたオルガンについて、ノルウェー時代にその歴史と理論を集中的に研究している。1511年のシュリック『オルガンの製作者および演奏者名鑑』（Arnold Schlick: *Spiegel der Orgelmacher und Organisten.*）、1888年のテプファー『オルガン製作のための手引き』（Johann Gottlob Töpfer: *Lehrbuch der Orgelbaukunst*）が主たる文献だが、テプファーが標準化したロマンティック様式のオルガン、設置場所に合わせてスケールが変えられるオルガンには最後まで批判的だった。かれのオルガン製作の知識は基本的にこの時期の研究に基づき、あくまでも自身はその分野の

独学者をもって任じていた。[7]

かれは戦後の1918年にハンブルクに戻るとやがて郊外に移り、ハルムスや彫刻家のフランツ・ブーゼ（Franz Buse, 1900-1971）、後に妻となるエリノア・フィリプス（Ellinor Philips, 1893-1970）と共同生活を営む。かれらは1919年に信仰と芸術の共同体「ウグリノ」（Ugrino）を設立、このウグリノのためにリューネブルガーハイデ（ドイツ北部のアラー川とエルベ川に挟まれた荒蕪地）に、11のオルガンと複数の補助オルガンおよびポジティフを擁する巨大霊廟の建築を思い立つ。おなじ年のある日ハルムスとハンブルク市内を散歩していたとき、ヤーンは聖ヤコビ教会（St. Jacobi）でアルプ・シュニットガー（Arp Schnitger, 1648-1719）作の「完膚無きまでにボロ船になったオルガン」、バッハが当の教会に求職したときに演奏して感銘を受けたオルガンの名器を「発見」する（ただし以上はオルガン製作者として名をなすための狂言とする説もある）。[8] かれは1919年に戯曲『牧師エフライム・マグヌス』（*Pastor Ephraim Magnus*）をS・フィッシャー社から出版、翌年にはその戯曲で当時もっとも権威のあったクライスト賞も受賞した。このときの授賞にあたっては過激な性的表現に論議が起こったが、表現主義の詩人オスカー・レールケ（Oskar Loerke, 1884-1941）がヤーン擁護の論陣を張る。このレールケこそ『手記』第1巻「5月」でホルンを音楽評論家の攻撃から守ったペーテル・テューエセンのモデルである。さてヤーンたちは1920年にウグリノ出版を設立し、ハルムス指揮のもとリューベック、シャイト、ブクステフーデ、ジェズアルド（Carlo Gesualdo, 1566-1613）の全集出版を計画した。

おりしも1921年からその翌年にかけてフライブルク大学の音楽学者グルリット（Wilibald Gurlitt, 1889-1963）が、ヴァルカー（Oscar Walcker, 1869-1948）にプレトリウス（Michael Praetorius, 1571-1621）の『オルガン図誌』（*De Organographia*. 1619）に準拠したオルガンを再現させる。ある意味でヤーンたちがハンブルクを拠点に試みたバロック・オル

7）Vgl. HHJB, S. 178-213.
8）Vgl. Walter Muschg, a. a. O., S. 144 und HHJB, S. 179f.

ガンの復活は、20世紀初めにシュヴァイツァーがアルザスで推し進めた「オルガン改革」(Orgelreform)――18世紀の名器ジルバーマン・オルガン修復が成果の1つである――の後追いだった。かれは1922年にオルガンをめぐる最初の論考「オルガンとその響きのミクスチュア」(*Die Orgel und die Mixtur ihres Klanges*)を発表、20年代からはヴァルカーや他のオルガン製作会社と組んで、ドイツ内外でオルガンの修復や製作に精力的に取り組んでいき、死ぬまでに100台以上のオルガン製作ないしはその助言に関わった。さてウグリノは1923年に聖ヤコビ教会の当局を説き伏せ、アルプ・シュニットガー・オルガンを「妥協せずに本来の状態に修復する」という合意を取り付け、ヤーンとハルムスはリューベックでオルガン製作会社を営むケンパー(Karl Kemper 生没年不詳)と、アルプ・シュニットガーの名器の修復に取りかかる。たんに机上で研究していたオルガンにヤーンが実際的に関わる契機だった。ただし当初はウグリノが一切の財政的負担を負う条件だったため、修復が本格化する以前の1922年から1925年にかけ、聖ヤコビ教会付きのオルガニストのカール・メールケンス(Karl Mehrkens 生没年不詳)、当時24歳の新鋭ギュンター・ラミン(Günter Ramin, 1898-1956 後にライプツィヒのトマス教会付きオルガニストになる)と資金集めのコンサートをした。このときの演目もスウェーリンク(Jan Pieterszoon Sweelinck, 1562-1621)、フレスコバルディ(Girolamo Frescobaldi, 1583-1643)、シャイト、リューベック、ブクステフーデ、シュリック(Arnolt Schlick, 1460-1521)、デ・カベソン(Antonio de Cabezón, 1510-1566)などで、バッハ以前に向けるウグリノの偏愛ぶりを示している。ハンブルク市と教会は1928年に財政援助に乗り出すにあたり、シュヴァイツァーにシュニットガー・オルガンの鑑定を依頼する。あまりにも損傷がひどく教会の塔さえ崩れかねない状態だったので、市および教会の当局も結局は資金の援助を余儀なくされたのだ。

1925年にウグリノ側からはヤーンとハルムスが、さらにはギュンター・ラミンとエルヴィーン・ツィリンガー(Erwin Zillinger, 1893-1974)が代表となって、ハンブルクとリューベックでオルガン会議が催され、リューベックでの第１回ドイツ・オルガン会議ではヤーンが講演、これがいわゆる「オルガン運動」（Orgelbewegung）の始まりとなった。かれは同時期にハンブルクのリヒトヴァルク学校のオルガン製作（後述）――ヤーンの理念をほぼ完全に実現したほぼ唯一のオルガン――を開始する。1926年には悲劇『メデア』（*Medea*）を発表するとともに、フライブルクで行なわれたオルガン会議に参加し、翌年にはザクセンのフライベルクのオルガン会議に出席、オルガン製作の実験を行なう責任者に抜擢されて、会議の期間中「ドイツ・オルガン協議会」も設立された。ちなみに「オルガン運動」はフライブルクの会議で初めて用いられた名称だった。おそらくはヤーンにとってはこれがオルガン製作者としての頂点であった。1928年にウグリノはついに財政的にやっていけなくなり、修復を請け負ったケンパーとの数々の確執も経たのち、1930年にはヤーンもシュニットガーの修復から手を引き、ベルリン工科大学教授ビーレ（Johannes Biehle, 1870-1941）からの攻撃も受けた。さしずめビーレはヤーンらの「新しい」オルガン運動のなかに、当時のキリスト教会の心情への脅威を嗅ぎ取ったのであろう。なぜなら工場生産のオルガンの華美な伴奏とともに歌われる聖歌が、ビーレの守ろうとしたその心情の中身だったからだ。さてヤーンは1929年に長編小説『ペルージァ』を出版したが、1931年には盟友ハルムスをその死によって失うことになる。おなじ1931年にはハンブルク市からオルガン専門職に任命され、ヒルシュパルクにある公邸を提供される栄誉――市当局を促したのはカーネギー財団からヤーンへの国際的な援助だった――も受け、この公邸の屋根裏部屋で引き続きオルガンの実験に取り組む。1932年にはハンブルクの聖ヤコビ教会のシュニットガー・オルガンが完成、ヤーンの演説やオルガン演奏を含めた式典の様子はラジオで放送された。[9)]

9）さらに戦後の皮肉な後日談についても触れておくとヤーンたちの修復は、「ネオ・バロック・オルガン」という不十分な構想で行なわれたとされ、シュニットガーは1980年代以降に500万マルクを投じて「再修復」された。植田義子「ハンブルク聖ヤコビ教会シュニットガー・オルガンについて」（『北ドイツのオルガン音楽の巨匠たち』Sony Records、1996年（音楽CDのライナー・ノーツ）所収）６ページ、参照。

ナチス政権期以降のヤーンの音楽生活

かねてからヤーン攻撃の機会をことあるごとに狙っていたビーレが、1932年に「タゴ」(TAGO = Technisch-wissenschaftliche Arbeitsgemeinschaft und Gesellschaft für Orgelbau)、すなわち民族主義的な色彩の強い「オルガン製作のための科学技術協会」の代表となる一方、ゲルナー（Hans-Georg Görner, 1908-?）とヘルツベルク（Theodor Herzberg）は、1933年のナチスの政権掌握直後にゲルナー名義で８ページのパンフレット『第３帝国の教会音楽』を発表する。ゲルナーは「ドイツ文化闘争ブント」の専門顧問であるとともに、「ドイツ・キリスト教徒団」帝国指導部の教会音楽長であり、1937年からはニコライ教会のオルガニストも務めている（戦後は東独ハレの音楽大学の教授に就任)。さらにはヘルツベルクも当時はタゴの経理・文書管理を経て組織の実権を握っていた。このパンフレット『第３帝国の教会音楽』に収められた「ハンス・ヘニー・ヤーンとはだれか？」で、ヘルツベルクはヤーンをあからさまに「オルガン運動」の首謀者と名指しし、第１次世界大戦における兵役拒否といった経歴から、『牧師エフライム・マグヌス』の性的逸脱やそれによる死体損傷の描写、ユダヤ人の出版社主ザムエル・フィッシャーとの関係まで、ヤーンをその個人的および文学的な側面から攻撃するとともに、オルガンに「聖なる数」(後述）や「女性」と「男性」の音栓という概念を持ち込んで、現代の耳には「未発達《プリミティーフ》」に聴こえる15世紀のオルガンを復活させようとする、ヘルツベルクのいわゆる「ヤーン主義」をことごとく攻撃した。[10)]

かれらはナチスを後ろ盾にヤーンを国内のオルガン関係の仕事から締め出そうとする。シュニットガー・オルガンをともに修復したケンパーも当初は、ラミンやマーレンホルツ（Christhard Mahlenholz, 1900-1980 シャイトにかんする博士論文を1922年に提出）らとともにヤーンを擁護し、タゴやドイツ教会音楽家帝国連盟に対抗する運動をしようとした。かれはやがてヤーンに不利な情報をナチス系の新聞に漏らす背信におよぶが、攻撃がシュニットガー・オルガンの修復そのものに向けられると、

10）Vgl. Rüdiger Wagner: *Hans Henny Jahnn und die Orgelbewegung*. In: Obia, S. 63-72.

こんどはケンパー自身がオルガン運動側の一員として非難されるようになる。ちなみにヴァルカーが1937年のニュルンベルク党大会用に、ナチスからオルガン製作を委嘱されただけでなく、あろうことかヤーンみずからがナチスとの接触を試みて、当の党大会を実際に訪れたとのことである。かれがオルガンのためならなりふり構わない行動をする様子が窺えよう。ただしヤーン自身はすでに1932年の段階で反ファシズムの講演もしている。かれのオルガン関係の仕事はやがてスカンジナヴィアなどの国外でも行なわれ、ドイツに敵対的だったデンマークなどでは匿名で仕事することもあった。

かれはハンブルク市からオルガンの専門職を解かれると同時に、突撃隊に家宅捜査されたヒルシュパルクの家から退居させられ、1933年にはスイスの文芸評論家ムシュク（Walter Muschg, 1898–1965）のもとに身を寄せた。だがその間もコペンハーゲンのフロベニウス社のオルガン工房で仕事をしたり、第２の亡命先となるデンマークのボルンホルム島に旅をするなどし、1934年に本格的にボルンホルムに落ち着いてからもドイツを訪れ、匿名でオルガン関係の仕事をすることもしばしばあった。この亡命時代に執筆を進めていた『岸辺なき流れ』の第１部『木造船』がまず戦後の1949年に、第２部『手記』が1949年から1950年にかけて出版される。1950年にハンブルクに戻ってきたヤーンは、若き音楽家イングヴェ・ヤーン・トレーデ（Yngve Jan Trede, 1933-）の音楽を付して、戯曲『暗黒の天使の痕跡』（*Die Spur des dunklen Engels*）を1952年に出版。1953年には冷戦による東西間の緊張も顧みずに、東ドイツのラジオ局用のオルガン製作に携わったのち、1959年に生地のハンブルクで心臓病によって亡くなった。かれは音楽学者ヒルマー・トレーデ（Hilmer Trede, 1902-1947）――イングヴェ・ヤーンの父親であると当時に、ハルムスの後任としてウグリノ出版を統括――と共著のオルガン製作の専門書や、『西洋のオルガン』という歴史書の執筆も計画していたが、本人の死によってそのいずれも書かれずに終わった。さらに付け加えると1994年にはヤーン生誕100年祭が催され、聖ヤコビ教会のアルプ・シュニットガー・オルガンで、ハラルド・フォーゲルが1925年のウグリノ・

コンサートを再現し、イングヴェ・ヤーン・トレーデもバロックや自作の協奏曲を演奏し、『ギルガメシュ叙事詩』の合唱付き交響曲も披露された。ちなみにイングヴェ・ヤーン・トレーデの名付け親こそ、その名が示すようにハンス・ヘニー・ヤーンその人であり、若い作曲家トレーデにヤーンはひとかたならぬ愛情を示し、『手記』第1巻「6月」でゲンマがファルティンとのあいだに産んだ子で、長じたのちに指揮者となるニコライ——このニコライが『岸辺なき流れ』第3部『エピローグ』の主人公になる——のモデルがトレーデである。

1925年のヤーンの音楽論文「オルガン」

ざっと以上がヤーンと音楽との関係を年代順に追ったものだが、こうして概観してみるとその音楽活動は素人の気紛れではなく、かれの音楽観は思弁的な部分が認められるとしても、かなりオルガン製作の実際を踏まえていることが見て取れよう。「オルガン運動」はプロテスタントの合唱運動や典礼運動とも連動したが、19世紀のロマン主義以来の感情過多で低廉な材料を使った、大量生産方式によるオルガンへの強い反発があったとしても、ヤーンはたとえばバロックに戻るというような歴史主義とは無縁だった。かれが主張するのは芸術に「現代的」「古めかしい」という基準を持ち込むことへの異議であり、芸術はそもそも時流とは関係なく「過去になかったもの」を「現在」にもたらすだけで、かれにとってその原則は対象が音楽でも文学でも変わりなかった。おそらく歴史主義ということであれば「オルガンの曲として最高の作品はバッハであり、バッハの演奏が満足にできるオルガンを最良のオルガンとする」、としたシュヴァイツァーのほうがはるかに歴史主義的だろう。ただしシュヴァイツァーが評価した18世紀アルザスのジルバーマン・オルガンも、ジルバーマンの理想を実現して「スライダーチェスト」（後述）をそなえたカヴァイエ - コル（Aristide Cavaillé-Coll, 1811–1899（後述））——ちなみにヤーンはマインツのコル・オルガンを修復した——のオルガンも、バッハの音楽そのものとは直接の関係はなかった。[11] だとすれ

11）秋元道雄『パイプオルガンの本』東京音楽社、1982年、81ページ以下を参照。

ばそもそもヤーンのオルガン観はどのようなものだったのか。さきに触れたようにヤーンはノルウェー時代にオルガン研究に取り組み、ウグリノの霊廟にオルガンを設置する計画も当時からすでに漏らしていた。かれのオルガンへの情熱が萌《きざ》すのは興味深いことに建築へのそれと同期している。たとえばベルリンの音楽雑誌『メロス』(*Melos*) に寄稿した1925年の「オルガン」(*Die Orgel*) を以下に見てみよう。

かれによればどのオルガンもおなじ親から生まれ、途中経過が常態になって加齢を知らない楽器である。小規模なパイプは成熟してなお若々しい響きを保ち、さながらパイプ群は上昇曲線や階段や山をなしている。およそエジプトやバビロニアの神殿や彫像は「聖なる数」に基づいて造られている。たとえば当時の建築に「リズム」や「タクト」が見出される所以である。あくまでも古代の宗教は感性的であり倫理《エートス》はただの影にすぎない。あげくにヤーンは人間と動物と石と神が統一体を形成し、石と動物と木と人間は単一の魂を共有したとする、わたしたちには奇矯にしか思えない考えを強弁する。かれはオルガンの原理を述べるさいもやはり古代——ヤーン自身は「アルカイック」という語を好んで用いる——の建築から説き起こし、3・5・7という度量単位と1という基数の重要性に注目して、神殿や陵墓やピラミッドに用いられた5角形と7角形を例に挙げている。かような建造物はしかも手で触れられる「啓示」であり、古代の人間にとって創造と敬虔さは1つであって、善と美も一如だったとヤーンは言い立てている。かつては神を造形することと神であることがすなわち未分化だった。神殿の「平面」(Grundriss) や「造形」(Plastik) を支配する法則は音楽と同一で、およそ数には審美的な法則がそなわっているとされる。かれによれば3度・5度・7度のパイプ——ヤーンのいわゆる「聖なる数」である——を中心に展開したオルガン製作は1650年頃が頂点で、以降はオクターヴすなわち8度がパイプ配列の基礎となっていく。3度と5度はオクターヴの脇に押しやられることになり、平均律の導入によってその性格はますます弱められた。太い「スケール」(Mensur 長さと径の比)、音管の細い「切り口」(Aufschnitte)、低い風圧によるパイプ音の発展は、1450年以前のイタリアですでに完成を見ていた。かつては５度と８度しか出せなかったオルガンに、３度・５度や３度・５度・８度のミクスチュアが登場し、複数の主鍵盤を種類別に振り分けることも可能になった。たがいに離れた国々で1550年からの１世紀間に巨匠が登場し、「音栓配置」(Disposition) やスケールや送風技術の発展がまずスペインに、次いでやや遅れてオランダと北ドイツに現われるようになる。３度・４度・５度のミクスチュアの組み合わせではなく、低圧の空気によって純粋に調律された「音像」(Gebilde) のおかげで、音色をより明瞭に分節化して生み出すことが可能になり、演奏者がアクセントを加えられるようにもなった。なるほどオルガンは複雑なミクスチュアに支配権を譲ったが、だがそれにもかかわらず「舌管」(Zungen) の響きを加える「グレート・オルガン」(Hauptwerk)、「ブルスト鍵盤」すなわち「クワイア・オルガン」(主鍵盤の一番下に座を占めて中央部上方のパイプ群を制御する)、ポリフォニーを強化する「足鍵盤」(Pedalwerk) 等の導入により、ヤーンの理想とする――ポリフォニーを強調した演奏を可能にする――オルガンが完成する。ちなみに聖ヤコビ教会のシュニットガーもそうした条件を満たすオルガンだった。

かかるオルガンは1650年――シュニットガーの生年にほぼ相当する――に頂点を極める。およそヤーンが生きたのはドイツでもオルガンが大量生産されはじめた時代で、アメリカではミクスチュアの代わりに数百のストップを擁するオルガンさえ製作された。朗々とした情感的で煌《きら》びやかな響きが「教会のトーン」として持てはやされ、あまり正確に風を制御できない「トラッカー弁」が機械仕掛けに替わり、風圧が高められて穴も拡げられたパイプが以前の曖昧さを払拭した。だがそれこそがまさにヤーンがもっとも抗ったことだった。なにが美なのかという基準はそもそも自明ではないが、なにが合法則的なのかということについてなら、少なくともそれが計量化できるというかぎりで合意形成はできる。かれは同時代のオルガン製作がそれを過度に推し進めた結果、響きのもつ究めがたい多様性を犠牲にしたと訴えるのである。なるほどオルガンが高価な楽器であることは当時も今も変わりなく、以上のような経済観念を度外視した訴えをすること自体、工場での大量生産と機械による効率化を追求する時流に合わず、ヤーンもオルガン製作者としての「保守的」な立場を自覚していた。だがそのさいの考え方は通常の音楽学を大きく逸脱するものである。かれの理解ではオルガンとは「響き」と「放射」を発する「肉体」（Leib）であり、この世の肉体として永遠の音楽の「魂」（Seele）を迎える響きをもたらす「生命体」（Organismus）であり、身体と精神を一如と見なすヤーンの基本姿勢──『手記』の随所でもそれについて検討が試みられる──は、オルガンをめぐる考察でも貫かれている。おまけにそうした考えからすると音楽とは「祭祀」（Kult）であり、オルガンが据えられる場とはヤーンにとっては「祭祀の場所」（Kultstätte）なのだ──。およそ以上が「オルガン」という7ページ足らずの論文でヤーンが展開している主張である。[12)]

かれにとってオルガンとはすなわち一種の汎神論にほかならない。さすがに音楽論文ではその主張はまだ控え目だったが、『手記』ではホルンにオルガンを楽器のなかでもっとも「異教的」で、キリスト教会によって「敬虔さ」に飼い慣らされた楽器だと言わせている。[13)] おなじような「オルガンはかぎりなく異教的である」という考えは早くも1933年に知人に漏らしている。[14)] わたしたちの目から見るといかにも異常なオルガン観だと言わざるをえない。かれが独学とはいえやがてオルガンの専門家として名をなしたのちも、斯界の一部からは疑わしい目で見られつづけた所以である。たとえばハンス・マイヤーはヤーンを特徴付けるものとして「３つの否定」──キリスト教と古代ギリシア文化とブルジョア的な啓蒙の否定──を挙げ、かれのなかに前資本主義や未開なアル

---

12) Vgl. Hans Henny Jahnn: *Die Orgel*. In: Ders.（Hrsg. von Uwe Schweikert）: *Werke in Einzelbänden. Hamburger Ausgabe. Band 7. Schriften zur Literatur, Kunst und Politik. Teil 1. 1915-1935.* Hamburg（Hoffmann und Campe）1991, S. 542-552.

13) Vgl. Hans Henny Jahnn: *Die Niederschrift des Gustav Anias Horn 1*. In: Ders.（Hrsg. von Uwe Schweikert）: *Werke in Einzelbänden. Hamburger Ausgabe. Band 2. Fluß ohne Ufer1*. Hamburg（Hoffmann und Campe）1986, S. 239.

14 Hans Henny Jahnn: *Brief Jahnns an Hilmer Trede vom 20. 1933.* In: Ders.（Hrsg. von Uwe Schweikert）: *Werke in Einzelbänden. Hamburger Ausgabe. Band 10. Briefe 1. 1913-1940.* Hamburg（Hoffmann und Campe）1994, S. 1344.

カイックへの強い傾向を見ていた。おそらく近代への批判というよりもむしろ呪詛に近いその姿勢は、近代の地獄絵図を過剰に描くことで逆に「牧歌的なもの」を現出させようとする、ヤーン文学の倒錯的な本質に繋がっているとマイヤーは喝破しているが、[15] かれのオルガン観にもそれが存分に発揮されていると言える。おなじことをヤーンが終生擁護した「スライダーチェスト」と「オーケストリオン」に探りたい。

ヤーンの「聖なる数」という観念について

だがそのまえにヤーンが「聖なる数」に逢着した経緯にも触れておきたい。かれはまず1929年４月にハンス・カイザー（Hans Kayser, 1891-1964）の『オルフェウス 世界の響きについて』（*Orpheus. Vom Klang der Welt.* 1926）を読み、おなじ年の９月にもカイザーの『聴覚的人間 音響的世界像の諸要素』（*Der Hörende Mensch. Elemente eines akustischen Weltbildes.* ca. 1932）を注文している。[16] あるいは最終的には入手することができなかったが、カイザーが依拠したフォン・ティムス男爵（Albert Freiherr von Thimus, 1806-1878）の奇書『古代文明に見られるハーモニックの象徴』（*Die harmonikale Symbolik der Alterthums.* 1876）も、ヤーンに間接的とはいえ大きな影響を与えている。かねてからウグリノの霊廟のために古代建築を研究していたヤーンは、世界を数や比率といった数的関係に従った音の調和と見なす、ピタゴラス学派に遡るカイザーの「ハーモニック学」——音楽学の「和声学」Harmonielehreと区別するためにHarmonikale Lehreと称される——に出会った。おなじ考えはケプラーやアタナシウス・キルヒャーにも見られるが、カイザーはそれを宇宙と地上に内在する原理にまで拡張し、統一した世界像の体験を可能にする方法をハーモニック学として追求する。かれによれば雪の結晶や樹木や建築に現われている比例は、１対２の比で現われるオクターヴに符合するという。おそらくそれは今日のニュー・サイエンスを

15) Vgl. Hans Mayer: *Versuch über Hans Henny Jahnn.* In: Hans Henny Jahnn. *Werke und Tagebücher. Band 1. Romane 1.* Hamburg (Hoffmann und Campe) 1986, S. 22-26.
16) ちなみに『聴覚的人間』の正確な出版年は不明だが、ヤーンが注文したことを示すドキュメントがある。

「ハーモニック」で理論化するものだった。たとえば『手記』第２巻「10月」の終わり近くで言及される「ラムダの構造」、すなわち倍音を視覚化してラムダ（Λ）のように表わした「ラムドーマ」も、ヤーンはカイザーの著書を通じて知ったものと推測される。かれは聖ヤコビ教会オルガンのストップ配列が１対２、２対３、４対５のハーモニック比になっていることも確認している。ただしヤーンが前述の論文「オルガン」を発表したのは1925年――あのハンブルクとリューベックでオルガン会議が催された年である――で、あとで取り上げる短編「子供が泣く」（長編小説の『ペルージァ』に挿入され、短編集『13の無気味な物語』（*Dreizehn nicht geheure Geschichten*）にも再録）も1929年以前の執筆だから、カイザーはヤーンの「聖なる数」なる観念を補強することはあっても、当の観念を生み出した直接のきっかけだったとは考えにくい。

おもしろいことにノルウェーのアウルランに滞在していたとき、ヤーンは散歩にはよく２メートルの折り尺を携えて、好ましい印象を受けたものならなんでも計測したという。[17] おそらくは以前からの研究によって胚胎した建築学の独自な発想を、1925年を境に音楽でも展開したと見るのが妥当だろう。かれもそうした経緯をヴァルター・ムシュクとの1933年の対話で触れ、「美」は意識するしないを問わず「比率」の知覚によって呼び起こされるとし、歴史建築物にかんする膨大な資料を研究していたこと、この研究から得られた認識をオルガンに転用したことを認めている。[18] たとえば1921年のウグリノ論集所収の「記念的《モニュメンタル》な建造物の若干の基本命題」（*Einige Elementarsätze der monumentalen Baukunst*）でも、古代建築に見られる比率すなわち「聖なる数」を種々列挙している。かれはロマネスクとゴシックないし現代の建築を対比してみせ、アルカイックな碑やロマネスクの建築は「石」という「地の肉体」をそなえ、人間はそれを石造建築によって感覚的に体験できると主張する一方で、ガラスや鉄でできたゴシックから現代にいたる建築

17) Vgl. Walter Muschg: *Gespräch mit Hans Henny Jahnn*. Frankfurt a. M. (Heinrich Heine Verlag) 1967, S. 120.
18) Vgl. A. a. O., S. 131.

を、機能主義と構築主義に陥った抽象だとして斥ける。なるほどそうした建築観はにわか仕込みの間に合わせではないし、内輪の共同体だったとはいえウグリノでは建築総監督を務め、ヤーンは建築にかんするかぎりローデ編纂の『ジュール・ガイアボウの建築記念碑』(Ludwig Lohde (Hrsg.): *Jules Gailhabaud's Denkmäler der Baukunst.* 1854-55) をはじめ、ウグリノ時代からすでに相当量の専門書を研究していた。ちなみに『手記』第2巻「10月」で話題にされるペリグー (Perigueux フランス南部アキテーヌ地方の都市) の聖フロン教会 (St. Front) は、1921年のウグリノ憲章で計画された共同体中央棟のモデルだったが、ヤーン自身は当地を訪れたことがなく当の会話もローデに依拠していた。だがそうした独学によるためかヤーンの建築学は観念先行の部分があり、『手記』の「10月」で取り上げられるピラネージ (Giovanni Battista Piranesi, 1720-1778) と同様、ハルムスとヤーンがウグリノのために構想した祭祀場の建築も、ヤーンが『ペルージァ』で描いている建築も机上のそれにすぎず、実現の可能性を度外視したファンタジーの性格――『手記』でも「現実の彼岸」にある「想像上の建築」と言われている――が強い。

たしかに話がオルガンになると実際にその製作と修復に携わっただけに事情は異なる。「オルガン」と同年に発表された「オルガンのストップの名称とその内容」(*Registernamen und ihr Inhalt*) では、82ものストップ・デヴィジョンを説明して専門家の面目躍如である。だがそれでも通常ではおよそ考えられない観念をヤーンは打ち出している。ストップを「男性」と「女性」のそれとに分類するばかりか、さらには「両性具有《アンドロギーン》」のそれまでを導き出してくる観念である。かれは2つの響きのあいだには物理学で言う「斥力」と「引力」が働くとし、なおかつ「男性の響き」と「女性の響き」があると主張する。なるほどこれは部分的にはフランスの「プラン・ジュウ」(plein jeu) と「グラン・ジュウ」(grand jeu) に対応するもので、「プラン・ジュウ」――フル・コーラスの意味――はプリンシパルのストップからなり、オクターヴ系と5度系の倍音が合わさったものだった。このプリンシパル系のパイプを太く作るとフルートの音色に近くなり、「男性的」なプリンシパル系とは対照的に「女性的」な音色として、16世紀から17世紀にはオルガンの基本音色とされた。逆円錐形の共鳴体をもつストップをコーラス・リード・ストップと呼び、これらとコルネとプレスタンを合わせたものが「グラン・ジュウ」であり、17世紀から18世紀のフランス・オルガンの音色として定着する。だがそうした性別は時代や地方によって異なるばかりか多分に主観的なものだった。おまけにヤーンは性別化を過度に推し進めていったあげく、男女に分けにくいローアフルート、クヴィンターデ、コッペルフルートを、「両性具有」のストップと呼ぶまでにいたった。[19)]

おなじような性別化はヤーンの理念を実現したハインリヒ・ヘルツ学校（Heinrich-Hertz-Schule ハンブルクの旧称リヒトヴァルク学校 Lichtwarkschule）のオルガンに著しい。かれにはオルガンの構成要素をあくまでも二元論的に捉えるところがあり、この学校のストップもやはり男性と女性の声部に分けて配列されている。たとえばG・クリスティアン・ロバックに倣って言うとすれば、「霊的」にのみ捉えられる数概念としてのハーモニックが、ヤーンにあってはオルガンとその製作によって――ヘルツ学校のそれのように――「現実」になるのである。[20)]

「スライダーチェスト」をめぐるヤーンの姿勢

かれのオルガンをめぐる考え方はその奇矯さにもかかわらず完全な独創ではない。おそらくヤーンはノルウェー時代にシュヴァイツァーの『ドイツとフランスのオルガン製作術とオルガン』（*Deutsche und französische Orgelbaukunst und Orgel*. 1905）を読み、アルザスの「オルガン改革」の先駆者がフランスのオルガンを標準にしたのに対抗して、自身は北ドイツのそれを標準にしたのだろうとフリーマンは推測している。[21)] シュヴァイツァーとの関係にかんするかぎりヤーンは、手紙のやり取りをするばかりか直接会う機会もあったが、後年になるにつれて当の先駆者か

---

19) これらの点についてはObiaへの寄稿のなかで斯界の識者からさまざまな検討がなされている。

20) Vgl. G. Christian Lobback: *Der Orgelbauer Hans Henny Jahnn und das harmonikale Gesetz*. In: Obia, S. 11-18, vor allem S. 12.

21) Vgl. HHJB, S. 179.

ら距離化を図ったりするなど、このライヴァルからの影響を隠蔽しようとした形跡が窺える。だがそれゆえにヤーンには次のようにシュヴァイツァーとの共通点も多いのである。

1. 19世紀末のオルガン——「ロマンティック・オルガン」とも称される——は風圧が高くなり、ミクスチュアの響きがそのために硬直化し粗野になった。
2. 低廉な材料で製作されたオルガンの音は不快である。
3. オルガンが設置される空間の音響効果も考慮すべきだ。
4. オルガンの響きについては調和や澄明性のほうが、響きの大きさや新奇な装置による響きよりも重要である。
5. トラッカーは電気制御ではなく機械制御にかぎる。
6. 歴史的オルガンはその優れた表現力ゆえに、保存および修復すべき価値がそなわっている。[22)]

こうした見解が成立した背景を秋元道雄の『パイプオルガンの本』に従って辿ってみよう。

19世紀に大規模なオルガンが製作されはじめると、鍵盤から風箱への距離が相当広がることになり、大音量への志向とも相まって結果的に風圧が高くなった。かくてチャンネルへの風の通りを制御する弁を駆動させるのに、大きな力が必要になって鍵盤も重くなってしまった。これを防ぐために鍵盤と弁に設けたのが空気圧による補助装置だった。あるいはまた一部のパイプが扉の付いたケースに納められ、演奏者は足のペダルで扉を開閉することによって、強弱の抑揚を自在に付けることが可能になった。これがロマンティック・オルガンを特徴付ける「スゥエル箱」である。さらにロマンティック・オルガンの巨匠カヴァイエ - コルは、パリ郊外のサン・ドゥニ修道院のオルガン製作において、「シンフォニック・オルガン」なるものを完成させる。かれは風箱やストップを高音部と低音部に分けたり、圧力の異なる複数の風を使い分けたりしただけ

22) Vgl. HHJB, S. 182f.

でなく、新しい型のコーラスリードとソロリード、微妙に音を狂わせてセレスト効果を生じさせるなど、これまでにないストップの採用と伝統的な手法を、「シンフォニック・オルガン」で調和させることに成功した。これによってオルガンは交響曲のような曲まで演奏できるようになった。

ただそうした趨勢のために20世紀始めには、新しく製作されるオルガンはもちろんのこと、この時期に修復ないし改造された古いものも含め、ロマンティック・オルガン仕様一色になってしまった。かくて倍音やミクスチュア族のストップは忘れられ、16・8・4フィートの基音ばかりのそれになっていた。およそ演奏効果を重んじたロマンティック・オルガンが、17世紀や18世紀の曲を演奏するには相応しくなく、なかんずくバッハには適していないことを説いたのが、「オルガン改革」を推進したシュヴァイツァーだった。かれはアルザス出身だったのでドイツとフランスのオルガンに精通し、両者を比較してフランスの手工芸的なオルガンをもって是とした。なかでもアルザスで18世紀に製作されたジルバーマン・オルガンを絶賛し、このジルバーマンの製作理念を忠実に実現したものとして、シュヴァイツァーが挙げたのがカヴァイエ - コルのオルガンだった。ただしシュヴァイツァーの業績は今日もなお評価されているが、バッハがアルザスとは関係がないことは前述のとおりである。おりしも1921年にグルリットはプレトリウスのオルガンを、フライブルク大学においてヴァルカーの手で再現させ、ヤーンとラミンは聖ヤコビ教会のシュニットガー・オルガンの重要性を1922年に再認識し、バッハやそれ以前の時代の作品の演奏の基準になるものとした。これがヤーンたちの「オルガン運動」に発展していく前段階である。

ただし1920年代にはヤーンの「リューベックの聖マリア教会の死の舞踏オルガン」、ジルバーマンにかんするフラーデ（Ernst Flade, 生没年不詳）などの優れた研究があったにもかかわらず、「オルガン運動」は17世紀の北ドイツ・オルガン一辺倒になってしまう。シュニットガーを模範とするオルガンの復興は17世紀のものが中心で、皮肉にも18世紀のバッハ以降のオルガン演奏には相応しくなかった。あげくに「オルガン運動」の推進者たちは17世紀の北ドイツのオルガンの再現か、あるいはその模倣でないかぎり純正なオルガンとは認めようとはしなかった。かくてオルガン演奏者たちからは「いたずらに昔のオルガンに戻ったのでは、現代的な音楽感情の表現は不可能」で、運動は「音楽理解の浅い未熟な演奏者や技術者の集団のもの」とされ、かれらはロマンティック・オルガンを擁護する側に回ったのである。[23) あらまし以上がヤーンの生きた時代のオルガンを取り巻く環境であった。およそどの時代にも当然それを特徴付ける楽器とその製作理念があり、作曲家が同時代の楽器を念頭に作曲するのは不思議ではない。だから18世紀のバッハを現代的なオルガンで演奏することも、逆にまた現代の曲を17世紀のオルガンで弾くことも、矛盾と言えばやはり矛盾——古楽は古楽器で演奏すべきだという発想が生じる所以だ——なのだろうが、だがその一方でそうした矛盾をもたらす要因となったのが、過去の音楽や楽器をめぐる研究の目覚ましい進歩だったことは、20世紀の音楽学のもたらした皮肉な成果でもあったと言える。わたしたちは音楽の聴き方を自問せざるをえない状況になったのだ。かつてのオリジナルに即した楽器で聴くべきなのか、あるいは現代の感覚に忠実な楽器で聴くべきなのかと。

ならばヤーンはなぜ「スライダーチェスト」(Schleiflade) に拘《こだわ》ったのか。かれは1924年から翌年にまたがる冬学期に、ハンブルク大学でスライダーチェストを中心に講義し、1925年のオルガン会議でも同じ題目で講演している。たぶんその主張は「機械式トラッカーは演奏者と弁との連絡を確立する。わたしがある機械を介入させるやいなや、楽器は瞬時に死せる体となる」[24) ということに言い尽くされている。さきに述べたように当時のオルガンは巨大化にともなってトラッカーを、空気圧を用いたものや電気制御のものにしだいに替えつつあった。おそらくそこには鍵のタッチの微妙な変化も生じるにちがいない。だがそもそもヤーンの擁護するスライダーチェスト——トラッカーを空気圧でも電気仕掛けでもなく、比較的単純な部品を動かすことで操作する——もまた、1個の機械仕掛けであることに変わりはないはずだ。たとえばホルンが自

23) 秋元道雄、前掲書を参照。
24) DBT, S. 273.

動ピアノを演奏させて失敗する『手記』第１巻「２月」のくだりには、アルノルト・シェーンベルクの1926年の論考「機械仕掛けの楽器」（*Mechanische Musikinstrumente*）が暗に引用されている。ただしシェーンベルク自身は意外なことに機械仕掛けの楽器を擁護している。なぜなら主要な楽器にはどれも機械仕掛けの部分があることを考えれば、「音楽の機械化」にたいして当時起こっていた異論は成りたたないからだ。あらゆる音がすでに固定されていて変更不可能なピアノと、音の高低をその都度生み出すヴァイオリンを較べるだけでなく、なにしろそのヴァイオリンにも糸巻きがあるということ、クラリネットやホルンなどの管楽器にある弁、ハープのペダルやギターのフレットの果たす働き、オルガン奏者は信号を与える指使いをするにすぎないことを考えれば、楽器の機械化を嘆いたり精神がそれによって抑圧されると信じるのは、シェーンベルクにとっては「センチメンタル」なのである。[25] あきらかに空気圧トラッカーへのヤーンの執拗な異論も「センチメンタル」だとの誹《そし》りは免れえない。

かれがもっとも抗ったのは手工芸的な技術の粋であるオルガンに、さらに機械を持ち込むことでひいては演奏者が機械化されるという、現代の人間が脅かされている危機にたいしてであった。かれにとって「オルガン演奏者と楽器のあいだに機械を介入させること」は、「オルガン演奏者が機械と交代可能であると主張すること」にも等しい。[26] さきに指摘したようにヤーンには現代文明への怨念があった。だからトラッカーというオルガンの微妙なアクションを司る部位に、あらためて人為を加えようとするような時代の安易な趨勢に、過剰反応したと考えるのがおそらくは妥当なところだろうか。ただしヤーンは厄介なことにスライダーチェストそのものを、電気制御することには賛成しているのだから始末に負えない。[27] おなじ矛盾を機械仕掛けの楽器オーケストリオンへの見方に探ってみる。

25）Vgl. DBT, S. 79.
26）Vgl. DBT, S. 273.
27）Vgl. HHJB, S. 182.

「オーケストリオン」という自動楽器

さきに述べたようにグルリットはヴァルカーとプレトリウスのオルガンを再現したが、ヴァルカーはルートヴィヒスブルクのオルガン製作所の経営者だった。かれはヤーンとの付き合いもありその現代オルガンへの批判も評価していたが、ヤーンが周囲から非難されると自分の経営も脅かされると見て取り、『牧師エフライム・マグヌス』から風紀を乱す部分を抜き出して関係者に送るなど、あからさまなヤーン攻撃のキャンペーンも行なっている。かれはまたヤーンがシュニットガー・オルガンを修復するのに協力したケンパーの商売敵でもあった。だがやがてヤーンは金策のために1931年とその翌年にヴァルカーと協働し、両者の関係は金銭面での援助を含めて1940年代初めまで続いた。かれらが1932年に共同製作して市場に出回ったのが「ヴァルカー - ヤーン室内オルガン」である。おそらく室内用オルガンをめぐるそうした活動からは、ヤーンが教会用の過去の大掛かりなオルガンだけを、懐古的に絶賛していたわけでなかったことが窺える。かれは1932年にはハンブルクでシュトゥッケンシュミット（Hans Heinz Stuckenschmidt, 1901-1988）ともコンサートの企画をしている。なにしろシュトゥッケンシュミットは19歳から音楽批評を書きはじめ、後年はその遺稿を精査して最初の本格的なシェーンベルク伝を著した人物で、ダダやバウハウスの人脈にも連なるアヴァンギャルドの推進者だった。たとえばヒンデミート——死期に近いハルムスがピアノで演奏してヤーンも興味を抱いた——もコンサートで演奏されたが、ヒンデミート自身もまた音楽の機械化に関心を寄せた作曲家だった。たとえば『手記』第２巻「７月５日」および「９月」には、「シラカバの皮」の模様への唐突な言及がなされているが、当時の音楽家はピアノロールに穿たれた模様が葉脈や房に見えることに気付き、ヤーンもブクステフーデの精神が「『シラカバの皮』の組織に従っている」[28]として、かような認識に基づくさまざまな実験を試みていたのである。かれがシュニットガー・オルガンへの回帰を主張する一方で、当時最先端の音楽実験や自動演奏にも目配りしたということ——ヤーンは「複製

28) DBT, S. 77.

時代の芸術」のもたらす矛盾を生きていたとも言えよう。

あきらかにヤーンのそうした矛盾をもっとも表わしているのが、ノスタルジーをもって語られる「オーケストリオン」(Orchestrion) への姿勢であろう。なぜそれがノスタルジーかと言えば『手記』の「7月5日」にもあるように、オーケストリオンはヤーンの幼少期の記憶と密接に結び付いているからで、かれはそれを自動楽器であるにもかかわらずことあるごとに礼賛した。かれは実際また1926年のオルガン会議でもオーケストリオンを擁護している。たとえばトラッカー・アクションだけでもあれほど機械化に抵抗したヤーンが、オーケストリオンにだけは異を唱えていないのは奇異だが、かれは機械が機械のままであるかぎりはいささかも痛痒を感じない。かれはまたヴァルカー社と「オルガノーラ」なる自動楽器の製作まで計画していた。なるほどそれは矛盾と言えばたしかに矛盾なのだが、およそ自動オルガンも手回しオルガンもヤーンにとっては、ある種のコスモロギーをなしているといった観がある。『手記』の第1巻「6月」のなかでトゥータインの幼少期として語られ、『13の無気味な物語』にも再録された「時計職人」の挿話が示すように、あるいはまた祖父が時計職人で父も船舶用の金具職人であったためか、ヤーンには手仕事の妙とも言うべき職人仕事への愛情が見て取れる。あえて言えば時計とは宇宙のモデルそのものであり、幼いトゥータインに「和音」をもたらす「宇宙」——作中の時計が天体模型とバロック・オルガンと連動しているのは、あのハーモニック学を多分に反映しているはずだ——の「奇跡」にほかならず、さだめし時計は時間のもつ継続する力を現わすと同時に、死すべき人間に対置されていると見ることができる。おそらくオーケストリオンを職人技の粋ないしは宇宙の現われとして描いたのが、『ペルージァ』への挿話でかつ『13の無気味な物語』にも入った「子供が泣く」である。

この「子供が泣く」(*Ein Knabe weint*) でヤーンはまずオーケストリオンを3つの範疇に分ける。第1の範疇は主人公の子供にも余人にも窺えないメカニックであり、第2の範疇はその中枢と連動するオーケストリオンの装飾、なんの制限も受けることなく機能と共存している「霊魂の言わば表情と言えるようなもの」である。第3の範疇になってはじめて音や曲すなわち音楽が主題化される。およそ「子供が泣く」は表現主義の作家ヤーンの面目躍如たる佳作で、かれは第1・第2の範疇の細部を偏執的に描く一方で、オーケストリオンをまえにして泣いている子供の周囲に、なぜその子が泣いているのかが分からずに戸惑う大人を配置しながら、これらの人物についてはかんたんな肩書きしか説明していない。これらの描写の過剰と欠如は重厚な双対文《ペリオーデ》——複雑な重文と複文からなる——と単文だけの段落とに対応し、「少年は見た」「少年には見えなかった」「少年は覚った」「少年は聴いた」云々というその単文が、テキスト全体のリズムの緩急をことさらに強調している。「少年には見えなかった。／（かくれている）自動機械がどんな格好をしているのかは見えず、さらにまたどんなふうに、どういうかたちで、この機械の中枢部から、目に見え耳に聞こえる機能の果たし手に連絡が付けられるのかも、少年には分からなかった。この機械工学の巧緻を凝らした傑作は、おそらく複雑に入り組んだ歯車とか1キログラム2千クローネもする高価なゼンマイとかを内蔵した、小さな懐中時計の按配やそのピカピカ光る金側、あるいは少年がたまたま自動操作電話局で見かけた、忙しく上下に動いてはいるけれども、動かしている原動力も、おのれの（一見気紛れな）目標としているものの作用も結果も知らない金属製の電鍵に似たものではないか、そんなふうに信じたい誘惑に少年は駆られた」。

だがやがてその筆致は子供が主人公の物語には相応しくない描写に転じていく。たとえばオーケストリオンの中枢を「肉の構造」に喩えてみたり、あるいは音楽に合わせて鈴を鳴らす5体の人形を描写するにあたって、膨らんだ乳房やほっそりした胴周りや盛り上がった腰など、「肉の印象」を露骨に誇張してみせたりもしている。あろうことか男であるべき楽士が女性として描かれているのだ。かくて少年はオーケストリオンから聴き取ることになる——「孔のいっぱい空いたテープによって呼び起こされ、媒質（それが空気であることを少年は知らなかった）を通じて生み出され、最深部にひそむもの（心臓）によって運転され、さらに高度のなにものか（人間の、すなわちこの機械の発明者の精神）を踏まえ、１個の宇宙法則（それは神を妬むことなく神のうちに探ることができよう）によって駆り立てられつつ、これらの音を通じてみずからの存在を伝えている機械の機能が、これまでずっと働いているのに少年が立ち会っているのだということを」。たんなる自動楽器もひとたびヤーンの手にかかると過剰に身体化され、さらにはそれが音楽を奏でる段になると人間との境界が消滅し、オーケストリオンと思春期前の少年とのあいだに交感を生じさせる。あくまでもその交感は性的な興奮を含意するものとして描かれ、かれが「泣いた」り「ズボンにうんこをしちゃった」というのも、あるいはまた「手がべっとり汗にまみれて」いるというのも、性的には発達していない子供が発することのできる、ぎりぎりのエロスの分泌物であるとは言えないだろうか。[29)]

おわりにあたって

だがやはりヤーンの音楽との関わりは容易には解けない謎に満ちている。かれが音楽を通じて幻視したものはなんだったのか。あるいは幻視するだけにとどまらない過剰な実践と言ってもよい、かくも複雑な音楽との関わりによってなにが追求されたのか。たとえばオルガンと関わった経緯についてヤーンは、「オルガンというメタフィジカルなリアリズムが、わたしをオルガン製作者へと駆り立てた」（傍点は引用者）[30)]と言

29) Vgl. Hans Henny Jahnn: *Perruja.* In: Ders. (Hrsg. von Uwe Schweikert): *Werke in Einzelbänden. Hamburger Ausgabe. Band 1.* Hamburg (Hoffmann und Campe) 1985, S. 98-110. ハンス・ヘニー・ヤーン（種村季弘訳）『十三の無気味な物語』白水社、1989年、97～114ページ、参照。おなじように「子供が泣く」を「エクースターゼ」(Ek-stase)の寓話と見る論者もいる。Vgl. Michael Lissek / Reiner Niehoff: *Das kosmologische Instrument und seine Destruktion in "Fluß ohne Ufer". Ekstasemaschine.* In: DBT, S. 271-289, vor allem S. 276-279.

30) Hans Henny Jahnn: *Orgelbauer bin ich auch.* In: Ders. (Hrsg. von Uwe Schweikert): *Werke in Einzelbänden. Hamburger Ausgabe. Band 7. Schriften zur Literatur, Kunst und Politik. Teil 1. 1915-1935.* Hamburg (Hoffmann und Campe) 1991, S. 578.

付記１：本論の執筆にあたってはヤーン研究の第一人者で慶応大学名誉教授の沼崎雅行先生から助言と資料の提供を受けた。
付記２：本論は2006年度から2009年度まで交付された科学研究費補助金（基盤研究A「モダニズムの世界化と亡命・移住・難民化」（研究代表者・西成彦立命館大学教授）ただし黒田の参加は2007年度から）の研究成果の一部である。

っている。かれはすなわち音楽を通して「地上と天上」「肉体と魂」「行為と思考」など、2元的なものの調和を目指したとでも言えば事足りるだろうか。だがそんな陳腐な折衷を吹き飛ばすものをヤーンは文学に描き、あるいは音楽活動によって実践しつづけたとは言えないか。なぜならヤーンの文学にもオルガンとの関わりにも狂おしい情熱が漲《みなぎ》っているからだ。だとしたらその情熱はそもそもいったいなにに由来するのか。

かれが長年にわたり言わば偏執狂的に取り組んだオルガンの修復は、トゥータインの死体を腐らせまいとしてホルンがとった、真摯だが滑稽でもある絶望的な行為とどこか似通っている。あらためて振り返ってみると『岸辺なき流れ』には、許嫁エレナの死後もその死の影を追いかけているホルン、娼婦だった母親が船倉に隠されていると妄想する船大工フィッテ（以上は第1部『木造船』）、実の娘の死体を冷凍してまで残そうとした「3月」に登場する医師、最愛の妻の死体をやはり守ろうとした「7月5日」のヴォーケ医師、同性愛の相手トゥータインの死体を、ホルマリン漬けにしてまで残そうとしたホルン（以上は第2部『手記』）など、おのれの愛した相手を生死の境を超えて永遠に愛そう（残そう）とする、狂気の愛に取り憑かれたに等しい人物に事欠かない。ただし木造船ライス号がエレナやフィッテの母親の死体とともに沈み、トゥータインのそれも海中に打ち捨てることを余儀なくされたように、かような愛は『岸辺なき流れ』ではつねに挫折するものとして描かれているのだが。おそらく存在というのはつまりヤーンにあってはつねに、たんに精神的なものだけではけっして担保されることのないもの、なにか物質的なものがかならず媒介するものとして理解されている。かれがオルガンに終生執着したのも同様の理由からではなかったか。

「真剣な戯れ」としての諷刺

― ゲーテ文学における行為遂行性についての予備的な考察 ―

河野 英二

ゲーテが創作活動の初期に多くの短い諷刺喜劇を書いたことは、研究史において枝葉のエピソードに近い扱いを受けている事実である。なるほどゲーテはどちらかといえば彼自身が諷刺の対象にふさわしい文学的権威でこそあれ、諷刺劇作家のイメージからはほど遠いかも知れない。ところが諷刺性は中後期の作品にも頻繁に現れる要素であり、しかもその多くが喜劇的な表現形式と一体化している。その頂点は、学問諷刺という中心モチーフをもった「シリアス・コメディ」[1]と評される『ファウスト』である。すなわち彼の作品歴は一貫して諷刺喜劇的なものによって刻印されているという見方もできるのであり、そのことにいっそうの注意を向けることは不可避の研究課題であるといえよう。とはいえ、従来この主題が関心を集めにくかったことにも理由はあるだろう。諷刺において重要なのは「何をいうか」以上にそれを「いかにいうか」であり[2]、とりわけまた諷刺喜劇の場合には、そこへの関与が想定される言語外的な要素の諸相だと考えられるからである[3]。そこで本論文では、それら

1 Gaier, Ulrich: *Fausts Modernität. Essays*. Stuttgart 2000, S. 157ff.

2 Brummack, Jürgen: Zu Begriff und Theorie der Satire. In: *Deutsche Vierteljahrsschrift für Literaturwissenschaft und Geistesgeschichte*. Sonderheft 1971, S. 282f. ここでは諷刺が「美的に社会化された攻撃」と規定され、その修辞学と詩学の研究が第一の課題とされている。啓蒙期までの諷刺では道徳的・教訓的な内容が重視されたのに対し、シラー以後の近代美学の影響で変質した諷刺観のもとでは批判的モラルとさまざまな表現形式との結びつきの問題が前面化したのである。これについては以下を参照。Arntzen, Helmut: Satire. In: Barck, Karlheinz u. a. (Hg.): *Ästhetische Grundbegriffe. Historisches Wörterbuch in sieben Bänden*. Bd. 5. Stuttgart u. Weimar 2003, S. 346f.; 354ff.

の要素を把捉するために「行為遂行性」という言語哲学由来の新しい概念が有効であるという展望[4]のもとに、予備的な考察を試みてみたい。

1．虚構と現実の狭間で ― ゲーテにおける諷刺喜劇的なものの諸相

ゲーテにおける諷刺喜劇との取り組みは、『ブライ師の謝肉祭劇』（一七七三年成立）から始まった。ダルムシュタットの感傷主義サークルで強い影響力を発揮した同地の宮廷顧問官がモデルだといわれる偽神父が登場し、その道徳的な言動とは裏腹な誘惑を女性に仕掛けて偽善者としての正体を暴露されるというその筋立ては、『若きヴェルターの悩み』（一七七四年刊）を執筆していた頃のゲーテが自ら関与していた当時の有力な文芸思潮に対する訣別の意味をもっていた。この傾向をさらに先鋭化させた二つの諷刺喜劇が同じ年に書かれている。『サテュロスまたは神にされた森の精』（一七七三年成立）では諷刺の起源ともいわれる古代ギリシアのサテュロス劇[5]に名を与えた古代神が好色さを包み隠すことなく登場し、感傷主義サークルの人々を連想させる他の登場人物を弁舌によって嘲弄し、かつ魅了するが、最終的には追放されてしまう。ギリシア演劇を引き合いに出すことによる同時代文芸への揶揄という趣向は、続く『神々・英雄たち・ヴィーラント』（一七七三年成立）では冥界に舞台を移し、死後のエウリピデスがヴィーラントのロココ的作風

3　Hein, Jürgen: *Spiel und Satire in der Komödie Johann Nestroys*. Bad Homburg u. a. 1970, S. 20f.; 75ff. ハインはシラーの諷刺論（『素朴文学と情感文学について』を参照）に基づいて、「転倒した」現実を理想の前に滑稽な仕方で暴露することのなかに諷刺の本質を見出し、その可能性がウィーン民衆劇を自作自演したネストロイのもとでは身振り言語の作用によって拡大されていると論じている。ネストロイをその代表の一人とするウィーン民衆劇とゲーテとの関係については本論文第２章および第４章を参照。

4　「行為遂行性」はイギリスの言語哲学者ジョン・L・オースティンの著書『言語と行為（How to Do Things with Words）』（原著は一九六〇年刊。坂本百大訳は大修館書店一九七八年刊）に由来する概念であり、音韻論・統語論・意味論といった言語研究のカテゴリーでは把捉できない言葉の社会的な作用を表わす。近年ではその適用領域が拡大され、読書行為の現象学や社会形成の力学、さらに演劇とパフォーマンスなどの身体芸術の諸相を探求するために有益な手掛かりを提供する術語として注目を集めている。詳細は本論文の第４章を参照。

5　Brummack, Jürgen: 前掲論文、二六七頁以下を参照。

を論難するという形をとって踏襲されている。これらの作品はゲーテが身をもって体験した当時の文学状況に対する否定的評価を、形式的には虚構の喜劇仕立てで伝えるものであるが、読者にとってはモデルの実在が明瞭に察知できるという点で、まさに諷刺の特徴である直接的な攻撃性を例示しているのである[6]。

エミール・シュタイガーはこれらの作品が「すべてアリストファネス的伝統に属するものである」と述べ、そこでは「巨大な生命力が滑稽なものを際立たせ」、「真面目さが心もとなくなり、品位ある生活がその土台を失うところでこそ」笑いが不可欠のものになると述べている[7]。ゲーテは『詩と真実』(一八一一年〜一八三三年刊)で、青年期に親しんだ十八世紀ドイツ文学の状況についての叙述をリスコーとラーベナーに代表される当時の諷刺文学の肯定的な回顧から始めているが、それによれば諷刺は彼にとって「あらゆる安楽な生活」の宿敵であり、市民の平和な社会に「不快な波瀾」をひきおこすものであった[8]。ここには、ヤーコプ・M・R・レンツやハインリヒ・L・ヴァーグナーと共に、上述のような諷刺劇によってもシュトルム・ウント・ドラングの文学的反抗に貢献したゲーテの自負が暗示されていると考えられる[9]。すなわちそれは虚構と現実の境界が曖昧になる狭間で演じられたのであり、そこでは諷刺が単に劇中人物だけに向けられたものではないという印象を与えることもしばしばである。例えば一七六九年に初稿が書かれた『同罪者』(一七八七年刊)は不倫騒動を描き、狂言回しとなる登場人物(ゼラー)は性愛や金銭をめぐる社会モラルを揺さぶる問いかけを連発する[10]。

---

6 その極端な事例はタイトルで実名まで挙げられたヴィーラントに対する諷刺である(のちに和解)。ゲーテはこれら初期の作品を当初は全集に収録していなかったが、コッタ書店刊の『決定版全集』(一八二七〜一八四二年刊)には掲載するかどうかをエッカーマンに相談している(一八二四年二月二九日)。ヨーハン・P・エッカーマン『ゲーテとの対話』上巻(山下肇訳、岩波書店、一九六八年)一二五頁以下を参照。

7 エミール・シュタイガー『ゲーテ』上巻(木庭宏他訳、人文書院、一九八一年)一七二頁および一六五頁。

8 ゲーテ全集第9巻『詩と真実(第一部・第二部)』(山崎章甫・河原忠彦訳、潮出版社、一九七九年)二三〇頁。

9 Arntzen, Helmut: *Die ernste Komödie. Das deutsche Lustspiel von Lessing bis Kleist.* München 1968, S. 60ff. を参照。

『サテュロス』の主人公の場合もそうであるように、いかがわしい誘惑への嗜好は諷刺対象となる人物だけでなく作者の分身と想定される人物にも帰せられ、それが果たして悪徳とみなされているのかどうかは不分明になる。『ハンスヴルストの結婚式あるいは世の習い』（推定一七七五年成立）で卑猥な名前の招待客リストを嬉々として作成し、彼らと乱痴気騒ぎを繰り広げようとする道化はその典型である。道化ハンスヴルストの登場は『プルンダースヴァイレルンの歳の市』（一七七三〜一七七八年成立）にもみられるが、ジングシュピール的な要素を併せもった『感傷の勝利』（一七七七年成立）では道化的な笑いがさらに作者であるゲーテ自身にも向けられる[11]。ここに『ファウスト』第二部（一八三二年刊）のヘレナ劇の先駆としても読まれうる神話的な劇中独白劇『プロゼルピーナ』が挿入されていることが示すとおり、そのような自己言及は諷刺喜劇の執筆に伴うゲーテの作風の拡大と深化に対応していた。『サテュロス』で詠われる自然賛美の詩が後年の『神と世界』連作（一八二七年刊）を髣髴させる句を含んでいることはその一例である[12]。形式面での特徴としては、とりわけハンス・ザックスから継承された、言

---

10 そこには実際に観客に向けて発せられる台詞も含まれる。ゲーテ全集第４巻『戯曲Ⅰ』（立川洋三訳、潮出版社、二〇〇三年）四九、五一、五二、五四、六三、七三頁を参照。

11 王子が持ち歩いている恋人の人形の腹の中を探っていた女官たちが取り出す本のなかに『若きヴェルターの悩み』が入っていることを見せるという謝肉祭劇的な手法で、かつての自己も含む感傷主義文芸の信奉者が皮肉られている。フランクフルト版ゲーテ全集（*Sämtliche Werke. Briefe, Tagebücher und Gespräche. Vierzig Bände. Frankfurter Ausgabe.* Deutscher Klassiker Verlag. 1985ff. 以後 FA と表記）Bd. 5 (Hg. von Dieter Borchmeyer, 1988), S. 111 を参照。類似の趣向は、『プルンダースヴァイレルンの歳の市』を改作した詩『プルンダースヴァイレルン近況』（一七八一年成立）にも見られる。永井義哉「ゲーテの諷刺詩『プルンデルスヴァイレルン近況』— ヴァイマル宮廷におけるゲーテのたわむれ —」（『Norden』第３号、一九六五年）三二頁以下を参照。

12 例えば次の詩節は「変化のなかの永続」に通じる主題を扱っているようにみえる：「(…) 全にして一《いつ》、永遠《とわ》になるものは、／上に下に、転びつ進んだ、／そのさま、つねに変わり、つねに不変！」（ゲーテ全集第４巻、『戯曲Ⅰ』、今井道児訳、潮出版社、二〇〇三年、二一一頁）。なお、ゲーテの諷刺喜劇の重要性を評価している他の論者としてはフリードリヒ・グンドルフを挙げなければならないが、彼が「動物的宇宙的無節度の戯画化された自己表出」を見出すことができると主張して特に注意を促しているのも『サテュロス』である。『若きゲーテ』（小口優訳、未来社、一九五六年）二二九頁参照。

葉と内容の「再バーバリズム化」と「擬古典化」をもたらしたとされるクニッテル詩句の応用などが、先行研究では論じられている[13]。このようにゲーテの初期諷刺喜劇群は、彼のヴァイマル期以後の作品を読み解くためにも重要な思想と形式の萌芽を随所に含んでいるものに他ならない[14]。

直接的な関連性をもった作品を時系列的に概観するならば、まずフランス革命とそれにまつわるさまざまな事件から着想された『大コフタ』（一七九二年刊）、『市民将軍』（一七九三年刊）、未完の『扇動された人々』（推定一七九三年成立）という三篇の諷刺喜劇が挙げられる。宮廷か市民社会かという舞台の違いはあれ、変動する社会の混乱に乗じてペテン師的な悪漢が登場して人々を翻弄し、最終的に滑稽な正体を暴露されるという枠組みを共有しているこれらの作品では、貴族の腐敗や革命に対する市民の過大な期待を戒めようとする政治的な社会諷刺という新たな傾向が現れている。しかし誘惑者的な主人公と、彼によって劇中での現実と虚構の関係が混乱するプロセスは初期の諷刺喜劇と連続性の関係にある。ここではそれが、劇の外で進行中の現実の歴史自体がもつ虚構性を暗示している点で、諷刺の射程が拡大しているといえよう。ヘクサメータで書かれた叙事詩でありながら、とりわけ主人公の裁判シーンに「劇的な原状況」[15]の設定が指摘されている『ライネケ狐』（一七九四年刊）もまた、動物寓話の形式が悪の勝利を許した点でいっそうの痛烈さを獲得した諷刺作品として、これらの諷刺喜劇と類縁関係にあるとみることができる。

以後は『ファウスト』まで、部分的にせよ明確に喜劇の形式を与えられた諷刺作品は書かれていない。しかし間接的な形では、諷刺と喜劇の

13 Stern, Martin: Nachwort. In: Ders. (Hg.): *J. W. Goethe. Satiren, Farcen und Hanswurstiaden*. Stuttgart 1968, S. 218. クニッテル詩句は初期の諷刺喜劇と同時期に成立した『初稿ファウスト』に採用されていることでも知られる。

14 Stern, Martin: 前掲書を参照。ここではゲーテの諷刺喜劇が掌編も含めて三八編、「同時代人」「時代精神」「芸術と社会」という三種類の諷刺対象別に編纂されている。本文のなかで紹介した作品の他に『コンツェルト・ドラマティコ』、『神の最新啓示への序曲』などの重要な作品も含まれているが、ほとんど邦訳はなされていない。これは日本におけるゲーテ受容の偏向を示しているのではないだろうか？

15 Lazarowicz, Klaus: *Verkehrte Welt. Vorstudien zu einer Geschichte der deutschen Satire*. Tübingen 1963, S. 273.

結びつきは依然として跡づけることができる。そのひとつの典型がシラーと共作した二行詩による文壇諷刺集『クセーニエン』（一七九六年刊）であり、その一部をなす連作の詩句には他と異なる活字によって表記された話者が指定されており、その部分は劇テクストのように読むことができるのである[16]。シラーはそれを「エピグラムになった喜劇」と呼んだ[17]。ここには主題的にも形式的にも、初期の諷刺喜劇と比較可能な要素が現れているといえよう。それはゲーテが手がけたディドロの諷刺小説『ラモーの甥』（推定一七六一年成立）の翻訳（一八〇五年刊）にも当てはまる。対話体で書かれたこの作品は、世俗の常識に逆らう主人公が台詞だけではなくパントマイムによっても道化的な滑稽さを生み出す喜劇としての側面をもっているからである。しかしゲーテは翻訳に留まらず、同時期に公刊を準備していた『ファウスト第一部』（一八〇六年刊）にも、この作品からの影響と見られる喜劇的なシーンを挿入した[18]。その影響は『ファウスト第二部』（一八三二年刊）にまで及び、その間に書かれた作品でも、例えばローマのカーニバルに「諷刺的な仮装」[19]を探そうとしたという記述を含む自伝『イタリア紀行』（一八一七〜一八二九年刊）が示すように、喜劇性と結びついた形での諷刺への関心は表明されている。次章ではこの問題を、ゲーテの演劇実践という角度から捉え直してみよう。

16 Ammon, Frieder von: *Ungastliche Gaben. Die »Xenien« Goethes und Schillers und ihre literarische Rezeption von 1796 bis in die Gegenwart.* Tübingen 2005, S. 76ff.

17 ゲーテ宛ての書簡（一七九六年一月三一日）。シラーはその後、ケルナー宛ての書簡では「荒々しく神を恐れない諷刺」（一七九六年二月一日）、ゲーテ宛ての書簡では「愉快な滑稽劇」（一七九六年八月一日）といった呼び方で『クセーニエン』全体のことに言及している。*Friedrich Schiller. Werke und Briefe in zwölf Bänden.* Bd. 12. Hg. von Norbert Oellers. Frankfurt a. M. 2002, S. 145; 146; 209. を参照。

18 そこで喜劇性の担い手になっているのはメフィストフェレスである。大久保健治「メフィストーフェレスとラモーの甥」（『ゲーテ年鑑』第6巻、一九六四年）一八八頁以下を参照。

19 ゲーテ『イタリア紀行』下巻（相良守峯訳、岩波書店、一九九七年）一九三頁。

2．幻想破壊の「古典主義」— 劇場監督としてのゲーテのプロジェクト

一七七五年にヴァイマル公国に招かれてからのゲーテは、『タウリスのイフィゲーニエ』と『エグモント』（ともに一七八七年刊）、および『トルクヴァート・タッソー』（一七八九年刊）などの戯曲の創作と、一七九一年から一八一七年まで彼に委託された宮廷劇場監督の仕事とを通じて演劇に関わってゆく。戯曲そのものは高雅な象徴性をもった古典主義的な印象が強く、もはや諷刺喜劇的なものは後景に退いてしまっていたようにみえる。しかし着任直後の一七七六年から一七八三年まで、彼は宮廷の愛好家たちによる素人芝居に演出家と脚本家、さらには出演俳優として積極的に関与していた。その活動は狩猟係の私邸で室内劇を上演するという形で始まったが、上演第一作に選ばれたのは『聖アントニウスの誘惑』と題されたまさに諷刺喜劇であり、ゲーテはそこで聖者を籠絡しようとする悪魔役で登場したのである[20]。それに続いた演目が城館や野外への舞台の移動に伴ってジングシュピールその他を幅広く含むようになっても、コンメディア・デッラルテの台本家カルロ・ゴッツィの『幸運な乞食』など諷刺喜劇的な作品はしばしば取り上げられた。ゲーテの演劇観を考察するうえで、この活動は単なる公務の息抜きを兼ねた内輪の遊戯などに留まらない意味をもっている。すなわち彼は十七世紀のフランス古典主義演劇の影響下で主張された〈道化追放〉に反対しており、その背景となった〈上演に対する戯曲の優位〉にも否定的であった。彼が劇の上演において重視したのは、戯曲の意味内容を幻想（イリュージョン）的に舞台で再現するだけの行為ではなく、むしろ自らが初期の諷刺喜劇以来関わっていた謝肉祭劇、ウィーン民衆劇、コンメディア・デッラルテのような大衆的な演劇伝統に範をとった「身体の平板化への異議申し立て」[21]であり、それに伴う〈幻想破壊〉だったのである。

---

20 Kindermann, Heinz: *Theatergeschichte Europas*. Bd. 5. Salzburg 1962, S. 156. を参照。孔雀の羽飾りをつけて竹馬に乗ったその姿は、すでにメフィストフェレスの造形を予示するようであったとされている。諷刺喜劇『感傷の勝利』もこの活動の枠内で創作された。

このように捉えるとき、ヴァイマル宮廷劇場におけるゲーテの演劇へのアプローチには初期の活動から一貫する特徴を見出すことができる。彼は当時のドイツ演劇において支配的だった花形役者の名人芸と自然主義的な日常生活の模倣を拒否し、抑制された演技によるアンサンブルの調和と現実の理想化された提示とを俳優に要求した。そのために方言矯正と韻文朗唱の訓練を課し、絵画的な美のイメージに基づくポーズと人物配置を指示したことは、遺稿『俳優規則』にみられる通りである[22]。このような方針によって成立した舞台は、現実の自然と社会の模倣に基づいていないという意味で自律的であり、観客に対して登場人物と劇中世界への感情移入を拒む性質のものであった。エリカ・フィッシャー＝リヒテはそれを「実験舞台」と呼び、そこでは現実の幻想的な呈示ではなく、模倣を成立させる芸術プロセス自体への遡及的な指示が問題になったのだと述べている[23]。確かにヴァイマル期以降のゲーテは悲劇に重点を置いたシラーとの協力関係を深め、演劇論でも主に悲劇を念頭に置いた記述を行っており、その限りでは諷刺喜劇の場合と同質の幻想破壊を企図していたとはいい難いに違いない。しかし『俳優規則』が「俳優の芸術は言葉と身体運動に本質がある」という文章で始まり、「田舎者や間抜け者など」を演じる場合についての簡潔な指示で終わること[24]は、ゲーテが身体演技に負うところの多い喜劇を視野に入れていたことを示していると考えられる。実際の演目にも、古代ローマの喜劇作家テレンティウスの仮面を用いた『兄弟』やゴッツィのコンメディア・デッラルテ的な『トゥーランドット』など、喜劇的な作品が多く取り入れられている[25]。宮廷人の観客の反発を招きかねない直接の諷刺的要素は回避さ

21 Borchmeyer, Dieter: Goethes theatralisches Satyricon. Zu seinen Sturm-und-Drang-Farcen – mit einem Blick auf Faust. In: Kremser-Dubois, Sabine u. Wellnitz, Philippe (Hg.): *La satire au théâtre. Satire und Theater*. Montpellier 2005, S. 50.

22 FA. Bd. 18 (Hg. von Friedmar Apel, 1998), S. 870ff.（第三四〜六二則）参照。『俳優規則』は、ゲーテが若い俳優たちのために記したメモに基づいて一八〇三年ごろ成立した。

23 Fischer-Lichte, Erika: *Kurze Geschichte des deutschen Theaters*. Tübingen-Basel 1993, S. 148; 145.

24 FA. Bd. 18, S. 860; 882 を参照。

25 Kindermann, Heinz: 前掲書、一九二頁以下を参照。上演回数のうえでは、興行上の理由から、悲劇よりも喜劇の方が多く上演された。

れながらも、初期の諷刺喜劇の眼目というべき幻想破壊は別の様態で継承されていたのであり、ヴァルター・ヒンクも指摘しているように、それはブレヒトの劇場美学を先取りしていたのである[26]。

このことを別の視点からいいかえれば、この演劇プロジェクトでは観客の側における上演の受容という局面に大きな比重が置かれていたのに他ならない[27]。観客には、舞台で生じている出来事をただ傍観者的に享受するのではなく、それに対してある特別の仕方で積極的な関与を行うことが期待されていた。舞台上演という出来事についてのゲーテの見解がその具体的な内容を説明している。例えばイタリア旅行での体験に基づく『ローマの劇場で男性によって演じられた女性の役柄』(一七八八年発表)という報告文では、女形の演技が「一種の自覚的な幻想」を呈示していたと語られ、それが「第三の、本来的に異質な自然」といいかえられる[28]。オペラをめぐる対話の体裁で書かれた『芸術作品の真実と真実らしさについて』(一七九八年発表)でも「芸術の真実と自然の真実とはまったく別物」であり、「芸術家は自分の作品がそもそも自然物のように見えることを求めるべきではなく、それは許されないことなのです」という主張がなされる一方、それが幻想であることが観客には十分に自覚されていながら真実への熱狂をもたらすような幻想があるという逆説が強調されている[29]。このことが明確に観客への要求に結び付けられたのは、A・W・シュレーゲルによるエウリピデス翻案劇『イオン』の内容が上演に際して道徳的見地から不評を買ったとき、ゲーテが自分の手になる序幕劇『われわれがもたらすもの』(一八〇二年刊)のなかで登場人物メルクーアに託して「舞台上の出来事を文字通りに、すなわち道徳的に理解するのではなく、象徴的に理解する」[30]必要性を説き、それを可能にする条件としての「より高次元の教養」[31]に向かおうと呼びか

26 Hinck, Walter: *Goethe – Mann des Theaters.* Göttingen 1982, S. 26.
27 『俳優規則』第三八則「俳優は常に、自分が観客のために舞台にいるということを忘れてはならない」(FA. Bd. 18, S. 871)を参照。
28 FA. Bd. 15/2. (Hg. von Christoph Michel u. Hans-Georg Dewitz, 1993), S. 858.
29 ゲーテ全集第13巻(『芸術論』、芦津丈夫訳、潮出版社、一九八〇年)一五四頁以下。
30 Fischer-Lichte, Erika: 前掲書、一五九頁。
31 FA. Bd. 6. (Hg. von Dieter Borchmeyer u. Peter Huber, 1993), S. 290.

けたときであった。俳優に対しては迫真的な幻想を創り出すことが、観客に対してはその上演に「美的な距離」[32]を置いて接しながらそれを「象徴的に理解」できるだけの「教養」をもつことが、それぞれ求められたのである。

いわゆるヴァイマル古典主義の芸術論は、このように幻想破壊を前提にした演劇の受容美学といえる思想を含むものであった。注目に値することは、五感を動員する総合芸術としての演劇へのそのような理解が、文字という視覚メディアに基づいた書物と不可分の関係にあると考えられる「教養」を構成する要素と考えられている点である。それらの間にどのような関係が構想されていたのかという問題には、『ヴィルヘルム・マイスターの修業時代』（一七九五〜一七九六年刊）のなかで主人公が秘密結社「塔」から渡される「修業証書」の次の一節からひとつの手掛かりが得られるだろう。

> 言葉はよい。しかし言葉は最善のものではない。最善なものは言葉によっては明らかにならない。行為を生み出す精神が最高のものである。行為は精神によってのみ理解され、再現される[33]。

周知のようにこの小説はゲーテが素人芝居の実践と並行して創作した『ヴィルヘルム・マイスターの演劇的使命』という未完の小説から発展したものであり、そこでの中心主題はまさに演劇活動による「自己形成」＝「教養」であった。その背景から考えると、ここで語られる「行為」が演劇と密接に関わっており、それが「言葉」を司る「精神」と結びつくところに「最高のもの」、すなわち「教養」の成立が構想されていたのではないかという推測が成り立つ[34]。さらに「象徴」については、

32 Fischer-Lichte, Erika: 前掲書、一四七頁。
33 ゲーテ『ヴィルヘルム・マイスターの修業時代』下巻（山崎章甫訳、岩波書店、二〇〇七）一三八頁。
34 これと関連する見解として、アリストテレス『詩学』（松本仁助・岡道男訳、岩波書店、一九九七年）二六頁を参照：「ある人々によれば、〔…〕悲劇と喜劇はドラーマという名でも呼ばれるという。悲劇と喜劇は行為する（ドラーン）者を再現するからである」。

遺稿『箴言と省察』における「文学と言語」の項目のなかに、やはり演劇との密接な関わりについて語られた一文がみられる：「目にとって象徴的でないものは、演劇的とは言えない」[35]。ここには、「教養」の条件としての「言葉」を、書物のなかに閉じ込められた形ではなく、演劇的に「行為」し、かつまたそれを「象徴的に理解する」ことととの関連で捉えようとする文学観が表明されているといえよう。これこそが諷刺喜劇の問題に立ち戻る出発点になることを、次にゲーテの言語観から明らかにしてみたい。

3．言葉の演劇的なパースペクティヴ — ゲーテの文学と自然科学批判

言葉という主題についてゲーテは、体系的ではないが多くの箇所で考察を行っている。ヘルダーをはじめとする人々のあいだで言葉の起源を問うことが学問の流行であった時代に、ゲーテの関心は言葉の伝達可能性という実践的な問題に向かっていた。例えば、言葉は彼が「自分のことを同胞に伝える際に最も多く、最も好んで用いた」「道具」だが、日常的な局面においては「単なる代用品」であるにすぎなかった、という両義的な言語観が語られている[36]。とりわけ色彩をめぐるニュートンら自然科学者との論争において、言葉による伝達は焦眉の問題になった。ヨーゼフ・ジーモンの要約によれば、ニュートン光学では一般的・学問的に調整された言葉によって「色彩とは何か」が語られようとしていたが、ゲーテはこれを色彩の直接的な理解と体験の代わりに概念的なものを措定しようとする誤りとみなし、まさしくそのような言語観を言葉によって論破することの困難に直面していたのである[37]。そこで、言葉と象徴の問題が重なり合う。

---

35 ゲーテ全集第 13 巻（『箴言と省察』、岩崎英二郎・関楠生他訳、潮出版社、一九八〇年）三四六頁。

36 一八一六年三月十一日付けカール・L・F・シュルツ宛ての書簡（FA. Bd. 34. Hg. von Rose Unterberger. 1994, S. 576f.）。

37 Simon, Josef: Goethes Sprachansicht. In: *Jahrbuch des freien deutschen Hochstifts.* Hg. von Christoph Perels. 1990, S. 3 f.

言語は本来象徴的で、譬喩的なものにほかならず、対象は決して直接にではなく、反映のうちにのみ表現される。〔…〕そしてこのことが特に当てはまるのは、経験にひたすら肉薄してくる存在、〔静止した〕対象と言うよりも動体と言ったほうがいい存在、自然学の世界において絶えず揺れ動いている存在が問題になる場合である。〔…〕多様な言語で自然現象に関する自分自身の見解を伝えることができたら、つまり、一面的なものの見方から解き放たれて生きた意味を生きた表現で捉えることができたら、じつに歓ぶべき成果がいくつも生まれることであろう。しかし記号を事象の代りにしないこと、存在するものをつねに生き生きと眼前に彷彿させながら、それを語句によって殺さないでいることはなんとむずかしいことであろうか[38]。

言葉が「本来象徴的で、譬喩的なもの」であるということは、それによって概念と事物の形而上学的な一致に基づく真偽の判断を下すことはできないということに他ならない。これはニュートンに代表される近代科学への論争的な問題提起であり、さらにはアラン・コークヒルが述べているように、のちにホーフマンスタールが『チャンドス卿の手紙』(一九〇二年発表)で表明することになる言葉の限界の認識を先取りする立場であった[39]。

しかしゲーテは言葉への懐疑を言葉で語るという自己矛盾を超えて、言葉と自然をつなぐ回路としてまさに象徴的なものを要請する。彼がいわゆる「根源現象」について語るところでは、ひとつの「理念」は自然界で多様なメタモルフォーゼを遂げて「つねに現象として現れる」が、「象徴的表現は現象を理念に、理念を一つの形象に変換する。かくして理念は、その形象のなかでつねに無限に活動しつづけ、とらえがたいま

38 ゲーテ『自然と象徴 — 自然科学論集 —』(『色彩論』教示篇、高橋義人編訳、前田富士夫訳、冨山房、一九九〇年)九七頁以下。
39 Corkhill, Alan: Zum Sprachdenken Goethes in beziehungsgeschichtlicher Hinsicht. In: *Neophilologus*. 75. 1991, S. 242.

までである」[40]。この課題を果たすよう期待されたものが、「それ自体もまた現象である」[41]とみなされた象徴的な言葉、すなわち「詩的な言語」[42]であった。ここで重要な点は、ゲーテが自然と言葉を共に演劇的なパースペクティヴのもとで捉えていたということである。その第一の論拠は、『色彩論』(一八一〇年刊)の「教示編」まえがきで、ゲーテが同書に添えようとする図版を「きわめて不十分な代用品」とみなす理由を述べ、それが「真の認識」の妨げになる危険性は承知していると語る条に見出される。

> なぜなら、よい芝居というものはほんらい半分も書き下ろされることがなく、むしろそれ以上に、舞台の光輝、俳優の個性、その声の魅力、その独特の所作、そればかりでなく観客の精神と気分に依存しているのであるが、自然現象を扱った書物の場合はなおさらそうだからである。それがよく読まれ利用されるためには、自然は読者の眼の前に実際に存在しているか、あるいは生き生きとした想像力の中で現存していなければならない。ほんらい著述家のつとめは書くというより話すことであり、その聴衆に自然現象を、ひとりでに生起してくるがままに、あるいは実験装置によって一定の目的と意図に従って提示されるとおりに、テクストとしてまず一目瞭然とさせなければならない[43]。

図版への不信の説明として語られたこの「自然現象を扱った書物」の問題は、それを「よい芝居」にすることの必要性に集約する形で書かれている。「ひとりでに生起してくるがまま」にせよ、実験的な「目的と意図」のもとであるにせよ、自然を読者の眼の前もしくは想像力のなかに現前させようと構想することは、自然にある種の演出を施そうとする意思として読みかえることができよう[44]。そのためにふさわしい言葉のメ

---

40 ゲーテ全集第13巻(『箴言と省察』)、二〇五頁および三一三頁。
41 Goethe: Paralipomenon. LXXXIV. In: *Goethes Werke. Weimarer Ausgabe*. II. 5. 2., S. 298.(Josef Simon の前掲論文四頁に基づく)
42 ゲーテ『自然と象徴 ― 自然科学論集 ―』(『物理学論説』象徴法)、一〇一頁。
43 ゲーテ全集第14巻(『色彩論』、木村直司訳、潮出版社、一九八〇年)三一一頁。

ディアと考えられているのは、話者と聴者の相互現前という演劇的な状況を前提とする声であり、ゲーテの弁解は「代用品」としての図版だけにではなく、専ら文字というメディアに頼ってしか『色彩論』という書物を読者に届けることができないという条件それ自体にも向けられているといえる[45]。ニュートンとはまったく異なる仕方で自然記述にアプローチしようとしている詩人ゲーテは、その具体的な方法論を演劇的なものの内に模索していたのである。

ゲーテのこのような芸術的志向は、詩集『神と世界』に収められた五編の詩の内容と配列にも現れており、それが演劇的なパースペクティヴのもとに置かれた彼の自然観・言語観の第二の論拠となる。それは『植物の変態』（一七九八年作）と『動物の変態』（推定一七九九年作）を『エピレマ』（推定一八一九年作）が結び、さらにその三編の前後に『パラバーゼ』（推定一八二〇年作）と『アンテピレマ』（推定一八二〇年作）が置かれた詩群である。シュタイガーによれば、これらの詩はゲーテの自然研究の「大きな収支決算といった趣きを呈して」おり、全体の配列が古代ギリシアのアッティカ喜劇の構成に従っている点で相互に関連づけることができる。すなわち、ここでの「パラバーゼ」とは合唱隊が「観客の方を向いて仮面をはずし、観客の幻想を壊しつつ詩人の名において個人的な問題、ないしは現下の政治問題を語る」「幕間口上の部分」のことであり、その続きである「エピレマ」と「アンテピレマ」でも同じことが繰り返されるのである[46]。さらに『植物の変態』は悲歌

44 このこととの関連で重要なテクストは、ゲオルク・Ch.・トーブラーがドイツ語の散文に訳し、「自然 ― 断章 ―」としてこれまでゲーテ自身の著作に関連づけられても来た、後期ヘレニズムの第十のオルフォイス讃歌のなかの次の一節である：「自然は一つの芝居を演じている。彼女がそれを自分で見ているかどうか、われわれは知らない。しかしながら彼女はそれをわれわれのために演じ、われわれは片隅に立っている」（ゲーテ全集第14巻、『色彩論』、木村直司訳、潮出版社、一九八〇年、三四頁）。

45 ここで注意を要することは、ゲーテには文字が声の代用品であるというルソー＝ヘルダー流の考え方が見られたわけではないという点である。ヨーゼフ・ジーモンは、ゲーテにとっては何かが書かれているということも出来事であり、象徴であったと述べている。Simon, Josef: 前掲書、二一頁以下を参照。

46 エミール・シュタイガー『ゲーテ』下巻（平野雅史他訳、人文書院、一九八二年）八四頁以下。

『オイフロジューネ』（一七九八年作）と並行して書かれ、どちらも背景に演劇的な主題をもつことがギュンター・ペータースによって指摘されている。後者はゲーテがヴァイマル宮廷劇場で雇い入れ、その才能を高く評価していた女優クリスティアーネ・ノイマン（旧姓ベッカー）の早世を悼む頌詩であるが、そこで讃えられた彼女の芸術的発展と『植物の変態』の主題である植物の成長は、どちらも演劇的な意味での「かたちの形成」として理解されているというのである[47]。五編の詩を通じて呈示されているのは「自然という神聖な喜劇」であり、『エピレマ』詩の後半では自然と劇に共有されている要求、つまりは「その現象が真実であって、その遊戯が真剣である」とみなすことへの促しが語られているとされる[48]。確かにこれらの詩では、「自然よ　目を瞠るためにこそぼくはいる」という詩人の述懐が歌われる『パラバーゼ』から、「つつましやかな眼差しもって見てごらん」という呼びかけがなされる『アンテピレマ』まで[49]、一貫して自然現象への象徴的な観劇の態度が主題化されているといえよう。

しかしここで特に注意を向けたいことは、アッティカ喜劇ではパラバーゼにおける幻想破壊的な語りが諷刺的な効果を発揮したという演劇史上の事実である[50]。『エピレマ』では、「さあ　眼をひらけ　真実の現象に／さあ　たたえよう　真剣な戯れを」[51]という読者への呼びかけがなされる。ところが「真実の現象」に眼をひらき、「真剣な戯れ」をたたえてきたのは、まさに諷刺喜劇作家として現実と虚構の境界を撹乱する詩作を行ってきた当のゲーテ自身であった。ヴァイマル宮廷劇場監督としての仕事では、観客に舞台上の幻想への没入を許さず、むしろ幻想の生成のされ方に注意を向けさせようとする構想が、若い諷刺喜劇作者としてのゲーテのエトスを継承していた。このように考えるとき、ゲーテは

47 Peters, Günter: Das Schauspiel der Natur. Goethes Elegien Die Metamorphose der Pflanzen und Euphrosyne im Kontext einer Naturästhetik der szenischen Anschauung. In: *Poetica*. 22. 1990, S. 54ff. なおハインツ・キンダーマンは、ある登場人物が観客の目の前で内的に成長することを目的としたゲーテの俳優教育観は「形態学的な理念」を前提としていたと述べている。Kindermann, Heinz: 前掲書、一七四頁を参照。
48 Peters, Günter: 前掲論文、六六頁。
49 ゲーテ『自然と象徴 ― 自然科学論集 ―』（『神と世界』）十四〜十九頁。

上述の五編においてアッティカ喜劇の構成を踏襲するという行為を通じて暗黙のうちに諷刺喜劇作者としての顔をのぞかせ、それと共に詩句に書かれている内容を実演してみせていると捉えることが可能になる。それは現実と虚構の二分法に対応する真と偽の二分法に固執する近代科学への告発であり、自然と人間のそれに代わる関係を可能にする詩の言葉の構想に他ならない。近代科学では専ら自然現象が「何であるのか」が重視されるのに対して、詩の言葉では自然現象を「いかに」語るかが死活問題であることを、これらの詩はその佇まい自体を通じて訴えているのである。ここから、ゲーテの文学を言葉の行為遂行性という視点から捉え直すことへの展望が開けてくる。その最大の手掛かりは、『ファウスト』詩劇から得られるだろう。

4．行為としての言葉 — ゲーテにおける諷刺と行為遂行性

『ファウスト』第一部は劇の本筋と直接の関係はない「捧げる言葉」と「開演前」で始まり、そのあとに続く「天上の序曲」も登場人物の住む世界の外部にある神の世界で演じられる。つまりその劇中世界は予め何重もの幻想破壊を蒙っており、諷刺喜劇的なものとの連続性を示している[52]。諷刺が向けられる主な対象は、ファウストとメフィストフェレ

50　エミール・シュタイガーは、これらの詩におけるゲーテのモデルについて次のような見解を述べている:「ゲーテはアリストファネスの『鳥』を思い出しているのであろう。なぜなら『鳥』のパラバーゼはヘシオドスの『神統記』を鳥の世界に当てはめてパロディ化した天地創造の神話を含んでいるからである。つまりこの天地創造の神話は一種の教訓詩の模範たり得るものであり、研究者ゲーテはここでギルド的学者世界の枠から踏み出し、学問の仮面を脱ぎ捨てて、曲解または誤解された自分の理念を言葉にして直接ドイツの観客の心を捉えようとしているのである」(前掲書、下巻、八五頁)。なお『鳥』については、その諷刺がアリストファネスの時代における実体のない天文学的言説やファンタジー的なディーテュランボス詩などに向けられているという見解が語られている。『ギリシア喜劇全集』第２巻（久保田忠利訳、岩波書店、二〇〇八年）三七六頁以下を参照。

51　ゲーテ『自然と象徴 — 自然科学論集 —』(『神と世界』) 十七頁。

52　ゲーテは「捧げる言葉」に対応する「別れ」、「開演前」に対応する「撤回告知」という結びの詩をエピローグに用意していた（FA. Bd. 7/2. Hg. von Albrecht Schöne. 1994, S. 152)。この構想が実現していれば幻想破壊の度合いが強まり、諷刺性もいっそう際立ったであろうという可能性も検討に値する。

スが冒頭の「夜」の場から「書斎」の場までさまざまな形で繰り広げる学問批判・大学批判によって、ゲーテが対決した自然科学を中心とする近代の学問であることが知られる[53]。そこで「言葉」こそが問題の中心にあることは、この劇の諷刺的な狂言回しの役を担うメフィストフェレスの登場シーンで既に明らかになる。すなわち彼は、ファウストが『ヨハネ福音書』の冒頭に置かれた「初めに言葉ありき」という聖句の翻訳を試み、「言葉」の訳語として「思い」と「力」の次に「行為」を見出した瞬間、むく犬からの変身を遂げるのである。「言葉」と「行為」を同一線上に置く思考の成就がメフィストフェレスを地上に出現させたこと[54]は、この作品が言葉の行為遂行性と密接に関わっているということを推測させずにはいない。この問題に関して先駆的な考察を行ったニコラス・レニーは、「開演前」と「天上の序曲」で行われる約束という言語行為が作品全体の行為遂行的な性格を規定していると論じている。すなわち「開演前」では座長が上演の成功を座付き作家と道化に、「天上の序曲」ではメフィストフェレスがファウスト誘惑の成功を主と大天使たちに約束するが、約束の言葉は意味の次元だけに留まらず、約束の履行をもって完結する行為の一部にすぎない点で行為遂行的な性質を明確に示す言葉の典型例であり[55]、ゲーテのファウスト劇はその進行自体をふたつの約束の成就に向けて行われる行為とみなし得ることが明らかにされたのである[56]。

とはいえ、行為遂行性を言語哲学の次元だけに局限するそのような観

53 ウルリヒ・ガイアーはファウストが魔術に向かうという筋立て自体が近代科学への諷刺であり、「書斎」の場までに登場するファウスト、メフィストフェレス、ワーグナー、学生の４人の登場人物が４つの学者気質を表していると論じている。Gaier, Ulrich: 前掲書、一四五頁以後および一五七頁以後を参照。

54 『初稿ファウスト』では、メフィストフェレスの地上出現シーンはまだ描かれていない。

55 ジョン・L・オースティン『言語と行為』（坂本百大訳、大修館書店、一九九六年）十六頁以下および二六四頁以下を参照。オースティンはこの書物において記述でも報告でもなく、ある社会的な行為を遂行し、その評価には真／偽ではなく成功／不成功の基準を用いることがふさわしい種類の発話を論じ、その性質を「行為遂行的」と呼んだ。これらの箇所では、行為遂行的な発話が「まじめな意図」に基づいていなければならないという主張が、約束を例として行われると共に、約束が「行為拘束型」の言語行為に分類されている。

点からは、この劇に代表されるゲーテ文学の行為遂行的なポテンシャルを汲みつくすことはできないであろう。ズィビレ・クレーマーとマルコ・シュタールフートは、言語哲学における「行為遂行性」の概念と言語学における「パフォーマンス」の概念に関する近年の議論を総括し、それらの適用領域が非言語的な諸現象へと文化哲学的に拡張されたと述べている[57]。そのよく知られた例はジェンダー・アイデンティティの形成における言葉の行為遂行的な力の関与を考察したジュディス・バトラーの理論[58]にみられるが、ゲーテとの関連でとりわけ重要なのは、一九六〇年代に生まれた新しい身体芸術であるパフォーマンス・アートへの関連づけであり、そこでなされた上演の出来事における身体性と物質性への注目である。そこでは俳優の身体を初めとして、音響や舞台装置、そして観客の存在など、文学的な戯曲の幻想的な上演をめざす伝統的な舞台では二次的なものとみなされてきた要素が、行為遂行的なもののカテゴリーに分類され、そこに戯曲の意味内容を代理表象する記号としての価値を越えた固有の価値が見出された[59]。宮廷劇場の監督として戯曲の執筆だけでなく舞台絵画や俳優の朗詠と所作の指導にも総合的な見地から携わり、その体験を言葉の象徴性に基づく観客のための教養構想に結び付けていたゲーテが、このような意味での行為遂行性に対して自覚的であったといえることは確実であろう。さらにまた行為遂行性をめぐる近年の議論では、言葉を意味の伝達手段として成り立たせている文字と声の非言語的な物質性とそれを受容する感性的な知覚も重要な主題となっている[60]が、それに対する問題意識も彼は、例えば声の独自の作用につ

56 Rennie, Nicholas: Hier wird's Eräugnis. Performativität und Ende in Goethes *Faust*. In: Bohnenkamp, Anne u. Martínez, Matías (Hg.): *Geistiger Handelsverkehr. Komparatistische Aspekte der Goethezeit.* Göttingen 2008, S. 401ff.

57 Krämer, Sybille u. Stahlhut, Marco: Das "Performative„ als Thema der Sprach- und Kulturphilosophie. In: *Paragrana.* Bd. 10. Heft 1. 2001, S. 45.

58 ジュディス・バトラー『ジェンダー・トラブル』(竹村和子訳、岩波書店、一九九九年)二二八頁以下。

59 Krämer, Sybille: Was haben >Performativität< und >Medialität< miteinander zu tun? Plädoyer für eine in der >Aisthetisierung< gründende Konzeption des Performativen. In: Dies. (Hg.): *Performativität und Medialität.* München 2004, S. 17ff.

いての見解で先取りしているようにみえる[61]。そもそも彼は印刷技術の普及に先立つ口承文化の延長上にある朗詠を極めて重視し、「意味が『表現』と結びついている、ないしは音にすることによって初めて本当に実現するという思想」[62]を体現していたのに他ならない。謝肉祭劇の道化やウィーン民衆劇のハンスヴルストを擁護したことにもみられるように、彼は舞台上演が身体的なものに負う部分を一貫して評価していたのである[63]。いいかえれば彼の立場は、言葉による表現を芸術家と受容者の意識の次元だけで考える傾向が強いロマン主義以後の思考習慣からほど遠かった[64]。ファウストがグレートヒェンに向けて自分の気持ちを伝える言葉の選択に迷うさま（V. 3432-3458）はゲーテの言語観における「社会的・倫理的な含意」を示しているという見解[65]や、言葉と特別な生の形式が結びついているというゲーテのテーゼは後期ヴィトゲンシュタインを先取りしているという見解[66]は、このような行為遂行性との関わ

---

60 Krämer, Sybille: 前掲論文、二〇頁以下。言葉に単純な代理表象の機能だけを見出す立場では声と文字は非物質的な「意味（Sinn）」を伝達する透明な媒体にすぎないと考えられるのに対して、オースティンの言語行為論の系譜を汲むパフォーマティヴな言語観の立場では、声と文字が言葉の意味とは別の次元で有する独自の「感性的（sinnlich）」な性質が強調され、その物質性のなかでのみ「意味（Sinn）」が現在化すると論じられている。そこで要請されるのはもはやコミュニケーションの理論ではなく、「現われ」の理論としての知覚の理論であるという。注目に値することは、このような考え方が、俳優の身体を戯曲の意味の透明な媒体とみなすことを拒絶する芸術的パフォーマンスの基礎了解と同型的であることである。

61 例えば次の箴言を参照：「感情や理性、経験や思索などの重要な問題については、口頭で話し合うにかぎる。〔…〕」（『ゲーテ全集』第13巻、『箴言と省察』、岩崎／関訳、潮出版社、一九八〇年、三六三頁）

62 カール・ハインツ・ゲッテルト「一八〇〇年頃の朗読術 — ゲーテの『俳優のための規則』を参考に —」（『モルフォロギア』21号、一九九九年）二九頁。

63 例えばゲーテの諷刺喜劇ではネストロイが用いたような韻による機知が先取りされているといわれるが、その効果が最大限に発揮されるのも舞台上で俳優が実際にそれを口にするときであろう。Stern, Martin: 前掲書（あとがき）、二一九頁参照。

64 この問題については Corkhill, Alan: 前掲論文、二四四頁以下を参照。ゲーテにとって疎遠であったといわれるのは、「言葉を一切の事物との関連を免れた神秘的で魔術的な『固有のリアリティ』〔…〕へと高めた」初期ロマン主義者の言語観である。彼らの「文化刷新の美学」は、「生産的な構想力（＝想像力）と絶対的な自我の創造的な精神に未だかつて凌駕されたことのない余地を与えた言語理解を前提にしていた」という。

65 Corkhill, Alan: Sprachphilosophische Fragestellungen in Goethes *Faust I*. In: *Neophilologus*. 79. 1995, S. 456ff.

りから再考するとき、ゲーテ文学の理解にいっそう実りある観点を提供するであろう。

問題は、議論のこのような位相が諷刺喜劇的なものとの繋がりにおいて明確になるということが見落とされがちだという点にある。ドイツにおいて諷刺文学は、言論の自由が著しく制限された封建的絶対主義の領邦国家体制下での不利な条件に加えて、十八世紀半ばまではその攻撃性がキリスト教における隣人愛教義の観点から、それ以後はその非虚構的な側面がバウムガルテンに始まる近代美学で主張された芸術の自律性の観点から常に疑問視され続けていた[67]。そのような状況のもとで諷刺文学は周辺的なものとなり、それと同時期に諷刺喜劇も〈道化追放〉と共に始まった文学劇場の隆盛の陰で衰退してゆく。現代の研究においても、ドイツ語の諷刺的な文芸に関してはまずその芸術性を自律美学的な見地から正当化することが課題となる状況が続いている[68]。しかしゲーテの場合は、第三世シャフツベリに代表されるイギリスの道徳感覚説の哲学からの影響が殊に強かったことに注意しなければならない。その影響圏内では、ドイツでは否定視された諷刺における怒り・憎悪・復讐心といった感情的な要素がもたらす快楽も必ずしも排除されず、スウィフトの文学に代表されるような「諷刺文化」が栄えていたのである[69]。それに一定の寄与をしたシェイクスピアからも多大な影響を受けていたゲーテにおいては、イギリス的な意味における諷刺が、文化一般や科学知識に

66 Simon, Josef: 前掲論文、七頁。

67 Lazarowicz, Klaus: *Verkehrte Welt. Vorstudien zu einer Geschichte der deutschen Satire*. Tübingen 1963, S. 1 ff. および Kämmerer, Harald: *Nur um Himmels willen keine Satyren… Deutsche Satire und Satiretheorie des 18. Jahrhunderts im Kontext von Anglophilie, Swift-Rezeption und ästhetischer Theorie*. Heidelberg 1999, S. 265. を参照。

68 Kämmerer, Harald u. Lindemann, Uwe: *Satire. Text & Tendenz*. Berlin 2004, S. 98.

69 Kämmerer, Harald: 前掲書、三九頁以下および二六三頁以下。シャフツベリ自身もホラティウスを範とする諷刺文を手がけている。イギリスの諷刺文化からのドイツへの影響で注目に値するのは、モーゼス・メンデルスゾーンがエドムンド・バークの「崇高」概念を、自分が公開絞首刑を見物したときの感情に基づいて「混合感情」と規定し、それがリスコーとリーデルによって諷刺文学において体験される「くすぐったさ」と同一視されたことである。なお、ゲーテは戯曲『シュテラ』の主人公の名をスウィフトの恋人の名から着想している。

おいて「真」とみなされているものの虚構性を暴露する幻想破壊的な「メタ演劇」[70]と結びつき、古典主義期にはそれがシャフツベリのいう「内的形式」を根拠とする反自然主義的な上演実践[71]に発展したのだといえよう。ゲーテ文学のこのような側面にアプローチするために、行為遂行性の概念は比類ない有効性を発揮すると考えられる。それが明らかにした言語問題と身体芸術の諸相の相互関連は、伝統演劇に対して幻想破壊的な関係に立ち、また「行為」としての言葉がそれを受容する観客に及ぼす作用を重視したゲーテの問題意識を多くの部分で解明するからである。

ゲーテは『ファウスト第二部』のことを「非常に真剣な冗談」と呼んだことが知られている[72]。事実、メフィストフェレスが第一部で煙に巻いた学生[73]に復讐され、観客に助けを求める箇所（V. 6815-6818）などは、悲劇のクライマックスが近づくなかにありながら滑稽な幻想破壊が行われる特徴的な例であり、「真剣な戯れ」をたたえようという『エピレマ』詩での呼びかけをゲーテ自身が実践している箇所だといえよう。「真剣」であることを「冗談」ないし「戯れ」と結びつける二面性の矛盾は、今や諷刺喜劇的なものの属性として捉えることができる。それは真理の不在を笑いと共に暴露するが、ゲーテが作品の内外で体験した愛する者の死が典型的に示すように、一回的な生のなかで全てが幻想であるという認識は悲劇的以外の何ものでもない。しかし彼にとってその悲劇は、生の反復的な回帰をもたらす自然の生命力への讃美を通じて、喜

70 Borchmeyer, Dieter: 前掲論文、四二頁。

71 Kinderman, Heinz: 前掲書、二〇七頁。なおゲーテ自身がシャフツベリの著作から訳出した概念である「内的形式」については以下を参照：大久保進「若いゲーテの芸術把握について」（ヨーロッパ文学研究第 15 号、早稲田大学文学部、一九六八年）九八頁以下。

72 一八三二年三月十七日付けヴィルヘルム・フォン・フンボルト宛ての書簡（FA. Bd. 38. Hg. von Horst Fleig. 1993, S. 550）。

73 V. 1868-2050 参照。ここに現れるのが、科学の専門用語の常套句的な作用を皮肉る次の有名な台詞（V. 1995-2000）である：「概念が欠けていても、きっちり言葉が補ってくれる。言葉だけで丁々発止の議論ができる。言葉だけで体系がつくれるし、言葉を抱きしめていれば、信じさせるのも意のままだ」（ゲーテ『ファウスト 第一部』、池内紀訳、集英社、二〇〇九年、一一三頁）。

劇性との結びつきを果たす。これを言葉の問題に置き換えれば、概念の記号としては死んだ言葉が、行為の性質を帯びることによって象徴として甦るプロセスに対応しているといえよう。行為遂行性の理論は、このような観点からのゲーテの読み直しに大きく貢献すると考えられる。

Fr.シュレーゲル『ギリシア文学の研究について』における「模倣」の概念

胡屋 武志

0. 序

ドレースデンでの古典古代研究の成果としてフリードリヒ・シュレーゲル（1772-1829）が執筆した『ギリシア文学の研究について』[1)]Über das Studium der Griechischen Poesie（1795、出版は1797年。以下『研究論』と略記する）の中の「美的革命」eine ästhetische Revolution（I 269）の構想にある美学的・歴史哲学的な発想は、のちの彼が打ち出すロマン主義詩学理論の基本的な立場をすでに表わしていることがしばしば指摘されてきた[2)]が、『研究論』は彼の思想展開の内部でのみ高い地位を与えられているのではない。たとえばヴァルター・イェシュケはこの「美的革命」を、18世紀末に生じた芸術哲学によってヨーロッパの知全体に構造的な転換をもたらした極めて重要な概念とみなし[3)]、ハンス・ロベルト・ヤウスは『研究論』でのシュレーゲルの思考を古典主義的思考からロマン主義的思考への転換点の中に位置付けている[4)]。この

1）本稿で用いられるシュレーゲルのテクストは Kritische Friedrich-Schlegel-Ausgabe. Hrg. v. Ernst Behler unter Mitwirkung v. Jean-Jacques Anstett u. Hans Eichner, Paderborn/München/Wien 1958ff. である。引用におけるカッコ内のローマ数字は同全集の巻数を、アラビア数字はページ数を示す。AF は Athenaeum Fragment を、それに続くアラビア数字は断章番号を示す。

2）こうした見解を示した初期ロマン派を扱った古典的研究の一つの中で、Fr. グンドルフはこの構想を「ロマン主義巨匠時代」にその実践がゆだねられるところの「ロマン主義修業時代のプログラム」と呼んでいる。Friedrich Gundolf : Romantiker. Berlin/Wilmersdorf 1930. S. 9 また、「新しい神話」にある近代対古代の対立図式の発想はすでに『研究論』の中に明確に現れており、ロマン主義文学の発展性は「無限の完全化可能性」という概念によってすでに『研究論』の中で先取り的に発想されている。

ように『研究論』の思想内容はシュレーゲルの思想の内部にとどまることなく、ドイツ、ひいてはヨーロッパのロマン主義的潮流の端緒とみなされることが多いにもかかわらず、同論での「美的革命」の核心をなしている古代模倣の構想が十分な分析とともに主題的に論じられることはこれまでに奇妙なほど少なかった[5]。しかし、シュレーゲルが『研究論』で構想している古代模倣およびその基礎にある「模倣」の概念は、その隠れた先進性ゆえにヨーロッパの詩学における模倣の系譜の上に新たに位置づけられる可能性がある[6]と同時に、この概念の詳細な分析によってシュレーゲル自身の思想の全体が新しい形で浮かび上がってくる可能性があると考えられる。以下では、これらの可能性を念頭に置きつつ、『研究論』で構想される古代模倣の内容を追跡し、彼による既存の模倣概念への批判を確認しながら、シュレーゲル自身の打ち出す模倣概念の内実を明らかにしたい。特にこの概念が、主体の自立性・自由と密接にかかわりながら、対象全体の「理解」と結び付いた、対象の精神的本質の受容の方法論となっていることに着目しつつ、本稿の後半では、シュレーゲルの「模倣」の概念と、ヴィンケルマンの芸術理論との関係が考察され、両者の相違が検討される。これらの作業によって本稿は、いまだ考察の対象となっていない、シュレーゲルの思想における隠れた「模倣」構想の包括的な探求への一寄与となることを目指すものである。

3）Walter Jaeschke : Ästhetische Revolution. Einführende Bemerkungen. In : Walter Jaeschke u. Helmut Holzhey（Hrg）: Früher Idealismus und Frühromantik. Der Streit um die Grundlagen der Ästhetik（1795-1805）. Hamburg 1990. S. 1-11. 邦訳は「美的革命——導入のためのキーワード」（秋庭史典訳、『初期観念論と初期ロマン主義——美学の諸原理を巡る論争（1795-1805年）』（W. イェシュケほか編、相良憲一ほか訳、昭和堂、1994年）に所収。

4）ヤウスは以下の論考で、一世紀前にフランスで起こった「新旧論争」でなされた問題提起が、ドイツにおける古典古代受容の新たな歴史哲学的な枠組みの中で回答されていることを、『研究論』とシラーの『素朴文学と情感文学について』というほぼ同時期に書かれた著作を主な典拠として考察している。ヤウスの目論見は、フランス啓蒙主義とドイツ古典主義との間の思想的連続性を意図的に遮断し、ロマン主義をアンチ合理主義として捏造する既存の正統的文学史記述を挑発として捉え、そこに隠蔽された関係性を見出し、この文学史の改訂作業をおこなうことである。Hans Robert Jauß : Schlegels und Schillers Replik auf die »Querelle des Anciens et des Modernes«. In : Literaturgeschichte als Provokation. Frankfurt a. M. 1970. S. 69

1. 模倣の復権

『研究論』でシュレーゲルが打ち立てる「美的革命」は、主観的な関心と悟性の過重とに支配され、多様な素材や形式が溢れる「美的無政府状態」(I 224) と化した近代文学の原理を「関心をそそるもの」から「美しいもの」へと転換させる契機として構想されている。この革命を実現するための方法として導入される古代模倣の理論は、既存の古代模倣への、そしてその基礎にある模倣概念への強い批判とともに展開されている。同論が書かれた1790年代の半ばは、すでに半世紀以上前に啓蒙主義美学における擬古典主義的な模倣詩学が衰退したのち、精神的な高揚と内面的感情、生そのものの発露を賞揚したシュトルム・ウント・ドラングの台頭を経た時期であり、例えば1789年にゲーテが『自然の単純な模

---

5) 論者が知る限り、『研究論』でシュレーゲルが構想する古代模倣について最も的確に、かつ相応に紙幅を費やして論じているのは、フランツ・ノルベルト・メンネマイアーである。彼はシュレーゲルの古代模倣が古代人の「文字」ではなく「精神」を対象としていることを指摘し、この意味での模倣がロマン主義期の彼の批評概念と大きな連続性を持つことを的確に示している。それまでは『研究論』の古代模倣にかかわる議論においては、シュレーゲルの「グレコマニー」的、擬古典主義的な側面ばかりが強調され、彼の「模倣」の概念の中にあるラディカルな構造が見逃されてきた。この点でメンネマイアーの論は既存のシュレーゲル理解に新しい道を開いたが、その道が舗装され、よりいっそう展開される余地は大きく残っている。Franz Norbert Mennemeier : Friedrich Schlegels Poesiebegriff dargestellt anhand der literaturkritischen Schriften. Die romantische Konzeption einer objektischen Poesie. München 1971. S. 49ff. また、シュレーゲルの模倣にかんするメンネマイアーの論考を引用する以下の論者たちは、その内容と意図を的確に理解はしているが、彼が見出した、シュレーゲルの模倣概念に関する考察の芽を大きく成長させる議論には至っていないように見える。vgl. Matthias Danneberg : Schönheit des Lebens. Eine Studie "Werden" der Kritikkonzeption Friedrich Schlegels. Würzburg 1993 S. 247ff. u. Claudia Brauers : Perspektiven des Unendlichen. Friedrich Schlegels ästhetische Vermittlungstheorie : Die freie Religion der Kunst und ihre Umformung in eine Traditionsgeschichte der Kirche. Berlin 1995 S. 78f. なお、初期ロマン派と自然模倣との関連を包括的に探求したプライゼンダンツによる以下の論考においては、初期ロマン派と既存の模倣詩学との不和が当時の詩学的状況の的確な把握とともに非常に適切かつ簡潔にまとめられており、この分野の基礎的研究の一つになっているが、『研究論』の模倣の概念についてまったく触れられていない。Wolfgang Preisendanz: Zur Poetik der deutschen Romantik I : Die Abkehr von Grundsatz der Naturnachahmung. In : Hans Steffen (Hrg.): Die deutsche Romantik. Göttingen 1978

6) 詩学におけるミメーシスと模倣の歴史的系譜を扱った著作や論考の中で『研究論』の古代模倣概念を取り上げながら、シュレーゲルの模倣理論を模倣の歴史の中で位置づけをおこなっているものはいまだまったく見られない。

倣、技法、様式』Einfache Nachahmung der Natur, Manier, Stilにおいて模倣を表現形式として下位に位置づけている[7]ように、さらにシラーが『素朴文学と情感文学について』Über naive und sentimentalische Dichtung（1795-96）の中で、「自然である」素朴詩人が「可能な限り完全な現実の模倣」によって詩人となるのに対して、「自然を求める」情感詩人は「理想の表現」によって詩人となるとして、近代の情感詩人のあるべき創作方法をもはや模倣とは考えていない[8]ように、当時の芸術観においては詩学的方法としての模倣の価値評価は下落の一途を辿っており、作品創出の理論の中心に位置していたのは構想力に満ちた天才性であったと言えるだろう。このように否定的に捉えられた模倣についてシュレーゲルは『研究論』の中で次のように表現している。

> 自分が独創的な天才であると自惚れているすべての者にあっては、《模倣》の名からしてすでに侮蔑的であり、汚辱の烙印を捺されている。すなわちそれは、強大な自然が無気力なものに加える暴力と理解されている。(I 274)

ここで「天才」（を自称する者）の作品創出の方法との対立のうちに置かれている「模倣」が「侮蔑的」とみなされるのは、それが主体と対象との間に、「暴力」の介在する一つの非対称的な関係を形作っているからである。引用文中の「強大な自然」は摸倣対象に、「無気力なもの」は摸倣主体にそれぞれ対応していると考えられるが、両者の関係は前者

7）Vgl. Johann Wolfgang von Goethe : Goethes Werke Bd. XII. 6. Auflage. Hamburg 1967 S. 30-34

8）Friedrich Schiller : Schillers Werke. Nationalausgabe. 20. Bd. Hrg. v. Benno von Wiese. Weimar 1962 S. 436 成立時期が近いシラーの同論と『研究論』の内容の類似性と影響関係については長らく論じられてきた。アイヒナーらによってシュレーゲルは『研究論』完成後に初めてシラーの同論を手にすることができたが、それ以前のシラーの美学関係の論考からの影響は『研究論』の中に見て取ることができる。『研究論』と『素朴文学と情感文学について』の比較論的考察は以下の論考を参照。Richard Brinkmann : Romantische Dichtungstheorie in Friedrich Schlegels Frühschriften und Schillers Begriffe des Naiven und Sentimentalischen. In Helmut Schanze (Hg.) : Friedrich Schlegel und die Kunsttheorie seiner Zeit. Darmstadt 1985

の圧倒的な優位のうちにあり、後者は前者の暴力に完全に屈服し、自由を奪われている。この意味での模倣において主体はあらかじめ対象に主導権を握られており、すなわち、主体は対象に追従し、ただ対象のなすがままになって受動的にふるまうばかりである[9)]。シュレーゲルが模倣についてこのように述べるのは、この見解をそのまま受け入れて、ゲーテやシラーのように模倣に対して作品創出の領野からの撤退を迫るためではない[10)]。彼は、時代から取り残され、もはや力を失ったかに見えるこの概念をあらためて吟味し、規定し直すことによって、芸術創出の方法としての模倣に新たな生を吹き込もうとするのである。

> しかし、普遍妥当的な精神の外的形象や覆いを相変わらず纏っているかもしれない固有性によっては制限されることなく、あの原像の合法則性を自分のものにする者——それが芸術家であれ、学識者であれ——の行為を表すのに、私は模倣以外の言葉を知らない。おのずから理解されるのは、こうした模倣は最高の自立性なしにはまったく不可能であることである。私が言っているのは、磁石が鉄を単にひきつけるだけでなく、その接触によって鉄に磁力を伝達するように、学識者が芸術家に、芸術家が神性に接触することを可能にする美の伝達のことである。(I 274f.、傍点筆者)

この引用によれば、模倣において主体がなすべきことは、強権的にふ

---

9) このような模倣観は、まずオリジナルが存在していて、事後的にコピーが製作され、後者はあくまでも前者に従属し、前者の真正性に忠実であることが模倣の役割であるとするギリシアから現在まで連綿と続いている一般的な模倣観を述べていると言えるだろう。以下で見るようにシュレーゲルの模倣理論はこうした受動的な模倣概念への批判とともに、主体の自由こそが模倣を可能にし、模倣によって主体が自由になることを主張するものである。

10) しかし、このことはシュレーゲルとゲーテやシラーの詩学が対立することを意味するのではない。こうした外観上の対立にもかかわらず、外的形象の背後に隠れた生命性が大きな意味を持つという点において両者の詩学は大きな共通性を持っている。いわゆる模倣詩学とゲーテの芸術観との関係については以下の論文を参照。大久保進「若いゲーテの芸術把握について」ヨーロッパ文学研究 15 号、1968 年。またシラーの論考が、『研究論』執筆後のシュレーゲルに与えた影響は彼自身が『研究論』出版(1797)に付された「序」の中で告白している。

るまう対象に迎合し追従することではなく、「最高の自立性」を以ていわば対等の関係において対象の前に立ち、そのことによって対象の内部に隠されている「原像の合法則性」を自己の内に取り入れることである。「最高の自立性」という語は、模倣において対象が圧倒的な優位を持ち、主体は受動的に振舞うばかりという二者の階層的な関係への批判となっており、要するにここでは模倣主体のあるべき自由について述べられているが、さらに引用の中で注目すべきであるのは、この「最高の自立性」によって可能となる模倣が「美の伝達」と結び付けられていることである。こうした模倣観に基づいてシュレーゲルが『研究論』で模倣の対象として考えるのはいわゆる外的自然ではない。近代人にとって模倣の対象であるべきなのは「永遠の法則」(I 275) が具現化した古代ギリシア文学であり、その内部に浸透し、様々な個体が共有している精神である。次章以降では、『研究論』で展開された古代模倣の理論を再構成しながら、この理論の中で「模倣」における近代的主体がいかなる姿で捉えられ、この主体が「最高の自立性」を以て、ギリシア文学の中にある「原像の合法則性」へといかにして到達し、それが「美の伝達」といかなる関係を持つのか、という問いに答える形で、シュレーゲルの模倣概念の輪郭をよりいっそう鮮明なものとしたい。

2. 形成の概念と文学の歴史

『研究論』でのギリシア文学の模倣の構想においてシュレーゲルが問題とするのは、芸術創出の所産としての文学作品だけではない。同論で注目されるのは、文学作品を産出する主体の構造であり、この点での古代人と近代人との間にある差異を追求することによって「模倣」は歴史哲学的な文脈の中へと持ち込まれる。このときに鍵となるのは、「形成」Bildungの概念である。

シュレーゲルは古代ギリシア文学の歴史を客観的な美を達成した一つの有機的な全体とみなしており、そこには「根源的な趣味と芸術のあらゆる概念にとって様々な実例の完全な集成」(I 307) が存在している。ゆえにギリシア文学の歴史は「詩芸術そのものの普遍的な自然史

Naturgeschichte」（I 276）と呼ばれるが、それに対して近代文学は、ギリシア文学にあった全体の均衡を失い、多様な形式や素材が溢れているが美だけは存在しないカオス的状況に、つまり「美的無政府状態」に陥っているとされる。このように対照的に描かれる両文学であるが、シュレーゲルは両者の差異を、それぞれの文学作品を産出する人間主体の側から説明するために「形成」（I 229）の概念を用いている。

『研究論』の中で「形成」は、歴史的存在としての人間の本質を規定する概念であり、人間の内部にある自然的な衝動・欲求と悟性という対立する二つの要素の相互作用を意味しているが、シュレーゲルはこの形成の概念によって古代と近代の歴史の進行をそれぞれを自然と人為として捉え、対立関係のうちに措いている。古代の「自然的形成」（I 230）においては人間の行為の根源的な源泉となるのは自然的衝動であり、悟性は単に補助的な役割を果たすにすぎない。それに対して近代の「人為的形成」（I 230）では駆動的な力として作用するのは衝動であるが、指導的・立法的に働くのは悟性である。ギリシア文学は自然的形成における自然的な進行とともにこの自然の法則性によって美的な客観性を獲得し、個々の個体はその全体の中で相互に有機的に関係し合っている。しかし、近代において形成の主導原理は自然的法則性から自由へと移行し、自然的衝動よりも悟性が形成の主導権を握り、悟性の分析・解剖的な力によって認識や記述においては個別化と多様性が進む一方で、かつてあった自然の有機的構成は破壊され、全体的視野と統一的な価値基準が失われる[11)]。こうした歴史の過程を経て、近代人は視野狭窄と些事拘泥に陥り、全体の美という大きな目的を忘れ、彼らが産出する文学作品の大半は好奇心や感覚的刺激に応えるものとなり、近代文学の全体にはさまざまな「関心をそそるもの」[12)]（I 252）が溢れることになる。多様な素材、形式、ジャンルが混在したこの全体をシュレーゲルは「あらゆる崇高、美、魅惑のカオス」（I 224）と呼んでいる。そしてこのカオスは

11）『研究論』によれば、人為的形成における「指導的な悟性の幼年期」からすでにヨーロッパ民族は、普遍妥当性を求めて、繰り返し古代模倣をおこなってきた。この古代模倣においても悟性は素材を分解し、結局のところ、模倣が自然的な有機的構成の破壊の原因となっていたことが指摘されている。（I 237f.）

「伝説の言う、世界を産み出した古代のカオスと同様に、異質な構成要素を分離し、同質な構成要素を一つにするための愛と憎しみを待ち焦がれている」とされ、シュレーゲルは明らかにこの近代のカオスに肯定的な視線を向け、そこに新しい世界の誕生の可能性を見てはいるが、一方でこのカオスにはかつてギリシア文学を支配していたような自然の有機的構成は欠如しており、近代文学の全体を構成している個体同士は単なる「人為的なメカニズム」(I 305) によって結合されているばかりである。シュレーゲルは、このような近代文学の混乱状態と、その原因である近代的主体の悟性過重による主観的な関心の支配とをめぐる現状を打破するためには、ギリシア文学の模倣が不可欠であると考えるのである。

3.「全体の精神」の模倣

近代文学の「美的無政府状態」を鎮圧して、近代の美的形成に客観性へと向かう統一的な方向をもたらすために、主観的な関心に支配された近代人の一方的で偏狭な精神を克服する必要があるとシュレーゲルは考える。なぜなら、この一方的な精神のあり方こそが文学から全体の有機的構成が奪われた大きな原因だからである。彼は、近代人の一方性・偏狭性の対極にある自由で柔軟な精神を詩人ホメロス——その特徴は「人間的自然全体についての彼の見方の完全性」(I 279) であり、彼の作品は「最も幸福な均整、完全な均衡」の点で「逸脱した性向の一面的な狭さや人為的な奇形の歪みとはきわめて遠く隔たっている」——や彼がその作品の中で描く人物たち、特に「ホメロス自身の静かな精神が最も明瞭に最も純粋に反映されている」(I 280) 英雄ディオメデスの「自由な人間性」の中に見るのであり、また「ギリシア文学の究極の目標に到達した」(I 296) ソフォクレスの作品の中に現れた「一つのどんな全体にあっても成長し、円熟しきった有機的構成」(I 297) にこの精神が明瞭

12) シュレーゲルは近代文学に「関心をそそるもの」が溢れていること自体については決して否定的ではない。特に「哲学的な関心」は近代の文学の最終目的を構成し、この関心から生じる「哲学的悲劇」の典型を『ハムレット』に見ており、シェイクスピアは「あらゆる芸術家の中で、近代文学の精神一般を最も完全に、最も適切に特徴づけている」(I 249) 存在とみなされている。

に現れていると考え、「ギリシアの原像の適切な模倣」こそが「真の美的芸術の再生のための必然的な条件」となる（I 354）ことを主張するが、このとき模倣すべきであるのは、ギリシア文学の外観やそこにある何らかの個体ではない。

> あれやこれやのものや、個々の好みの詩人や、各地域的な形式あるいは個々の器官は模倣されるべきではない。というのも個体は、《そのもの自体》としては普遍的な規範でありえないからである。多かれ少なかれ全体にまき散らされているあの道徳的な充実、自由な合法則性、リベラルな人間性、美しい均斉、微妙な均衡、適切な作法、あの黄金時代の完全な様式、ギリシア文学の真正性、純粋性、描写の客観性、要するに全体の精神を、純粋なギリシア性、これこそを真の美的な芸術を希求する近代詩人は我がものとすべきなのである。（I 346f.、傍点引用者）

シュレーゲルはギリシア文学の全体を覆っている共通の特性を一言で「全体の精神」ないし「純粋なギリシア性」と呼んでいる[13]。そして、この全体の精神を自己のうちに習得し、内面化することが「模倣」が意味するものである[14]。だから、「ギリシア文学にあって模倣に値するも

13) ある個体を考察する場合、その個体のみならず、その個体が関係している別の個体を含むより大きな全体の中でそれを捉える、という考え方は、シュレーゲルの時期を問わない一貫した思考の形式である。この思考はこの全体の中で個体の生成発展を探り、その位置価値を規定する彼の「発生論的批評」の根幹となっている。そしてまた、「エンツィクロペディー」の概念は、こうした全体的思考によってもたらされる包括的な文字的形象を意味している。『研究論』以後に構想された「文献学の哲学」の理念を出発点にエンツィクロペディーの概念と全体的思考との関係について書かれた基本的研究には以下のものがある。Hans-Joachim Heiner : Das Ganzheitsdenken Friedrich Schlegels. Wissenssoziologische Deutung einer Denkform. Stuttgart 1971

14)『研究論』と同時期に執筆された『ギリシア人とローマ人の研究の価値について』Vom Wert des Studiums der Griechen und Römer（1795）の中でシュレーゲルは次のように語る。「真の模倣とは、外的な形象の人為的な模写、あるいは無力な心情に対して強大なものが行使する優位ではない。それは精神を、すなわち愛、洞察、活動力における真なるもの、美なるもの、善なるものを我がものにすること、すなわち自由を我がものにすることである。」（I 638）

のは、近代における優れた独創性がどれもそうであるような、選ばれた天才の特権であるなどとは考えてはならない」(I 282) のであり、確かに、天才が産出した個々のすぐれた作品は普遍的なギリシア精神の現れであるが、それはあくまでも個別的な現象的形態にすぎず、この精神は単一の著者や作品の受容のみを通じて学びとれるようなものではない。

> ギリシア文学を模倣できるのは、ギリシア文学を完全に知っている者だけである。全体的なものの客観性を、個々の詩人の美的精神を、そして黄金時代の完全な様式を我がものとする者だけがギリシア文学を本当に模倣するのである。(I 331)

シュレーゲルにとって「ギリシア文学を完全に知っている」ことは、ギリシア文学の数多くある様々な作品に触れ、その内容に精通した上でギリシア文学の全体を覆っている不可視の精神、様式を、文字通り、完全に知り、そしてその上でこの精神、様式を自らのうちに体得していることを意味している。しかし、それまでの近代人の一般的なギリシア文学受容はこのようなものとは大きく異なっていた。

> 古代の偉大な詩人の何人かは我々の下でもほとんど土着のものとなっているのは事実である。そして、よりたやすく把握され、孤立もさせられ、少なくともいくらかは理解されうる者たちの中から、確かに大衆は最も幸福な形で選び取った。近代人の主観的な領域全体の中に、形式や器官の点で、自分が持つ異質な個別性との類似が見出されない他の詩人たち、ギリシア文学全体の諸器官や有機的構成の知識なしにはまったく不可解なままにとどまらざるを得ない詩人たち、自分の理想的な高みが支配的なより優れた趣味の偏狭さをもあまりにも越えすぎる詩人たちはポピュラーになりえなかった。[…] ピンダロスやアイスキュロス、ソフォクレスやアリストファネスの作品はただわずかしか学習されないし、ましてや理解されないのだ。つまり人は、ギリシア文学の最も完全な詩ジャンルや、文学的理想の時代、そしてギリ

シアの趣味の黄金時代についてはほぼ完全に無知なのである。(I 347f.)

要するに、当時のドイツにおいては古代ギリシアの一定の詩人や作品は確かに巷間に伝えられているが、それらは何らかの理由で一般に受け入れやすく、理解が容易な一部の作家や作品にすぎず、そのほかの膨大なギリシア作品の数々について人々はほとんど知ることはなく、このようなギリシア文学受容においてはシュレーゲルの考える「模倣」は不可能である。なぜなら、先にも述べたように、近代文学に完全に欠如していてギリシア文学が理想的な形で保持しているのは、その全体の有機的構成であり、これを自己のうちに獲得することがここでの模倣にほかならず、そのための条件となるのは、ギリシア文学の任意の作品だけではなく、その広範囲にわたる膨大な作品を渉猟し、その全体を熟知し、全体の有機的構成を捉え、ギリシア文学の本質を理解することだからである。シュレーゲルはこのような作業を「研究」と呼び、ギリシア文学の模倣のために不可欠な作業として考えている。この意味で『研究論』は、ギリシア文学の全体を十分知ることも吟味することもなかったそれまでの大半の古典古代研究を批判し[15]、のちに見るように、特にフランス美学におけるローマ経由の古典古代の受容を批判しながら、当時のドイツにおける新しい段階に立った古典古代受容に大きな希望を見ており、その成果とともにギリシア文学の全体を徹底的に研究し、その本質的な理解を推し進めるための導入の著作として考えられている。

15)『研究論』でシュレーゲルはギリシア研究を三期に区分し、彼自身の生きる時代を第二期から第三期への移行期とみなしている。第一期は「ローマ人という媒介」(I 358)からギリシア人が知られ、「一切の哲学的な原理を持たず」に個々の研究が孤立していた時代。第二期は「恣意的な仮説」あるいは「一方的な諸原理や個別的な観点」からギリシアが研究される時代。第三期は「全体の客観的な原理にしたがって」個体を秩序づけ、「全体の普遍妥当的な秩序を求め、見出す」時期。「美的革命」とはギリシア研究を全面的に改変する契機と言える。なお、『ギリシア人とローマ人の研究の価値について』においては「ギリシア人とローマ人の研究」は「偉大さの、高貴さの、善と美の、すなわち人間性の学校」であり、それは人類にとって「無限の価値」を有しているとされる。そして、この研究によってふたたび「自由な充満、活発な力、単純さ、均衡、調和、完全性」を創出すべきと考えられている。(I 639)

4.「美しいもの」と「関心をそそるもの」の融合としての模倣

シュレーゲルが、ギリシア文学の研究によってその全体を細部に至るまで知り尽くし、そこに浸透した対象の内的な精神を習得すべしと考えるのは、ギリシア文学という全体が、様々な構成要素が相互に関連し合った有機的構成を実現しているからである。彼は、全体の有機的構成の現象的形態を「美」と呼ぶが、有機的構成とは、個々の個体が平板に機械的に結合しているのではなく、それらが多面的・重層的に関係しあい、そのことによって初めて全体が構成されていることを意味している。したがってこの有機的構成のあり方を理解するためには、主体は多面的な視点や重層的な解釈を必要とする。しかし、近代人が主観的・一面的な関心に捉われている限り、こうした有機的全体性にある多面的な関係の認識へと到達することは不可能である。このようなシュレーゲルの洞察は、以下の美の規定の中にも示されている。

> 美は、[…] 諸要求や法則の強制から等しく独立していて、自由であるにもかかわらず必然的であり、完全に目的がないにもかかわらず無条件に合目的的な、関心を抱かずに得られる満足の普遍妥当的な対象である。(I 253)

明らかにカントの『判断力批判』を意識したこの短い規定の中には論じられるべきいくつかの重要な事柄が含まれている[16)]が、ここで論者は美と関心との関係のみに考察の範囲を限定しよう。美は、引用の後半部にあるように、何らかの関心を抱くことなくuninteressiert対象と接することによって獲得される満足の対象である。これは、対象を何らかの関心とともに捉えるならば、対象の美が感受されえないことを意味して

16) シュレーゲルのここでの美の規定には、『判断力批判』(1790) の「美の分析論」における趣味判断の四つの様式の内容が含まれているが、ただし、美の規定を「主観の判断」の領域のうちにとどめたカントに対して、シュレーゲルは美を客観性との密接な関連において考察しており、この点で彼はカント美学を大きく踏み越え、むしろシラーの美的教育論への親近性を示している。実際にシュレーゲルは『研究論』の別の箇所で美を「善きものの快適な現象」(I 288) と呼び、ゲーテの芸術によってなされる「道徳的革命」(I 262) の実現可能性を問うている。

いる。人為的形成において主観的関心が支配的になった近代的主体は、だから、この関心に捉われて一面的で限定された視野の中に閉じ込められており、その限りで現状ではギリシア文学の全体の美を感受することはできない。ゆえに、近代人がギリシア文学をいくら適切に模倣しようとしても、それは極めて困難である、というのが、『研究論』での近代模倣批判においてシュレーゲルが導き出した模倣における最大のジレンマである。

そもそも何らかの対象への関心とは、その対象が未知、あるいは未獲得であるからこそ生じる、対象への一種の欲望にほかならない。この欲望によって主体は対象に呪縛され、受動的な立場に立たざるを得ない。『研究論』でのシュレーゲルによる近代人の模倣への批判における最大の批判の対象は、こうした主観的関心に呪縛された主体の受動性である。この受動性から免れるためには、まずなにより対象への一面的な関心から解放されることが必要である。そのためには、未知・未獲得の対象を何らかの形で知り、獲得することが必要である。だからこそ、シュレーゲルは、模倣において、対象の全体を細部に至るまで熟知し、その本質を理解する作業が必要だと考える。「研究」と呼ばれるこの作業の中で、対象を熟読玩味し、対象と格闘し、対象を構成する多様な要素を熟知し、それら構成要素の多様な関係性を思いめぐらせることによって全体の構成――これが感性的に感受されると美として現れる――を把握し、その結果、対象の本質の理解へと接近し、ここで初めて対象の「全体の精神」の内面化（獲得）の可能性が生じるのである。少なくとも、こうした内面化の過程を経ることで、かつて持っていた対象への一方的な欲望・関心から主体は徐々に解放され、対象に対しての受動的な立ち位置は修正されることになり、主体は自由で自立的な立場へと接近することができる。[17] このような理由から、シュレーゲルは摸倣に際して対象全体の熟知を要求し、研究によってその全体の精神を理解することを要求しているのである。そして全体を熟知し、それが内面化されるのは、対象の全体への多面的な解釈においてであり、この過程の中で主体が一方的な関心の呪縛から解き放たれて自由な構えを獲得し、この自由な構えによって対象全体の有機的構成、すなわち「関心を抱かずに得られる満足の普遍妥当的な対象」としての美が感受可能となるのである。ここで美は、関心なき主体の構えの指標となっていると言えるが、先に見たように、模倣は、主体が「最高の自立性」を持ちながら対等な関係において対象と接することを前提としている。

ここに至って我々は、本稿の第一章末尾にて呈示された問いに対して一定の回答を見出すことができるだろう。すなわち、主観的関心に呪縛された近代的主体は、「研究」によってギリシア文学の全体を熟知し、理解することによって対象に対する受動的な立場から離れ、一定の自立性を得ることとなるが、この主体がこうした自由を獲得しているかどうかは、美の認識の可否によって確認される。シュレーゲルはギリシア文学の美を感知することで、主体自身も自由が獲得されると考える。したがって「美の伝達」と呼ばれたものは、美という実体的なものが与えられてそれを受け取るという構造をしていない。美とはギリシア文学を受容する主体の態度によって主体のうちに表象されるのであり、この態度によって芸術作品を産出するならば、その作品には同様の美が宿る、そのように考えられている。すなわちここで伝達される美とはあらかじめ自明なものではない。作品を受容する主体が自己の力で見出し、習得する作業の過程で主体と対象との間に生じてはじめて、美が感受されるのであり、ここでの模倣とは、かつてそうみなされていたような主体の受動的な行為ではない。それはむしろ、主体が自由を獲得する作業であり、あるいは逆に、主体が自由を保持しているからこそ模倣は可能となる、と言えるのである。

このように『研究論』でシュレーゲルが構想したギリシア文学の模倣を、他者受容と他者理解の観点から考えるならば、このギリシア文学の

17) こうした「関心」と「知」の相互関係によって獲得される自由をシュレーゲルは（フィヒテの用語を踏襲して）のちに「自己限定」（II 151）と呼ぶことになる。シュレーゲルの模倣概念の中心で大きな役割を果たしている、美の感受を通じての関心をめぐる弁証法的な構造はのちに構想されるイロニーの根幹に存在しており、シュレーゲルのロマン主義詩学の核心的な機能を担っている。このことについては稿をあらためて論じる予定である。

模倣は、主観的関心に捉われ、近視眼的な思考と認識に陥った近代人が、自己とは異質である自由で柔軟なギリシア人の精神を媒介にして、既存の自己を超えたより大きな自己を獲得する契機とみなすことができるだろう。ギリシア人が創出した様々な文学作品を近代人が熟知し、ギリシア人の精神に出来る限り包括的・多面的に触れる作業によって近代人自身が自己の持つ偏狭さから徐々に解き放たれ、ギリシア人の精神を理解していく。こうした他者の精神との接触によって近代人は自己の精神を相対化し、新たな自己を手に入れるのである。もとよりこの理解と模倣が完全なものとなり、近代人が古代人へと完全に回帰することはあり得ない。ここでのギリシア人の模倣はあくまでも媒介的な性格を有しており、シュレーゲルは、近代人が本来持っている主観的な関心の多様性を捨て去るのではなく、それを保持しつつ、自由な精神によって有機的に関連させることによって、近代文学を、ギリシア文学が到達した「芸術の相対的最大限」を超えて、「芸術の絶対的な最大限」(I 253 u. 288)へと接近させようとする。シュレーゲルは『研究論』で芸術の目標へのこうした漸進的接近の構造を記述した「完全化可能性の理論」(I 263)を構想する。彼はこうした近代文学の課題を、ギリシア文学の模倣を通じて実現しようとするが、しかし、同時に彼にとって、今までのギリシア研究とギリシア模倣において近代人はこうした自立性をまったく獲得していないのである。

今に至るまであまりにも頻繁にギリシア的な形式や器官の個別的なものだけが模倣されてきた。関心をそそるものの原理を古代人の文学へ転用することによって、古代人を近代化してきたのだ。また、ギリシアの芸術理論や個々のお気に入りの詩人に、ただ全体の精神にのみふさわしい権威が附与され、あるいはまた、そもそも天才や公衆、理論の正しさとともに存在しうる権威以上に大きな権威が附与されてきたのである。(I 331f.)

これまでのギリシア文学の模倣においては、関心に呪縛されて全体的な視野と自由な視点を得ることができず、よってその全体ではなく部分ばかりに関心が集中し、したがって「全体の精神」を理解することがないまま、その個別的部分ばかりを近代の文学作品の創出に応用してきた。すなわち、ギリシア文学の特性はほかならぬ「美しいもの」であるにかかわらず、近代人はこれまでギリシア文学を「美しいもの」の対極にある「関心をそそるもの」として捉え——このことは揶揄的に、「古代人を近代化している」と呼ばれている——、ギリシア文学の適切な模倣ができていなかったことを批判するのである。

特にこの点にかんしてシュレーゲルの念頭にあった批判の対象は、フランス美学である。彼は、フランス人たちは「知識や道徳や趣味の伝達」(I 361) にかんしても長らくドイツ人よりも「はるかにすぐれて」(I 362) おり、ギリシア文学の受容においては他のヨーロッパの先進国に比べて「より高い完全性に到達することが可能であった」(I 362) と考えていた。一方で同じフランス人は、ギリシア文学、特にギリシア悲劇を適切に受容し、その本質を模倣する条件がまったく整っていないと考えられている。「美的戯曲」は「形成の絶対的な範囲」を要求し、「民族的な制限や特性からの完全な自由」を要求するが、しかし、フランス人たちは、彼らの「新しい政治形式」ゆえにこれらの要求から「非常にかけ離れて」おり、フランス悲劇は「倒錯性の古典的な規範」(I 362f.) となった。啓蒙主義美学の形式的な古代模倣を基礎とするこのフランス悲劇——『研究論』ではラシーヌとヴォルテールの名が挙げられている——は「力や刺激や素材のない空疎な形式主義」(I 363) であり、その形式自体も「不合理で野蛮な機械装置」にすぎず、不可欠の「内的な生命原理と自然の有機的構成」を欠いていると言うのである。いずれにせよ、シュレーゲルはイギリス人やイタリア人と同様に、フランス人には「客観的な理論」も「古代文学の真の知識」も欠如していると考えており、それを獲得するために必要であるのは、彼らが「ドイツ人から学ぶ」ことが不可欠であるとしている (I 363)。

ドイツにおいて、そしてドイツにおいてのみ、美学とギリシア研究は、詩芸術と趣味の完全な改造を必然的に持たざるをえないような高みに到達した。[…] ギリシア研究のまったく新しい、そしてはるかに高い段階は、ドイツ人たちによってもたらされ、おそらくまだしばらくの間、ドイツ人の占有的な財産であり続けるだろう。(I 364)

次章では、当時のドイツのギリシア受容に最大のインパクトを与えたヴィンケルマンからシュレーゲルが何を受け継ぎ、何を乗り越えているのかを、「模倣」と「理解」との関係を考察することによって究明したい。

5. ヴィンケルマンの古代模倣と「理解」の概念

i.「古代的なものと近代的なものとの絶対的な差異」

1797年に出版された『研究論』の中でヴィンケルマンの名が挙げられるのは、ただ一度きりである(I 367)。しかし、シュレーゲルが、ギリシアの詩人を知悉し、真の芸術を希求する者が今後ドイツでさらに増えることへの希望を打ち明けながら、同論の末尾でおもむろにヴィンケルマンの名を口にするとき、彼は自分が『研究論』をヴィンケルマンへのオマージュとして書いたことを告白しているかのようである。なぜなら、『研究論』の「美的革命」にあるギリシア文学の模倣の構想は、ヴィンケルマンの古代研究、特に『絵画および彫刻におけるギリシアの作品の模倣についての考察』Gedanken über die Nachahmung der griechischen Werke in der Malerei und Bildhauerkunst(1755、以下『ギリシア美術模倣論』と略記する)における古代模倣と、その近代批判と古典古代への包括的な視点の点で大きな類似を見ることができるからである。当時、ローマ文化に重点が置かれていた古典古代の芸術観の中心をギリシアへと誘導し、新たなギリシア像を形成したヴィンケルマンによる一連の古代研究から霊感を受けて、同時代の古典主義的潮流に寄与していたのは確かにシュレーゲルだけではない。『研究論』で彼は、クロップシュトック、ヴィーラント、レッシング、ヘルダー、シラーらのドイツの詩人たちのギリシア受容によって、「我々の唯一の重要なライバル」

(I 366) であるフランス人の作り上げた古典古代観を大きく修正し、芸術観そのものを深化させ、そしてこの道のりが文学の完成への途上にあることを主張しており、シュレーゲル自身が構想する「美的革命」の実現可能性は、「関心をそそるものと美しいものとの、技巧的なものと客観的なものとの中間にいる」(I 261)、すなわち近代人と古代人との中間にいるゲーテという例証によって確証されている。こうしたドイツ古典主義の大きな潮流のただなかに立つ『研究論』執筆時のシュレーゲルが、同時代の古典古代文化の受容において他の詩人や哲学者から際立っているのは、その古代観の内容そのものに関してではない。古典古代なる他者を理解し、受容する仕方の点で、すなわち古代模倣あるいは「模倣」そのものの方法とこの概念の規定の点でシュレーゲルはヴィンケルマンから大きな影響を受けており、そのことによって彼が独特の新しい模倣概念を呈示しえていることに注目すべきである。それはヴィンケルマンが、「模倣」を「理解」の概念と密接に結びつけたことに関わっている。このことについて考えるためにまず、『研究論』完成よりあとに書かれた次の断章を見てみよう。

> すべての古代人たちをいわば一人の著者として読み、すべてのものを全体のうちに眺め、自分のすべての力をギリシア人に集中させたあの体系的なヴィンケルマンは、古代的なものと近代的なものとの絶対的な差異を知覚することによって実質的な古代学の最初の基礎を置いた。かつてあり、いまもあり、あるいはこれからもあるであろう古代的なものと近代的なものとの絶対的同一性という観点とその諸条件が見出されて初めて、少なくともこの学問の輪郭が作られ、しかるのちその方法的な詳細を想定することができるというものだ。(II 188f. AF 149、傍点引用者)

『研究論』完成から三年後の1798年に雑誌『アテネーウム』に掲載されたこの断章は、シュレーゲルがいかなる視点で古典古代を、そしてヴィンケルマンを見つめていたのかを明瞭に伝えている。この断章の前半で語られているのは、ヴィンケルマンは古代ギリシアで創出された様々な作品を個別的に考察するのではなく、それらを総合的に捉えて、その全体が「ギリシア人」という「一人の著者」によって創出され、したがってそれがこの著者の統一的な精神に貫かれているとみなしていることである。ギリシア文学に浸透したこの「全体の精神」こそが近代精神と徹底的に異なっているというのが、ヴィンケルマンの、そしてシュレーゲルの古代ギリシア観の基礎に横たわる基本的な認識である。ここで重要であるのは、この古代と近代の差異を、ヴィンケルマンとシュレーゲルはともに、芸術創造の原理の中に見ており、その意味で古典古代の芸術を近代芸術の他者として考えていることである。これは自明のことのように思われるが、実際はそうではない。本稿ですでに確認したように、シュレーゲルが既存の古代模倣を批判するのは、古典古代が全体の観点から捉えられず、したがって古代ギリシア全体と近代の本質との比較がなされずに、古代と近代の差異が差異として記述されないまま、古代文学の外面的で個別的な部分、いわば その非本質的な部分ばかりが注目され模倣されてきたことである。それはシュレーゲルが、ヴィンケルマン以前の大半の古代受容においては、ただ古典古代を芸術創出のための手段として捉え、十分な吟味と根拠づけをすることなく古典古代を同化しようとしていた、すなわち古典古代という他者は他者としては捉えられていなかったと考えていることを意味しており、だから彼はこうした個別的な視点ばかりから研究と模倣をして、古典古代を単に「近代化」しているにすぎないとみなし、これを古代模倣の倒錯的なあり方としたのである。

ii. 理解と模倣

ヴィンケルマンは、若い日からホメロスを始めとするギリシア作品を原語で読み、長きにわたって古典古代の造形芸術と関わり合い、そこに沈潜し、自己の全精力を古典古代に傾注した人物であり、このことによって彼は、ゲーテも指摘しているように[18)]、古代ギリシアの精神を自己の内に内面化しながら普遍的な人間性を獲得し、彼自身がいわば古代ギリシア人へと内的な変身を遂げたと言えるだろう。おそらくヴィンケルマンのこのような変身（模倣）を可能にしたのは彼自身の生来の資質だけではない。むしろ、若い日からの古典古代の愛好、ローマへの旅や一連の古代研究を含む古典古代への傾倒と集中によって、彼の内面にギリシア世界が再構成されたがゆえに、つまり内的にギリシア世界へ移行することができたゆえに、ヴィンケルマンは内的な古代人となったと言うことができるのではないか。その場合、彼の古代への没入の最大の成果の一つと言えるであろう『古代美術史』Geschichte der Kunst des Alterthums（1764）ではエジプトからギリシアを経てローマに至る古典古代の造形芸術の全体がその誕生から、成長期を経て、盛期に至ったのち、衰微していく歴史の大きな流れとともに大量の古今の文献の駆使と作品との対峙に基づいて有機的に捉えられ、体系的に詳述されることになった[19]。ここにあるのは、近代人であるヴィンケルマンが、様々な芸術作品からなる古典古代文化の巨大な全体を覆う統一的な原理を透徹した視点をもって究明し、古代人という他者の精神を理解しながら、そのことによって「美術そのものの本質」[20]に迫り、そのエッセンスを自分のものとしようとする強烈な志向とその実践である[21]。このような意味での古典古代の精神の「理解」がその「模倣」と大きな関係にあることをヴィンケルマンはすでに1755年に『ギリシア美術模倣論』の中で語っている。彼は同論で、近代人が「偉大になる、できれば他の模倣を許さ

18) ゲーテ「ヴィンケルマン」（1805）小栗浩訳（『ヘルダー　ゲーテ』責任編集登張正實、中央公論社、1979年、434頁以下）同論でゲーテは、ヴィンケルマン自身のギリシア的人間性を称賛している。

19) ヴィンケルマンは、『古代美術史』の「序」において同論を書く意図を、単なる歴史の羅列的叙述ではない「体系的学説の試み einen Versuch eines Lehrgebäudes を提供すること」と述べている。J. J. Winckelmann（Hrg. v. W. Rehm）: Kleine Schriften Vorreden Entwürfe. Berlin/New York. 2002 S. 235 邦訳はヴィンケルマン『ギリシア美術模倣論』（澤柳大五郎訳、座右宝刊行会、1976年）および『古代美術史』（中山典夫訳、中央公論美術出版、2001年）を参照した。

20) Winckelmann S. 235

21) 『古代美術史』と以前に書かれた『ギリシア美術模倣論』との間にあるヴィンケルマンの古典古代への視線の変化については、以下の論考を参照。大森淳史「古代への憧れ――ヴィンケルマンとその影響――」（神林恒道編著『叢書ドイツ観念論との対話　第3巻　芸術の射程』ミネルヴァ書房、1993年所収、32頁以下）

ぬ者となるための唯一の道」を「古代人の模倣」であるとした――ここでヴィンケルマンが古代模倣によって目指しているのと同様の近代人の目標を、シュレーゲルは『研究論』において近代文学が向かうべき「芸術の絶対的最大限」の理念とみなしている[22]――直後に、以下のように述べている。

ある人物がホメロスについて語ったこと、すなわちホメロスを十分に理解できる者こそが彼に感嘆することができるということは、古代人の、特にギリシア人の芸術作品にもまた妥当する。かのホメロスと同じくラオコーンが模倣しがたいことがわかるためには、まるで親友であるかのようにギリシア人と知己にならねばならない。そういう親密な交際がなされて、ゼウクシスのヘレナについてニコマコスのように判断を下すであろう。ニコマコスはヘレナを非難しようとする無知な男に向かって言った、「私の眼を手に入れよ、ヘレナは君にも一人の女神のように見えるであろう」と。[23]（傍点引用者）

近代人がギリシア人の傑作を前にして、それを模倣するためにはその作品に向き合い、ただその外面を観察するだけでは不十分である。そのためには、ギリシア人と親密に交わり、彼らの精神に肉薄し、この精神の本質――それは『ギリシア美術模倣論』の別の箇所では「姿勢と表情における高貴な単純さと静謐な偉大さ」[24]と呼ばれている――に精通し、

22) ラクー＝ラバルトはヘルダーリンを扱った論考（「ヘルダーリンとギリシア人」）の中でヴィンケルマンが見出した古代模倣にまつわるこのアポリアを近代人の「巨大な歴史的ダブル・バインド」と呼び、これにヘルダーリンの古代受容との関連で言及しているが、論者の考えではヘルダーリンと同様に、あるいはヘルダーリンより先鋭的な形でこのダブル・バインドに対峙しているのがシュレーゲルである。『研究論』の「美的革命」の中心には、このダブル・バインドが存在していると言ってよいだろう。しかし、この論考以前に、シュレーゲルらを中心に据えて、ジャン＝リュック・ナンシーと初期ロマン派の秀逸な共同研究（『文学の絶対者』Philippe Lacoue-Labarthe et Jean-Luc Nancy : L'absolu literaire. Editions du Seuil 1978）をおこなっているラクー＝ラバルトが、「古代模倣」とのかかわりでシュレーゲルについて言及していないのは不思議な印象を受ける。フィリップ・ラクー＝ラバルト『近代人の模倣』（大西雅一郎訳、みすず書房、2003年）101頁。

23) Winckelmann S. 29f.

習熟することが、すなわち古典古代の作品世界の全体を覆っているギリシア性を徹底的に理解することが必要である、ヴィンケルマンは上記の引用の中でホメロスの英語翻訳者であるポープを「ある人物」と呼んで彼の言を引きながら、そう主張する。ゼウクシスによって描かれたヘレナを理解するにはニコマコスの「眼」をもつべきであるように、近代人が真に古代人の作品を理解するためには、同じ精神を呼吸する古代人の「眼」を以て、すなわち、古代人の精神に内面化された遠近法と価値観を以て作品を見つめなければならない。引用箇所に続けてヴィンケルマンは、このような「古代人の眼」によって「よき趣味」を獲得した芸術家としてミケランジェロ、ラファエロ、プサンの名を挙げるが、こうしたギリシア性の包括的な理解とそこへの内面的な自己移入こそが、古代作品の個別的な素材や技法——アリストテレスの詩学理論を恣意的・断片的に適用し、悲劇における筋と時と場所の一致を規則化した三統一の法則のような——のみを取り入れた当時のフランスの擬古典主義やそれを継承したドイツの啓蒙主義の美学が主張した古代模倣の方法に決定的に欠けていた点であり、シュレーゲルがヴィンケルマンから受け取ったのは、こうした「理解」と密接に結び付いた新しい模倣の方法論である。『研究論』でシュレーゲルは次のように語っている。

　ギリシア文学を本来の意味においてまったく理解していない者は、ギリシア文学を正しく模倣することはできない。ギリシア文学がその全体像において研究されて初めて、ギリシア文学は哲学的に説明され、美学的に評価されうるのである。というのもギリシア文学はきわめて密接に結合されたひとつの全体だからであって、この全体の関連から外れれば、その最小の部分でさえも孤立した形では正しく把握し、判断することは不可能である。実際、全ギリシア的形成一般はただ全体像においてのみ認識され評価されうるひとつの全体だからである。芸術の精通者の根源的な才能のほかにも、ギリシア文学の歴史研究家は客観的な歴史哲学や客観的な芸術哲学の学問的な原則や概念をすでに

24) Winckelmann S. 43

身につけていなければならず、こうして初めてギリシア文学の諸原理や有機的構成を求め、かつ見出すことができるのである。すべてはこれらのことにかかっている。(I 347)

ここでシュレーゲルが「本来の意味」での「理解」[25] とみなすのは、対象の全体像の把握によってその諸原理と有機的構成を見出すことであり――この有機的構成を見出す過程において自己の同一的な価値観を揺るがせるのが模倣の大きな目的の一つである――、この意味で「理解」と「模倣」との関係は、ギリシア文学の外面よりも内面にある不可視の創造原理――それはときに「趣味」と、ときに「様式」や「精神」と呼ばれていた――の把握と内面化を目指したヴィンケルマンと同様の立場から語られている。そして我々は同時に、シュレーゲルがここでヴィンケルマンを超えた視点に立っていることに注目すべきである。シュレーゲルにとって古代の「理解」とはその「哲学的」ならびに「美学的」な理解を意味しており、ギリシア文学の「諸原理や有機的構成」を見出すためには、「ギリシア文学の歴史研究家」として、「客観的な歴史哲学や客観的な芸術哲学の学問的な原則や概念」を身につけていなければならない。このことは、ヴィンケルマンの関心がもっぱら古典古代と近代の差異に向かったのに対して、シュレーゲルがその眼を両者の連続性にも向けていたことと関係している。なぜなら、シュレーゲルは、近代人が古代人という他者を理解するためには、同時に近代人自身を知悉し、その上で古代人と近代人にある差異と共通点を探求し理解する必要があると考えるからである。この理解のためには、ギリシア文学の全体を単独に研究するのではなく、近代文学との対照において、すなわち両者の差異を歴史哲学的に比較・分析し、古代から近代への原理上の歴史的変化

25) シュレーゲルの思想の中で「理解」とは「批評」や「イロニー」などの主要な概念を理解するために、きわめて重要な概念である。そしてこれまでのシュレーゲル研究においては「理解」の概念が分析されるにあたって、主に1797年以降のテクストを中心として論じられてきた。『研究論』において「模倣」と不可分の関係にある「理解」は、ロマン主義思想における「理解」の概念を考察するためにも非常に示唆的である。すなわち、ロマン主義詩学の「理解」の概念は今後「模倣」の観点との関連において考える必要がある。

を捉えねばならない。そのために『研究論』でシュレーゲルは、「美しいもの」と「関心をそそるもの」という、ヴィンケルマンが知ることのなかったカントの超越論的哲学における美学上の対立を古代対近代のパラドックスと捉え、両者の融和のための方法として模倣を構想しているのである。シュレーゲルはこの点でヴィンケルマンの模倣を美学的に先鋭化させ、歴史哲学的・弁証法的な融合としての新しい古代模倣を理論化しているのである。

6. 結語

これまでに見てきたように、シュレーゲルが『研究論』で構想した「模倣」の概念は、「古代的なもの」と「近代的なもの」との間にある対立を融和させる弁証法的な総合として考えられていた。近代人が古代人という他者の全体をその細部に至るまで研究し、その美的本質を「理解」することによって可能となる古代人の模倣において、近代人は、回帰的に古代人になるのではなく、近代人の特性を維持しつつ、異質な古代人の特性を自己のうちに取り込むのであり、ここでの模倣は、主体が他者を媒介にしてより拡張された自己を獲得する契機として考えることができる。古代文学の単なる技法の応用にとどまった啓蒙主義における規範美学の模倣概念と比べてみた場合、シュレーゲルが呈示した模倣が新しさを持つ理由は、この弁証法的な融合だけではなく、それがヴィンケルマンの「理解」の概念の影響の下で、カントにおける「美と関心の対立関係」によってこの模倣概念が美学的・歴史哲学的に先鋭化されたからである。本稿はこのような形で古典古代研究期のシュレーゲルの模倣概念の輪郭づけをおこなったが、このことによって、彼の以降の思想における模倣の概念の展開を探求し、さらにこの模倣概念を中心契機として、シュレーゲルの思想全体をヨーロッパの詩学思想における模倣の概念の歴史的系譜の中に位置づけるための足場の一つを固めることができたのでは、と考える。

ある声の記憶としての旋律

―R・シューマンとベートーヴェンの《遥かなる恋人に寄す》―[1]

佐藤 英

突然心に浮かぶ旋律は、その積極的な意味を知らなくても、人の心に働きかける正当な理由を有したある思考の流れによって引き起こされ、かつまたその流れに属していることがわかります。（ジークムント・フロイト『精神分析入門』）[2]

序

ある研究者の示した解釈が、事実として定着してしまうことがある。1836年から1838年にかけて作曲されたシューマンの《幻想曲》作品17の場合、第１楽章の終結部にルートヴィヒ・ヴァン・ベートーヴェンの歌曲集《遥かなる恋人に寄す》からの一節「この歌を受け取ってほしい」が引用されていることに、こんにち疑念を抱く者はいない。ところが、シューマンがこの一節をベートーヴェンに由来していると言ったことは、一度もなかった。2003年に刊行された『シューマン作品目録』によると、この説はヘルマン・アーベルトのシューマン伝においてはじめて示されたという[3]。このシューマン伝は1901年の初版刊行後、1910年の第２版

1 本稿は、早稲田ドイツ語学・文学会における発表「「声」の記憶――ローベルト・シューマンの《幻想曲》再考――」（2007年９月29日）の原稿に、大幅な加筆・修正を施したものである。

2 Siegmund Freud: Vorlesungen zur Einführung in die Psychoanalyse und Neue Folge（Studienausgabe Bd.I）. Frankfurt a.M.（Fischer）1969, S.123. 訳出に際しては、高橋義孝・坂下幸三訳（新潮社）を参照した。

3 Margit L. McCorkle（Hrsg.）: Robert Schumann. Thematisch-Bibliographisches Werkverzeichnis. Mainz u. a.O.（Schott）2003, S.75.

で大幅な加筆・修正が施された。《幻想曲》における《遥かなる恋人に寄す》からの引用についての話題は、この第２版から登場したのである。

アーベルトが注目したのは、第１楽章の主題が楽章の最後に登場するこの作品の特殊な構造である。そして、「終結部はやるせない諦めのように響く。シューマンがここで、すでに第14小節に以下のように現れていたベートーヴェンの《遥かなる恋人》を再び呼び出したのは、確かに意図のないことではなかった」と述べ、問題のフレーズの譜例を掲げた[4]。以後、この見解はこんにちに至るまで脈々と生き続けている。一例として、ニコラス・マーストンの研究を見てみよう。彼は《幻想曲》に関する著作の第３章「《幻想曲》における引喩《アリュージョン》と引用」において、例の旋律の意味について考察している。そこで彼は件の旋律について、《遥かなる恋人に寄す》の「この歌を受け取ってほしい」というオリジナルの歌詞に、クララ・ヴィークに対するシューマンの恋心を認めたのである[5]。

件の旋律を２つの歌曲との関連性において把握したことにより、マーストンがシューマンの音楽の多様性へと踏み込むことに成功した点は評価に値しよう。しかし、シューマンの他の作品を見渡したうえで、問題の旋律の意味を考察することも、あってよかったのではないか。なぜならこれによく似た旋律が、シューマンの作品には数多く認められるからである。例えば、《クライスレリアーナ》（1838年）の第２曲と第３曲、《夜曲》（1839年）の第４曲、1854年にまとめられた作品集《音楽帳》の

4 Hermann Abert: Robert Schumann. 2. Aufl. Berlin（Verlaggesellschaft Harmonie）1910, S.64. アーベルトがここで「再び」と述べたのは、シューマンの《６つの間奏曲》作品４の第６曲に《遥かなる恋人に寄す》の引用があることを知っていたためである。アーベルトは《６つの間奏曲》において引用された《遥かなる恋人に寄す》からの旋律が、具体的にどこであるかについて言及していないが、おそらく《遥かなる恋人に寄す》の第５～７小節のことを言っているものと思われる。歌詞が５番まである有節歌曲であるため、ベートーヴェンのオリジナルにおいて当該の個所は５回、歌われることになる。Helmut Loos（Hrsg.）: Robert Schumann. Interpretationen seiner Werke（２ Bände）. Laaber（Laaber）2005, Bd.I, S.27.

5 Nicholas Marston: Schumann: Fantasie, Op.17. Cambridge（Cambridge University Press）1992, pp.34-42. マーストンは、問題の旋律について、ベートーヴェンの《遥かなる恋人に寄す》に加え、フランツ・シューベルトの《音楽に寄す》との類似性も認めている。「より良い世界へと誘ってくれた」というシューベルトの歌曲の歌詞に、音楽に慰められたと述べた1836年７月２日の手紙を関連付けたのである。

第８曲〈終わることのない悲しみ〉(1837年作曲)、弦楽四重奏曲第２番のフィナーレ(1842年)、交響曲第２番(1845/46年)の第４楽章のコーダ、交響曲第３番《ライン》(1850年)の終楽章の主題などがそれである。注目したいのは、《クライスレリアーナ》や《夜曲》のように、この旋律が思い出したように突如登場してきたり、先の２曲の交響曲のように、作品のクライマックスを形作る性格を担わされていることである。この事実は、シューマンにとってこの旋律が大きな意味を持っていたことを示している。他の作曲家の作品からの引用という性格と、それが転じてシューマン独自の音楽語法のひとつになるという性格とを、問題の旋律が併せ持っていたと考えてよいのではないかと思う。こうした疑問点について、マーストンは何も答えてくれないのである。

本稿では、問題の旋律をベートーヴェンの歌曲集《遥かなる恋人に寄す》と看做す見解をさしあたりの出発点として、作品の成立に際してのシューマンの心理状況を知る資料が多く残されている1830年代の音楽作品を中心に、深層心理的解釈を行いたい。《遥かなる恋人に寄す》をめぐるシューマンの体験のうちに、そうした解釈を促す材料が多く存在しているためである。この歌曲をめぐるシューマンの最初の体験は、1828年11月20日に遡ることができる。当時ライプツィヒ大学の医学部教授を務めたエルンスト・アウグスト・カールスの家でこの曲の演奏が行なわれた時、その場にシューマンが居合わせていたのである(TBI, 146)[6]。さまざまな状況証拠から、この体験が彼に強く残すものがあったと推測される。この時の記憶、あるいはそこから連想されてくるさまざまな記憶がフラッシュバックしたからこそ、それと一体になっている問題の旋

6　シューマンの一次文献からの引用は、以下の文献からのものについては本文中の括弧内に略称、複数の巻からなるものについてはローマ数字で巻数、ならびにページを示す。BNF=Robert Schumanns Briefe. Neue Folge. Hrsg. von Gustav Jansen. Leipzig (Breitkopf und Härtel) 1904. / BW=Clara und Robert Schumann: Briefwechsel. Kritische Gesamtausgabe. Hrsg. von Eva Weissweiler, Basel u. Frankfurt a. M. (Stroemfeld/Roter Stern) 1984-2001. / JB=Jugendbriefe von Robert Schumann. Hrsg. von Clara Schumann. Leipzig (Breitkopf und Härtel) 1885. / TB=Robert Schumann: Tagebücher. Hrsg. von Georg Eismann. Leipzig (VEB Deutscher Verlag für Musik) 1971-1987.

律が、さまざまな作品の中に幾度も現れてくるのではないだろうか。冒頭にモットーとして掲げたフロイトの『精神分析入門』の一節に記されている「ある思考の流れ」がシューマンにもあったことを、本稿は示すことになるのである。

I

シューマンが《幻想曲》に《遥かなる恋人に寄す》との関連を認めたことはなかったものの、作品成立の際の自身の心情について言及する機会は多かった。最初に確認したいのは、クラーラ・ヴィークに宛てた1838年6月9日の手紙である。この手紙においてシューマンの関心は問題の旋律へと向けられている。彼はそれとよく似た旋律を実際に書き出して、「この曲の中で僕が気に入っているのはこの旋律なのだ」(BWII, 562) と言っている。次いで彼は、《幻想曲》の冒頭にモットーとして引用したフリードリヒ・シュレーゲルの詩の一節[7]にある「音Ton」に注意を向け、これはクラーラだと仄めかしている (BWII, 562)[8]。この作

7 シューマンがモットーとして掲げたのは、シュレーゲルの詩「茂み Die Gebüsche」から最後の4行(「すべての音を通して/地上の多彩な夢のうちに/静かな音が響き続ける/密かに耳を傾ける者のために」)である。Friedrich Schlegel : Dichtungen. Kritische Friedrich-Schlegel- Ausgabe Bd. 5. Hrsg. von Hans Eichner. München, Paderborn u. Wien (Verlag Ferdinand Schöningh) 1962, S.191.

8 シューマンの《幻想曲》の第1楽章は、楽章の最後に主要主題が登場するという、特殊な構造を持っている。当初シューマンは、3楽章からなる作品全体を有機的に結びつけるために、問題の旋律を第3楽章の最後で再び回想させることを考えていた。この第3楽章には手が加えられ、問題の旋律の代わりに現在の終結部が作曲された。この最終的な手直しの時点で、シュレーゲルのモットーが曲の冒頭に掲げたと考えられる。作品の有機的な構造を明確に示す当初の第3楽章の終結部がシュレーゲルのモットーに取って変えられたということは、このモットーが作品構成に大きくかかわっていることを暗示している。このような観点に基づきながらモットーを解題すると、以下のようになろう。すなわち、たとえ第1楽章の曲中に主要主題のさまざまなヴァリエーション(「地上の多彩な夢」)が登場しようとも、この楽章のさまざまな旋律の中で(「すべての音を通して」)、一つの主題が鳴り渡っている(「静かな音が響き続ける」)。そうした作品の主要主題(「静かな音」)を、作品を虚心に理解しようとする人(「密かに耳を傾ける者」)は見つけ出すことができる。この解釈に基づくならば、手紙で言及されたシュレーゲルのモットーにおける「音」の「クラーラ」とは、この作品の第1楽章の主要主題、つまり本稿において問題とするところの旋律ということになるのである。

品についての証言は、これ以外にもある。彼女に宛てた1838年３月18日の手紙において彼は、1836年６月に《幻想曲》の第１楽章を「きみを想う深い悲しみ」（BWI, 126）の中で作曲したと告げた。この時期の陰鬱な気分は《幻想曲》の作曲に強く影響したと見え、この作品の出版を目前にした1839年１月25日にも彼は彼女に対し、「僕たちの不幸な別離の間に書いたもので、過度にメランコリックな調子を帯びている」（BWII, 368）と書き送っている。彼が作品成立の時期とした上記の年月は、クラーラに求婚した彼が、彼女の父フリードリヒ・ヴィークによって彼女との面会を禁じられるばかりか、娘を奪われまいと躍起になった父親の激しい誹謗中傷により精神的苦痛を受けていた時期と一致している。

このように、シューマン自身の証言と伝記的事実が一致していることを踏まると、強いられた別離という哀愁漂う問題の旋律は、彼女を喪失する恐怖の象徴であることがわかる。ここで思うべきは、ちょうどこの頃、〈終わることのない悲しみ〉が書かれたことだ。その主要主題は、件の旋律のヴァリエーションである。作品のタイトルに注目したい。彼自身が1839年３月15日に語ったところによると、「私の作曲のすべてのタイトルは、作品をすっかり書き上げてしまったあとでようやく頭に浮かぶ」（BNF, 148）という。こうしたタイトルの命名の仕方に従うならば、彼は問題の旋律に事後的に「悲しみ」を聴き取ったことになる。ここには当人の自覚以上に、「悲しみ」が滲みだしているのだ。

さて、《クライスレリアーナ》に関しても、この作品の成立にクラーラ・ヴィークがインスピレーションを与えたと、1838年４月14日の手紙において言われている。「この曲の中では、きみ自身ときみの姿が主役を演じている」（BWI, 138）。この発言は、愛の喪失という潜在的恐怖に取り憑かれた創作が《クライスレリアーナ》においても行われていた可能性を示している。この裏付けは、先の記述の直後に記されている。自身の内奥から生み出されたこの音楽を好んでいると告げた後、シューマンは彼女の傍らでピアノを弾きたいという将来の願望を語り始めている。ところが、彼女との結婚という甘い夢を語った後、彼は突然、悪夢について語り出すのである。

けれども僕は、この前の夜のことをきみに話そうと思う。僕は目が覚め、もはや寝付けなくなってしまった。きみときみの魂と夢の生活へと深く考えをめぐらせたものだから、僕は突然力の限り、「クララ」ときみの名前を叫んだ。そのとき、非常にはっきりと、僕のそばにいるように「ローベルト、私はあなたのそばよ」と言う声を聞いた。けれども、幽霊が大平原を越えてたがいに行き来しているような、ある種の恐怖に襲われた。こんなことを二度としない、こんな呼びかけをするなんてことは。(BWI, 138)

シューマンの愛が激しさを増すにつれ、それを失うかもしれないという恐怖がもたらす「悲しみ」は深さを増す。当然、作品はその心境を色濃く映し出し始める。彼は1838年８月３日付の手紙において、クララにこう言う。「僕の《クライスレリアーナ》を時々弾いてもらいたい。この作品の中の数小節には、とても激しい愛がある。きみの生活、僕の生活、それにきみの数々の眼差しも」(BWI, 219) と。この「激しい愛情」が込められている「数小節」が果たしてどこなのかについては、伝えられていない。だが、第２曲の最後の４小節（第162小節から第165小節）に思い出したように付け加えられる旋律を、《幻想曲》の時にクララのモットーとして提示されたメロディーと取れば、《クライスレリアーナ》と《幻想曲》に共通するシューマンの想いを汲み取れるように思われる。また、《クライスレリアーナ》第３曲の第44小節から第48小節に問題の旋律が登場するのも、当時のシューマンの潜在的不安を反映したものと考えられるのだ。

クララとの関係から問題の旋律が登場する作品にアプローチできるのは、ここまでである。《夜曲》の場合、1839年３月24日から27日にかけて、兄の死の予感が生み出した「葬列、棺、不幸な絶望した人々」のイメージの中で作曲されている。当初は、曲が出来上がった後で「葬列の幻想」と命名されるほど、その印象が曲に強く反映されていたのである（BWII, 473; TBII, 89）。ここでは、第４曲の「リタルダント」という記号によって明確に聴き取られる箇所（第30小節から第31小節、ならびに第35小節から第36小節）に、問題の旋律が突然登場してくる。《幻想曲》、《クライスレリアーナ》、《夜曲》に共通するところがあるとすれば、これらの作品はいずれも、シューマンの思い入れのある対象を失うかもしれないという恐怖に直面した時に作曲されているということだ。そうした心情と例の旋律が結びついているとするならば、《夜曲》の問題の個所も、彼の脳裏から離れない暗い葬儀のイメージに引き寄せられた結果であったと解せよう。

Ⅱ

クラーラ問題から対象喪失の恐怖へと結論を急ぐあまり、シューマンの意識の流れを追う作業が手薄になってしまったようだ。先に引用した、悪夢が言及された手紙について、ふたたび考えてみよう。これは、約一か月の間に書きためられた、批判版往復手紙集にして全部で24ページに及ぶ長大な手紙の一部である[9]。この分量は、いささかシューマンの饒舌が過ぎるように思われる向きもあるかもしれない。しかしライプツィヒからクラーラの滞在先グラーツに宛てて送られた事実が示すように、それが遠く離れた二人を結ぶ、重要なコミュニケーション手段であったことを忘れてはならない。クラーラへの熱烈な愛、両者が解決しなければならない現実的問題、音楽作品や文学の話など、彼は多くの話題をここに書きつけた。第三者と話題を共有することなど全く念頭に置かず、思いついたことから自由な連想を展開したからこそ、この手紙が彼の思考におけるイメージの移り変わりを垣間見せることになったと考えられ

9　問題の手紙の内訳は、最初の２日は朝・昼の２回分、３日目は朝・昼・晩の３回分、16～25日のうちの７日間は１日１回分、それに５月９日の追加として書かれた走り書きである。４月25日、さらに追加として書かれた５月９日の末尾にそれぞれ署名が記されていることから、１か月分の手紙がまとめて発送されたと推測される。シューマンがクラーラに宛てた手紙は、概して長文である。1838年１月から５月までの間は特にその傾向がはなはだしく、一度に発送する手紙の分量が批判校訂版にして10ページを下ることはなかったが、24ページという分量はそれらの中でも最大級の長さを誇る。

るのだ。

問題の悪夢が登場する箇所において注目すべきは、クラーラの麗しい姿からの連想が、彼岸世界の描写へと至っている点である。しかも、彼女が幽霊のような存在になってしまうことが、それこそ「夢」として語られているのだ。クラーラとの幸福な生活についての理想を語ったあと、わざわざ「悪夢」について言及しなければならない必然性は特にない。それゆえにここで読むべきは、シューマンがクラーラについて想いをはせた時、潜在的に抱えていた彼女を失うのではないかという不安が、一時の幸福感情を押しのけてしまうほどに強くなってしまうということである。

しかし、婚約の願望を語った後に、相手に伝えなくてもよさそうな「悪夢」の話題を言い出さずにはいられなくなってしまうシューマンのメンタリティーには、彼の思考プロセスの一端が映し出されているのではないだろうか。つまり、幸福な話題に話が及んだとしても、それを打ち消すようなマイナス要素に考えが及んでしまうのである。例えば、《幻想小品集》の第８曲「歌の終わりに」についての彼の発言にも、そうした発想が見て取れる。クラーラ宛ての1838年３月19日の手紙によると、この作品は、「最終的にすべてが楽しい結婚式へと溶け込んでしまう――けれども、終結部においてきみを想う苦悩が回帰してきて、結婚式と葬儀の鐘が一緒に鳴る」（BWI, 121）という。彼が彼女との結婚という幸福へと思いを巡らすと、それを葬り去る反作用として、死が連想されてしまうのである。

同様のことは、シューマンが熱狂したジャン・パウルについても言える。この作家の作品はシューマンにとって、作曲や音楽評論のための模範というだけではなかった[10]。例えば、シューベルトの交響曲ハ長調《グレート》の批評において、「ジャン・パウルの４巻の大部な小説」を「天国的な長さ」[11]と評したことに端的に認められるように、この作家の

10　1839年にシューマンは、「私は対位法について、音楽の先生からよりも、ジャン・パウルから多くを学びました」（BNF, 149）と書いている。

11　Robert Schumann : Gesammelte Schriften über Musik und Musiker, Leipzig 1854 (Georg Wingand´s Verlag), Bd.3, S.201.

作品を読んだ時に得られる至福の境地も、シューマンにとっては重要だったのである。ところがこうした読書体験も、彼に不安の種を植え付けた。ギスベルト・ローゼンに宛てた1828年6月5日の手紙において、シューマンは次のように書いている。

もし全世界がジャン・パウルを読めば、たしかに世界はよくなるのだろう。けれども、いっそう不幸せになるかもしれない――彼はしばしば僕を狂気に近づけた。しかし、平和の虹と人間的な精神がいつもやさしく涙の上にただよっていて、心はいつもふしぎに高められ、穏やかに輝くのだ。(BNF, 5 ［強調は引用者］)

ジャン・パウルの作品のうちに背反する二つの性格を見出していることには、複数の視点で物事を見ようとする、他ならぬ当のジャン・パウルのフモールを認めることができるかもしれない。だが、フモールの実践といった理性的行為では割り切れない側面が、すでにここに認められることも事実である。ここで言われている「不幸せ」とは、それに続けてジャン・パウルによって達成される麗しい「世界」が言及されていることから推測するに、熱狂のあとに襲ってくる絶望的なまでの虚しさと考えられる。ところがシューマンは、そのやるせない気分を「狂気」と呼んでいる。シューマンにとって「理性」が自分を自分たらしめるものとして重要であるなら[12]、妄想の歯止めが利かなくなる「狂気」の状態は、最も好ましくない精神状態であるはずである。ところが、ジャン・パウルの読書体験で得られた幸福感を思った瞬間に、シューマンは反射的にそうした精神状況のことを考えてしまっている。つまりここでも、対象への思い入れが強くなった場合、それを失う恐怖にとりつかれてしまうという、シューマンのメンタリティーが認められるのである。

こうしたシューマンの思考のあり方は、手紙などの文字情報だけが示

12 シューマンは1833年10月に、兄の妻ロザーリエの訃報に接した時、「天が罰として与えることのできるもっともおそろしい考え――理性をなくしてしまうという考え」にとりつかれ、「考えることができなくなったらどうなるのだろうと思うと、息もできなくなった」(BWI, 95)。

すことができるものなのであろうか。フリードリヒ・キットラーがエミール・シュトラウスの小説の分析に際して援用したアドルフ・クスマウルの説によると、言語障害が生じた場合でも音楽を書くことは可能であるという[13]。このことに着目すると、音楽は言語に代わるものとして、意識の流れを反映し得るものと看做すことができる。シューマンの音楽作品について語られるもののなかで、意識の問題を嗅ぎつける向きが少なくないのは、おそらくは音楽の持つそうした力ゆえと考えられる。例えばヘルマン・ヘッセは、1948年のエッセイ「シューマンの音楽について」において、シューマンの作風における移ろいをこう指摘している。「それは天気のよい日の風。陽気で、いろいろと思いつくことが多く、お喋りに興じたと思ったら、今度は走ったり踊ったりすることに喜びを見る」[14]。これと同様の結論を得たのはロラン・バルトだが、それを裏付ける手法はヘッセより巧みである。彼はほかならぬ《クライスレリアーナ》の分析を通じ、一つの主題が長く展開されず、常に新しい要素が加えられてくるシューマンの作風を、「間奏曲《インテルメッツォ》」の連続体として捉えた。そうした音楽を生み出したシューマンは、バルトによると「落ち着きのない身体」の持ち主であるということになるのだが、それは本稿において試みたように、手紙の分析によっても確認できるのである[15]。

Ⅲ

シューマンの関心が一点にとどまらない「落ち着きのない身体」という観点は、《遥かなる恋人に寄す》からの問題の旋律について考える場合、特に有効であるように思われる。すでに述べたように、その旋律は突然登場してくるのだから、バルトが言う意味での「間奏曲」のひとつを形作っていることになるからである。

13 Vgl. Friedrich Kittler : Aufschreibesysteme 1800・1900. 4. Aufl. München（Wilhelm Fink）2003, S.327.

14 Volker Michels（Hrsg.）: Hermann Hesse. Musik. Frankfurt a. M.（Suhrkamp）1976, S.74.

15 ロラン・バルト（沢崎浩平訳）『第三の意味』（みすず書房、1984年）、236～237頁。バルトのシューマン理解は、ジル・ドゥルーズに継承されている。ジル・ドゥルーズ、クレール・パルネ（田村毅訳）『ドゥルーズの思想』（大修館書店、1980年）、148～150頁。

さて、既に考察したように、1830年代のシューマンの音楽において例の旋律は、彼の潜在的な不安と大いに関係している。しからば、《遥かなる恋人に寄す》の音楽体験には、どのような記憶が結び付けられていたかを探らねばなるまい。まず確認しなくてはならないのは、シューマンが《遥かなる恋人に寄す》をどのようにして知ったかである。すでに述べたとおり、彼はこの曲を、1828年11月20日にカールス家で行われた夜会において耳にしている（TBI, 146）。このとき同席していたのが、アグネス・カールスだった[16]。シューマンより８歳年上のこの女性は当家の主人の妻で、《遥かなる恋人に寄す》を歌ったのも彼女だろう。当日の印象をシューマンは詳しく書き記してはいないが、作品のクライマックスで「この歌を受け取ってほしい」と歌う彼女の歌声は、シューマンの記憶に強烈な印象を残したと考えられる。1827年の最初の出会い以来、彼は彼女の歌声に強く魅せられていたからである[17]。

しかし、シューマンの心を捉えたのは、彼女の歌声ばかりではなかった。「今、僕ははじめて、純粋で最高の愛を感じています」（JB, ２）――こう告白したエミール・フレヒジヒ宛ての手紙（1827年７月）が示すように、シューマンは彼女の存在そのものに強く惹かれていた。しかし、エルンスト・アウグスト・カールスの妻に対する恋の行く末がどうなるか、彼はわかっていた。険しい山の頂に咲く「天国のバラ」（JB, ３）に手を伸ばそうとしても手が届かない、けれどもそれを崇めていられたら幸福だ――アグネスになぞらえながらこのように夢見心地に語るぐらいだ

16　ヴィルヘルム・ヨーゼフ・フォン・ヴァジエレフスキのシューマン伝以降、先行研究においてシューマンのアグネス問題が言及される機会は少なくない。しかし、この問題をシューマンのトラウマと解する、本稿において試みるような研究は、目下のところ存在しないようである。

17　歌に秀でたアグネスがシューベルトを歌い、シューマンの心を強く捉えた。Ernst Burger: Robert Schumann. Eine Lebenschronik in Bildern und Dokumenten. Mainz (Schott) 1999, S.48.　1820年代のシューマンの音楽的体験については、以下のシューマン自身の手による記録も参照。 Neue Ausgabe sämtlicher Werke Robert Schumanns. Hrsg. von der Robert-Schumann- Gesellschaft Düsseldorf durch Akio Mayeda und Klaus Wolfgang Niemöller in Verbindung mit dem Robert-Schumann-Haus Zwickau. Serie IV : Bühnen- und Chorwerke mit Orchester. Werkgruppe 3: Gestliche Werke. Bd.1-1. Hrsg. von Brigitte Kohnz und Matthias Wendt, Mainz u. a.O. (Schott) 2000, S.114-122.

から、彼は自分の立場をわきまえ、プラトニックな恋をするつもりでいたのである。実際、日記の記述は、芸術的な関心を共有した穏やかな交流が二人の間で続いたことを窺わせるにすぎない（TBI, 89, 117, 119, 146, 153など）。しかし、交流が盛んになれば、当然それでは済まなくなるのが人情というものだ。シューマンは1828年３月24日にフレヒジヒに宛てた手紙から彼女を賛美する一節を（TBI, 86）、さらに同年６月５日の彼女の誕生日に贈った恋の歌を（TBI, 90f.）、日記に書き写す。ここには、刹那的に過ぎて行く青春時代の美しい瞬間を留めたいという意識が認められよう。しかし、彼女への恋を書き写すという行為は、逆にその存在を脳裡に強烈に刻みつけたようである。「ベッドへ行って、彼女の夢を見ることにしよう、お休みアグネス」（TBI, 94）と念じると彼女が夢に登場するようになり（TBI, 117など）、「夜の12時」に「いま彼女はまどろんでいるだろう」と考えると、「うまく即興演奏」できた。「なぜなら彼女は僕のファンタジーの中で生きていたのであり、音の天国のすべては彼女とともにあったから」（TBI, 94）。

ところが、1829年１月22日、アグネスへの恋心に清算をつけねばならない現実にシューマンは直面した。彼は、彼女の「小さな、美しくない、波打つお腹」に気づいた。彼女は妊娠していたのである。先の日記の記述に続け、彼はひとこと「ひどい」と書き綴っている（TBI, 168）。これから後は、日記から気楽さが消え失せている。２月15日にカールス家を訪問し、「愛しい」アグネスの歌によってであろう、ヴェーバーとシューベルトの歌曲の演奏が実現したまさにその夜、彼は「夜の間中永遠にやまない音楽」に悩まされ、「不快極まる睡眠」をとる破目になったのだ（TBI, 174）。昼間の音楽の記憶が、フロイトの言う意味での「昼の名残」[18]になったと考えるならば、そこで奏でられた音楽とは、願望と報われぬ現実との相克が織りなす響きに他ならない。この３日後にも彼は、「呪わしい存在」（TBI, 174）、さらに「不快な呪わしい夜」（TBI, 175）と書いている。こうした一連の記述は、彼が心理的に追いつめられていたことを暗示している。その辛さゆえ、２月22日の夜に見たアグ

18 Siegmund Freud : op.cit., S.229.

ネスの夢は「天国的」(TBI, 175) に、さらにその翌晩の彼女の夢も「美しい、美しい」(TBI, 176) ものに思えてきたのである。

3月4日にカールス家で催された夜会において、「彼女がもうすっかり母親のようになっている」(TBI, 178) ことを認めた後、シューマンがアグネスと直接話す機会は、彼女が次第に身重になったためか、ほとんどなくなってしまったようである。例えば、3月20日には「天国的な一日！　午後、彼女が開いた窓の脇に、黒い服を着た彼女がいた」(TBI, 182) とあり、これから後はもっぱら窓辺の「彼女」を目撃したという事実報告に限られている[19]。しかし彼は、4月12日にトーマス教会において、「聖歌集を持った彼女」(TBI, 188) に遭遇した。その時、祈りを捧げる彼女の姿は、彼に「敬虔な聖母マリアのような眼差し」(TBI, 188) のような印象を抱かせた。これが彼女を断念する契機になったのである[20]。その日、「苦痛と諦め」(TBI, 188) が彼の心を支配し、

19 ジョン・ワーゼンはシューマンの日記に「彼女」として記された女性をアグネスとは別人と解しているが、この見解には同意できない。ワーゼンのアグネス解釈の基本は、シューマンが幼少のころから恋多き人物であったことを前提に、アグネスをシューマンの理想の女性の一人として位置付けることである。ワーゼンによれば、シューマンがアグネスを現実に生きる一人の女性として認識する契機は、1828年12月15日のカールス家の夜会において、「彼女が退屈している」のを目にした時であった (TBI, 156)。これ以後、シューマンの日記にアグネスの名前が登場する機会が減少してくるが、ワーゼンはその理由を、シューマンの彼女に心酔する気持ちが薄れてきたこと、加えて、日記に「彼女」として記された無名の女性に心を奪われたことに求めた。ゆえに本稿でも後に引用する1829年4月末の手紙の一節「美しい、朗らかな、敬虔な女性の魂」も、無名の「彼女」というのがワーゼンの見解である。彼の解釈の問題点は、シューマンがアグネスの妊娠に失望した一件を完全に看過している点にある。この一件を契機にシューマンの内面に変化が生じたという観点に立つならば、代名詞表記に代えられたアグネスの一節から浮かび上がるのは、彼女への親愛の情を無理やり抑え込み、対象との距離を保とうともがき苦しむシューマンの姿である。シューマンのこうした内定葛藤を想定することにより、アグネスの妊娠の一件から先の「敬虔な女性」の記述までをひと連なりに解することが可能になる。Vgl. John Worthen: Robert Schumann. Life and Death of a Musician. New Haven and London (Yale University Press) 2007, p. 21.

20 聖母マリアと恋人を同一化したときに失恋を自覚するという発想は、シューマンが自身の作品において好んだ主題の一つである。歌曲集《詩人の恋》と歌劇《ゲノフェーファ》におけるこの問題は、以下の拙稿において詳しく論じた。拙稿「聖母の恩寵――ローベルト・シューマンのオペラ《ゲノフェーファ》の台本をめぐる試論――」(早稲田大学大学院文学研究科ドイツ文学専攻 Angelus Novus 会編『Angelus Novus』第34号、2007年、1～42頁)

かねてからのハイデルベルク遊学計画実行の決断をしたと見える。4月15日から5月6日にかけて故郷ツヴィッカウに一時帰省した後、5月11日の午後7時、「美しい、朗らかな、敬虔な女性の魂」(BNF, 14) と袂を分かつべく、彼はライプツィヒを後にしたのだった。

ところが、ほぼ2年にわたって心の拠り所にしたアグネスの存在が、シューマンの心からすぐに消え去ることはなかった。1830年2月3日には「美しい、素晴らしいアグネスの夢」(TBI, 225) を見ているし、またイタリア旅行中に見た「ボンネットのきれいな女性」は「ライプツィヒのアグネスのように」(TBI, 268) しか思えなかったというのである。彼の心の傷の深さは、1832年5月9日の両者の久々の対面に際しても露呈した。彼はこの時、「頭が混乱し、真面目くさって、棒っきれのように」なってしまった。そして彼女が「もうこれ以上言うことは何もありません」と「冷たく、強い調子で、慇懃に」話したことが気にかかり、「一晩中、不愉快な思いを感じた」のである (TBI, 386)。

その後も彼は、1838年5月のようにアグネスに会う機会はあり (TBII, 55)、そのたびごとに古い感傷に浸ったようだ。1839年4月17日、彼女の訃報に際した時、彼はクララ・ヴィークにこう告げている。「僕は彼女をかつて無我夢中で愛した。それは、ジャン・パウルに熱中した時代のことだった。奇妙なことに、その後もどこかで彼女を見かけた時にも、古い情熱が再び沸き起こった。彼女は僕の理想の女性だった。あらゆる意味であまりに女性的で、あまりにやさしく愛らしかったから」(BWII, 488) と。結婚への実現に向けて尽くしていたフィアンセに向けることばとして、これはあまりに残酷であるかもしれない。だが、これに続けて「次々に人が死んでゆく」(BWII, 488) と書いているように、シューマンはこのとき身近な者の死を相次いで経験していた (《夜曲》のところで言及した兄エードゥアルトの死も、この年の4月の出来事である)。それに、そもそも「死」という体験そのものがシューマンにとっては大きな不安材料であった[21]。そうした精神状況ゆえに、彼は冷静さを失っていたのだろう。アグネスの古い記憶について話す相手として妥当ではなかったにもかかわらず、話題にしなくてもいいことまでクラーラに書いてしまったのだ。しかしそれは、抑圧されていた彼の「想い」であり、アグネスの記憶が生々しい傷跡を長く残していたことの証でもあったのである[22]。

Ⅳ

シューマンのアグネス体験の残滓は、彼の初期の音楽作品に認められる。その一曲が、1829年の冬から翌年の夏にかけて作曲された《アベッグ変奏曲》作品1である。この作品の音楽的な主要モティーフは、作品タイトルの「アベッグABEGG」だが、シューマン研究者の前田昭雄はここにシューマンの隠された暗号を指摘している。この作品の第1変奏曲、第2変奏曲、フィナーレのそれぞれ冒頭部分、そしてフィナーレの第196小節からの「ad libium」に登場するモティーフの「アベッグ」は、常に変ホ音（Es)、嬰ヘ音（Fis）を伴っている。変ホ音を同一の発音のアルファベットSと読み替え、残った嬰ヘ音をNと解するならば、この主要モティーフは「アグネスAGNES」を意味するというのである。さらに前田は、アベッグ主題とアグネスとの密接な関係を示す曲として、1832年4月から7月にかけて書かれた《6つの間奏曲》作品4を挙げている。この作品の第1曲ならびに第3曲の主要主題は、A－Gis－E－Esという「アグネス」主題である。こうしたアグネス色の強い《6つの間奏曲》の第6曲にはさらに、先に述べた「アベッグ」の主要モティーフが第43から第45小節、第127から第129小節にかけて現れてくる。つまり、シューマンの作品において「アベッグ」と「アグネス」という2つの音楽的主題は、切っても切れぬ密接な関係に置かれているというのである[23]。

---

21 1826年にシューマンは姉エミーリエと父アウグストの死を経験している。これがシューマンに死や葬式に対する恐怖を受け付けたと見るのが、アラン・ウォーカーである。Vgl. Alan Walker: Schumann and his background. In : Alan Walker（Hrsg.）: Robert Schumann. The Man and His Music. London（Barrie&Jenkins）1972, p.3. シューマンにおける死の意味に関しては、以下の文献における考察も参照されたい。John Worthen: op.cit., p.16. / Udo Rauchfleisch: Robert Schumann. Eine psychoanalytische Annäherung. Göttingen（Vandenhoeck &Ruprecht）2004, S.56ff.

22 アグネス問題とシューマンの歌曲とのかかわりについては、以下の拙稿を参照されたい。拙稿「抑圧されていた「歌曲」への情熱――ローベルト・シューマンの「歌曲の年」再考――」（『早稲田大学大学院文学研究科紀要』第54輯第2分冊、2009年、135～146頁）

作曲家が恋人の名前を音名に変えて作品に盛り込むことは、《謝肉祭》の第10曲の副題が示すように、音楽に「文字が躍る」ことを喜んだシューマンならではの発想である。しかし、音名として表れてくる「アグネス」は、単に楽譜の上で「踊る」だけなのであろうか。ここで再び《6つの間奏曲》に立ち返ることにしよう。注目したいのは、この作品において歌曲が2曲、回想されている点である。具体的に言うと、《6つの間奏曲》の第2曲にはシューベルトの《糸を紡ぐグレートヒェン》の歌詞「私の安らぎは去ったMeine Ruhe ist hin」が中間部にモットーとして掲げられ、第6曲にはベートーヴェンの《遥かなる恋人に寄す》の第1曲の音楽的引用が登場するのである[24]。

看過してはならないのは、シューマンにとってこの2曲は、アグネスの記憶と結びついているということである。彼はベートーヴェンの歌曲を、すでに述べたように1828年11月に、シューベルトの歌曲を同年12月11日に、彼女の歌で耳にしている。ベートーヴェンについてシューマンは感想を残していないが、そのタイトルや曲の内容がシューマンの恋の命運を暗示している点は注目されよう。もう一方のシューベルトについては、日記には曲目の記載に続けて、こうある。「僕の憂いを含んだ歓びと彼女の目——優しい夫婦と僕の苦悩」(TBI, 153) と。シューベルトの曲がシューマンにもたらした印象というよりも、アグネスと座をともにしていることの喜びと、睦まじい夫婦の姿を見ることの苦しさという、報われぬ恋の物悲しさのほうが書き記されたのである。こうした甘酸っぱい思い出の曲ゆえに、シューマンはシューベルトの歌曲から、当時の自身の心情を代弁する一節を《6つの間奏曲》に記したと解するならば、先の前田の楽曲解釈と一致することがわかる。

問題は、《6つの間奏曲》の作曲に際して、アグネスの話題が出てきたかである。実はこの作品の成立期に、シューマンはアグネスと再会しているのである。先に言及した1832年5月の出来事がそれである。この

23 Akio Mayeda: Robert Schumanns Weg zur Symphonie. Zürich (Atlantis Musikbuch) 1992, S.127-161.

24 《6つの間奏曲》において引用されている《遥かなる恋人に寄す》からの旋律については、本稿の注4を参照されたい。

時、1839年にクラーラ・ヴィークに述べているような、いったん収まった「古い情熱」が再燃したと思われる。再会の場面を細かく日記に書いたり、《６つの間奏曲》にアグネスのことを想っているとしか考えられないような楽想を盛り込んだりしているからである。また、シューマンの日記の中の《６つの間奏曲》に関する記述に、この作品とアグネスとの関係を暗示するような表現が認められることも、当時の彼の心境を推し量る材料として重要である。例えば、1832年７月４日には、「この〈おどけた〉間奏曲は、つまるところ、心底から出た叫びなのだ」（TBI, 410）とある。さらに同年７月13日には、「僕の心のすべては、お前、いとしい５番目の間奏曲にあるのだ。これは、ことばに表しきれないとても深い愛によって生まれたのだ」（TBI, 412）と記されている。だが、アグネスとの体験は、シューマンにとって忘れたい記憶でもあったはずだ。いくら想ってみたところで、彼の恋は成就の見込みが立たない種類のものだからである。そうした苦悶を暗示するのが、《６つの間奏曲》の第６曲である。情熱的なこの楽章においては、「アグネス」と密接な関係を持つ「アベッグ」のモティーフが登場した直後に、それを打ち消すような強い調子の旋律が続いているのだ。

しかし、《６つの間奏曲》に《遥かなる恋人に寄す》や《糸を紡ぐグレートヒェン》が登場してくる理由については、もっと踏み込んだ解釈ができるのではないか。着目したいのは、シューマンが《６つの間奏曲》を作曲した時、これらの曲をアグネスの歌声で容易にイメージできる状況が整っていたということである。忘れたい存在と直接的に向き合う体験をした直後ならば、ちょっとした会話の内容など、彼女の声とともに想起できる記憶がいくらでもあったはずなのだ。先述のように、シューマンは1832年５月に彼女の冷たい態度について書いている。しかもそれを日記に書き込んだ時、彼は再会の場面を彼女の話しぶりや声色とともに思い起こすことができたのである。先に本文で言及した再会の場面についての引用のうち、「もうこれ以上言うことは何もありません」という一節は、「彼女が言った」という話者を明示する語句のあとに、接続法Ｉ式（間接話法）で書かれているからである。この体験と例の２

つの歌曲を関連付けてみた場合、そこに共通しているものは、アグネスの声という存在である。想像力をたくましくすれば、「古い情熱」が蘇りつつも、それを打ち消さねばならぬという葛藤に苦悶している間、彼は常に、彼女の声の印象のなかで過ぎた日のことを思い出していたのではあるまいか。この前提のもとで《6つの間奏曲》を考えると、この作品は、過去の失恋の記憶を思い出させるアグネスの声を封印する意味合いが強かったといえそうだ。例の二つの歌曲は、そのことを暗示しているのである。

《6つの間奏曲》の作曲を過去のトラウマとの対峙と看做すならば、そこに旋律が引用された《遥かなる恋人に寄す》は、アグネスの声をシューマンの記憶に最も強く印象付けた作品ということになる（シューベルトは歌詞の引用で、旋律ではない）。しかし、曲を書くには、「作曲には熟考と努力が必要」（BWI, 126）といみじくもシューマン自身が言ったように、対象と冷静に相対し、客観化する時間が必要だ。アグネスの声が亡霊の如く付きまとおうとも、最終的にそれを突き放さなくてはならなかったからこそ、《6つの間奏曲》の第6曲において「アグネス」主題と密接なかかわりを持つ「アベッグ」主題が否定された。

こうして音楽を完成させた時、シューマンは苦い過去を克服したように思ったことだろう。ところが、本人の目論見どおりに事がうまく運ぶとは限らない。その後に作曲された多くの作品に、《遥かなる恋人に寄す》からの一節が対象喪失の恐怖の暗示として繰り返し登場しているという事実がある。このことを思うと、アグネスとの過去は、少なくともシューマンにとっては十分に清算されていなかったばかりか、《6つの間奏曲》の作曲が、対象喪失の恐怖と向き合うことを作曲行為に持ち込むという、新たなトラウマを彼に残していたと考えなくてはならない。こうしたプロセスを経たために、《遥かなる恋人に寄す》のクライマックスとして鳴り響く「この歌を受け取ってほしい」の旋律には、そうした過去の記憶が強烈に刻み込まれることになったと推測されるのである。ベートーヴェンからの引用として片付けられない要素が、問題の旋律にはあったのである。

V

《６つの間奏曲》が失恋の克服という意味あいが強い作品であるならば、この作品においても、シューマンの思い入れの強い対象が失われることが問題になっていたことになるだろう。その点で言うとこの曲は、《遥かなる恋人に寄す》の「この歌を受け取ってほしい」の旋律が認められる1830年代の作品と共通性を持っていると言える。実際のところ、《幻想曲》の作曲の時点ではクララ・ヴィークとの恋愛を、ひょっとしたら諦めねばならない状況に追い込まれていた。そのようなときに思い着いたのが、「この曲の中で僕が気に入っている」旋律、すなわち《幻想曲》の第１楽章の主要主題であった。

これが《遥かなる恋人に寄す》からの意識的な引用であったならば、シューマンはオリジナルの歌詞内容に自分の心境を重ね合わせていたことになる。しかし、本稿の冒頭で示したように、シューマンは問題の旋律をベートーヴェンに由来していると発言してはおらず、そこではクララが描かれていると言わんばかりの調子で説明しているのである。問題の旋律を「気に入っている」ものとして書きてみせたのも、第１楽章の最後に主要主題が現れてくるような、特殊な作品構造に目を向けてもらいたいという一念のみからなされたかもしれないのだ。実際のところ、《幻想曲》においては、オリジナルからの自由な引用と言わねばならないほど、旋律が変わってしまっているため、ベートーヴェンからの引用ではないという可能性も捨てきれないのである。だが、ベートーヴェンからの引用とも、そうでないとも定めがたいところにこそ、この旋律の持つ意味があると考えられはいないだろうか。もし種明かしをする心づもりがあったなら、クララに旋律を書いて見せた時、シューマンはそれをしていただろう。しかし彼はそうしなかった。謎かけをしたのかもしれないし、彼がベートーヴェンから「引用」していたことに無自覚であったかもしれないのだ。いずれにしてもこの旋律が、ベートーヴェンの歌詞内容との接点は持ちつつも、シューマン独自の音楽語法になり得る可能性を秘めたものと看做したほうが、その後の彼の作品を踏まえながら解釈できる可能性が開かれてくる。

意識的であったにせよ、そうでなかったにせよ、数ある作品の中から、よりにもよってアグネスの記憶が潜在しているベートーヴェンの《遥かなる恋人に寄す》の旋律を選び出してしまったことの意味は大きい。対象喪失の恐怖というトラウマを抱えていたために、そうした記憶のある問題の旋律をシューマンは反射的に選び取ってしまったと推測されるのだ。特に、クラーラとの恋愛が困難な時を迎えていた時であったからこそ、そうした記憶が眠っている旋律に惹かれたと考えるならば、《遥かなる恋人に寄す》を最初に耳にした時からのこの曲をめぐる様々な経験との一貫性が浮かび上がってくるのである。実際のところ、《クライスレリアーナ》はクラーラ問題の渦中で書かれたものであるし、《夜曲》も兄の死を予感しながら作曲されている。

さらに看過できないのは、問題の旋律が曲の途中で突然登場してくることである。このことも、問題の旋律を反射的に選んでしまう、シューマンの内的思考があることを伺わせる。とはいうものの、問題の旋律が登場する作品は即興演奏を書きとめたものではないため、それははたして思考の流れを忠実に反映しているのかという反論がなされるかもしれない。けれども、これらが推敲という冷静に作品を捉える行為の後でもそのまま残ってしまったこと、つまり理性的な判断を押し切ってその旋律に執着してしまう、彼本来の思考法に着目すべきなのである。思い起こしたいのは、シューマンが「落ち着きのない身体」特有の、目まぐるしいイメージの変転のうちで思考する人間であるということだ。すでに見たように、《幻想曲》や《クライスレリアーナ》や《夜曲》を書いていた時に、シューマンは親しみを覚えていた人を失うかもしれないという恐怖を覚えていた。それがシューマンの心に突然湧いて、ふと消える。音楽はそれを忠実に反映してしまうため、トラウマのある問題の旋律が唐突に挿入されるのだと考えられるのである[25]。

25　本稿の冒頭において触れたように、問題の旋律は弦楽四重奏曲第２番、交響曲第２番、交響曲第３番にも認められる。特に交響曲において例の旋律は、作品のクライマックスを作る性格を持っている。ベートーヴェンの歌詞にある「この歌を受け取ってほしい」という、作曲者の想いを読みとることができるのかもしれないが、やはり注目す

べきは、この旋律にこだわらずにはいられないシューマンのメンタリティーである。成立期のドキュメントにおいて手掛かりは得られないが、可能性のひとつとして、ベートーヴェンのオリジナルの歌曲において問題の旋律がクライマックスを形成する性格を持っていたことが、シューマンに影響を及ぼしたことは指摘できる。このことは、最初の体験のインパクトが大きかったことの証でもある。先のすべての作品について深層心理的な解釈を行うことは難しいが、少なくとも交響曲第２番の作曲に際して確実に言えるのは、「落ち着きのない身体」の持ち主のメンタリティーが問題となり得る状況にあったということである。1849年４月２日にオッテンに宛てて作曲者自身が書いているように、鬱状態でこの交響曲の作曲が開始された。それがフィナーレにおいて快方の兆しが見えてきたために、シューマンにとって「暗い時代を思い起こさせる」作品になったというのである（BNF, 300）。こうした作品のいわれを考えるならば、作品の頂点に到達した気分的な高揚は、シューマンにとって文字通り大変なものであったと想像できるだろう。1845年12月25日の日記には「交響曲の最終楽章で音楽的興奮」（TBIII, 409）と書かれており、そうした気分の反映として、交響曲のフィナーレにおいては、オラトリオ《楽園とペリ》のフィナーレをもとにしたと思われる旋律（歌詞は「お前は苦心を続け、休まなかった。だから、大変な宝を獲得した。エデンの園に受け入れられて」）が登場する。しかし、本稿において論じたような、幸福感を打ち消すシューマン特有の考え方を前提にするならば、最終楽章に例の旋律が現れてくる必然性を見出すことができる。交響曲第３番については、問題の旋律が作品のクライマックスを作りはするものの、そこにいくぶん暗い影を残してしまうことに手掛かりがあるように思う。シューマンが「落ち着きのない身体」の持ち主であることを考えると、到達されたクライマックスの幸福感にさえ、彼は安住できなかったということになる。

譯さないもの、下らないまま

佐藤 正明

日本で精神分析を題目にして最初に書かれた本の扉絵（一部）[1]。カタカナの向こうには、内容の本当らしさを信じさせる男らの写真。この人たちは字の働きを支えるためだけにそこに写されてて、字は自分が働くために偉人をベールのうしろに隠し、輝く。これが、古代からつづく音読みの仕組みじゃないか。

序．記念の話し

どこか別の土地で暮らすことにすれば、行き先では「メード・イン・どこそこ」の札が取れないし、出元では旅行者になる。通行手形は注意しなきゃいつなくなるか分からなくて気疲れするし、量のない輸出入も観光も高くつくのが常なのだから、どこかに時間と労力を惜しまずに手を差し伸べて下さる方がいるのは幸せなことだ。そこで、大久保進先生の古希記念論文集に書く場所をいただけて、とても嬉しい。記念という

注）年代をしめす数字は、（本・論文の初版年［書かれた年］／引用した版の出版年）の順。
1）写真は、久保良英（1917）：『精神分析法』、心理学研究会出版部より一部を転載。

行いをいっしょにするからには、その意味を確認することからはじめたい。日本語の書き方のなかで字がどう働いているのかに踏み込むのが本論の狙いなので、その前置きを飛ばしたくない。

本論集も掲げる「記念（キネン）」は、まるで日本語に古くからあったと感じるほど馴染まれてるけど、「雑念」や「無念」と違って、「社会」や「美」と同じく明治までしか歴史をさかのぼらない訳語だった。幕末の1855年から58年にかけて桂川甫周が書いた『和蘭字彙』で、英語の「inheritance」や「heritage」にあたる「erfdeel」が「記念《カタミ》分ケ 又遺物ノ配分」と訳されてるように、明治のはじめごろまでは「記念」と書いて「カタミ」と読ませることがあった。『和蘭字彙』から10年くらい遅いヘボンの『和英語林集成』でも、1867年の初版に「Kinen」として載ってたのは「祈念」だけ。1886年の第三版になってはじめて「記念（キネン）」があらわれて、「remembrance, commemoration」と英訳されてる。「社会」や「主体」みたいによく知られた字を新たに組み合わせて新語にしたり、呉音で広まった「自然（ジネン）」を「シゼン」と漢音で読ませて「nature」の訳としたり、一字の「性」を和語の「さが」や呉音の「ショウ」ではなく「セイ」と漢音で読ませ、「善悪」と切り離して孤立した名詞にしたりするのは、明治に日本語の語彙じゃ足りないと思われた訳語をつくるのに広く使われた方法。訳語として出てきた書き方、読み方は、多少の違和感があっても（柳父章によれば、違和感があるからこそ訳語はもっともらしく意味深に見える）、一つひとつの部分が知られたものだから日本語として当然のように働くことができて、そのうち訳語だってことそのものが忘れられる。

逆に、「remembrance」、「commemoration」についてヘボン初版の和訳を見ると、「remembrance」は「oboye」（覚ゑ）、動詞「commemorate」は「Iwau, shuku szuru」（祝う、祝する）とあって、日本語としてしっくりくる。このうち「remembrance」は、「覚ゑ」や「記念（とくに、『かたみ』）」から「思い出」や「記憶」に代わられるようになったけど、いまだって「記念」を説明するのに、「祝い」とそれで目指される「覚え」、また祝ったこと、覚えておかなきゃいけない大切なことをかたちにする文物なんていえば、この二語でだいたい表現できる。そんなら新語をつくらなくたって、「祝い」、「覚え」あるいは「思い出」、「カタミ」っていって、文脈によって「石碑」などの語をあてりゃ足りたはず。それでも実際には足りなかったんだから、当時の日本人は「commemoration」に、日本の「祝い」という習慣には馴染めない新しさと重さを見たんだね。

「いっしょに（com)」「思い出す（memorate)」儀式の「commemorate」は、ラテン語の「commemorare」から来てるけど、この語には英語やフランス語では廃れた「言及する」って内容もあった。誰か・なにかについて、いっしょに思い出して、みなが知る言葉にする。忘れなきゃ思い出せないんだから、いまの言葉に生かしながら、むかしに追いやることでもある。それをいっしょにやることで、人のつながりの力を新しくして、時間に左右されずたもつための儀式になる。ここでやっていることの仕組みは、情に訴えて集まりのきずなを強めるって点で「祝い」と通じるけど、「祝い」っていうと「祭り」なんかの伝統を思い出しちゃう。自分たちの集まりを「社会」という訳語で書き、言いはじめた日本人には、手垢が付きすぎてたんじゃないかな。

『和英語林集成』の収録から18年後、1904年の『言海』小型版では、「記念」や戦前まで一般的だった書き方「紀念」はまだ取り上げられていないけど（「紀」は『字通』によれば「糸すじを分かつ」字で、ひと続きに区切りを付けてまとまりをつくることだから、ちょっとよかった)、もうちょっと時代を下って、1917年に日本ではじめて精神分析を主題に書かれた久保良英の『精神分析法』[2)]を開けば、「記念」という語に合成語のかたちですぐ出会う。「ヒステリーの症状は或經驗即ち外傷の殘滓及び記憶的表號である」とフロイトの主張を紹介するはじめのところで、「日常生活に多大の印象を有する」「記憶的表號」を説明するのに「廣瀬中佐の銅像」や「大石良雄以下の墓標」を見ると当時の光景が想われることを挙げて、「この他記念品や記念碑も凡て記憶表號で、恰もヒステリー症狀のそれ等の如く、諸種の記憶殊に情調に富んだ經驗の

2）久保良英（1917）:『精神分析法』、心理学研究会出版部、12-13 頁。

記號である」って言ってる。ここで「記念品」も「記念碑」も具体的なものを指してるけど、つづきでは『ヒステリー研究』で紹介されているアンナ・Oの例について「卽ち其等の症狀は凡て父の病氣と死との記憶表號と見做すことが出來る」と觸れて、「殊に苦痛の經驗に至りては、その印象が殊に深く、その記號も長く吾人の精神中に止まつて居る」って意味で「卽ち其等の症狀は悲哀時の一の記念碑である」と、「記念碑」を比喩に使ってる。まだはっきりしない物事を言うのに、代わりの知られた言い方をもちだしながら、違いを活かして新しく意味を生み出すのが喩えの力なんだから、このころにはもう「記念（キネン）」が日本語であることが疑いなくなって、訳語であることが忘れられはじめていたらしい。新語ができて、高々30年ぐらいのできごとだった。

「記念（キネン）」ってなに？こう聞かれて答える方法は、あういうときこういうときにするって例をあげたり、辞書のように別の語を組み合わせたり、訳語だって知ってりゃ「commemorate」や「memorial」のことだって原語やそのカタカナ読みを挙げたりするほかに、日本では訓読みがある。「自由」を「自（みずか）らに由（よ）る」って読んだり、「去勢」を「勢（いきお）いが去（さ）る」って漢文風に読むのと同じ。「念（おも）いを記（しる）す」、そう訓読みすると、ほかの訳語と同んなじように漢字の注釈の効き目から説明が得られたように感じられて、そういうことかと納得しそうになるけど、やっぱり内容は分かるような分からないような、雲のようなまま。念いを記すんなら、ラブレターでもオカルトの念写でもいいし、およそ記すもので念いと関係ないものはないもの。でも、中身の吟味を飛ばしてまた「記念（キネン）」と音読みすれば、二字の漢字の落ち着いたかたちと二音節の音読みの安定した響きから、この一語にもう詮索の要らない決まった意味があるように感じて、よっぽど注意しなきゃ分かった気になる。それぞれの漢字には意味の予感があるから、かたちや響きが立派なら、それなりに通っちゃうし、ちょっと分からないところが、かえって魅力になる。柳父章はとくに訳語への日本人の態度を長年調べながら、日本でどこでも見られるこの字の見かけの働きに注目して、「カセット効果」と名付けた[3)]。ここでいう「カセット」は宝石箱のことで、宝石箱は見かけさえ立派であれば、なかに大変なものを隠しているように見える。

たとえば、日本語で精神分析について話すのにも欠かせない漢字「性」は、「sexuality」や「gender」、「Geschlecht」なんかの訳語として20世紀はじめごろから盛んに使われるようになって定着したけど、元々は性善説・性悪説以来、中国語のなかで伝統をしょってきた重要な字。日本でも「人にあらかじめ与えられた傾向・素質、心の本体」の意味で広く長く使われてきた。これを英訳しても、どうしたって「sex」にはならないけど、「nature」とはつながりやすい。ためしに19世紀にできた最初の中英字典、ロバート・モリソンの『華英字典』(1815年)を開けば、「性」の英訳は「From heart and to be born. The nature, principles, or properties communicated by heaven [...]」だし、つづくW.H.メドハーストの『英華字典』(1842年)でも「Nature, natural disposition, principle [...]」。日本なら、村上英俊の便利な『三語便覧国語総索引』(1854年)だと「性(セイ)vie / life / leven」。これは、いまなら「人」や「人間」って訳すことになってる『Der Mensch』ってドイツ語タイトル付きで1904年に創刊された雑誌『人性』なんかにもまだ見られる使い方だけど、「性」が「sex」の訳と定まるにつれて追い出された(そうじゃなきゃ『ヰタ・セクスアリス』は『性の性』になっちゃう)。「あらかじめなかにある素質」って意味は、「性の問題性」のような語末の字として控えめに残ってる(意味として控えめっていっても、使われ方は際限ない)。1907年の『新和仏辞典』(松井知時ほか)を見たって、まだ「Sei, 性」の第一候補は「Nature, disposition, f. caractère」で、「genre」と「espèce」が来るのはそのあとだし、たった一つの例文は「性は善なり、La nature de l'homme est originairement bonne.」。この漢字は守備範囲が広いから使い勝手がよく便利で、江戸のおわりから西欧語の訳にたくさんあてられた。たとえば、1796年の蘭和辞典『波留麻和解』には「substantiv」の和訳として「性ノ発顕スル」って載ってたりするけど、いま逆にこの和訳だけ読んだって「思春期」や「第二

3)柳父章(1976 / 2003):『翻訳とはなにか』、法政大学出版局、1-63頁。

次性徴期」のことかとしか思えないでしょう。文法用語の「genus」、「gender」や、西欧で19世紀にみるみる伸びた生物学の用語「sex」、「sexus」の訳語にも、「性」や「類性」や「性質」はよく「男女ノ」「雌雄ノ」なんて説明付きで「種類」「別」「類」なんかと並んで使われた。やがて訳語本体の「性別」や「類性」、「性質」から「男女ノ」って説明が省かれ、「別」や「類」や「質」もいっしょに落ちて「性」の一字が残ったんだ。でも、「別」とか「類」なんかの字のほうがよっぽど分かりやすくって、「性」はほかの候補と比べてラテン語の「secare（分ける)」が語源の「sexus」って語の特徴を一番はっきりあらわさない漢字だった。それだから、意味深長な新しい内容があるはずだ、って思い込みを一番詰め込みやすいカラの器になれたんだ。みだらだったり、政治的だったり、抑圧されたり、崇高だったりするなんだか分からないものなら、「セクシャリティ」って意味を伝えないカタカナにしちゃったほうが大層な想像を詰めやすく、実際そう書かれることが多くなってる。

原語の価値が大きいと信じられるほど、訳語には日ごろの言葉遣いから離れた、つまりできるだけ手垢の付いていない思わせぶりな字の組み合わせ、使い方と響きが選ばれて、なにか立派なものが隠されていると思わせるようなる。「社会とは、…」、「自由とは、…」、「性とは、…」と学者も誰も真剣に言い争い、盛んに話し書くけど、語に隠されているはずの意味深淵さを信じれば信じるほど、その内容がカラであることだけは、ますます気づかれなくなる。逆に、この輝きを芸にまで高めれば世阿弥の「秘すれば花」に行き着くけど、「秘事ということを顕はせば、させる事にてもなきものなり」[4)]。それが知りたければ、柳父章の仕事は全部読もう。少なくとも、『翻訳語成立事情』と『秘の思想』は。この訳語の効果は誰でも薄々感じられることで、うっかり自分の話し方、書き方の無意味さに出会う不安、それがばれる不安が口を開くほど、歌舞伎の見栄切りのような訳語のパレードがますます物々しく、専門家の威張りがますます甚だしくなるのは、誰だって言わずと知ってる。訳語

4）世阿弥（1958［15世紀はじめ］/ 1993）:『風姿花伝』、岩波書店、103頁。柳父章（2000）:『秘の思想』、法政大学出版局、1-18頁。

は、思わせぶりであればあるほど、よく広まる。
「超自我は、…」「欲望は、…」「性は、…」の「…」にどんな述語を入れたって、新しくつくられたどんな訳語ともいっしょで、文法に反しなきゃ、およそ日本語で内容の誤文をつくれない。「人間の欲望は、他者の欲望」っていっても、「人間の欲望は、他者の欲望ではない」っていっても、ラカンが「Le désir humain est le désir de l'Autre」と言ったことを知らなきゃ、口を挟む理由は誰にもない。どうもつかみ切れないところがあるし、うっかりそこを突かれると痛いなという不安は残るけれど、引用を編みながら書き、話す。そういう後ろめたさを知らない学者がいれば、幸せな人だけど、そいういう分析家のところに来る患者は気の毒だ。訳語のうしろには、その意味を知っていて本当だと言ってくれる偉い人が少なくとも一人いる、って信心深さを移されに来るんだもの。先生の言ってることと違うぞととがめられることはあれ、「死の欲望」だといっても「獣の欲望」だといっても「清い欲望」だといってもちっとも間違いにならない。身がよじれるほど欲しがったり、欲しがられたりすることはあっても、ヘソからあまりにも遠い訳語の「欲望」のために夢を見る人はいない。それは、言い方だけの問題かしら。そうなら、ちょうど精神分析の問題になるから、都合がいい。

どの人も、言っていることとやっていることが違うから、心はあらかじめ分かれてる。念うというかたちのないものを記すのに、「心」という臓器を代わりとするとき、もう人は物と言葉がぴったりしようのない遠くにいる。とっくに言葉のなかにいる人が、言葉の分ける力とその分け方を、言葉を操りながら見つけるよりほかに、私たちには考える術がない。そこで、薄々感じられるけれどもはっきりしないような言い方の問題に踏み込んでいくしか、だから、自分がそのなかで生きている日本語の「心分け」の仕方を少しずつ見つけていくしか、日本人と「精神分析」が接点をもつなんて望みは将来にわたってないと言い切れる。原語を介した約束ごとでしかほかの語と結びつけない訳語は、母語で練上がった体を刻むほどのつながりを結べない。それどころか、分かったことにしろって命じながら、あやしい輝きで体を隠して、空に上ったまま下らない。

人と言葉とのかかわり方のほかには、はじまりもおわりもない。それは、「人」も「言葉」も言葉だ、って単純な理屈からもすぐはっきりする。もっといえば、「人」や「言葉」は書かれた字で、ほかと区別される特徴ある線。「精神分析家が扱うのは表面」ってフロイトは言う。現実に表面にはなにも隠されていないのに、線が字として読まれるとき、字が線であることは見えなくなる。字が語の響きに結びつくとき、集団の決まりごと以外になにも支えがないのに、こうもあり方が違う字と響きがどうして結びつくのか疑う余地は消えちゃう。発音の響きから意味を聞くとき、なんか分かったって感じから、音でしかない響きのなかにはあらかじめどんな内容も隠されていなかったことは忘れる。ある集合が全体として成り立つためにはかならず一つの項が集合から出されなければならないのと同じで、なにかが心で働いているとき、その働きを支えているものは、いつも少なくとも半分は忘れられてる。それでもフロイトは「Jenseits」、「向こう側」があると言った、ってことはよく知られてる。いくら忘れられているものを表面に引き戻しても、「忘れられている」というのも言葉で、言葉が働かなかれば探すことも探さないこともできないんだから、言葉そのものを働かせているなにかは最後まで知れない。けれど、それは言葉がなけりゃ、知りたいとも知りたくないとも言えない。だから、表面に出てる言葉にこだわろう。ラカンが分析家に勧めていたとしても、伝統の外にいる日本人が「フロイトに帰る」ことはできない。でも求められてもないのに、まずそこに向かうつもりなら、いくら表面的になってもなり過ぎやしない。

1. 目のない話し

「訳」。いまこの一字を「ヤク」と呉音で読むと、一般にほかの言葉で書かれた、言われたことを母語なんかの別の言葉であらわすことを指すけど、書かれたものにかぎっていうほうが多い。熟語としては、「翻訳」は平安時代から漢文体で動詞に使われているほかに、「通事（ツウジ）」

や「通詞」ほど多くなくても翻訳・通訳の役人の意で「訳官（ヤッカン）」もあり、杉田玄白もその任に就いてた。「訳」に「ス」を付けてサ変動詞とするのは明治から盛んに使われることになる語法だけど、使われるかたちが新しいとはいっても漢音の「エキ」ではなく馴染まれた呉音が訓みのままだし、奈良時代からの古い訓み「おさ」や「つたふ」と内容のつながりが強い。「訳」の内容について江戸時代の前と後、とくに明治に入ってからで大きく違うのは、1904年になってもなお『言海』で第一義が「漢字の訓《クン》」とされているように、漢字に訓読みをあてるか、アルファベットに漢字をあてるかの差。

いま、漢字の訓読みと、江戸時代のおわりからの西欧語の訳について比べると、古代からの訓読みでは音読みの漢字をピンとくるように、よく知られた和語が探されたのに対して、新しい訳では後から内容がついてくることを願って、はっきりしない伸び代のある音読み漢字が選ばれ、勝ち残ることが多かったのが目につく（柳父の挙げる例の一つだと、「society」の訳として「仲間」や「連中」、「交際」は消え、「社会」が残った[5)]）。

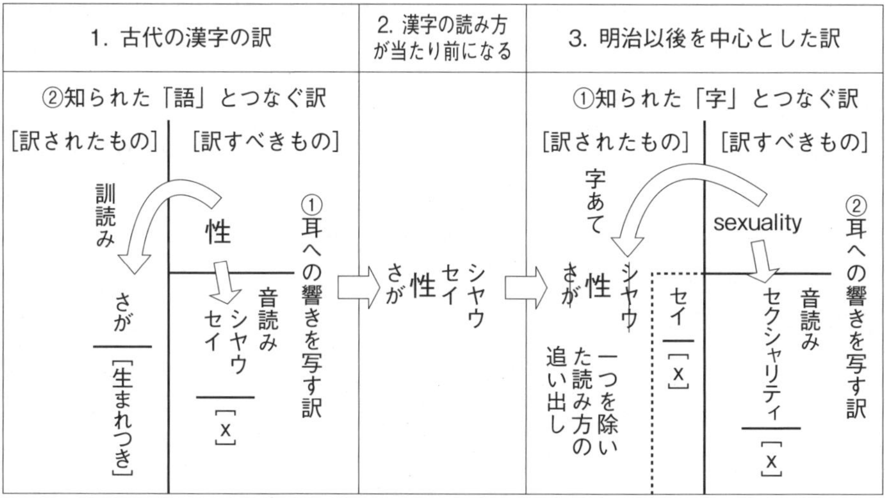

「訳すべきもの」（訳者から見た、英語のなかの「sexuality」など）と

5）柳父章（1982 / 2001）:『翻訳語成立事情』、岩波書店、3-22 頁。

「訳されたもの」（訳すことで現れた語、「男女の別」や「性」など）は、訳す人や訳を読む人に対して厳しく分けなきゃいけない違う働きをもつ。「字が保存したのは、ただ字だけで、それ以上でもそれ以下でもない」[6)]、ってフリードリヒ・キットラーが言うのは訳語についても同じで、訳語が保存するものは、原文って刺激をきっかけとした訳によって国語にあらわれた語だけで、訳されたもののなかに、訳すべきだった原語は含まれちゃいない。納まってる国語もかたちも違う両方はまったくの別物で、そのつながりを支えるのは、両方がつながってるという無理やりな約束への信心のほか、なにもない。訳すべきものは、訳すという行いを起こさせて、その後はカタミとして引っ込み、訳されたものに必要に応じて取り出せる通行手形をくれる（たとえば、「『性』とは『sexuality』のことであるが…」という困ったときのまじない。玄人っぽく見え、通ってもよろしいということになる）。訳されたものがなにを言っているかは、どれだけ分かった気になっても不明な「x」で、日ごろの言葉遣い、たとえば家の人やいい仲の人と話す場から遠いほど、つまり体とのつながりが薄いほど意味は0に近くなって、その意味ありげな様子は、手形を出す人の地位に応じて「もう古い」と言われるまでのつかの間、∞にまではじける。「おっぱい」や「うんちしたくない」、「ちんこいじりいい加減にしろ」から受ける感じは肌の部分でかぎられてるけど、嫌気につながれるほどつよく、「母性」や「去勢」といえば際限ない重々しさがあっても、際限のない分、甘えをやめたり、ちんちんいじる代わりに別のものを集めたり文句たらしくなったりするのと全然関係ない。

ベルギーの漫画に『Schtroumpf』というシリーズがあって、日本では英語訳から『スマーフ』って名で知られてる。村全員「シュトルンプフ」って名前の青い小人たちが登場して、文脈から補える言葉は、虫食いのように万能「x」の「schtroumpf」って字で置き換えられる。「Schtroumpf Bricoleur ? Que schtroumpfes-tu là ?（あれ、シュトルン

6）F. Kittler（1986）: *Grammophon Film Typewriter*, Berlin, S. 15.（フリードリヒ・キットラー（石光泰夫、石光輝子訳）（1999 / 2006）:『グラモフォン・フィルム・タイプライター　上』、筑摩書房、30頁。）

プフ大工、そんなところでなにをシュトルンプフてるの？）」「Heu... J'aurais voulu te schtroupfer de l'une ou l'autre chose... Hem... En privé！（あの、君にちょっとしたことをシュトルンプフそうかなと思って…。えーと、ここだけの話しだよ！）」[7] って具合に話しが進む。日本語でたとえば「無意識はランガージュのように構造化されている」なんていうとき、訳語がやっていることはどんな語と並んでも間違いになれないという点で、シュトルンプフと同じ。でも、一番難しい訳語がつめられた本や論文を読んでも笑えないんだから、大きな違いもある。『Schtroumpf』のおかしさは、絵や前後のコマのつながりから当然次に来るだろうと先回りして思われる語が来ずに、「schtroumpf」と肩透かしされること、あるはずのものがないという期待の裏切りからくる。「いないいないばあ」は、自分と相手が別に動く体で、別の体の誰かがいたりいなくなったりすることがあると赤ちゃんが気づかないうちは、やっても笑ってもらえない、って近ごろ子が産まれた友達に教えられたけど、これと似ている。上のセリフなら、シュトルンプフ大工がワケあり顔でてくてく向かってくる場面で、最初の「Que」を読めばおおよそ「Que fais-tu là ?」と声をかけるはずだと勝手にその先が頭に浮かぶことが肝心で、「無意識はシュトルンプフのように構造化されている」と読んで裏切られるためには、ラカン派の決め台詞を知っていなきゃならない。体と結ばれていない訳語を聞いたって、その次になにが続くのか頭に浮かびようがないから笑えるはずないし、それが通るか通らないかは、立派なら誰でもいいけど、「ヘーゲルが言った」、「仏陀が言った」、「お母さんが、先生が言った」、それしか支えがない。

フランス語で「schtroumpf」といえばなんだか分からない響きだけれど、ドイツ語じゃどうしたって「Strumpf」、「ストッキング」を思い出しちゃうからすんなりいかない。実際、そのつながりが切れるように、この漫画の題もセリフも「Schlumpf」と綴りがちょっとずらされてる。なんでもありの空語が「ストッキング」や「パンスト（Strumpfhose）」

7）Peyo, Thierry Culliford, Luc Parthoens（2007）: *Le Docteur Schtroumpf, tome 18*（*Cartonné*）, Bruxelles, p. 7.

じゃまずいんだ。「Die Strumpfhose, das sagt mir alles」、「パンスト、これで全部言い尽くせるんです」と言った患者の話しを分析家から聞いたことがある。専用にいやらしいのじゃなくて、どこでも買える普通のだけに思い入れがあって、奥さんにはいたままでさせてほしいのだけど、あんまり恥ずかしくって打ち明けられない。恥じるのは一人ではできないのだから、この人は誰かの目にさらされていて、恥ずかしさのなかで、誰かが自分を見ているのを見てる。その誰かは、思い切ってお願いしてみようかと思うと尻込みしちゃう実際の相手の奥さんじゃない。だって、普段使ってるパンストしたままさせてくれるというのが一番大切であって、それなりに好みの女なら誰でもいいはずだもん。だから、この恥は、この女やあの女と数えられる目を相手にしているのではなく、パンストの向こうにあって手に触れられない、いつもあり方が決まっているようななにか、そのなにかの目を近く感じることから来る。

日本語で「あの人はパンストに目がない」という言い方ができるけれど、いくらパンストが甘くみだらな欲のはけ口に見えても、見るための目がなくなっていると、この決まり文句が教えてくれる。この細やかな網目の束は、本当に目という裂け口をなくすためにあって、奥では割れ目をベールの向こうに隠すためにある。欲の全部を言ってくれる代わりの物は、パンストであれ、ストッキングであれブルマであれ、ハイヒールであれ、長い髪であれ決まった丈のスカートであれ、自分の視線と割れ目からの視線がばったり出会ってどきっとしないように間に入ってる。あれは、見てる。

2．口のない話し

フロイトはそういう代わり物のことを、こう言ったらあんまり当たり前でがっかりするかもと前置きしながら、お母さんの一物（イチモツ）の代わりだって言う[8)]。子供は、男の子でも女の子でも、割れ目の奥があることをまだ知らない。凸という出っ張りがあるのは見りゃ分かるの

8）S. Freud（1927 / 2000）: Fetischismus, in: *Studienausgabe*, Bd. III, S. 383 f.

で、おもちゃをいじれるぐらい頭が伸びた子供ならみな知ってる。だけど、凹という引っ込みがある、というのは、算数で「−」がある、というのに似て、飲み込むのが難しい。はじめに凸という「＋」をほかの「＋」できる物と分ける力がついたあとではじめて、つまり、一つ二つと数えられるようになったあとではじめて、［｛（あるはずのもの）がない｝ということがある］、とやっと言えるようになる。ないものを使うんだから大変な力で、これができてはじめて、子供はないものを組み合わせる考えの場に入っていける。いつか、数えている自分も、数えようとするものの数から差し引けるようになるんだから[9)]、マイナスはいよいよ考えの根っこの力。線の数から言って「−」が「＋」の先にあるのは、たまたまじゃない。知らずと足し算をやってたとしても、「−」の場所に入らなくちゃ、足し算する、っていう自分がやっている数え方そのものを「＋」って字で書くような考えは、どうしたって出ようがない。子供が二度目に産み落とされる、言葉で考える場所、そこはもう自分の体も含めて物が置かれているところ違うので、心は体で物とつながれながら、ズレていて二度と一緒になれない（とっさに自分の体が物そのものになって、その瞬間、橋の上から落ちているようなことを抜かせば[10)]）。そういう意味では、「−」は根っこを切る線だって言った方がいい。ここで根っこっていうのは、もちろん一物のことだけど。

お母さんに一物がない、それは、奥があることをまだ知らずに、誇らしく「＋」のちんちんいじる子にひどく恐れを呼び、言葉をなくさせて、見なかったことにされることがある。大人になっても熱い視線はそらされたままになり、あるはずのものがないことを見なくてもいいように、その近くのパンストなんかに釘付けになる。そういう興奮剤が決まっているのは、知られるかぎり、みんなとは言い切れないけど、だいたい男。そういっても、「男」がなんだかよく分からないし、誰にも男女どっちもの素があって二人のベットでは４人が絡み合ってる[11)]ので、まだなに

9）J. Lacan（1973 / 1990）: *Le Séminaire Livre XI, Les quatre concepts fondamentaux de la psychanalyse*（*1964*）, *Texte établi par Jacques-Alain Miller,* Paris, p. 28-29.

10）S. Freud（1920 / 2000）: Über die Psychogenese eines Falles von weiblicher Homosexualität, in: *Studienausgabe,* Bd. VII, S. 258 f, 271 f.

なにも言ったことにならないけど。「男」がなんで、「女」がなんなのか、それぞれ語の響きと字でしかないんだから[12]、結局のところよく分からない。役所の登録みたいにちんこあるなしで決めるのは、「ちんこ」も言葉なんだから、「陰茎」って言ったっていいけど、葉っぱで葉っぱを隠すことにしかならない。雄の出っ張りは、もちろんそれだって言葉の言い換えに過ぎないけど、いや、どう呼んだって言葉だからこそ、その大きかったり小さかったり、そのうち固くなったりする出っ張りが言葉の外につかめる物として自分にあると思ったり、ないと思ったり、なくなったらもう生きてたってしゃあないと思ったり、あったらどうだろうと思ったりすることが、言葉とのかかわりを大きく左右する。それぞれどう固く信じようとも、なにかが「ある」とか、「ない」とか言えるのは、ただ言葉の力が働いているからだけで、言葉がなけりゃ、「ある」も「ない」もあるともないとも言えない。それは文句の付けようがないだろう。文句だって言葉だもん。

文句の付けようがあるとすれば、なんでも言葉派であるのに、なんでそんなにちんこにばかりこだわるのか、ということじゃないか。子供のころのこだわりが大切ならおっぱいやうんこおしっこでもいいじゃない、と不思議がったってもっともだ。でも、ちんこ以外は誰にでもあるよ。世界の反対側のちっちゃい出来事がテレビで取り上げられたりインターネットで流れたりするので、日本のニュースを聞きかじった何人かから最近「日本じゃ男もブラジャーするの？」とおもしろがられたけど、たしかに父だって乳はある。子を産めるかどうかだって、いつの間にかコウノトリが口にくわえていたり、竹や桃から生まれたりするし、赤ずき

11) フロイトからフリースへの1899年8月1日付けの手紙。フロイトは、だれでも男でも女でもあれることをフリースから教えられた。S. Freud (1996 / 1999) : Briefe an Wilhelm Fliess 1887-1904, Ungekürzte Ausgabe, Frankfurt am Main, S. 400.

12) J. Lacan (1975 / 2002) *Le séminaire livre XX, Encore (1972-1973), Texte établi par Jacques-Alain Miller,* Paris, p.44.「Les hommes, les femmes et les enfants, ce ne sont que des signifiants.」って簡単な言い方を読んだときは、言われてみりゃそうだけど、本当に驚いた。本章の「男」と「女」の話しについては、おもに『アンコール』の一部が頭になければ、書きようがなかった。また、佐々木孝次がいま「気」について書いている本の原稿から、ずいぶんヒントをもらったので、近々予定されている出版が待ち遠しい。

んちゃんも雄の狼の裂かれたお腹から出てくる[13]んだから、はっきりしない。でも、本当にちんこがない人がいたり、生えてこない人がいるかどうかだって、はっきりしなかったはずなんだ。

「Mama hast du auch einen Wiwimacher?（お母さんにも、ちんちんあるの？）」「Selbstverständlich. Weshalb?（もちろんよ、どうして？）」「Ich hab' nur gedacht.（ちょっと思っただけ。）」[14] これは、フロイトを信奉するお父さんと、フロイトの元患者だったお母さんの間に生まれた５歳児のハンスがお母さんとした会話。せっかくハンスがないものについて考える場に羽ばたこうとしているのに、なんだってお母さんが「もちろん」なんて嘘ついてじゃまするのか分からないけど、誰でもちんちんがあるわけじゃない、という不安と一緒にやってきた考えは、いつかどうしたって怖いながらも通らなきゃならない。もちろん、誰だっていつか、割れ目はマイナスちんこじゃなくって、プラス子宮なんだって知るよ。でも、知る順番と納得する時間の差が、まだ感じやすく心が男にも女にもなる子供の言葉とのかかわり方に大きな違いを残すのは当たり前じゃないか（時期の違いが大変な差を生むのは、アルファベットと漢字の差も一緒）。ちんこがないこともあるって、ないものがあるという「－」のある世界にいつどうやって入るか、その時差と仕方がそれからの物言いを左右する。その右と左の振れが、男と女。

西欧語では法とも語源が一緒で、漢字の作りではまじないの器を右手でもってるかたち（『字統』）の「右」って言えば、よく保守的な人を指すけど、一物握って不安がりながら「みんなそうだ」と固くなっちゃうか、一物そっちのけで、だから一つの物っていう点がないので全部を言う必要がなくって「みんなそうとはかぎらない」とはっきりしないか、その違いは大きい。それは言葉遣いの問題で、一物あるなしの信念の問題だけど、物としての出っ張り、ちんこあるなしの問題じゃ絶対にない。言葉を通した一物とのかかわり方の違いで、ちんこがあろうとなかろう

13) S. Freud（1918［1914］/ 2000）: Aus der Geschichte einer infantilen Neurose［»Der Wolfsmann«］, in: Studienausgabe, Bd. VIII, S. 144 f.

14) S. Freud（1909 / 2000）: Analyse der Phobie eines fünfjährigen Knaben［»Der kleine Hans«］, in: Studienausgabe, Bd. VIII, S. 14.

と、人によっては男の言い方が強くなったり、女の言い方が強くなったり、行ったり来たりするようになったりする。誰にも、男になったり女になったりする「性（さが）」はあるんだ。

なんでも言葉派だって、言葉がすべてだって言うためには、「言葉」も言葉だから、言葉の外に少なくとも一つなにか追い出されたものがあるって認めなきゃならない。言葉はどんな言葉でもかならずなにかの代わりをして、ないものを目指しているし、言葉っていうまとまりが成り立つためには、言葉の外がなきゃならないもの。だから、日本語の「一物」って書き方は、「満子」とつくりの似てる「珍子」より都合がいい。一つにまとまった物がある。それは言葉じゃ握れないけど、言葉がなきゃ握ろうとも思えない。珍子握ってる男や、満子大好きな男も、なにやったって一つの物は手にできなのを知ってるはず。だって、それを手にしたら、もうなにも欲しくなくて話すのもやめちゃうじゃない。もの欲しさにおわりがないのは、ドン・ジョヴァンニからみみっちいポルノ収集家まで、身をもって教えてくれるよ。でも、あきらめない。男の言い方をする人は、どっかに一人でも一物を思うがままに使ってるやつがいるはずだと思って、自分もあやかりたいと願いながら、みんなこんなもんだよって言う。うらやましくって仕方ないんだね。だから、もう一歩進むと、誰も抜け駆けしちゃいけないぞっていうカチカチの法律が出てくるんだ。法律は勃起してる。そうじゃないこともないだろうけど、みんなそうともかぎらないって、一物をなあなあにしておく言い方ができれば、女にもなれるのに。

男と女は、逆じゃない。一物とのかかわり方がまるっきり違うんだもん。両方との手前に、男に近そうだけど男とも女とも言えない、はっきりしてないけど分かりやすい、どちらにもなれない言い方がある。もしかしたら誰一人よくわからないまま、だから、よくても「ラカンが60年代に使うようになったシニフィアンはこうだ」とかいうお墨付きがなけりゃなんにも自分から言えないまま、訳語がそこかしこの書き物にあふれかえるっていう不思議な力を思い出せばいい。訳語は、これみよがしのそそりたった勃起のような、でも素振りばっかりで一物に取り憑かれているとは思えないような、満子であるともないとも分からないような、はっきりしないものに見える。みなこれに従えと命令しながら、隠された奥があるんだよ、ラカンや誰々の言うことはこれじゃ汲み尽くせないんだよ、って割れ目をにおわせつつ一物をうやむやにして輝く点で、例のパンストと似てる。全部を言うもの。そんなものがあれば、ほかのなにともつながらなくていいんだから、なにも言わない。割れ目が世の中を動かしてるのは本当で、口が裂けなきゃ話せないし、口づけする欲だって湧かない。訳語は、からっぽの口をぽっかり開いてるのに、同時に割れ目をふさいでる。

訳語を並べる書き方は、『土佐日記』を女の振りして書いた男、紀貫之の逆の書き方だ、と言いたい。悲しみの貫之は、娘をなくした痛みに耐えるのに、嘆くだけじゃ穴を埋めようがなかった。そして、日記は男が漢文で書くのが決まりだったのに、仮名中心の女手で書いて、自分が大切な子をなくしたのと同じように、無理心中みたいに漢字にも大切なもの、意味をなくすことを強いた[15)]。万葉仮名の使い方が落ち着いてからとっくに100年を過ぎて平仮名が広がりはじめてたころ、平安の男らは漢文を男手、漢字を真名って呼んで自分の握ったものをことさら立派に見せたがってた時代。それがいまの訳語とのかかわり方と変わらないこそ、『土佐日記』が大切なんだ。貫之は、「唐土《もろこし》とこの国とは、言異《ことこと》なるものなれど、月のかげは同じことなるべければ、人の心も同じことにやあらむ」って、みな同じだと言いながら、違うように見えるものをそぎ落としてる。自分の代わりに全部言ってくれるように見える真名だって、苦しみの底の穴をふさいでくれるはずなんてないじゃないか、って。「日記《ニキ》」や「天気《テンケ》」のように、よほど馴染んだの以外は、音読みの漢字を追い出した。だから、言葉はどうしたって一つの物を指せないことが、少しあらわになれる。京に近づいたとき、男（貫之）の妻が娘を思い出して泣いた。貫之は、女っていう自分でないものになって、外の「－」

15）佐藤正明（2009）:「日本における漢字の運命－日本語の話者が精神分析を行う準備として」、『I.R.S. －ジャック・ラカン研究－』第7号、198-200頁。『土佐日記』の引用は、（1995／2004）『新編日本古典文学全集13　土佐日記　蜻蛉日記』、小学館、15-56頁から。

の場所から黙った男として自分を見てる。そこから、お前がなくした「＋」がなんだったのか言え、って自分に厳しく命じて、もう一度黙る。「父もこれを聞きて、いかがあらむ」。

貫之が女になったのには、色々なことが重なってる。女手で書いて漢字にも大切なものをなくさせること、「誰かが知ってる」っていう男手の支えを共にしようがなかったこと、自分をない場所に置くこと、黙る男を浮き出たせて、言葉がないことを責めること、もしかしたら、娘と同じ女として自分を消すこと、等々。一つ言えるのは、口じゃ女として書くって言ってるのに、言葉の外にある一物を放っておける女の言い方とは、ほど遠かったこと。日本で貫之ほど男の言い方、「全部」と「一つだけ外にあるもの」に出し抜けに近づいた人は珍しいだろう。そのために書き方の決まりを壊すほど、突き進んだんだもの。ただ、貫之は手前で止まった。言葉でつかめない一物を、なくした子そのものにして、悲しみのなかで情に閉じたのは、無理ない。貫之は言葉そのものの穴に突き進もうって目指したり願ったりしたわけじゃない。「女子《おむなご》」という漢字の意味まで揺れて、それだけはたしかにしておきたい娘とのかつてのつながりがあやうくなるほど、情を運ぶ言葉の壁の向こうには決して進まなかったろう。悲しみにとどまること、それが、悲しむ人の願いじゃないか。

「Soll denn kein Angedenken ich nehmen mit von hier? Wenn meine Schmerzen schweigen, wer sagt dann mir von ihr?（カタミをもってくなって？もし俺の痛みが黙ったら、だれが彼女について言ってくれるんだ？）」『Winterreise（冬の旅）』（1823年）でヴィルヘルム・ミュラーはつづける。「Mein Herz ist wie erstorben, kalt erstarrt ihr Bild darin.（俺の心は死んだよう、なかには冷たく彼女の絵が凍ってる。）」もちろん、氷がとけて、心が生きることが、一番怖いはず。情は貫之と同じだ。どの時代、どの国でも、人が話すところ全部で、苦しみの底に口を開いた割れ目や、一物を言葉でつかむことの無理さ、放っておくことの無理さが変わるわきゃない。言葉でつかめない一物を、あれこれの大切な人や物で代わらせるとき、言葉で言葉の穴に向かうこと、つまり、考えることも、おわる。それも、日本だろうと西欧だろうと、どこでも同じ。

3．耳のない話し

無理な問題：「手かせをはめた罪人をひとりずつ並べて、面通しする」ように、言ってみて。
役に立たないヒント：「獣屍《じゅうし》の斁敗《とはい》している（ぼろぼろになっている）形」で言ってもいいよ。
役に立つヒント：全部合わせると、字になる。

答えは、「譯」。上のカッコのなかは、それぞれ字典にある「訳」の元のかたち「譯」の右側、「睪」の説明。これをさらに「目」と「幸（手かせのかたち）」に分けたのが『漢字源』で、全体として骨の浮き上がった動物の死体と見たのが、『字訓』。答えは、それぞれこう続く。「譯は『言＋（音符）睪』」で、ことばを選んで、一つずつ並べつなぐこと」（『漢字源』）、「睪は…、すでにその結体を失い、それぞれの部分をそのまま引き出しうること、すなわち繹解《えきかい》しうる意がある。語の通じがたいものをそのように繹解することを譯という。」（『字訓』）まず、「譯」が頭にあって、その字源として説明を読むと、なるほどねと感心する。でも、なにが指されているか知らないで説明を先に読んで、これなんだと言われても、よっぽど運がよくなきゃ絶対に答えにたどり着かないし、「譯」のことって答えが決まってなけりゃ、合ってるかどうか確かめようがなくて、自信があればあるほど、方向を変えらんなくなる。夢解きとも似てるけど、大きな違いは、夢見た本人に聞けないってこと。字はしゃべってくれないし、字をつくった人はもういない。だから字源の仕事の確からしさは、考古学で見つけたものや言い伝えとも照らしながら、どれだけほかの似たつくりの字、「驛（駅）」や「擇（択）」、「繹」なんかをひとつなぎにできるか、それしかない。白川静の仕事がどれだけ一貫してるか、見ればいい。夢解きでは、夢がなんの代わりをしてるかは、本人の考えがいやでもそっちにつながっていっちゃう、それかいやだから黙っちゃう、ってことでしか分かんない。同じようにどうしてか分かんないけど、聞く人の頭にも上の問題みたいに無理なヒントが急に思い浮かぶことがあって、それを言うと夢見た人の考えを揺さぶることもある。でも、合ってるかどうかは絶対に問題にできない。問題になるのは、それで話しが止まっちゃうか、もっと先まで続いていくか、本当にただそれだけ。

漢字の字解きも、アルファベットで書かれた西欧語の語源解きも、やってることの無理さは同じだよ。「über（向こう）」と「setzen（置く）」で「übersetzen（訳す）」なんて、その語がもとは川で船を渡すことだったって説明まで聞くと、なるほどねって思っちゃうけど、それは「übersetzen」のいまの使われ方を知ってるから腑に落ちるんで、それぞれの部分を合わせただけでいまの意味が出てくるなんてわきゃないのは、漢字と一緒でクイズをやってみれば分かる。向こうの言葉をこっちの言葉にするんだったら、「hineinziehen（こっちに、引っ張る）」だっていいじゃない。なにかをつなげることは、いつだって無理やりなんだ。

やってることは同じく無理でも、西欧語の語源調べは、「A」が角の生えた雄牛のひっくり返ったかたちとか「M」が波のかたちとかいう字解きと、「/ab/」が離れる動きで「/manu/」が手のこととかいう音解きを、それぞれ切り離してできるから便利だ。切り離せるどころか、字解きはすっ飛ばしちゃっていい。漢字のときは、それをまとめてやらなきゃだから、はっきりしなさと、分かったつもりが一緒に膨れ上がる。西欧語だって「/in/」や「/ver/」や「/sag/」みたいにそれ以上分けないで、集まっていろんな語をつくるまとまった響きの数はかぎられているように、紀元後100年の字典『説文字解』でもう一万字近くあった漢字だって、いろんな字に繰り返し使う線の型は決まってる。一語として見れば、「über」（向こう）と「setzen」（置く）を合わせて「übersetzen」としても、「言」と「睪」（ばらばらになりかけの死骸や、つながれて引っ連れられた連中）を合わせて「譯」としても、意味合いがつながりやすい部分が組んで新しい語になるって点で、やってることはとっても似てる。大変な違いは、一つには部分のでき方で、西欧語ではもう分けられない部分が響きでできていて、せいぜい30もないアルファベット字で書かれるけど、漢字では絵でできてること。組まれた部分のどれかが音符になって漢字の音を教えてくれるけど、部分の響き方は絵に書かれていないので、部分がある数だけ知ってなきゃいけない。二つ目の違いは、西欧語では部分の響きがそのままずらずら並んで、音節が増えていって語になるけど、中国語では一語をあらわすものとして出てきた組み文字の漢字が、かならず一音節になるってこと。もともとは順番が逆で、中国ですべての一語の単位が一音節だから、一語をあらわす漢字の読みも当然一音節になったんだ。日本語で音読みが二音節になることが多いのは、子音で終わる発音がよくできなかった日本にいた人たちの訛り。

こんな読めるわきゃない字に、ばったり出会った弥生人たちは、どんなに不思議だったろう。話している言葉を書いて残すことができる、ってことすら思いもよらなかったんだもの。氷河期が終わって海が出来て大陸と島が分かれてから一万年以上たって、またばったり出会ったときには、稲作と青銅器がとっくのとうだった大陸の人たちは最後の1000年くらいの違いで鉄器と漢字ってとんでもなく遠くまで行っちゃってた[16)]。読みも意味も分からない漢字をどうやって読むか、じゃなくて、字ってものをそもそも知らないから、この模様はなんだ、ってところからはじまる。でも、それはいまの子供だって同じ。アルファベットだってそうだよ。何年か前に、5歳くらいだったドイツ人のやんちゃな子が、丸や半円や切れぎれの線を紙に並べて書いて、これあたしの名前、って見せてくれたことがある。もう小学校に入って字を習ってるこの子は、あのときなにを分かってたろう。字には、決まった線が使われること。丸や半円は、絵によく使うかたち。字は、ほかの字と切れていて、間に空白があること。草書体や筆記体のように字どうしの線がつながる書き方が出るのは、いつも後から。決まった線には自分の名前とつながる、自分

---

16) 日本人が古代に漢字と出会ってから、漢字の音読みと訓読みという二種の読み方、漢字と仮名の二重の書き方ができるまでの歴史は、「日本における漢字の運命」に詳しく書いた。

の代わりになる力があること。だから、紙は、自分の体の表面と同じ。それから、自分じゃ読めなくても（それでも書ける）、大人はその意味を知っているはず、という信心。まだ分かってなかったのは、字にはかぎりがあってそれぞれに名前があることと、それぞれの字は、ほかの字と決まった並び方をすることで決まった働きをすること。その両方とも、字に興味津々になってから、アルファベットならせいぜい３、４年で習う。そうしたら、新聞だって、どんなに難しい本だって、内容は分からなくても全部発音できるようになる。だから、自分じゃ分からなくても大人は知ってるよ、っていうあこがれと寄る辺なさは、数年で字から難しい言葉、書き方、話しの内容に移る。子どもがテレビでニュースやドラマを見て、大人の話しについていきようがないのと同じことで、字が読めないから分からない、ってわけじゃない。

でも、漢字じゃそうはいかない。日本には「せ」や「い」のように字の名前と発音が基本的にいっしょでアルファベットよりも働きの簡単な仮名があって便利だけど、中学生くらいにはならないと、知らない漢字の多い新聞を読むのは、発音するだけでもきびしい。内容や言葉遣いが分かんないってこと以前に、字の読み方が分かんない。その時間の差は、大きい。誰かどこかに、意味を知ってる人がいる。この信心が、字そのもののなかに長く残って、消えない。漢字だけじゃなくて、アルファベットだって、どうして読めるのか、書けるのか、どうしてみんなで使えるのか、最後までは分からないよ。言葉と一物が全然違うものなように、字っていう線と言葉もまるっきり別物でしょう。その線が、くさびや筆をもった手の動かし方を体に書き込んで、決まった同じ動きをできるようにするし、横隔膜、口、喉、あご、舌の動かし方を左右するんだから、本当は不思議でよく分からないことなんだ。その不思議さは、世界のどこ行ったって、まったく一緒。違うのは、どこかに知っている人がいる、って思い込みの度合いと、それが字のなかに入っているように見えるかどうか。その思い込みがあんまり強いと、漢字に悪い霊から守ってくれるまじないの力があるようにまで見えちゃう。

この信心について知りたければ、ラフカディオ・ハーンが日本人の奥さんから聞き集めて英語で残してくれた話しの一つ、『耳なし芳一の話し』を読めばいい。物語のなかで、漢文を読み書きできて芳一を守ってくれる坊さんと、最後芳一の体の一部を引き裂く死んだ侍は、芳一をはさんで両側にいる。両方とも芳一とは接しているけど、侍が来るときは坊さんはいない、坊さんがいるときは侍はこない、っていう一枚の紙の裏表みたいなつながり。目も見えず字も読めない芳一は、悲しんで苦しんでいる死人を追い出すために字を体全部で運ぶか、さもなきゃ芳一を欲しがってる外の恐ろしい力に引き裂かれる。芳一の体を消すはずの漢字は、消そうとやっきになることで、かえって本当に全部隠しているか、字が書かれた体にはもう裂け目がないかどうか、って不安をあおる。体の裂け口で、耳だけは閉じらんないってラカンが言ってるけど、「耳たぶ」はあっても「耳ぶた」はないんだから、おおよそ本当だね。同じく「ふた」できない鼻がどうして問題にならないかは、まだ疑問に残るけど。芳一の話しでは、字が体の開き口（死人から見て）を消そうとしても、耳だけは残って裂かれちゃう。

この物語の主役は、漢字。エドガー・アラン・ポーの『The purloined letter（盗まれた手紙）』（1844年）で文（ふみ）が主役なのと似てるけど、字が体の表面に書かれているのが違う。芳一の体に書かれた字は、それぞれの登場人物に違った仕方で、読めない、見えない、読めなさが読めない。一つ目には、目の見えない芳一には、自分に書かれた字が読めない（もしも目が見えたって、体に書かれた字は一部しか見えない）。読めないけど、的面な力があるってことは坊さんが知ってるはずだから、信じて従う。二つ目には、芳一を欲しがる死者には、紙としての体の表面もろとも、字は見えない。三つ目には、字を読み書きできて、まじないの力が確かだと言ってくれる「知ってる人」代表の坊さんは、字が全部を覆ってると勘違いして、穴に気づかず、字には覆えないものあるってことが読めない。うっかり耳を残しちゃったことだけじゃなく、坊さんのやってることには穴があるよ、だって、そんなに漢字バンザイなのに、死者も遠ざける万能の漢字で書いた『般若心経』は、サンスクリットからの漢訳なんだもん。耳が裂かれた芳一は、その逸話のうわさで有名になって、贈り物で裕福に暮らしたって。日本人たちが感謝したのは、芳一が自分たちの運命を引き受けてくれてるからじゃないか。

『耳なし芳一』の話しを分けていく仕事はまだ先がありそうだけど、ここでよく見たいのは、漢字の働き。一つ目には、芳一の立場には、漢字だけじゃなくて字を前にした子供なら、みな立たなきゃいけない。字にすごい力があることは感じるけど、どんな力かは分からず、誰か信じられる人が知ってるはず、と信じる。二つ目には、字をつくる線は、字として働くとき、見えなくなる。それは、赤ちゃんが自分とほかの人はそれぞれ動く別のものだと知って、自分の体という感じができたときには、自分では自分の体だけは見えなくなるのと似ていて、字にはそれまで書かれてなかったなにかを消す働きがある。漢字について具体的に言えば、漢字で書かれる前に響きとしてしかなかった和語がなにをあらわしていたかは、もう分からない。三つ目には、字を知っていると自分で思い、他人にもそう思わせる人は、字の働きに分からない穴があることを、すっかり忘れる。

4．花のない話し

日本で訳語が記念してるのは、目と口と耳をふさぐ仕草の日光の三猿が求めるように、そうしてるかぎりは立派な人の列に加えてやるからただ従えという変わらない命じと、それに従う紋切り型の喜び。推古元年に法隆寺の刹柱を建てるとき「嶋大臣（蘇我馬子）と百数人がみな百済服を着て、観る者はことごとく悦んだ（嶋大臣并百餘人皆着百濟服　觀者悉悦)」って『扶桑略記』(11世紀末から12世紀）が伝えてる場面と心は同じで、日本人と漢字のかかわり方の移し。それを嗅ぐ鼻までなくしたら、心分けはもうおしまい。根が深いんだから、日本で「心理療法」する人たちが役に立とうとして漢字の場所に入ろうとするのは無理ない。自分でも疑問なくその力に服してる人は、患者に対して同じ力に従えって暗に命じるほかに術がない。精神分析に反対して丸井清作とけんかした森田正馬は、「こだわり」に「とらわれ」てる患者から「素直な心」を求めて、理屈を言うなと命じた。立派な先生は知ってるんだから、つべこべ言うのをやめてただ従おう、って信心をゆるぎないほど強くさせる。風呂場で森田の背中を流した患者は、父であり母であるような先生のありがたさに泣いてとろけたって。でも、丸井の元弟子で、1932年にウィーンへフロイトを訪ねてリヒャルト・シュテルバに分析を受けた古沢平作だって、日本の精神分析の本家みたいに散々もちあげられてるけど、不思議と、いやちっとも不思議じゃないけど、言ってることはよくよく似てる。

1931年に日本語で書いて、翌年には独訳をフロイトに渡した論文[17]で古沢は『トーテムとタブー』に長く立ち入りながら、「要するにフロイドの論ずる所を総合すれば宗教とは父を殺戮せんとする感情を和らげ『死後の従順』によって亡き父と和解せんとする試みとして子供の罪悪意識から現れた心的状態であると結論すべきであろう」ってまとめたうえで、「子供の罪悪の意識より現れたものは宗教的要求であって、完成されたる宗教的心理ではない」って言う[18]。「然らば宗教心理とは何か。あくなき子供の『殺人的傾向』が『親の自己犠牲』に『とろかされて』始めて子供に罪悪の意識の生じたる状態であるといいたい」[19]って、論文の最後には「この心理こそ人間の今日までに到達し得た最も調和したる状態である」[20]とまで突き進む。古沢が考えたって例[21]では、非常に

17) 1935年に雑誌『精神分析』第三巻第二号に「旧稿」として掲載されたときのタイトルは、「精神分析学上より見たる二つの宗教」。1954年の『精神分析研究』1巻1号に再掲されたときには「罪悪意識の二種（阿闍世コンプレックス）」と題された。『精神分析』の同号には、古沢が自分で訳してフロイトに手渡したドイツ語版「Zwei Arten vom Schuldbewusstsein, – Oedipus und Azase.」も併載されてる。大槻憲二の主催で1933年に創刊されたこの雑誌は、曾根博義らの手により2008年に復刻版として不二出版から再版された。このような大変な労力のおかげで、稀少な資料が手に入りやすくなるのは、本当にありがたい。ここでは、新漢字と仮名遣い、変更された句読点の読みやすさを優先して、54年版を引用する。とくにドイツ語版については、別の機会にあらためて書きたい。

18) 古沢平作（1935［1931］/ 1954）、「罪悪意識の二種（阿闍世コンプレックス）」、『精神分析研究』1巻1号、8頁。

19) 同上。

20) 同上、12頁。

従順な子供が、「(本当についであったが) 皿を落として破損したとする」んだって。「悪かったという心が漏然と湧いて」、親の前に引き出された子供は「畏怖のためにおののいて」、「再三悪う御座いましたと本当に心から詫びた」。頑固な老爺があくまで責めつづけると、「これ程までに詫びても許して下さらないのか、私も人間だ、人間には過失もある。あとはどうでも勝手にして下さい」と、「世にも怖しい反逆者その者」の態度になる。「が、一方他の親はこういった『お前のしたことは明らかに悪い。過失は人間にあるにした所が、悪いことは悪い。が人間は人間、皿は破損すべきもの、どうしたって仕方ない。こんご戒めて働け、従順な子供はそのときわっと泣き伏した。『悪いことをした私にかくまで言って下さる親。私は本当に悪う御座いました。以後は決して過失を繰り返しませんからお許し下さい。』」

皿を割ったのが「(本当についうっかり)」って目立たないようにカッコにいれてわざわざ添えてんだから、古沢も「ついうっかり」が本当かはあやしい、って感じてんだね。自分で「あくなき子供の『殺人的傾向』」について、親を殺すほどの子の憎しみについて書いたばっかりの段落じゃん。でも古沢は、自分で例として考え出したこの子にはなにが憎かったのか、それについてちっとも聞く耳もたず、ただ悪いと思うんじゃまだ足りない、って言う。この子だって、なんの代わりに皿を割ったのか、自分でもさらさら分からなかったろうよ。それを言葉にさせるんじゃなくて、「懺悔心」になるほど自分の悪さを分からせるにはどうしたらいいか、って考える。それで出てくるのが、「親の自己犠牲」。そこから出ようという気すら萎えさせるくらい罪を深々と心に刻ませるには、大げさに許せばいい。子供が親の力から出ようとしてるときに、それじゃ「人間の」「調和したる状態」になれなくってかわいそうだからって、先回りで「許してあげるよ」って言って引き戻す。「許してあげるから大丈夫だよってこんなに言われなきゃならないほど、悪いことしたんだな」って子供に思わせるように。「皿を割ってごめんなさい」じゃ足りなくて、「とんでもなく悪いことしたはずなのに、許してくれて

21) 同上、8頁。例中の引用は、みな同頁から。

ありがとう」って感謝までさせたら、扱いやすいしもべの調和の完成。自分じゃなにが悪かったのか分からないけど、親はなにとは言わず知ってるっていう、漢字の働きに見本のように集められた力に従う素直な心を植えつける。だから、口では「許す」って言いながら、ちっとも許してないんだね。やってることは本当きびしくて、言葉を失わせて出口をふさぐんだから、自己犠牲の親がやってることは、これっぽちも「甘く」ない。

土居健郎の言葉遣いなら、「反逆者」の例は「甘えが拒絶された」ことから来る「うらみ」[22]、あとの例はうまく働いた「甘え」って言えるだろう（ただし、土居は「甘え」がよろしいなんて言ってない)。土居は、ちょうど「甘え」が「本来、非言語的」だって何度もつよめてる文章で、「『君は甘えている』『彼は甘えている』とはいっても、『私は甘えている』とはふつういわない」[23]って書いてる。「ふつういわない」んだから、甘えてるとされる子供にとっては、たしかに「甘え」は「ふつう」「非言語的」だっていえる。けど、甘えさせる親にとっては、そう言うんだから、「言語的」だってことになるよ。子犬も子供も、外の力をたよることが「甘え」かどうかなんて、よく生き延びられさえすりゃ、どうでもいい。どうでもよくないのは、古沢の「自己犠牲」の親の例みたいに、「仕方がない」と言ってあげれば子供がもっと甘えてくれる、従順な子がますます自分にぴったりくっつくと思ってる親にとってだけだ。日本語の言い回しから心の働きを探る土居の仕方は本当にすばらしくて、土居の仕事のつづきは引き継がなきゃいけない。でも、「日本人の精神構造を理解するための鍵概念となるばかりでなく、日本の社会構造を理解するための鍵概念ともなる」[24]ほど「甘え」って一語がなんでもかんでも言うなら、それは本当になにか言うんだろうか。むしろ底には、反対のつよい「苦み」を隠していて、いい響きで覆いかぶせてるんじゃないか。自分に甘えてくれると見込んだ相手が、自分の力から去っ

22) 土居健郎（1971 / 2007)、『「甘え」の構造（増補普及版)』、弘文堂、47 頁。
23) 同上、308 頁。平成３年と記されてる「刊行二十周年に際して」。
24) 同上、45 頁。

ていく、その取り残される親の苦々しい痛み。

もちろん、日本だけじゃない。子供の幸せを考えてるんだって信じながら、子供が離れていかないように自分の力の下に取り込もうとする親は、ドイツにだってフランスにだっていて子供を苦しめるけど、それは「あくなき『親』の『殺人的傾向』」、「子殺し」っていうんだよ。子供に「自分は苦しい」ってことすら嗅ぎつけられないように、鼻まで切り落として「ありがとう」って言わせる。古沢は、それを「現代の先端的科学、精神分析学上よりも見るも」[25] 目指すところだ、って言ってんだから、そりゃフロイトじゃなくたって、「Eine unmittelbare Verwendung desselben scheinen Sie ja nicht zu beabsichtigen.（あなたがこの考えをそのまま使おうとしてるとは思えません）」[26] って言うよ。

でも、古沢は本気だったんだ。戦後になっても1954年にこの論文を（日本語版だけ）再掲しているし、それからも一貫してる。少なくとも正直で、どう精神分析らしい訳語で着飾ろうとも、フロイトについて話す振りしながら仏陀について話すようにみせかけて漢字の力について話してたとしても、自分の信心にひたすら従ったんだから、日本語について考える大変なとっかかりをくれる。親にひれ伏す子供は、だから、親が従ってた力に同じように従える人は、きっと日本の世の中でそこそこやってけるんだろう。古沢は、それを日本で「人間」（それもなんだか分からない）として和をたもつ術と見たけど、いまだって同んなじだよ。時代が変わったなんて言って過ごしちゃったら、みかけだけ変わるもののなかで、ひたすら変わらず記念されているものを、また無視して次に渡すだけ。誰かひとりでも知ってるはずだということだけは疑うな、みんな使ってる字に同じく従え。そのうしろには、俺も敬う偉い人がいるんだぞ、誰とは言わなくても言えなくても。そうすりゃ、譯しきれない穴があったって、みんなうまく行く。この信心が心の底になきゃ、そし

25）古沢、12頁。

26）1932年7月30日付けのフロイトから古沢への手紙。引用は、Geoffrey H. Blowers and Serena Yang Hsueh Chi (1997) : Freud's Deshi : The Coming of Psychoanalysis to Japan, in: Journal of the History of the Behavioral Sciences: Vol. 33（2）, p.118 から。

て花になるほど隠されてなけりゃ、なんだか分からない訳語が学者と学生をひれ伏す力をもてるわけがない。読むな、使え、楽しめ。日本の心理療法も、流派の名と言ってる言葉遣いは違えど、やってることはそればっか。そりゃそうだ、治療するって人が、自分がなんに従ってるのか知らないんだもの。自分のことだけはそっとしておいて、患者に対しては意味深な漢字の場所に入って、もう一度みんなが従ってる力のなかに戻れるようにする。そして実際、日本でうまく生きてくのに役に立つこともある。でもそれじゃ、信心の植え直しで「幸せ」(手かせのかたち)になれない人には、薬でなんとかするしか、もうなす術がない。

日本と西欧で違うのは、字の力の働き方。日本語に帰って、心分けを見ないことにしている振りをやめて、自分がどんな言葉で生きているのか、一つひとつ見つけよう。よく耕された花畑で古代から変わらない種まくより大変だって、そこからはじめなきゃ、訳語をこねて精神分析だなんて言ったって、いつまでたってもなにも譯さないもの、下らないまま。

キレイなペニス
― 第一次世界大戦下のドイツ軍における性病対策と身体の規律化 ―

嶋田 由紀

1．M.ヒルシュフェルト『世界戦争における風俗誌』

18世紀以来、健康国家を目指してきたドイツでは、性病感染者の増加は大きな社会問題とみなされてきた。19世紀後半に性病が出生率低下と関連づけて語られるようになると、性病対策は次第に〈生権力〉[1]が取り組むべき課題の一つとして認識されるようになる。20世紀初頭にはすでに淋病・梅毒患者たちの医療施設における待遇改善、健康保険の対象化など、社会福祉の充実が法整備面で着手され始めている[2]。このように性病問題に関する責任を公権力が引き受けるようになると、今度は感染拡大防止や個々人への感染予防措置が焦点となってくる。性病罹患者の治療は、究極的には医療・社会福祉制度の問題であるのに対し、予防措置は、非罹患者を感染の危険から遠ざけるための衛生学的対策、つまり広く一般に向けた性病についての啓蒙、性行為時における器具的・化学的予防法の周知、性に関する身体の規律化、性道徳の強化あるいは変更が要請される。しかし、第二帝政期においては、刑法184条ポルノグラフィー配布規制法の存在がこれらの予防措置の実行を困難にしていた。

---

1 フーコーは、生物学上の人間という身体（＝生体）に焦点を定める権力を〈生権力〉だとしている。〈規律〉と〈生政治〉という〈生権力〉上の二つのテクノロジー双方に関わるものとして「性」を挙げ、「性が政治的賭金」として重要な意味を持つことを指摘している（ミシェル・フーコー　渡辺守章訳『性の歴史Ⅰ　知への意思』 新潮社　1986年、 183-184頁参照）。本稿では、フーコーのこのような定義にしたがうものとする。

2 ビルギット・アダム著　瀬野文教訳『王様も文豪もみな苦しんだ―性病の世界史』草思社　2003年。

当時の性規範をもとに制定されたこの法では、性病知識を含む性教育書・啓蒙書を猥褻物とみなし、一般向けに出版することを禁じていた。また、予防具についても公序良俗を乱す猥褻物として販売・広告規制を布いていた[3]。衛生学的見地に基づいた性病予防策は、婚姻外の性行為を誘発するものとして退けられ、未婚者には禁欲を、既婚者には貞節を唱えることが、妥当な性病予防策だとされていたのである。それ故、売春婦は総じて感染源とみなされ、風紀警察による摘発・管理を受けたほか、「大抵は性器だけであるが、多少厳しい身体検査を週１～２回」義務付けられていた[4]。これが、第二帝政期における公衆衛生上の予防策だった。これに対し、ブラシュコ（1858-1922）やナイサー（1855-1916）といった皮膚科医[5]たちは性病撲滅協会を設立し、第二帝政期からヴァイマル期にかけて、性病問題を性道徳の領域から衛生学的領域へシフトさせるべく精力的に活動した。それ故、従来の研究では、衛生学的な予防措置の実現を、性病撲滅協会の努力が実を結び、法規制が緩和されたヴァイマル期に置いてきた。例えば、議会における性規範と病理学的ディスクールの対立をつぶさに追ったルッツ・ザウアータイクの研究では、性病啓蒙書出版規制、予防具販売規制を緩和した1927年の性病撲滅法に衛生学的性病予防政策の実現を見ている[6]。また、性病撲滅運動による社会衛生学の誕生を扱った川越修の研究では、ヴァイマル期の「性病相談所」の全国設置が性病の啓蒙・予防に大きな役割を果たすと同時に、「生と性」の「社会国家化」への道を促進したとしている[7]。だが、一次世界大戦下の軍隊において、厳しい法的制限を半ば無視する形で衛生学的性病予防措置がとられていた事実については、あまり言及さ

3　StGB § 184.　1872 年制定。

4　W. Perls: *Haut- und Geschlechtskrankheiten im Kriege*. In: *Archiv für Dermatologie und Syphilis*. Springer, Berlin 1916, Bd. 122 Heft 7, S. 613.

5　当時、性病医とは性病の研究・治療にあたっていた皮膚科医のことを意味した。後述する「性科学」の設立者ヒルシュフェルトもシャワーの普及に努めたラサーも皮膚科医である。

6　Lutz Sauerteig: *Krankheit, Sexualität, Gesellschaft –Geschlechtskrankheiten und Gesundheitspolitik in Deutschland im 19. und frühen 20. Jahrhundert*. Franz Steiner Verlag, Stuttgart, 1999.

7　川越修　『性に病む社会』　山川出版社　1995 年。

れておらず、性病史上の明確な位置づけも与えられていない[8]。性病の蔓延による士気と戦闘力の低下を避けるため、開戦と同時にドイツ軍に導入されたこの予防措置は、確かに、国民の健康維持を第一の目的としてなされたわけではない。また、戦後そのまま国民全体に適用されることはなかったことを考えると、軍隊という特殊な環境における例外とみなし得るかもしれない。しかし、この予防措置が性病撲滅協会をはじめとする性病医たちの提言を受け入れ、衛生学的見地に基づいて打ち出されたこと、そしてそのような措置が兵士たちの身体上に遍く施されたことは、看過されるべきではない。なぜなら、この問題を〈身体規律〉の視点から捉えなおすならば、第一次世界大戦に動員された兵士数は例外として扱われてよい規模ではなく、これら多数の身体に加えられた変更がヴァイマル期に性病予防政策を導入する際の衛生学上の素地を用意したであろうと予測できるからだ。したがって、本稿では、第一次世界大戦下の軍隊における性病予防措置をその後展開される全国的性病予防対策への布石とみなし、性行為という私的領域に〈生権力〉がいかに介入し、兵士の性と身体をどのように規律化していったのかを明らかにしたい。その際、重要な資料となるのが、マグヌス・ヒルシュフェルト『世界戦争における風俗誌』[9]（邦訳題　『戦争と性』、以下、『風俗誌』）である。編者のヒルシュフェルト（1868-1935）は1919年ベルリンに「性科

8　川越、ザウアータイク以外の研究としては、例えば性病の文化史を扱ったアダム前掲書のほか、性病撲滅委員会の活動を概観した A.Scholz: B*ekämpfung der Geschlechtskrankheiten in verschiedenen politischen Systemen.In: Der Hautarzt; Zeitschrift für Dermatologie, Venerologie, und verwandte Gebiete*. 2003, Nr. 54（7), S. 664-673 などが挙げられるが、いずれも第一次世界大戦における予防措置について紹介はしても分析は行っていない。また、第二次世界大戦における性病対策を扱ったザイトラーの研究でも、その対策を眺めれば第一次世界大戦のそれを参考にしていることが明らかであるにもかかわらず、言及されていない。Franz Seidler: *Prostitution, Homosexualität, Selbstverstümmelung. Probleme der deutschen Sanitätsführung 1939-1945*. Kurt Vowinckel Verlag, Neckargemünd, 1977.

9　本稿では、Magnus Hirschfeld (Hrg): *Sittengeschichte des Weltkrieges*. Schneider, Leipzig, 1930. を使用した。引用頁を(　　)にアラビア数字で記した。引用日本語訳は、M.ヒルシュフェルト編　高山洋吉訳　『戦争と性』　第二巻　同光社磯部書房　1953年を参照しつつ、嶋田が翻訳したものである。引用した資料・図版については、原書に典拠が示されている場合は、それを注に記した。

学研究所」を設立し、人間の性の多様性を科学的に解明する一学術分野、「性科学」を確立した人物として知られている[10]。この『風俗誌』もまた「性科学」の立場から編纂されており、兵士・娼婦・同性愛者・銃後の女たち・占領地の女たちなど、さまざまな人々の第一次世界大戦における性が多方面から叙述されている。とりわけ２章（第７章・第10章）を割いて言及される兵士の性生活からは、軍による性病対策・兵士の性管理・身体管理について詳細に知ることができる。そこでは、当時の名だたる性病専門医たちによる研究報告だけではなく、それらと全く同等の扱いで戦争文学作品、一兵士の日記、手記、ビラ、売春婦や性病患者の証言が引用されている。それに加え、膨大な量の政令・公文書・イラスト・写真が、時には本文で何の言及もされず、時には注釈なしで、資料として添えられている。いわば『風俗誌』は、第一次世界大戦における性の雑多な小文書館といってよく、これらの資料は「性病予防対策」の名のもとに個々の身体に加えられた変更を読み解く鍵を与えてくれる。

以下では、ヒルシュフェルトの『風俗誌』に収められたこのような文献・資料を手がかりに、まずは第一次世界大戦における軍隊内の性病対策を概観し、その方向性を検討し（２章）たあと、そこで行われた兵士の性の管理（３章）と、それによる兵士の性と身体の「規律化」と衛生観念の内面化（４章）を分析することとする。また、これらの規律化と内面化が、その後の性病対策にどのような影響を与えたのかについて考察を加えたい（５章）。

10　性的異常者とみなされていたホモセクシャルを女性と男性の間という意味での「中間の性」に位置づけた人物としての方が、むしろ現代においては有名である。彼は、「科学的人道委員会」を設立し、同性愛者の人道的権利の擁護に努めた。それ故、今日のヒルシュフェルト研究は、主にこういった性のマイノリティー研究の始祖としての側面に光が当てられている。現在のドイツにおいては、マグヌス・ヒルシュフェルト協会（Magnus-Hirschfeld- Gesellschaft）が彼の業績や著作の管理をしており、同性愛研究の拠点となっている。http://www.hirschfeld.in-berlin.de　(2010 年 5 月 10 日参照)。また、日本においては、谷口栄一が同性愛研究の始祖としてのヒルシュフェルトを紹介している。「ヒルシュフェルトと人道科学委員会」大阪府立大学言語文化研究 3, 大阪府立大学 2004 年 21-33 頁、他数本。

2．軍司令部における性病対策

第二帝政期の皮膚科医フィンガーは、16世以降ヨーロッパで起こったどの戦争においても戦後性病罹患者数は急増することを統計で示した後、この引き金となる戦時下における性病蔓延は、二つの大きな災いをもたらすと説明している。「ひとつは、多数の兵士を軍務不能にし、我々の軍隊の戦力を低下させる。二つ目は、帰郷する兵士によって自国の住民が疫病汚染されるという大きな危険が生じることである」[11]。それ故、実際的な措置より性道徳を優先する傾向にあった第二帝政期において、開戦とともに軍隊内で衛生学的予防措置が可能となったのは、戦闘力の確保と戦後の性病感染者数の抑制といういずれも国家の興亡を左右する問題に直面してのことだったと考えられる。

衛生学的性病予防対策のありかたには、その時代のテクノロジーと自然科学の解明度が大きく影響する。当時の性病と言えば、主に梅毒と淋病を指したが、これらの細菌学的解明については、1879年にアルベルト・ナイサーが淋病の病原菌ゴノッカスを発見し、1905年フリッツ・シャウデンがスピロヘータ・パリーダを梅毒の病原体と同定している。つづいて1906年アウグスト・パウル・ワッセルマンが血清反応による梅毒の診断法を発見、1910年パウル・エアリヒが梅毒治療薬「サルバルサン」を発見している（実際の発見者は秦佐八郎）が、処方が面倒なうえに毒性が高く、決定的な治療薬とはいえなかった。梅毒・淋病の特効薬の発見は、イギリスのチェーンとフローリによってペニシリンの治療効果が確認される1940年年代まで待たねばならない。また、現在であれば性感染症予防対策としてまず挙げられるコンドームの着用は、「その有効性について医師の間で意見が分かれていた」[12]。というのも、ゴム製のコンドームは体液の交換を遮断するという意味で有効性は認められるのだが、当時のものは劣化が激しく、分厚いうえに破れやすかったため、使用感の悪さもさることながら、予防具としては不十分であった[13]。原材料がラテックス・ゴムに切り替わり、予防具として品質・質感ともに使用に

---

11 Perls, a.a.O., S. 604.
12 Perls, a.a.O., S. 613.

耐えられるようになったのは、1930年以降のことである[14]。このように、感染検出法はあっても特効薬がまだ開発されておらず、さりとて十分な予防器具もなかった第二帝政末期においては、いきおい治療よりも予防措置に重点が置かれる。例えば、それは軍司令部が考案した性病対策マニュアルに如実に表れている。軍司令部の性病対策を総括したフォアベルクの報告書をみてみよう。

Ⅰ．婚姻外の性交の危険について兵隊たちに教えた。
Ⅱ．意図的に性欲を昂ぶらせようとしてアルコール飲料を濫用しないように警告した。
Ⅲ．無警告の検診を頻繁に行った。
Ⅳ．罹病してもそれを秘している者を罰した。
Ⅴ．占領地において淫売の疑いがあるすべての女の検診を行った。
Ⅵ．健康な者を保護するために感染源を直ちに確かめた。
Ⅶ．検診せずには賜暇帰郷を行わせなかった。
Ⅷ．個人的予防措置
　a）梅毒の毒素の吸収を助長する包皮炎症や亀頭炎症を予防するため、極度に清潔にさせた。
　b）性交前に陰茎に油脂[15]を塗擦させた（ゴム予防具の装着は、現在のゴムの性質からして勧められない[16]）。
　c）性交後放尿させ、20パーセントのプロタルゴール溶液[17]

---

13 当時のゴム製コンドームは固形のゴムを熱や薬品で軟化させ、引き延ばして加工されたものが多かった。このようにして作ったコンドームは、劣化しやすく、製造されてからすぐ使わなければ破損してしまうような「生もの」に近かった。それに対し、ゴム樹脂を液体のまま加工するラテックス・コンドームは、薄くて丈夫で膨張性が高いうえに長期保存が可能である。西本頑司著『栄光なき挑戦者たち』 ＮＨＫブックス　2003年、9–15頁、参照。また、1928年の時点でさえ、コンドームは「時とともにしなびて木の葉のように砕けやすくなるので」、製造から「できるだけ一か月以内のものが好ましい」とされている。Magnus Hirschfeld (Hrg.): *Geschlechtskunde auf Grund dreissigjähriger Forschung und Erfahrung*. J. Püttmann, Stuttgart, 1928, Bd. II, S. 447. なお、当時はゴム製以外に、動物の腸でできたコンドームも使用されていた。
14 Götz Aly / Michael Sontheimer: *Fromms*. S. Fischer, Frankfurt am Main, 2007, S. 26f.
15 主にワセリンが用いられた。

を2、3滴たらし込ませた（淋病予防）。1000分の1の昇汞水[18]に浸した綿球で陰茎および包皮を擦らせた。

IX. 性病患者を専門医に治療させた。(222)

当時行われていたドイツ国内での性病対策と大きく異なる点は、このマニュアルに「禁欲」や「性道徳」の文字が一切書かれていないことだ。個人や社会の内部に形成された「道徳観」でもって性欲を抑圧し、兵士を性病の危険から遠ざけるのではなく、むしろ、兵站や戦地で行われる婚姻外の性交渉を避けられない現実とみなし[19]、性病予防の衛生学的対策が打ち出されている。言い換えれば、性病感染の原因を婚姻外の性交など個人の道徳心の欠如に求めるのではなく、飲酒に拠る性欲の高揚・衛生管理の不徹底・感染者摘発の遅れなど、身体管理の不備に求めているのである。それ故、予防措置もまた、兵士の身体を軍が管理すること、そして、兵士ひとりひとりもまた自らの身体を管理することに照準を定めている。報告書は、軍が管轄する予防措置（I～VII、IX）[20]と個人で行う予防措置（VIII）に大きく分けられる。軍の方からみてみよう。

まず、「婚姻外の性交の危険を教えること」（I）とは、性教育や性病についての病理学的教授を意味するわけではない。軍当局の「啓蒙」に役立ったとされる性病撲滅協会発行のビラでは、性病は、「軽率な女や娘」と関係を持つことで感染する病気であり、これらの女は「身持ちが悪いためにそのほとんどが性病病みである」から危険なのだと説明され

16 この報告書では、「ゴム予防具の装着は［…］勧められない」とされているが、『風俗誌』の他の箇所では、コンドームの着用を促したり（223, 224）、コンドームを配給したり（328f）、販売所を設置したり（231）する兵站も存在したことが紹介されている。

17 第一次世界大戦下では、消毒・殺菌薬として頻繁に用いられた。現在では、「プロテイン銀」の名で殺菌薬として販売されている。また、神経原線維の染色試薬にも使われている。

18 塩化水銀水のこと。当時は殺菌用に使われたが、毒性が高いため、現在では用いられていない。

19 性病撲滅運動家たちは、売買春の禁止・戦時における禁欲を訴えたが、軍司令部によって「兵士たちの感情に反する」と退けられた（309）。

20 以下、本文中のカッコ内に示されたローマ数字およびローマ字は上記引用内のものと一致する。

ている。そして、感染の結果、兵務を遂行できないばかりか、「その後の人生においても後遺症に苦しむ」(222) と警告を与えている。つまり、性病感染に対する恐怖を植え付け、感染源とみなされる「軽率な女や娘」から兵士を遠ざけておくための「啓蒙」である。アルコールの濫用禁止（Ⅱ）については、「代わりにコーヒーや紅茶を支給する」(224) などといった手段を用いて、軍の側から兵士の性欲を管理した例も紹介されている。Ⅲ～Ⅶおよび Ⅸは、性病患者の摘発と感染拡大防止が目的である。性病感染の隠蔽を防ぐため、抜き打ち検診は頻繁に行われ(Ⅲ)、また、自発的な申告を促すため、性病感染した場合の罰則をなくし、罹患を「秘匿した場合のみ」(229) 罰している（Ⅳ)。これは、感染の摘発のみならず、感染源の特定にも一役買っている。というのも、罹患者には感染したと思われる場所・時期の申告が義務付けられていたからだ。この対策の一環として、兵站内の売春宿や戦線娼家で働く女性に軍はあらかじめ健康診断を行い（Ｖ)[21]、性病に感染していないもののみに勤務を認め、健康診断書を発行した。兵士たちは売春婦と交渉を持つ際、この診断書の番号を控えておき、罹患した際には医師にその番号を告げる義務を負っていた (223)。番号の申告を受けた医師は、該当する売春婦を性病感染源とみなし、その売春婦を勤務から退かせることで、さらなる兵士への感染を防ぐという寸法である。感染した兵士は、すみやかに性病専門の野戦病院へ送られている（Ⅵ)。また、賜暇帰郷前に健康診断を行うことで、兵士から妻やその他の人々への感染、すなわち本国での性病感染拡大を防止している（Ⅶ)。「性病患者を専門医に治療させた」とあるのは、性病を他の病気や戦地での負傷と区別し、専門医に治療させることで、罹患した兵士が未回復のまま戦地へ戻され、兵站内での新たな性病感染源となることを防ぐためである。また、専門外の医師の不適切な処置で手遅れとなるのを防ぐ目的もある（Ⅸ)。

こういった軍内での摘発・感染拡大防止システムの完備よりも直接「身体の規律化」に関係するのは、個人的措置（Ⅷ）であろう。但し、

21 1915年、帝国風紀警察長官レルヒェンフェルトの名で占領地の女性で「淫売」に従事する女性はすべて健康診断を受けるよう、布告されている (225)。

「個人的」とされる措置は、文字通り個人が自発的に行ったわけではない。油脂の塗擦（b）、プロタルゴール溶液の注入、昇汞水に浸した綿球で擦る（c）など日常生活では有り得ない身体活動は、もちろん、軍から促されて始めて実行されたことである。つまり、予防措置が個々の身体の上になされたが故の「個人的措置」なのだ。したがって、「個人的措置」とは、軍隊における兵士の身体の規律化だといえる。また、このような薬品を用いた予防措置と並んで、性器を極度に清潔（peinliche Sauberkeit）にすること（a）が挙げられているのは、注目に値する。単に清潔にするのではなく、“peinlich”（極度に、綿密すぎるほどに）という、それが過度に行われるためにネガティブな趣さえ含む形容詞が“Sauberkeit”（清潔さ）に付加されているのである。しかし、こういった身体の規律に関わる「個人的措置」が、いつ、どのような場面で、どのように適用されたのかは、この報告書からは読み取ることはできない。そこで、以下の章では、「個人的措置」の徹底に関与したと思われる資料を、『風俗誌』のなかから抽出し、分析していくことにする。

3．消毒されるペニス：性行為の管理と衛生化

プロタルゴール溶液の注入と昇汞水・油脂の塗擦が実行されるのは、主に兵士が軍の管轄する娼家を訪れる際であった。戦線娼婦は昔から存在し、「軍隊の後に随いて移動した」といわれるが、従来のものと第一次世界大戦のものとの違いは、管理の仕方にある。第一に、戦争が長引き「陣地戦化したため、娼婦は娼家へと収まり」、娼家は軍の管理下に置かれるようになった（306）。性病感染予防を徹底するため、娼家以外で売春を行っていると目される占領地の女性についても、軍管轄の娼家で働くよう風紀警察を通じて警告が出されている（332）。軍管轄の娼家においては、兵士の身体の衛生管理は衛生兵に委ねられる。性病予防の主体は兵士にあるのではなく、衛生兵にあるのだ。それがどのような管理であったかは、1917年７月に３週間、ミタウの兵士用娼家で医務に当たった旧兵役経験者の手記から読み取れる。

［性病感染を］防ぐために、娼家の隣の小屋に一人の衛生兵が宿営していて、娼家を利用しようとする兵士は、そこに立ち寄らなければならなかった。［…］　娼家を利用しようという兵士はみな、衛生兵に身分証明書を提示しなければならなかった。名前と部隊がリストに書き込まれた。［…］兵士はみな衛生兵に性器を見せねばならなかった。兵士は症候の有無を診察され、プロタルゴールとワセリンの処方を受けた。こんな準備をして兵士は娼家へ向かった。兵士は戻ると、衛生兵の目の前で放尿し、そのうえ新たにプロタルゴールの注入を受けねばならなかった。そして、どの娘のもとにいたのか申告しなければならなかった。(322)[22]

従来の戦争娼家と第一次大戦下のものとの第二の違いは、需要と供給の著しいアンバランスにある。第一次大戦では大量の兵士が動員されたため、買春の需要が高まった一方で、事前検査で性病に罹患した娼婦を排除したため、娼婦の数が不足した。その結果、娼婦一人に対し大勢の兵士が殺到し、その対応策として部屋の割り当てと性行為の時間制限が設けられたのだ。戦争ジャーナリスト、ヘネルが著した『有刺鉄条の中の恋愛の男神』[23]では、戦線娼家を訪れた一兵士の体験が次のように述べられている。

われわれは、広間で自分の気に入った女を選ぶ大都会の娼家を泰然と頭に画いていた。ところが、ここは全然勝手が違っていた。女を10分間以上引き留めておいてはならぬという指示を受けた後、われわれは一室に待っていなければならなかった。ときどきこう叫ぶのが聞こえた。
「次のもの！」
45分待って、私の番が来た。

22　原注：R.E.I.K.: »S.M. Bordell Mitau«, Erinnerungen eines Landstrümers. In: *Kulturwille*, Jahrg. 1929. Nr. 7/8, S. 143.
23　原注：Hans Otto Henel: *Eros im Stacheldraht*, S. 14ff.

「第６号室だ！」と、下士官が私に向かって叫んだ。(321)

第一次大戦時に始まったこのような衛生兵・軍医による時間と衛生の管理は、兵士個人の一連の性行動を分節化するとともに、兵士の身体を分割し、再配分する。時間の流れにそって、前の二つの引用を解釈してみよう。

行為の前に提示する身分証は、その兵士の身体の所属する部隊を参照するためのアドレスである。このアドレスは、娼婦が罹患した場合、その娼婦と交渉を持った兵士を遡及して探し出し、適切な処置を施すのに役立つ。次に行われる診察と処方では、病理学的視線によって男性性器が兵士の身体から切り離され、観察され、消毒されるべき表層として立ち上がる。部屋の指定は、接合すべき男性身体と女性の身体を割り当てている。兵士が衛生医の監視を免れるのは、個室に入っている間だけであるが、しかし、娼婦と客だけとなったその空間でもまた、兵士の身体は病理学的視線によって貫かれる。例えば、ポーランドでは、風紀警察の命によって、娼婦は「行為前にa)陰茎に発疹がないか、陰茎をぎゅっと握ってみて尿道から膿状の漏出がないかを検分すること、b)性器にワセリンを塗ること、c)客にコンドームを提供すること」(231)[24]が義務付けられていた[25]。個室に入った後も、兵士の男性性器は娼婦によって監視され、病理学的視線によって貫かれる対象となっていたのである。個室の外に出ると、兵士の性器は再び医師の管理に委ねられる。私的な行為であるはずの放尿は医師の目の前で行うことが義務付けられ、再度

24　原注：Merkblatt für deutsche Soldaten, herausgegeben von Sittenpolizei Lodz. Sammlung A. Wolff, Leipzig.
『風俗誌』では、「ドイツ兵のためのビラ（Merkblatt für Soldaten)」とだけ注釈がついているが、ビラを詳しく見てみてみると、性病予防具のうちに男性には必要ないはずのビデやスポンジの名が挙がっている。明らかにこれはポーランド風紀警察が、自国の女性を性病感染から守るために作成したものといえる。

25　その意味では、性病予防の主体は娼婦にあった。娼婦たちは、性病予防キット（消毒薬やそれを扱うための器具）が手渡され、自己の責任において自分の性器を消毒すること、キットを性病検査時に所持していることが義務付けられていた（231)。しかし、それは娼婦の主体性が尊重されていたからだとは言い難い。この文書がポーランド風紀警察から発行されていることからもわかるように、ドイツ軍にとってはドイツ軍兵士を性病感染から守ることが第一で、その相手である娼婦へのケアまでは考えていなかったからだと説明する方が適当である。

プロタルゴール溶液でペニスは殺菌される。また、娼婦の健康証明書の番号の申告は、客である兵士の身体とその娼婦とを性病の感染経路別に分類するためのものである。

したがって、第一次世界大戦下における軍隊による兵士の性管理の特徴は以下のようにまとめられるだろう。まず、性病撲滅を目的に占領地の売春婦たちが特定の娼家に集められたことは、戦時における軍による管理売春の始まりを示している。この閉鎖的空間があって初めて兵士の性の監視・管理が可能となり、一連の性行動には分割線が入れられ、その間に「消毒」という行為が挿入された。その際、兵士の身体は衛生学的な視線によって細分化され、公的なものとして再配分されていった。とりわけ、兵士の性器は、個人の身体から切り離され、衛生兵や軍医、娼婦に手渡され、個別に衛生的配慮がなされるものとして客体化され、解剖学的視線によって亀頭・尿道・陰茎にさらに細分化され、消毒されるべき存在として公共化された。また、娼家を訪れる兵士の身体は、性病に罹患する可能性が高い生体として娼婦と共に分類され、プロファイリングされるべき対象ともなったのである。性欲（リビドー）を差し向け、場合によっては解消されるべき場での、こういった性行為の分割・配分、身体の規律化・公共化は、まさに、〈生権力〉にとって性が政治上の「賭金」となることの証左である。別の角度からみれば、それは、リビドーを有効活用するための性の新たな監視システムの構築だともいえる。己のリビドーの充足を条件に、兵士たちはペニスの所有権を軍という〈生権力〉に引き渡した。一方、この〈生権力〉は、リビドーを「安全」かつ「衛生的」に充足させる場を提供することとで、ペニスの管理を引き受け、戦闘エネルギーの保持に努めたのだ。第一次世界大戦において、〈生権力〉は個々の兵士のリビドーを公衆衛生という名目で管理し、有効活用するためのシステムを生み出した。すなわち、性的エネルギーを戦闘エネルギーに変換する回路を見出したのである。

4．極度にキレイなペニス：隅々まで洗うこと

娼家において他者の監視のもと、消毒・殺菌された男性性器であるが、「個人的措置」のうち残された項目、「極度に清潔にさせる」予防措置（Ⅷ, a）とはどのように行われたのだろうか。娼家においては、ワセリン・プロタルゴール溶液・昇汞水の処方は衛生兵の手に委ねられ、兵士は基本的に受動的であるしかなかった。しかし、男性性器の洗浄については、労力の面からいっても、衛生兵が責任を持てるものではなく、個々人の管理に委ねるしかない。では、男性性器の洗浄は、個人の日常的所作にどのように組み込まれたのだろうか。兵士への啓蒙活動として「最も効果があり」、「機知にとんだ形式で兵士の興味を引く」ものだった（224）と『風俗誌』で評されているビラを例としてみてみよう。

無病息災、健やかで、
爽やかで、心楽しくありたい者は、
女というものをいっさい近づけず、
どんな女からも３歩離れていることだ！

でも、愛欲は強いものだから、
利口であれ！慎重の上にも慎重に！
でないと、お前たちはたちまち病気に罹るぞ！
終いには「役立たず」になるぞ。

ゴム[26]もせずに女を愛し、
あるいは――ゴムを――不用意に扱って――パチンと破けたら――
身体をよく洗っておくことだ、
でないと途方に暮れるぞ！

お前のペニスをぐるりとよく洗い、
一物をすっかり消毒した上で、
亀頭の尿道を摘んで、
プロタルゴール予防液を注入しなさい。

この規則をきちんと守り、
いつも身体を清潔にして置くことだ！
こうして初めて淋病や、疳瘡や、
梅毒を妨げるのだ！

もう一つ、そのとき必ず女に、
健康証明書を提示させなさい。
その証明書の番号を覚えておくことだ、戦友たちをこの病気から守るためにも。

26　ここでいうゴム（Gummi）とは、コンドームを指す。

お前とともに罪を犯したペニスに
痛みを感じたり、
膿汗《うみ》が出たり——
吹出物がみえたりしたら、
医者へ行きなさい、一刻も早く。
直ぐに何か手当てをしてやっと、
お前のいかれたペニスも早く治る
のだ！
覚えておけ
——早ければ、早いほどよい！！！
よろず相談に応ず。

軍医メッサー（224-225）

ここでは、性病の危険性を説くとともに、個人でできる性病予防法が詳しく説明されている。性病予防の具体的指示や手続き、性病感染の兆候がリズミカルな口調で簡潔に記されているこのビラでは、洗浄と清潔が殊更強調されている。身体の洗浄（Wasch' dich）とペニスの洗浄（Wasch' dir dein Glied）は、「清潔」（sauber […] und reinlich）になるまで行わなければならず、この規則は「きちんと」（peinlich）守らなければならないのである。全身の洗浄についても勧められているのは、梅毒・淋病は接触感染もあり得るからである。また、性病撲滅協会が発行した別のビラでも性器は「極度に清潔」（peinlich sauber）にすべきだと強調されている（222）。

実は、性病をはじめとするあらゆる感染症は洗浄によってある程度予防可能であることが明らかになったのは、19世紀のことである。「清潔さ」が公衆衛生上のブームとなると、ヨーロッパではこぞって「垢を落とすこと」に意識が向けられるようになる[27]。なかでもプロイセン軍は、いち早く兵士の身体の清潔に配慮を示し[28]、普仏戦争でその実効性が証明される[29]と、兵站にシャワーを設置し始め、1879年には「プロイセン軍

27 それ以前は、「毛穴を垢でふさぐこと」が病原菌の侵入を防ぐ唯一の方策とされていた。キャスリン・アシェンバーグ　鎌田彷月訳『図説　不潔の歴史』原書房　2008年、87-119頁。

28 ドイツは健康増進のためにもともと川で泳ぐ習慣があったため、シャワーの導入が早かったといわれている。しかし、衛生目的で入浴するようになったのは、やはり19世紀後半からである。アシェンバーグ前掲書、121-240頁

営舎を新設する際には8から10人用のシャワー設備を組み込む」法令が発布された。したがって、第一次世界大戦下の軍隊では、身体と身体部位を洗浄する環境は、塹壕にでも送られない限り、ある程度整っていたといえる。

さて、ここで注目すべきところは、洗浄箇所が具体的にペニスに指定され、洗浄の仕方まで説明されていることである。これは、当時、一般には男性性器が徹底的に洗浄すべき対象とみなされていなかった事実を反映している。確かに、男性性器は人間が存在したときからずっとそこにあったものだが、そして、入浴の際に性器も洗われてきただろうが、しかしながら、それがきちんと隅々まで洗うべき対象とみなされていなかったはずである。なぜなら、〈身体規律〉という観点のみでいえば、ティソの『オナニア』(1715年)以来、少年少女の自慰行為を禁止してきたヨーロッパにおいては、性器は手で触れるべきものではない、とされてきたからだ[30]。無論、学校や家庭で自慰行為は忌むべきものとして教育されたとしても、それで自慰行為が消滅するはずなどなく、実際は大いに触れられてきたことだろう。がしかし、道徳上は無闇に触れられるべきではない、とされたが故に衛生の対象ではなかったことは確かである。すなわち、昔から性器は自慰行為や性行為の対象としては存在したが、洗浄する対象として意識されていなかった[31]ということだ。よって、性器が衛生の対象として兵士の意識に上ったのは、この啓蒙ビラに拠るところが大きい[32]。身体の洗浄は、衛生学的・病理学的目的で彼らの行動様式へと刷り込まれていくのである。性器は他者によって消毒さ

29 軍事研究家フランツ・ザイトラーによれば、近代において戦闘による死者数が感染症による死者数を上回るようになったのは、1870/71年の普仏戦争以降であるという。Seidler, a.a.O, S. 61.

30 ミシェル・フーコー　慎改康之訳　『ミシェル・フーコー講義集成5　異常者たち』筑摩書房　2002年、323-393頁、石川弘義　『マスターベションの歴史』作品社　2006年、参照。

31 ただし、女性性器については必ずしも該当しない。避妊の一手段として、昔からビデが存在したからだ。なお、クセルゴンによれば、衛生を保つために経血をビデや入浴で洗い落とすことが19世紀に奨励されはじめたが、その際「そこを見ないよう」但し書きが添えられている場合もあったという。ジュリア・クセルゴン　鹿島茂訳　『自由・平等・清潔』　1992年、76-70頁。

れる対象だけではなく、自ら徹底的に洗浄すべき対象となったのだ。

だが、「よく洗う」とは具体的にどこまで洗えばいいのか。清潔にすべきものとして対象化された男性性器がさらに解剖学的に細分化されていく様子を次の図1（233）は示唆している。

図1[33]

イラストには“Die Gießkannenparade”（如雨露閲兵式）とタイトルが添えられている。“Gießkanne”（如雨露）とは、揶揄的に男根・陰茎（ペニス）のことをいう場合に使われる表現であるが、兵士の間では“Schwanzparade”（男根閲兵式）と呼ばれていた（227）。下級兵士たちは、このように一列に並ばせられ、自分のペニスを剥き出しにし、衛生軍曹から性病検査を受けなければならなかった。先に挙げたビラでは、

32 この意味で、皮膚科医たちの活動の衛生における貢献度は高い。ベルリンの皮膚科医オスカー・ラサーは、梅毒菌の侵入を防ぐには性器の洗浄が欠かせないとして、「ドイツ人すべてに週一回の入浴を！」という標語で公共シャワーの普及に努めた。彼の運動のおかげで、「世紀転換期までには、シャワー設備はドイツ全国の学校で自明のことになっていた」。*Das private Hausbad 1850-1950 und die Entwicklung des Sanitärhandwerks.Klaus Kramer*, Schramberg 1997, S. 52-54.

33 原注：Die »Gießkannenparade«. Zeichnung von L. Gedö. 1916.

全身の清潔も謳われていたが、ここでは再び、視線は身体一般から性器の細部へ投げ返されている。そこで行われる検査とは、性病検査というよりは「清潔度チェック」である。無論、衛生軍曹たちは淋病の罹患を示す膿状の漏出や梅毒の罹患を示す赤い発疹を目視で検査することもしただろう。だが、第一に検診は抜き打ちで頻繁に行われていたし、第二に「罹患者は自ら医師に申告する」(288) ことも多かった。軍医大佐でさえ、このような性病検査の重要性を認めていないにもかかわらず、「あらゆる軍隊で週に２～３回おこなわれていた」(227)「男根閲兵式」は、明らかに罹患者摘発という目的を逸脱しているのだ。それ故、兵士たちのペニスを検査する軍医の視線は、むしろ、もっと細微なところ、すなわち、包皮の下に向かっていた。つまり、兵士自身に包皮を剥かせ、そこに垢がたまっていないかをチェックしたのだ。

このような剥き出しのペニスを軍医の目にさらさなければならぬ「如雨露閲兵式」は、兵士たちにとって屈辱的であり、「最も不評」(227) だった。ヒルシュフェルト自身、「この措置が衛生学に基づくものであるか、あるいは無目的なのか判然としない」(227) と疑問を付している。部下に対する嫌がらせとも上官の示威行動ともいえる「男根閲兵式」であるが、敢えてその意義を求めるなら、おそらく、先に引用した軍司令部の性病対策マニュアルⅧのa)、いわゆる「恥垢」が包皮の下にたまっていた場合、そこが梅毒菌の温床となる、というものに見出されるだろう。ところが、ある兵士の1915年10月の日記には、「当時、まだ性行為を経験していなかった」にも関わらず、「恥垢」を残していたからという理由で上官に怒鳴られた出来事が綴られている。性行為を経験していない彼は、「包皮の下まで身体を清潔にするべきだということを誰からも注意」されておらず、したがってそこは「まだ手を触れていない」領域だったと告白する。この衛生軍曹は、検査時に「恥垢」を残している兵士をみつけると、「不潔な輩どもめ！」と怒号を発するのだという (228)。性行為の有無に関わらず部下の包皮の下を頻繁に検査し、恥垢を見つけるなり「不潔な輩」と叫ぶその態度は、梅毒予防の目的を通り越し、清潔さのみを追求する“peinlich sauber”へと向かっていることに気づくだろう。つまり、梅毒予防のために性器の「清潔さ」を徹底させるのではなく、ペニスの極度な清潔さ“peinlich sauber”そのものが自己目的化しているのである。

このような「男根閲兵式」は、兵士の視線を精神分析学的なものへと変容させてしまう。上官の怒号とさらしものにされる屈辱を避けるために念入りにペニスを洗浄しなければならなかった兵士たちは、それまで意識しなかった包皮の下に視線を向かわせる。包皮を剥いてその下を洗うとは、まさに、内側へと折り込まれた〈襞〉に着目することである。このような表層への視線は内側に織り込まれた襞をたどり、いつの間にか内部へと向かっていく。清潔さの内面化とともに現れる襞の内に隠されたものの意識化は、図2（227）[34]がよく示している。このポストカードは、望遠鏡で遠くに潜む敵を発見するかのように、自らの性器を細部まで眺め、性器の表層や襞に付着した汚れや垢を発見しなければならなかった様子を風刺している。だが、ここで描かれたのが、微細なものを拡大して観察する顕微鏡ではなく、遠くのものを近くに見る望遠鏡だったことは面白い。性病や清潔度をチェックする軍医の視線が解剖学的に身体を分割し、細部を拡大して見るものであったとするなら、自らのペニスへの配慮を迫られた兵士の視線は、視覚的にも心理的にも遠くにあったものを近くに引き寄せるものだったと考えられる。イラストに添えられた「ハサミ型望遠鏡を覗くと…、やや！ここにあいつがいる！お前は遠くにいても、こんなに近いぞ！」

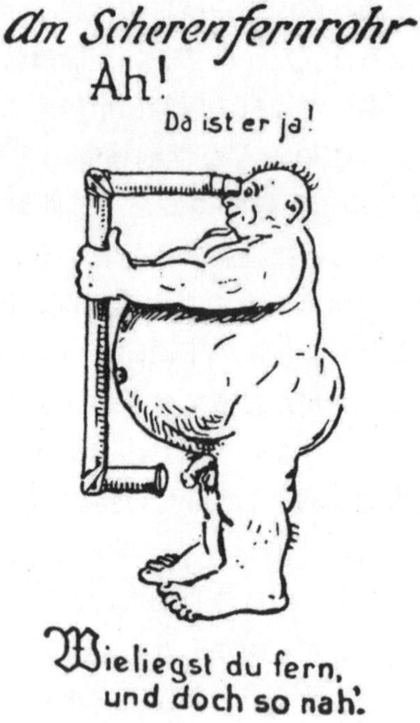

図2

34 原注：Scherzpostkarte aus der Kriegszeit. A.Wolff: Sammlung, Leipzig.

というメッセージには、こうした清潔さへの配慮を通して獲得されたペニスへの心理的接近を読み取ることができる。同一のもの（ペニス）がこの短い文章内で、“er” と “du” という異なる人称代名詞で表現されていることに注目されたい。まず、従来それほど注意を払うべきものでなかったペニス、そして、（このイラストでは太鼓腹に）隠されて見えなかったペニスが、「やや！ここにあいつがいる！」（Ah! Da ist er ja!）、と配慮の対象として発見される。次に、望遠鏡を覗くという行為によって「あいつ」（er）が視覚的に接近し、その結果、三人称であった「あいつ」（er）が心理的にも接近して親称の二人称である「お前」（du）に置き換えられ、「お前は遠くにいても、こんなに近いぞ！」（Wie liegst du fern, und doch so nah!）という発話に至る。フロイトが無意識を発見したように、兵士たちは昔からそこにありながら、しかし意識の襞に隠されていたペニスを「性病予防措置」という望遠鏡を通して発見したのだ。意識の襞を展開するように衛生の対象として発見されたペニスは、実際に包皮という襞が展開され垢が除去され、「極度にキレイ」（peinlich sauber）になったのである。性病感染予防という当初の目的から逸脱したこの「男根閲兵式」は、しかしながら、極度に清潔なペニスを兵士の身体のうえに出現させた。娼家や抜き打ち検査において他者の病理学的視線にさらされ、公共の利益のために消毒される対象であった男性性器は、ここでは、個人のレベルにおいて隅々まで清潔にするべき対象、つまり衛生の対象となったのだ。

性病撲滅運動家が提示した医学的な措置は、第一次大戦において軍司令部に引き継がれ、衛生兵によるペニスの消毒から兵士自らによるペニスの洗浄へと経由した後、兵士の個々の身体において内面化された。淋病の病原菌ゴノッカスおよび梅毒の病原菌スピロヘータ・パリーダは人間の表層、皮膚から体内へ吸収され、血液の循環よって全身へ転移していくように、軍隊における性病予防措置は、性器の殺菌・消毒・清潔という表層への配慮から、兵士個人のペニスの清潔さへの配慮へと内面化されていったのだ。

5．規律を逸脱する身体：されど衛生学的ディスクールは強化される

フーコーによれば、17世紀からヨーロッパではじまる身体の規律化は、軍隊や学校・工場といった閉鎖的空間で行われてきた[35]という。これまでみてきた第一次世界大戦下のドイツ軍における性病予防措置は、その意味で紛れもなく兵士の身体の規律化だったといえる。このような規律化の過程でなされた〈生権力〉の性への介入は、①軍隊におけるリビドー（性的エネルギー）の有効活用②性行為の分割・配分と予防行為の挿入、男性性器の公共化③ペニスへの衛生的配慮、を結果として導き出した。以下では、これら３点が身体規律の系譜にどう位置づけられ、その後の性病対策にどのような影響を与えたかを検討する。

①軍隊におけるリビドーの有効活用

18世紀以来、性に関する身体の規律化は、主に少年・少女の自慰行為防止を目的に行われてきた。その際、性器の解剖学的微細な分割は行われず、むしろ性器に触れようとする身体部位に対して、性器から遠ざけるための規律化が解剖学的な視線でなされていた。だが、第一次世界大戦においては、性病予防のため、性器は積極的に触れられる対象となり、それ自身が微分化された。また、自慰行為防止は、性のエネルギーを有効活用し、そのエネルギーを他の活動に向けるために行われた[36]のに対し、第一次世界大戦下では性のエネルギーそのものが、戦争を遂行するための身体の病理学的再配置と衛生学的規律に利用された。したがって、第一次世界大戦下における軍隊内の性病予防措置は、身体規律のための新たな性の活用法を見出したといえるだろう。

このようなリビドーの戦闘エネルギーへの変換術は、20年後に復活する。アラン・コルバンは『娼婦』のなかで、第二次世界大戦におけるドイツ軍の性病対策は徹底していたと評価する。その徹底ぶりは、売春婦採用時における性病チェックからはじまり、兵士たちのコンドームの使用義務や行為前後の医師による診断・処方など、兵士・売春婦・軍医の

35 ミシェル・フーコー　田村俶訳　『監獄の誕生』　新潮社　1977年、141-174頁。

36 20世紀に入ってもなお、自慰行為を健康破壊や理性の混濁と結びつける傾向にあったが、第一次世界大戦下の軍隊においては、兵士の自慰行為は大抵大目に見られていた。(169ff.)

身ぶりの微細に至るまですべてマニュアル化されていたほどであったという[37]。しかし、このマニュアルは、これまでの分析で確認したように、ナチス政権下において突如出現したものではなく、実は、(コンドームの採用という点を除けば) 第一次世界大戦中の性病予防措置を忠実に再現したものである。すなわち、第一世界大戦中のドイツ軍の性病予防措置が軍医によって報告され、ヴァイマル期においてその有効性が吟味・検証されたからこそ採用されたのである。したがって、第一次世界大戦下におけるドイツ軍の性病予防措置は、後の時代の軍隊における予防措置のモデルを用意したといえる。リビドーを抑圧するのではなく、リビドーの「安全な」充足を約束する (娼家における性病予防措置) ことで、リビドーの向かう先を指定し (軍管轄の娼家の設置・部屋の指定)、戦闘力を確保する。こういったリビドーの戦争機械への組み込みは、管理マニュアルの提示だけではなく、軍による管理売春の経済的有用性を示し、ナチスにおける強制売春への道を開くことにもなった[38]。

②性行為の分割・配分、予防行為の挿入、男性性器の公共化

第一章で述べたように、第一次世界大戦前までの公衆衛生学上の性病予防は、性病に感染した売春婦を風紀警察が検挙し、隔離することであった。〈生権力〉の介入は売春婦に限定され、性病感染の責任もひとり売春婦に押し付けられていたのである。これに対し、開戦と同時に実行された軍隊における予防措置は、性病蔓延防止のためにその顧客である兵士もまた取り締まりの対象とすべきことが明示された。無論、1927年の性病撲滅法改正まで売春婦は引き続き風紀警察によって取り締まりを受けたことを考えれば、買春は許容しても売春は不道徳とみなすダブルスタンダードが第一次世界大戦を契機に消滅したわけではない。しかし、

37 アラン・コルバン　杉村和子監訳　『娼婦』　藤原書店　1999年、468-469頁。

38 ナチス政権下では、「不道徳」とみなされるドイツ人女性が風紀警察によって検挙され、その一部は軍管轄の娼家や強制収容所内の娼家で売春婦として強制的に働かされた。Christa Paul: *Zwangsprostitution –staatlich errichtete Bordelle im Nationalsozialismus.* Hentrich, Berlin, 1994. 特に強制収容所では労働で成績をあげたカポに報酬として娼婦があてがわれたことから、リビドーは戦闘のみならず労働生産にまで活用されたといえる。嶋田由紀「第二の皮膚を纏う―身分証明書とコンドーム」(大宮勘一郎他共著『纏う』水声社　2007年、9-50頁所収) 参照。

感染源がその顧客である可能性も考慮されるようになったのは事実である。よって、性病感染防止という公共の利益のために、男性性器もまた検査され、殺菌・消毒される対象となり、公共化されたのである。この公共化は、それまでタブーとされていたが故に混沌のままであった一連の性行為に分割線を入れ、どのタイミングでどのように予防措置を行うべきかを衛生学的見地から明確に指定する。言い換えれば、〈生権力〉にとって、個々人における性行為もまた公共の利益のために、衛生学的な配慮にしたがって分割され、再配分されるべきものになったのである。ヴァイマル期における性病啓蒙書の規制緩和と予防具販売の規制緩和は、このような男性性器の公共化、および性行為の公共化の前提があって初めて可能になることである。したがって、第一次世界大戦下の軍隊における性の管理は、ヴァイマル期における衛生学的予防措置の導入の素地を用意したといえる。

③ペニスへの衛生的配慮

ところで、このような軍隊における性病予防措置が果たしてどれほどの成果を上げたのかは興味をそそられるところである。

第一次世界大戦下のドイツ軍での性病感染率は、「戦争開始１年目で15.2‰、２年目で15.8‰、３年目で15.4‰」(243) と戦時中であるにもかかわらず増加せず、周辺諸国と比べると極めて低い感染率[39]にとどまっている。よって、この数字だけを見れば、軍隊内の予防措置は徹底され、効果を発揮したと言える。しかし、この数字は「まやかしであった」(243) とヒルシュフェルトは嘆く。というのも、衛生兵による戦争娼家での予防措置・抜き打ち検診・「男根閲兵式」は将校クラスでは免除されており、軍医の把握していない性病罹患者が将校クラスにはたくさんいたからである (322、234)[40]。また、終戦時の検査がおざなりであったのをよいことに、厳しい監視・管理なしの「自由な」交渉を求めて

39 他の国については、『風俗誌』内に千分率でのデータが示されていないため比較は難しいが、例えば、ロシアの「キエフでの平時における治療件数は、年に2000件であったところ、1915年には20500件」(245) と10倍以上の伸び率を示している。「戦争開始から最初の16カ月においてはフランス軍の梅毒患者数は、平時の３分の１増え、1916年後半においては平時の３分の２に増加している」(246) とある。

私娼と関係をもち、性病に感染した兵士も多かった（242）。このような人々が戦後、ドイツに帰国すると、ドイツ国内の性病感染率は跳ね上がる。第一次世界大戦後の性病感染者数は、「少なく見積もっても陸軍兵士だけで50万」[41]人もいたといわれる。しかも、戦前は、感染者は都市に集中していたが、総力戦となった第一次世界大戦では、田舎からも徴兵されたため、戦後は、ドイツ全国均一に性病が広まることとなる。第一次世界大戦下の軍隊で行われた予防措置は、結局、戦後の性病罹患者数の増加を阻むことはできなかった。

これらのデータが示していることは、予防措置それ自体は有効であったが、個々のレベルにおいては、監視されなければ進んで守るべき措置でもないと認識されていたということだ。軍司令部にとっては性病予防措置の徹底には戦力を確保するという軍事上の目的があったが、その必要性は兵士の内部には形成されなかったといってよい。では、こういった予防措置による身体の規律化は、戦時下という特殊状態だからこそ成立可能だったのであって、平時になれば個人の内部に何の痕跡も残さず雲散霧消してしまうようなものだったのだろうか。この規律は、規則を逸脱しようとする身体に対しては無力であり、ヒルシュフェルトの言うとおり「まやかし」で成果がなかったと言えるのだろうか。

おそらく、ディスクールの変更と強化という点では無意味でなかったろう。予防措置の徹底が、いつの間にか軍隊生活の中で「男根閲兵式」に変換され、ペニスの清潔さを目指すことが自己目的化してしまったことからわかるように、予防措置による身体の規律化で個人の内部に形成されたのは、性の公共化でも個人的予防措置の習慣でもない。それは、衛生学的ディスクールの生成と強化である。つまり、性器は清潔に保たれるべく配慮されなければならないというディスクールである。この

---

40 その感染原因は、主に、私娼や兵站勤務の女性と交渉を持っていたことである。慢性的な人手不足を抱えていた兵站では、「補助勤務」と称して女性を後方勤務に採用した。名目上売春婦ではない彼女たちは、風紀警察の監視を受けることもなく、医師による定期的な性病検査も受けることもなく、また自身も性病が何たるかさえ知らないまま感染してしまうことが多かった（369ff.）。

41 川越前掲書、166頁。

「キレイ」なペニスには、恥垢のみならず、膿が出ていたり、疣ができていたりしてもいけない。それ故、清潔さを獲得するためにペニスに積極的に触れることが奨励される。このような配慮は、性器に触れることはすなわち徒に性欲を刺激する猥褻行為であるという従来の性道徳上のディスクールを見事に覆してしまう。

1919年にフロムス社が従来のものより安価で品質も良いコンドームを３個入り72ペニヒで市場に出すと、殺菌・消毒など面倒な手続きをせずに衛生を確保できる[42]この商品は飛ぶように売れた。第一次世界大戦において「キレイ」になったペニスに、人々は1927年の性病撲滅法改定など待たずにコンドームを被せ始める。しかし、その所作は「衛生的」なのであって、もはや「猥褻」なのではない。ペニスにゴムの被膜を被せるこの行為は、だが、第一次世界大戦中に「ペニスへの配慮」という意識が生まれなければ、到底到達不可能であっただろう。

42 予防具の広告規制緩和後、真っ先にフロムスが専門誌に掲載したコンドームの売り文句は「衛生分野でもっとも完璧なもの」である。*Drogisten Zeitung*. Zentralorgan für den Handel mit Chemikalien, Arzneimitteln, Krankenpflegeartikeln, Seifen, Parfümerien, pharmazeutischen und chemisch-technischen Spezialitäten, Farben und Lacken, photographischen Artikeln, Kolonialprodukten. Leipzig, 1928, Nr. 52, S. 1943.

親子の悲喜劇
― ファレンティン劇『受堅者』におけるコミック ―

摂津 隆信

「観客の皆様、哀しい時代でございます。
賢い者は憂い多く、天下泰平でいられるのは愚か者だけ！
しかし笑ったことのない者は辛い艱難の峠は越えられません。
だからこそ私たちは滑稽なお芝居を作りました。」[1]

1 写真取外し事件

1882年にミュンヘンのアウ地区で生を受け1948年に肺炎で亡くなるまで終生ミュンヘンを離れることのなかった喜劇役者カール・ファレンティンだが、一度彼はミュンヘンからベルリンへ移住すると怒りをこめて宣言したことがある。その宣言は、1931年８月にミュンヘンの中心部ゼンドリンガー通りのショーウィンドウに飾られていた『受堅者Der Firmling』の写真が、本人の許可なく取り外されたことにたいする怒りによるものであった。「４年前から誰かさんがその写真に怒ってて、それを外させようとしてたんです。でも何も起こらなかったんです。それが突然２、３日前にある人がやってきて、『受堅者』のことで苦情が来ているから写真を外すように、て言われたんです。あたしはなんで？って聞きましたよ。そしたらこの芝居はひどい、人をおちょくってる、そんな芝居の写真は外さなきゃいかんと言うんですよ。それでカメラマンのヒルビンガーがその写真を外しちゃったってわけなんです。…でも、

1 ベルトルト・ブレヒト：『プンティラ旦那と下男のマッティ』ブレヒト戯曲全集５（岩淵達治訳、未来社、1999年）259頁

こんなことはもう御免ですね。9月にあたしらはベルリンに行きます。ええ、ミュンヘンでお会いすることはもう二度とないでしょうよ！」[2]

もちろん彼が実際にベルリンへ移り住むことはなかったが、この事件の背景については二つの新聞社で全く異なる報道がなされている。1931年8月20日付のTelegram-Zeitung紙は「ある人物の苦情によってショーウィンドウから『受堅者』の写真がはずされた。本紙の取材によると、この不可思議な事件の主役はたった一人の人物である。何年もの間満場の拍手喝采の中で演じられてきたファレンティンの有名作品の写真に気分を害した通報者のバックに、宗教組織が絡んでいるということではない」[3]と報じているが、その翌日のBayerischer Kurier紙はこの記事を誤報と断じ、「事態は全く逆である。この苦情は教会関係者によってなされたものだ。問題となっている写真はおろか、『受堅者』という作品自体が神聖な儀式である堅信礼を著しく歪曲し侮辱している」[4]として、この作品への抗議は宗教関係者、より正確にいえばカトリック教会関係者によってなされたものだと伝えている。この教会関係者の力は思いのほか強く、1934年に『受堅者』が映画化されたときも「宗教的感情を傷つけるもの」という理由で若者の視聴が制限されたばかりでなく、ヒトラー政権下では検閲により映画公開自体が不可能になっている。[5]だがテクストを読めば、この抗議が誤解に基づいているのは明白である。本作に登場するのは堅信礼を終えた後の親子であり、堅信礼の儀式そのものが描写されるわけでもなければ、それを虚仮にするシーンが現れるわけでもない。この宗教的儀式は一つのきっかけであり、それにまつわるミュンヘン市民一般の生活と思いが喜劇仕立てで描き出されているにすぎず、宗教がパロディ化されているのではないのである。この意味で「これらのシーンで扱われているのはむしろ、特殊かつ根源的な社会学的モティ

---

2 Telegramm-Zeitung, 1931年8月20日付

3 Ebd.

4 Bayerischer Kurier, 1931年8月21日付。ちなみに堅信礼とは「幼児洗礼を受けた者が、自己の信仰告白をして教会の正会員となる儀式」(大辞泉による)のことであり、キリスト教社会では日本でいう成人式の役割を果たしている。

5 Dimpfl, S. 158

ーフのみである」[6]と述べる美術史家ヴィルヘルム・ハウゼンシュタインの見解は正しい。ただし彼は同じ文章の中で「この作品は決して風刺がテーマとなっているのではなく、不気味なまでに突き詰められ、幻想的にまで高められた、厳格かつ厳密な社会学的感性に基づくコミックこそが眼目となっている」[7]とも記している。堅信礼そのものが観客・読者の笑いの対象になっていない以上、この作品の中に風刺を見出すことは確かに無理があるように思われるが、一方で彼は本作品の「コミック」について何ら説明を行っていない。本論は、『受堅者』中のファレンティンとそのパートナーであるリーズル・カールシュタットの演技によって表象されたものがどのようなものだったかを論じる中で、このコンビならではの「コミック」の姿を明らかにするものである。

2 作品の成立とカールシュタットの体験

最初に『受堅者』の梗概と成立事情について触れたい。この作品は初演が1922年12月[8]で、その後通算395回の上演を重ね、1934年には上で述べたようにArya-Filmという制作会社のもとで映画化されてもいる、ファレンティン・カールシュタットコンビの有名レパートリーである。[9]『受堅者』の主役は職人［Handwerker］の父親（ファレンティン）とその息子ペッペル（カールシュタット）の二人、場所はとある高級ワインレストランである。息子はその日堅信礼を終えたばかりで、成人となったお祝いのために両人はそこへやってきたのである。だが彼らの雰囲

6 Schulte 1997, S. 138
7 Ebd.
8 第一次大戦の賠償金の支払いの停滞により、フランス・ベルギーがルール工業地帯を占領してドイツがインフレーションに陥ったのが1923年であり、ヒトラーやルーデンドルフがヴァイマール共和国打倒を目論んだミュンヘン一揆が起こったのも1923年である。このような時代背景を勘案して論じなければ、本論は意義を失ってしまうだろう。
9 この作品の映画のオープニングには「カール・ファレンティンとリーズル・カールシュタットがお送りする、笑いと熟慮のための途方もないグロテスク劇　Eine tolle Groteske zum Lachen und Nachdenken von Karl Valentin und Liesl Karlstadt」というテロップが挿入されており、ファレンティンとカールシュタットがある種の社会批判的姿勢をもってこの作品を映画化した節が読み取れる。

気は明らかにこのレストランにはそぐわない。父親は幾分ほろ酔い気味で、店内に入ってくるなり二人はテーブル、椅子、テーブルクロス、花瓶等を何度も倒し、場面は早くもファレンティン喜劇特有の「物との戦い」(あるいはフリードリヒ・テオドール・フィッシャー述べるところの「物の奸計 Tücke des Objekts」)の様相を呈する。そもそも、この親子の関係はどこか奇妙である。父親が息子に話しかけてもそっけない返事ばかり、父親が何か行う度に息子はクスクス笑いをするばかりである。仰々しくやってきた給仕とのかみ合わないやり取りのあとにようやく愉快な宴が始まるかと思いきや、父親はシュナップスを鯨飲して床に卒倒、息子は初めて喫んだ葉巻に体調を崩しトイレに駆け込む。身も心も疲弊して家が恋しくなった二人は、注文していたマカロニが提供されるやいなや、慌ててそれを口の中に、挙句の果てにはポケットの中にまで放り込み、料金を払わずレストランから逃走してエンディングとなる、単純明快な一幕劇である。

この作品については単なる笑劇ではなく悲喜劇との評価が多い(この場合の悲喜劇とは18世紀ヨーロッパで流行した催涙喜劇のことを考えればわかりやすいだろう)。[10]このような見方にはリーズル・カールシュタットが体験した偶然の出来事が深くかかわっている。時は初演と同じ1922年、彼女はライヒェンバッハ通りにあるタバコ屋にいた。そこで彼女はかなりの時間待たされることになった。というのも、店の主人が別の客に長広舌をふるっていたからである。最初は退屈に思っていたが、しばらくすると彼女は主人の話に引き込まれていった。彼の話が頗る滑稽な(urkomisch)ことに気づいたからである。彼には堅信礼を控えた息子がいたのだが、堅信礼で着せるための衣装がなく、調達する当てもなかった。だが偶然、彼の息子のために背広を貸そうと申し出てくれる

---

10 たとえばモニカ・ディンプルは「『受堅者』は本質的にそれまでの一幕劇に比べて自然主義的であり、グロテスク劇というよりは悲喜劇である」と明言している(Dimpfl, S. 156)。 またバイエリッシャー・ルントフンク HP におけるファレンティン紹介欄には「ファレンティン作品の中の悲喜劇の名作は間違いなく『受堅者』である」と掲載されている(http://www.br-online.de/bayerisches-fernsehen/film-und-serie/valentin-und-karl-DID1188597626/valentin-karlstadt-tragikomik-ID661188597603.xml)。

友人がいた。果たしてその衣装を息子に着せてみたところ、驚いたことにサイズが合っていた。「ぴったりだったんだ！」と主人は何度も叫んだ。「最後には私たちみんなの頬に涙が流れていたの。ご主人には感動の涙が、聞いている人たちには笑いの涙が。これはファレンティンにふさわしい話よ。私が大急ぎで彼のところに行ったら、彼はすっかり興奮しちゃったわ。それで次の日に私たち二人がまたそのタバコ屋に行って、前日私に話してくれたすばらしい衣装の物語をもう一度してくれるよう、ご主人にお願いしたの。彼は私たちの目的も知らなかったでしょうし、私とまた会うことになるとも思ってなかったでしょうけど。ファレンティンは、『受堅者』が完成するまで一刻も休まなかった。この作品に出てくる背広のエピソードは全くの事実、ミュンヘンの現実を描いた作品（ein Stück Münchner Wirklichkeit）なのよ。それ以外は、まあ、脚色してあるんだけどね。」[11]舞台上での共演者としてだけでなく台本の共作者としてもカールシュタットは貢献してきたが、両者とも作品の成立事情について語っている例は少なく、この証言は貴重である。この証言の中で看過できないのは、笑いだけでなく涙をも催させる物語がファレンティンにふさわしいとカールシュタットが考えていたこと、そしてこれがインフレ期の「ミュンヘンの現実を描いた作品」だということである。[12]以上のことを勘案すれば、この作品中の滑稽な箇所を指摘し、そのおかしさの理由が何かを分析するだけでは本作の理解は十分ではないことになる。では、『受堅者』に表れるコミックと悲喜劇的の要素とは一体どんなものなのだろうか。

3 『受堅者』笑いのテクニック

言葉による滑稽はファレンティン喜劇を支える最重要ファクターの一

11 Karlstadt, Liesl: Wie »Der Firmling« entstand. In: Schulte 1997. S. 139

12 ミヒャエル・グラーズマイヤーは「この『ミュンヘンの現実の物語』から一つのグロテスクが生まれた」と書いている（Glasmeier, S.110）が、彼はいわば本作品の「脚色された」側面にしか注目していない。カールシュタットの発言に触れておきながら『受堅者』の悲喜劇的要素を全く顧慮しないこのような解釈は、ややバランスを失していると考えるのが妥当だろう。

つであり、このことは『受堅者』においても同様である。ただ『受堅者』において特徴的なのは、言葉による滑稽は発し手と受け手がそれぞれ属する社会階層の差異によって生み出されるということである。つまり、他作品の場合、言葉自体に内在している法則と矛盾を暴露すると同時に、それらにうまく対処できない不器用さと頑迷固陋さによって滑稽が産出されることが多いのに対し[13]、ここでは言葉自体の問題というよりブルジョアジーの世界へ足を踏み入れようとする父親とその世界における忠実なしもべであるレストランの給仕との間で発される言葉のディスコードが問題になる。これが顕著にあらわれるのはコミュニケーションの第一関門とも言うべき注文時の会話である。

父親と息子：(腰を下ろして給仕がいないか辺りを見回し、口笛で呼ぶ）ヘイお姉ちゃん、生二つ！
(男性）給仕：(舞台に登場）ご注文は？
父親：生二つに、パンをちょいと。
給仕：申し訳ございません、当店ではビールをご提供いたしておりません。
父親：提供してくれなんて言うとらん、ちゃんと金は払うがな。
給仕：いえ、私が申し上げておりますのは、当店にビールはないということです。ただワインだけでございまして — 当店ではワイン注文が義務となっております [wir haben Weinzwang]。
父親：んじゃ、そのギムとやらを二つ [Na bringst zwei Halbe Weinzwang]。(S. 74)

13 ファレンティン喜劇における対話の特徴については、拙稿『舞台と観客の関係から見る喜劇的異化作用 —ブレヒトの理論とファレンティンの笑いにおける戦術—』(「ワセダブレッター 13 号」、早稲田大学ドイツ語学・文学会、46-66 頁、2006 年）並びに『カール・ファレンティンの喜劇『請願者』における言葉遊びと言葉の戦い』(『早稲田大学文学研究科紀要第 53 輯第 2 分冊』、167-176 頁、2008 年）にて詳述しているので、これらを参照されたい。

普段ワインレストランに来ることのない父親は、その店での振舞い作法や注文方法がわからず、ワインの銘柄も知らない。ペッペルがエメンタールチーズ（Emmenthaler）を食べたいというのでメニュー（料理メニューではなくワインリスト）を見るとアッフェンターラー（Affenthaler、バーデン地方のワイン）という文字が見つかった。

父親：ペッペルに、アッフェンターラーをひとカタマリと胡椒と塩…（Bringst an Pepperl a Stück Affenthaler und Pfeffer und Salz... [sic]）
ペッペル：それとプレッツェル二つ。
給仕：アッフェンターラー１瓶のことでございますね？（Sie meinen eine Flasche Affenthaler ?）
父親：んにゃ、アッフェンターラーひとカタマリ…
給仕：しかしアッフェンターラーはボトルでしかお出しできません。
父親：なんでボトルじゃいな？チーズがビンの中に入っとるとでも言うんかい？
給仕：アッフェンターラーはいつも瓶の中に入っております。
父親：いつから？
給仕：アッフェンターラーができたときから。(S. 75)

EmmenthalerとAffenthalerという二つの固有名詞の取り違え、Affen（猿）という語が観客・読者に喚起するイメージ、言葉を取り違えたままアッフェンターラーというチーズを注文しようとする父親とその取り違えに気づかないまま真面目に注文を受けようとする給仕との間のコントラスト、それらが重層的にからみ合ってここでのコミックは生み出されている。そして給仕は、父親の口から発されるミュンヘン訛りや注文時の態度から、この親子がどのような階層の人間であるかを正確に見抜き、態度を変化させる。

給仕：そちら様もレモネードでよろしゅうございますか？

父親：んなモンはいらん、シュナップスもってこい！

給仕：どれをお持ちいたしましょうか？（リキュールリストを読み上げる）アラシュ、キルシュヴァッサー、ツヴェッチュゲンヴァッサー、ラム、コニャック、マーゲンビッター、クロイター…

父親：そんないっぱいはいらん、一つでいい。

給仕：ゴルトヴァッサー、マッコール、セント・エメラン…

父親：マッコールがあるんか、それがいい。

給仕：それではレモネードとマッコールをグラスでよろしいですね？

父親：何がグラスだと？ワシが頼んどるのはボトルだ。グラス１杯なんて一口でおしめえじゃねえか。ボトルでもってこい！

給仕：ボトル１本ですとお客さまには少々お高いかと存じますが。

父親：おめえにゃ関係ねえ！（S. 75f）

先の台詞でわかるように、彼が通常訪れるのはホーフブロイハウスなどのビアホールであり、注文するのも庶民的なビールである。またおそらくそのようなビアホールではシュナップスの選択肢も限られているか、彼が好んで飲むシュナップスを店の側で既に承知しているであろう。夥しい数のシュナップスに面食らった彼は慌ててボトルでシュナップスを注文するが、それは値段も酒量も彼の限界を超えている。自らの経済的・身体的限界を見極められない彼は、ワインレストランという未知の空間で文字通り自分を見失っているのである。

一介の職人の知識と理解の埒外にある言葉と物が、この親子がブルジョワ社会に受け入れられるための第一審級だとすれば、第二審級は食事の注文である。いつも裕福な人々を相手にしている給仕にとって食事は少なくとも一人で一皿を注文するのが常識であるが、この親子にとってそのような行為は高嶺の花に手を伸ばすようなものである。

給仕：それではお食事はいかがいたしましょうか？（食事メニュー

を読み上げる）ハム付きマカロニがまだ残っておりますが。

ペッペル：うん—

父親：そんなのがいいのか—(給仕に)—それを一丁！

給仕：かしこまりました—ではハム付きマカロニをお二人分で—

父親：いや、一丁…

給仕：申し訳ありません、お一つですね…

ペッペル：そう、二人に一つ—

給仕：ということはお二人前ですね—

父親：違う、一丁だけど二人に。

給仕：あのぅ、お一人前ですか、お二人前ですか？

ペッペル：違うよ、僕は一つだけだって—

給仕：でしたらやはりお二人前で…

父親：だからワシら二人に一丁。

給仕：だからお二人前でしょう。

父親：そう、二人分を一つ。

給仕：全くもう、一人前なんですか二人前なんですか？（S. 76）

どのような客に対しても忠実であることを旨とする給仕も、この注文後ついに自らの社会的ペルソナを剥ぎ取り「全く大したお客が来たもんだ。自分の言いたいこともわかんねえんだからな。あんな奴らはどっか百姓の飲み屋にでも行きゃいいんだ、こいつは本当にひでえや」と罵りながら退場する（この言葉から給仕が属する社会階層を推察することが可能だろう）。シュナップスの注文の際に読者・観客に暗示された自失状態にある父親の姿が、給仕の言葉ではっきりと明示されたのである。一方、我が子の堅信を終えたばかりの父親はまだ幾許かの陽気さを残したまま、未知の世界への適応を再度試みる。

給仕：(飲み物を持ってくる）こちらがお子様のレモネード、こちらがリキュールでございます。ごゆっくりお召し上がりください。

父親：よう、カワイコちゃん！（給仕の尻をひっぱたく）
給仕：何をなさるんです？
父親：ああ、ホーフブロイハウスのマリーと勘違いしちまったよ。(S. 77)

どのような言葉を用いようと、またどのような振る舞いをしようと、父親と給仕は正常なコミュニケーションをとることができない。これには二つの理由が考えられる。父親はこの給仕に対しても、自分が贔屓にしている「ホーフブロイハウスのマリー」と同じ行動をとるが、店が違えば振る舞いも変わり、性別が違えばボディタッチの意味も変わることを父親が理解していないことが第一の理由であり、第二の理由は、給仕はこの場にふさわしい言葉を用いているのに対し、父親は依然として粗野なミュンヘン方言で話し続けているからである。このようなディスコミュニケーションを引き起こす誤解は、話し手と聞き手の経験の違いに起因する、とアルムガルト・ゼーガースは指摘する。その上で彼女は「お互いを理解することができないことによって、社会的に位相が異なる関心と共通分母を見出すことの不可能性とが明らかとなる。ファレンティンはここで、同じ言葉を発しているもの同士が必ずしも同じ言葉を話しているわけではないことを示したのである」[14]と述べている。経験が違えば経験則が異なるのも道理であり、二人はここで円滑なコミュニケーションをとるための共通の足場を構築することができない。この結果、ファレンティンとカールシュタット演じる親子はこのレストラン（ひいてはブルジョア社会）には相応しくない存在として拒絶されることになり、この疎外が、職人親子の喜劇が悲劇へと変化する潮境となる。

4 息子ペッペルの役割と悲喜劇のかたち

従来の研究では、インフレ下にあるドイツで生きる小市民の困窮とブルジョワジーとの対立という側面ばかりが本作品の悲劇的側面として語られてきた。注9にも記したように、この見方自体は見過ごすことので

14 Seegers, S.101

きない極めて重要な視点である。しかしファレンティン演じる父親とリーズル・カールシュタット演じるペッペルの関係から悲喜劇的要素へ切り込んだ研究はこれまで存在しないように思われる。この親子の関係も奇妙かつグロテスクであり、ペッペルの存在もまた喜劇と悲劇を混合させる受け皿の一つとなりうる。そしてこの切り口から、ブルジョアジーと小市民の対立だけではない新たな対立関係が見えてくるはずである。

息子ペッペルの堅信礼を祝うために瀟洒なワインレストランへやってきたはずの二人だが、ペッペルは自分の腕時計に見とれたり父親の言動を小馬鹿にしたようにクスクス笑うばかりで、父親の話をあまり聞かない。我慢ならなくなった父親は息子をひっぱたいて泣かせてしまうが、ペッペルは父親が何か言う度にまたクスクス笑い出す。親子で奇妙なやり取りを続けながら、無事に息子の堅信礼を終えることができたと喜ぶ父親は息子に説教を始めるが、聞き手のペッペルも黙ってはいない。

父親：…いいか、今日はお前の人生の中で最高の日なんだ。誓って言うが、若いときっちゅうのは一度しかないんだぞ（歌う：「若きことは美しく素晴らしきこと、素晴らしいのは若きこと、それは二度と戻ってこない」[15]）。

ペッペル：そんなの知ってるよ、ろくでなしじじい。（いっしょに歌う）―乾杯父さん、今日は楽しいなあ。(S. 78)

親子の会話は万事この調子で進んでいく。アクセル・ハウフはこのようなシーンにおける滑稽さと悲惨さは、父親の息子に対する自らの誇示とその失敗にあると見る。[16]つまりワインレストランという慣れない舞台で劇中劇的パフォーマンスを行い、それが失敗することでシャーデンフロイデが生じるのである。父親は自らの威厳を二つのフェーズによって示そうとする。第一に、自分はノーブルなワインレストランでも問題なく振る舞えるということを見せつけることによって、第二に、今日のこ

15 ザクセン地方の民謡。
16 Hauff, S. 22f

の日を迎えるためにどれほど苦労したかを息子に語ることによって。しかし第一の試みが失敗したのは給仕とのやり取りで先に見た通りであり、第二の試みも、父親の苦労や経済状況など息子にとっては関心の埒外であるために、成功することはない。

父親：…そう、お前の叔父さんなんかな、あれだけちゃんと約束したのに代父（Firmpat）をやらなかった。なんで叔父さんが代父をやらなかったかわかるか？　ゼニがなかったからだよ。あいつにゃ、お前に時計を買ってやる金もありゃしねえんだ。でも俺は代父をやった。俺は約束を守った。俺はちゃんとここにいるんだ。

ペッペル：うん、そりゃ確かに。(S. 79)

ハウフも指摘するように、『受堅者』では他の作品に比べて観客・読者の同情を誘う台詞や主人公の小市民的性格を際立たせる言葉が多く織り込まれている。[17]まず、この父親に妻はなくこの息子に母はいない。

父親：お前の母ちゃんがこの姿を見たら、どんだけ喜んだことか。カカアはいつも言ってた、お前の堅信礼をきっとこの目で見届けるんだってな。でもあいつは大きな広場の墓石の下にいるんだよ。(S. 78)

このセンチメンタルな言葉は後に語られる父親の苦労話の効果を強める役割を果たす。第一次大戦により家族を失った観客が当時多かったであろうことは想像に難くない。目の前に座っている観客たちの心の琴線に触れるエピソードを織り込むことで、観客の舞台への集中力を引き出すことができるのをファレンティンは理解していたのである。逼迫した経済状況の中でも男手一つで息子を育てるという苦労話は、彼が語る長尺な台詞に顕著にあらわれる。ここに語られるのは貧しさにあえぐ人々

17 Hauff, S. 23

の姿であり奮闘する父親の姿だが、聞き手であるペッペルは慣れない葉巻に体調を崩してトイレに籠っているため、それらの言葉は虚しいモノローグとなる。

父親：ほうぼう探しまわったんだがな、今日日じゃ堅信礼用の背広が65マルクもするんだ。マッタク大した話だよ、ワシはガキの背広のために65マルクもポンと出せるような身分じゃねえ、ワシはブルジョアじゃねえんだ、ワシはテメエの金をテメエで稼がなきゃいけねえんだ。(S. 80)

このような台詞はこの親子あるいは当時の小市民の多くの境遇を説明するものである。65マルクという金額は100兆マルク紙幣までもが発行された当時のインフレーション期を生きる人々にとって相当のリアリティとアクチュアリティをもっていたに違いない。[18]父親は65マルクを息子のために準備することができなかったが、その代わりに古着屋や行きつけの酒場で安く背広を調達できないか聞いて回った。そのときに「ある偶然が降りかかった。」(S. 80)　戦友のエアラッハー・フランツル[19]が息子の衣装をペッペルに貸そうと申し出てくれたのだ。ここから先述したタバコ屋の主人の話がファレンティン喜劇となって再生される。

父親：…エアラッハー・フランツルが背広を持ってきた、それをペッペルに着せてみた、そしたらぴったりだったんだ（テーブルを叩く）(S. 80)

18　サケットによれば、当時の物価は最安値のときに比べて最大18200倍にも跳ね上がった。例えば第一次大戦前のライ麦パンの値段は1キロ34ペーニヒだったのに対して、1921年晩夏には3,80マルク、1922年には16,40マルク、そして1923年7月には6200マルクにまで値上がりしたという。Sackett, S. 106

19　ミュンヘンの喜劇役者であり印刷業者でもあったフランツ・エアラッハーのこと。1907年、ファレンティンは彼に無心してツィッタウにいた母親のもとへ行くことができた。彼の名を使うことで、ファレンティンがこの件における謝意を示したとされる。Vgl., Schulte 2000. S. 28

父親はしたたかに酔っ払った状態で同じ台詞、同じ身振りを三度繰り返す。そして三度目にテーブルを叩いたとき、彼は床に昏倒して起き上がれなくなってしまう。そこへ悪心のためトイレへ行っていたペッペルが戻ってきて、苦労しながら父親を起こそうとする。

ペッペル：こいつ地べたで寝ちゃってるよ。ナマケモンだなあ。(帽子をコート掛けに掛け、父親を起こす)
父親：(再び倒れる)(S. 81)[20]

『受堅者』が悲喜劇たる所以はこの場面に凝縮されている。起こしても倒れる父親の姿は、どん底から這い上がろうとしてはまた転落を強いられる当時の小市民のメタファーと捉えても間違いではないだろう。父親のドタバタとした足掻きとスラップスティックが重ね合わされるようにして観客・読者に受容されるのである。ローラント・ケラーは父親の一連の演技について「ここでアルコールはアナーキズムの原動力となっている」[21]と述べているが、この見解に首肯することはできない。父親がアルコールの力を借りて吐露しているのはただ、苦しい生活の中でも息子の堅信礼のために苦労を重ね、その窮地を戦友に救ってもらい、この戦友から借りた衣装が赤の他人であるペッペルにぴったりだったという極めて瑣末な事柄だけである。彼はアナーキストの立場から政治や社会情勢を直接に批判しているのでは決してない。むしろこの作品にアナーキストがいるとすれば、酔いつぶれた父親ではなく、庶民には手の届かな

20 このシーンはファレンティンの演技術が優れたものであったことも示しており、次のような逸話が残されている。俳優のクルト・ホルヴィッツ（Kurt Horwitz, 1897-1974）はファレンティンの酔った演技を見ていたく感動し、友人とともにファレンティンに尋ねた。「ファレンティンさん、どうやって酔いの状態を作るんです？…上演の前にはいつも飲んでらっしゃるんですか？一体何を？ビール？ワイン？それともシュナップス？」するとファレンティンはこう答えた。「そうそう、これは打ち明けていいと思うがね、あたしゃいつも水で酔っぱらうんですよ！」ホルヴィッツは「この瞬間、私はファレンティンの偉大さを理解した。彼はこう言うことによって、芸術とは何かということを無意識に伝えてくれたからである」と述べている。Vgl., Schulte 1997. S. 152f
21 Keller, S. 120

い葉巻を喫んで体調を崩したペッペルの方である。このことは次のやり取りを見れば明白であろう。

父親：俺は祖国のために闘ったんだ！
ペッペル：今はどうだっていいよ、そんなこと。
父親：（倒れる）
ペッペル：ああもう、頭がおかしくなりそう。次の堅信礼は自分一人で行けよ。(S. 80)

シュナップスを飲みすぎて昏倒した父親が発するセンチメンタルな言葉も、ペッペルには他人事であるどころか、彼は自らの堅信礼にも興味がない。ペッペルは父親を突き放すことによって親子の立場を逆転させて父親を滑稽な存在に仕立て上げている。『受堅者』において重要なのはアルコールでもアナーキズムでもなく、親子が生きる経済的・文化的環境と、息子の存在という、ファレンティン演じるところの父親の立場から見た関係性を捉える観点であり、この観点からのみ、悲劇と喜劇が共存しうるのである。

5 結・小市民の悲劇

「カール・ファレンティンとは何者だったのか？ファレンティンを直接見たことのない若者にこれを説明するのは難しい。…彼は全くオリジナルな、全く他の誰とも異なるクリエイティブな芸術家だったが、それはひとえに彼が徹頭徹尾〈民衆のコメディアン（Volkskomiker)〉だったからである」[22]とカール・ツックマイヤーは書いている。ファレンティンが同時代の人々にとって極めてアクチュアルな存在であり時代の寵児であったことが十全に理解される文章だが、果たして彼のコメディは後世の人間には理解できないものなのだろうか。それに対する反証は『受堅者』によって与えられるだろう。なぜならこの作品が後世を生きる我々に提示しているのは、時の経済状況によって生活を左右される人間の悲

22 Zuckmayer, S. 376f

喜劇であり、息子のために奔走しては「親の心子知らず」の、それでも親子で手を取り合って生きていくしかない人間の悲喜劇だからであり、資本主義が存在する限り、我々もまたブルジョワジーと小市民の対立や拒絶というものを容易に追想し追体験できる状況だからである。ただ本作において注目すべきことは、このような対立と拒絶が、この親子とおそらくは同じ社会的境遇にいるであろう給仕によってなされることである。給仕もまたブルジョワジーの下で働く労働者、小市民である（ブルジョアジーが給仕を勤めるという事態が、果たしてありうるだろうか）。この考えが正しければ、この作品にブルジョアジーに属する人間は存在しない。存在するのはただブルジョアジーに手懐けられてその世界に染まった小市民と、その世界へと同化する術を知らず指弾される小市民の親子だけである。同じ階層に属する人間から疎外されることが本作品のうちに潜む小市民の悲劇であり、堅信礼という宗教儀式と同様、ワインレストランという形で現れたブルジョワ性もまた『受堅者』を引き立たせる額縁に過ぎないのである。

一次文献

Karl Valentin u. Lisl Karlstadt: Der Firmling. Aus: Karl Valentin Sämtliche Werke in neun Bänden. Band 5 Stücke. Hrsg. von Manfred Faust und Stefan Henze in Zusammenarbeit mit Andreas Hohenadl. Sonderausgabe 2007（Originalausgabe 1997）München. S. 74-83. 引用に際してはページ数のみを示した。

参考文献

Dimpfl, Monika: *Karl Valentin*. München 2007.

Glasmeier, Michael: *Karl Valentin. Der Komiker und die Künste*. München 1987.

Hauff, Axel: *Die Katastrophen des Karl Valentin*. Berlin/West 1978.

Keller, Roland: *Karl Valentin und seine Filme*. München 1996.

Sackett, Robert Eben: *Popular Entertainment, Class, and Politics in Munich, 1900-1923.* Cambridge, Massachusetts London 1982.

Schulte, Michael 1997 (Hrsg.) : *Das Valentin-Buch.* Von und über Karl Valentin in Text und Bildern (6. Aufl.) . München 1997.

Schulte, Michael 2000: *Karl Valentin* (6. Aufl.) . Reinbek bei Hamburg 2000.

Seegers, Armgard: *Komik bei Karl Valentin. Die sozialen Mißverhältnisse des Kleinbürgers.* Köln 1983.

Zuckmayer, Carl: *Volkssänger, weiter nichts.* In: Kurzer Rede Langer Sinn. Hrsg. v. Helmut Bachmaier. München 1990 S. 373-375.

ゲーテの動物形態学

―パリ・アカデミー論争によせて―

高岡 佑介

序

西欧の知に関するミシェル・フーコーの考古学的調査は、思考の場、認識の可能性の条件たるエピステーメーの二度目の変動を、18世紀末葉から19世紀初頭の曲がり角に見出した。古典主義時代のエピステーメーから近代のエピステーメーへ。物を秩序づける知の格子が変化したのだ。これにより、認識の台座に浮かび上がる知の対象もまたその存在様態を組み直され、そこには「人間」という新たな形象が立ち上がることになる。フーコーによるならこの転換は三つの学問分野で観察されるが、ここでは自然を記述の対象とした博物学と生物学のケースに着目しよう。博物学とは自然物に対して、その表面の可視的な構造に注目し、それらを区別する特徴を指標として名指すことで分類を遂行する学問である。自然は、鉱物、植物、動物という三つのクラスに秩序づけられ、それらはいずれも同一平面上に位置づけられているという点で連続的に捉えられていた。しかし19世紀に入る頃にはこの自然の連続性に断層が導入される。記述の照準は可視性の場から不可視の領域へと移る。自然の秩序づけは比較解剖学という新たな記述の技法の出現に伴い、外見上の可視的な構造と特徴の組み合わせではなく、内部で働く諸器官の関係、その不可視の機能を基準として行われるようになるのだ。具体的には、可視的構造の多様性は大きな機能上の統一体を下地として理解されることになる。いまや自然の分類の可能性を基礎づけるのは、「知覚しえない、純粋に機能的なものを有するところの生命」なのである。生物は古典主義時代には自然の一分類区分でしかなかったが、近代においてそれは「生命の顕現」と見なされる。エピステーメーがその布置を変えたことで知の経験領域が更新され、新たな知の対象として「生命」が出現したのだ。生物学の成立である。そこで「生命」の原理として認識の中心に据えられるのが「有機組織（organisation）」の概念である[1]。

フーコーが描く知の歴史にゲーテ（1749-1832）の名は登場しない。しかし彼もまた、古典主義時代から近代への移行期を生き、自然の探求に並々ならぬ熱意を注いだ人物である。ゲーテの自然研究は、植物学、動物学、地質学、鉱物学、気象学、色彩学など、多岐にわたる。ゲーテはこうした広範な自然研究のうち特に動植物に関する研究を中心に据え、それを形態学の名のもとに展開した。形態学とは「有機的自然の形成と変形（Bildung und Umbildung organischer Naturen）」についての学である。それは、分類と命名を旨とする従来の博物学的な自然研究とは異なる、新たな科学部門として構想された。

ゲーテの形態学において動物研究は、その精緻な観察からメタモルフォーゼ概念の彫琢を実現した植物研究と同様、重要な地位を占めている。ゲーテにおいて動物の形態を研究することは、より高次の有機体の成り立ちを簡略に把握するための例解として位置づけられる。有機的自然の認識は「……上から下へ考察して人間を動物の中に探し求めるのではなく、下から上へと始めて、複合した人間の中に簡単な動物をついに再発見する場合」[2]に明確なものとなる。その際、比較解剖学は外皮の切開により、表面の特徴と諸関係の同定を超えて、有機体の内部空間の考察を可能にするものとして重要な役割を果たす。それは「……確かに切り離すことしかできないが、人間の精神に、死んだものを生きたものと、分離したものを関連したものと、破壊されたものを生成するものと比較する機会を与え、他のどんな科学の努力と考察よりも自然の深奥を私た

1）Michel Foucault, *Les mots et les choses: Une archéologie des sciences humaines,* Gallimard, 1966, pp. 137–176, 238–245, 275–292.（ミシェル・フーコー『言葉と物——人文科学の考古学』渡辺一民・佐々木明（訳）、新潮社、1974 年、148–186、246–252、283–300 頁）

ちに開示してくれる」[3]。そうしてゲーテは動物の内部構造の探求において特に骨格に着目する。というのも「骨格はあらゆる形態の明確な足場」[4]であり、「……骨格の中にあらゆる形態の決定的な特徴が確実にいつまでも保存されている」[5]からだ。有機的自然の解明を目的として、動物の形態を比較解剖学に依拠し骨学の見地から考察すること。これがゲーテの動物研究の基本的な狙いである。

本稿は、ゲーテの動物形態学とでも呼ぶべきこうした取り組みを検討することを通じて、当時生命の本質として考えられていた「有機組織」概念の内実の一端を明らかにしようとする試みである。第一節では考察の手がかりとして、最晩年のゲーテが多大な関心を寄せた、パリ王立科学アカデミーでのジョフロワ・サン＝ティレール（1772–1844）とキュヴィエ（1769–1832）の公開論争（いわゆる「アカデミー論争」）を取り上げ、動物の「有機構成の一致」をめぐって展開されたこの議論の理論的含意を確認する。第二節では、動物を比較解剖学的見地から考察する際、ゲーテが探求の中心に据えた原型概念の輪郭を浮き彫りにする。第三節では、それまでの考察で明らかになったことを、ゲーテが形態学一般について述べた他のテクストと接続することで、彼の有機的自然観を検討する。生命を特徴づける原理を動物という形象に求めるとき、そこで焦点となる「有機組織」なるものについて、ゲーテのテクストからどのようなイメージを引き出すことができるだろうか。

2）Goethe, Vorträge über die drei ersten Kapitel des Entwurfs einer allgemeinen Einleitung in die vergleichende Anatomie, ausgehend von der Osteologie. In: *Gedenkausgabe der Werke, Briefe und Gespräche, 28. August 1949,* hg. von Ernst Beutler. Artemis-Verlag, Zürich 1952, Bd. 17, S. 272. 以下、同書へのレフェランスは略記号 GA によって指示する。なお、ゲーテのテクストの訳出に際しては次の翻訳を参照させていただいた。『ゲーテ形態学論集・植物篇』木村直司（編訳）、ちくま学芸文庫、2009 年；『ゲーテ形態学論集・動物篇』同（編訳）、ちくま学芸文庫、2009 年；『色彩論』同（訳）、ちくま学芸文庫、2001 年。

3）Ebd., S. 271.

4）Erster Entwurf einer allgemeinen Einleitung in die vergleichende Anatomie, ausgehend von der Osteologie. GA, S. 242.

5）Goethe, Der Inhalt bevorwortet. In: *Goethes Werke, Hamburger Ausgabe in 14 Bänden,* hg. von Erich Trunz. Christian Wegner Verlag, Hamburg 1958, Bd. 13, S. 63. 以下、同書へのレフェランスは略記号 HA によって指示する。

一　「動物哲学の原理」――有機組織をめぐる考察

1829年10月、二人の若手解剖学者メーランとローランセによって一編の論文がアカデミーに提出された。「軟体動物の体制（organisation）に関するいくつかの考察」と題されたこの論文は、軟体動物と脊椎動物の構造の相同性を主張したものだった。それは具体的には、頭足類のコウイカを軟体動物の代表として取り上げ、脊椎動物を首筋と尻がくっつくように臍のところで後ろへ反り返るように折り曲げると、両者の器官の幾何学的配置が同じになるということを示した。要するにメーランとローランセによるなら、器官の配列という観点に立てば、頭足類とは二つ折りに曲げられた脊椎動物にほかならないというのである。

提出から半年経った1830年2月、論文の審査員の一人に任命されたジョフロワは「有機構成の一致（unité de composition organique）」という、予てより主張してきた自説との内容上の親和性から、この論文を好意的に評価した。メーランとローランセの論文を、あらゆる動物の構造は「単一のプラン（unité de plan）」に従うという自身の見解を支持するものとして位置づけ、擁護したのだ。これに対して動物界の四門分類（脊椎動物・軟体動物・関節動物・放射動物）を提唱するキュヴィエは、脊椎動物門と軟体動物門の間にある断絶を埋め、その隔たりをつないでしまうジョフロワの論旨を認めるわけにはいかなかった。キュヴィエはジョフロワの報告が行われた翌週、2月22日のアカデミー集会で、タコ（頭足類）と、背面に反り返ったアヒルとおぼしき哺乳動物を描いた図面をもとに反論を行った。これらの模式図ではすべての器官に名称が付されており、キュヴィエは両者に見られる差異（器官の有無や配列の相違）を示し、さらにジョフロワが用いている用語の曖昧さを指摘したうえで、彼が述べたような主旨の議論は成り立たないとしてこれを否定した。以後、ジョフロワとキュヴィエの議論の応酬は続いたが、ジョフロワの提案により両者の公開論争は4月5日のキュヴィエの報告をもって一応のピリオドを打った。以上がアカデミー論争の大まかな経緯と内容である[6)]。

しかし、ジョフロワとキュヴィエの論争はアカデミー内部の出来事として閉じて終わったわけではない。ジョフロワは論争終了後速やかに、この議論を科学アカデミー関係者のみならず、より広範な読者に向けて公開する仕事に取り掛かった。アカデミー集会で発表された諸論文を収録し、自身による序文と注釈を付加して、論争の内容をまとめた冊子『動物哲学の原理』を刊行したのである。

ゲーテはこのジョフロワの著作をもとにして、アカデミー論争をドイツへ紹介すべく論評を執筆し、それにジョフロワの書いたものと同名の「動物哲学の原理」というタイトルをつけた。そこでゲーテは事件の中立的な報告者として、論争の経緯や、ジョフロワとキュヴィエの伝記的な事実、また思想的立場から見た両者の関係などを精確に記述することに注力している。

この論説については、従来次のような解釈がなされてきた。すなわち、ゲーテは両者の対立を総合的自然観と分析的自然観の衝突として捉えた。ジョフロワを「理念から出発する人」、キュヴィエを「区別する人」と位置づけ、目の前に立ち現れる個々の多様な現象に対して、それらの認識を可能にする包括的な理念を直観的に見出していく前者の志向と、そうした全体的なものとしての理念を前提とせず、諸々の現象をあくまで経験的な水準にとどまって選り分けていく後者の営為との間に生じた確執として、この論争を理解していた。そこでゲーテは相対的に前者の立場に好意的な評価を寄せながらも、双方の理論の重要性を等しく認め、また分析と総合という、学問上古くから対立してきた思考形式についても、科学的認識にとっては両者の共存こそが要請されるのであり、それらは相補的に作用することを強調していたとされる[7)]。

確かにこうした読解は可能であるし、ゲーテ自身の思想と照らして正

6）トビー・アペル『アカデミー論争：革命前後のパリを揺がせたナチュラリストたち』西村顯治（訳）、時空出版、1990年、240–261頁；ブライアン・ホール『進化発生学』倉谷滋（訳）、工作舎、2001年、136–140頁。

7）高橋義人『形態と象徴：ゲーテと「緑の自然科学」』岩波書店、1988年、246–257頁；石原あえか「パリ・アカデミー論争（1830）――ゲーテ『動物哲学の原理』をめぐる一考察――」『モルフォロギア』22号、ナカニシヤ出版、2000年、4–8頁。

当なものであるだろう[8)]。「分析と総合」、「経験と理念」、「個的なものと全体的なもの」という思考の相克がアカデミー論争の軸を構成していたし、ゲーテもこの点を問題意識に据えて「動物哲学の原理」というテクストを執筆したと考えられる。しかし本稿では、この論争をそうした対立構図に落とし込み、そこでゲーテはどちらの立場にも偏ることなく両者の並存こそを本質的なものと見なしていたのだという議論に回収することはあえてしない。そうした解釈が間違いだというわけではない。ただここでは、そのような正論の余白にある事柄に目を向けてみたいのである。

とはいえ、なにも重箱の隅を突くようにして議論の細部に拘泥しようというわけではない。ここで着目したいのは、論争の発端にして中心にあった「有機構成の一致」という概念である。ゲーテによれば、メーランとローランセの論文を評価する報告文の中でジョフロワはこの概念を「自然考察の真の鍵」[9)]として称揚した。ジョフロワの根本思想とは「動物の有機組織はある普遍的な、ただところどころで変化しているプランに従っており、そこから動物の区別が導き出される」[10)]というものだった。

ゲーテのこの解説をジョフロワ自身の言葉を参照しながら補っておこう。ジョフロワは「有機構成の一致」を次のような論脈で説明している。「……諸器官の間に調和が存在しなければ、生はその活動をやめてしまう……」。「反対に、生が持続しているなら、それはあらゆる器官が依然としてその習慣的で必然的な関係にあるということである……」。そして「それは諸器官が同一の形成秩序によりつながっており、同一の規則に従っているということである……」。ジョフロワは、この諸器官の関係を貫く「同一の形成秩序」、「同一の規則」をもって「自然の普遍的な

8）実際に、ジョフロワとキュヴィエの論争を「総合」と「分析」の対立と捉える見解はゲーテ自身のテクストに散見される。Vgl. Goethe, Principes de philosophie zoologique. Discutés en mars 1830 au sein de l'académie royale des sciences par mr. Geoffroy de Saint-Hilaire. Paris 1830. GA, S. 381–383, 393–395. またゲーテがジョフロワ寄りの見解を有していることを示唆する箇所は、たとえば S. 408.

9）Ebd., S. 384.

10）Ebd., S. 387.

法則」とし、これを「有機構成の一致」と言い換えている[11]。この構成は、同一の原理に律されているという点において、ある共通のプランに従っている。

ここで言うプランは、この単語がフランス語として持つ語義にならって、二重の意味で理解されるべきだろう。すなわち、設計図としてのプランと、平面としてのプランである。つまり、プランは動物の体の組成に関わるという点で設計図であるが、その組成が器官の配置、配列を意味している点において、平面という含意にも結びついている[12]。これは次のように考えられる。器官の配列や相互の位置関係を分類の基準とした場合、メーランとローランセがそうしたように、諸器官が配置されている平面を折り畳むという操作を加えてやれば、外見上どんなに異なって見える動物の間にも構造上の相同性を見出すことが可能になる。この手続きは発想としては、平面上に配置された要素自体には変更を加えずに、座標軸を変えて再度眺めてみることで、変換前とは異なる形を出現させるものとして理解できるだろう。したがってジョフロワが言う「有機構成の一致」ないしはプランの単一性とは、多様な形姿の中に構造の相同性を見出していくという点で、動物の基本的な形は一つであると主張したものと捉えられるが、しかしそれは多を一に縮減するのではなく、一を通じて多を想定可能にするという方向で解釈すべきだ。というのも、要素の組み合わせそれ自体はさまざまに考えられるからである。

これに対してキュヴィエは、器官の普遍的な相同性などそもそも成立しえないのであって、動物の体の組成を秩序づけているものを把握するためには、器官がいかに配列されているかといった「構造」ではなく、器官が担っている「機能」に着目すべきだと主張した。つまり、器官の間には生存を支える機能的な連関があり、相互に関係した働きを持つ器官は隣接した部分として現れる。これは「相関の原理」と呼ばれ、キュ

11) Geoffroy Saint-Hilaire, *Principes de philosophie zoologique,* Pichon et Didier, Paris 1830, pp. 48–49.

12) 実際にジョフロワは「プラン（plan）」を、「配置、配列」を意味する「アレンジメント（arrangement）」や「ディスポジション（disposition）」という言葉で言い換えている。cf. ibid., pp. 59–60.

ヴィエはこの原理に基づき、動物界を四つに分類した。この四種類の相関の仕方の違いは著しく、それらの間にはいかなる結びつきも生じえないということを表すため、その分類カテゴリーには「門」という名称が与えられた[13]。こうしてキュヴィエは、動物の基本的な形は四つであると見定めたのだ。

注意したいのは、ジョフロワとキュヴィエは確かに根本的に対立していたが、しかしそれは同じ問題をめぐってであるということだ。本稿の冒頭で述べた、認識論的転換に関するフーコーの議論をいま一度想起しよう。19世紀初頭においては科学による自然の秩序づけは、従来の博物学的な認識格子には従わない。認識対象の定立、あるいは同一性と差異性の振り分けを支える基準はもはや可視的なものにはない。じじつ、ジョフロワとキュヴィエにおいてこの基準は消え去っている。そこで両者は「……知覚に直接与えられていない定数に従って有機的同一性を標定する」[14]という問題に立ち会っていたのであり、博物学に代わる、いわば比較解剖学的な認識格子の提案を実践していたのだ。そして、これには少なくとも二つの可能性があった。すなわち、引き続きフーコーの言葉を借りれば、ジョフロワが器官の「空間内部における位置と変換の原理」(あるいは「トポロジー的な解決」)を採用したのに対し、キュヴィエは「機能」の相関にその基準を求めたのである[15]。

ゲーテもまた、リンネ的な博物学から新たな一歩を踏み出すことを自身の形態学の出発点としていたという点を鑑みれば、この認識論的転換期に生じた一つの「現象」として位置づけることができるだろう。では、ゲーテは論争の中軸であった「有機構成の一致」をいかなるものとして捉えていただろうか。

---

13) フランソワ・ジャコブ『生命の論理』島原武・松井喜三(訳)、みすず書房、1977年、110頁。また、キュヴィエの基本的な立場や「相関の原理」については、ジャコブの著書に加えて以下の文献も参照した。ホール、前掲書、131-133頁；エドワード・ラッセル『動物の形態学と進化』坂井建雄(訳)、三省堂、1993年、34-45頁。

14) Foucault, « La situation de Cuvier dans l'histoire de la biologie » in: *Dits et écrits I, 1954-1975,* Gallimard, 2001, p. 910.(「生物学史におけるキュヴィエの位置」金森修(訳)『ミシェル・フーコー思考集成III』筑摩書房、1999年、350頁)

15) Ibid.

残念ながら「動物哲学の原理」ではこの点についてさして述べられていない。けれども論説の最後の部分でゲーテは、両者の論争を難解にしている要因として、有機組織を描写する際に用いられる術語の不明確な定義、用法のあいまいさを指摘し、それに対してコメントを付している。この注釈は、「有機構成の一致」に対するゲーテの理解の陰画となっており、いわば裏側からの示唆を与えるものとして読むことができる。

ここでゲーテが批判の矛先を向けているのは一貫して、生物に対する「物質的、機械的、原子論的」な見方である。たとえばゲーテによるなら、有機体の諸部分を表現するのに「matériaux（資材、材料）」という言葉は不適切だ。なぜならこの言葉は通常、「関連していない、共に属していない、諸々の関係を恣意的な規定によって得る物体」を指し示すからだ。また「composition（構成）」という言葉も機械的なニュアンスを強く含み、同じくふさわしくない。というのも「諸器官はあらかじめ出来上がったのものとして組み合わされるのではなく、相互に離れたり引き合ったりしながら必然的な、全体へ向かう存在へ発展する」からである。「……生物は阻害されることなく進み、成長し続け、不安定に揺れ動きながら、やがてその完成へと至る」。したがってゲーテによるなら、「plan（プラン）」という語も、家や都市などの建築物という観念を想起させてしまう点で、有機体を理解するための適切なアナロジーとはならない[16)]。このようにゲーテは有機的存在を、部分の組み立てからなるのではなく、相互に連関した器官を有し、揺れ動きながら発展するものとして捉えていたと、さしあたり言うことができるだろう。

有機組織に関するゲーテの見解について、「動物哲学の原理」から得られるのはこうした粗描までである。しかし注目すべきことにゲーテは注釈の最後の部分で、わずかに次のように述べる。「原型の統一性（unité du type）という表現はより詳細に事態を正しい道へ導いたことだろう。……それ〔原型という語：引用者〕は本来上位にあり、論争の調停に寄与したはずである」[17)]。ここでゲーテは、「単一のプラン（unité de

16) Principes de philosophie zoologique. GA, S. 409f.
17) Ebd., S. 411.

plan)」よりも「原型の統一性（unité du type)」の方が有機組織の把握に適していると言わんばかりなのだ。しかし残念ながらゲーテはこの語についてそれ以上詳述していない。

そこで次節では原型概念に関するゲーテの見解を明らかにすべく、骨学・比較解剖学に依拠した彼の動物研究に関わるテクストに目を転じてみよう。

二　動物形態の比較解剖学的考察――動きの形（パターン）としての原型

ゲーテによれば比較解剖学は「精神を多様な仕方で刺激し、私たちに有機的自然を多くの視点から考察する機会を与えてくれる」。それは外的特徴の識別に依拠する自然史の手法とは異なり、「有機体を適切に区分し、また組み合わせる」[18] ことを可能にする。

ゲーテにとって、「見渡すことのできる動物の骨格」はまぎれもない「自然」[19] であった。しかしひとたびそこに子細な考察の目を向けたとき、眼前に現れるのは自然の豊穣さと多様性である。各人が個別に研究を積み重ね、注意深い観察を通じて大量の経験的事実が蓄積されても、それらは認識の枠組みに収まらない。そこでゲーテは多種多様な現象の比較、判断を可能にするために、「原型（Typus)」なるものを設定する必要があると訴える。比較解剖学的見地から動物の形態を考察する際、それは欠かせないというのだ[20]。では原型とは何か。

私見では、ゲーテにおいて原型は二つの意味で用いられているように思われる。一つは、すでに述べたように、認識主体が多種多様な認識対象を把握できるようにするための参照軸としての原型である。そのままでは拡散してしまう多数の経験的事実を統括する枠組みと言い換えてもよいだろう。もう一つは、そうしたさまざまな認識対象に共通して看取される特徴であり、認識行為によって抽出されるこの特徴は、対象に普

18) Erster Entwurf einer allgemeinen Einleitung in die vergleichende Anatomie. GA, S. 231.
19) Principes de philosophie zoologique. GA, S. 398.
20) Versuch über die Gestalt der Tiere. GA, S. 373.

遍的に認められるという点でその本質的な部分をなすと考えられる。

もちろん両者はそれぞれ別個のものではなく、対象を認識するという一つの場面において生じる二つの事態を言い表したものであり、その点でコインの裏表の関係にあると言えるだろう。しかし議論の便宜上、以下、さしあたりこの二つの側面に分けて原型について考察していく。

まず、第一の側面から考えてみよう。認識のための参照枠組みとしての原型について、ゲーテはどのように述べているか。ゲーテが問題視しているのは、多くの観察者が個々ばらばらに見解を表明しており、それらの知見を共に検証できるような同一の規準や一連の原理が欠けているという、当時の研究状況だった。そこから原型の必要性が生じる。

> それゆえここでなされるのは解剖学的原型（Typus）の提案である。これは普遍的像（Bild）であって、その中にあらゆる動物の形態が可能性として含まれており、それに従っていかなる動物もある一定の配列で記述されると考えられる。……原型という普遍的理念（Idee）からすでに帰結されるのは、いかなる個々の動物もこのような比較のカノンとして設定されえないということである。いかなる個も全体の範型（Muster）となりえないのである[21)]。

さまざまな動物の形態をつぶさに観察し、その特徴を記述していく比較解剖学の営みは、体のどの部分が共通しており、どの部分が異なるかという分類の作業を含む。その際、個々の動物間の異同を確認することができるのは、単に十分な経験の蓄積があるだけでなく、ある何らかの水準で比較の基準が確保されているからである。経験的事実の認識が可能になるためには、理念が全体を統括していなければならないのであり、個々の事例はそれに照合されることで、分類され、秩序づけられる。それゆえ認識を可能にするこの理念は、すべての個々の事例を貫いており、それらの経験があって初めて作用するものだが、だからといって理念を

---

21) Erster Entwurf einer allgemeinen Einleitung in die vergleichende Anatomie. GA, S. 233.

個々の経験の側から求めることはできない。

次に、第二の側面を見てみよう。認識対象たる有機的自然において、普遍的な仕方で看取される本質的特徴としての原型について、ゲーテは何を述べているか。

まず、ゲーテが比較解剖学を通じて把握しようとした自然像が何でなかったかを確認しておこう。ゲーテは動物の体の組成を神学的目的論の立場から理解することに反対していた。「……生物がある種の目的のために外部に向けてつくりだされ、その形態はある根源的力により意図的にそのために決定されたという物の見方は、自然の事物の哲学的考察において私たちをもう何世紀も阻み、いまなお阻んでいる……」[22)]。

ゲーテによれば人間には、とかく事物を自らに都合よく関連づけて、そこに意味があるように解釈してしまう傾向がある。畑仕事をする者はアザミが生えたことを意地悪な悪魔のいたずらと見なし、銃を撃つ猟師は、獲物を運んでくれる犬が最初からそのようにつくられているとして、母なる自然の恵みを賛美する。しかしこれらは日常的な物の見方であり、自然研究者が同様の観点を採ることがあってはならないのである[23)]。

動物の体は天上の存在によりその意図や目的を付与されて造られたわけではない。ゲーテは言う。

> ……あらゆる生けるものは完全な有機組織なしにはまったく考えられない。すなわちこの完全な有機組織は内部に向かってきわめて純粋な仕方で規定され、条件づけられている一方で、外部に向かっても同様に純粋な諸関係を見出さなければならない。というのもそれはまた外部からも、ある一定の条件と関係においてのみ存在するからである[24)]。

体の内部に諸器官が備わっているのは「それらが種々異なった運動を

22) Versuch einer allgemeinen Vergleichungslehre. GA, S. 226.
23) Ebd., S. 227f.
24) Ebd., S. 228.

生み出し、種々異なった生存を維持することを可能にするため」である。動物の生存はさらに外部の諸条件によっても支えられている。たとえば「……魚は水の中で水によって存在している」。言い換えれば、「……私たちが魚と呼ぶ被造物の生存は、私たちが水と呼ぶエレメントの条件のもとでのみ可能なのであり、それは単にその中で存在しているだけでなく、その中で生成するためである」。動物の体に合目的性があるのは、「……それ〔動物：引用者〕が外部からと同じく内部からも形成されたため」だ。つまり動物は環境内存在とでも言うべきものであり、環境との相関において体の組織もかたちづくられる。したがってその考察の仕方も「内部から外部へ、外部から内部へ」と向かうものでなくてはならない[25]。

ゲーテはこうした自然の働きの中に神的なものを見ていたという点で、自然の神学的理解を必ずしも放棄していたわけではなかったが[26]、動物を上述した意味での神学的目的論から理解するという立場を明確に退けていた。それに代わり、生存を支える条件の束としての環境（エレメント）を自然に見出し、そうして外部空間と一定の関係を取り結びながら、そこで諸器官が働くところの内部空間によっても規定され、条件づけられる存在としての動物像を示したのだ。ゲーテは言う。「私たちは、諸々の関係や関連を種々の使命や目的と見なさないことに慣れ、それにより、形成する自然があらゆる面から、またあらゆる面に向かっていかに発現してくるかについての知見においてのみ、前進するだろう」[27]。

ところでゲーテによれば、この「形成」は「唯一の範型にしたがって成り立っている」[28]。ここで述べられている範型は、雛形やモデルなど、参照されるべき何らかの基本的な形を想起させる。しかし注意したいのは、ゲーテはジョフロワ／キュヴィエ論争の注釈において、有機組織を

25）Ebd., S. 228f.

26）「世界という建築物をその最大の延長において、またその最小の分割可能性において考察するとき、私たちは全体の根底に一つの理念があり、それに従って神は自然の中で、自然は神の中で永遠から永遠へと創造し活動しているという観念を禁じえない」（Bedenken und Ergebung. HA, S. 31.）。

27）Versuch einer allgemeinen Vergleichungslehre. GA, S. 230.

28）Ebd., S. 229f.

「プラン」という言葉で表現することを批判していたという点だ。有機組織を家や都市のような、設計図に則って構築される建造物になぞらえて理解することはできないのだと、そう述べていた。本稿ではゲーテのこの指摘にこだわってみたい。そこで以下では、「原型を設計図として理解しない」という立場に立って、考察を進めていくことにする。ではいったい、原型とはいかなるものとして解釈できるか。

着目すべきは、動物の形態を骨学・比較解剖学的見地から考察する際に、原型を通じてゲーテが見ていた自然像がいかなるものだったかという点である。

> きわめて一般的なかたちで提起されたばかりのあの原型に従って、哺乳類と呼ばれる高等動物のさまざまな部分を考察して見出すのは、自然の形成範囲は確かに制限されているにしても、しかしその際、諸部分の多さと多様な変化可能性のために、形態の無限に至るまでの諸変化が可能になるということである[29]。

> 自然が動物のさまざまな形態を容易に変化させることができるように見えるのは、まさしくその形態が非常に多くの部分から組み合わされていることによるのであり、形成する自然はそれにより、大きな量塊をいわば溶かし直す必要があるというよりは、配列された多数の始まりの部分にあれこれと影響を及ぼすことで大きな多様性を惹き起こす。以下で見るようにこのことはきわめて重要である。それゆえ、特に骨学的原型を練り上げようとする人々の最大の注目は、骨の区分をできるだけ鋭く精確に探求することに向けられているだろう……[30]。

ここでゲーテが表明しているのは、多数の部分の可変性に根ざした、

29) Erster Entwurf einer allgemeinen Einleitung in die vergleichende Anatomie. GA, S. 237.
30) Über die Gestalt der Tiere. GA, S. 375.

形態の多様性である。自然はその形成過程において非常に多くの小部分から成り立っており、それらに何らかの作用が及ぶことで、部分の水準でその大きさや位置、方向、関係が変わり、それにより文字どおり多種多様な形態へと変化を遂げてさまざまな相貌を示すようになる。「よく観察するときわめて驚嘆せざるをえない諸部分のこの可変性に、形成する自然のまったき力（die Gewalt der bildenden Natur）は存している」[31)]。そして動物形態を研究する者は、それを骨格の区分に見出そうとするのである。

ゲーテが動物の分節構造に注目していたという事実はしばしば指摘される[32)]。その際ゲーテは基本器官として椎骨を重要視していた。「より小さな部分、たとえば椎骨は比較対照されると、同じく科学にとって大きな利益が得られる。その際、種々異なった形態の親近関係が観察者に生き生きと立ち現れてくるからである」[33)]。動物の骨格は、この基本器官の反復による分節化を通じてかたちづくられる。椎骨はいわば先へ先へと継ぎ足されていくパーツであり、それは形を変えながら体節の分化を促していく。

実際ゲーテの観察は、発生論的観点を織り交ぜながら、骨格の形成過程における「動き」を明敏に捉えていた。骨の産出がなされる「成長する動物の誕生の前後では薄膜、軟骨、そして徐々に骨の量塊が形成されていく」一方で、「老いた人や病的状態にあっては自然が骨のシステムに一緒に規定しなかったいくつもの部分が骨化し、骨のシステムの方へと引き寄せられ、それによりこれ〔骨のシステム：引用者〕はいわば拡大されるのである」。また、さまざまな動物に即して骨の諸区分を考察する際、「……それらは異なった属と種、同じ種の異なった個体においてさえ、特にまたこれらの個体のさまざまな年齢において、ときに癒合し、ときに分離していることが見出される……」[34)]。

このようにゲーテによるなら、椎骨という基本器官が形成の単位とな

31）Ebd., S. 377.
32）高橋、前掲書、255-256 頁；三木成夫『人間生命の誕生』築地書館、1996 年、219-220 頁。
33）Vorträge über die drei ersten Kapitel des Entwurfs einer allgemeinen Einleitung in die vergleichende Anatomie. GA, S. 279.

って、その変化を伴う反復が骨格の多様な形態を生み出す。「たとえば注意を引くのは、動物の椎骨が全部一様の器官であるということである。しかし第一頚椎を尾骨の一つと比較する人がもしいるとしても、形態の類似性の痕跡を見出すことはないだろう」。「内奥のところで親近関係がありながら、それら〔同一の諸部分：引用者〕は形態・使命・作用においてきわめて遠く離れているように見える。そればかりか対立しあっているようにさえ見える。こうして自然には、きわめて異なっていながら密接な親近性のある諸システムを、類似した器官の変化により創り出し、相互に絡み合わせることが可能となるのである」[35)]。

ゲーテはこの過程をメタモルフォーゼと呼び、続けて次のように述べる。

> しかしながらメタモルフォーゼは、高等動物の場合、二様の仕方で作用する。第一に、上で椎骨に即して見たように、同一の諸部分はある一定の図式に従い、形成力によりきわめて安定した仕方で多様に変形されるのであり、これにより原型は一般に可能となる。第二に、原型において命名された個々の部分は、すべての動物の種属を通じて絶えず変化する。しかもそれらはその性格を決して失うことがない[36)]。

引用文に示されている第二の点から考えた場合、原型は確かに多種多様な形態の範型となる基本形であるように思える。すなわち本節で最初に指摘した、原型の第一の側面としての、認識主体の側から想起される原型イメージであり、個々の形態がそれへと参照される規準としての形である。それに従えば、いかなる異形の動物も原型のメタモルフォーゼとして位置づけられ、秩序づけられるだろう。どんなに顕著な変化を遂

34）Erster Entwurf einer allgemeinen Einleitung in die vergleichende Anatomie. GA, S. 249–251.

35）Vorträge über die drei ersten Kapitel des Entwurfs einer allgemeinen Einleitung in die vergleichende Anatomie. GA, S. 286f.

36）Ebd., S. 287.

げた形態であっても、そこには根源的なものが把持されている。

しかし本稿では原型を形成の雛形たる模型として捉えないという立場を採った。そこで引用文の第一の点に注目したい。「同一部分はある一定の図式に従い、形成力によりきわめて安定した仕方で多様に変形されるのであり、これにより原型は一般に可能となる〔強調引用者〕」。つまり、こう考えられないだろうか。さまざまに変形されることで原型は可能となるのであり、決してその逆ではない[37]。原型があって変形が生じるのではないのだ。

形態学においてゲーテの観察に立ち現れていたのは、あくまで自然の変化、動きである。このことをゲーテはたびたび強調してきた。「形態は動くもの、生成するもの、過ぎゆくものである。形態の学は変貌の学である……」[38]。「……博物学者が形態学者のところに避難するのは、揺れ動く諸形態が彼を当惑させる場合で、知見に関しても分類するうえでも形態学者のもとでかなりの助けを見出すだろう」[39]。そうだとすれば、ゲーテが有機的自然の形成過程において原型に見たのは、「基本的な形」の変化ではなく、変化の「基本的な形」だったのではないか。つまり動きの形、パターンとしての原型である。

三　有機的自然——無限へのうごめき

確かにゲーテは有機的自然としての動物に、相互に連関した部分から構成される、生き生きとした統一体を見ていた。ゲーテによれば、動物はそれ自体で一つの小世界と見なすことができる。「完結した動物はこのように一つの小世界と考えられ、これはそれ自身のためにそれ自身によって存在している。それゆえまた、いかなる被造物も自己自身の目的

37) 同様のことをゲーテは他の箇所でも述べている。「繰り返すなら、生殖を通じて明確に決定されている同時的メタモルフォーゼの限定性・規定性・普遍性が原型を可能にする……」(ebd.)「特殊な同時的メタモルフォーゼ。その主法則は原型の中で把握されるにちがいない」(Fragmente zur vergleichenden Anatomie. GA, S. 433.)。

38) Ebd., S. 415.

39) Ebd., S. 416. 強調は引用者による。

である。そのすべての部分が直接の相互作用のうちにあり、互いに対して関係を保ち、それにより生命圏を絶えず新たにするので、いずれの動物も生理学的に完全と見なすことができる」[40]。

また、有機体は内部において十分に確立した関係を維持しているだけでなく、有機体それ自身も一つの部分として、周囲の外部環境と一定の関係を取り結んでいた。「形態はそれに部分が属している有機組織全体に、したがってまた外界に関係しており、完全に有機化された存在はこの外界から一つの部分として考察されなければならない」[41]。

有機体はこのように内部空間と外部空間の境界を生きる存在であり、それが画定され、いわば世界から閉じることで初めてその生命活動が可能になる。有機体にとって覆いは生存のための必要条件である。

> ……どんな生命も表面で作用し、そこで自らの産出する力を発揮することはできない。すなわち、あらゆる生命活動は覆いを必要とし、これは水、空気あるいは光といった外部のむきだしのエレメントに対してそれを保護し、その壊れやすい存在を保持し、その内部の特殊な営みが成就されるようにする。この覆いが樹皮・表皮・外皮どのような姿をとろうと、生命あるものとして現れ、生きて作用しようとするものはすべて、包み込まれていなければならない。外部に面しているすべてのものは、いずれ次第に死と腐敗に委ねられる。木々の樹皮、昆虫の皮膜、動物の毛や羽根、人間の皮膚さえ、絶え間なく分泌され、剥離され、生命を失う覆いであるが、それらの背後では繰り返し新しい覆いが形成され、その下ではさらに、表層部であろうが深部であろうが、生命がその生産的な組織をつくりだしている[42]。

このようにゲーテが比較解剖学の手法に依拠して到達した有機体像は

40) Erster Entwurf einer allgemeinen Einleitung in die vergleichende Anatomie. GA, S. 238.
41) Fragmente zur vergleichenden Anatomie. GA, S. 419.
42) Die Absicht eingeleitet. HA, S. 59.

確かに、周囲の環境との界面である皮膜を通じて、内側からも外側からも一定の関係を定立し、それを更新し続ける統一体であると言うことができる。

しかしゲーテは有機的自然に、必ずしも諸部分の調和した全体だけを見ていたわけではない。ゲーテの叙述はさらにその先へ踏み込んでいる。

> すべての生命あるものは、個別のものではなく多数のものである。たとえ私たちに個体として現れる場合であっても、それは生命ある独立体の集合であり続ける……。それらは分裂したり求め合ったりして、無限の産出をあらゆる仕方であらゆる面に惹き起こす[43)]。

ここで提示されている有機体像は、調和を満たした統一体というイメージとはいささか異なる。というのも、ゲーテによれば、有機体をかたちづくる部分は全体を構成するのではなく、離合の仕方によって無限の産出を可能にするというのである。一般に、全体なるものは部分を包摂して一定の秩序のもとに統括していくが、無限なるものは、たとえばここで述べられているように部分の組み合わせをさまざまに変化させることで、理論上際限なく広がりうるのであり、あらゆる可能性に開かれていると考えられる。そうであれば、ここで示されている有機体像の含意は、「調和した全体」とは方向が逆だろう。

注意すべきは、「……機械論的諸原理がそれ〔有機的自然：引用者〕に適用できなければできないほど、有機的自然はそれだけ完全なものになる」[44)]という自身の言明とは裏腹に、ゲーテが機械論的立場からそれほど離れた場所にいないように見えるという点である。なぜなら、確認してきたように、ゲーテは有機的自然が多数の部分から構成されることを明言しており、ある大きな単位がそれより小さい部分（パーツ）から成り立つという発想は、ある意味で機械論に属すると言えるからだ。

だからといってゲーテが自然を機械論的に捉えていたというわけでは

---

43) Ebd., S. 56.
44) Betrachtung über Morphologie. HA, S. 125.

もちろんない。ゲーテの形態学の試みが、リンネの博物学が抱えていた「一種のモザイク」のような自然の見方、つまり多数の既成のピースを並べ合わせて一つの像をつくりだすという認識様式に対する異見から出発していたことを想起するなら[45]、そうした解釈はあまりに強引だろう。

ポイントは、有機的自然の「成り立ち」が単なる部分の「組み立て」に還元できないということだ。有機的自然は確かにある意味で部分の集積だが、その部分の間には一定の連関が成立している。しかし有機体の成り立ちと機械の組み立てを分けるこの連関を問う際に、「生き生きとした」、あるいは「自然の豊穣さ」や「多様性」といった言葉で「説明」してしまうと、その内実をそれ以上突き詰めることができない。

有機組織の本質としての連関を、ゲーテは「力」の働きに求めている。ただしそれは「単に物理的な、さらには機械的なもの」[46] を示す力ではなく、生命に固有の力である。ゲーテは次のような図式を示している。

素材（Stoff）
能力（Vermögen）
力（Kraft）
強制的な力（Gewalt）　　生命（Leben）
内的志向（Streben）
衝動（Trieb）
形（Form）

図1[47]

有機体を構成する部分も物質であることに変わりはない。しかしゲーテ自身がジョフロワ／キュヴィエ論争の注釈で述べていたように、素材（matériaux）をいくら組み合わせても、それだけでは依然として質料の集積である。それら素材の間に、さしあたり五つのモードが存在する

45) 高橋、前掲書、164–166 頁。Vgl. Der Verfasser teilt die Geschichte seiner botanischen Studien mit. GA, S. 76.
46) Bildungstrieb. HA, S. 33.
47) Ebd., S. 34.

と考えられる力が作用することを通じて、素材の群はひとまとまりの形へと編成され、そこには生命の動きが発現している。そのようにこの図式を解釈することはできないだろうか。

残念ながらゲーテがそれぞれの力のモードに、具体的にどのような種類の運動の生起を見ていたのか、確定することはできない。たとえば有機体が持つと考えられる自己産出の力[48]、自生性[49]、栄養摂取の能力[50]などにしても、これらのいずれかに含まれると考えられるが、推測の域を出ない。

しかしここであらためて強調したいのは、これらの「生命力」は必ずしも調和や均衡と結びつくものではなく、むしろときにそうした事態を超え出る可能性を孕んでいるのではないかということだ。ゲーテは言う。

> 一つの□は、いくつもの□の集積である。それらはすべて、互いに止揚し合わないならば相互に共存できるだろう。もしいくつかが他を止揚するならば、集積は体となる。それらが互いにさらに排外的に止揚し合うならば、これらの体はますます希少なものとなり、やがて個体が生ずる（それ以前は種ないし属）。最も希少な被造物は、諸部分が最も排外的に止揚し合っているところにある。
> ……
> 個体性の概念が有機的自然の認識を妨げる。
> それはありふれた概念である。
> ……
> 有機的自然、それは明らかに多数のもの。
> 個体性に傾く有機的自然。
> ……[51]

48) Betrachtung über Morphologie. HA, S. 121.
49) Vorträge über die drei ersten Kapitel des Entwurfs einer allgemeinen Einleitung in die vergleichende Anatomie. GA, S. 277
50) Ebd., S. 281.
51) Fragmente zur vergleichenden Anatomie. GA, S. 420f.

こうした一連の断章から喚起されるのは、調和に満ちた統一体としての有機体像ではない。複数の存在の間で生じる衝突や摩擦といったコンフリクトの解消は個体性の側に割り振られているのであって、有機体はむしろ、個体性への傾性を秘めながらも、それに対立するものとして位置づけられている。そうであれば、有機体に見出すべきは、生命が帯びる未定の力動性とでも言うべきものではないか。「すべての形態、とくに有機的形態をよく眺めてみると、どこにも持続するもの、静止するもの、完結したものが生じてこないことに気づく。むしろ、あらゆるものは絶え間のない運動において揺れ動いているのである。それゆえ私たちの言語〔ドイツ語：引用者〕は、形成（Bildung）という語を適切にも、すでに生み出されたものについても、また現に生み出されつつあるものについても使うことにしているのである」[52)]。

したがって次のように主張したい。有機的自然は、部分からなる全体では必ずしもない。それは有限の要素から成り立つ、無限へと開かれた機構である。これを解明しようとする際に、分析的視角と総合的視角のいずれに準拠することがふさわしいかを論じても、益するところはそれほど多くないだろう。そしてゲーテが次のように言うとき、幾多の観察に支えられた彼の直観は、動きの基本的な形にとどまらず、自然に潜む、ある種の「うごめき」にまで届いていたのではないか。

> 自然は体系を持たない。自然は生命を持つというよりは生命であり、未知の中心から認識不可能な境界に至る連なりである。自然の考察はそれゆえ、もっとも個別的なものにまで分析的に行おうと、全体においてその広がりと高さを求めて足跡を追おうと、際限がない[53)]。

52) Die Absicht eingeleitet. HA, S. 55.
53) Probleme. HA, S. 35.

結

ドゥルーズ／ガタリは、ゲーテの立場をジョフロワのそれに引きつけて理解することに対して次のように疑義を呈している。

> 確かに植物学と動物学の分野におけるゲーテの研究は内在的な構成プランを発見しているし、そのためゲーテはジョフロワ＝サンティレールに近いとも思えてくる（両者の類似はこれまでにもたびたび指摘されたところだ）。しかしながら、ゲーテが形態の発展、および主体の形成-教育という二重の観念を残していることに変わりはない。とすればゲーテのいう内在性のプランは反対側の、逆の極に移ったと考えるのが自然だろう[54]。

ドゥルーズ／ガタリによるこの指摘に異論はない。本稿で試みたような仕方でゲーテを解釈することは確かに不自然だろう。じじつこの論考では、取り扱ったテクストのうち、「形態の発展、および主体の形成-教育という二重の観念」に資するかたちで理解できる箇所を意図的に省略している。しかしながら、人は自らの行為を必ずしも十全に認識しているわけではない。動きは生命の本質であり、形態学において動植物の研究に即してゲーテが試みたのは、そうした生命に固有の運動を捉えることだった。そして実際、ゲーテはその生命の運動を言語化してみせた。本稿では言及しなかったが、たとえば「双極性（Polarität）」や「高昇性（Steigerung）」がそれにあたる。だがゲーテによる有機的自然の観察と叙述は、このような秩序に適った力の発現や調和に満ちた運動とは別種の動き、すなわち自然のうごめきをも感知していたのではないか。それをたとえゲーテ自身、明確に意識化せず、概念として提出することがなかったにせよ、である。

本稿では半ば強引な仕方で、ゲーテの叙述から彼が焦点を当て組織化

---

54) ジル・ドゥルーズ、フェリックス・ガタリ『千のプラトー：資本主義と分裂症』宇野邦一他（訳）、河出書房新社、1994 年、600 頁。

しなかった部分を集め直し、再組織化した。そのようにして、ゲーテが気づいていたことと行っていたことの間にあるものの一片を掬い出そうと、そこへ通じるかすかな理路を、あくまでゲーテ自身のテクスト群の中に開こうと試みたのである。

電子マネー、ニューロマーケティング、そして生のエコノミー[1]

「ゲーテは生から乖離せずに、生のなかへと身を置いた」[2]
フリードリヒ・ニーチェ

高橋 透

この数年間、サイボーグ技術について研究をおこなってきた。その結果は、『サイボーグ・エシックス』[3]と『サイボーグ・フィロソフィー』[4]に纏めた。これらの研究は、ラボ段階では成功を収め、実用化の寸前にまで達しているものや、あるいは萌芽は見られてはいるものの、まだ幾つもの技術的ブレイクスルーを経る必要のある近未来の技術に焦点を当て、そうしたサイボーグ技術が惹起する可能性を秘めている、人間の変容可能性について論ずるものであった。今回は、視点を現代に転じてみたい。実際に焦点を当てたいのは、マネー資本主義、つまりマネー中心の経済のあり方、電子マネー、ニューロマーケティング、そして人間の欲望をサイボーグ論の視点で見ることである。

どの投資関連の入門書にも記されているように、なぜ現在の日本で、投資という経済行為が重視されるべきであるかという問いへの答えは、戦後日本経済をけん引してきた製造業が新興国、とくには中国へ大規模に移転したからということだ[5]。安価な人件費で製造業を営むことので

1 本稿は、「『細胞を創る』研究会 2.0」(二〇〇九年十月二日、於東京大学医学部)における発表原稿に大幅に加筆を加えたものである。
2 Nietzsche Werke Kritische Gesamtausgabe, Bd. VI3, hg. v. G. Colli u. M Montinari, Walter de Gruyter & Co. Berlin, 1969, S. 145.
3 高橋透『サイボーグ・エシックス』水声社、二〇〇六年。
4 高橋透『サイボーグ・フィロソフィー』NTT 出版、二〇〇八年。
5 シティバンク銀行個人金融部門『世界経済のゆくえと資産運用戦略』東洋経済新報社、二〇〇九年、野口悠紀夫『経済危機のルーツ』東洋経済新報社、二〇一〇年などを参照。

きる新興国に、日本のような国が互角に太刀打ちしようとするならば、当然のことながら、日本の労働者の人件費をそれと同等か、あるいはそれ以下に抑える必要がある。しかしながら、これは、現実的にかなりに難しい。というか、端的に困難と言うべきであろう。同様の状況は、ところで、アメリカにも生じていた。アメリカでも、製造業が経済のけん引役を果たしていた時期があった。しかしながら、次第に、ドイツ、そして日本に製造業のけん引役を奪われる。そしてアメリカは、最終的に九〇年代後半にいたって、金融を中心とする経済体制へと変貌を遂げることになった[6]。ここから見てとれるように、製造業が一定の段階を迎えたために製造業が経済の中心ではなくなった、いわゆる成熟した国家では、労働者が額に汗して働くのではなく、むしろ「お金に働いてもらう」というマネーの運用が重要なウェイトを占めることになる。そしてマネー運用を主軸に置くこうした経済政策が、マネー資本主義の暴走などと言われる事態を引き起こしてきたことも周知の事実であろう。

先述のように、新興国に製造業の中心が移行している現在、日本も、従来のような製造業を根幹にすえた戦後の経済政策のあり方では立ちいかなくなりつつあると言える。実際問題としては、アメリカのようなマネーの運用ないし投資を基軸にした経済運営を迫られざるをえない局面が不可避的に出来してもおかしくはないのではないだろうか。たしかに、みずからが額に汗して働くことなく、お金に働かせる投資家の生存様式は、たんなる贅沢あるいは資産階級の特権にすぎないと思われるかもしれない。しかし、海外との関連で言えば、生活の糧の基軸であった製造業が新興国に大々的に移転していくなかで、私たちは何を糧に生きていくべきかという問題が、否応なく突きつけられているのである。そしてこの延長には、言ってみれば、新興国という金持ちの労働者、そして投資スキルの不足した成熟国家、つまり貧しい資本家という、通常とは逆転した構図のイメージが生まれてきたとしても何ら不思議はないであろう。

6　たとえば、NHK 取材班著『マネー資本主義』(NHK 出版、二〇〇九年)は、一九九五年に米財務長官に就任したロバート・ルービンによって「アメリカが将来の主力産業を製造業から金融業へと大きく舵を切ったと言われる」(同書、六四頁)と述べている。

具体的に日本がどのような道を選択するのかについては読者の議論に任せたい。ここでは、むしろ、まず、製造業中心の経済運営からマネー運用を基軸とする経済運営への転換の意義を哲学的な視点から探ってみよう。とはいえ、もちろん、実際の場面では、ある国家の経済運営から製造業がすべて消失し、経済活動がマネー運営だけになるわけではない。あくまでも構造上ないし原理上の転換の考察をここでは議論したい。

「電子マネーの貨幣論」[7]という論文で経済学者の岩井克人は、「貨幣とは何か」という問いに対して、商品と貨幣を区別しつつ、「貨幣は貨幣である」[8]という答えを提出している。「商品の場合、たとえば、私がりんごを栽培するのは、それを買ってくれる他者がいるからで、その他者は自分で食べるためにりんごを買う。りんごに対する他者の欲望が、私のつくったりんごに対して商品としての価値を与える。」[9]「すなわち商品はすべて、他者がそれを欲望するから商品として価値をもつ。」[10] このように商品は、それを欲する人間の対象となることではじめて商品となるのだ。商品はその外部（者）が必要なのである。

これに対して貨幣の場合はどうだろうか。「ある人が一万円札を受け取るのは、その一万円札を消費するためではない。それを将来貨幣として使うためである。つまり、それをさらにだれか別の人がこれを受け取ってくれることを予想しているからである。」[11] そして「このプロセスは永久に続いていく。つまり貨幣を貨幣として根拠づけるのは、他者の欲望にあるのではない。その他者の欲望は、別な他者の欲望を予想し、その別な他者の欲望はさらに別な他者の欲望を予想している。このプロセスが永久に続くということは、実はどこにも他者の欲望が介在していないことになるのである。要するに、ここには、本当の意味での他者の欲

7 岩井克人「電子マネーの貨幣論」西垣通／NTT データシステム科学研究所編『電子貨幣論』NTT 出版、一九九九年所収。
8 岩井、前掲書、一四頁。
9 岩井、前掲書、一二頁。
10 同前。
11 岩井、前掲書、一三頁。

望が入っておらず、欲望を無限に先送りする構造が貨幣を貨幣として支えているということになる。……貨幣とは、それが貨幣として流通しているから貨幣として流通するのである。その意味で貨幣とは『貨幣は貨幣だから貨幣である』という自己循環論法によってその価値が支えられているにすぎないのである。」[12]

引用が少し長くなったが、岩井の言うことは了解されるであろう。要するに、貨幣は自分を自分で支え、根拠づける構造をもつのであり、その意味で、貨幣が貨幣であるためには、貨幣以外のもの、すなわち貨幣の外部は必要ではないというのだ。これは、商品が商品の外部としての他者によって欲され、そうした外部との関係において成立するのとはまったく異なっている。貨幣は自己循環論法によって成り立つのであり、外部を必要としないのだ。

岩井のこの議論を、製造業中心の経済とマネーを基軸とする経済という先述の議論に重ね合わせてみよう。マネー基軸の経済には、自己循環する貨幣の構造が対応することは明らかであろう。商品は、たしかに製造業による産物にとどまるわけではないないが、しかし、製造業による産物も商品の一つであるという意味では、製造業中心の経済活動に、商品をめぐる上記の議論が対応すると言ってよい。とすれば、製造業が中心ではなくなったところでは、貨幣の自己循環構造が支配的になるということが分かる。このことは、実際、アメリカやイギリスのいわゆるマネー経済への移行を物語ると言えるであろう。

そして、よく言われるように、現代では、「『金融経済』が『実物経済』を凌駕しつつある」[13]という現象が生じている。すなわち、商品はマネーのくだんの自己循環運動のなかに取り込まれはじめているのである。

では、次に、マネーによるこうした取り込みはどこへと向かうのであろうか。それを検討するために、近年登場し広まりつつある電子マネーについて考察してみよう。私自身も、現在、「スイカ」という電子マネ

12 同前。
13 シティバンク銀行個人金融部門、前掲書、四二頁参照。

ーを利用している。私の場合は、ケータイ電話経由で入金できる仕組みになっている。決済は、もちろん、銀行口座からの引き落としだ。この場合であれば、現在のマネーを構成している、金属や紙といった素材が電子情報に入れ替わっただけであるように思われるであろう。その意味では、電子マネーは、現在の紙幣よりもスピーディーかつ便利、あるいは硬貨を持ち歩かなくてもよいといった利点があるものの、現行のマネー形態とさほど差がないように見える。しかし、電子マネーは、マネーの概念を大きく変更する可能性がある。あるいは少なくとも、大幅に拡張するであろう。

NTTドコモは、現在、「ドコモが考えているケータイの未来」[14]というタイトルで、ドコモが計画している未来のケータイの使用方法を紹介している。たとえば、3D画像が見られるケータイ、「指輪がケータイ」になるという身につけるケータイ、どこでも充電可能なケータイなどだ。ここでは、「分子通信」[15]「人体通信」[16]というプランについて考察してみる。まず「分子通信」。これは、「いつでもどこでも健康管理」[17]が可能になるという機能だ。ドコモの説明によると、「ケータイ電話についている小さな検査器で分子通信を使って汗や血液を調べ、その検査結果をケータイ電話の電波で病院へ送ることで、かんたんに健康しん断を受けられる」のであり、「そして、調べた結果からおすすめレシピや運動プログラムなどのアドバイスを受けたりすることもできる」[18]ということである。分子通信が実現すれば、人間はますますケータイ・システムに組み込まれ、その構成要素の一つとなっていくであろう。こうして、ケータイ・システムという、人間と健康診断施設とを結ぶ媒介者がみずからの媒介の範囲を拡張し、人間をそのなかへと取り込んでいくのである。

次に、「人体通信」[19]。人体通信とは、ケータイをたとえばポケットな

14 http://www.nttdocomo.co.jp/corporate/kids/history/feature/
15 http://www.nttdocomo.co.jp/corporate/kids/history/feature/molecule/
16 http://www.nttdocomo.co.jp/corporate/kids/history/feature/human_wire/
17 注14参照。
18 注14参照。
19 筆者は『サイボーグ・フィロソフィー』(前掲書、三三頁以下)で別の角度から人体通信について扱った。

どに入れておき、手で改札機や自販機に触れるだけで買い物ができるといったケータイの機能だ。この機能を説明したサイトのURLには、「human_wire」[20]と書かれている。つまり人間がワイヤー、電波を通す電線となるのだ。この電波、つまり電子がマネーなわけだが、ここでは人間がこの電子、つまりマネーと一体化を始めているというイメージが得られるであろう。先の分子通信では、人間はケータイ・システムという媒介者に取り込まれていくのであったが、人体通信では、ケータイ・システムという媒介者は、電子マネーとなるのであり、人間は、このマネーというシステムと一体化を始めるのである。従来、マネーは、商品と人間のあいだの媒介物であるという仕方で表象されてきたことを考えるならば、人体通信ケータイは、そうした表象を変更させることになるであろう。

とはいえ、このことは人間の側にかぎった話ではない。購買される商品のなかにはすでに、媒介するシステムと同化しているものがある。たとえば、音楽配信サービスを考えてみたい。音楽はデジタル情報化、つまり電子情報化することができる。ということは、音楽配信の場合、商品は電子情報としてそれを配信するシステムと区別がつかなくなっているのであり、その意味で、媒介システムとは区別されたモノではなくなっている。

人間の側も、商品ないし対象の側も、このように、電子情報システムに繋がれ、それに組み込まれはじめている。現在は、音楽配信のような限られた商品だけが電子情報化されるまでにいたっているが、このことは、それ以外のモノにも波及するかもしれない。ナノテクノロジーを考えてみれば、その可能性は排除しうるものではないであろう。ナノテクノロジーは、原子・分子を自在にコントロールすることで、物質を原子・分子レベルから再構成することを目指している。あるいは物質の構成を変更して新たな物質を作り出すことさえも目論んでいる。ナノテクノロジーには、いわゆる技術的な壁が様々に立ちはだかっているようであるが、しかし、原子の順列組み合わせをビット情報として捉えるならば、

20 http://www.nttdocomo.co.jp/corporate/kids/history/feature/human_wire/

ナノテクノロジーは、デジタル情報処理技術、要するに電子情報処理技術の延長にあるテクノロジーであると言えるだろう。そうなると、もしナノテクノロジーによって物質を再構成することが原子・分子レベルから可能になってくれば、音楽にとどまらず、様々な商品が電子システムの延長としてのナノテクノロジーによって構成され、ますます多くの商品が電子情報システム、つまりデジタル化の延長上にある、ナノテクノロジーというシステムに組み込まれることになるであろう。さらに、レイ・カーツワイルは、ナノテクノロジーに立脚して人間自身をサイボーグ化することを提唱している[21]。このことは、人間も、原子・分子の順列組み合わせであることを考えるならば、発想としては否定できないであろう。そうなると、人間の側も、デジタル化の延長上にある、ナノテクノロジーというシステムに組み込まれることにならざるをえないのかもしれない[22]。

いずれにせよ、商品というモノは電子情報化されはじめており、人間の側も、NTTドコモの分子通信や人体通信に見られるように、電子情報システム、デジタル・システムに組み込まれていくであろう。このような観点から見た場合、電子情報システムとしての電子マネーは、電子マネー以前の貨幣がそうであったような、商品と人間、対象と主体とのあいだの媒介物であるにとどまらず、それら両項を組み込み、飲み込むような形で拡張・拡大されていくことになるのではないだろうか。こうした事態が進行していくならば、電子マネーは、マネーの概念を変更とはいかないにしても、少なくとも拡大することになるであろう。マネーは電子情報化されるとき、商品の側ならびに人間の側も電子情報化されていくのであり、マネーは、こうした電子情報システムの一構成要素として位置づけられることになる。岩井は、マネーの自己循環構造について論じていたが、マネーは商品と人間を自己のシステムのなかに取り込むことで、この自己循環構造を拡張・拡大するのであり、さらには、マ

21 レイ・カーツワイル『ポスト・ヒューマン誕生』井上健監訳、NHK出版、2007年参照。
22 ナノテクノロジーとサイボーグ化をめぐる議論については、拙著『サイボーグ・フィロソフィー』（前掲書）、六一－七八頁を参照されたい。

ネーがマネーを超えた電子情報化システムに取り込まれることで、マネー自身も電子情報システムの自己循環構造に包摂されることになるのだ。

マネーの自己循環構造について掘り下げてみよう。岩井の議論によれば、商品において欲望は、他者がそれを欲望するから商品として価値をもつのであった。したがって、商品は、それを欲する人間の対象となることではじめて商品となるのであった。これに対して、マネー、すなわち「貨幣は貨幣だから貨幣である」のであった。つまりここでは、欲望を無限に先送りする構造が貨幣を貨幣として支えているということになるのである。欲望は、その意味で、貨幣だけを欲望しつづけるのである。このような欲望が貨幣を貨幣として成立させているのである。貨幣愛に溺れる守銭奴は、貨幣のみを愛するであろう。そしてその貨幣への欲望は無限にとどまるところを知らないのだ。

経済学者の佐伯啓思は、『「欲望」と資本主義』という著書で、バイオテクノロジー、ヴァーチャル・リアリティといった先端テクノロジーの発展が経済に及ぼす影響に言及しつつ、こう述べている。「脳と快感のメカニズムが解明されてくると、実際の体験によらずに、シミュレーションによって快感だけが得られるかもしれない。……実際のモノによるのではなく、ただ刺激だけで同等の快感が得られることになるのかもしれない。そうするとモノを生産しない、ただ快感刺激だけを生産する資本主義というもの、『シミュレーション資本主義』とでもいうものを考えることさえできるだろう。」[23] モノへ向かうのではなく、快感刺激のみを求める欲望。つまり自己充足のみを求める欲望。自己へのみ向かう欲望。これは欲望の自己循環である。欲望のこのような、モノから自己への構造転換ないしは構造の差異は、もちろんモノと貨幣のあいだの差異と同じ構造をもつ。製造業からマネー中心の経済への転換、そして現在始まりつつある電子マネーへの移行といった変化は、欲望の上述のような構造変換をもたらすであろう。ここでは、私たちの欲望はモノへ向か

23 佐伯啓思『「欲望」と資本主義　終わりなき拡張の論理』講談社現代新書、一九九三年、二一七頁。

うことから、自己自身を欲望の対象とすることへと変換を迫られるであろう。

欲望が自己自身を対象とするとき、つまり快感刺激だけを生産することが目論まれるところでは、どのような事態が生じるのであろうか。近年、ニューロマーケティングといわれる動向が生まれている。これは、ブレイン・サイエンスの研究成果をマーケティング領域で活用しようとするものだ。実際、日本の広告代理店の博報堂は、「ブレイン・ブリッジ・バイオロジー」[24]というチームを二〇〇八年夏に発足させ、ニューロマーケティング分野に乗り出している。この分野において博報堂とタグを組み、「Buy・ology」という分野を提唱するマーケッターのマーティン・リンストロームは、その著『買い物する脳』でこう語る。「私はなぜ、消費者が特定の衣料品ブランド、特定の自動車モデル、特定の種類のシェービング・クリーム、シャンプー、チョコレート・バーに惹かれるのかを調べることにした。答えは脳のどこかに隠されているはずだ、と私は思った。そして、それを解明できれば、広告の未来を形作るだけでなく、消費者の思考方法や行動に革命を起こすことができるのではないかと思った。」[25] ニューロマーケティングは、具体的には、fMRIなどの脳の画像診断装置を用いて被験者の購買行動を脳のレベルで調査し、その結果を実際の広告作成やマーケティングに適用するものである。従来のアンケート調査などに比べて、脳自身が自分の購買衝動について語るので、はるかに高い精度で購買行動について分析し、その成果を応用することができるというわけだ。

ニューロマーケティングが最終的には商品の購買へと人間の欲望を向けることを目指している以上、それはモノへと向けられた欲望を対象としているのだと言える。けれども、ニューロマーケティングは、脳の快・不快の機構の解明を通じて私たちの購買欲望を刺激しようとしてい

---

24 参考資料　http://www.hakuhodo.co.jp/pdf/2009/20090818.pdf

25 マーティン・リンストローム『買い物する脳　驚くべきニューロマーケティングの世界』早川書房、二〇〇八年、一三頁。

るのだから、その意味では、それは、佐伯の言うシミュレーション資本主義のツールの一つなのである。ニューロマーケティングは、このようにして、人間の欲望の機構の分析を通じて人間の欲望を掻きたてるのだ。それはモノへの欲望を刺激するための装置なのであり、ニューロマーケティングの登場は、モノを購買するにあたって、まずもって私たちの欲望の機構そのものが分析されねばならなくなりつつあることを物語っているのである。こうした事情についてもう少し考察してみよう。

ある資産運用の本は、その冒頭で日本の戦後の生活史を簡単に振り返って、一九五〇年代後半には、いわゆる「三種の神器」（白黒テレビ、洗濯機、冷蔵庫）、そして一九六〇年代の高度成長期には、「3C」と呼ばれる「新三種の神器」（自動車、クーラー、カラーテレビ）、そして最近の「デジタル三種の神器」（デジタルカメラ、薄型テレビ、DVDプレーヤー・レコーダー）がそれぞれの時代にブームを巻き起こしてきたことを語っている[26]。同書が言うように、これら三世代の三種の神器を比較するならば、元祖三種の神器は、現在では、もはやそれを欠くことのできないほど生活必需品であるが、しかし、世代を追うごとになくても生活そのものはなんとかなるといった類のものになっていくと言えるであろう。要するに、製造業中心の経済は、生活必需品と言える部類の製品を生産することと連動していたのであり、こうした必需品がそれなりに揃うならば、製造業中心の経済は中心の座を追われざるをえない。そしてその代わりに台頭してきたのがデジタル製品である。しかし、生活必需という観点から見るならば、デジタル三種の神器は、「たしかに『あったら便利』」ではあるが、「『なくても特に困らない』」[27]類のものだ。（とはいえ、デジタル製品ないしデジタル性については後で議論したい。）

ここで議論を少しばかり大きく広げてみよう。これまで人類は衣食住の欲望を満たすために多大な労力を費やしてきた。日本でも、つい江戸時代まで、飢饉にみまわれていたわけであるが、しかし、二十世紀以降、少なくとも先進国といわれる地域では衣食住への欲望が満たされないと

26　シティバンク銀行個人金融部門、前掲書、二七頁参照。
27　シティバンク銀行個人金融部門、前掲書、二七頁。

いうことはまずありえない。（もしあるとすれば、それは物資そのものの不足というよりも、むしろ物資の配分の仕方に問題がある。）人間という生物の基本的な欲求は満たされることになったのである。これは、人類の長い歴史を考えた場合、特筆すべき事態であると言うべきだろう。そして、こうした観点からすれば、戦後の製造業中心の経済がおこなってきたことは、多少誇張して言うならば、人間の基本的欲求を満足させることの仕上げにも等しいものであると言えるかもしれない。これが仕上げであるかは議論の余地があるとしても、三種の神器の第二世代、第三世代の製品が、世代を経るにしたがって、なくてもさほど困らないものになっていく以上、すでに生物としての人間の基本的欲求は満たされたのである。私たちはすでに満足しているのだ。

しかし、そうなると、充足させられた人間の欲望は、どこへ向かうのかという問いが生じてくるであろう。人間は欲望を回転させ続けることをしないと生きていくことはできない。なぜそうなのかはよく分からないが、とにかくそうした生き物である。ところが、人類誕生以来、衣食住を求めて、外側の事物へと向けられてきた欲望が充足させられると、人間はなんらかの形で欲望自身を回転させるようにせねばならない。

上で紹介したニューロマーケティングも、このようなコンテキストで理解する必要がある。すでに欲望が満ち足りたところでは、商品を販売するには、欲望そのものの刺激から始めなければならないのだ。そのために、まずもって、ブレイン・サイエンスが動員され、欲望の機構が解明される必要があるのである。こうして、ニューロマーケティングは、欲望が自己自身を対象とするためのツールとなるのである。自己自身を対象とする欲望の構造は、自己循環構造としての貨幣の構造に刻印されているのだった。欲望が満ち足りた地点において導入され、欲望が自分自身を回転させることを目指すニューロマーケティングには、貨幣の自己循環構造が書き込まれているのである。

では、ニューロマーケティングと電子マネーの関連はどのように理解すべきであろうか。これについては、管見では、まだ具体的な事例は存在しない。ただ、脳とコンピュータをダイレクトに接続するブレイン・

マシン・インターフェイス（BMI）のようなデバイスを考慮するならば、脳の活動はデジタル信号に置き換えられて理解、分析、活用されていくであろう。ニューロマーケティングは、もちろん、現段階では、デジタル信号化までは達していないようであるが、しかし、早晩、ニューロマーケティングとBMIは結びついていくと考えられる。というのも、BMI研究者の藤井直敬によれば、現在のfMRIよりもBMIを利用した方がより精度の高い脳活動情報を得ることができるからである[28]。とすれば、ニューロマーケティングは、デジタル化を通じて電子マネーのデジタル信号システムと結び付いていくであろう。こうして、体調管理のための身体情報だけでなく、脳もデジタル・システムに組み込まれていくことになるであろう。（そしてそうなれば、デジタル・システムは私たちにとって不可欠の要素となるだろう。上で述べたように、現在のデジタル三種の神器は、「たしかに『あったら便利』」ではあるが、「『なくても特に困らない』」類のものであるかもしれないが。）

以上、製造業中心の経済制度からマネー中心のそれへの変遷、電子マネー、ニューロマーケティングについて考察してきた。この考察において見てきたように、貨幣構造に刻印された欲望の自己循環構造は、電子マネーを通じて拡大・拡張され、ニューロマーケティングは、欲望のこうした自己循環構造を如実に表現するであろう。最後に問いたいのは、欲望のこのような自己循環構造は、欲望について何を語っているのか、である。欲望が自己循環構造をもつとは、欲望が絶え間なく欲望されつづけることを意味する。この欲望は、衣食住が満たされた後になお働く、生き続けようとする欲望にほかならない。そして、この欲望は、自己循環する以上、絶え間なく働き続けねばならないのだから、佐伯が言うように欲望の「終わりなき拡張」[29]であり、生の論理の終わりなき拡張である。

28 理化学研究所脳科学総合研究センター藤井直敬氏の早稲田大学文化構想学部における講演会（二〇一〇年一月一四日）での発言による。
29 佐伯、前掲書、副題。

別のところで論じたように[30]、現在すでに細胞を作成する技術の研究がおこなわれている。これは再生する生命の研究である。ES細胞、iPS細胞を用いた再生医療は、それらが延命のための技術である以上、ある仕方ですでに、再生する生命への道を提示していると言える。上で述べたように、衣食住が満たされた世界では、欲望は内側へと、自己自身へと向かわざるをえないのであり、欲望自身が枯渇しないように自分自身を回転させるしかない。そして、そうした欲望の発露として、みずからの生命が尽きることのないように腐心する装置、つまり延命のためのテクノロジー、あるいは再生する生命のためのテクノロジーは作動するであろう。とはいえ、延命される生命、究極的には再生する生命を待ち受けているのは、「死ぬことのできない生命」[31]の可能性である。というのも、もしも生命が再生されるならば、それは必然的に死ぬことができないということを意味するのであるし、また、延命という考え方も、ここから見るならば、そうした死ぬことができないという事態へと着実に歩みを進めることに等しいからである。生への欲望の終わりなき拡張は、死ぬことができないという事態、すなわち死ぬことの不可能性への道なのである。マネーあるいは貨幣における欲望の自己循環構造は、死ぬことの不可能性への道としての、生への終わりなき欲望の表現なのだ。

これまで論じてきたように、電子マネー、ニューロエコノミクスなどを経由することで、欲望の自己循環構造はますます強化され拡張されていくであろう。製造業中心の経済からマネー中心の経済を経て、こうした欲望の自己循環構造は続いていくのであろう。欲望のこの自己循環構造、生への終わりなき欲望、言いかえれば死ぬことの不可能性への道を私たちは引き受けるのであろうか。おそらく、そこから逃れる術は存在しないのであろう。

30 拙著『サイボーグ・フィロソフィー』(前掲書)、第四章「サイボーグは永遠に生きるのか」(一一五－一五六頁) を参照されたい。

31 カトリーヌ・マラブー「可塑性のポストヒューマンな未来――再生医療から死の欲動へ」(インタビュー、聞き手＝門林岳史＋西山達也)、表象文化論学会『表象 02』月曜社、二〇〇八年、二五頁。

「ドイツとアメリカの間で―ユダヤ人財産の返還をめぐる冷戦時代の国際政治」

武井 彩佳

はじめに

修士課程に在籍していた時、私の専攻は歴史学であったが、独文の大久保先生の授業に参加させていただいていた。アウシュヴィッツ後の文学を扱う授業で、ここでツェランの「死のフーガ」などを読み、ホロコーストの後に「言葉」がいかにユダヤ人を生かしめ、また彼らを死へと追いやったかを考える機会を持った。

そこで垣間見たホロコースト生存者の言葉が持つ闇は深く、まるでクレヴァスの中を覗き込んで、氷のかけらが光に反射しながら吸い込まれていくのを目で追うような感覚を抱いた。当時私は、語ることの重さに耐えられなくなって選び取る死は、強制収容所で飢え死にしたり、銃殺されたりするよりも、死に方としては壮絶であるような気がしたものである。しかし、たしかに言葉なしには生きられなかった人間もいただろうが、それよりも多くのホロコースト生存者にとっては、問題はやはり胃袋にあったのではないかという気がしていた。神はすでに死んでおり、それならば人はパンのみで生きていたに違いなく、これこそが人間の生命力ではなかっただろうか。言葉の世界に迷い込んだ者だけが、生の世界に戻ってこられなくなったのではないか。

そうした思いもあり、私はホロコースト後のユダヤ世界の再建を、財産返還や損害の補償といった物的な側面から研究してきた。「死」が問題とされるべき場所で、あえて金《かね》や物《もの》といった問題にこだわったのは、奪われた土地や家を取り戻し、また失ったと信じた多くのもの——故郷、幸福、可能性――を金銭に置き換えて要求し、その金を確固たる物へと変えて身の回りを固め、こうした行為を一つ一つ積み上げることこそが、ホロコースト後の「生」であったのではないかと思ったからである。こうした闘いは彼らを落胆させ、消耗させるが、同時に失ったものの一部を取り戻そうとする行為自体が、彼らを徐々に生き返らせ、現実世界へと背中を押したのではなかっただろうか。こうした執着こそが、人間の持つ強さではなかっただろうか。

実際に、ユダヤ人は例外的と言ってよいほどに、ホロコーストによって被った財産損害に対して様々な補償を勝ち取ってきた集団である。歴史上、ジェノサイド、強制移住、住民交換など、ホロコーストと一定の共通性を持つ事例は数多く存在した。20世紀だけでも、アルメニア人の虐殺、ギリシアとトルコの住民交換、第二次世界大戦後の東欧からのドイツ系住民の追放、さらにはパレスチナ難民の問題などが思い起こされる。これらの事例においても同じように財産が強奪され、そのたびにその返還が求められてきたが、ユダヤ人のケースのように広範囲で返還が実現したケースはほとんどない。さらに、不正に対する補償要求は時間の経過とともに緊急性を失ってゆくのが常だが、ユダヤ人財産の場合は、剥奪から長い時間がたっても、返還を求める政治的圧力が維持された例である。1990年代も半ばになって、返還・補償問題が再燃し、これがヨーロッパに留まらぬ世界的なうねりとなり、多くの国が遅き戦後処理を強いられたことは記憶に新しい。

この時、ユダヤ人財産の返還要求の成功に触発されて、非ユダヤ人による多くの補償請求がなされた。奴隷制、植民地主義、第二次世界大戦中の日本軍や日本企業による犯罪等の責任を問うものであったが、それらは現在、ほとんど何の進展もないままに葬り去られようとしている。したがって、「なぜ」ユダヤ人の財産返還と補償要求は比較的成功裏に進んできたのかと問い、他の犠牲者集団との結果の「差」について考えることには意味がある。もちろん、厳密な意味での比較は不可能であろう。しかし、こうした視座に立つことは、ユダヤ人のケースがむしろ「例外」なのか、それとも他の犠牲者集団にも適用可能な一定の法則の中から生まれてきたものなのか、判断する助けにはなる。補償を求める犠牲者集団は、ユダヤ人の例をモデルとすることが多いが、こうしたモデル設定は本当に有効なのだろうか。

本稿では、こうした問題意識に立ち、1940年代末後半から1950年代のアメリカ軍占領地域（バイエルン、ヘッセン、ブレーメン、ヴュルテンベルク・バーデン：以下、米軍占領地区と表記）におけるユダヤ人財産の返還をめぐる政治力学を分析するものである。この地域と時期に焦点を当てる理由は、米軍占領地域における返還は、イギリス軍・フランス軍占領地区を先取りする形で進み、それゆえに様々な問題が最も先鋭化した形で表出した場所であったからである。また、その中で返還を求める者（ユダヤ人）と求められる者（ドイツ人）、そして返還を監督する者（アメリカ人）の三者が、冷戦という文脈の中で交錯しあう中から、全ドイツ的な返還の方向性が確立していったからである。

1950年代の返還は、後に続くユダヤ人の返還要求の原型となった。この時代に確立した返還処理の型、ユダヤ人の政治代表、返還収益の配分は、現在まで有効なモデルとして通用している。したがって、1950年代にユダヤ人の財産返還を推し進めた要素を分析することは、現代におけるユダヤ人補償の「成功」を考える際の出発点となるだろう。なぜなら返還は、現実には「正義の勝利」などといった美辞麗句とはかなり離れたところで展開してきた。本稿は、ドイツの返還を決定的に方向付けたのが、冷戦の具体的な諸要素であったことを示す。

勝者の監督

ドイツにおける返還問題の展開には、勝者である連合軍の役割を抜きには理解できない。

第二次世界大戦中の1943年１月５日、連合国17カ国とドゴールの「フランス国民委員会」は「ロンドン宣言」において、枢軸国支配下での財産の売買・取引を、それが略奪であれ、表面的には合法的なものであれ、無効とする権限を有すると声明した[1]。これに基づき、連合軍はドイツ降伏時に、ナチ党やドイツの国家財産を凍結し、この中に含まれるナチ被迫害者の財産も自らの管轄下においた[2]。少なくとも終戦直後は、特定の集団の全滅を企図するという大犯罪が行われたことに対する驚愕と反省が、連合軍の指導部に共有されていた。

しかし、実際に占領業務が開始されると、ナチによる強奪の結果としての返還は、連合軍の間の意見が衝突する問題として浮かび上がってくる。英・米・仏軍政府は、ナチ犠牲者に対する財産返還をドイツにおける法の支配の回復のために必要であると考え、また所有権の安定は自由主義経済の前提であるとしたのに対し、私有財産制を認めないソ連軍政府は、返還はユダヤ人資本家を利するだけと主張し、むしろデモンタージュによる自国への賠償の確保の妨げになると見なした。こうした意見の相違から、ドイツ全土の統一的な返還立法は断念され、西側占領地区だけで見切り発車的に返還法が施行された。米軍占領地区では、1947年11月10日に軍政府法律第59号として返還法が公布され（以下、米地区返還法）、不当に「アーリア化」されたり没収されたりしたユダヤ人財産の返還が定められた。

米地区返還法の成立過程を見ると、米軍政府が勝者としての立場から返還法を発布したことは明らかである。第一、米軍政府の法律部門の人間が返還法を草案した。ユダヤ人の財産の強奪がドイツ法の内側で「合法的」になされたものである以上、ドイツ人法律家の意見は重要であり、ラント議会にも草案作成が依頼されたが、返還措置の財源や、相続人不在の財産の処理に関する規定など、決定的な重要性を持つ点でラント案は犠牲者の利益を十分に保護するものになっているとは見なされず、採

---

1 Inter-Allied Declaration against Acts of Dispossession Committed in Territories under Enemy Occupation or Control, Jan. 5, 1943, in: *Foreign Relations of the United States,* vol. 1 (1943) General (Washington, 1968), pp.443-444.

2 ドイツ管理理事会は、1945年9月20日に管理理事会法律第1号でナチの差別的な法律を撤廃し、さらに同年10月10日の法律第2号でナチ党やその関連機関の解体とその財産の没収を定め、財産管理を各占領地区の司令官の権限にゆだねた。Control Council Law No.1, Repealing of Nazi Laws, Sept. 20, 1945 and Control Council Law No.2, Providing for the Termination and Liquidation of the Nazi Organizations, Oct. 10, 1945, in: *Sammlung der vom dem Alliierten Kontrollrat und der Amerikanischen Militärregierung erlassenen Proklamationen, Gesetze, Verordnungen, Befehle, Direktiven* (1948).

用されなかったのである[3]。

このため、返還法はドイツ人にとっては厳しい「勝者の法」となった。判例に基づく英米法と、大陸法（ローマ法）の伝統を受け継ぐドイツ法では、返還に対するアプローチが異なる。例えばドイツ法の伝統においては、盗品をそれと知らずに買った人の権利は守られるが（善意bona fide取得者の保護）、英米法は財産の剥奪を受けた元所有者に大きな権利を認める傾向があり、米地区返還法は転売されたユダヤ人財産を購入した者にも返還義務を課している。財産所有者がユダヤ人財産を「アーリア化」した本人とは異なる可能性や、国や地方自治体といった中間者を経て財産を取得するに至った経緯はあまり考慮されない。ただし、「アーリア化」された財産がドイツで広範囲に流通していたことを思えば、米地区返還法が「返還を骨抜きにする」[4]からという理由で、善意取得者の保護を認めなかったのも納得がゆく。

さらに、米返還法においては、返還の理由となる、財産売却への圧力の発生の時点を1935年９月のニュルンベルク法施行の時点とし、これ以降の売買を全て強制的なものとして自動的に返還の対象としている[5]。差別法の制定を起点とした理由は、ユダヤ人を法的にも二級市民と位置付けたこの法律が、「アーリア化」を推し進める要因となったであろうという当時の連合軍の理解を反映しているが、実際には「アーリア化」の急激な増加を引き起こしたのは、1938年11月のポグロムであった。現にドイツの法律家は、ポグロムを圧力の発生時点として採用するよう求めたが、1935年を主張するアメリカのユダヤ人団体の圧力を受けて、認められなかったのである[6]。

---

3 Constantin Goschler, *Wiedergutmachung: Westdeutschland und die Verfolgten des Nationalsozialismus (1945-1954)*, München: Oldenbourg, 1992, S.96-110.

4 Military Government, Germany, United States Area of Control, Law No.59, in: *Property Control: History, Policies, Practices and Procedures of the United States Area of Control* (n.p., 1948), Art. 1. （以下、US-Law No.59）しかし、仏地区返還法では善意取得者は保護されている。

5 武井彩佳、『ユダヤ人財産は誰のものか：ホロコーストからパレスチナ問題へ』白水社 2008年　144頁

6 Goschler, *op.cit.*, S.108.

勝者による返還の「後見」は、返還請求に関して、連合軍が直接管轄する最高裁判所を設けていたことに最も明白にあらわれている。返還請求は、ドイツの地方裁判所と高等裁判所を第一審・第二審として審理されたが、第三審には連合軍国籍の判事による最高裁判所が用意されていた[7]。米地区では「返還控訴裁判所（Court of Restitution Appeals）」（以下CORA）がそれにあたる。CORAの判決は、ドイツ人所有者に対して厳しいことで知られていた。もっとも、ドイツ司法におけるナチ時代からの連続性が問題とされていたことを忘れてはならない。実際に一審・二審では犠牲者側に不利な判決が下されることが多く、第三審はドイツ司法による「不当判決」を見直す場所となっていたのである。

つまり、返還の監督者は当初から連合軍であった。これが彼らの勝者（＝占領者）としての統治権（Hoheit）に基づいていたという事実は、返還のその後の展開に決定的な重要性を持ったと思われる。なぜなら、この権限が消滅することなくては、つまり占領が正式に終了することなくては、返還は継続されるからである。1949年５月に連邦共和国が成立し、軍政府の支配から文民の高等弁務府による監督へと移行したが、ここでも「占領規約」において、軍事・外交・為替といった事柄と同時に、賠償・補償問題も連合軍勢力が決定権を有する事項として維持された[8]。こうして返還は、ドイツ国内におけるナチの負の遺産の処理という次元を越えて、国際政治の一側面としての性格を強めてゆく。返還の継続もしくは廃止はドイツの主権回復と結びつき、これは冷戦の展開が決定するものであるからである。

7　これらは、英地区の「再審裁判所（Board of Review）」、仏地区の「返還上級裁判所（Cour supérieur pour les restitutions）」である。仏地区の最高裁においては、裁判官はフランス人とドイツ人の双方から成っていた。

8　Central Archives for the History of Jewish People, Jerusalem（CAHJP）, JRSO, 473b, Office of Military Government for Germany（U.S.）, Occupation Statute, 26 April, 1949; CAHJP, JRSO, 473b, Besatzungsstatut, in: *Öffentlicher Anzeiger*, 21 September 1949.

ユダヤ人団体によるロビー活動

返還をめぐる初期の政策決定には、アメリカのユダヤ人団体が深くかかわっている。

在独米軍政府とその周辺には、多くのユダヤ系アメリカ人の存在があった。まず、ヨーロッパ戦線を戦った米軍兵士の中には、動員されたユダヤ系アメリカ人だけでなく、志願して参加した近年のユダヤ移民が多くいた。移民により形成されたアメリカのユダヤ人社会はヨーロッパとつながりが深く、旧世界に残った家族・親類の運命に無関心ではいられなかった事情がある。こうした近年の移民は、英語だけでなくヨーロッパ言語にも長けており、戦争が終わり軍務を解かれても、文民としてドイツの占領機構にかかわり、ナチや戦争犯罪人の訴追において尋問官や通訳として働いたのである。もちろん彼らは「ユダヤ人」としてではなく、「アメリカ人」として国に奉仕したわけだが、「ユダヤ人」としての私的な所属に対してもまた忠実であった。彼らは、軍政府とユダヤ人団体の間の仲介役となり、時にはユダヤ人団体の必要とする情報の提供者となったのである。

例をあげると、陸軍大佐で、初代の在独アメリカ軍政府長官アイゼンハワーの金融アドヴァイザーを務めた、バーナード・バーンスタインがいる[9]。彼の率いた軍政府金融局は、ドイツの在外資産やカルテル財産、略奪金塊などの調査を行い、財産返還の突破口を作った。バーンスタインはユダヤ人団体と密に連絡を取り合い、軍政府の中でユダヤ人の声を代弁した。ユダヤ人団体の当時の史料には、バーンスタインが頻繁に登場し、彼が重要な情報源であったことが分かるが、時には「機密」とされる米軍情報の出所もこの人物であったと推測される。軍政府の仕事を辞した後は、弁護士業を営む傍ら、ユダヤ人団体の顧問としてユダヤ人財産の返還問題に深くかかわった。

バーンスタインの部下として、金融局財産管理部でナチ資産の調査・解明に従事したソール・ケーガンもそのような一人だろう。ケーガンは、

9 Bernard Bernstein (1909-1990)：バーンスタインに関する史料は、ミズーリ州のトルーマン・ライブラリーに保管されている。

リトアニア出身で、家族の中で一人だけアメリカに脱出し、ヨーロッパ戦線に志願するものの、父親以外の家族を皆ホロコーストなくしている[10]。彼はこの後ドイツに留まって財産返還の問題にかかわり、1952年からは対独物的損害請求会議（Claims Conference：請求会議）において、以後半世紀近くユダヤ人補償の第一線で活躍した。

また忘れてはならないのが、「ユダヤ人アドヴァイザー（Advisor on Jewish Affairs）」と呼ばれた、軍政長官直属の顧問官の存在であろう。1945年から1949年まで存在したこのポストには、3人の軍政長官に対して7人のアドヴァイザーがつき、直接にユダヤ側の要望を伝え、政策を提言する立場にあった[11]。民族的所属に基づくこうしたロビー活動は、ヨーロッパ社会においては「二重忠誠」として批判を受けることがあるが、アメリカ社会においては決して珍しいものではない。

アメリカのユダヤ人団体が、ドイツに関して政策決定を行う公権力とつながりを持つという構図は、在独米軍政府内だけで見られたものではない。本国アメリカでもユダヤ人団体は国務省や財務省、陸軍省などと太いパイプを持ち、各省のドイツ担当者とかなり頻繁に接触し、情報交換を行っていた。むしろ重要なのは、彼らが事務レベル以上の、政策決定に直接関与する場所にもつながっていたことである。例えば、大統領ローズヴェルトの下で財務長官を務めたヘンリー・モーゲンソーJr.——彼は戦後ドイツを農業国家に変えるという「モーゲンソー・プラン」の提唱者として知られる——は、ユダヤ人の間では共同体に対する奉仕で知られる人物である。1944年にナチ迫害の犠牲者の援助のために設立された「戦争難民委員会（War Refugee Board）」は、彼の努力に帰すものである。戦後モーゲンソーは、ユダヤ人救援団体や寄付金収集団体において中心的な役割を果たしている。さらにローズヴェルトは最高裁判事のフェリックス・フランクフルターや世界ユダヤ人会議（World Jewish Congress）の共同設立者であり、アメリカの世論にヒトラーの

10 ケーガンの経歴については、武井、前掲書、138—139頁
11 Genizi, Haim, "Philip S. Bernstein: Adviser on Jewish Affairs, May 1946-August 1947," in: *Simon Wiesenthal Center Annual* 3 (1986), pp.139-176.

脅威を訴えたラビ、スティーヴン・ワイズなどの著名なユダヤ系市民と親交があった[12]。そして、ローズヴェルト亡きあとに大統領となったトルーマンとは、アメリカ・ユダヤ人委員会（American Jewish Committee）会長でアメリカン・オイル・カンパニーの所有者であったジェイコブ・ブラウスタインが、非常に親しい間柄であったのである。

こうした政財界とのつながりは、もちろん、アメリカ・ユダヤ人の一部が獲得していた社会的地位ゆえであり、彼らの学歴・富・名声が、国の政治的中枢への接近を可能としていた。このためアメリカのユダヤ人団体は、自分たちの要求を下から上げてゆくより、こうした経路を使って政治的に高いレベルで働き掛ける方が、要望の実現には有効であると見なしていた。こうした理解は、返還問題のようにユダヤ世界の利益に関わる重要な局面においては必ず、ユダヤ人自身が「ハイレベルな代表団」[13]と呼ぶものをワシントンに送るというロビー活動に現れていた。こうした代表団は通常、「５大ユダヤ人団体」と呼ばれた、世界ユダヤ人会議、アメリカ・ユダヤ人委員会、アメリカ・ユダヤ人協議会（American Jewish Conference）、アメリカ・ユダヤ合同配分委員会（American Jewish Joint Distribution Committee、通称「ジョイント」）、ユダヤ機関のそれぞれの代表から成っており[14]、アメリカのユダヤ人社会のみならず、ユダヤ世界全体を代表するものとされた。つまり、ユダヤ人団体の代表が連名で要望書を政府に持参する時、これはユダヤ世界全体の見解であると理解されたのである。

こうしたロビー活動は、返還法の作成過程から積極的に展開され、むしろユダヤ人団体が法律の作成に関わっていたと言ってよい。作成中の返還法は、軍政府の草案も、ドイツのラント議会の草案も、ともにユダヤ人団体の間で回覧され、内部の専門家により詳細に検討されて、軍政

12 アメリカ政界におけるユダヤ人については、L, Sandy Maisel (ed.), *Jews in American Politics*, Lanham : Rowman & Littlefield, 2004 を参照。

13 Central Zionist Archives Jerusalem (CZA), A370, 599, Notes on Meeting #51- 1 of the Four Organizations, January 17, 1951.

14 アメリカ・ユダヤ人協議会は、ホロコーストに対処するために 1944 年にアメリカのユダヤ人諸団体により構成された暫定的な組織であり、戦後しばらくして解体されたため、以降は「４大組織」となった。

府や国務省に要望が伝えられた。大きなユダヤ人団体の中には、たいてい法律関係を専門的に扱う部署や、リサーチ部門が設置されていた。中でも、世界ユダヤ人会議に付属する研究所、Institute for Jewish Affairsの法律家、ネーミヤ・ロビンソンはまさに補償問題のブレーンであった。彼はリトアニア出身で大陸法に精通し、返還法や補償法を分析して、その運用に対する政策提言を行った。

法律の専門家集団の存在は、他の犠牲者集団の補償問題の展開と比べる際に、過小評価されるべきではないだろう。まず、ユダヤ人に法曹関係者が多いという事実があり、ナチ時代には多くの弁護士が海外へ移住している。彼らは成文法の世界で生きてきた人々であり、判例法である英米法の世界では弁護士資格が取れずに困窮していたが、まさにドイツでの返還開始が彼らに生活を立て直す転機となった。なぜなら返還申請には、かつての所有を証明する様々な書類を用意する必要があったが、アメリカやパレスチナへ移住したユダヤ人にとってドイツへの帰国は金銭的にも困難であり、また心理的にも大きな負荷を伴うものであった。このため、彼らの請求申請を代行し、必要とあらば出廷して裁判にのぞむ弁護士の需要が高まり、1948年にロンドンで国際的な弁護士団体、「合同返還事務所（United Restitution Office）」（以下URO）が設立された。団体はドイツ・ユダヤ人が移住した主たる国に事務所を開設し、イギリスのほかにはイスラエル、アメリカ、フランスの大都市に支部を持った。ドイツ国内では、デュッセルドルフ、ハノーファー、フランクフルト、バーデン・バーデン、そしてベルリンに事務所を開設している[15]。海外とドイツ内の事務所が連携することで、ドイツ外に在住する依頼人の請求を迅速に処理する体制が作られたのである。そして、このUROに登録する弁護士のほとんどが、ドイツやオーストリアから移住したユダヤ人弁護士であった。彼らの多くは自身が迫害を受けて移住した者であったから、ナチの差別立法や財産はく奪の過程を熟知しており、皮肉

15 Hans Günter-Hockerts, „Anwälte der Verfolgten. Die United Restituion Organization,“ in: Ludolf Herbst/-Constantin Goschler (Hrgs.), *Wiedergutmachung in der Bundesrepublik Deutschland*, München: Oldenbourg, 1989, S.252.

にもこうした知識を役立てることができたのである。また、UROは裁判に勝訴したときにのみ弁護料を支払う成功報酬制をとり、その報酬は低く、総額の10パーセントを超えることはなかった[16]。依頼人であるユダヤ人の側も困窮していたからだ。もちろん、このような条件での弁護では赤字は必須であり、このためUROはジョイントや対独物的請求会議といった国際的なユダヤ人団体からの資金援助で運営されていた[17]。

こうした支援団体の存在は、返還を成功に導く重要な要素であったといえるが、これは法曹界におけるユダヤ人の多さという職業的傾向だけで説明されるものではない。ユダヤ人社会には、共同体への奉仕に高い価値を置く伝統があり、共同体内部の弱者保護は、彼らのユダヤ人としての「義＝Zeddaka（ツェダカ）」の理念に合致するものである。そもそも、世界ユダヤ人会議やアメリカ・ユダヤ人委員会、ジョイントといった団体は、今でいうNGOであり、政治活動はするが利潤を目的としてはいない。重要なのは、こういった団体で働く「コミュニティ・ワーカー」と呼ばれる人たちは、ボランティアではなく、職業として共同体に奉仕していることである。もちろん彼らが高給を受けとることはないが、ユダヤ人団体の職員とは、生計を立てる手段とユダヤ人としての倫理が合致する場所なのである。このため、非営利ながら、高度な知識を有する有能なスタッフを雇うことが可能となっている。これはもちろん、スタッフの給与支払いも含め、組織の活動資金の確保という金銭的な問題と切り離すことができないが、運営資金の大半はユダヤ人社会からの寄付によって賄われており、やはり共同体の「義」の観念と無関係ではないのである。

相続人不在の財産とユダヤ人継承組織

返還法に立ち戻ると、その草案においてユダヤ人側が特に重要だと見なした点はいくつかあった。

---

16 *Ibid.*, S.261.
17 *Ibid.*, S.252, S.256.

第一には、迫害者であるドイツ国家が犠牲になったユダヤ人の財産を相続することがないよう、相続人不在の財産の国庫帰属を定めた民法の規定を適用外とすることであった。というのも、返還法の初期の草案では、ナチ犠牲者に対する補償の財源として、相続人不在の財産の使用が提案されていた[18]。家族全員が殺害されて相続人が不在となった財産とは、ほぼすべてユダヤ人の所有によるものであったが、これに対して生存しているナチ犠牲者とは、「絶滅政策」の対象とはならなかった社会主義者などの政治犯であることが多く、この案では死亡したユダヤ人の財産が生きているドイツ人の犠牲者の補償に使われることになる。これに対してユダヤ人団体は強く反発し、前述した政治的パイプを通して、不満は幾度となくアメリカ政府へと伝えられた[19]。1946年10月、５大ユダヤ人組織が当時の国務次官、ディーン・アチソンに書簡を送り、こう要望している。

「ドイツ政府がユダヤ人を国民の中から追い出し、ユダヤ人はもはやドイツ国民ではないとの理由で彼らを殺害したことを考えれば、相続人不在の財産と、返還請求のなされなかった財産は、軍政府が認可する団体に委託されるべきである。人種を理由に迫害された者の財産は、当該人種集団の救援、リハビリ、再定住の目的で使われると、条文に明示すべきである。」[20]

こうした訴えがくり返された結果、ユダヤ人団体は、ナチ犠牲者の財産を、ドイツ民法1936条（相続人なく死亡した者の財産の国庫帰属）の適用外とすることに成功した。

ユダヤ人団体が返還法において固執したもう一つ点は、上の点に関連して、相続人不在の財産を、軍政府が認可するユダヤ人の信託団体に引

18 Goschler, *op.cit.*, S.96-103.

19 CZA, C7, 1194-2, Bernard Bernstein to Secretary of State, James F. Byrnes, September 12, 1946; Institut für Zeitgeschichte（IfZ）, OMGUS, 3/88-2/40, Rabbi Philip S. Bernstein（Advisor on Jewish Affairs）to General McNarney, July 1, 1946.

20 CAHJP, 895a, Five Organizations to Acting Secretary of State, Dean Acheson, October 2, 1945.

き渡すことであった。ユダヤ人団体は、こうした財産を世界中のホロコースト犠牲者の援助の財源とすることを計画していた。このため、信託団体が財産を処分して得られる収益は、ドイツ外へ持ち出せなければ意味がなかった。

これに対し、ドイツ行政はもちろんユダヤ人財産の国外移転には反対であった。資本流出による経済への打撃を懸念したためである。このためドイツ行政は、返還法の規定でユダヤ人信託団体の活動を監視できる体制を作ろうとした。したがってユダヤ人団体は法律作成の段階で、返還をできるだけドイツの権限から引き離そうと試み、信託団体の認可を軍政府の管轄に置くことを主張した[21]。ユダヤ人団体の代表らは、返還法作成中の1946年11月に当時の在独米軍政府長官であったルーシャス・D・クレイを訪問して、ユダヤ人の信託団体は軍政府が任命・監督すべきであると主張したが、その理由は端的に、「ドイツ当局はこうした責任を持たせるには信用できない」[22]ためであった。

このように信託団体の監督権の問題は、後見人である連合軍の力を借りようとするユダヤ人団体と、ラント政府の間の駆け引きの場となったが、ここでもユダヤ人のロビー活動に対し軍配が上がった。ユダヤ人団体の訪問を受けたクレイは、米軍政府がこの件を管轄することを確約し、その結果、1947年11月に米地区返還法が出された時には、相続人不在の財産は国庫に帰属しないこと、軍政府が任命する継承組織により相続されることが規定されたのであった[23]。この結果、「ユダヤ人返還継承組織(Jewish Restitution Successor Organizations)」(以下JRSO) が信託団体として設立され、軍政府により認可された[24]。

---

21 Ayaka Takei, *The Jewish People as the Heir: The Jewish Successor Organizations (JRSO, JTC, French Branch) and the Postwar Jewish Communities in Germany*, Ph.D. thesis, Waseda University, Tokyo 2004, pp.68-72.

22 CAHJP, JRSO, 895a, Five Organization to General Clay, November 21, 1946.

23 US-Law No.59, Art. 8, 10.

24 JRSOの成立については、Ayaka Takei, "The ‚Gemeinde Problem': the Jewish Restitution Successor Organization and the Postwar Jewish Communities in Germany 1947-1954", in: *Holocaust and Genocide Studies*, vol.16, No.2, Fall 2002, pp.266-288を参照。

JRSOの設立と認可が、その後の返還の方向性に与えた意味は大きい。米地区でこうした団体が設立されたことで、英・仏地区においても同様の団体が設立され[25]、相続人不在の財産の返還と、これのユダヤ人団体への委託は西ドイツ全土に拡大された。これら「ユダヤ人継承組織（Jewish Successor Organizations/Nachfolgeorganisationen）」は、死亡した財産所有者に代わって返還申請を行い、財産を受け取り、これを処分して、返還収益を世界中のホロコースト犠牲者の援助のために分配したのである。

財産が、犠牲者の代表とされる組織に委託されたことの歴史的意義は大きいだろう。なぜなら、ジェノサイドの犠牲となった集団の財産がその同胞に引き渡され、国籍に関係なく彼らの福利に使われた例は、ユダヤ人をおいてほかにないからである。これは国籍という近代国家の根幹をなす原則を越えて、民族集団に財産処分の裁量が認められたことを意味している。

ユダヤ人継承組織のこうした例外的な待遇は、これを認めた軍政府の権限から派生するものである。したがってJRSOは、ドイツで活動しながら、ドイツの法ではなく、団体が法人登録されたニューヨークの州法に服すという、一種の治外法権的な地位を認められていた。さらに、返還による収入は非課税とされ、連合国籍の組織のスタッフは軍政府の人員に準ずる様々な特権――例えば軍の郵便・電話・交通機関の利用など――を認められていた。また、軍政府の公的な組織ではないにもかかわらず、活動の開始にあたっては300人ほどの現地スタッフを雇うために、米軍政府から資金を貸与され（これは後に返金を免除された）、これはJRSOに認可を与えた軍政府長官L．クレイのはからいによるものであった[26]。つまりJRSOは、支配者と被支配者の中間に位置し、かつ支配者の庇護のもとにあった。このためドイツ人からは占領者の一部とみなさ

25 これらは、イギリス地区で1950年に設立された「ユダヤ人信託会社」（Jewish Trust Corporation for Germany）と、フランス地区で1952年に設立された「ユダヤ人信託会社フランス部門（Branche Française de la Jewish Trust Corporation for Germany）」である。

26 JRSO, *After 5 Years: 1948-1953*, Nuremberg 1948, p.4.

れ、占領軍への反感と反ユダヤ主義的なルサンチマンとが向けられる対象となってゆくのである。

ドイツ人所有者の抵抗

アメリカのユダヤ人団体の要望を広く取り入れた返還措置は、ドイツ市民には非常に不人気であった。市民の多くは、返還とは勝者の後ろ盾を得たユダヤ人が、飢えるドイツ人からなけなしの財産を引き剥がしてゆくことだと見なしていた。実際に、寝る場所もない者が社会にあふれかえる中、家や土地を明け渡すということは、自分が生きてゆくすべを失うことを意味していた。くわえて、返還請求を突き付けられた者たちの中には、国や地方自治体に対して「適正」な対価を支払って財産を取得している者が少なくなかったため、こうした人々は自分はユダヤ人に対する不正に関与していないのに返還の当事者にされたという不満があった。ナチ時代にユダヤ人財産の最大の略奪者であったのが国であり、さらに国は「有償」で略奪財産を国民に再配分していたことを忘れてはならない。また、戦後の通貨改革の結果、債権も債務も10ライヒスマルクに対して1ドイツマルクの比率で交換されたことも、ドイツ人の財産所有者には損害となっていた。なぜなら、ユダヤ人は、財産を手放した時に支払われた額の十分の一を現所有者に返せば、財産をそのまま取り戻すことができたからである。ドイツ人の間に広がる返還への反発を、米高等弁務府は1950年にこう分析している。

「ドイツ国民の大半は、返還法を不公正なものと見なしている。ユダヤ人の財産を購入した特定の個人は、ユダヤ人から財産を強奪するために圧力をかけた本人とは異なるし、またユダヤ人は、ドイツ政府が徐々に強めた圧力全般によって財産を手放したのだからだという。これゆえ、返還請求はすべて、帝国《ライヒ》もしくはその法的継承者に対する補償請求として実現されるべきで、ユダヤ人財産を『知らずgood faith』に『良い値good money』で買った人には向けられるべきではないというのだ。」[27]

27 National Archives and Record Administration (NARA), RG 466/250/84/23/7, Box 6, Folder 257.1, Weekly Intelligence Report No.21, May 24, 1950.

ドイツ社会の中で返還の早期終結を求める声は当初から強く、1940年代末より各地に返還に反対する団体が結成されてゆく。まず1949年にバーデン・バーデンに「公正なる返還を求める連合（Vereinigung für loyale Restitution e.V）が設立され、翌年からその機関誌として『返還』という専門誌の発行が始まり、これはユダヤ人から返還請求を突き付けられて困っている所有者や、返還裁判に関わる弁護士らによって読まれるようになっていった[28]。1950年には返還に反対する５団体が全国団体として「公正なる返還を求める全国連合（Bundesvereinigung für loyale Rückerstattung)」を結成している[29]。

こうした団体は、連合軍の特別法である返還法の廃止と、その実施権限をドイツ人の手に「取り戻す」ことを求め、ボンに事務所を開設して連邦議会で盛んにロビー活動を行うようになった。連邦共和国が成立しても、返還に関する権限は高等弁務府が留保していたためである。先の全国連合は、主権回復後のドイツで全国的に適用されるべき返還法の草案を1951年４月に連邦議会で配布しているが、それはもちろん、軍政府が草案した返還法を骨抜きにするためであった[30]。また、民族主義的な傾向を有したバイエルン党は、同じ年の７月に、連邦議会で返還措置の変更を求めて動議を提出している。要望の一つに、返還から「復讐や、集団的な誹謗といったよこしまな目的を排除する」ことを掲げ、またCORAにおけるドイツ人判事の起用、さらにドイツ人所有者の側にある立証責任の廃止などを求めている[31]。

返還に反対する団体はみな、多かれ少なかれ反ユダヤ主義的な傾向を示しており、それは当事者が自らを「ユダヤ人により損害を受けた者Judengeschädigte」と呼んでいたことが明白に語っていた。正当な返還

---

28 *Die Restitution*, Nr.1, 20 April 1950.
29 *Ibid*., Nr.2, 31 Mai 1950
30 CAHJP, JRSO, 871, Memorandum: Problem connected with the Restitution of Identifiable Property, May 25, 1951.
31 Centre des archives de l'occupation française en Allemagne et en Autriche, Colmar, AEF 4498, Antrag der Fraktion der Bayern Partei, 6 Juli 1951.

要求も、ユダヤ人による「復讐」[32]とみなされることが多く、そこには敗戦により傷ついた自尊心やルサンチマン、勝者の庇護を受けるユダヤ人に対するねたみなどが混じり合っていた。返還においては、「かつて抑圧され、追いやられていたユダヤ人自身が、今ではせき立て、追いたてている」[33]のであり、ユダヤ人に対するこうした敵意は、ドイツ社会の中の他の「犠牲者」の境遇と比較することで正当化されていた。彼らの認識においては、ドイツで最も援助を必要としているのは、豊かなアメリカのような国から故郷の財産返還を申し立てるユダヤ人ではなく、むしろ東欧を追われて着の身着のままドイツに流れ込んできた被追放民であった。被追放民の他にも、戦争孤児や傷痍軍人、ソ連の収容所からの帰還兵など、多くの「犠牲者」が自分たちの苦境を訴える戦後のドイツ社会で、ユダヤ人は犠牲者ヒエラルキーの上位には位置していなかったのである。

返還に反対する勢力が具体的に争点にした点は二つあり、それはCORAとJRSOの廃止であった。まず、ドイツ人所有者に対する厳しい判決で知られたCORAは、勝者による裁きの象徴であり、最も評判が悪かった。実際にその判決を見ると、84パーセントの割合で犠牲者に有利な形で高裁の判決を覆しているのである[34]。したがってユダヤ人請求者にはCORAは頼みの綱であったが、ドイツ司法関係者からはCORAの判決はドイツ法に精通しない英米法判事による誤った判断であるとの批判を受けていた[35]。

そしてJRSOに対しては、アメリカ人が率いる団体から返還を求められることへのドイツ人の怒りがあった。しかも、JRSOは財産購入に至る経緯を考慮しなかったから、ユダヤ人の友人が海外に移住するのを助けるために土地や家を買ってあげたような人間も、返還義務を負わされていた。加えてJRSOは、返還された多くの不動産を抱えこむことがな

---

32 *Die Restitution*, Heft 10, Januar 1952.

33 *Ibid.*, Heft 3, 30 Juni 1950.

34 武井、前掲書、147 頁

35 Jürgen Lillteicher, *Raub, Recht und Restititon: Die Rückerstattung jüdischen Eigentums in der frühen Bundesrepublik*. Göttingen: Wallstein, 2007, S.315.

いように、現物の返還より金銭的和解による解決を目指した。つまり、購入者が本来であったら支払ったであろう「適正な」価格と、実際にユダヤ人に支払われた売却額の差額をJRSOに支払うことで、現所有者の所有権を認めるというものである。しかし、この「適正」価格の設定は、常に対立の原因となった。戦争による被害で不動産価値は下落しており、所有者側にはJRSOの和解要求額はひどく誇張されているように思われたのである[36]。そして、JRSOが敗戦で荒廃したドイツに持ち込むアメリカ資本主義的なプラグマティズムが、JRSOを専門家による巨大な返還「コンツェルン」[37]と見なす一因となっていた。さらにJRSOが返還収益をホロコースト生存者の援助のために海外へ移すことに対しては、「国民経済の観点からはデモンタージュと同質」[38]であり、そこにドイツの貧困化の一因さえ見いだされた。1951年の雑誌、『返還』には次のようにある。

「継承組織に認められた巨大な権利と特権は、不公平を生む権力となり、これは占領が開始された時代に戻ったような印象を市民に与えている。返還の相手方として個人ではなく継承組織が出てくることは、返還の社会的プロセスを変容させている。購入者と売却者の間にあった個人的かつ人間的なつながりは、継承組織にはないし、そんなことはまた、どうでもよいのである。…ユダヤ人継承組織が手にする莫大な財産は、ドイツ経済にとっては予測不可能なほど巨大な資本流出である。JRSOは設立されて以来、その経済的権力を拡大しようと試みてきたのだ。…JRSOは返還義務者にとっては、銀行や不動産、返還問題のスペシャリストから成る『会社』であり、その業務の専門化が示す通り、友好的な和解をする意思もなければモラルもない。…」[39]

こうした中、返還に反対する者たちは「不正を新たな不正で正すことはできない」を合言葉に[40]、ドイツが完全に主権を回復すれば返還義務

36 Winstel, *op.cit.*, S. 237.
37 CZA, Z6, 530, Translation, Association for Loyal Restitution to the members of the organization, February 8, 1951.
38 *Die Restitution*, Heft 2, 31 Mai 1950.
39 *Ibid.*, Heft 11, Februar 1951.

は反故にされると考え、ユダヤ人との和解を拒否したり、裁判による引き延ばし戦略に訴え始めたりしたのである。

返還の継続を巡る攻防

返還に反対する動きは、連合軍勢力も懸念するところでもあった。1950年代に入ってドイツの主権回復や西側統合がその再軍備の必要性と関連付けて論じられるようになると、返還に反対する動きはナショナリズムと一体になってさらに勢いを増した。1950年とは朝鮮戦争が始まった年である。国際政治においてドイツに具体的な金銭的・軍事的貢献が求められるようになると、ドイツ国民は自分たちの立場の変化を敏感に感じ取った。占領規定の修正と連動して返還の継続の是非が議論されるようになったのも、このような背景からであった。

連合軍勢力がドイツを反共産主義陣営の対等なパートナーとすることは、必然的に占領を終わらせることを意味していたが、ドイツの自己浄化能力に対する不信が残っていたのも事実であった。非ナチ化の全般的な失敗、表面化するネオナチの動きなど不安要素は多く、またドイツの復権に強く反発する犠牲者たちの声とのバランスを取る必要もあった。中でもイスラエルは、最も声高にドイツの再軍備や国際社会への復帰に異議を唱えていた。

こうした中、予定されたドイツの主権回復に向けて占領規約の変更を検討する過程で、返還を連合軍の権限にとどめるべきかが検討された。返還を無条件にドイツ側に引き渡すには、躊躇される理由があった。なぜなら、ドイツの主権回復が市民の間で話題になり始めた1950年頃から、返還処理は明らかに減速し始めていた。旧米地区における返還申請のうち、1951年４月の時点で和解や判決などで解決済みのものは、個人の請求では46.3%であったが、JRSOが請求者の場合は23.3%にとどまっていた[41]。つまり、JRSOを相手とする場合、明らかに和解に対する抵抗があ

40 *Ibid.*, Heft 6, 30 September 1950.
41 CZA, C2, 1687, Office of the United States High Commissioner for Germany, Cumulative Statistical Internal Restitution Progress Report, 10 November 1947 to 30 April 1951.

り、判決を不服として控訴する者が増えるのである。

その背景には、返還を迫るJRSOの強硬な姿勢はもちろんのこと、アメリカの対独姿勢の軟化を受けて、近々、返還措置が廃止となるといううわさが市民の間で広まっていたことがある。もちろん、こうした動きはラント議会や連邦議会における議論を反映したもので、自由民主党(FDP)を中心に返還の見直しが声高に求められていた。こうした中、米高等弁務官J・マックロイは、返還問題に対するアメリカの姿勢を明らかにする必要に迫られた。1951年6月、マックロイは4つのラント政府首脳にあてて公開書簡を送り、アメリカの返還政策には変更がないこと、返還は完了するまで継続されることを明言したのである[42]。

ユダヤ人団体は、返還をめぐる環境が急激に変化していることを認識しており、時間がたてばたつほど状況は悪くなることを理解していた。彼らは連合軍による監督権の維持を主張し、国務省や高等弁務府の要人に働きかけた[43]。中でもCORAの存続はユダヤ人団体が最も重要とみなした点であった[44]。様々な方面への請願の後に、最後には大統領トルーマンに対して、その友人であるアメリカ・ユダヤ人委員会会長、ジェイコブ・ブラウスタインが個人の資格で直接請願している。「私信」と記された手紙のコピーは、もちろんユダヤ人団体の間で閲覧されていたのだが、この中でブラウスタインは、連合軍の監督権の廃止について、「ドイツ人が返還を監督することは、返還がなされないということ」とし、さらにCORAを廃止して、ドイツ人裁判官を主体とする新しい返還最高裁判所を設けるという案についても、「そのような提案は返還を葬り去るだけ」という。手紙を締めくくって言うには、

「私が強調したいのは、この問題にはより大きな問題が含まれているということです。ドイツにおけるアメリカ政府の基本姿勢は、疑いもなく、

42 Lillteicher, *op. cit.*, S. 323.
43 例えば、American Jewish Archives (AJA), WJC, C277.3, Interim Notes delivered to Assistant Secretary of State, Mr. Webb, April 27, 1951; CZA, C2, 1764, J.K. Javitz to Secretary of State, Dean Acheson, July 5, 1951.
44 AJA, WJC, C277.3, Four Organizations to John J. McCloy, July 31, 1951.

歴史的正義と文明化された生活の上に、民主主義的な姿勢と精神を市民の間にはぐくむという点にあります。ヒトラーの計画は、文明社会とは相いれないものであり、ドイツが国際社会に迎え入れられたいのならば、こうしたものとは完全に手を切らねばならないと認めさせることが、我が国政府の基本姿勢でもあります。返還はこうした根本的な問題にかかわるのであり、今、こうして返還が脅かされている以上、私が思うには、我々の目標も失敗するおそれがあるということです。」[45]

東西冷戦の中で自由の守護者を自称するアメリカの「信念」にまで訴えてはみたものの、ユダヤ人の不安は国際政治の流れを変えるほどの政治力を持ってはなかった。最終的には、占領規約は廃止されるが、ドイツに主権を認める条件として、返還継続を「義務」として引き受けさせることで折り合いが付けられた。ドイツの主権回復を可能にするための「ドイツ条約」が英・米・仏連合軍勢力と連邦共和国の間で1952年５月に締結されたとき、この中の移行条約（Überleitungsvertrag）には、返還に関して次のような条件が盛り込まれた。まず、返還措置が完了するまで継続されることである。そして、JRSOなどのユダヤ人継承組織も引き続き活動し、その非課税待遇も継続される。さらに、これまでの連合軍勢力が管轄する返還の最高裁判所に代わって、ドイツの返還最高裁判所が設立されるが、この裁判所の判事は、二人がドイツ国籍、二人が連合軍国籍、そして一人が中立国の国籍者により占められる[46]。移行条約に明記されたこれらの条件は、連邦共和国と高等弁務府の間の単なる「合意」ではなく、契約上の「義務」であるので、ドイツはこれを必ず履行せねばならない。

さらに、同じ条約において、国家による強奪に対する請求に対して15億マルクを上限に給付を行うこと[47]、旧米地区で施行されていた補償法

---

45 CAHJP, JRSO, 464a, Blaustein to President Truman, August 24, 1951.

46 YIVO, New York, American Jewish Committee 347, 7, FAD 41-46, Convention on Relations between the Three Powers and the Federal Republic of Germany and the Related Conventions signed at Bonn on 26 May 1952, Chap. 3, Art. 2, 3.

47 *Ibid.*, Chap. 3, Art. 4.　15億マルクの上限は後に撤廃された。

と同等、もしくはそれ以上の補償法を全国的に施行することを合意している[48]。1953年に最初の全国的な補償法である「連邦補充法」が公布されたのも、1957年の「連邦返還法」でこれまで実現困難とされてきた国(ライヒ)を相手とする請求に対処することが可能になったのも、移行条約において立法が約束されていたためであった。

移行条約は国内外の犠牲者に対して新たな補償の次元が開いたが、これと連動してドイツ外のナチ犠牲者に対しても補償への道が開かれた。連邦共和国は1950年代から60年代にかけて、フランスやベルギー、オランダを始めとする西欧12カ国と二カ国間補償協定を結んでいる[49]。各国の補償枠内で、西欧諸国のユダヤ人は部分的にではあるが、財産損害も補償されたのである。この協定が近隣諸国との和解に有した意味は大きく、西側同盟の中でのドイツの地位をより確固たるものに変えるのに貢献した。ただし、これが冷戦の中から生まれてきたものである以上、そのコインの裏側には東欧諸国の犠牲者の排除があった。鉄のカーテン以東の国々は、1980年代末になるまで、こうした補償からも排除されつづけたのである。

「過去の克服」の場としての返還

移行条約は、連邦共和国の取るべき道を「契約(contractual agreement)」という形で示したという意味で、その後の返還補償の展開に決定的なものとなった。冷戦の中でドイツを独り立ちさせる必要から「上から」示された方向性は、ドイツ側から歓迎されたとは言えないが、その実行者の立場に立たされたドイツ行政は、これを遂行する中で徐々に「過去の克服」の主体へと変化するのである。こうした方向転換の一つの契機となったのが、1951年/52年に合意されたラント政府に対するJRSOの債

48 *Ibid.*, Chal.4.
49 12カ国とは、フランス、イギリス、ベルギー、オランダ、ルクセンブルク、デンマーク、ノルウェー、スウェーデン、ギリシア、イタリア、スイス、オーストリアである。西欧諸国との補償協定については、Hans Günter Hockerts/Claudia Moisel/Tobias Winstel (Hrgs.), *Grenzen der Wiedergutmachung: Die Entschädigung für NS-Verfolgte in West- und Osteuropa 1945-2000*, Göttingen: Wallstein, 2006を参照。

権の一括売却である[50]。

その出発点には、JRSOが個人の財産所有者のみならず、ラント政府を相手方とする請求権も抱えていたことがある。なぜなら、ユダヤ人財産の多くは差別的な税制によって国に吸い上げられたものであったため、国（ライヒ）が本来返還の当事者であったが、返還法施行当時はまだ連邦は存在していなかった。したがって、国による損害に対する請求は、各ラントの財務省に向けられることになっていた。このため、ラントは少なからぬ数の裁判において当事者であり、個々の請求に対応する手間と人件費は相当なものであったから、自らに向けられた請求を一括で処理する方法を模索していた。

他方、ドイツの主権回復をめぐる政治状況が変化して、逆に早期の返還終了が高等弁務府から求められるようになると、一括売却案は迅速な請求処理の手段として注目されるようになった。ユダヤ人団体の1949年秋の時点での予測では、このままのペースで返還が進むと仮定すると、その完了には20年から30年かかるとされていた[51]。JRSOに対するドイツ市民の抵抗が強い中で、業務の長期的な継続が不可能であることは明らかであった。ここで、債権をまとめてラント政府に譲渡すれば、JRSOはドイツから撤退することができる。このため、JRSOはラントが当事者である請求だけでなく、個人と係争中のものや、さらにはJRSOに返還されたがまだ買い手が見つかっていない不動産などをひとまとめで譲渡する提案を行った。

一括売却案は、高等弁務府の後押しをうけて、1950年に入って本格的に検討されるようになった。しかしここには根本的な矛盾があった。請求の相手が個人の所有者である場合、債権売却後はラントがJRSOに代わって返還を求めることになるが、ラントはかつて市民にユダヤ人財産を売却していた本人でもあった。地方自治体からユダヤ人財産を取得した者にとっては、かつての売り手が対価を得た上に、返還を要求する立

50 ラントへの一括売却についての研究はほとんどないが、Winstel が S.237-267 で扱っている。

51 CZA, A370, 974, Minutes of the Jewish Agency-JRSO-JTC discussion on restitution and indemnification, November 11, 1949.

場に立つということを意味する。この矛盾の解消は不可能であり、ラントが有権者に対して債権を取り立てるのは、政権にとっても政治的自殺行為といえた。したがって、たとえラント政府が債権を購入しても、その回収は困難だと考えられていたから、JRSOとの合意は実際には捨て金になるだろうという理解があった。逆に、市民はラントがJRSOの債権を引き継ぐことで、返還への圧力は弱まり、最終的には免除されるであろうと期待していたので、ラントはこうした期待にも応える必要があった。いつ住む家を失うか分からないという債務者の不安は、返還問題を内政上の不安定要素にとどめており、ラント政府としてはこの問題にけりをつける必要があった。

もちろん、ラントはすぐに首を縦に振らなかった。それは単に市民に対して債権を取り立てる政治的リスクだけでなく、何よりも予算の問題でもあったからだ。当初JRSOが提案した譲渡額は、バイエルンが5400万マルク、ヘッセンが5300万マルク、ヴュルテンベルク・バーデンが1700万マルク、ブレーメンが250万マルクで、総額1億2650万マルクであった[52]。当時のラント財政はどこも苦しく、債権購入のために海外からの借款さえ必要と考えられていた。「議会で5400万マルクをJRSOにプレゼントしたいなどと提案したなら、石で撃ち殺される」[53]と、バイエルン・ラント財務局長のリンゲルマンはJRSOの交渉者に語っている。

こうした反対を押し切らせたのはやはり、高等弁務府の圧力であった。高等弁務官マックロイは、すでに1950年4月の段階で、ラント政府首脳に対し、早期の返還終了のためにJRSOと合意するよう促しており、その後も折に触れ圧力をかけ続けた[54]。マックロイは、この交渉のゆくえは国際社会が注視するところであり、合意が失敗すれば、大きな汚点となると再三繰り返した[55]。JRSOとの合意なき場合は、マーシャルプランによる援助打ち切りさえ示唆されたほどだ[56]。同じころ、ドイツとイス

52 CAHJP, JRSO, 402a, Confidential letter, Benjamin B.Ferencz to Eli Rock, June 6, 1950.
53 CAHJP, JRSO, 402a, Confidential Memorandum from Katzenstein to Ferencz, Kagan, Weiss, July 21, 1950.
54 Winstel, *op.cit.*, S.239; CAHJP, JRSO, 402a, McCloy to Ministerpräsident Hans Ehard, May 8, 1950.

ラエルとの補償交渉が並行して進んでおり、この二つはヒトラー後のドイツの政治姿勢を示すバロメーターであると目されたため、ラントはとにかく早く合意を成立させる必要があった。1年を超える交渉の後、1951年2月13日にヘッセン政府と2500万マルクでの売却合意が成立したのを皮切りに、6月28日にブレーメンと150万マルクで、11月6日にヴュルテンベルク・バーデンと1000万マルクで、協定が調印された[57]。

旧米地区の4つのラントの中で最後まで交渉が難航したのは、バイエルンにおいてであった。バイエルンは、隣接するズデーテン地方などから多くの被追放民を受け入れており、JRSOとの合意は、「他の」犠牲者の援助に回す予算が減ることを意味していた。自分たちの間に暮らす被追放民の補償さえなされていないのに、ドイツ外に暮らすユダヤ人の援助など論外であるという主張が、合意に反対する主な理由であった。ここでは、債権購入が本質的にはホロコースト生存者の救援の問題であるという事実は後方に退き、財政上の議論ばかりが先行した。バイエルンとは、1952年4月にすでに最終的な合意文書が署名されていたものの、これがラント議会の承認を得るまで、さらに数カ月を要した。ラント議会内の反対は強く、例えば、バイエルン党の議会議員、ガイスヘーリンガーは議会でこう反対している。

「われわれが今ラント政府から承認を求められているこの案を、バイエルン国家に、その財務大臣に、バイエルンの市民に、そしてバイエルンの納税者に受け入れるよう求めることができるのか？もう一点、指摘しておこう。この協定に対する姿勢のいかんによっては、我々は反ユダヤ主義者だと非難される可能性が大きい。だが、そんなことはどうでもよい。問題はこれだ。バイエルンがJRSOという第三者に、2000万マルク

55 CAHJP, JRSO, 402b, Confidential letter, Benjamin B. Ferencz to Eli Rock, August 23, 1950.

56 CZA, S35,84, Confidential letter from Eli Rock, June 12, 1951.

57 Bundesarchiv, Koblenz（BA）, B141, 463, Vertrag, 13 Februar 1951; BA, B141, 463, Vertrag, die JRSO und die Freie Hansestadt Bremen, 28 Juni 1951; BA, B126-12562, Vertrag zwischen der JRSO und das Land Württemberg-Baden, 29 November 1951.

払うことになる協定を結ぶように我々は促すことができるのか？報告者も指摘しているように、バイエルンが購入する債権は、その根拠、額ともにかなり怪しいものだと言うではないか。

……自分は、なぜJRSOが活動を継続して、債務者だと考える人間を見つけ出して、金を取り立てないのか理由が分からない。JRSOがなぜ自分で債権を回収しないのか、全く理解に苦しむ。」[58]

1952年7月24日のラント議会において最終的に売却は承認されるが、ここで賛成したのは社会民主党（SPD）と、キリスト教社会同盟（CSU）議員の大部分であった。自由民主党（FPD）議員の大半、被追放民の利害を代弁する政党はおおむね反対に回っている[59]。そして、1952年7月29日、売却協定は発効した[60]。

この売却合意がドイツの「過去の克服」において有した意味は大きい。もちろん合意の成立は高等弁務府の圧力を抜きには考えられないし、「他の」犠牲者の優先を求めるラント政府に反ユダヤ主義の一端を認めることも可能であろう。それでも、ラントが大きな政治リスクを引き受けたこと、またナチズムという特殊な時代において「合法的」に手に入れた財産であっても、購入者はその責任を追い、政府はこれを放置しないという姿勢を示したことは、第三帝国との断絶を明確に示すものであったと言える。この時代のドイツの政治家は、地方政治のレベルでは特に、ナチズムと完全に手を切れていない国民の心情を代弁し、またそのような部分に訴えることで支持固めを狙う傾向があった。しかし、JRSOとの合意には、このような従来の姿勢と徐々に決別してゆく端緒が見出されるだろう。

ただし、ラントは連合軍勢力から返還を引き継いだことで、突如とし

---

58 Bayerischer Landtag: Stenographischer Bericht, 24 Juli 1952, in: *Die Restitution*, Heft 6, September 1952.

59 *Ibid*.

60 Ernest Weismann, „Die Nachfolgeorganisationen“, in: *Wiedergutmachung nationalsozialistischen Unrechts durch die Bundesrepublik Deutschland*. Bd. II. Friedrich Biella et al. (hg.), Das Bundesrückerstattungsgesetzt, München 1981, S.768-769.

てナチの不正を正す側に回ったわけではない。売却合意でラントに期待されたのは、むしろ返還措置に対する不満の吸収材になることであった。それは、ラントが債権を持つことで、過酷な返還に終止符が打たれることを望む債務者の希望にこたえることを意味していた。債権取得の後は、各ラントがドイツ人財産所有者に対し返還を求めてゆくが[61]、ラントがかねてから保護を求めてきた「善意取得者」に対しては、強く返還を求めることはなかった。逆に私利私欲からユダヤ人財産を「アーリア化」したような人間に対しては、ラントはJRSOにもまして厳しい姿勢を取った[62]。これは、ドイツ行政が「勝者の法」により不公正がなされたと考える人々を救済して、その不満を吸収する一方で、他方でナチズムの受益者であった者を厳しく処罰するという、上からの市民の統合と、ナチ要素の排除の政策であった。

ナチズムと必ずしも決別できていないドイツ市民を、行政が「上から」民主主義へと導くという構図は、ラント以上に連邦の政策において顕著に見られる。その一例として、政府が1960年より、返還により損害を受けたと主張する者に対して、返還裁判における和解のための貸し付けを始めたことが指摘できる。JRSOとの売却合意の後、不当な返還を強いられた考える者たちは、連邦政府に対して彼らの「損害」の補償を要求するようになっていた[63]。連邦政府は、1953年のロンドン債務会議で、ドイツ帝国の法的継承者として戦前の債務に対しても責任を負っていたため、ナチ時代に国から財産を購入して「損害」を受けた人が請求を連邦共和国政府へ向けること自体は筋が通っている。家や土地などを保持したいが、元所有者と金銭的和解をするには十分な資金を持たない人に対し、政府は将来的に実施される補償の前倒しという形で、貸し付けを行ったのである[64]。最終的には、1969年に連邦政府がいわゆる賠償損害補償法（Reparationsschädensgesetz）[65]を公布し、法律のないまま先行していた事実上の補償に公的な形を与えた。

61 例えば、ヘッセンでは債権回収を行う「ヘッセン信託管理有限会社（Hessische Treuhandverwaltung GmbH）」が設立されている。

62 Winstel, *op.cit.*, S.262-264.

63 *Die Restitution*, Heft 1, April 1952.

賠償損害補償法では、返還により「損害」を受けた人に限らず、連合軍による押収や、デモンタージュにより損害を被った人びとも対象とされている。こういった占領の遺産が同じ法律によって補償されること自体、連邦政府が返還も賠償も、国民の「負担調整（Lastenausgleich）」という観点からアプローチしていたことが明らかになるだろう。実際、ラントや連邦の側では、ユダヤ人の補償は常に「他の」犠牲者との予算的なバランスを取る中で実現可能性が模索されてきた。現に、JRSOとの売却合意が成立した1950年代前半は、戦争の結果として生じたドイツ国民の間の不平等を「ならし」、不利益をこうむってきた人びとを補償することを目的とした法律が次々と公布された時期でもあった。例えば、1951年5月の「131条法」。ドイツの敗北により失職した公務員を復権させ、年金支給を可能にした。翌年には「負担調整法」で、戦争で財産損害を受けなかった人に対して税が課せられ、これが戦争被害を受けた人の補償財源となった。そして1953年には「連邦被追放民法」で、戦前のドイツ東部領などから追放された人が補償や援助を受けた。

つまり、連邦共和国は、一方でナチ犠牲者を補償し、ヒトラー支配の負の遺産を消化し、他方ではドイツこそが「犠牲者」であると考える人々に対しても補償し、どちらの側からの不満も吸収しているのである。さらに、旧米地区の4ラントがJRSOに対して支払った債権購入の代金も、大方、連邦からラントへと払い戻されていることも指摘しておく。

つまり、ナチにより迫害された人の補償も、ナチ支配に関わった人々が敗戦の結果として被った損害に対する補償も、どちらも連邦政府が背負ったわけだが、こうした政策に必要な予算は結局、国民の税金である。そういった意味では、第三帝国の負の遺産は、実は税金という形でドイツ国民すべてが甘受してきたのであった。

---

64 Lillteicher, *op.cit.*, S.470-492. 暴力的手段でユダヤ人財産を手にした人間は、貸し付けの対象から除外されている。

65 Gesetz zur Abgeltung von Raparaions-, Restitutions-, Zerstörungs- und Rückerstattungsschäden vom 12. Februar 1969, in: *Bundesgesetzblatt*, Teil I,S.105.

おわりに

最後に、ユダヤ人財産の返還はなぜ「成功例」とされるのか、当初の問いに立ち戻ってみよう。

本稿が扱った1950年代の返還の展開は、その後のドイツの返還政策の基礎となった。その後に新たな返還請求が登場した際には、50年代の返還は常に「前例」として踏襲されてきた。例えば、1990年代に旧東独領域で財産返還が行われた際も、返還処理の方法は西ドイツでなされたものと同じであったし、相続人不在の財産もユダヤ人の信託団体に委託された。ドイツで非常に広い範囲の返還がなされたことで、ドイツ外のユダヤ人犠牲者は自国の返還と比較するモデルを得、これは自国政府に圧力をかける重要な根拠となってきた。

しかし、1950年代の返還状況を検証すると、これは冷戦という特殊な状況に大きく条件づけられていたものであった。そこでは、三つのアクターが交錯する中で返還が前進した。民主主義的なドイツの再建に責任はあるが、早くドイツを反共産主義陣営の中に取り込みたいアメリカを中心とする西側連合軍勢力。こうした西側諸国の意図を知る上で、これを返還を葬り去る交渉材料にできないか模索しつつ、同時に国際社会に受け入れられるためには返還補償は必須と見なすに至るドイツ政府。そして国際政治の力学の中で強者の庇護の下で要求実現を図るユダヤ人団体。

つまり、返還補償の進展はドイツの西側統合と組になっていたのである。ところが世論においては、補償問題は常に「正義」や「道義」の問題とされてきた。しかし、「正義」の問題ならばこの世の中にいくらでも存在し、それは特定の犠牲者が補償され、他がなされない理由にはならない。その点でユダヤ人は、実際に補償を動かす政治の場でのロビー活動に長けており、また政策提言できるような人的資産も持っていたのである。そして、彼らが返還補償をドイツの西側統合と近隣諸国との和解の必要性といった、冷戦の文脈の中にあえて位置付けたことで、ユダヤ人はアメリカ政府の長期にわたる関与を引き出せたのである。

こうした中でドイツの取るべき道はあらかじめ決められており、連邦政府が冷戦の中で与えられた役割を演じる中で、返還補償の実績は積み重ねられていった。その実績は、犠牲者の側からさらなる要求を根拠づける前例となり、新たな請求を生む。補償の範囲は広がることはあっても、狭められることはない。こうして転がりだした球が、ドイツの内政においては「過去の克服」と呼ばれるようになり、市民の中でナチズムの過去との断絶を推し進めたのである。このように民主主義が拡大した社会では、補償問題は息の長いテーマになる。

ドイツによる返還補償の歴史を見ると、不十分な法律が何度も改正され、その度に補償申請期間が延長され、もしくは申請受付が再開されるという繰り返しであった。そしてその間に「新たな」犠牲者集団が見出され、さらにこれを補償するための立法が必要になった。こうして補償の範囲は拡大され、いつしかドイツの補償は世界のモデルとされるに至った。しかし、こうしたモデルを理想とする非ユダヤ人の犠牲者には、決定的なものが欠けていることが多いようだ。それは、自身の要求における「前例」の存在と、補償要求を動かす国際政治の流れである。冷戦がなかったなら、ユダヤ人の財産返還はここまでなされたであろうか。この問いは単なる仮定を越えて、検証されねばならない。

〈限界＝境界〉のトポグラフィー
―フリードリヒ・シュレーゲルのフランスへの旅―

武田 利勝

1）はじめに――〈トポグラフィー〉としての「フランスへの旅」

かつてE. ベーラーがフリードリヒ・シュレーゲルの思想的〈転換点(Wendepunkt)〉と名づけた1802年以降の数年間、〈ヨーロッパ〉はシュレーゲルにとって「魔法の言葉」であり、彼の眼にそれは「豊かで包括的な文化的生のためのモデルと映っていた」[1]。この広大な文化空間において、地理／歴史／文学／言語／哲学といったあらゆる知の体系が交差し、集積する様が、シュレーゲルの念頭を支配する。その成果の一端が、例えばパリにおける『ヨーロッパ文学の歴史』講義であり、また雑誌『ヨーロッパ』の編集と発行であった。もっとも、M. シェーニングも述べるように、ここでシュレーゲルが「ヨーロッパ」を語るとしても、それは「机上の理論家としての」言葉であって、実際的な「現象の世界が、所与の批評的判断に従って秩序付けられてしまっている」[2]ことは、ある一面において確かである。しかしその一方で、1802年から1808年にわたる数年間が、フリードリヒ・シュレーゲルの人生の一時期をもっとも精力的な旅の数々によって彩っていることも事実なのだ[3]。シュレー

1）Ernst Behler: Der Wendepunkt Friedrich Schlegels. Ein Bericht über unveröffentlichte Schriften Friedrich Schlegels in Köln und Trier, in: Klaus Peter (Hg.), *Romantikforschung seit 1945,* Königstein 1980, S. 76.

2）Matthias Schöning: Im Zeichen Europas. Friedrich Schlegels topographische Neuordnung seines Denkens, in: U. Breuer u. N. Wegmann (Hg.), *Athenäum. Jahrbuch der Friedrich Schlegel-Gesellschaft,* Paderborn u.a. 2008, S. 124f.

ゲルにおける〈ヨーロッパ〉という理念の重要性は、実に彼自身の旅の経験によって支えられているのであって、実際に、この言葉が彼の思想の前景に浮かび上がってくるのは、1803年に発表された旅行記「フランスへの旅」においてである。

ドレースデンからパリへの旅をつづったこのエッセイは、至る所で発揮されるシュレーゲル独自の歴史哲学的思弁ゆえに、従来は一種の文化批判的なコンテクストで論じられることが多かった[4]。しかしその際に見落とされがちなのは、旅の記録とその記憶に基づく、シュレーゲル自身によるヨーロッパの――ここではとりわけドイツとフランスの――、〈トポグラフィー（Topo-Graphie＝空間-記述)〉である。ここでの〈トポグラフィー〉について、H. ベーメの言葉を借りながら説明すると、それは「空間的な秩序付けの行為」であり、そのようなものとして「意

3）1802年から1808年までの30代前半の時期は、シュレーゲルにとって旅と遍歴の歳月である。1802年上半期は、ドレースデンからライプツィヒ・ヴァイマールを経てパリへ移住、翌々年には北仏旅行の後ケルンでの逗留を経てスイスに遊び、再びケルンへ。1806年にはノルマンディー地方へ足を延ばし――ここが彼の生涯にわたっての最西端となった――、1808年にはあのカトリック改宗の後、後期シュレーゲルの活動舞台となるヴィーンへと移った。

4）E. R. クルツィウスは、1930年代という一種特殊な時代環境において、シュレーゲルの「フランスへの旅」を嚆矢とするフランス文化批評の全体像のなかから、近代における独仏の真の精神的交流の原型――反発しつつも引付けあうという、ある種「論争的な関係」――を見出そうとした。Ernst Robert Curtius: Friedrich Schlegel und Frankreich, in: Helmut Schanze (Hg.), *Friedrich Schlegel und Kunsttheorie in seiner Zeit,* Darmstadt 1985, S. 57-70. それに真向から対立するかたちで、シュレーゲルの文化批評のなかに一貫した反仏思想を認めるのが、G. エステルレである。Günter Oesterle: Friedrich Schlegel in Paris oder die romantische Gegenrevolution, in: Gonthier-Louis Fink (Hg.), *Die deutsche Romantik und die französische Revolution,* Strasbourg 1989, S. 163-179.
さらに，後年（パリ時代以降）のインド＝ゲルマン語研究等に代表されるような、アジアをも含む壮大な世界史構想としての歴史哲学を形成する契機としてこのエッセイを論じた研究の代表例は、先述のベーラーのほか、以下のものがある。Klaus Behrens: *Friedrich Schlegels Geschichtsphilosophie. Ein Beitrag zur politischen Romantik,* Tübingen 1984.　ちなみに、去る2007年にマインツに設立されたフリードリヒ・シュレーゲル協会が、その記念すべき第1回大会（2008年3月、マールバッハ）のテーマとして選んだのは、「シュレーゲルとヨーロッパ」であった。そこでは当然、これまでのさまざまな先行研究を踏まえつつ、「フランスへの旅」が中心的なテクストとして重視された。当該テクストについての、本大会での報告を含む近年の研究については、本稿の脚注29で触れている。

味論的に形成された空間」を描く。「境界」——これは本稿ではとりわけ重要なキーワードになるのだが——や「標識」は、そうした空間形成のために不可欠な場を構成する。その際「空間／場所（topos)」は、身体的知覚とその運動／変化によって開かれ、形成され、記述される。こうした〈トポグラフィー（空間-記述)〉において呈示されるのは、静止する地理的空間ではなく、一種の「活動空間（Aktionsraum)」であり、絶えざる活動を準備する可能的（予示的）空間でもある[5]。したがってかかる〈トポグラフィー〉においては、時間性・歴史性もまた、空間を形成する不可欠の要素なのであって、その際に現出するのが〈想起の空間〉であり、あるいは〈想像の空間〉であると言えよう。さらにはまた、このような〈トポグラフィー〉は、ある種の哲学的構想のための〈下図〉を描くこともありうる。すなわち、ある種の哲学的思弁は、〈トポグラフィー〉の呈示する「活動空間」のなかから産まれてくることもあるだろう。

本稿はこのような観点のもとに、シュレーゲルの〈フランスへの旅〉に随伴する。つまり旅行者シュレーゲルの行程とともに開かれていく〈活動空間〉を丹念に辿るわけだが、最後には、その旅の足どりが、ある哲学的思弁のうちに反復されているのを確認することとなるだろう。

2）シュレーゲルのラインへの旅——失われた「中心」への「想起」

最初に、1801年までイェーナを中心として雑誌『アテネーウム』を拠点に活動していたシュレーゲルがパリへと旅立った経緯について、簡単に触れておきたい。『アテネーウム』創刊は1798年３月である。翌1799年には、長編小説『ルツィンデ』をめぐるスキャンダルがあった。この物語のアンチ・モラルな性格が、フリードリヒ・シュレーゲルの名前を

5）Hartmut Böhme: Raum- Bewegung- Topographie, in: Ders. (Hg.) , *Topographien der Literatur. Deutsche Literatur im transnationalen Kontext*, Stuttgart / Weimar 2005, S. XVIIIf.

きわめてネガティブな意味で高めたことは周知の通りであって、この事件が、1801年のイェーナ大学における教授資格取得の失敗の伏線となり、ひいては、アカデミーの世界からのほぼ正式な放逐は明白となった。さらにイェーナ・ロマン派サークルの人間関係の崩壊、とりわけ盟友ノヴァーリスの死（1801年3月）が、シュレーゲルの孤立を決定的なものとする。しかし、むろんそれだけではない。新たな仕事への野心も頭をもたげ始めている。それは中世以来のドイツ文学の研究であり、インド学研究であり、挫折した『アテネーウム』に続く新たな雑誌の構想——それはパリでの『ヨーロッパ』刊行として実現する——等である。ドイツ中東部での生活の道が閉ざされたことが明らかになったとき、シュレーゲルは、上記のような企画を携えて、ドイツを離れ、パリへと向かった。パリ到着は、1802年7月である[6]。

この旅の途上で得たさまざまな見聞と着想を記述したのが、翌1803年、自ら立ち上げた雑誌『ヨーロッパ』創刊号に掲載した「フランスへの旅」である。ドイツにのこる友人（ルートヴィヒ・ティーク）に宛てた報告という体裁をとる本テクストは三つの章で構成されており、その内訳は次の通りである。第一章「想起（Erinnerungen）」——第二章「覚書（Bemerkungen）」——第三章「考察（Betrachtungen）」。
「想起」から「覚書」への展開は、そのまま、旅行者シュレーゲル自身の空間的な移動と重なっている。すなわち前者ではドイツ圏内の旅行が、「覚書」ではフランス領内での見聞が記述される（後述するように、両国の境界であると同時に、二つの章の記述の境界となっているのがライン河である）。そして全テクストの構成が一種の弁証法形式に拠っていることは、「考察」で明らかになる。この最後の部分では、先行する二章の記述を踏まえ、ヨーロッパの歴史的全体像が考察の対象となっている。

6）近年刊行されたツィンマーマンによるフリードリヒ・シュレーゲルの伝記は、シュレーゲルとその将来の伴侶ドロテーアのパリへの出立をめぐる諸状況について、多くの研究を参照しながら精緻かつ劇的に描き出すことに成功している。Vgl. Harro Zimmermann: *Friedrich Schlegel oder die Sehnsucht nach Deutschland,* Paderborn u. a., 2009, S. 149ff.

ここではまず、第一章「想起」におけるシュレーゲルの〈トポグラフィー〉を確認する。本章タイトルの意味は二重である。第一に、テクストの冒頭箇所が示すように、それはさしあたりシュレーゲル自身の個人的な「想起」を意味している。

> 私達がマイセンの大聖堂からエルベ河とロマン的な渓谷を見下ろしたあの時の情景は、なおよく私の眼前に活き活きと浮かんできた。あの渓谷は私にとってかけがえのないものだった、というのも自然がいっそう美しい形姿をまとっているのを見たのはここが初めてであり、数年の間隙の後、この大事な景色を、想起（Erinnerung）に充たされながら、かつ新たな印象の瑞々しい刺激とともに再び眺めるということが、一度ならずあったからである。美しいドレースデンにおいて私の青春の感情は初めて目覚めたのであった。この街で私は第一級の芸術作品群を見たのであり、ここで古典古代の研究に何年も没頭し続けたのであり、また他にもまさって寛いだ気分になれる人々のもとで、もっとも幸福な日々を過ごしたのも、しばしば、そしてなお最近もそうだったが、この街であった[7]。

記述の出発点ドレースデンは、シュレーゲル自身がかつて古典文献学の研究に打ち込んでいた街である。シュレーゲルは、パリに向かう旅の出発に、自身のキャリアの出発点への想起を重ねるのだ。旅はそこからライプツィヒ、ヴァイマールと続き、アイゼナハに至ってヴァルトブルク城を視界に捉えるのだが、ここから次第に、ドイツを去るにあたって募っていた個人的な「想起」は、古きよきドイツ中世の「想起」へと変化しはじめる。すなわち、中世への歴史的な「想起」が、第一章タイトルのもう一つの意味である。そのようにしてテクストは、偉大な中世の記憶に比して1800年前後の悲惨すぎるドイツの現状を慨嘆しつつ進行し、ついに描写の舞台は当時のドイツ（末期の神聖ローマ帝国）の地理的限界、フランスとの国境となっていたライン河へと移る。そしてこのドイ

7）Reise nach Frankreich, KA（*Kritische Friedrich-Schlegel Ausgabe,* hrsg. v. Ernst Behler u.a., München, Paderborn u. a. 1958ff.）VII, S. 56.

ツの最果てにあって、シュレーゲルの「想起」の念は、ついに最高潮を迎えるのである。

ライン河のほとりほど、ドイツ人のかつての姿、そして彼らのありうべき姿への想起（Erinnerungen）がまざまざと呼び起こされる場所はない。王侯のようなこの流れを眺めていると、ドイツ人の心はいずれも憂愁に満たされるに違いない。巨岩をぬって壮大に瀑布を落ちくだり、豊沃な平地のただなか、力強くその広大な波浪を押し流し、ついにはより平坦な土地へと（in das flachere Land）消えていく。この有様は、われわれの祖国、われわれの歴史、われわれの性格のあまりにも忠実な似姿なのだ[8]。

フランス領土へと渡るシュレーゲルの渡河地点は、次の第二章がマインツで始まることから明らかなのだが、およそマインツからリューデスハイムのあたり、つまりライン河が急峻な丘陵に挟まれながら蛇行する地域であったと思われる。繰り返すが、そこが独仏の境界であり、ドイツの最果てであった。そしてライン河はといえば、その流れはここから次第に「平坦な」地域へと流れてゆき、ついには海へと消える運命にある。今やシュレーゲルの眼差しの中で、ライン河が下流に向かうに従って次第に標高を降り下る有様は、カール大帝治下の中世に最盛期を迎え、その後は没落の一途を辿るドイツの歴史と重なりあう。そしてここで用いられている「平坦な（flach）」という地理的なイメージは、後述のように、テクスト全体を通じて反復され、重要な意味を帯びるようになるのだが、ここではもう少しライン河の畔に立つシュレーゲルの言葉に耳を傾けてみよう。

狭い防御壁が首都と呼ばれるものを囲むのでなく、また不自然なまでに自然な国境や、惨めにも引き裂かれた国々や民族の単位などではなく、要塞、都市、そして村落がこの素晴らしい流れに沿ってもう一度一つの

8）Ebd., S. 63.

全体を、それも、ある幸福な大陸の堂々たる中心点として、いわばより巨大な都市を形作るとすれば、こここそ、一つの世界が集結し、ここから眺め渡されそして導かれる、そのような場所であったことだろうに[9]。

1800年前後のヨーロッパの状況といえば、言うまでもなく、一方に強大な軍事力を背景に全欧州を席巻しつつあったナポレオンのパリがあり、また他方にオーストリアの首都ヴィーンおよびプロイセンの首都ベルリンがあった。それらの都市が各個に自らの中心性を主張する現状において、それぞれの首都は「防御壁」に囲まれ、孤立した「点」にすぎない。そして各点を中心とする円周として、国境はつねに葛藤・闘争・分断を前提とした境界線となる。歴史的事実としてみれば、ライン河がそれである。ところがシュレーゲルは、この境界線こそ中心となるべきだと言う。しかもそれは、防御壁に囲まれた小さな点ではなく、自然の造形に従った線なのである。ところが現状においてライン河はドイツとフランスを分断するばかりか、彼岸からの絶えざる圧迫とドイツ衰退の象徴にほかならない。すなわち、ヨーロッパの理念的・本来的中心点であるべきにもかかわらず、現実的には独仏を分断する〈限界／境界〉でしかないライン河畔に立つことによって、旅行者シュレーゲルは、その中心点の喪失と不在を痛烈に実感したのだった。このとき、旅の途上にあるシュレーゲル自身の懐かしいドイツへの個人的な「想起」は、ドイツ民族の失われた中心への「想起」によって、完全に覆い尽くされている。

3）「平坦さ」から「不均質性」へ――〈歴史的解剖学〉と旅

テクストが第二章「覚書」に進むと、記述の舞台はラインを離れてフランス領内に移る。その際、〈トポグラフィー〉を主題とする本稿にとってとりわけ重要なのは、フランス領内の風景に向けられたシュレーゲルの眼差しである。マインツを越えた後しばらくは、それらの地域の自

9）Ebd.

然からなお「ロマン的な自由の感情」、あるいは「没落してしまった古いドイツ人の生活への想起」が衝き動かされる、とシュレーゲルは記す。しかし行程の進むにつれ、彼は風景が次第に変化していくことに気づく。

（ドイツ圏内におけるような）とてつもない巨木や巨岩は、もはや見られない。そして祖国の大地の新鮮な森の香りが、いたずらに恋しくなる。感じのよい景色には事欠かず、魅力的な谷や丘が小さな木々や潅木で豊かに飾られ、編みこまれており、それらはさまざまに眼を惹くのだが、しかし、巨大な印象を与えうるようなものは何もない。これらの地方の特徴をなすのは、快活ではあるがほとんど変化のない、表面的な美しさである。そしてこれらの地方は、風変わりで愛すべき国民との知遇へといわば誘い、準備するものであって、これにかまけるうち、根底的にはそれでも日常的なあの自然の美しさなどは、あっという間に忘れてしまうのである[10]。

眼を楽しませはするが、それは単に表面的にとどまる。ロレーヌ地方の風景に下したこのようなシュレーゲルの判断は、パリなどの諸都市とそこに住む人々を見る彼の眼差しを、自ずと規定することとなった——狭い路地にひしめく群衆や露店商、眼を「さまざまに楽しませるというよりは、ほとんど眩ます」ともいうべき「どこまでも優れた照明」、こうしたものは「おしなべて感覚のためのものであって、想像力のためでは全くない」[11]。このように第二章「覚書」においては、シュレーゲル自身が実見したフランスの現状を通じて、近代への批判が展開されているかに見える。ところが、ここまでの二つの章の総合としての第三章「考察」冒頭において、彼は次のように言う——「現代社会の悲惨な状況」にあってはドイツ民族とフランス民族の優劣を詮索しても意味がない、なぜなら以下の点では両民族に、もはや違いなどないからだ。

10）Ebd., S. 65. 括弧内の補足は論者による。
11）Ebd., S. 69f.

目下社会をすべて左右し、ついには決定するその支配的原理は、利権と金儲けである。至る所、利権と金儲けにほかならない。哲学の試みばかりか、より高次の精神を呼吸する軍事行動でさえ、最終的にはこの利権と金儲けという力に躓くのである。ヨーロッパは等しくそうであり、これを前にしては事実、いかなる民族の違いも消滅する（…）[12]。

こうした同質性による民族性の差異の喪失を、シュレーゲルはまた、「平坦さの尋常ならざる塊り（eine enorme Masse von der Plattheit）」とも形容している。この「平坦さ」という言葉は、ライン河の流れが最終的に行き着く「平坦な土地」と即応している。平野部と山岳地帯の急峻な地形との対比が、シュレーゲルの地理的空間把握にとって重要な意味を持っていることはすでに明らかである[13]。しかしこの空間的イメージは、そのままある時代のイメージとも重ねられている。本来は「とてつもない巨木や巨岩」に覆われた急峻な地形に根差していたドイツの民族的特性が――ラインの流れがたどる運命と同じく――近代社会の種々の原理によって、時代とともに平坦になってしまった。少なくとも「巨視的な観点からすれば」そのように見える。しかし――と、ここで旅行者としての詳細な眼差しに導かれつつ、シュレーゲルは反問する――「もっと事細かに観察」するなら、フランスとドイツの間の「決定的な相違」が見えてくるのではないか。すなわち、フランス人においては「すべてが一つの部分から成っていて、彼らはより矛盾がなく、その特性も生活様式も、完全に現代の時代の精神に適っている」のである。まさに〈平坦さ〉のイメージに表現される近代の特性がフランス民族のそれを体現しており、このことが、近代ヨーロッパの主導権を握る彼らにとって「ある程度完全に利している」とシュレーゲルは言う[14]。それに対してドイツ民族の場合はどうか。

それに対しわれわれにあっては、なお信じがたいほど多くの小さな断片が、かつてのよきドイツの時代の生活様式、風習、そして考え方から残

12）Ebd., S. 71f.

されている。このことをはっきりと自覚すること、そしてわれわれのドイツ的生活のなかでかくも複雑怪奇に混交しあっている過去と現在の不均質の（heterogen）要素たちが、知覚のために完全に明確に区別され選別される（sich absondern und scheiden）こと、これこそ間違いなく、ドイツ人が旅から得られる最大の利点の一つである[15]。

13）1805年の「旅書簡」においても、シュレーゲルはヨーロッパにおける平野部と山岳地帯との対比を際立たせており、例えばリヨンとパリとの間の道筋と風景について、次のように述べている――「たえず続く小さな丘が旅人を疲れさせるのだが、だからといってこの地域が全体として平坦であることに変わりはない。フランスとドイツの風土上の大きな違いは、前者が大したことはないとはいえいくらか南国風である、ということよりも、標高の違いに由来している。フランスは、もっとも平坦な国の一つである」（Briefe auf einer Reise, KAIV, S.197）。国土の平坦さは、またしばしばその海抜の低さとも結びつけられている――「多くの不毛な砂州が証明しているように思われるのだが、ヨーロッパ諸国の北辺全体がようやく後になって海洋から突出したか、あるいはそれほど古くない時代に再度浸水した、ということがありえるとしたら、このことは真先に、フランスにすっかり当て嵌まる。最後の大洪水がもう少し巨大な猛威をふるったか、あるいは別の方向を取っていたとすれば、それだけでヨーロッパの形はまったく違ったものとなっていたろう」（ebd.）。もっとも、この記述を盾として「シュレーゲルはフランスの没落を、あるいはむしろ、その大部分が地表に表れないことを夢想していた」（M. Schöning: Im Zeichen Europas, S. 125, s. Anm.2）と見るのは穿ちすぎであろう。というのも、地図を見るシュレーゲルの眼差しを規定していたのはドイツ・パトリオティズムだけではないからである。しかも、地図を〈読み解く〉彼の直観にはしばしば独特なものがあるのであって、地政学的関心のみに捉われてしまうと、どうしてもその独自性が見落とされてしまう。例えば後年（1819年）のあるテクストにおいて、シュレーゲルは南米とアフリカ両大陸の大西洋沿岸の形状の相似性を認めるや、きわめて大胆な着想の赴くままに、一種の大陸移動説――ヴェーゲナーが『大陸と海洋の起源』を世に問うのはまだ100年先のことだ――を展開するのである（Über J. G. Rhode: Über den Anfang unserer Geschichte und die letzte Revolution der Erde, KA VIII, S. 481f.）。もちろん、ここでの彼の直観が確固とした学究的考証に裏付けられたものとは思われない。おそらくカール・シュミットであれば「機会原因論（Okkasionalismus）」（『政治的ロマン主義』）の名のもとに批判したに違いない、そうした類の思弁に導かれたものだろう。しかし重要なのは、むしろ次の点にある。シュレーゲルにとって、地図に記載された海岸線は、ただ静的に固定された不動の線ではなかった。それはたえざる変化と生成の結果であり、またその途上にある。地図（＝空間）に向かう彼の眼差しは、つねに歴史（＝時間）によって規定されているのである。しかし、決して歴史的関心によって空間への眼差しが曇らされているのではない。近年のいわゆる〈空間的転回（spatial turn）〉の議論が目指すように、シュレーゲルにおいてもまた、まさしく「空間と時間と行為を同時に考えること」（Karl Schlögel: *Im Raum lesen wir die Zeit. Über Zivilisationsgeschichte und Geopolitok,* Frankfurt a. M. 2006, S. 24）が問題となっているのである。

14）KA IV, S. 72.

15）Ebd.

シュレーゲルの見方によれば、フランスにおいてはすべてが均質的で「平坦」であるのに対し、ドイツにおいてはその地形同様、異質なものが「不均質に」交わりあっている。過去の数多の断片が、おそらくは「とてつもない巨木や巨岩」のように、一見すると「平坦な」近代の風景の中に溶け込んでいる。これらを再発見すること――このような諸「断片」を「区別」し「選別」することが旅の目的であるとすれば、それは腑分けの作業に近い。シュレーゲルの〈フランスへの旅〉は、実に〈解剖学的〉なのだ[16]。ここでの「解剖学」はシュレーゲル自身の定義に従った言葉であるが、以下の引用にあるように、それは歴史という身体――あるいはM. バフチンに倣って〈クロノトポス〉と言うべきかもしれないが――から、さまざまな過去の断片を拾い集めることである。

> 解剖学においては、まず絶対的な技術的完全さという目的論的前提から出発すべきではあるまい。むしろ、地球の歴史をその内部において探究するように、人間の歴史をその内部において探究するべきではないか。そこにおそらく、とうに過ぎ去ったかつての時代の廃墟、断片が見つかるかもしれない[17]。

誰しも自己の身体を切開し解剖することはできないのだから、自身の身体に隠された過去からの異質な「断片」を見出すこと――あるいはむしろ、「想起」すること――は簡単ではない。従って自らを「その内部において」「解剖」することができるためには、自身の〈限界〉を超出しつつ、自らを振り返る必要があるだろう[18]。まさにドイツの〈限界〉ライン河畔にあってシュレーゲルが抱いた「悲嘆」や「苦痛」[19]は、ドイツ人としての自己の身体を切り開かんとする痛みでもあった。しかしこの「苦痛」は、それに続く解剖学的探究を通じて近代的「平坦さ」を乗

---

16) ここで言及するシュレーゲルの〈解剖学的旅行〉については、すでに以下の拙稿で論じている。Genesis aus Fragmenten. Zu Friedrich Schlegels Geschichtsphilosophie um 1800, in: Hiroyuki Honda（Hg.）, *Germanistik/Genealogie*, Studienreihe der Japanischen Gesellschaft für Germanistik Bd.31, Tokyo 2004, S. 28-37.

17) PL（*Philosophische Lehrjahre*）III, Nr. 622, KA XIII, S. 178.

り越えるための、必然的な生理的反応なのでもあった。

4)〈限界＝境界〉としての〈中間の時代〉――ある世界史的考察

「フランスへの旅」第三章「考察」において、ドイツ民族自身の歴史的身体の内部に過去からの異質な断片を見出し、想起したところで、シュレーゲルの関心は再びあの「中世」へと戻っていく。しかしこの言葉の意味は、次の引用にある通り、第一章におけるそれとは様変わりしている。

> 私がすでに折々感じてきたことが、ここでも証明される。つまり、我々自身が、そもそも本当の中世を生きている(in dem wahren Mittelalter leben)ということであって、我々はこれを誤って、我々がそう呼び、この呼称のもとにその歴史を論じるようになっていた、あの過去の時代に置き換えてしまったということである。ところが、カール大帝からフリードリヒ2世にいたるドイツ帝国の時代は、決して一つの状態から別の状態への過渡期ではなかった。間違いなく、それ自体としてきわめて明確なものであった〔…〕[20]。

「中世＝中間の時代(Mittel-alter)」という時代概念は、シュレーゲルによれば、文字通り二つの時代の中間項、ないしは過渡期であり、

---

18) こうした「解剖」については、さらにノヴァーリスがフィヒテ『知識学』に触発されて記した次の断想を挙げておく。「自分自身を把握するために、自我は、自身と等しい他の存在者を表象しなくてはならない。いわば、解剖しなくてはならない。このような、自身と等しい他の存在者とは、自我自身に他ならない」(Fichte-Studien, in: *Novalis Schriften*, hrsg. v. P. Kluckhohn u. a., Stuttgart 1960ff., Bd. 2, S. 107)。

19) すでに論及したライン河畔の記述の最後をシュレーゲルは自作の詩で飾るのだが、失われた中世ドイツの栄光への愛惜を切々と詠うその詩行には、次のような箇所がある。「暗い*悲嘆*(Trauer)が私をひきずり降ろし／憂いのうちにすっかり消え失せようとする／かつて起こったことを見るにつけ／かつてあったものを思うにつけ／胸は*苦痛*(Schmerz)のうちに溶け入りそうだ」(KA VII, S. 64. イタリック強調は論者による)。

20) Ebd., S. 72.

「二つのきわめて異なる時代の境界（die Grenze zweier sehr verschiedenen Zeitalter）」[21]である。「我々」は、過去と――おそらくは未来との間の〈境界〉としての「中世」を生きているのである。

「フランスへの旅」で最初に提示された〈境界＝限界（Grenze）〉のイメージは、ドイツの地理的限界であり、またフランスとの国境であるライン河であった。これは空間的な〈限界〉である。ここに到達した時、来し方を振り返り、「想起」するシュレーゲルの眼に映じたのはしかし、ドイツの歴史であった。このように空間的〈限界〉という場所が、一種の時間的〈限界〉への意識――ライン河の流れがそうであった――を喚起すると同時に、失われた「中心」への憧憬（「想起」）が、「苦痛」の感情とともに生じる。その感情を携えたまま、空間的〈限界〉を踏み越えてフランス領内に入ったシュレーゲルは（これが第二章の内容であるが）、続く第三章「考察」において、あの時間的〈限界〉――「中心」がとうに喪失されたという悲惨な時代――が実は「中世＝中間の時代」であったことに思い至る。ここから著者はヨーロッパの歴史を改めて反省するのであるが、その歴史的起源を――パリでのインド学研究の成果を踏まえつつ――アジアのうちに求める。

> オリエントにおいてすべてが一者のうちに、不可分の力によって源泉から湧き出たものが、ここヨーロッパでは多様に分かれ、一層技巧的に拡大せざるを得なかった。人間の精神は、ここでは崩壊せざるをえず、まさにその力が無限に分裂せざるをえなかったがゆえに、かつてなかったほど、その能力はひろがることとなった[22]。

もちろんここでは、多方面にわたるヨーロッパの科学技術の進歩が念頭におかれているわけだが、それだけではない。哲学と文学との分離、そして南欧的古典主義（古代）と北方的ロマン主義（近代）との分裂も含まれている[23]。しかし古代インドではすべてが一つだった――インド

21）Ebd.
22）Ebd., S. 73f.

研究の端緒についたばかりのシュレーゲルはこのように見るのだが、こうした観点からすれば、次の引用にあるように、古代ギリシアでさえすでにヨーロッパ的分裂の始まりにすぎなかった。

> さて古典古代の特性とは、いったい何であるのか。古典的であること、すなわち個々のものの有機的充実と幸福な完成を除けば、まさにこの孤立性と分裂である。人間の諸能力と思想の一と全、その分裂にして、しかもますます加速される分裂である。近代人にあっては、この分裂の原理がさらに有害な方向を取ったのである[24]。

ヨーロッパの歴史とはすなわち、この分裂の加速に他ならない。その歴史的過程のなかに、カール大帝治世下のフランク帝国が、分裂の原理に対する統一への傾向を示したとしても、それは記念すべき例外にすぎないのである。ところがこの時代の痕跡がなおドイツ民族の〈身体〉——この言葉は、もちろん先述の〈解剖学〉を前提としている——に残っていることが、いわば分裂の極限（限界）にあって見出された希望の原理となる。さらに、この時期のシュレーゲルはすでに古代インドとゲルマン民族との言語的・風習的親和性を予感していたのだが、その限りでこの痕跡はいわゆる〈インド＝ゲルマン〉的なものであって、その発想に従えば、根源的なものの断片ということになる。そしてこうした希望の原理を唯一の担保としながら歴史の〈限界＝境界〉にあるという意識が、シュレーゲルをして次のように語らしめる。

> 分裂は今や、その極限（Äußerstes）に達した。ヨーロッパの特性は、すっかり露わとなり、完成した。このことこそが、われわれの時代の本質をなしている。宗教への徹底的な無能力、またこう言ってよければ、高次の器官の絶対的死滅は、これゆえである。これ以上の人間の没落はありえない（Tiefer kann der Mensch nun nicht sinken）。それは不可

23) Ebd., S. 74.
24) Ebd., S. 75.

能なのだ[25]。〔…〕かつての偉大と美を誇ったものが完全に破壊されているとなっては、ヨーロッパがなお一つの全体として存在しているなどと、どうして主張できたものであろうか。今あるものといえばむしろ、あの分裂の傾向が必然的に行き着いた残滓ばかりである。この傾向は完成したと見なされる。分裂傾向は自己否定にまで至ったからである。ということは、そこには少なくとも、何か新たなもののための空間があるのではないか。すべてが破壊しつくされた、まさにそれゆえに、すべての素材と手段が見出せるのである〔…〕[26]。

ヨーロッパの歴史は分裂と破壊の傾向を辿ってきたが、ついにその「極限」、すなわち〈限界〉に到達した、というのがシュレーゲルの時代認識である。このとき〈限界＝境界〉としての〈中間の時代〉は、ただの過渡期ではない。そこに至って人間が方向を転ずる、いわば折り返し地点である。空間的かつ時間的な〈極限〉であり、同時にそうした〈中心〉なのだ——「我々は今や人類の両極限を把握し、そして中心にいる」[27]。だから「何か新たなもののための空間」も「すべての素材と手段」も、〈限界＝境界〉の外部ではなく内部に、しかもすべてが既知のものでありながら、しかし忘却されてしまった「廃墟、断片」として存在している——「今すでにあるものは、それ自体が永遠に、高く高く累乗していくであろう。しかしいかなる新しい世界も、いかなる完全な段階も、もはや出来しないだろう。われわれは究極の中世に立っているのだ」[28]。

「フランスへの旅」執筆以降の数年間、周知のように、シュレーゲルの関心は引き続きドイツ中世文学や中世建築、また絵画の研究と、古代インドの宗教・言語・文学等の研究に集中する。それは「すべてが破壊しつくされた」瓦礫のなかから、「すべてのための素材と手段」を見出す作業にほかならない。そうした素材や手段をさまざまに組み合わせ、

25) Ebd., S. 75f.
26) Ebd., S. 77.
27) PL IV, Nr. 421, KA XVIII, S. 356.
28) Ebd.

「何か新たなもの」を再構成すること——言い換えれば、それらが「累乗していく」こと——が、これ以降のシュレーゲルの、あるいは彼の考える限りでのヨーロッパ的な課題となるはずである。

5）むすび——世界自我の歴史と〈トポグラフィー〉

本稿冒頭で述べたように、「フランスへの旅」がヨーロッパの歴史的全体像を再吟味し、混乱の時代のなかから新たな可能性を再検討しようとする、一つの文化批判的な試みであることは間違いない。しかしこれも述べたように——そして本稿はこのことを明らかにしようとしてきたのだが——、その基盤となっているのは旅行者シュレーゲル自身によるヨーロッパの〈トポグラフィー〉なのである。そして彼の空間把握においてとりわけ重要な役割を果たしているのが〈限界＝境界〉というトポスである。というのも、中心から遠く離れたこの場所からは、「想起」を通じて、「時間」——それはまた「歴史」でもある——が立ち現れてくるからである[29]。「限界＝境界」、「想起」、「時間」——そして「限界＝境界」は「中心」としての転回地点となり、既知にして新たなものへの探究が開始される。「フランスへの旅」全体が示すこうした空間的運動は、シュレーゲル自身の哲学的思弁のために、決定的な「活動空間」を開いたのではないか——少なくとも彼のケルン哲学講義中のある箇所を読むと、そのように見えてくる。

29）一般的な理解に従えば——ヴォルフ・レペニースやヘイドン・ホワイトによる周知の研究を通じてもはや自明とされていることだが——、1800年前後、〈博物誌の終焉〉の時代にタブロー的（空間的）思考が衰退するに伴い、代わりに支配的となるのが、時間的でナラティーフな知の形式であり、それによって歴史的／文献学的諸学が形成された——ということになっている。例えば前掲の K. Schlögel: *Im Raum lesen wir die Zeit*, S. 36ff.（s. Anm.13）および Sigrid Weigel: Zum topographical turn. Kartographie, Topographie und Raumkonzepte in den Kulturwissenschaften, in: Kultur Poetik 2-2, 2002, S. 151-165.　さらに以下の論集 Stephan Günzel（Hg.）: *Raumwissenschaften*, Frankfurt a. M. 2009 のとりわけ編者序文（S.7-13）等において再三強調されているように、ロマン主義的歴史哲学は、こうしたパラディグマ転換の最大の推進者であった。もちろんシュレーゲルもその重要な一人であり、例えば次の研究は、そのよう

「フランスへの旅」発表の翌1804年からケルンに本拠を移していたシュレーゲルが行ったいくつかの私講義のうち、『哲学の展開12講』中の第5講義「自然の理論」には、「世界発生の理論（Theorie der Entstehung der Welt）」と題された一章がある。「無限なもの」としての「自我」を一つの「世界」と見なす本講義のなかで、この章はそうした「世界自我

な歴史的・時間的要素に特化して彼の思想を論じたという意味では古典的なものである。Manfred Frank: *Das Problem „Zeit" in der deutschen Romantik. Zeitbewußtsein und Bewußtsein von Zeitlichkeit in der Frühromantischen Philosophie und in Tiecks Dichtung*, Paderborn u. a. 1972, S. 56ff. ところが近年では、こうした歴史性・時間性を強調する方向とは別に、本稿と同じく〈トポグラフィー〉の観点からシュレーゲルの思想的特性を分析しようという研究も出始めている。その一つが前掲のM. Schöning : Im Zeichen Europas（s. Anm.2）、もう一つがMeike Steiger: Eine „Große Karte Europas". Friedrich Schlegels Reise-, Literatur- und Kunstbeschreibung um 1800, in: H. Böhme（Hg.）: *Topographien der Literatur*（s. Anm. 5）, S. 313-327であり、いずれも「フランスへの旅」を論述のほぼ中核に据えている点で、本稿にとっての先行研究である。シュタイガーは、「トポグラフィー的解釈学」の概念を援用しつつ、シュレーゲルの旅行記述や芸術記述を、現実の世界から遮断された一種の想像的空間としての〈ヨーロッパ〉を産出する試みとして位置づける。女史の見解によれば、現象としてあるヨーロッパの不完全さが、かえってシュレーゲルの想像力に対して「遊戯的空間」を与えている。旅行者シュレーゲルの関心がたえず「不在のもの」――つまり〈理念的過去〉――に向けられていたというその論拠には説得力はあるが、しかし当研究に決定的に欠けているのは、現実のさまざまな地方の風景や地形を記述するシュレーゲルへの眼配りであり、その限りで当研究は従来のものと本質的に変わらない。というのも、そのことによって〈空間性〉の問題圏を安易に飛び越えてしまっているからである。さらにシェーニングの研究についても改めて触れておく。前著（Ironieverzicht. Friedrich Schlegels theoretische Konzepte zwischen „Athenäum" und „Philosophie des Lebens", Paderborn u. a. 2002）では「イロニーの放棄」としてシュレーゲルの〈転換点〉を詳細に論じたSchöningであるが、当該研究ではそれを「トポグラフィー化（Topographierung）」と言い換え、「初期ロマン主義時代と後の時代との違いは、知の歴史的・力学的秩序づけから、静的・トポグラフィー的秩序付けへの変化」であるとする。後期シュレーゲルの歴史哲学把握はむしろ「空間的」である、という彼の議論は明快かつ大胆ではあるが、二つの点で問題がある。第一に、彼の言う〈トポグラフィー〉は本稿におけるそれと決定的に異なり、時間性／歴史性とは単に対立的な記述のあり方とされている。第二に、シュレーゲルの思想を〈断章性・多様性重視の前期〉・〈調和性・統一性重視の後期〉に分けようという（それ自体きわめて因習的と言うべきなのだが）発想に囚われるあまり、旅記述における重要な「断片」概念を見落としてしまっている。以上二つの研究を挙げたが、これらに共通して言えるのは、シュレーゲルのテクストの空間論的把握という点で、いずれもまだ不十分だということである。その理由は、〈トポグラフィー〉として彼の記述を理解するための空間的イメージが、両者にはないことによる。それに対して本稿はいわば〈ロマン主義的トポグラフィー〉のための手掛かりとして、〈境界＝限界（Grenze）〉という空間のイメージを際立たせる試みである。

(Welt-Ich)」の発生と生成を物語る一種のコスモゴニーであり、そのようなものとしてシュレーゲル中期思想の一つの核心をなすといえる。そのうち特に本稿の主題にとって重要と思われる部分——世界自我発生の〈三つの段階〉について——を、以下に概略する。

第一段階において、「世界自我」は根源的に「無限の一性(unendliche Einheit)」として現われる。この「無限の一性」は完全に自己同一的であり、一切の「多様性」も「差異性」もありえない。この状態が「無限の充溢の不在(Abwesenheit der unendlichen Fülle)」として意識されたとき、「この根源的な空虚を多様性と充溢によって満たそうという〔…〕無限の憧憬」が「世界自我」に最初の活動を与える[30]。すなわち、「世界自我」はこの「憧憬」によって「全方面と方向へと拡大」し始め、まだ緩やかで静謐な拡張と展開のうちに、「空間」が創造される。この「空間」が「世界自我の存在の最初の形式」であり、「無限なものの歴史における最初の歩み」である[31]。

ところで第一段階で創造された「空間」はまだなお「無限の一性」に貫徹された「無限に空虚な空間」であるから、「世界自我」の最初の「憧憬」が満足されるために、そこには「無限の多様性と充溢」がもたらされなくてはならない。したがって続く第二段階は、「世界自我」がこの「空虚な空間」を「多様性と充溢」によって満たす段階である[32]。

第二段階において「世界自我」は、すでに完成された「空間」を「多様性」によって満たすべく、再び最初の位置からの拡大を開始する。この拡大と拡張が第一段階のそれと違う点は、何よりもその速度である。第二段階において拡大は次第に加速し、激しさを増すなかで、かつての「根源的に静謐で穏やかな性格」を失ってしまい、そのため「世界自我」のうちに、「欲望という激しい圧迫」による「矛盾と内部分裂(Widerspruch und Zwiespalt)」が生じる[33]。もちろんこれらは、根源的な「一性」とは真向から対立するものであり、その「火炎の貪るような

30) KA XII, S. 429.
31) Ebd., S. 430f.
32) Ebd., S. 432.

激情」は、「世界自我」本来の「一性」を破壊と喪失の危機に曝す。しかし、あの「根源的な一性」が根絶してしまうことは不可能であり――それは世界の消滅を意味するのだから――、やがて激しい拡大はその「極限（Äußerstes）」に到達し、こうして「多様性」と「分裂（Trennung）」が加速した第二段階は終わる[34]。

第三段階は、「世界自我」が多様性と分裂で拡大しきった空間の「極限」で立ち止まるところから始まる。「世界自我は、自らの根源を忘れてしまった」――それを再び見出さなければならない。「世界自我」は方向を転換し、振り返る。ここに「想起（Erinnerung）」が生じるのであるが、それには自身の根源的一性を見失った「苦痛と悔恨（Schmerz und Reue）」の感情が結びついている。そしてこの「想起」による振り返りとともに、世界自我は自身が歩んできたこれまでの広大な空間（すなわち「過去（Vergangenheit）」である）を見晴かし、このとき初めて「時間」が生じる――「時間を時間たらしめるのは、過去なのだ」。そして「世界自我」は、自らの出発点でありながら今や見失ってしまった「根源的一性」への「想起」に導かれつつ、自らの来し方への回帰を始めるのである[35]。

以上が、シュレーゲルによる「世界自我」の発生の物語、その骨子である。一見してただちに気がつくのは、前章で論及した「フランスへの旅」における世界史的考察との類似性である。すなわち、根源的一性の原理による空間の形成過程を辿る第一段階は〈オリエント〉に、「多様性」と「分裂」のうちに加速する拡大の第二段階は〈ヨーロッパ〉の歴史に、そして拡大の極限から根源への回帰を始める第三段階は〈中世＝中間の時代〉に即応することが見て取れる。「世界自我」発生の歴史は、世界（西洋世界）の歴史そのものなのだ。

ところで、この〈歴史〉を歴史たらしめるのは「過去」である。この広大な「過去」を振り返るときに、自らの出発点を喪失した「苦痛」と

33）Ebd., S. 432f.
34）Ebd., S. 434f.
35）Ebd., S. 435.

ともに生じる「時間」、これが〈歴史〉だからである。したがって〈歴史〉の生じる〈場所（topos）〉とは、世界（自我）が分裂的拡大の足取りをとめる「極限」にして〈限界〉であり、そこから方向を転換するという意味で、二つの相対立する方向――〈多様性への拡大〉と〈一性への回帰〉――の間の〈境界〉あるいは〈中世＝中間の時代〉にほかならない[36]。

このような〈限界＝境界〉という〈場所〉に着目することによって、シュレーゲルの世界（自我）史記述を〈トポグラフィー〉として読解することが可能となるだろう[37]。さらに付言するならば、この〈場所〉（〈限界＝境界〉）には、「フランスへの旅」における空間的限界としての〈ライン河〉のイメージが反復されている――あるいは逆に、こうした〈場所〉の観念が、旅行者シュレーゲルによって、ライン河へ投影され

36）本稿の主題とはややずれるので脚注での指摘にとどめておくが、〈多様性への拡大〉と〈一性への回帰〉との間の〈境界〉というシュレーゲルの空間的イメージに従えば、例えば次の断章もますます興味深く見えてくる。「大いなる問題は次のことである。ヨーロッパ諸民族は一つの民族になるべきか〈すべてが溶け合って〉、あるいはどの国民もまったくそれ自身だけであるべきだろうか？――おそらく両方であるべきだろう、中世においてそうであったように」（PL, Beilage VIII, Nr. 103, KA XVIII, S. 571）。ヨーロッパ全体が一つであると同時に多様でなくてはならない、というこの断章には、二重の意味での〈境界〉のイメージがある。一つは諸民族の間の〈境界〉である。それは分断と断絶のための〈境界〉ではなく、交流のための〈境界〉でなくてはならない。このようにして一性のうちなる多様性が保持されるからである。もう一つは、〈多様性〉への拡大方向と〈一性〉への収縮方向との間の〈境界〉である。ヨーロッパはつねにその両方向の間の〈境界〉にあるべきだ、とシュレーゲルは言うのだが、そこで再び「中世」が持ち出される――「中世においてそうであったように」。ここでは過去形が用いられているが、「中世＝中間の時代」は本来、過去の一時代ではなく、〈いま〉なのだという彼の考察を当てはめることもできよう。

37）本稿の試みは、フリードリヒ・シュレーゲルの旅行記述と哲学的な世界史記述とを〈トポグラフィー〉の観点で結合することであったが、次の研究はそれだけではなく、（もちろんトポグラフィーという術語を用いることはないが）シュレーゲルの初期思想から最晩年の「ドレースデン講義」までを、その都度表出する彼の「生の哲学」の諸相を一種の浮標としながら遡航しつつ、その哲学の展開を最高度の意味においてトポグラフィカルに描き出したと言うべきであろう。初期から後期におよぶシュレーゲル（断章と体系の両傾向を欲するオデュッセウスとしての）の思想的変遷（正確には「生成」と呼ぶべきか）を示すこれ以上の海図は、筆者の知る限り、ほかに見当たらない。酒田健一「フリードリヒ・シュレーゲルの絶筆――1829年からの回顧と総括」（早稲田大学ドイツ語学文学会発行『ワセダ・ブレッター』13号、2006年、3-24頁）を参照のこと。

ていたのかもしれないのだが。いずれにしても、〈歴史／時間〉が発生する〈限界＝境界〉という〈場所〉と、〈ライン河〉という地理上の〈場所〉との照応関係は明らかであり、シュレーゲルの旅行記述・歴史記述･哲学的思弁、そのいずれにおいても、〈限界＝境界〉は重要な〈場所〉であることがわかる。その〈場所〉はつねに〈想起〉の場所であり、そこからはじめて歴史／時間が立ち上がる〈いま・ここ〉なのである。

聖歌とプロパガンダ
―宗教改革期のドイツにおける《歌唱》の社会的作用について―

蝶野 立彦

はじめに ―― 宗教改革研究の展開と「宗教改革の思想宣伝」をめぐる問題系

ヨーロッパの歴史にかかわる従来のさまざまな論述のなかで、宗教改革は、きわめて多様な視点や文脈との結びつきにおいて「中世から近代への転換を画する出来事」として評価され、記述されてきた。たとえば、「近代的な主権国家の形成」の文脈のなかでは、宗教改革は、ローマ・カトリック教会の普遍的権威に基づく「ヨーロッパ世界の超地域的一体性」を解体させることで「領域主権国家の台頭」を促進した運動として評価されてきた。また、「近代資本主義の形成」の文脈のなかでは、M・ヴェーバーの『プロテスタンティズムの倫理と資本主義の精神』(1905年)の議論を敷衍するかたちで、宗教改革のもたらした倫理的観念と西ヨーロッパ型の資本主義文化との間の思想的親和性がしばしば言及の対象となってきた。さらに、マルクス主義的な歴史観に依拠する旧東ドイツの歴史家たちは、初期の宗教改革運動(1517年～1520年代)やドイツ農民戦争(1524年～1525年)に際してドイツやスイスの農民・平民たちが領邦君主に対して起こした反乱や闘争を「初期市民革命」というモデルを用いて把握しようと試みた。他方において、ドイツ連邦共和国、スイス、英米の歴史家たちは、初期の宗教改革運動と「都市や農村における共同体自治権の獲得のための闘争」との間に緊密な結びつきが存在していたことを明らかにしてきた。さらにまた、宗教改革の神学思想――

とりわけM・ルター（Martin Luther）の信仰義認論――を「近代的個人主義の萌芽」として評価する議論のスタイルも、少なくとも教会史や精神史の分野では、いまだに影響力を保ち続けている[1]。

そして、これらの議論と並んで、「宗教改革と近代への転換との結びつき」にかかわる重要なテーマとして、1970年代後半以降、急速に注目を集めるようになったのが、宗教改革運動の拡大を支えた「思想宣伝と情報伝達のメカニズム」である。「書籍印刷なくして宗教改革なし」という歴史家B・メラーの言葉に端的に示されているように、宗教改革は、15世紀半ばにJ・グーテンベルク（Johannes Gutenberg）の手で実用化された「活版印刷の技術」を駆使しておこなわれた、ヨーロッパ史上初の大規模なプロパガンダ運動でもあった[2]。ルターを初めとする宗教改革の指導者（宗教改革者）たちは、各地域の印刷業者と連携しつつ、彼らの思想やメッセージを大量の活版印刷物（書物・パンフレット・ビラなど）を通じて社会のなかに普及・浸透させることによって、宗教改革の運動を広い地域に定着させることに成功したのである。そしてまた同時に、宗教改革者たちがおこなった思想宣伝活動は、「民衆語（俗語）の使用」という点でも画期的なものだった。中世の時代には、神学にかかわる著作は社会のなかのごく一握りの学識者や聖職者だけが理解できるラテン語を用いて著されるのが通例であったが、宗教改革者たちは、こうした中世的慣行を否定して、一般大衆の日常言語である民衆語――ドイツ語圏であればドイツ語――を用いた出版活動を展開し、『聖書』を初めとする重要な宗教的テキストを民衆語に翻訳して出版した。そして、このような宗教改革者たちの言論・出版活動は、神学的に見るならば、「聖書テキストの権威」、言い換えれば、「書かれたものの権威」を重視する「聖書主義の観念」によって裏打ちされたものであった。こうした一連の歴史的事実を踏まえつつ、一部の歴史家や思想史家たちは、宗教改革の結果としてもたらされた「民衆語印刷物の普及」と「民衆語

1 Vgl. L. Schorn-Schütte, *Die Reformation. Vorgeschichte-Verlauf-Wirkung, 4.Auflage*, 2006, S.91-107.

2 B. Moeller, Stadt und Buch, in: W. J. Mommsen（Hg.）, *Stadtbürgertum und Adel in der Reformation*, Stuttgart, 1979, S.25-39.

テキスト（とりわけ民衆語訳聖書）の読書の習慣の一般化」によって「各国語を土台とする近代ヨーロッパ諸国の国民的な言語・出版文化」の基礎が築かれた、という説を唱えてきた。また、活版印刷と民衆語を用いた宗教改革期のプロパガンダ活動によって広範な地域や社会階層にまたがる「公論（世論）と公共性（公共圏）の形成」がもたらされ、そのことが「近代の大衆的コミュニケーションの普及」に道を開いた、とする説も、特に1970年代末以降、盛んに唱えられるようになった[3]。

そして、宗教改革期の思想宣伝活動と公論形成・公共性・出版文化との関連をめぐるこうした議論のなかで、きわめて重要な論点として浮上してきたのが、文字の読み書きを身につけていない「非識字層の人々」の存在である。16世紀初頭のヨーロッパ社会の識字率に関する従来の通説を敷衍するならば、たとえば1500年頃のドイツ語圏において一定の読み書き能力を身につけていたのは、全人口のうちのわずか５％程度の人間たちに過ぎなかった。もっとも、何か必要に迫られれば単語の綴りを一字一字ゆっくりと辿りながらその内容をかろうじて理解できる、という程度の「不完全な読書能力を持つ者」まで数値に含めるならば、16世紀初頭の段階でも、全人口のうちの約10～30％の人々はこのような「不完全な識字層」であったと推測されるし、さらに都市部に限定すれば、約50％程度の人々がこうした層に属する人間たちであったと推測される。だが逆に、「定期的に読書をおこなう者」の割合は、1500年頃のドイツ語圏では、全人口のうちのわずか２％程度に限定され、特に都市から離れた農村地域の農民たちの間では、その割合はさらに著しく低かった[4]。このように宗教改革期のヨーロッパにおいて人口の圧倒的大多数が「非識字層」あるいは「不完全な識字層」に属していたとするならば、宗教改革者たちの発する思想やメッセージは、いったいどのような情報伝達の回路を介して、そうした「非識字層」「不完全な識字層」の人々の間

---

3 Vgl. A. Würgler, *Medien in der frühen Neuzeit*, München, 2009, S.16-21. また、拙稿「宗教改革期のドイツにおける読書・コミュニケーション・公共性――《宗教改革的公共性》をめぐって」（松塚俊三／八鍬友広編『識字と読書――リテラシーの比較社会史』昭和堂、2010年、19-45頁に所収）も参照のこと。

4 Würgler, a. a. O., S.93-94.

にも伝達されえたのだろうか。そして宗教改革の運動は、どのような情報伝達のメカニズムを通じて、広範な地域・社会層を巻き込む運動にまで発展することができたのか。こうした問いこそが、宗教改革と思想宣伝・公論形成・公共性とのかかわりをめぐる1970年代末以降の一連の研究の主たる論点を形作ってきたのである[5]。

これらの問題に関する先駆的研究をおこなった歴史家R・W・スクリブナーの議論を敷衍するならば、宗教改革の思想が「非識字層」をも含むさまざまな社会層の人々の間に浸透することを可能にしたのは、「(書物やパンフレットなどの) 活版印刷物に記された活字を媒体とする情報伝達」と「それ以外のコミュニケーション手段」との複雑な相互作用に基づく情報伝達のプロセスであった。ドイツ語圏の宗教改革に関する1980年代の一連の研究のなかで、スクリブナーは、「活字による情報伝達」に加えて、「①説教・演説・討論会・読み聞かせ・歌唱などによる《口頭でのコミュニケーション》」、「②活版印刷物に印刷された挿絵を媒体とする《視覚的なコミュニケーション》」、「③演劇・行列・デモンストレーションなどの《コミュニケーションとしての行為》」という3種類のコミュニケーション手段が宗教改革思想の伝播の過程で重要な役割を果たしていたことを指摘した。しかも、たとえば宗教改革期のドイツで「説教の場での印刷物の読み聞かせ」という行為が頻繁におこなわれていたことからもうかがえるように、「活字による情報伝達」はしばしば「説教」などのそれ以外のコミュニケーション手段と機能的に一つに結びつくことによって強力な大衆伝播力を発揮しえたのであった[6]。

このように、1980年代以降の宗教改革研究では、宗教改革の拡大を促進した重要な歴史的要因として、活字媒体とそれ以外のコミュニケーション手段——《オーラル・コミュニケーション》《視覚的コミュニケー

5 前掲拙稿、20-21頁を参照せよ。
6 R.W. Scribner, Flugblatt und Analphabetentum. Wie kam der gemeine Mann zu reformatorischen Ideen?, in: H.-J. Köhler (Hg.), *Flugschriften als Massenmedium der Reformationszeit,* Stuttgart, S.65-76; R.W. Scribner/ C. S. Dixon, *The German Reformation, Second Edition,* New York, 2003, pp.17-24 (森田安一訳『ドイツ宗教改革』岩波書店、2009年、21-31頁). また、前掲拙稿、25-30頁も参照せよ。

ション》《コミュニケーションとしての行為》など——との機能的な結びつきに光が当てられるようになってきた。そしてこのような新しい視点を踏まえるかたちで、宗教改革者たちの著した「活字テキスト」の思想的内容のみならず、「説教」や「ビラの挿絵」の思想的モチーフをも分析の対象とする、新しいタイプの研究が数多く著されるようになった[7]。だが、宗教改革期の情報伝達のメカニズムを明らかにするためには、実はそれぞれの情報媒体の「思想的な内容・モチーフ」を分析するだけでは充分ではない。個々の情報媒体が、具体的にどのような事件や出来事とのかかわりのなかで、いかなる文化的背景のもとで、いかなる環境で、またいかなる社会階層・集団に属する人々によって、どのように用いられたのか、さらにその結果としてそれがいかなる社会的作用を及ぼしたのか———そうした問題に光を当てることもまた、宗教改革の拡大のプロセスの解明に際しては必要不可欠の作業となるだろう。

こうした問題意識を踏まえつつ、本稿では、ドイツの宗教改革運動の重要なプロパガンダ媒体の一つであった「歌」に焦点を合わせ、16世紀前半のドイツにおけるルター派宗教改革の拡大のプロセスのなかで「歌唱」という行為がいかなる役割を果たしたのかを、特に「社会的・文化的な環境及び作用」の側面から考察してみたい。具体的には、第１節で、ルター作のプロパガンダ歌に焦点を合わせながら、その歌がいかなる場での使用を想定して制作されたものであるのかを検討し、続く第２節では、「一人の貧しい男によるルターの歌の歌唱」をきっかけとする1524年５月の都市マクデブルクの事件を取り上げて、その男の歌唱行為が同時期のマクデブルクの都市社会にいかなる作用を及ぼしたのかを考察する。さらに第３節では、宗教改革期のプロパガンダ歌においてしばしば用いられた「替え歌」の手法に焦点を合わせながら、宗教改革期の歌唱行為の「民間習俗的背景」に光を当てる。

7　森田安一『ルターの首引き猫』山川出版社、1993年、H. Oelke, *Die Konfessionsbildung des 16.Jahrhunderts im Spiegel illustrierter Flugblätter*, Berlin/ New York, 1992.

第1節　ルターの歌　――　聖歌のドイツ語化と反教皇プロパガンダ

ドイツのルター派宗教改革における「歌」及び「歌唱」の歴史的意義については、従来、「ローマ・カトリック教会のミサに対するルターの批判」と「ルターによるドイツ語礼拝の導入」という歴史的文脈のなかで論じられることが多かった。ルターは、ヴァルトブルク城での避難生活を経て1522年３月にヴィッテンベルクに帰還したのち、教会改革のための具体的構想を次々と発表したが、それらの文書のなかで彼は、ローマ・カトリック教会のもっとも重要な儀式であるミサが「多くの一般信徒が理解しえないラテン語」のみを用いて執り行われていることを批判し、一般信徒たちを教会の礼拝に主体的に参与させるためには「ドイツ語による礼拝」の導入が必要不可欠である、との主張を展開した。これは、ルターの宗教改革思想の中核を成すところの、いわゆる「万人祭司主義」の思想に連なる主張であるが、このルターによる「ドイツ語礼拝」の構想のなかできわめて重要な役割を演じたのが、「歌唱」という行為だった。

中世から16世紀に至るまで、ローマ・カトリック教会では、ミサ聖歌はラテン語で、しかも司祭と聖歌隊のみによって歌われることが規則化され、一般信徒は『キリエ・エレイソン（主よ憐れみ給え)』の祈りをおこなう以外にはミサの場でいかなる聖歌も口にしてはならない、と定められていた。もっとも、すでに中世後期の段階で、さまざまな「俗語（ドイツ語）聖歌」が作り出され、遅くとも15世紀には、ドイツ語聖歌を歌う習慣が一般信徒たちの間にも広まっていたが、そうしたドイツ語聖歌の歌唱は主にミサの前後の祝祭的催しの場においておこなわれ、ミサの場で一般信徒がドイツ語聖歌を口にすることは禁じられていた[8]。これに対してルターは、1523年に発表した『ミサと聖餐の原則』のなか

8　J. Westphal, *Das Evangelische Kirchenlied nach seiner geschichtlichen Entwickelung*, Leipzig, 1901, S.26-29; R.A. Leaver/ J. A. Zimmerman（ed.), *Liturgy and Music*, Collegeville (Minnesota), 1998, p.282. また、渡邊伸「聖餐式と会衆歌」（前川和也編著『コミュニケーションの社会史』ミネルヴァ書房、2001年、197-219頁に所収)、210頁も参照のこと。

で、「人々がミサの場で歌うことのできるような現地語（vernacula）の聖歌」[9]の必要性を訴え、さらに1526年の『ドイツ語ミサと礼拝の秩序』では、一般信徒を積極的に礼拝に参与させるためのドイツ語礼拝のプログラムのなかに「全信徒によるドイツ語聖歌の歌唱」という行為を組み入れた[10]。そしてこの書の発表に先立つ1525年12月の段階で、このルターのドイツ語礼拝のプログラムはすでにヴィッテンベルクの教会で実行に移されていた。

こうした教会の礼拝改革を推し進める傍らで、ルターは、ドイツ語聖歌の制作とその出版にも着手していた。ルター作のドイツ語聖歌を収めた最初期のプロテスタント聖歌集として有名なのは、1524年にニュルンベルクで出版された通称『八歌集（Achtliederbuch)』――正式名称は『数編のキリスト教の歌、賛歌ならびに詩編』[11]――であり、そのなかに収められた『深き悩みの淵より、われ汝に呼びかける（Aus tiefer Not schrei ich zu dir)』や『ああ神よ、天より眺め給え（Ach Gott, vom Himmel sieh darein)』などのルター作の聖歌は、18世紀に入るとJ・S・バッハ（Johann Sebastian Bach）作の教会カンタータ集にも取り入れられ、ドイツの教会音楽を代表する古典的聖歌の地位を獲得するに至った。だが実は、『八歌集』が出版される以前の1523年の段階から、ルター作のドイツ語聖歌は、粗悪な一枚刷りビラ――一枚の紙の片面にテキストと図版を印刷したビラ――の形態で、すでに市場に出回っていた。R・W・ブレートニヒの研究によれば、ルターの作と確認しうる36編の歌のうち、その３分の１にあたる12編の歌は、当初、そうした一枚刷りビラの形態で出版・流布されたものであったと推定される[12]。そしてそれらの一枚刷りビラの存在を通して、狭義の《教会音楽》の範疇には収まりきらない、「ルターの歌」のもうひとつの側面が見えてくる。それ

9 M. Luther, Formula Missae et Communionis (1523), in: *D. Martin Luthers Werke, kritische Gesamtausgabe, Bd.12*, Weimar, 1891, S.205-220, bes. S. 218.

10 M. Luther, Deutsche Messe und Ordnung Gottesdiensts (1526), in: *D. Martin Luthers Werke, kritische Gesamtausgabe, Bd.19*, Weimar, 1897, S.72-113.

11 *Etlich Christlich lider Lobgesang/ vnd Psalm...*, Nürnberg, 1524.

12 R.W. Brednich, *Die Liedpublizistik im Flugblatt des 15. bis 17.Jahrhunderts, Bd.1*, Baden-Baden, 1974, S.96.

は、「ルターの歌」の《プロパガンダ歌》としての側面である[13]。

そうした《プロパガンダ歌》としての性格をもっとも典型的なかたちで示しているのが、ルターの最晩年に制作された、次のようなタイトルの歌である。『子供たちのための歌／四旬節の中日（Mitterfasten）に子供たちに教皇を追い払わせるための歌』。この歌は、1545年にヴィッテンベルクで、一枚刷りビラの形態で印刷された[14]。ビラの上段には、タイトルの下にソプラノ／アルト／テノール／バスの四声合唱用の楽譜が印刷され、ビラの下段には、7つの歌節から構成されるドイツ語の歌詞が印刷されている。この歌の持つプロパガンダ歌としての性格は、以下のような歌詞の内容から明瞭に見てとることができる。

「さあ、教皇（Babst）を追い払おう／
キリストの教会から、神の家から
これまで彼［教皇］が血塗られた支配を続けてきた、その家から／
そして彼が数え切れないほどたくさんの人々の道を誤らせてきた、その家から。

逃げ失せろ、汝《なんじ》、堕地獄《だじごく》の息子よ／
汝、バビロンの赤き花嫁（Rote braut von Babilon）よ。
汝は、おぞましき者、アンチキリスト（Antichrist）である／
嘘と死と邪《よこしま》な悪巧《わるだく》みに満ちた者。

汝の贖宥状（Ablasbrieff）／教勅そして教令は／
今や便所のなかに封印されている。

13 ルターの歌の「プロパガンダ歌」としての側面については、森田安一「印刷文化と宗教改革」（『バッハ全集・第4巻』小学館、1998年、128-143頁に所収）、138-143頁も参照せよ。

14 M. Luther, *Ein lied fur die Kinder/ damit sie zu Mitterfasten den Babst außtreiben*, Wittenberg, 1545. なお、R.W. Brednich, *Die Liedpublizistik im Flugblatt des 15. bis 17.Jahrhunderts, Bd.2*, Baden-Baden, 1975, Abb. 30 に同ビラの複写図版が掲載されている。また、この歌の歌詞に関しては、K. Ameln, Das Lied vom Papstaustreiben, in: *Jahrbuch für Volksliedforschung*, 33.Jahrgang (1988), S.11-18 も参照のこと。

それ［贖宥状・教勅・教令］を用いて汝は世界からその財を盗み取り／
そしてそれによってまたキリストの血を冒涜する。

ローマの偶像は取り払われた／
真の教皇［イエス・キリスト］をわれらは受け入れよう。
彼こそは神の子、礎石、救世主／
そのうえに彼の教会は築かれる。

彼は心優しい最上の司祭／
十字架のうえで彼は犠牲に供された。
彼の血はわれらの罪のために流され／
真の贖宥（Recht Ablas）は彼の傷口から流れ出た。

彼の教会を彼は彼の御言葉（sein wort）によって支配する／
父なる神御自らが彼を叙任した。
彼はキリスト教徒たちの頭《かしら》／
彼に永遠の賞賛と賛美あれ。

いとおしい夏（Der liebe Summer）が近づいてくる
われらキリスト者にどうか平和と安らぎを授け給え。
主よ、どうか実り多い年をわれらに与え給え
そして教皇とトルコ人たち［オスマン帝国のイスラーム教徒たち］
から、われらを守り給え。」

この『子供たちのための歌』の歌詞から見て取れる、もっとも顕著な特徴は、「カトリック教皇」と「イエス・キリスト（文中では「真の教皇」という言葉で表現されている）」という二つの存在を並列し、そのそれぞれのおこないを対比させることによって、前者の《悪行》を告発し、後者の《絶対的正義》を聞き手に印象づけようとする、そのプロパガンダの論理である。すなわち、第１〜３節では、「バビロンの赤き花

嫁」「アンチキリスト」としての「教皇」の悪行が、「教皇による血塗られた支配」や「贖宥状を用いたキリストの血の冒涜」といった表象を用いて告発され、それに続く第4〜6節では、それに対比させられるかたちで、イエス・キリストの言葉（すなわち聖書の記述）に依拠した宗教改革派の宗教的立場の正当性が、「御言葉による支配」「真の贖宥としてのキリストの血」といった表象を用いて語られている。このように、「アンチキリストとしての教皇」と「聖書に記述されたイエス・キリスト像」を対比させつつ、《教皇の悪行と倒錯》を聞き手（読み手）に印象づけ、《聖書に依拠した宗教改革派の立場》を正当化する、という手法は、L・クラナッハ（Lucas Cranach）の挿絵入りパンフレット『キリストとアンチキリストの受難物語（Passional Christi und Antichristi）』（1521年）のなかでも用いられている手法であり、宗教改革派の反教皇プロパガンダを特徴づける典型的手法といえよう[15]。

さらに、宗教改革派のプロパガンダ歌が、どのような場で、どのような人々によって、どのような文化的背景のもとで、どのように用いられたのか、という問題——すなわち、「プロパガンダの社会的・文化的環境」に関する問題——に関しても、この歌は一つの手がかりを提供してくれる。その手がかりとは、この歌の副題に記された「四旬節の中日に子供たちに教皇を追い払わせるための歌」という言葉である。「四旬節の中日（Mitterfasten, Mittfasten）」とは「四旬節期間中の第四日曜日」のことであり、中世以来、ドイツ語圏のキリスト教徒たちの間では、四旬節の断食期間中の中休みの日として、この日に小規模な祝祭が催された。そればかりでなく、この日は、中央ヨーロッパ地域の古くからの風習である「死の運び出し（Todaustragen）」の儀礼がおこなわれる日にも当たっており、この日にはしばしば、「死」に擬された「冬」を追い払い、「夏」を迎え入れるための賑やかな行事がおこなわれた[16]。そして、『子供たちのための歌』の第7節の「いとおしい夏が近づいてくる」と

15 R.W. Scribner, *For the Sake of Simple Folk*, Oxford, 2000 (first published, 1981), pp.148-163.
16 R. P. Flaherty, Todaustragen: The Ritual Expulsion of Death at Mid-Lent, in: *Folklore*, Vol. 103, No.1 (1992), pp.40-55.

いう表現からも明らかなように、このルターの歌は、「死の運び出し」の日の祝祭的な場において、「夏を迎え入れるための冬（死）の追い払い」になぞらえつつ、「教皇の追い払い」を人々に声高に唱和させることを目的として作られた歌に他ならない。しかも、そこで「歌い手」として想定されているのは、こうした祝祭的行為の主たる担い手であるところの「子供たち」なのである。

第２節　宗教改革期の公共空間と歌唱　——　1524年５月の都市マクデブルクの事件を手がかりに

宗教改革の拡大のプロセスにおいて「歌唱」という行為がどのような役割を果たしたのか、という問題について考察する際に、重要な手がかりを提供してくれるのが、16世紀前半に記された都市年代記である。本節では、宗教改革がドイツ語圏のさまざまな地域に伝播しつつあった1520年代の前半に中部ドイツの都市マクデブルクで起きたある事件を取り上げて、その事件に関する二種類の年代記の記述を手がかりにしながら、宗教改革期のドイツにおける「歌唱」という行為の社会的機能について考察してみたい。

マクデブルク大司教領内の都市マクデブルクでは、都市自治権獲得をめぐる13世紀以来の長年にわたるマクデブルク大司教と都市との対立を背景に、16世紀初頭になると、市内のカトリック聖職者・修道士や司教座聖堂参事会に対する都市民たちの反感が著しく高まった。そして、そのような反カトリック感情の高まりに呼応するかたちで、都市マクデブルクでは、すでに1521年頃からルター主義的な内容の説教をおこなう者が現れ、カトリック聖職者を弾劾するパンフレットが流布されるようになった。だが、都市マクデブルクの宗教改革の展開にとって決定的な転機となったのは、1524年だった。この年の３月後半から、J・グラウエルト（Johann Grauert）という名の元修道士が、都市南方のエルベ河上の中州にある沼沢地帯で公然と宗教改革的な内容の説教を繰り返すようになり[17]、さらに同年６月にはルター自身がこの都市を訪れ、同年末までにはマクデブルクの旧市域の６つの教区教会のすべてが宗教改革派に宗旨替えした[18]。このように都市マクデブルクでは、1524年の後半に大規模な宗教改革の受容がなされたが、このような変化が生じる直前の同年５月初旬に、「宗教改革思想の広まり」を暗示する、ある事件が起きていた。それは、「貧しい一人の男によるルターの歌の流布」という事件である[19]。マクデブルクの市民G・ブッツェ（Georg Butze）が書き残した年代記のなかに、この事件に関する次のような記述が残されている。

「その同じ年、復活祭と聖霊降臨祭の間の《門の前なる聖ヨハネの祝日［５月６日］》に、年老いた貧しい男（ein alter armer Man）であるところの一人の織工（ein tuchmacher）が、オットー皇帝［都市マクデブルクの広場にあったオットー１世の像］の傍らに立って、『深き悩みの淵より、われ汝に呼びかける』や『神よわれらに恵みを』などの最初の聖なる歌（die ersten Geistlichen lieder）［ルターが作った最初期の聖歌］を売りさばき、それらを人々に歌って聞かせていた。そのとき、市長の老ハンス・ルビン（Hans Rubin）が聖ヨハネ教会の早朝ミサを終えてその場を訪れた。彼は、多くの民衆（viel volcks）が男を取り囲んで立っているのを目の当たりにして、彼に付き従う役人たち（knechte）に、あれはいったい何だ、と問うた。クストス（Custos）という名の役人は、彼に次のように答えた。あそこに立っているのは、不逞なならず者（ein loser Bube）でございます、あの者はルターの異端的な歌（Luthers ketzerische gesenge）を売りさばき、それらを民衆に歌って聞かせているのでございます、と。そこで市長は、その男を投獄するよう、役人たちに命じ、その命令はそののち実行に移された。そのことが都市の共同体に知れ渡ると、約200名の市民（Bürger）が市庁

17 F.W. Hoffmann/ G. Hertel/ F. Hülße, *Geschichte der Stadt Magdeburg, Bd.1*, Magdeburg, 1885, S.39-40.

18 F. Schrader, Magdeburg, in: *Die Territorien des Reichs im Zeitalter der Reformation und Konfessionalisierung, Bd.2*, Münster, 1993, S.68-86, bes. S.75-76.

19 Hoffmann/ Hertel/ Hülße, a. a. O., S.41-42; Brednich, *Die Liedpublizistik, Bd.1*, S.87-88. この事件については、森田「印刷文化と宗教改革」、136 頁でも言及されている。

舎を訪れた。それらの市民のうち、ヨハン・アイクシュテット（Johan Eickstedt）がその場で発言をおこなうことを認められ、彼は貧しい男のために次のような請願をおこなった。都市役人たち（Statknechte）［都市の下級役人たちのこと］はその男を悪意をもって市長に告発したに過ぎぬのだから、彼を囚われの身から解放してほしい、と。そこで人々は、その貧しい男を牢獄から解放し、その件に責を負うべき都市役人たちを男の代わりに投獄した。そして最終的には、その都市役人たちを都市から追放した」[20]。

さらに、マクデブルク大司教領の製粉所代官（Möllenvogt）を務めていたS・ランクハンス（Sebastian Langhans）の手になる年代記（『歴史。聖なる福音の教えの始まりにおいて1524年初頭から1525年の聖ブラシウスの祝日までの間にマクデブルクの三つの都市で起きたことについて』）の冒頭でも、この事件に関して、次のような記述がなされている。

「一人の不逞な物乞いの男（Ein loser Bettler）が、マクデブルクの広場でいくつかのマルティンの歌（Martinische Lieder）［ルターの歌］を売りさばき、彼の赴くあちらこちらの場で、それらの歌を公然と（offentlich）歌った。彼は、男や女、そしてまた娘たち（Jungfrawen）や若者たち（Gesellen）にも、それらの歌を教えた（leret）。彼がとても多くの人々にそれらの歌を教えたので、ドイツ語の歌や詩編（die deutschen Lieder und Psalmen）が［マクデブルクにおいて］きわめて大衆的なもの（so gemeine）となった。その後、平民（gemeinem Volcke）に属する者たちは、毎日のように、すべての教会において、説教が始まる前にそれらを公然と（offentlich）歌うようになり、今もなお、歌っている。旧市域の市参事会の幾人かがこの事態に反応し、彼らは先に述べた物乞いの男を逮捕させ、その男を市庁舎の新しい地下蔵に投獄した。それは、《ラティーナ門の前なる聖ヨハネの祝日［5月6

20 *Die Chroniken der deutschen Städte vom 14. bis ins 16. Jahrhundert, Bd.27,* Göttingen, 1962, S.107.

日]》のことであった。ちょうどそのとき、聖ヨハネ教区で祝祭がおこなわれていたので、600名ないし800名以上の人間たちがそこに集まり、囚われていた男を力尽くで外に救い出した。そして、全員の財布から1マルクをその男に与え、さらにハンス・クスター（Hans Kuster）という名の都市役人をその男の代わりに投獄した。ヴィルヘルムという名のもう一人の役人は逃亡した。片方の都市役人は、三週間に渡って投獄されたのち、共同体の圧力によってマクデブルクの旧市域から追放された。これが最初の反乱（Aufruhr）であった」[21]。

マクデブルクにおける宗教改革の拡大と「歌唱」とのかかわりについて考察するうえで、まず重要な意味を持つのは、ルターの歌を売りさばいた男の「素性」についての記述である。この男の素性について、ブッツェは「年老いた貧しい男であるところの一人の織工」と記し、ランクハンスは「一人の不逞な物乞いの男」と記しているが、そのいずれが真実であるにせよ、それが「非常に貧しい男」であったことは両者の記述の一致するところである。マクデブルクにおける宗教改革運動の拡大期には、このような一人の貧しい男による「ルターの歌（おそらくは一枚刷りビラ）の販売」という行為が、宗教改革への支持の拡大を生み出す重要な要因となったのである。そしていまひとつ重要なのは、この男がいかなる場でどのような方法を用いてルターの歌を売りさばいたか、という点である。両年代記の記述から明らかなように、この男は、都市マクデブルクの広場で、不特定多数の人間たちを前にしながら、ルターの歌（ビラ）を「自ら歌いながら」販売した。この男が都市の広場のような「不特定多数の人間が集う公共空間」で、しかも「自ら歌いつつ販売する」という手法を用いてルターの歌を売りさばいたという点こそが、宗教改革期における「歌唱」の社会的作用を理解するうえでもっとも重要なポイントであろう[22]。なぜならば、誰でもが集うことのできる場で「歌を声に出して歌いつつ」販売するという方法を用いれば、その場に居合わせた人々のうち、「ビラを購入することのできない貧困層の人々」

21 *Ibid.*, S.143.

や「ビラに記された歌詞を自分では満足に読むことのできない非識字層の人々」の間にもルターの歌を広めることができたからである。「…物乞いの男が…男や女、そしてまた娘たちや若者たちにも、それらの歌を教えた」というランクハンスの記述は、こうした意味合いで理解されるべきだろう。

さらに、貧しい男の「歌唱」がマクデブルクの都市社会に及ぼした作用を明らかにするうえで、もうひとつ見過ごすことができないのは、「…男が…それらの歌を公然と（offentlich）歌った」結果として、平民たち自身が教会でそれらの歌を歌うようになった、というランクハンスの年代記のくだりである。歴史家L・ヘルシャーが明らかにしたように、offentlich［öffentlich, offenlich］という形容詞的・副詞的なドイツ語表現は、中・近世のドイツ語圏に特有の「公共」観と密接な結びつきを持っており、特に宗教改革期にはしばしば「不特定多数の民衆への真理の公開」の含意を伴って用いられた[23]。ランクハンスは、貧しい男がルターの歌を「公然と（offentlich）」歌ったことによって、ドイツ語の歌がマクデブルクにおいて「大衆的なもの（so gemeine）」となり、平民たち自身がその歌を教会で「公然と」歌うようになった、と記述している。つまり、貧しい男による「公共空間での歌唱」という行為は、「ルターのドイツ語聖歌の大衆化」とともに、その歌を聞き覚えた民衆による——そして言うまでもなくドイツ語を用いた——「公共空間での再歌唱」という行為を生み出したのである。G・ハーゲルヴァイデがジャーナリズム論の視点から指摘しているように、ジャーナリスティックな情報媒体としての「歌」の特徴は、歌が人々の間に広まってゆくときにそれが実

22 ビラやパンフレットに記された歌を《売り手》自らが公の場で声に出して歌唱しつつ、それらのビラ・パンフレットを売って歩く、という手法それ自体は、16世紀のドイツ語圏の社会においてしばしば用いられた販売手法だった。この点については、Brednich, a. a. O., S.293-294; W. Faulstich, *Medien zwischen Herrschaft und Revolte. Die Medienkultur der frühen Neuzeit*（*1400-1700*）, Göttingen, 1998, S.93-97, 212-214を参照のこと。

23 L. Hölscher, *Öffentlichkeit und Geheimnis. Eine begriffsgeschichtliche Untersuchung zur Entstehung der Öffentlichkeit in der frühen Neuzeit*, Stuttgart, 1979, S.28-34. また、前掲拙稿、32-35頁も参照のこと。

際に声に出して歌われることによって、「情報の受け手」が同時に「情報の新たな発信者」あるいは「再生産者」としての役割を果たしてゆく、という点にある[24]。1524年5月のマクデブルクの事件では、「ルターのドイツ語聖歌の歌唱」という行為を通じて、不特定多数の民衆がこうした「情報の再発信・再生産」のプロセスのなかに巻き込まれていったのであった。

そして、宗教改革期における「歌唱」の社会的作用について考察するうえで、きわめて重要な意味を持つのは、この事件の最終的帰結である。両年代記の記述によれば、ルターの歌を販売した「不逞な男」は、市参事会（あるいは市長）の命令によって逮捕され投獄されるが、そのことを聞きつけた数百名の群衆が市庁舎に押しかけ、逮捕された男は群衆によって——ランクハンスの記述によれば「力尽くで」——救い出される。そして、群衆の怒りのターゲットとなった都市役人が男の代わりに投獄され、最終的には都市追放の憂き目を見ることになる。「反乱」というランクハンスの表現が適切であるかどうかはともかくとして、貧しい男による「ルターの歌の歌唱」という行為が、都市の人々の間に「その男への共感」と「集団的高揚感」を呼び覚まし、それが結果的に「群衆による男の解放と都市役人の追放」という紛争的状況を生み出す誘因となったことは確かだろう。

「男による歌唱行為」と「都市の紛争的状況」との間の因果関係を見定めるうえで、いまひとつ重要な手がかりとなるのは、ランクハンスの年代記に記されている、上記事件の後日譚である。先に述べたように、都市マクデブルクでは、1524年3月以降、グラウエルトという名の元修道士が宗教改革的な説教を繰り返していたが、歌唱事件の約10日後に、グラウエルトを初めとする宗教改革派説教師たちの説教に鼓舞された、一部の職人たちが、マクデブルク大聖堂に安置された聖遺物を襲撃する、という事件が起こったのである。

---

24 G. Hagelweide, Problem publizistischer Liedforschung, in: *Publizistik*, Bd.12 (1967), S.3-13, bes. S.7-8.

「…1524年の聖霊降臨祭［５月15日］に、グラウエルトが聖ヤコプ教区で、そしてハルバーシュタットの博士エーベルマン・フォン・ヴィーデンゼーエが聖ウルリヒ教区で、フリッツ・ハンスが聖ヨハネ教区で、さらにまた他の者たちがあちらこちらの場で説教をおこなった。それら［宗教改革派の説教師の説教］を通じて民衆はおおいに勇み立ち、幾人かの手工業者の職人たち（Handtwerckergesellen）――そのうちの約12名ないし15名の者――は、大聖堂の円蓋下礼拝堂で聖フロレンティウスの柩に力尽くの暴行を加えた。１時間半に渡って、彼らは銀の像を引きちぎり、それらを強引に奪い取った。もしもわが恵み深き聖堂参事会長殿《どの》と聖堂参事会代官殿《どの》が…火の付いた松明でそれに応戦し、それを阻止しなかったならば、彼ら［職人たち］は［聖フロレンティウスの］柩すら持ち去ってしまったことだろう…」[25]。

この一文では、歌唱事件への直接的言及はなされていない。だが、ランクハンスの記述に依拠するならば、この５月15日の大聖堂襲撃事件は、５月６日にルターの歌を販売した貧しい男が群衆の手で救出されたのちに、都市役人が都市共同体の圧力によって都市から追放される（５月27日頃）までの間の、ちょうど狭間の期間に引き起こされた事件に他ならない。そうした事実を踏まえるなら、歌唱事件をめぐって醸成されたマクデブルク市民たちの「高揚した雰囲気」が――グラウエルトらの説教の効果とも相俟って――この大聖堂襲撃事件を引き起こす背景となったと推測するのが妥当だろう。貧しい男の「公共空間での歌唱行為」が都市社会に広めた波紋の余波は、このようなかたちでその後の都市の「紛争的状況」のなかにも認めうるのである。

「男による歌唱行為」とこれらの「紛争的状況」との間の因果関係を論じる際に、もうひとつ考慮に入れなければならないのは、５月６日の事件と５月15日の事件のいずれもが、「キリスト教の祝祭」を背景にして引き起こされている点である。すなわち、５月６日の市庁舎における貧しい男の解放は、《ラティーナ門の前なる聖ヨハネの祝日》に聖ヨハ

25 *Die Chroniken der deutschen Städte, Bd.27,* S.144-145.

ネ教区の祝祭に参加するために集まった群衆の手で引き起こされたものであり、５月15日の大聖堂襲撃事件は、《聖霊降臨祭》に際して宗教改革派説教師がおこなった説教を引き金にして引き起こされている。第１節で検討を加えたルターのプロパガンダ歌（『子供たちのための歌』）が「四旬節の中日の祝祭的な場」で歌われることを想定して作られたものであったことからもうかがえるように、宗教改革期のプロパガンダ歌は、しばしば祝祭の空間における集団的高揚状態と結びつくことによって、より大きな社会的作用を発揮しえたのであった。

さらに、「社会集団」という観点から1524年５月のマクデブルクの事件を振り返ってみるならば、狭義の「市民」のカテゴリーに属する人々ばかりでなく、「平民」という言葉から想起される「無学な非識字層の人々」、さらには「大聖堂襲撃をおこなった職人たち」や「貧しい男が歌を教えた娘・若者たち」のような「若年層の人々」までもが事件のなかで看過しえない役割を演じていたことに、改めて着目せざるをえない。そして、宗教改革者たちが「歌」という媒体を「無学な非識字層」や「若年層」に対するプロパガンダの手段として効果的に利用している、という事実は、実は同時代のカトリック神学者たちによる「ルター派批判」の文書のなかでもしばしば議論の俎上に取り上げられていた。たとえば、G・ヴィッツェル（Georg Witzel）は、1537年に発表した『いにしえの異端者たちの習俗について』のなかで、「彼ら［宗教改革者たち］は、それらの歌を用いて無学な者たち（simplicium）の心にその異端的教説を耳ざわり良く擦り込み、それらの歌を用いて教会を中傷する…」[26]と述べているし、P・シュルウィウス（Petrus Sylvius）は、『ルシファー的ルター的教会の恐るべき、しかしまた面白く有益なる歌』と題された1526年のパンフレットのなかで、「…いくつかの都市の愚かなルター派の若者たち（Lutrische iugent）は、キリスト教の聖職者階層を侮辱する目的で、ルターが推奨した悪魔の歌（den teuffels gesangk）…を、

26 G. Witzel, *De moribus veterum haereticorum...*, Leipzig, 1537, Bl. C4b. Vgl. J. Döllinger, *Die Reformation, ihre innere Entwicklung und ihre Wirkungen, Erster Band, Zweite verbesserte Auflage*, Regensburg, 1851, S.58.

地獄の化け物たちが彼らのルシファーについて歌うときのようなメロディーと流儀で歌っている…」[27]と記している。こうしたカトリック神学者たちの発言は、宗教改革期のドイツにおいてルター派の歌が「非識字層」や「若年層」の人々に強力な影響力を及ぼしていた事実を裏付けるものである。

第3節　替え歌によるプロパガンダと民間習俗　――　『ユダの歌』をめぐって

ルターを始めとする宗教改革者たちが一般信徒向けのドイツ語聖歌を制作する際にしばしば用いたのが、すでに民間に流布した既存の大衆歌を土台としながら、その歌詞を作り替えることによって新しい聖歌を作り出してゆく、「替え歌（Kontrafaktur）」の手法だった。すでに多くの人々が慣れ親しんだ「メロディー」と「歌唱のリズム」を生かしつつ、その上に「宗教改革的メッセージを織り込んだ歌詞」を重ねてゆく、こうした替え歌の手法は、新しいドイツ語聖歌を信徒たちの間に普及させるための「聖歌の大衆化」の手段として、宗教改革者たちによって好んで用いられた。たとえば、ルター作のクリスマス聖歌として有名な『高き天よりわれは来たれり（Vom himel hoch da kom ich her)』も、1535年に出版された最初期のバージョンでは、中世期の花冠歌（Kranzlied）である『異国よりわれは来たれり（Aus fremden Landen komm ich her)』の替え歌として――そのメロディーに乗せて――作られていた[28]。だが、替え歌の手法は、礼拝歌の大衆化の手段としてのみならず、敵対勢力を貶めるためのプロパガンダとアジテーションの手段としても、宗教改革陣営の人々によって頻繁に利用された。カトリックとプロテスタ

27 P. Sylvius, *Eyn erschreglicher vnd doch widderumb kurtzweylliger vnd nutylich gesangk der Lutziferischen vnd Luttrischen kirchen…*, o.O., 1526, Bl.A1b. このパンフレットに関しては、H. Robinson-Hammerstein, The Lutheran Reformation and its Music, in: H. Robinson-Hammerstein (ed.), *The Transmission of Ideas in the Lutheran Reformation*, Dublin, 1989, pp.141-171、とりわけ p.165 も参照せよ。

28 K. Hennig, *Die geistliche Kontrafaktur im Jahrhundert der Reformation*, Halle, 1909, S.32, 51-52.

ントの対立に関わる16世紀ドイツの政治紛争や戦争に際して、宗教改革（プロテスタント）陣営に与する神学者たちは「敵対勢力を非難・批判するための詩や歌」を数多く流布させたが[29]、そうしたプロパガンダのなかでしばしば用いられたのが「替え歌」の手法だったのである。

神聖ローマ帝国の内部において「神聖ローマ皇帝を中心とするカトリック勢力」と「プロテスタント勢力」が激しい武力衝突と戦争を繰り広げた、1540年代から1550年代初頭にかけての時代は、プロテスタント陣営のプロパガンダ歌が数多く作られた時代でもあった。この時期に作られたプロテスタント陣営のプロパガンダ歌のなかには、中世末期にドイツ語圏の人々の間に広まった俗語聖歌（通称『ユダの歌（Judaslied)』）の替え歌がいくつか存在する。その本歌《もとうた》となった『ユダの歌』は、イエスの12弟子のひとりで、イエスを裏切り、死に追いやった存在として有名な「イスカリオテのユダ」を罵倒する内容の歌であり、P・ヴァッカーナーゲルが収集したテキストに依拠するならば、次のような歌詞である[30]。

「おお汝《なんじ》、哀れなユダよ（O du armer Judas)、
お前は何ということをしでかしたのだ？
お前はお前の主《しゅ》を裏切った、
だからお前は地獄で責め苦を味あわねばならない
お前は永遠にルシファーの仲間であらねばならぬ。　キリエ・エレイソン。」[31]

この俗語聖歌を本歌《もとうた》にして、1541年にルターは、神聖ローマ帝国のカ

---

29 拙稿「『小夜鳴き鳥（ナハティガル）』―― 16世紀ドイツのプロパガンダ詩」（『西洋史論叢』第29号［2007年］、63-75頁に所収）、及び、拙稿「シュマルカルデン戦争期の反皇帝プロパガンダと《ドイツの自由》の観念」（『外国学研究（73)』神戸市外国語大学外国学研究所、2009年、41-58頁に所収）を参照のこと。

30 『ユダの歌』が16世紀ドイツで多くの替え歌を生み出した経緯については、R.W. Oettinger, Ludwig Senfl and the Judas Trope: Composition and Religious Toleration at the Bavarian Court, in: *Early Music History,* Vol.20 (2001), pp.199-225を参照せよ。

31 P. Wackernagel, *Das deutsche Kirchenlied von der ältesten Zeit bis zum Anfang des XVII. Jahrhunderts, Bd.2*, Leipzig, 1867, S.468, Nr.616.

トリック等族同盟（リーガ）のリーダーの一人であったブラウンシュヴァイク公ハインリヒ（Heinrich）を非難する、以下の内容の替え歌を作り、それをパンフレット（『ハンス・ヴルストに抗して』）に記載した。「ああ汝、邪悪なハインツェよ（Ah du arger Heyntze）／お前は何ということをしでかしたのだ／お前は多くの敬虔な人々を火で焼き殺した。だからお前は地獄で大いなる責め苦を味あわねばならない／お前は永遠にルシファーの仲間であらねばならぬ。キリエ・エレイソン」[32]。

さらに、1546～1547年のシュマルカルデン戦争においてプロテスタント等族同盟（シュマルカルデン同盟）軍が神聖ローマ皇帝軍に敗北したのち、都市マクデブルクに立て籠もったプロテスタント勢力がこの都市を拠点にして旺盛なプロパガンダ闘争を繰り広げた時期（1548年～1551年）にも、『ユダの歌』の替え歌が流布された。L・リリエンクローンが収集した同歌の手写テキスト[33]によれば、この歌には「『ああ汝、哀れなユダよ』のメロディーで（Im Ton: Ach du armer Judas)」という表題が付されており、都市マクデブルクのプロテスタント神学者たちの手で作られたと推定される。この歌では、シュマルカルデン戦争以降に神聖ローマ皇帝の陣営に寝返ったプロテスタント諸侯たちが、「裏切り者のユダ」になぞらえられるかたちで、一人一人断罪されている。ザクセン選帝侯モーリッツ（Moritz）とマンスフェルト伯ヨハン・ゲオルク（Johann Georg）が断罪されている箇所を紹介してみよう。

「モーリッツ、汝、真正なるユダよ（Moritz, du rechter Judas)、
　お前は何ということをしでかしたのだ！
　お前はわれらのもとにスペイン人を連れてきた、
　女と男を陵辱するスペイン人を：
　お前はここにマラーノたちを連れてきた
　われらの祖国（vaterland）に、
　それに加えてイタリア人を、

---

32 M. Luther, *Wider Hans Worst*, Marburg, 1541, Bl. M3b.
33 この歌に関しては、手写テキストしか残されていない。

それはお前にとっての永遠の恥だ！　キリエ・エレイソン。
………
汝に禍《わざわい》あれ、マンスフェルトのハンス・ゲオルク、
お前もまた自分を祖国の裏切り者（landsverrether）の一人に加えた、
そのことを神はまだ覚えている：
彼はお前とその同類に
報いを与えることだろう、
お前たちはそこから逃げられはしない、
お前たちを罰すべき時がくるならば。　キリエ・エレイソン。」[34]

この替え歌の作者は、シュマルカルデン戦争の際に神聖ローマ皇帝が「異邦人の兵士たち（スペイン人、イタリア人、マラーノ）」を戦争に動員したことを「祖国ドイツへの裏切り行為」として断罪したうえで、皇帝の行為に与したプロテスタント諸侯たちに対しても「祖国への裏切り」の非難を浴びせている。「裏切り者のユダ」のイメージは、ここではこのようなきわめてナショナルなプロパガンダの枠組みのなかに組み込まれているのである。

さらに、これとほぼ同じ時期に都市マクデブルクで制作されたと推定される、教皇パウルス３世（Paulus III.）を批判する内容の挿絵入りビラ（『真の教会と偽りの教会、キリストの教会とアンチキリストの教会／神の教会と悪魔の教会を／…比較するための／美しき驚異の図』）にも、「教皇への乾いた嘲笑」を伴った、次のような『ユダの歌』の替え歌が印刷されている。「おお汝、邪悪なる教皇よ（O Du Arger Babest）／お前は何ということをしでかしたのだ　お前は神とその子を／迫害させた。お前は地獄で／大いなる責め苦を味あわねばならない／お前は永遠に／ルシファーの仲間であらねばならぬ／ハハハハハハハハ（Ha ha ha ha ha ha ha ha ha）」[35]。

34 R.v. Liliencron, *Die historischen Volkslieder der Deutschen vom 13. bis 16. Jahrhundert, Bd.4,* Leipzig, 1869, Nr. 572, Str. 3, 18.

35 W.L.Strauss, *The German Single-Leaf Woodcut, 1500-1600*, New York, 1975, No.1270.

このように、16世紀半ばの宗教的・政治的紛争に際して、プロテスタント陣営の神学者たちは『ユダの歌』の替え歌をプロパガンダの手段としてしばしば利用した。そして、プロテスタント神学者たちが『ユダの歌』を「替え歌の題材」として好んで取り上げた、その背景について理解するうえで重要なのは、当時、『ユダの歌』の本歌がいかなる場でどのような者たちによってどのように歌唱されていたのか、という問題である。なぜならば、「替え歌の本歌が歌唱される際の社会的・文化的環境」は、「替え歌の社会的な浸透・作用の在り方」を規定する、もっとも重要な要因であると同時に、その替え歌をプロパガンダの手段として用いる者たちにとっての、もっとも重要な関心事でもあったはずだからだ。プロテスタント神学者たちがユダの歌の替え歌を広めるきっかけとなった「1540年代〜1550年代の政治紛争」と「ユダの歌の本歌の歌唱」との直接的な結びつきを示す史料は、残念ながら存在しない。だが、プロテスタント神学者たちが『ユダの歌』の替え歌を流布させた中・北部ドイツ地域（ザクセン及びニーダーザクセン地域）において、中世末期から16世紀にかけての時期、『ユダの歌』の本歌がどのような場でいかに歌唱されていたかを知るための手がかりが、16〜17世紀に記された史料のなかに散発的に現れてくる。その多くは、それぞれの地域の宗教儀礼や民間習俗に関する記述である[36]。たとえば、1655年に刊行された『ライプツィヒ年代記』のなかで、Z･シュナイダー（Zacharias Schneider）は、宗教改革が受容される以前の中世末期〜16世紀初頭のライプツィヒで「復活祭の前の受難週に都市の公共空間でユダの歌を歌う慣習」が広まっていたことについて、次のように記している。

「…聖金曜日に至るまでの、その週［復活祭前の受難週のこと］のそれ

---

36 『ユダの歌』と「中世末期〜 16 世紀のドイツ語圏の宗教儀礼・民間習俗」との関連については、R.W. Scribner, Ritual and Popular Religion in Catholic Germany at the Time of the Reformation, in: R.W. Scribner, *Popular Culture and Popular Movements in Reformation Germany*, London/ Ronceverte, 1987, pp.17-47、とりわけ、pp.26-27 を参照せよ。本稿で引用した Z. シュナイダーや N・グリューゼンの著書に関しても、同論文の Notes 38, 39 に書誌データが記載されている。

以降の日には、受難（Passion）のすべての物語が、すなわち主キリストがそれぞれの日におこなったこと、そしてまた被ったことが、いわば一つの喜劇として、あるいはむしろ悲劇として演じられた。つまり、いかにして彼がユダ（Juda）に裏切られ、ユダヤ人たち（Jüden）によって捕らえられ、高位祭司の前に引き出され、嘲笑され、あざけられ、打擲され、唾を吐かれ、ピラトに告発され、断罪され、茨の冠をかぶせられ、鞭打たれ、選びの町まで引き摺られ、十字架に掛けられ、埋葬されたかが、演じられたのである。この最終幕は聖金曜日に演じられ、それ以降、歓びの復活日曜日に至るまでの間、時計は時鐘を打つことを止め、鐘も鳴らされることはなかった。…翌日の土曜日になると、夜が明け始めるやいなや、子供たち（Kinder）や少年たち（Jungen）や少女たち（Mägdlein）は、太鼓や小さな鐘、振り鈴、鳴子などを持って町中《まちじゅう》を走り回り、修道院や教会にまで駆け込んだ。そして彼らは、裏切り者のユダ（dem Verräther Juda）に恥辱と不名誉を与えるために聖職者たちが作ったドイツ語の歌（ein Teutsches Lied）を、大きな金切り声で歌った。この群れ騒ぎと喧噪は夜まで続いた…」[37]。

宗教改革以前のライプツィヒにおいて、復活祭前の受難週に、「イエス・キリストの受難のプロセス」を都市民たちが追体験するための催しとして、「イエスの受難の物語を再現する劇（受難劇）」が数日に渡って上演されていたこと、しかもその受難劇のなかで「ユダによるイエスへの裏切り」のシーンが重要な役割を果たしていたことが、ここから読み取れる。そしてそこで注目すべきことは、「イエスの処刑」のシーンが演じられた翌日に、受難劇に登場する「裏切り者のユダ」への人々の憤怒の感情を呼び水にするかたちで、都市のあらゆる公共空間で子供たちや少年・少女たちに「裏切り者のユダを嘲るドイツ語の歌」を賑々しく歌わせる、そうした習俗がこの時代のライプツィヒに存在していたことである[38]。そして、その「ユダを嘲るドイツ語の歌」とはおそらく前述

37 Z. Schneider, *Chronicon Lipsiense, Das ist: Gemeine Beschreibung/ der Churfürstlichen Sächsischen Gewerb= und Handels Stadt Leipzig...*, Leipzig, 1655, S.160-161.

の『ユダの歌』のことであり、シュナイダーの記述から、『ユダの歌』(の本歌) がこのような社会的・文化的環境のもとで用いられていたことをうかがい知ることができる。

さらに、北部ドイツの港湾都市ロストックのプロテスタント聖職者N・グリューゼン (Nicolaus Grysen) も、16世紀末に著した『アンチキリスト的教皇制とルター的キリスト教の鏡』(1593年) のなかで、宗教改革が受容される以前に同地でおこなわれていた「復活祭直前のカトリック的因習」について、次のように記している。「それに続く二日間、人々はルムペルメッテ (Rumpelmetten) [受難週におこなわれた喧噪に満ちたミサ] をおこない、みな例外なしに…鐘や小型オルガンを鳴り響かせ…る。しばしば彼らは、罵り声を挙げながら (stormende)、棒や石でユダ (den Judam) を追い立て廻す…」[39]。「歌唱」という行為についての直接的言及はないものの、「復活祭直前の高揚した集団感情」に支えられながら人々が総出で「ユダを嘲るためのパフォーマンス」をおこなう習俗がロストックにも存在していたことは明らかである。

もっとも、シュナイダーにせよ、グリューゼンにせよ、彼らはいずれも、「プロテスタント的な民衆教化」がすでにある程度進行した、16世紀末～17世紀中葉の社会・文化環境に身を置きながら、「ユダを嘲るための歌唱・パフォーマンス」を「すでに廃れてしまった古い時代の忌まわしきカトリック的因習」として描いており、前述の「ユダの歌の替え歌」が流布した1540年代～1550年代の時点で果たしてそうした習俗がまだ実際に執りおこなわれていたかどうかは、これだけでは定かではない。しかしながら、仮に1540年代～1550年代の時点でそれらがすでに「廃れた習俗」となってしまっていたとしても、古い時代を生きた旧世代の人々の間にはそれらの習俗の記憶がとどめられていたはずである。そうした記憶が当該地域の数多くの人々の間に共有されている間は、「ユダの歌の替え歌」は、その本歌が歌唱されたのと同様の文化的・社会的環

38 Vgl. Art.“Judas„, in: *Handwörterbuch des deutschen Aberglaubens, Bd.4*, Berlin/ New York, 1987, S.800-808.

39 N. Grysen, *Spegel des Antichristischen Pawestdoms/ vnd Luttherischen Christendoms…*, Rostock, 1593, Bl. Kk3b.

境をそのつど再生し再現するかたちで――すなわち祝祭的な催しの際の公共空間での賑々しい歌唱という手段を介して――「ユダになぞらえられた者たちへの嫌悪と憤怒の念」を当該地域の幅広い社会層の人々の間に呼び覚ます作用をもたらしえたことだろう。そして、シュナイダーの記述から見て取れるように、『ユダの歌』をめぐる中世末期以来の民間習俗のなかで「歌唱の主たる担い手」として重要な役割を演じていたのは、ルターの『子供たちのための歌』においても「歌唱の主たる担い手」と見なされ、さらに1524年の都市マクデブルクの事件に際しても重要な役割を演じていた、一部の社会集団の人々、すなわち「子供たち」ないし「若年層の人々」だったのである。

おわりに

本稿では、16世紀前半のドイツにおけるルター派宗教改革の拡大のプロセスのなかで「歌唱」という行為がいかなる役割を果たしたのか、という問題について、特に「社会的・文化的な環境及び作用」の観点から――すなわち、歌唱という行為が、どのような場で、どのような社会階層・集団によって、いかなる文化的背景のもとで、どのようにおこなわれ、それがいかなる社会的作用を及ぼしたのか、といった諸観点から――考察をおこなってきた。

第１～３節での検討から明らかなように、宗教改革期のドイツにおいて、ルター派のドイツ語聖歌は、教会内部の礼拝の場のみならず、しばしば都市の広場のような不特定多数の人々が集う公共空間で、雑多な社会階層・集団の人々を目前にしつつ歌われた。1524年５月の都市マクデブルクの事件では、そうした歌唱行為の「最初の担い手」となったのは、ルターの歌（おそらくは歌ビラ）を歌いつつ販売する貧しい一人の男だったが、その歌を聞き覚えた不特定多数の平民の男女もまた、「その歌の再歌唱と再伝播」のプロセスのなかに巻き込まれていった。さらにまた、そうした公共の場での歌唱行為の担い手として子供たちや若年層の人々が重要な役割を演じたことも、宗教改革期のルター派のプロパガンダ歌の大きな特徴である。そして、1524年５月の事件の経緯に典型的なかたちで示されているように、そのような都市の公共空間における不特定多数の民衆による「聖歌の歌唱」という行為は、都市社会のなかに「紛争的状況」を作り出す要因としても作用したのであった。

宗教改革期のドイツにおける「歌唱」と「紛争的状況」との因果関係について考察するうえで、いまひとつ重要な意味を持つのは、ルター派の歌とキリスト教的祝祭とのかかわりである。ルターの『子供たちのための歌』や一連の「ユダの歌の替え歌」のケースから見て取れるように、16世紀の前半から半ばにかけて作られたルター派の聖歌（プロパガンダ歌）のいくつかは、「キリスト教的祝祭の日に歌われること」を想定して作られていた。そして、祝祭の日の集団的な喧噪と高揚感のなかでそれらの歌を声高に歌唱するという行為は、「敵方への嘲笑と憤怒の念」を人々の間に呼び覚ましたばかりでなく、――1524年５月の事件の経緯からうかがえるように――群衆を「力尽くの行動」へと駆り立てる作用をもたらしえたのであった。だが、その一方で、そのような集団的喧噪を伴った祝祭の多くが「宗教改革以前の民間習俗」に根ざしたものであったこと、さらに16世紀半ば以降のプロテスタント的な民衆教化のプロセスのなかでそうした祝祭の多くがドイツのプロテスタント地域から次第に姿を消していったことも看過すべきではない。そして、宗教改革期の「歌唱」を支えた社会的・文化的環境がそうした16世紀半ば以降の「民間習俗の変容」のなかでどのように変化していったかを跡づけることは、近世ドイツ語圏における「公論形成のメカニズムの歴史的推移」を明らかにするうえでも、重要な課題となるはずである。

（本稿は、平成22年度科学研究費補助金［基盤研究C・課題番号21520759］の助成を受けた研究成果の一部である。）

＊引用文中の［　］は、本稿筆者による補足を表し、…　は、省略箇所を表す。さらに引用文中に（）で挿入した原文表記や註の史料表題表記では、史料のなかで用いられている近世ドイツ語の綴りをそのまま使用している。

ジェームズ・クックとタヒチの金星観測
―天文学を航海術に実用化する実験をめぐって―

森 貴史

0．18世紀の天文観測の意義

2009年６月22日、世界各地で皆既日食が観測されたのは記憶に新しい。日本でもちょっとしたセンセーショナルなイベントとして喧伝されて、もっともよく観測できるという九州南端の島へのツアーが多くの旅行会社によって企画される事態になった。しかし残念ながら、悪天候のせいで、肝心の皆既日食は現地であまりよくみえなかったと聞く。

ところで、約250年前の1766年６月６日、カナダ東部のニューファンドランド島の近くで、独学で天文学を習得し、おなじく皆既日食をわざわざ観測したイギリスの軍人がいた。海軍士官ジェームズ・クック（1728-1779）である。かれは自分でこの天文現象を観測し、のちにそのデータをロンドンの王立協会に報告している。さらに３年後の1769年春には、南太平洋に位置するソサエティ諸島のタヒチ島にて、今度は金星が太陽面を通過する現象を、クックは観察した。しかも、このために、はるばるイギリスからちょうど地球の裏側に相当するタヒチ島にまで、莫大な国家予算が組まれた長期間にわたる危険な航海の旅を続けたのである。

18世紀における天文現象観測が有する画期的な意義については、こんにちではいくらか説明が必要であろう。18世紀中盤を経過して、クックの世界航海自体さえ、遠洋航海がようやく航海そのものの安全性と生存の確実性を確保し始めてきた時代のことである。このとき、ヨーロッパの航海技術は新しいフェイズへと移行しようとしていた。

というのも、長期航海の安全性と確実性を獲得するための手段として、金星観測もじつは、かれの航海術を支える貴重な学術成果となるはずのものだったからである。ひいては、天文学を長期間の大航海の航海術に応用する実験の礎となったものでもあった。それゆえ、クックの科学的探検航海は逆にいうと、18世紀当時最新の近代科学の成果を統合しておこなわれたということなのだ。

一般に、15世紀末のクリストファー・コロンブス（1451－1506）による西インド諸島の発見は大航海時代の幕開けとされており、かれこそはアメリカ大陸までの安全かつ確実な航海の基礎を最初に構築した人物である。18世紀のクックの世界航海もまた、この系譜上に位置しているのはまちがいない。とはいえ、イギリス政府によるクックの航海が企図されるまでに250年以上が経過しており、その間に決定的な進歩がいくらかみられる。３度におよぶ探検航海を成功させた奇才の海軍士官が登場するまでと、そののちの航海術の進歩こそが、本稿のテーマである。

クックの時代にいたるまで（いたってもなお）、航海者たちは多面的な問題や困難に立ち向かってきた。たとえば、船舶の積載量の不足、船員たちの不統制、低精度の経度測定、壊血病の予防策などがその主要なものである。こうした問題が克服されることなしには、クックの科学的探検航海は不可能なままであったのだ。

かくして、本稿は、クックの航海術を構成する自然科学の諸領域に論及しながら、最終的には、その世界航海を支えていた学術的基盤のひとつであるところの、天文学と地理学の密接な関連に収束していくものである。その科学的・学問的意義の考察には、クックの同時代人、とりわけ第２次世界航海に自然研究者として参加したゲオルク・フォルスター（1754-1794）の証言を参考にしたい。啓蒙主義者フォルスターのクック世界航海をめぐる考察は、同時代の科学的意義を知るうえで、いまだ有効だと思われるからである。この分析過程ではもちろん、クック自身の稀有な才能についても言及されるが、かれの航海で大きな役割をはたした天文学と地理学をとりあげて、すなわち天文学者および地理学者としてのクックの側面とその意味をフォーカスして、明らかにしていくことになるだろう。いずれにせよ、自然科学理論の応用／実践という視点にもとづいて、18世紀のクックの世界探検航海を分析することが本稿の主旨である。

I. 造船術と船員養成

遠洋航海用の船に関しては、古代ローマの時代から13世紀にいたるまで、重い胴太のタイプが一般的であったが、速度が遅く、操船は困難だった。この時代、ヴァイキングだけが細長く軽量な船を用いており、北大西洋を経由して、グリーンランドやカナダまで進出していた。しかし、13世紀には、ヴァイキング船を参考にしたカラヴェル船が普及することになった。コロンブスやヴァスコ・ダ・ガマ（1460－1524）がその世界航海で運用したのは、このカラヴェル船の舵とマストを改良したものである[1]。

のちの18世紀まで、カラヴェル船は継続的に使用されていたが、長距離用の商船には巨大な船体のガレオン船が使用され続けていた。17世紀になってようやく、敏捷なフリゲート艦および中型のコルベート艦が戦艦として登場する。造船術が向上するにつれて、船舶の性能も向上していく。マストの改良によって操船機能が増大したほか、船内空間も拡張され、より有効活用されるようになり、船体の素材は樫材にかわって、金属が使用されるというぐあいであった[2]。

この変化の背景には、造船術をめぐる大きな変化がある。そもそも、造船術は1750年ごろまではいまだ船大工たちの門外不出の秘術であったのが、この時期を境に、造船術は船大工から専門技術者のものになったのだ。1765年には、造船技術者を養成する最初の学校が創立され、1780年には数学者と技術者による船の構造に関する最初の理論的論考が出版された[3]。かくして、18世紀なかばには、船舶全般についての知識と経験が蓄積されていった結果、船の大きさにも恐竜的な進化がみられた。

1　エティエンヌ・タイユミット（増田義郎監修）『太平洋探検史　幻の大陸を求めて』、創元社、1993年、21、69頁参照。
2　タイユミット、同上、65、69、71頁参照。
3　タイユミット、同上、66、71頁参照。

コロンブスが使用したカラヴェル船の全長は約20メートルしかなかったが、ルイ15世の命によって世界航海をおこなったフランス海軍ルイ・アントワーヌ・ブーガンヴィル（1729-1811）のフリゲート艦は40メートルになっていたのである[4]。

貨物船の乗組員としての経験も豊かなクックは、造船術についても精通していたために、世界航海用の船に、戦艦ではなく、「まったくべつの構造をもつ乗り物、つまりイギリスで石炭の輸送に使用される［…］船から１隻」[5]を選抜したのである。ゲオルク・フォルスターは、クックが貨物船を選んだ理由を記している。「イギリスから積んでいく糧食でさえ、迅速な操船や海戦での攻撃およびほかの意図にあわせて調整された比較的大きな船体構造のために、長期航海にのぞむのに適切な量を積載することができない」[6]。

クックの後継者たちは、のちに同様の選択をした。フランスの探検航海者ジャン＝フランソワ・ド・ガロー、コント・ド・ラペルーズ（1742-1788?）、ジョゼフ・アントワーヌ・ブルーニ・ダントルカストー（1737-1793）も、同種の貨物船を使用している。1815年ぐらいまで40年ほどのあいだ、クックに始まる貨物船は変わらず運用され続けたのである[7]。

そして、造船技術をつかさどる者が、船大工から専門技術者にかわったのとおなじく、船の乗員についても、大きな転換期をむかえた。その背景には、18世紀中盤以降のヨーロッパでの人口増加があり、政府主導による世界航海の動因のひとつとなっている[8]。しかしながら、船員の組織化と訓育という問題は、長らくかえりみられることはなく、遠距離航海をおこなう者は、投機的な商人や海賊であったのだ。18世紀中期になってようやく、乗員の適性が脚光をあびるようになった。クックとともに第２次世界航海をなしとげた乗組員について、フォルスターは「こ

4 タイユミット、同上、73 頁参照。

5 Georg Forster: *Georg Forsters Werke. Sämtliche Schriften, Tagebücher, Briefe*. Berlin: Akademie 1953 ff. (= AA, Akademie-Ausgabe), AA 2, *Reise um die Welt*, S. 26.

6 AA 5, *Cook, der Entdecker*, S. 235. ほかにも、アマモやフジツボが船底に付着するのを防止するために、リベットを船底前面に打ちつけたりもしている。Vgl. S. 236.

7 タイユミット、前掲書、71 頁参照。

8 タイユミット、同上、64 頁参照。

の時代のもっとも経験豊かな船乗りひとり、熟練の天文学者ふたり、自然の神秘を研究する学者ひとり、自然のもっとも美しい形態を写生する義務を負った画家ひとりが、国家の費用で選抜された」[9]と記している。つまり、学者や画家が航海スタッフとして加入するようになったのだ。フランスも、この時期、海軍士官に自然科学を学ばせていた[10]。

コロンブスの時代から17世紀末期まで、天体の高度測定器アストロラーベは航海でもっとも重要な計測具であった。コロンブスが天文観測に、四分儀も併用していたことがわかっている[11]。水平線上の星の高度を測定することで、船のだいたいの位置を知ることができた。とはいえ、外洋航海と海図作成に不可欠である経度を精確に確定することは、新しい計測方法および計測器具が考案される18世紀になるまでは不可能だったのである。

クックによる航海の進取性は、この問題にもみることができる。その第２次世界航海のさいに、「[…] 経度委員会が雇った天文学者」[12]であるウィリアム・ウェールズ（1734-1798）とウィリアム・ベイリー（1737-1810）が乗りこんでいた。また、クックの船には、「必要なすべての天文学と航海のための道具、とくに経度計４台、アーノルド製３台と、ケンドール製のハリソンモデルの複製品１台」[13]が搭載されていた。ちなみに、この経度委員会（Longitude commission）は、イギリス議会で1714年に制定された経度法（Longitude Act）によって結成された。経度測定の方法を検討し、最良のものには報奨金をあたえることを決定する機関である。すなわち、この時代における探検航海の最重要目的のひとつは、海上での精度の高い経度測定法の策定であり、天文学による測定方法と、経度計《クロノメーター》による測定方法の実践的応用だったのである。最終的には、このふたつの経度測定方法が組み合わされることになるのだが、このコ

9 AA 2, S. 7.
10 タイユミット、前掲書、64頁参照。
11 J・B・ヒューソン（杉崎昭生訳）『交易と冒険を支えた航海術の歴史』、海文堂、82-83頁参照。
12 AA 2, S. 27.
13 ebd.

ンビネーションがいかに画期的であったかに論及するまえに、まずは、この２種の経度測定について論述していくことにしたい。

II. 天文学による経度測定

精確な海図を描くためには、その位置している経度の厳密なデータが必要である。高精度の地図を所有することで、海外貿易で優位に立てるのである。それゆえ、たとえばスペインのフェリペ２世は1567年、フェリペ３世は1598年、ほかにオランダ、ポルトガル、ヴェニスでも、16世紀には有効な経度測定方法に高額の懸賞金がかけられたのだった[14]。18世紀にいたっても未解決だったこの問題の解決をめざして、イギリス議会は1714年に経度法を制定した。その懸賞金の額は当時、国王の身代金に相当するものであった[15]。

ありていにいうと、地球上の経度を特定する方法はすべて、基本的に時間で計測するものである。というのは、いずれにしても、イギリスのグリニッジにある本初子午線を経度０度として、そこから計測したい地点との時差を確認する作業であるからだ。航海で携行される時計は、この時差を直接、時計の針から計測することを可能にするわけだが、当時の技術では、計測に信頼がおける時計、針が精確に時を刻み続ける時計そのものが未完成であった。

これゆえに、誤差のない時計、すなわち天体の運行が着目されて、天文学による観測と計測が重要視されることになるのである（じっさいは、18世紀の天文学では現代におけるほど暦学の精度が高かったわけではないが）。この天体の運行を時計がわりに使用する経度計測は、18世紀にはとりわけ、満ち欠けをくりかえしながら、規則的に運行する月と、さまざまな恒星および太陽との位置関係から、時差を計測する方法へと収

14 Vgl. Engelhard Weigl: *Instrumente der Neuzeit. Die Entdeckung der modernen Wirklichkeit.* Stuttgart, Weimar: J. B. Metzler 1990, S. 138 f.

15 Günther: *Johannes Tobias Mayer.* In: *Allgemeine Deutsche Biographie.* Hrsg. von der historischen Commission bei der Königl. Akademie der Wissenschaften. Leipzig: Duncker & Humblot 1875–1912. Neudr. Berlin: Duncker & Humblot 1967–1971, Bd. 21, S. 109–116, hier S. 115. デーヴァ・ソベル（藤井留美訳）『経度への挑戦　一秒にかけた四百年』、翔泳社、1997 年、15 頁参照。

束していった。

この章では、この月とほかの天体との距離にもとづいて、経度を計測する月距法のほうから論じていくことにしよう。18世紀中盤にハリソンの経度計、いわゆるクロノメーターが登場するまでは、この月距法による経度測定が信頼性の点で優位にあったからである。

遠洋航海のさいに、星の運行を観測し、海上での位置や方位を特定することは、コロンブスもすでにおこなっていた。かれはプトレマイオスの世界地図のほかには、コンパスと北極星観測によって、西大西洋を横断したのである。南アメリカ大陸を周航し、アジアとはべつの大陸であることを確認したアメリゴ・ヴェスプッチ（1454-1512）も天文学の心得があり、1499年にヴェネズエラに到達したときには、月と火星の合《ごう》（地球からみて、同一の方向に惑星が重なる現象）の観測によって、自身の位置を特定したと、書簡で述べている。さらに、ヴェスプッチは、水平線上にある月の規則的で早い運行が時間の計測に役立つと指摘していた[16]。月がほかの天体群とのあいだを一周するのに、27.3日かかることは古来より知られていて、１日で動くのは角度にすれば13度、１時間で月の直径分も移動するという特性に着目したわけである[17]。すなわち、ヴェスプッチの指摘は、いわゆる月距法の発想の先取といえるものだ。

月の位置と経度の関連を最初に認識したのは、ニュルンベルクの天文学者で数学者のヨハネス・ヴェルナー（1468-1528）であるとされている。ガリレオ・ガリレイ（1564-1642）もまた、1610年以降、望遠鏡を用いた考察で、この問題に着手していた。ジョヴァンニ・ドメニコ・カッシーニ（1625-1712）は、ボローニャ大学の天文学教授で、のちにパリ天文台の最初の所長になった人物だが、比較的精確な毎日の月の運行表、すなわち天文暦を1668年に出版する[18]。カッシーニの計測方法は、月と複雑な器具による計測と、広範な対数計算を前提とするもので、４時間もかかるものであった[19]。この欠点は、ジョン・ハドリー（1682-1762）が

16 村山定男『キャプテン・クックと南の星』、河出書房新社、2003年、18頁参照。
17 村山、同上、74頁参照。
18 ソベル、前掲書、30-34頁参照。

1731年に四分儀[20]を発明することで、ようやく大幅な改善がはかられることになるのである。

ゲッティンゲン大学の数学者、天文学者、物理学者ヨハン・トビアス・マイアー（1723-1762）は、12時間間隔で位置を示す月の運行表を完成させて、イギリス海軍に送付する。この運行表の完成に貢献したのは、数学者レオンハルト・オイラー（1707-1783）による公式であり、太陽、月、地球の相対的な運行を、数式で表現するものであった。マイアーはこの月の運行表を作成する一方で、ホーマン地図作成局で出版された地図の修正もおこなっていた[21]。天文学と地理学の才能によって仲立ちされる、このふたつの学問の密接な関係を、マイアーにおいては、とくに顕著にみることができるだろう。

マイアー教授の教え子に、カルステン・ニーブール（1733-1815）がいる。地理学者ニーブールは1761年から７年間、アラビア半島の探検旅行をおこなって、やはり非常に博物学的価値の高い旅行記を出版した人物だが、このマイアーの月の運行表をアラビア半島に携行していた[22]。ニーブールの旅行記を読むと、地理上の位置が随所に記述されているが、おそらくはマイアーの運行表によって計算されたものにちがいない。

マイアーの天体観測と計算は非常に精密で、当時のグリニッジ天文台所長ジェームズ・ブラッドリー（1693-1772）がみずからの観測結果と比較しても、1.5分以上の誤差がないほどであった[23]。マイアーが39歳という若さで死んださいに、経度委員会は1762年、その夫人に対して3000ポンド[24]、オイラーにも300ポンドを贈ったのである。

マイアーの月距法発明者としての功績は当時、すでに広く認められていたようだ。同時代人のフォルスターもまた、マイアーに向けた最大の

19　ソベル、同上、99-100 頁参照。

20　ハドレー四分儀といわれるもので、八分儀とも呼ばれる。「四分儀」、橋本毅彦、梶雅範、廣野喜幸監訳『科学大博物館　装置・器具の歴史事典』、朝倉書店、2005 年、317-319 頁参照。

21　ソベル、前掲書、108 頁参照。

22　Vgl. Weigl, 1990, S. 201f.; ADB 21, S. 110f.

23　ソベル、前掲書、108 頁参照。

24　Vgl. ADB 21, S. 115f.

賛辞を呈している。「ゲッティンゲン大学教授であったドイツ人のトビアス・マイアーは、それ［月距法］に必要な月の運行表のたいへんな計算を最初になした人物であって、かれの相続人はイギリス議会から支払われた報奨金をもらったのである。かれがこの方法を開発して以来、それにほかの計算がつけくわえられたために、非常に簡便化された結果、海上での経度測定は、これ以上に厳密なものはありえないほどになっている」[25]。

とはいえ、マイアーによる月の運行表が登場するまでに、より精密にしてより簡便な経度測定法の発見を目指して、多くの天文学上の試みがおこなわれていた。こうした試みがマイアーの成功を準備したといってよいだろう。1672年、チャールズ２世がロンドンのグリニッジに天文台を設立する一方で、カッシーニが初代所長をつとめた天文台が、パリでも1667年に設置された。パリでもロンドンでも、天体の運行をめぐるデータの収集がおこなわれて、星図が出版されるようになっていたのである。

ジョン・フラムステッド（1646-1719）は、グリニッジ天文台に住みこんで、40年以上も星を観察し続けた人物であるが、その死後、1725年にようやく、かれによって作成された星表が出版された[26]。彗星の名で有名なエドマンド・ハレー（1656-1742）もおなじく、グリニッジ天文台で40年間、所長をつとめている。ハレーは、1677年にセント・ヘレナ島で水星の太陽面通過を観測し、南半球における300以上もの天体が集録された星表を出版した。さらに、地球上のさまざまな地点で、金星の太陽面通過を観測すれば、太陽と月のより精確な距離が計測できると主張している[27]。この主張にしたがって、クック以前の1761年、セント・ヘレナ島で金星の太陽面通過の観測をおこなったのが、ジョン・ハリソンのライバルとして知られているネヴィル・マスケリン（1732-1811）である。この５代目グリニッジ天文台所長は、マイアーの月の運行表を

25　AA 2, S. 433.
26　ソベル、前掲書、40頁参照。ちなみに、マイアーの誤謬は、フラムステッドの星表では改善された。
27　ソベル、同上、60、127頁参照。

用いて、経度測定に関して大きな成果を達成し、1763年に、マイアーの運行表の翻訳とその使用法をセットで出版する。これが『英国航海者ガイド』であって、最初の航海暦となった[28]。

結果としては、ハレーの提案を契機に、クックがタヒチまで金星の観測にでかけることになるのだが、ハレーやマスケリンをふくめて、天文学による経度測定法のこれまでの模索も、クックの世界探検航海を学術的な面で支持し、準備したことになったのである。

クックの世界航海よりも少し早く、フランス海軍は、月距法を遠洋航海で実用テストしていた。すなわち、1766年から1769年のあいだにブーガンヴィルが遂行した世界航海であるが、その同行者の天文学者ピエール＝アントワーヌ・ヴェロン（1736-1770）は月距法を実用化することで、ブーガンヴィルの探検航海を成功させたのだった。ブーガンヴィル自身も1752年に積分論を出版した数学者として当時知られていたことは、重要だろう。それゆえ、かれの旅行記には、多くの天文観測の記事が掲載されており、マゼラン水道を航行するさいに、ブーガンヴィルとヴェロンが日食を観測しているのも不思議ではない[29]。かれらの計測機器として、八分儀、羅針盤《コンパス》、太陽儀《ヘリオメーター》、望遠鏡、四分儀、磁針、振り子時計、ドロンドのアクロマート望遠鏡（1758年にジョン・ドロンドによって発表された最初の色収差補正対物レンズを用いた望遠鏡）が挙げられる[30]。

クックの第１次世界航海の目的はそもそも、金星の太陽面観測であり、事実、この観測は1769年に実施された。くわえて、第２次世界航海では、ニューカレドニアで日食を観測したが、ハドレー四分儀で観測している。「ウェールズ氏は太陽の欠けた部分をハドレー四分儀で計測したが、通常はそのように用いることはなかったものである。しかしキャプテン・クックの考えでは、マイクロメーターとして使うと、このうえない精確さを期待できるのである」[31]。フォルスターのこの記述は、クックの機転が日食観測でも発揮されていたことがわかるエピソードであるだろう。

28　ソベル、同上、127-128、135、148-149 頁参照。
29　ブーガンヴィル『世界周航記』（山本淳一訳）、岩波書店、1990 年、285 頁参照。
30　ブーガンヴィル、同上、285 頁参照。
31　AA 3, S. 304.

III. タヒチでの金星観測

1769年の金星の太陽面通過を観測するために、イギリス政府は、３グループの観測隊を組織し、カナダ、ノルウェー、そしてタヒチ島へと派遣した。クックは、このタヒチ担当の学者集団のリーダーとなって、南太平洋へと向かったのである。同年３月３日、クックは天文学者チャールズ・グリーン（1735-1771）、植物学者ダニエル・ソランダー（1736-1782）とともに、現在も〈ヴィーナスポイント〉と呼称される地点で、金星を観測したのだった。

しかし、当日は雲ひとつない晴天にめぐまれたといわれているが、観測の成果はかんばしいものではなかった。３人の観測データが非常に異なっており、ハレーが期待したほどの高精度なものではなかったからである。この原因のひとつは、いわゆる「ブラック・ドロップ現象」のせいと考えられている。金星が太陽にかさなるとすぐに、太陽の輪郭線が歪曲してしまったことによる[32]。

金星の観測成果が満足できるものではなかったとしても、依然として、特別な天体現象の観測によって獲得される成果には大きな期待があった。クックはその後も、第１次世界航海のあいだ、天文観測を続けている。ニューカレドニアへ向かう途上で、同年８月29日、この月の始めに、フランスの天文学者シャルル・メシエ（1730-1817）が発見したばかりの彗星を観測した。さらに11月９日にはニュージーランド北島北部のオークランドで、水星の太陽面通過を観測しており、コロマンデル半島の東岸のこの観測地点は、〈マーキュリーベイ〉と呼ばれている。第２次航海でも同様に精力的であったクックは、ニューカレドニアで日食を観測していたのである[33]。

これらの天体現象の観測は、月距法の精度を高めるためのデータ採取であり、すべては高精度の経度測定のためであった。とはいえ、月距法にも欠点がまったくなかったわけではない。18世紀に発達した科学や学問は、天文学や数学ばかりではない。造船術の発展にみられるように、

---

32 村山、前掲書、83-84 頁参照。
33 村山、同上、89-91 頁参照。

機械技術のめざましい発展があった。テクノロジーの進化から、新たな経度測定法が現実化してくるのである。

IV. 時計による経度測定《クロノメトリー》

時計による経度測定は、狭義でいえば、18世紀中期から飛躍的に発展する。イギリスの天才的な時計職人ジョン・ハリソン（1693-1776）の登場によるものだ。ちなみに、いわゆる経度計はこの時代、watch、timekeeper、chronometerなどの複数の名称で呼ばれていた[34]。クックがまさしく18世紀という啓蒙主義時代の寵児であるとすれば、ハリソンについても、クックの世界航海の成功を準備したという点で、おなじく時代の寵児であったといえるだろう。

クロノメーターによる計測方法は単純である。「ひとつの時計をある特定の子午線の標準時に合わせておく。［…］太陽の南中時間に決定される、べつの場所の時間と、最初に合わせておいた標準時との差によって、経度を割り出すのである」[35]。

時計による経度測定法という発想はもちろん、ハリソンのオリジナルというわけではない。もっとも早い例は、フランドルの天文学者ゲンマ・フリシウス（1508-1555）によるものとされる。オランダの物理学者、天文学者、数学者クリスティアン・ホイヘンス（1629-1695）は、1656年に振り子時計の発明に成功する。この発明を受けて、1662年、イギリスの自然哲学者で物理学者ロベルト・フック（1635-1703）は、振り子時計を船にもちこみ、船上での実用化のテストをおこなっている[36]。そして1735年、ハリソンは革命的なクロノメーター第１号、通称H１を発明する。このハリソンモデルのシリーズは、1759年のH４にいたるまで試作が続けられることになる。

---

34 クロノメーターという語は、ジェレミー・サッカーが1714年に造語したとされる。ソベル、前掲書、172頁参照。以下、クロノメーターで統一する。

35 Weigl, 1990, S. 137. ソベルも同様の説明をしている。「海上で自分がいる場所の経度を知るには、船上の時間と、母港などの経度がわかっている場所の時間がわからなくてはならない。この二地点の時差がわかれば、それを地理的な隔たりに換算することができる」（ソベル、同上、12頁）。

36 ヒューソン、前掲書、271頁参照。

19世紀には、時計を用いた経度測定法は、すぐに月距法よりも普及していった。というのも、クロノメーターによる測定は、その運用の点ではるかに容易であるからだ。なんといっても、月距法では、天体観測と計算には多大な時間が必要で、しかも優秀な天文学者の同行が不可欠であったからである。

クックが第２次世界航海で携行して、運用し続けたのは、ハリソンのＨ４の複製であった。経度委員会の依頼で、この複製品製作を担当したのは、おなじくイギリスの時計職人ラーカム・ケンドール（1721-1795）である。つまり、クックの２度目の世界航海は、ハリソンモデルのクロノメーターの実用テストをおこなう場でもあったのだった。それゆえ、Ｈ４のほかに、クックはもう１種、ジョン・アーノルド（1736-1799）製作によるクロノメーターも、平行して運用実験をつづけたが、まさしくライバル機種としての位置づけである。

この実用テストについて、フォルスターは記している。「［･･･］われわれは２種の時計という優れた装置に感嘆せずにはいられない。一種はケンドール氏によるハリソンモデルの忠実なコピーで、もう一種はアーノルド氏のみずからの設計によるものである」[37]。

このようなまわりくどいことをしなくてはならないのは、ハリソンの時計がいくら優れているとしても、その製作技術がほかの職人にも習得できて、今後、普及が望めるものでないかぎりは、賞金を授与するに値しないとされたからである。自身の時計が経度委員会に認められるまでのハリソンの長きにわたる苦闘は、ソベルの伝記にも同情をもって描かれるとおりだが、技術と知識の発見と普及をめぐる問題としては、啓蒙主義の思考の本質がよくうかがえるものではあるだろう。

ともあれ、クックの第２次探検航海に携行されたクロノメーターは４台で、ケンドールによるハリソンモデル複製品が１台、アーノルド製作のものが３台という内訳であった。その性能の優劣を、フォルスターはきっぱりと記述している。「これら両方のモデルは並ならず規則的に作動していた。ところが、後者［アーノルド製］のほうは1773年６月にニ

37　AA 2, S. 432f.

ュージーランド出航後すぐに、不幸にも止まってしまった。しかし、前者のほうはわれわれのイギリス帰港まで作動し続けて、広く称賛された」[38]。

ジョン・アーノルドについて補足しておくと、この当時、かれはいまだ時計職人として未熟であったようだが、のちには数百もの高性能のクロノメーターを製作し、航海時計の普及に貢献した[39]。

ところで、ハリソンのクロノメーターは、現在でもグリニッジ天文台の資料館でみることができるが、精巧な美術品としても通用するような時計技術の傑作である。ソベルの描写がその性能を簡潔に述べている。「ハリソンは正式な教育を受けておらず、時計職人に弟子入りして修行した経験もないのに、摩擦のほとんどない、したがって注油も掃除も必要ない時計を作りあげた。錆びない素材を使ったその時計は、ほうり投げようと転がそうとびくともせず、部品どうしのバランスが崩れることもなかった。振子は使わず、内部の仕掛けには種類のちがう金属を組みあわせていたので、気温が変化してひとつの部品が膨張・収縮しても、別の部品がそれを補って、全体としては一定の動きを続けることができた」[40]。ハリソンは18世紀の天才的な発明家のひとりであっただろう。たとえば、クックが実用テストをおこなったH４モデルには、ダイアモンドとルビーがアンクル（palett）の一部に使用されていたのである[41]。

ハリソンのクロノメーターは、当時のロンドンでもセンセーションだった。イギリスの銅版画家ウィリアム・ホガース（1697-1764）がその美学理論書『美の分析』（1749）で「これまでつくられたなかで、もっとも精妙な動力機構」[42]と述べているほど、世評に高かったようである。ちなみに、ホガースはその銅版画《放蕩息子一代記》（1735）に、精神病院の描写で、経度計算を壁に書きつけている患者を描いている。

---

38 AA 2, S. 433.
39 ソベル、前掲書、171-172 頁参照。
40 ソベル、同上、16 頁。
41 ソベル、同上、118-119 頁参照。
42 William Hogarth: *The Analysis of Beauty*. Hrsg. von Ronald Paulson. New Haven & London: Yale University Press 2007, S. 62 f.

イギリスでハリソンモデルの開発が進展する一方で、時計のメカニズムはフランスにおいても発展していった。ジュリアン・ル・ロワ（1686-1759）および息子ピエール（1717-1785）、フェルディナント・ベルトー（1727-1807）製作のものは、ハリソンモデルとはちがうメカニズムで高精度を実現している[43]。経度測定法の策定で、たがいにしのぎを削っていたのは、やはりこのふたつの国であった。両国が19世紀の帝国主義を主導することになる萌芽というべきところであろうか。

V．月距法の優位

ジェームズ・クックが登場した時期に、自然科学の発展をめぐる時代状況がいかに整っていたかということについて、フォルスターは明確に意識していた。「まさしく現在、われわれは前世紀の教師たちのたくわえからなにひとつ失うことなく、すぐれて目的にかなった準備授業のあらゆる利点を享受している」[44]。

第２次探検航海では、クックは経度を測定するために、クロノメトリーと月距法というふたつの手段を同時に、そして規則的に用いていた。この長期大洋航海における学術的目的のひとつはやはり、これまでの経度測定法の厳密な実用性を検証することだった。「[…] クックの探検航海の到来までは、天文学にもとづく航海術が幼年期にあったのは、驚くべきことである。海上で経度を観測し、算出することは、クックまではすべての船乗りにとって前代未聞であって、天文学の観測器具もそれに相応する観測者もいまだきわめて稀有なものであった」[45]。

クック自身は、天文学と数学に精通していた。すでに言及したように、1769年の金星の太陽面通過をタヒチで観測するために、３カ月間も滞在したし、このときの航海記では、全６巻のうち、２巻が天文観測にあてられている[46]。

しかしながら、経度測定にさいしては、クロノメーターによる時差計

43　ソベル、前掲書、98頁参照。

44　AA 5, *Die Nordwestküste von Amerika, und der dortige Pelzhandel*, S. 392f.

45　AA 5, *Cook, der Entdecker*, S. 283.

46　Vgl. AA 5, S. 259 u. 209.

測のほうが容易だったが、とはいえ、航海出発時の経度０の時間合わせは、もっとも重要であって、非常に慎重を期すものであった。

「両船所属の天文学者ウェールズ氏とベイリー氏は、われわれがコーンウォールに旅しているあいだに、プリマス港のなかにある小島（ドレイク・アイランド）で天文観測をしていた。この場所の経度を天文学的に特定しておかなければならなかったからである。というのも、両氏は船にもちこむ予定の経度計をここで始動させなければならなかったのだから。アーノルド氏が制作した経度計は３台で、そのうちの２台はアドヴェンチャー号に設置することになっていた。３台目はケンドール氏がハリソンモデルの経度計を正確に複製したもう１台とともに、レゾリューション号に搭載された。これらすべての経度計が７月11日に始動されて、四角形の木箱に収納された。もっとも精確な計算によると、われわれがつねに子午線の基準とするグリニッジの王立天文台は、プリマス港のあの小島からは、東に４度20分離れている」[47]。

この引用からは、実際のクロノメーターの運用がいかに慎重であるか、また精確さがいかに重視されているかがわかる。事実、クックと天文学者たちは世界航海のあいだ、４台のクロノメーターの操作は、下にもおかない慎重さであったために、クックの航海記には、たびたびその処置に関する記述が散見される[48]。

しかしながら、このクックの世界航海では、すぐにクロノメトリーの優位が証明されなかったようだ。ニュージーランドでの天文観測をめぐっては、以下のようなクックの見解を、フォルスターは引用している。

「喜望峰では、ケンドールの時計は驚くべきことに、メイソン氏とディクソン氏が天文観測し、計算した数値と１分にいたるまで真実の経度を示していた。しかし、述べておかなければならないのは、これらの時計がかならずしも同一に作動することがないので、投錨したあらゆる場所

47　AA 2, S. 37.

48　たとえば、「平穏を利用して、時計［クロノメーター］の比較のために、ウェールズ氏をボートでアドヴェンチャー号へ送る」（James Cook: *The Journals of Captain James Cook on his Voyages of Discovery. Four Volumes and a Portfolio.* Hrsg. von J. C. Beagle. Nachdr. Woodbridge: The Boydell Press 1999, Bd. 2, S. 18.）

で、その正しい作動を確認するために、観測しなければならなかった。ダスキー湾では大きなズレを発見したが、それは一部には、ケンドールの時計がつねにグリニッジ標準時を示していると、原則的に考えていたことによる。しかし、これがそうではないのを喜望峰で発見したことに起因する。現在、天文学者ウェールズ氏は、ケンドール時計が標準時を毎日６秒461進み、これに対して、アーノルドのものは、さらに大きな誤差があり、99秒361遅れることに気づいている」[49]。つまり、クックは２種のクロノメーターを盲目的に信頼しているわけではなく、その時間のズレについても認識していたということである。

アーノルドの航海時計のほうが、精度が低いのは明らかであったようだが、クックはそれを受容し、ケンドール製のハリソンモデルに信頼をおいている。ところが、そのケンドールのクロノメーターについても、つぎのように航海誌に記していた。「われわれはプリマス近くの陸地をみつけた。午後５時、メイカー教会は方位北10度西、距離７リーグであったが、この方位と距離は、ケンドール氏の時計の誤差を示している。その経度はたった７度45分だったが、この位置はあまりにも西に偏りすぎている」[50]。

それでは、フォルスターはこの事態をどのように考察していたのだろうか。「[…]海上での経度を特定するために有しているすばらしい手段［天文観測］に驚嘆せざるをえなかった。そのおかげで、われわれはあちこちうろうろせずに、まっすぐにこの島にやってこられたのだった」[51]。「こんにち、海上では天文観測をおこなうことによって、経度はほぼ常時、0.5度までは確実に特定することができる」[52]ということこそが、フォルスターにとっては学問の勝利だったのだが、最終的には、天体観測による経度測定を、クロノメトリーよりも信頼性の点で上位にお

49 AA 2, S. 163f. 上陸時に、クックはつねに天文観測とクロノメトリーによる経度の誤差を書きとめていた。Vgl. AA 2, S. 298. イギリスの天文学者チャールズ・メイソン（1730-1787）とジェレマイア・ディクソン（1733-1779）は1761年、喜望峰で金星の太陽面通過を観測した。
50 Cook, 1999, Bd. 2, S. 678.
51 AA 2, S. 432.
52 AA 5, S. 279.

くのだ。
「しかし、長い航海では、月の正確な観測は、経度計のデータよりもおそらく確実であろう。というのも、経度計の動作は多くの変化にさらされているからである。太陽と月の距離から、あるいは月と星の距離から海上での経度を測定する方法は、航海のもっとも重要な発見のひとつである」[53]。

すなわち、月距法の実用性がクックの航海で証明されたというのが、フォルスターの見解である。フォルスターもクックも、クロノメーターの価値を認識しながら、天文観測の方法を高く評価したということなのである。

VI. プトレマイオスからコロンブスを超えて

「われわれの数々の発見および世界を回った航路が記された地図は、欄外に記入したもっとも正確な資料をもとに、わたし［フォルスター］が最大の努力を費やして描いたものであった」[54]。クックの航海記もそうだが、フォルスターもまた、自身の航海記を出版するさいに、経度測定の成果としての海図を付属させるのを忘れなかった。

ここではまず、海図（地図）について考察しておこう。そもそも、航路と海図は長いあいだ機密事項として秘匿されてきたものであって、専門家たちによって記録されることもなければ、検証されることもないものであった。18世紀においてもなお、バタヴィアのある住民がイギリス人にモルッカ諸島の地図をみせてしまったことが原因で、ほとんど無人の島に追放されたという事件が、ブーガンヴィルの航海記に記載されている[55]。

地図学《カルトグラフィー》の成果とはひとえに、地理上の発見を科学的な標準規格で、「地図」という平面のなかに記入することにある。測量という行為によって、これまで未知であった無限の空間を、限定された既知の空間へと

53 AA 2, S. 433.
54 AA 2, S. 14.
55 ブーガンヴィル、前掲書、375頁参照。

変貌させるのである。それゆえ、海図とは、航海で獲得した科学的認識によって構築された空間を、方位と距離によって固定されたユークリッド的な平面へと転写したものなのである。ドゥルーズとガタリの表現を借りると、「海洋空間は、天文学と地理学という二つの成果にもとづいて条理化された。星と太陽の正確な観察のうえに成立つ一連の計算によって得られる点と、経線と緯線、経度と緯度を交差させて既知もしくは未知の地域を囲む地図によって」[56]、ということになる。つまり、地図の機能とは、緯度と経度によって、特定の位置を座標として固定することなのである。

すでに紀元前300年ごろには、緯度と経度という概念が存在していた。紀元150年ごろ、古代ギリシアの天文学者で地図学者のプトレマイオス（95?-160?）は、その27枚の世界地図に、緯線と経線を書き入れている。これらの地図には、０度の緯線である赤道が引かれており、地図学者たちは現在にいたるまでこの様式を踏襲している。そして、赤道上にいるばあい、観測者のほとんど垂直の真上を、太陽、月、惑星はめぐっていくわけである[57]。すなわち、緯線のほうが経線よりも特定することははるかにたやすいということだ。コロンブスが1492年に大西洋を航海したとき、その航路は緯線をなぞるように進んだのである[58]。

コロンブスによって西インド諸島が発見されるまで、ヨーロッパを中心とする世界は、ＴＯ図というキリスト教的世界観で解釈されていた。すなわちヨーロッパ、アフリカ、アジアの３大陸が、地中海、紅海（またはナイル河）、黒海、アゾフ海およびドン川によって仕切られていて、それらすべての周囲をＯのかたちをした大海オケアノスによってぐるりと覆われているという世界である。これを描いたものは、「世界を布に描いた地図」という意の〈マッパ・ムンディ〉ともいうが、このＴＯ図で表現されたのは、平面にして閉鎖された世界であった[59]。

プトレマイオスの『ゲオグラフィカ』は1475年にラテン語翻訳版が出

56 G・ドゥルーズ、F・ガタリ（宇野邦一ほか訳）『千のプラトー　資本主義と分裂症』、河出書房新社、1994年、535頁。
57 ソベル、前掲書、10頁参照。
58 ソベル、同上、12頁参照。

版されたのち、それ以降、プトレマイオスの世界地図はふたたびヨーロッパに普及していくことになった。この地図には、〈未知の南方大陸《テラ・アウストラリス・インコグニタ》〉が描かれており、すでに古代ギリシア時代から、地球の南半球には北半球とおなじく巨大な大陸が存在するという推測がなされていたことを示している[60]。

コロンブスの西太平洋横断の契機となったのは、マルコ・ポーロ（1254-1324）の『世界の記述』であるのはよく言及されることであるが、同様に、プトレマイオスの『ゲオグラフィカ』で提示された新しい（古代の）世界観の普及も欠かすことはできないだろう。16世紀後半のスペイン、ポルトガル、ヴェネツィア、オランダは、地図学と航海術に関していえば、いまだイギリスに優っていた[61]。イギリスとフランスは、1660年にロンドン王立協会、1666年に科学アカデミーをそれぞれ設立してようやく、先行する国家に追随するようになるのである。

巨大な南方大陸の伝説は、18世紀でさえ信じられており、イギリスとフランスの世界探検航海の動因となった。この伝説を批判するフォルスターの証言が残っている。「地表の半分はいまだ深い闇におおわれていた。いかなる夢の像がそのなかであてもなく漂っていたのだろうか。それは、推量的な頭脳のもち主によるうわべだけの推測、誤認された伝承にもとづく無益なおとぎ話、ねらいすました詐欺師のあつかましいでっちあげではなかったか！　南緯50度までの南極の周囲は、南アメリカの唯一の南端をのぞいて、すべては未知のままであった」[62]。

ヨーロッパの大学でも、当時は〈未知の南方大陸〉の存在が確固として信じられていた。スコットランドの地理学者でロンドンのロイヤル・アカデミー会員であったアレクザンダー・ダルリンプル（1737-1808）は、1767年においてでさえ、地球の自転に必要な均衡を生じさせるために、南半球には大陸が存在しなければならないと主張していた[63]。

---

59 Vgl. Jeremy Harwood: *Hundert Karten, die die Welt veränderten.* Hamburg: National Geographic Deutschland 2007, S. 33.

60 Vgl. Weigl, 1990, S. 155. ヒューソン、前掲書、15頁、タイユミット、前掲書、19-21頁参照。

61 ヒューソン、同上、25頁参照。

62 AA 5, S. 206.

したがって、クックの世界航海以前の世界地図の南半球には、かつてだれひとりとして眼にしたことのない巨大な大陸が描きこまれていた。そして、この伝説を迷信として証明することによって、ジェームズ・クックは、フォルスターのことばでは「地理学のすべてのすきまを埋めた」[64]発見者になるのである。

VII. クックと南半球

ブーガンヴィルが数学者にして天文学者、航海者という多才であったのとおなじく、世界航海者クックもまた、数学者、天文学者、測量技師、地図学者／製作者《カルトグラフ》であるという天賦の才をそなえていた。かれは天文学と地理学で用いられる計測方法を独学で習得していた[65]。フォルスターによると、クック自身が多種多様な測量機器を駆使して、測量をおこなっている。「さまざまな岬および山頂が姿をあらわしたり、ふたたびたがいに隠れてみえなくなったりする瞬間ごとに、コンパスを用いて、それらの位置と方向を特定しなければならなかった。岸辺の近く、とくに投錨地になりそうなところ、あるいは砂におおわれた平らな浜が海との境界をなしているところでは、測鉛をせっせと休みなく投げ入れて、停泊地があるかどうかを調査した。[･･･] 投錨地が即時の停泊に不向きと思われるばあいには、ボートに人を乗せて、調査のために派遣した」[66]。

同時に、クックは自身で海図も製作していたのである。「クック自身が大部分手伝った無数の天文観測は、南海の土地すべての位置を特定した。ほとんど驚嘆するほど根気強く、かれはいたるところで測鉛を使い、海岸、湾、港、浅瀬、条溝、岩礁および暗礁を記録し、このうえなく優れた海図と港湾海岸地図を描いた。どんなに小さな対象でも詳細に叙述された、あれほど信頼できるわがヨーロッパの地図よりも、クックが南半球から持ち帰ったもののほうを、われわれは誇ることができよう」[67]。

---

63 ジョン・ノーブル・ウィルフォード（鈴木主税訳）『地図を作った人びと　古代から現代にいたる地図製作の偉大な物語』、河出書房新社、1988 年、208 頁参照。

64 AA 5, S. 221.

65 村山、前掲書、67-68 頁参照。

66 AA 5, S. 265f.

つまるところ、測量とは、土地と空間を客体化し、数量化し、抽象化することである。それゆえ、地図の製作は、測量で入手したデータをもとに、空間を平面として地図へと描くことであった。その結果、地図とは、線で表現された一種のイメージであるだろう。クックは「測量でも天文観測でも優れた技能と精密さ」[68]をもっていたために、すべての士官候補生にこうした技術を伝授できたのである[69]。

自身も世界航海をおこない、航海記もあらわしたアーダルベルト・フォン・シャミッソー（1781-1838）は、地理学におけるクックの業績を、つぎのように表現した。「わが幼年期に、クックはいまだ童話のように魅惑的な世界をおおっていた暗幕を取り去った」[70]。すなわち、クックとその後継者たちによって、地球上のほとんどすべての海岸線はメルカトル図法によって投影されたのであって、18世紀中盤以降、海図の精度が飛躍的に向上したことが広く知られるところとなったのである。

フォルスターは、クック探検航海の大いなる成果のひとつが、南半球の大陸の存在を否定したことだとしている。「南半球の温帯地域には、大陸は存在しないことを明白にしたのである。そればかりか、南極圏で南氷洋を探索しまわった結果、それまで推測されていたような小さからぬ陸地がみつかることはなかったのである」[71]。そして、「想像されていた南方大陸の存在は、北半球と南半球の陸地が同比率であるという愚鈍な学説と同様に、今後は２度と主張されることはない」[72]と結論するのだ。

フォルスターによるクックの業績に対する評価は、天文学の応用と実

67 AA 5, S. 208. ブーガンヴィルもみずから、砂時計と測鉛で測量している。ブーガンヴィル、前掲書、347-348 頁参照。

68 AA 5, S. 301.

69 たとえば、「このようにして、士官候補生は、あの偉大な教師［クック］の教授のもとで実測および海図作成もまた学んでいた。ボートのなかや岸辺で、コンパス、六分儀、測鉛、そのほかの補助器具をたずさえて、士官候補生は角度、深度、距離を測量した。船室でいくらか時間があれば、測量したデータにもとづいて、発見したばかりの海岸の地図を作成した」（AA 2, S. 284.）。

70 Adelbert von Chamisso: *Reise um die Welt mit der Romanzoffischen Entdeckungs-Expedition in den Jahren 1815–18 auf der Brigg Rurik, Kapitän Otto v. Kotzebue.* In: *Sämtliche Werke in zwei Bänden.* München, Wien: Hanser 1982, Bd. 2, S. 81–650, hier S. 84.

71 AA 3, S. 451.

用化という点にあると考えられる。「理論」の語源であるギリシア語テオリア（theoria）が元来、「みせる」という意味も有しているが、クックにとっての理論とはまさしく、「理論」を「実践」して「みせる」というそもそもの原義にかなり近いものであるかのようだ。「天文学と航海者の仕事をより完全に統合したのは、クックの、それもほとんどすべてがクックのおかげであって、これによって、航海の最大の危険と困難がとりのぞかれたのである」[73]と記したフォルスターは、天文学と航海術の融合によってなされる自然科学の大いなる進歩の証人でもあった。

また、フォルスターにとって、理論と実践の結合は、有益な知を増大させるものであり、それはフランシス・ベーコン（1561-1626）が促進したものと同様に思われる。この思考は、18世紀では総じて、新しい学術のプログラムと、進歩していく啓蒙主義のプロジェクトとの中心的命題になったものだといえよう。この理論と実践のコンビネーションは、「われわれ人類全体が完全性という定められた目的に向かう進歩」[74]に作用する。天文学と航海術で、理論と実践の結合をなすものとしてのクックが、フォルスターには、啓蒙主義的な学者のプロトタイプでもあったのだ。

結果として、フォルスターは、クックを以下のように称賛する。「[･･･] 広大な範囲での発見はもはやおこなわれることはなく、いまや地球は端から端まで周知のものである。地図に眼を向けて、ひとりの男の探求欲から生じた地理学上の変化に気づく者は、われわれの世紀がクックの偉大さという点で、ほかのそれぞれの時代と競うことが許されるという瞬間をなお疑いをもちうるだろうか」[75]。

おなじくゲッティンゲンの啓蒙主義者で物理学者でもあったゲオル

---

72 AA 5, S. 279. グローバルな交易ネットワークが将来、形成されることを、フォルスターが認識していたのは明白である。ひとりの偉大な男がその世紀にあたえた力強い跳躍のさまざまな結果は、早くも姿をあらわし始めている。すでに、交易は、中国と新しく発見されたアメリカ北西海岸のあいだに、ひとつの連絡路をつくりあげている。イギリスはすでにひとつの大きな大陸を植民地によって開墾しようとしている」（AA 5, *Neuholland und die brittische Colonie in Botany-Bay*, S. 163.）。

73 AA 5, S. 208.

74 AA 5, S. 292.

75 AA 5, S. 233.

ク・クリストフ・リヒテンベルク（1742-1799）のクック評価がある。「バイロン、ウォリス、カータレット、ファーノーの航海は多かれ少なかれ、地球の未知の部分に関するわれわれの知識の拡大になんら寄与するものはなかった。そうした男たちは、海上勤務については、クックとおなじくよく理解していたが、しかし、かれらは探検航海に適応することはなかった。自分たちがどこで、なにを、どのように調査すべきかをいっさい知ることはなかった。[…]、かれらはあの男［クック］の数学的知識もなければ、測量および海図製作に関する大いなる実践的技能ももちあわせていなかった」[76]。リヒテンベルクのこの評価は、物理学者という肩書きゆえに、より実践することの重要さの視点が加味されているように思われる。

とはいえ、19世紀に展開する帝国主義を中心にすえた視点からすると、クックが成就したこととは、世界の境界を除去した一方で、地球上のすべての場所をたがいに、一種の帝国主義的な知の連鎖で有機的につなぐものであったといえるだろう。

VIII. ラペルーズと世界の地図化の終焉

ラペルーズとジュール・デュモン・デュルヴィル（1790-1842）は、クックの直接の後継者として位置づけることができる。クックの「３度の勇敢な航海は、北極から南極までの地理学上の知識という領域を拡大したのであって、あの大洋の重要な島でいまだ知られていないものはない」[77]と、クックの世界航海を評価するフォルスターであるが、ラペルーズは1785年に開始した航海でクックが製作した海図の精度をより高め、未知なる陸地を発見しようと試みた。かれの艦隊は２隻のフリゲート艦で構成されていたが、２隻はそれぞれ「アストロラーベ」（l'Astrolabe）、「コンパス」（la Boussole）と名づけられていた。この命名こそは、かれの探検航海の性質をシンボリックにあらわしているだろう。

76 Georg Christoph Lichtenberg: Einige Lebensumstünde von Capt. James Cook, größtenteils aus schriftl. Nachrichten einiger seinner Bekannten gezogen. In: *Schriften und Briefe*. Affoltern a. A.: Zweitausendeins 1994, S. 35-62, hier S. 62.

77 AA 5, S. 162 f.

ラペルーズは名望ある航海者であるばかりでなく、経験豊かな外交官にして高い教養をそなえており、しかも、その世界探検航海には、12名の学者を率い、多数の最新式の計測器具を携行していたのだった[78]。すなわち、ブーガンヴィルやクックのように、「数学の知識、とりわけ天文学の知識が熟練の船乗りには不可欠である」[79]という見解をもっていたのである。

残念ながら、1788年初頭、ラペルーズ艦隊からの情報はすべて途絶えてしまう。そして、おなじくフランスの世界航海者ジュール・デュモン・デュルヴィルによって、ようやく1826年にニューヘブリディーズ諸島の北西に位置するヴァニコロ島でラペルーズ遭難の痕跡が発見されるのだった。

デュモン・デュルヴィルもまた、医者、自然科学者、天文学者、水質学者、画家を同行して、３度の探検航海（1822-1825、1826-1829、1837-1840）を遂行している。ついに1840年に、かれは南極大陸の沿岸に到達したのである。デュモン・デュルヴィルによる世界航海の成果のひとつとして100枚以上の海図が挙げられるが、その一連の地図は第２次世界大戦の終結まで使用され続けたのだった[80]。

すでに19世紀前半に、世界航海をめぐる状況は変貌しつつあった。1737年の時点では世界にただ１台しか存在しなかったクロノメーターは、1815年では約5000台が稼働していた。そして、1828年には、経度法は失効し、経度委員会は解散するのである[81]。

世界各地で経度を測定するために、1831年、イギリスの沿岸測量船ビーグル号は、若きチャールズ・ダーウィンを乗せて、６年間の調査航海に出発する。ビーグル号には、22台のクロノメーターが搭載されていた[82]。

1884年に、ワシントンDCで国際経度会議（International Meridian Conference）が開催される。この会議では、グリニッジを標準時に統

---

78 タイユミット、前掲書、108 頁参照。
79 AA 5, S. 300.
80 タイユミット、前掲書、127-128 頁参照。
81 ソベル、前掲書、179 頁参照。
82 ソベル、同上、180 頁参照。

一することが26ヶ国の代表によって決議された。これによって、ついに経度をめぐる問題は最終的に解消されたのである[83]。

地図作成の歴史はつねに、たえまなき修正の連続であって、18世紀中期には、地理学と地図作成技術は長足の進歩をとげた。ジェームズ・クックがこのプロセスに大きく関与したことを、ゲオルク・フォルスターはその世界航海同行者として証言しているのである。

IX. 天文学のロマンス

金星の太陽面通過という天文現象が次回、発生するのは2012年６月６日、すなわちクックがタヒチでこの天文現象を観測してから、ちょうど246年後の同月同日にあたる。そのつぎの機会は2117年12月11日となり、１世紀以上も待たなければならない。とはいえ、金星の太陽面通過の観測データは、現代ではもはや、学術的または実用的価値もあまりないものとなってしまっている。こんにちでは、金星だけではなく、さまざまな天体の高度を同時に計測することで、地表での緯度と経度を同時に算出することが可能なサムナー法や、船舶の現在位置の座標を的確に特定する航行衛星システム（Navy Navigation Satellite System）やNavster/GPSといったナヴィゲーション・システムをつかった電波航法が一般的になっているからである[84]。

したがって、金星の太陽面通過を観測することは将来においても、経度を計測するために、先人たちが大いなる困難を克服してきたというノスタルジックな歴史的意義を思い出すことのほかには、意義はもはやないといえるかもしれない。『ロビンソン・クルーソー』（1719）の作者ダニエル・デフォー（1659?-1731）が残したことばは、このことをすでに予言していたかのようである。すなわち、「地球の経度を確認する効果的な方法が発見されたとき、それをすぐに測得できなかった我々の愚かさを、後の世の人々はどれほど驚くことだろう」[85]と。

---

83 ソベル、同上、184-185 頁参照。
84 ヒューソン、前掲書、282-285、309-313 頁参照。
85 ヒューソン、同上、255 頁。

「系譜学の事故」超世代的伝承のイメージをめぐって：緒方正人とベンヤミン[1]

柳橋　大輔

0．はじめに

過去の出来事をめぐる記憶はどのように伝承されるのか？たとえばある災厄にも比すべき事件が生じたとして、当の出来事を実際に経験していない世代の人々がその事件に接近しようとすれば、まずはその出来事をめぐって組織された公的な（たとえば法的・政治的な）言説に、あるいは資料調査や証言をもとに可能な限り実証的・客観的に記述された歴史叙述に、愬えることになる。しかし、定義上、確定記述の集積によっては伝達されえない体験や記憶の質こそが問題となるとき、その世代を超えた伝承はアポリアに直面せざるを得ない。とりわけ、その災厄が加害／被害という法的・政治的な枠組みを通じて〈解決〉され、その公的な言説的フレームだけが残存していくように見えるとき、ここから零れ落ちる記憶をそれでもなお伝承するためには、どうすればよいのか。

確定記述を通じた伝達を拒絶する災厄の記憶は、精神分析の用語を援

1　本稿は以下のドイツ語論文に基づいている。Yanagibashi, Daisuke: “Das ›vertäuende‹ Gedächtnis. Zu den Bildern transgenerationeller Überlieferung,” in: Honda, Hiroyuki (Hrsg.) : *Germanistik/Genealogie*, Studienreihe der Japanischen Gesellschaft für Germanistik, 31, Tokio: Japanische Gesellschaft für Germanistik 2004, S. 57-70. 日本語論文として発表するにあたり、タイトルを変更したほか、内容的にも根本的な改稿を行なった。なお、上記論集は同年５月に日本独文学会春季研究発表会（於日本大学）の枠内で開催されたシンポジウム「ゲルマニスティーク／ゲネアロギー」に端を発している。同シンポジウムに向けた準備作業を通じて、あるいはシンポジウム当日のフロアーとの質疑応答によって、筆者の思考はその明晰度を確実に増した。シンポジウム関係者、とりわけ共同開催者である大田浩司、高木靖恵、武田利勝、本田博之、安川晴基の各氏に感謝する。

用して「外傷的記憶」と書き換えることもできるだろう。そしてその限り、上記の問いは「外傷的記憶の世代を超えた存続」をめぐる問いへと変換することができる。記述言語を通じた他人への伝達を許さない外傷的な記憶が、個人の境界を超えて他の人格へ、それも世代を異にする人々へと伝承されるという事態があり得るとすれば、それはどのような様態をとることになるのか。

ジクリット・ヴァイゲルはかつて、こうした連関において「超世代的外傷化」transgenerationelle Traumatisierungの概念を提案したことがある。[2]そこでヴァイゲルは、ホロコースト／ショアーをめぐって、このジェノサイドを直接的に身をもって経験したはずもない被害者・加害者の子供や孫たち、言わば第二・第三世代の人々に、強制収容所での様々な場面を契機とする外傷神経症の症例が見られる、という症例報告を紹介し、これを分析するにあたって「超世代的外傷化」の用語を用いるのである。もしこうした事態が現実に観察可能だとすれば、ここでは本来ある特定の世代の個人に属するはずの外傷的な記憶が、人格的・世代的境界を超えて伝承される（心的外傷が伝播・存続してしまう）ことになるだろう。

個人レヴェルで観察される外傷神経症の場合、症状は過去の外傷的体験が（個体発生的な）時間的距離を一挙に跳び超えて現在において反復することによって生じるとされていた。[3]他方、「超世代的外傷化」においては、ちょうど望遠鏡を構成する複数の円筒が重なり合うように（téléscopage/telescoping）、ある世代の無意識が次の、あるいはそのまた次の世代の無意識と、その（系統発生的な）時間的距離を跳び超えて直

2 Weigel, Sigrid: "Télescopage im Unbewußten. Zum Verhältnis von Trauma, Geschichtsbegriff und Literatur," in: dies./Bronfen, Elisabeth/Erdle, Birgit R. (Hrsg.): *Trauma. Zwischen Psychoanalyse und kulturellem Deutungsmuster,* Köln; Weimar; Wien: Böhlau 1999, S. 51-76; dies: "Generation, Genealogie, Geschlecht. Zur Geschichte des Generationskonzepts und seiner wissenschaftlichen Konzeptualisierung seit Ende des 18. Jahrhunderts," in: Musner, Lutz/Wunberg, Gotthart (Hrsg.): *Kulturwissenschaften. Forschung - Praxis - Positionen,* Wien: WUV-Univ.-Verl 2002, S. 161-190.

3 教科書的な説明としては、ラプランシュ、J．／ポンタリス、J．－B．（村上仁監訳）『精神分析用語辞典』（みすず書房）1977年、とりわけ「外傷（心的外傷）」および「外傷神経症」の項（47-54頁）を参照。

接的に結びついてしまうという。世代間の距離を一挙に無化するこの事態を、ヴァイゲルは、列車の衝突事故のイメージを援用して「系譜学における故障」ないし「事故」Störfall in der Genealogieと呼んでいる。そこでは、列車の衝突事故に際して、順に列をなした客車の各々が互いのうちへと——望遠鏡の円筒のように——入り込んで重なり合ってしまうように、系譜学を構成する各世代の記憶もまた一挙に直接的に結びついてしまうというのである。

多様な症例報告に基づいて導出されるこうした仮説が客観的に検証可能かどうかを問うことはしかし、本稿の課題ではない。[4]カタストロフ的な事件をめぐる記憶の世代を超えた伝承は「超世代的外傷化」の症例とは異なり、(公的な歴史的言説への登録という名の)忘却に抗して、むしろ希求されることがあり得る。そのとき、記述言語を迂回して遂行される伝承の試みは、どのような様相を呈するのか。その意味で、ここで問題になるのは言わば逆説的な——つまり積極的に希求される——「超世代的外傷化」の試みなのだ。そしてこうした試行=思考においては、超世代的伝承を指示する隠喩的形象群(ヴァイゲルが参照する「超世代的外傷化」の言説にみられる「望遠鏡」や「列車事故」などのイメージはその好例である)が、その不可欠の構成要素をなしている。

こうした連関において本稿は、戦後日本が経験した最大の公害事件である水俣病事件の記憶をのちの世代へと伝承することを目指す、水俣病患者にして漁師である緒方正人[5]による特異な言説的・パフォーマンス

4 なお、ヴァイゲルはこうした症例を主にラプランシュ/ポンタリスおよびニコラ・アブラハムの理論に基づいて以下のように説明している。親の世代、すなわち第一世代の人々が孕みもつ表象不可能で言明不可能な外傷的記憶は(たとえば家族内のコミュニケイションにおいて)沈黙という「欠落」Lücke を生み出す。この欠如を埋め合わせるべく、子供・孫の世代である第二・第三世代の人々の想像界のうちに、外傷的記憶が「幻像」Phantom として事後的に出現する。Weigel: “Télescopage im Unbewußten,” 69f.

5 敬称略。なお、本稿はもっぱら彼が水俣事件ののちの世代への伝承を求めて1990年代から2000年代初頭までに行なった実践、およびこの時期までに発表した発言・著書に注目する。他方、2009年7月に成立した(加害企業チッソの分社化を主眼とする)いわゆる水俣病被害者特別措置法に対する明確な反対声明に見るように、彼の活動は現在、新しいフェイズへと歩みを進めつつあるようにも見える。その一端については以下の新聞記事を参照。緒方「『個の責任』に立ちかえれ」朝日新聞、2009年6月16日。

的実践に注目する。とはいえここでの関心は、緒方の活動を精神分析上の概念と密接に連関させ分析することにはない。焦点が当てられるのはむしろ、水俣病事件を対象化し距離化したうえで記述する公的な言説からは零れ落ちてしまう生々しい記憶を〈超世代的〉に伝承することを目指す緒方の営為と、彼のこうした構想を支える特徴的な隠喩的イメージ群である。

この隠喩的表象群の特性を際立たせるために、本稿はヴァイマル期ドイツのある種の思潮、とりわけ（ルートヴィヒ・クラーゲスおよび）ヴァルター・ベンヤミンの手になる、体験・経験の伝達・媒介という問題をめぐるいくつかの思考像を参照する。両者のあいだには、奇妙なことに、世代のみならず文化をも超えた照応関係が確認できるのである。この手続きは、記憶の超世代的伝承にまつわるイメージのアルヒーフをめぐって、間—文化的ないし超—文化的な比較を可能にするだろう。その結果露わになるのは、被害／加害、主体／客体、手段／目的といった二項対立に基づく言説枠組みとは異なる位相におけるある特異な媒介や伝承の様態である。そしてこの様態は最終的にテクノロジーの機能のあり方をめぐる問いへと我々を導くことになるのだが、そこでは、少なくとも初発の段階においては技術的「事故」として生じてしまった水俣病事件の記憶が、「系譜学の事故」によって伝承されるという、ある逆説的な事態が考察の対象となるだろう。

1.

熊本県水俣市に隣接する芦北町女島で漁を営む緒方正人[6]は、自身もその一人である水俣病患者有志たちとともに、小さな野仏を彫って水俣湾の埋め立て地に安置する、という活動を続けている。これは患者団体と加害企業チッソとのあいだで1996年に行なわれたいわゆる「和解」の前後から、公共の言説においてすでに風化しつつある水俣病事件の記憶を、保持し続けるための行動の一つとして行なわれているものである。[7]

1956年５月の水俣病「公式発見」以来、チッソや国、県を相手に闘われ続けてきた患者運動は、1980年代後半以降、急速に和解へと傾き始め、

1996年のこの「和解協定書」の調印にいったんは帰結する。この事件の端緒と終結とを明確にしるしづけ、水俣病は「終わった」と見做す公の歴史的言説はしかし結局のところ、水俣湾の埋め立て工事と同質のものに過ぎない、と緒方は言う。この工事は、汚染の最も激しい場所だった百間港付近を、メチル水銀に冒された魚たちとともに埋め立てるものであると同時に、「決着」を言い立てる公的な言説からは零れ落ちてしまう事件の記憶を埋め立てるものでもあったのではないか、というのが緒方の疑念にほかならない。水俣病の直接の被害者や加害者の有形無形の記憶のみならず、付近の漁師たちが生活の糧としていた魚たちを始めとする、水俣湾付近に生息していた無数の生物の記憶、そしてとりわけ汚染された不知火海の記憶。――政治的・法的領域での水俣病事件の「最終解決」は、公共的言説の外にあるこうした記憶の、文字通りの「埋め立て」によって行なわれたのだというのである。忘却の危機に瀕しているある「痛み」を、しかも世代を超えて伝承しようとする野仏の安置が、この埋め立て地において行なわれる所以である。

1953年女島に生まれた緒方は6歳のとき、網元だった父を急性劇症型水俣病で亡くしている。自らも慢性の患者である緒方は青年期以降、父の仇を取るという思いで患者運動に身を投じ、1974年「水俣病認定申請

6　緒方の来歴や活動および思想については、とりわけ以下の著書・対談・インタヴュー記事・講演記録などを参照。最首悟「緒方正人の思想と行動」〔同『明日もまた今日のごとく』（どうぶつ社）1988年、124-130頁所収〕；緒方（語り）／辻信一（構成）『常世の舟を漕ぎて 水俣病私史』（世織書房）1996年；映像資料「《未来潮流》磯崎 新 建築することの“悲劇”」（NHK、1998年5月9日放映）；緒方「魂のゆくえ」〔栗原彬（編）『証言 水俣病』（岩波新書）2000年、182-202頁所収〕；同／栗原「祈りの語り」〔栗原他（編）『越境する知2 語り：つむぎだす』（東京大学出版会）2000年、277-317頁所収〕；同『チッソは私であった』（葦書房）2001年；同「生命の記憶よ よみがえれ」〔原田正純／花田昌宣（編著）『水俣学講義 第4集』（日本評論社）2008年、107-126頁所収〕。以下、緒方を引用する際にはそれぞれの出典名（ならびに頁数）のみ付記する。

7　本稿の対象はあくまで思想家・緒方正人がさまざまな機会に公にしてきた言葉ないし言語表現（および映画監督・土本典昭による映像作品をめぐる言説）であり、水俣病事件そのものは主題的な論究対象ではない。なお、「『水俣』の表象可能性と不可能性」というアスペクトを重視しつつ、「水俣」なるものがいかに（多くはメディアにおける）言説を通じて多様な政治的磁場のなかで構築されてきたか、という問題に取り組んだ最新の研究成果として、小林直毅（編）『「水俣」の言説と表象』（藤原書店）2007年を参照。

患者協議会」（略称：申請協）に参加し、1981年にはその会長となる。緒方は患者運動のまさに中心に身を置いていたことになる。しかし1985年、彼は突如申請協会長の職を辞し、認定申請をも自ら取り下げてしまう。

——患者運動が水俣病事件の責任をチッソや行政に問い、困難な闘争の末、仮に患者認定を受け補償金として金銭が支払われたとしても、事件の責任は言わば商取引の対象へと変じてしまう一方、水俣病事件は加速度的に語られなくなるだろう。近代の法的・政治的なシステムのなかに水俣病事件を投げ入れることによって、何かが決定的に失われたのではないか。——

こうした根底的な懐疑とともに患者運動から離れ、それまで彼の世界を支えていた基本的な構図、〈訴追する被害民〉対〈賠償責任を問われるチッソないし行政〉という遠近法が崩壊したとき、緒方は自ら「狂い」と呼ぶ状態に陥り、自己把握の方途を失うという危機に見舞われる。そこから金銭的な補償以外の責任のあり方をめぐる彼の苦闘が始まることになるのだが、その第一歩として行なわれたのは、チッソ水俣工場のまえで半年間にわたり、何一つ要求を行なうことなく、定期的に座り込むという表現行動であった。これは、闘争の主体と客体という両者のあいだを、それまでの遠近法や対立関係の文脈とは異なるかたちで媒介する境域を見出そうとするものだったと言える。そこでは「座り込み」という身振り[8]はもはや要求のための単なる手段ではなく、こうした目的と手段の関係では捉えきれない存在を、水俣病に冒された己の身体によって——まさに身をもって——体現するという意味で、それ自体が固有の意義を有するものとして行なわれたのである。

主体／客体、あるいは目的／手段といった悟性的な関係性概念を動揺

8　ジョルジョ・アガンベンは、身振りに目的／手段の二分法を脱臼させ「倫理的次元をうち開く」「目的なき手段」「純粋な媒質性《メディア》」を見出している。Agamben, Giorgio: “Notes on Gesture,” in: ders. : *Means without End. Notes on Politics*, Minneapolis / London: University of Minnesota Press 2000, S.49-60, hier S. 58f. なお、1920年代ヨーロッパの身振りをめぐる言説については以下の拙論を参照。柳橋「〈身振り〉という闘技場《アレーナ》 身体表現運動をめぐる1920年代の言説空間」〔日本独文学会（編）「ドイツ文学」117号、2005年、84-95頁所収〕。

させるこうした遂行的な要素は、冒頭に挙げた野仏の制作を始めとする諸実践や、それを支える諸表象に共通した特徴であると言える。そしてまさにこうした特徴のかなりの細部にわたって、(クラーゲスおよび)ベンヤミンによる媒介や伝達、ひいては記憶をめぐる主題群とのあいだに、ある照応関係が確認できる。以下では、互いに相似した両者の表象群が描き出す星座の重なり合いを、「痕跡」「身体の記憶」「〈舫い〉」の３つの主題に絞って、一つずつ跡づけたのち、超世代的伝承という本稿の主題にとってもっとも本質的な〈舫い〉のモティーフに注目し、その可能性を明らかにすることを目指す。

1）痕跡

緒方らが石仏を彫ることは、別段仏教的な教義に則った行動ではない。[9]また彼が重視するのは彫刻行為の結果成立する石像ではなく、自らの身体をもって石から像を彫り出すという行為そのものである。――

> 一見すれば作り物ということに見えるかもしれないんですけど、私はそのまえに実は、そういう表現行動に現れるときに、私たち自身の身体をとおしてそういうことが吹き出てくるようになることを願っているわけです。海もまた水俣病やった。とりわけあの水銀で毒されたいまの埋め立て地、あそこの痛みを私たちが感じきれなくなってあの痛みを忘れてしまったらですね、何やったんじゃったろかというふうに思うんです。[10]

水俣病に冒されたのは自らの身体を含む「生命そのもの」であった、と考える緒方にとって、己の身体をもって石像を彫る行為は、そのただなかで、かつて病をめぐる体験によって打ちのめされた身体をとおして「吹き出てくる」ように、事件の記憶が刻印されることを目指すものな

9 「俺ははじめ、ただ石を置こうと思っていたんです」。辻信一「あとがき 緒方正人の言葉」〔『常世の舟を漕ぎて』（註６）237-248 頁所収〕における緒方の引用、243 頁。
10 映像資料「《未来潮流》磯崎 新　建築することの“悲劇”」（註６）における磯崎との対談中の緒方の発言。

のである。

1995年にアウシュヴィッツを訪ねた折にも、収容者の爪跡がコンクリート上に残存しているさまに注目せずにはいられなかった[11]緒方によるこの実践は、ルートヴィヒ・クラーゲスが提唱していた「筆跡学」Graphologieの理念と呼応し合っている。クラーゲスは例えば1913/21年の『表現運動と造形力』*Ausdrucksbewegung und Gestaltungskraft*などの著作において、同一の目的をもつ「意志行為」であっても、個々の人格においてその都度異なった運動を惹起するという命題を、多様な筆跡によって例示している。意味伝達という目的にとっては余計な夾雑物にすぎず、ときにその意図の円滑な遂行を阻害する要因ともなる筆跡は、しかし意図された意味作用とは異なるレヴェルで書き手の性格を「表現」している、というのである。[12]

ヴァルター・ベンヤミンは1928年のある書評のなかでこの筆跡学の構想を異なる角度から展開し、「立体的筆跡学」の可能性に想到する。「手跡が平面的な形成物であるようにみえるのは仮象に過ぎ」ず、筆圧は「書字平面」の背後に、また「筆使いにおける中断」は「書字平面」のまえに、書き手にとっての「彫塑的な深みが、一つの空間が存在しているということを示して」いる、と述べながら、彼はこの「立体的筆跡学」が人間の「透視能力」や「テレパシー的諸事象」の探究に寄与するだろう、と夢想してさえいる。[13]

「立体的筆跡」という〈彫塑〉を介した「テレパシー」。こうした一連の表象は、緒方たちの野仏において託されている願いにも通底している。

---

11 『チッソは私であった』(註6) 128-130頁参照。

12 Klages, Ludwig: *Ausdrucksbewegung und Gestaltungskraft. Grundlegung der Wissenschaft vom Ausdruck*, in: ders.: *Ausdruckskunde*, mit einer Einleitung von Ernst Frauchiger. *Sämtliche Werke*, Bd. 6, hg. v. Ernst Frauchiger u. a., Bonn: H. Bouvier u. Co. 1964, S. 139-313.

13 Benjamin, Walter: “Anja und Georg Mendelssohn, Der Mensch in der Handschrift. Leipzig: Verlag von E. A. Seemann (1928-) 1930. VIII, 100S.” (1928) , III, 135-139. なおベンヤミンからの引用はすべて、Ders.: *Gesammelte Schriften*. Unter Mitwirkung von Theodor W. Adorno und Gershom Scholem herausgegeben von Rolf Tiedemann und Hermann Schweppenhäuser, Frankfurt am Main: Suhrkamp 1972ff. に拠り、巻数とページ数を付記する。

——

> 俺の中で過去は終わりはしません。過去と切れるというのは、失われた魂たちと交信できてないということじゃないだろうか。埋立て地に座ってくれる野仏さんが、中継基地のようになっていくといいんですけどね。[14]

水俣病を身に受けた身体から吹き出した記憶が野仏という「立体的筆跡」ないし「彫塑」に宿り、それを中継基地として過去と現在とが〈テレパシー〉を行なう——水俣湾の埋め立て地において生じることが期待されているのは、こうした事態に基づく記憶の伝承なのである。

2）身体の記憶

野仏を彫るという作業と類似した反復的プロセスのただなかで身体的記憶が現勢化するという事態を、ベンヤミンはかつて奇術師の身体を手がかりに描き出したことがある。永年の訓練ののち、ボールと身体とが「彼の背後で了解しあう」までに至った奇術師のように、——

> 意志が身体の内部空間のなかで、諸器官に——例えば手に——あとを譲って退いてしまえば成功である。人が長く探し続けたあと失くしたものを忘れてしまい、ある日ほかのものを探しているときに最初に失くしたものが手のなかに入ってくる、といったようなことは、こうして起こるのだ。[15]

---

14 『常世の舟を漕ぎて』（註6）163頁。また1995年、水俣湾の埋立地に野仏を設置する活動を行なうことを目的とする団体「本願の会」の発足に際しても、同じ願いが表明されている。「私どもは、事件史上のあるいは社会的立場を超えて、共に野仏さまを仲立ちとして出会いたい、その根本の願いを本願とするものでございます」。「『本願の会』発足にあたって」〔緒方前掲書228-229頁〕229頁。

15 Benjamin : “Ibizenkische Folge”（1932）, IV, 402-409, hier 406f. なお〈訓練〉›Übung‹ のモティーフについては以下の拙論を参照：柳橋「歩行という詩姿《フィグーア》 ベンヤミンによるコレオグラフィー」〔大宮勘一郎／三原弟平／山口裕之他『KAWADE 道の手帖 ベンヤミン 救済とアクチュアリティ』（河出書房新社）151-157頁所収〕。

ボールあるいは遺失物と身体との密やかな意思疎通としてここで語られているのは、能動的な意欲に基づく想起である「意志的記憶」mémoire volontaireのレヴェルではすでに忘れ去られてしまったはずの——しかし意識の及ばぬ領域において保持されている——「無意志的記憶」mémoire involontaire[16]の、身体における活性化という事態である。主体に動かされる客体という固定的な位置に置かれていた身体はこの反復的運動のなかで、事物の世界との接続をも含む新たな統合を達成すると見做されている。こうした現象には、再 - 統合であると同時に見失われていた記憶の想起でもあるという意味で、たとえばRe-Membering[17]という名を付与することもできるだろう。

石像を彫刻する緒方の身体から「吹き出てくる」とされる記憶がやはり身体的な「無意志的記憶」と見做しうるとすれば、この実践は当然ながら、過去のうちに前提されたデータを鑿という手段によって掘り出す行為とは異なる。先に言及したように、この表現行動において重要なのは彫るという行為そのものであり、そこで成立する石仏の形姿ではない。彫る／掘る行為として語られる想起の作業において、その対象よりもむしろ運動に眼差しが向けられるさまは、ベンヤミンの「掘り出すことと追想すること」[18]というエッセイや『ベルリン年代記』におけるその変奏[19]にも読みとることができる。「体験されたもの」は埋没した古代の都市のように記憶のなかに埋もれてしまっているが、——

16 意志的／無意志的記憶の区別は以下の論文に由来している：Benjamin: “Über einige Motive bei Baudelaire “(1939), I, 605-653. なお、筆者は別の場所で両者の関係の再定義を試みたことがある。次の論考を参照：Yanagibashi, Daisuke: “Jonglerie der Erinnerung. Körperbilder als Schauplatz des Gedächtnisses bei Walter Benjamin,” TRANS. Internet-Zeitschrift für Kulturwissenschaften 17 (2010): http://www.inst.at/trans/17Nr/7-1/7- 1 _yanagibashi17.htm.

17 Vgl. Brandstetter, Gabriele/Völkers, Hortensia (Hg.): *ReMembering the Body. Körper-Bilder in Bewegung*. Mit STRESS, einem Bildessay von Bruce Mau mit Texten von André Lepecki, Ostfildern-Ruit 2000.

18 Benjamin: “Ausgraben und Erinnern,” IV, 400f.

19 Ders.: “Berliner Chronik” (1932), VI, 465-519, hier 486f.

> 記憶は過去を探知するための道具なのではなく、その舞台なのである。それは体験されたものの媒質なのだ。[20]

「媒質」Mediumという語のベンヤミンにおける意味を改めて確認するならば、この箇所は次のように解釈できる。つまり、記憶は〈それを通じて〉*durch*過去を追想するための「手段」なのではなく、想起するという事態そのもの〈において〉*in*過去が生起してくる舞台をなしている、と。[21]だからこそ、「掘る」ことにおいて想起する者は——

> まったく同じ事態に繰り返し立ち返ることを怖れてはならない。[…]。発掘物の目録だけを作成して、発掘の現場そのものにあるこの暗い幸福をも記録しない者は、最高の発掘物を自ら逸しているのだ。[22]

こう考える限り、想起する者は、あらかじめ地中に埋まっている過去の記憶という客体を能動的に獲得するのではない。むしろ想起の〈掘る／彫る〉プロセスのただなかで、記憶は言うなれば身体の奥底から——「吹き出てくるように」——彼を訪れることになる。

3）〈紡い〉

反復する身体運動のただなかで現勢化した「無意志的記憶」が、身体から「吹き出てくるように」発散され、石像のうえに痕跡を刻印するこ

---

20 Ders.: “Ausgraben und Erinnern,” IV, 400.

21 Ders.: “Über Sprache überhaupt und über die Sprache des Menschen”（1916）, II, 140-157, hier 142.

22 Ders.: “Ausgraben und Erinnern,” ebd. なお、アライダ・アスマンも述べているように、〈発掘〉は想起を指示する伝統的な空間的隠喩形象のひとつである。Assmann, Aleida: “Zur Metaphorik der Erinnerung,” in: dies./Harth, Dietrich（Hrsg.）: *Mnemosyne. Formen und Funktionen der kulturellen Erinnerung*, Frankfurt am Main: Fischer Taschenbuch Verlag 1991, S. 13-35, hier S. 26ff. 別の箇所において、彼女はベンヤミンのこのエッセイを〈発掘〉メタファーの代表例として紹介している。アスマン、アライダ（安川晴基訳）『想起の空間 文化的記憶の形態と変遷』（水声社）2007年、197頁参照。

とによって成立する野仏たちは、埋め立て地に安置されることによって過去と現在とのあいだの「テレパシー」の「中継基地」となることを期待されている。漁師である緒方がこの世代を超えた交感をしるしづけるのは、「舫い」という言葉である。本来、この言葉は海上で舟と舟とをつなぎ合わせることによって漁師同士の情報交換を可能にする行為を指している。陸上を歩いて移動すればかなりの時間を要する位置にある対岸の天草の漁師たちとも、海上では容易に距離を越えて「舫う」ことができる。――この事実から展開して、この言葉は「過去と現在と未来とか、人と人」とをつなぐという意味にまで拡大して用いられることになる。1996年、水俣病の「公式発見」40周年を記念して行なわれた「水俣・東京展」の際、緒方が（石牟礼道子[23]によって「日月丸」と名付けられた）木造の打瀬舟で水俣から東京まで航行するという挙に出た[24]背景には、この〈舫い〉という事象への彼の信頼がかいまみえる。陸上輸送や空輸を避け、内海用の漁船であるこの打瀬舟であえて外海上を航行したのは、緒方がこの舟を、水俣病をすでに決着済みの事件として忘れ去ろうとしている社会的言説に、事件の記憶を直接的に接続するもの、〈舫う〉ものと見做していたからにほかならない。

遠方と近傍との、過去と現在との〈舫い〉。かつて、何の要求もなく座り込みを行なうことで、公式の政治的・法的言説においては互いに相容れない被害者／加害者間を媒介する境域を見出そうとした緒方は、この自ら乗りこんだ小舟による〈舫い〉においても、空間的・時間的に隔絶した諸要素を結びつける動的な場を追求する。隈なく領土化されてきた〈陸〉に対置される〈海〉が、ここでは遍在する〈舫い〉の可能性を体現する。

同様の想像力の発露を、我々はまたしてもベンヤミンのテクストのなかに発見することができる。『一方通行路』所収の「ビールスタンド」という断章における「水夫たち」は、遠方と近傍とが揺動するこの空間

23 石牟礼道子（1927年―）：作家。小説『苦海浄土 わが水俣病』（1969年）によって水俣病事件を広く全国に愬えた。

24 その前後の事情については、「日月丸東京へゆく」〔『チッソは私であった』（註6）109-132頁所収〕に詳しい。

を知悉している。――

> 市民にとっては、異郷の地は霧に包まれた遠方にあるが、水夫たちはそうした遠方とまったく無縁である。[…]。彼［船乗り］が住んでいるのは公海上のある都市であり、そこではマルセイユのカンヌビエールにポート・サイードの飲み屋があり、その筋向かいにハンブルクの娼家があり、またバルセロナのカタルーニャ広場にナポリのカステル・デローヴォがある。[25]

歴史的・地理的言説が文脈別に峻別し、混交を許さない諸要素は、この海上の都市という〈舫い〉の空間で相互に接近と離隔を繰り返すことになるだろう。二つの舟が主体／客体関係の外で双方向的に〈舫う〉特異な関係性の空間こそ、カタストロフ的な出来事の世代や地理を超えた伝承を目指すとき、緒方が要請してやまないものなのである。

3．イメージは〈舫う〉

以上検討した三つのモティーフのうち、「身体の記憶」と「痕跡」というふたつの形象が、潜勢状態にある記憶の現勢化とその外在化ないしインデックス的な刻印を指示しているとすれば、最後に挙げたモティーフ〈舫い〉こそ、本稿の本来の主題である記憶の伝承あるいは（世代を異にする）他人への記憶の伝播という事態に対応するものである。そしてこの〈舫い〉は、定義上、「系譜学の事故」をその条件として要請している。論理的因果関係や系譜学的文脈を大きく跳び超えて、過去（の世代）と現在（の世代）とを直接的に結びつけてしまうこと。〈舫い〉を可能にしているのは、歴史的・系譜学的遠近法のこうした混乱である。

〈舫い〉の空間ならざる空間を、いかなる確定記述の言語による媒介を経ることもなく往還するのは、さまざまなイメージである。たとえば「水俣・東京展」の折、緒方が不知火海から東京へと航行した（現在では漁に用いられることの少ない）打瀬舟は、近代日本の首都であるこの

25 Benjamin: “Einbahnstraße”（1928）, IV, 83-148, hier 144f.

大都市の中心部・品川の会場に設置され、周囲の景観と鋭いコントラストをなすことになった。現在と過去、東京と水俣という相互に遠く隔てられたふたつの要素は、こうしてイメージのレヴェルで無媒介に結びつけられる。[26]また要求を明確に言明することなく行なわれたチッソ水俣工場まえでの座り込みもまた、加害企業の目と鼻の先に自らの身体ないし身振りのイメージを突きつけるパフォーマンスでもあっただろう。[27]こうして、〈舫い〉は異なる空間・異なる時間に由来するイメージ間相互の接近・接続を示すもう一つのイメージ、再帰的な（セカンド・オーダーの（ルーマン））イメージである。つまりこう言ってよければ、〈舫い〉はここで記憶の超世代的伝承の方法論をなしているのである。

以下では、こうした〈舫い〉の時空において相互に結びつくとされる二種類のイメージについてより具体的に検討する。まず、緒方が好んで行なう言葉遊びの言語実践をめぐり、言語という記号の体系ないしその組み換えによって見出されるイメージが分析される。そののち、――緒方からいったん離れ――テクノロジーを通して固定され提示される映像としてのドキュメンタリー映画におけるイメージについて、緒方による〈舫い〉の方法論を用いて考察を行なう。そのどちらにおいても、イメージには系譜学的な遠近法を混乱させる機能が認められるのである。[28]

1）言葉遊び

〈舫い〉の連関においては、記号言語もまた通常の論理的脈絡を逸脱し、特異な言語形象ないしイメージとして漂流を始める。ある時期以来、緒方にとって、水俣病事件に関わった人たちの名は、単にある人格に同

---

26 こうした連関は、またもやベンヤミンによる「弁証法的形象」の主題を想起させるものである。なお1998年に行なわれた対談のなかで、緒方は社会学者の栗原彬とともにこの情景を回想している。「緒方　[…] 昔、アニメであったでしょう、「宇宙戦艦ヤマト」とか「銀河鉄道999」とか。あのイメージがちょっと横切って、ビルの谷間を日月丸が夜な夜な……（笑い）。／栗原　そんな感じでしたねえ、周りがビルで、あそこだけ空き地になっていて。会場の入ってきてすぐ左手に舟が置かれたでしょう。あれは非常によかったと思いますね」。「祈りの語り」（註6）296-297頁。

27 前註で言及した対談において、栗原はこのパフォーマンスを指して「説明抜きで、身体で形に表すということをなさった」と註釈を加えている。「祈りの語り」（註6）294頁。

一性を与え、社会的関係性のなかに位置づける符号であるばかりでなく、それ自体ある意味を担った記号として立ち現れ始めたという。――

俺、水俣病事件に関わった人たちの名をあげてこげん言うたんです。川本さん[29]の名は川がもとだと言い、土本さん[30]の名は土がもとだと言い、柳田耕一[31]は田を耕せと言っている。そして、石牟礼道子さんの名は人の道を来いよと言っている。つまり、人の名前には人間世界の希望とか願いとかが託されていて、そのそれぞれがどこかでつながっているんじゃないか。[32]

また『常世の舟を漕ぎて』で緒方の聞き書きを行なった文化人類学者の辻信一は、緒方の言葉遊びのもう一つの例として、談話のなかで緒方が、石から野仏――魂石《たましいいし》とも呼ばれる――を彫り出す活動について語った次のような言葉を引用している。――

俺ははじめ、ただ石を置こうと思っていたんです。それは『意志の書』[33]と同じ意味で、自分の意志《いし》を試し、残すというメッセ

28 ちなみにヴァイゲルは、ベンヤミンとフーコーの歴史をめぐる思考の差異を両者のイメージの扱い方のうちに看て取っている。彼女によれば、フーコーがイメージを、それを生み出した想像力の活動が静態的に硬化した結果と見做し、この〈動〉から〈静〉への移行の「解釈」を試みる一方、ベンヤミンはイメージの静止状態を「解読」することによって、イメージに静止状態のうちに潜勢する弁証法を解き放つことを目指しているという。Vgl. Weigel: “Kommunizierende Röhren: Michel Foucault und Walter Benjamin,” in: dies.: *Entstellte Ähnlichkeit. Walter Benjamins theoretische Schreibweise*, Frankfurt am Main: Fischer Taschenbuch Verlag 1997, S. 189-212, hier S. 208ff.〈舫い〉の方法論が後者により強い親縁性をもっていることは見やすい。

29 川本輝夫（1931-99年）：水俣病患者運動を先頭に立って牽引し続けた代表的な活動家。

30 土本典昭（1928-2008年）：水俣病事件をめぐって多くの映画作品を制作した戦後日本を代表するドキュメンタリー映画監督（後述）。

31 柳田耕一（1950年―）：環境コーディネイター、水俣病センター相思社の初代世話人。

32 『常世の舟を漕ぎて』（註6）106-107頁。

33 1990年、水俣湾の埋立て地での開催が企画された熊本県主催の「一万人コンサート」に反対して、緒方がさわ子夫人と連名で細川護熙県知事（当時）および岡田稔久水俣市長（当時）宛に提出した抗議文の名称。『常世の舟を漕ぎて』（註6）226-227頁にその抜粋が収録されている。

ージを表すのに、石《いし》を置くのがふさわしいと思ったから。それと、足尾銅山事件の田中正造さんが亡くなる時、ずだ袋の中に、はな紙と一緒に小石を数個もっていたこともイメージとして俺の中にあった。[34]

コミュニケイションの文脈から、したがってまた通常前提とされているはずの意味内容から言葉を剥離させ、それ自体を多義的な形象ないし「イメージ」と見做すこと。その結果、シニフィアンは〈舫い〉の海という多義性の場へと漂流を始め、まったく隔絶した文脈に由来する遠く離れた言葉と、音声映像を同じくするという点を頼りに、無媒介に結びついてしまう——野仏の材料となる物体を指示する名辞であるにすぎない「石」が、それを彫る人々の内面的要因である「意志」に呼応するばかりでなく、遠い過去、明治時代に公害事件を告発した人物の記憶へと、一足飛びに結びついてしまうように。シニフィアンの戯れに基づく一連の言葉遊びはこうして、過去の世代の出来事や根源的な希望と現在とを、イメージのレヴェルで直接的に結びつける超世代的な機能を果たしている。

2）メディア映像

イメージの〈舫い〉はまた、文字通り〈映像〉としてのイメージにおいても認められるのではないだろうか。この点について考察を行うため、ここでいったん緒方から離れ、水俣病事件を題材に多くのドキュメンタリー映画を制作した映画監督・土本典昭の作品[35]について考えてみよう。彼が水俣病事件に取材した映画を撮影し始めるにあたって書き記した「『告発・'70・水俣』（仮題）製作開始にあたりアッピール」を参照する限り、監督自身が事件の悲惨を広く伝達することを目指して撮影し、「現状告発」に向けた政治的な意図を有していたことはほぼ間違いない。

---

34 辻前掲論文、243-244 頁。

35 なお、映画『水俣病 —その 30 年—』（1987 年）やヴィデオ『みなまた日記——蘇える魂を訪ねて』（2004 年）などの土本作品には、緒方の姿も認めることができる。

そして彼の映画がこの点で他に類を見ない多大な貢献を果たしたこともまた、疑いを容れない事実であると言ってよかろう。[36]しかし他方で、映像が観客へと提示される段階で、そのイメージに潜在していた（本来の）意図からの剰余が、超世代的に――〈事故〉のように――観客に迫ってくるという事態が想定し得る。そしてまさにその剰余によってこそ、映像は観る者に、安全な距離を挟んだ〈こちら側〉で傍観していることを許さない。ここで観客に突きつけられ観客に肉薄するのは、水俣病事件について語る他の言説によっては十全に描出されないばかりか、しばしばかえって覆い隠されてしまうある種の質ないし〈手触り〉というべきものである。

そうした質は、たとえば社会学者・映画研究者の長谷正人が、若い患者たちの活動をテーマとする土本映画『わが街わが青春―石川さゆり水俣熱唱―』（1978年）の映像に看て取り、「固有性」ないし「単独性」という名を与えた当のものでもあるだろう。長谷によれば、土本映画を観、その被写体である一人の――鬼塚君という――胎児性患者の姿に感動することは、その特定の個人を特権化することを意味するものではない。その映像体験のもつ意味はむしろ、――

> ［…］私たちが「水俣病問題」を考えるにあたって、それを他の何ものとも比較できないような、患者さんたち一人一人の「固有」で「単独」の体験の集積として感じ取ることができるようにさせ、そしてそこから、権力対民衆のような紋切り型的な図式とは違うやり方でもっと感性豊かに［…］水俣病問題について考えなおす姿勢を与えてくれることなのである。[37]

36　土本「『告発・'70・水俣』（仮題）製作開始にあたりアッピール」〔同『映画は生きものの仕事である 私論·ドキュメンタリー映画』（未来社）1974年、18-21頁所収〕参照。
37　長谷「ドキュメンタリー映画における単独性」〔同『映像という神秘と快楽〈世界〉と触れ合うためのレッスン』（以文社）2000年、82-89頁所収〕86頁参照。なお、この論考は土本映画をめぐる蓮實重彦による以下の講演への言わば応答である。蓮實「ドキュメンタリー映画の魅力」〔シグロ（編）『ドキュメンタリー映画の現場――土本典昭フィルモグラフィから――』（現代書館）1989年、15-37頁所収〕。

元来は政治的な意図のもとに制作されたはずのドキュメンタリー映画のなかでひときわ魅力的に振舞う一人の患者の姿に惹きつけられるとき、観客が眼のまえにしているのはある深刻な政治的問題（〈一般〉）を代表するひとつの事例（〈特殊〉）なのではない。そこで観客を感動させているのはむしろ、その人物の（〈特殊〉とは区別される意味での）〈単独〉性に、すなわち、紛れもないその人がそのときそこにいた、という端的な事実に、系譜学的な距離を一挙に跳び超えて直面させられるという経験であろう。[38]このとき、イメージ、とりわけ写真や映画といったメディア機械によるイメージは、ある問題や事件を語るにあたって設定された言説的な枠組みをすり抜ける（しばしば〈触覚〉の隠喩で指示される）質感の伝達に成功していると言えるだろう。

4．「系譜学の事故」としての〈舫い〉

超世代的伝承としての「系譜学の事故」ないし〈舫い〉は、興味深いことに、広義のメディア·テクノロジーの〈事故〉によって成立している。言葉遊びはむろんのこと、映画映像もまた、それが観客に本来の（ある内容の伝達という）意図とは異なった効果を及ぼしてしまうとき、そのコミュニケイションの意図からの余剰は言わば〈事故〉の所産と見做すことができる。「事故」の記憶を伝承するもうひとつの〈事故〉。——この事態の孕む重層的な意味について、緒方のイメージ群とベンヤミンの思考像とを（緒方に倣って）〈舫い〉という方法を用いて結びつけながら〈超世代的〉に考察する試みとともに、本稿を終えることにしよう。

ベンヤミンは、先に引用した断章「ビールスタンド」に後続し、『一方通行路』という書物の掉尾をしるしづけることになる断章「プラネタリウムへ」において、「技術の精神における」自然ないし「宇宙」との誤った婚姻の試みとしての第一次世界大戦を描き出している。そこでは、技術が「自然支配」のために用いられた結果「初夜の寝床」は血で染ま

38　ここにはもちろん、「インデックス」（パース）としての写真／映画映像、あるいはこれらのメディア映像における「視覚的に無意識的なもの」（ベンヤミン）や「かつて - そこに - あった」「プンクトゥム」（バルト）などといった、写真／映画映像の「触覚的性質」（ベンヤミン）をめぐる一連の思考像が接続可能である。

り、人類の集団身体を「癲癇患者の幸福」が揺るがしたとされる。[39]水俣病事件もまた、技術が（より正確には、技術との誤った関係性が）自然に対してもたらした災厄と見做され得る限りにおいて（そして、あくまでその限りにおいて）、夥しい数の戦死者を生み出した第一次大戦時の欧州戦線の惨状と比較可能である。

近代を画する産業革命以来〈最大多数の最大幸福〉を目的とする手段であったはずのテクノロジーは、これらの事例において、言わば大規模な作動不良を起こし、多くの犠牲者を生む悲劇をもたらした。本来意図されていた目的と手段との関係とは異なるレヴェルで惹起されたという意味で、これらの事態を比喩的にある種の「事故」と呼ぶことができるだろう。「事故」という出来事は一方において、その原因と結果を同定され、その始まりと終わりの時点を画され、その加害者と被害者とを同定し、その責任を法制度に則って補償・賠償するという一連の手続きを必然的に要請する。したがって、もし加害者側がその賠償責任を怠れば、当然ながらしかるべき処罰を受けなければならない。このことに疑いを差し挟む余地はまったく存在しない。[40]しかし他方、緒方が企図するように、これらの処理が常にすでに取り零してしまう「事故」の記憶を伝承し媒介しようとすれば、確定記述の集積とは異なる位相を探り当てなければならない。さもなくば、「事故」の記憶は公的言説の「システム」（緒方）に委ねられた結果「埋め立て」られてしまうことになりかねないのだ。

そのとき、緒方やベンヤミンが記憶の伝承のための場所をまさにあの「事故」が生じた〈現場〉に見出そうとしていることは示唆的である。すなわち、水俣病事件の被害者である緒方は、たとえば近代的テクノロジーから自由な手つかずの自然なるものを追い求めるのではなく、事件

---

39 Benjamin: a. a. O., 146-148.

40 ちなみに、緒方は確かに加害／被害の二元論を単なる法的・政治的言説の枠組みとして相対化する視座を提案している。しかしこのことは、事件の投げかける〈責任〉への問いの稀薄化を意味しない。むしろこの問いは緒方の提案によってかえってその重みを一段と増すことになるだろう。というのも、事件の記憶がもはや法的賠償（のみ）によっては「解決」し得ない難問として新たに立ち現れることになるからである。

によって「打ちのめされた」己の身体そのものをとおして、そして事件の現場にほかならぬ水俣湾の埋立地において、事件の記憶を刻印し伝承しようとする。他方、機関銃の原理を応用した機構とも言われる映画というメディア[41]に、ベンヤミンは不幸な結果に終わった自然との婚姻の新たな成就を託しているようにみえる。[42]「事故」の位相に相対するためには、「事故」から超出しこれを対象化するのではなく、むしろ逆に、言わば「事故」の〈事故〉性そのものの内部に入りこまなければならない、と考えている点で、両者は一致していると言える。

「事故」の〈事故〉性のただなかから「事故」の記憶を世代を超えて伝承する。──そのために緒方がたどりついた方法論は、次のように要約することができるだろう。すなわち、テクノロジーの誤作動によって惹起された「事故」の記憶を、言わば別種の誤作動によって伝承すること。しかしこの伝承のためのメディアは、ある内容を伝達するという意味での手段に留まるものではあるまい。ここであのマクルーハンの言うメディア、すなわちそれ自体「メッセージ」であるメディア[43]を想起することは、単に粗雑な試み以上の意味をもつだろう。というのも、このあまりにも有名な評言が意味するのは、ある内容を伝達する（あるいはある利便性を実現する）手段であるはずのメディアが、しかしその副産物ないし剰余として常にすでに及ぼしてしまうある効果にほかならないのだから。発明時においては想定されていなかった事態という意味ではこれもまたある種の〈事故〉と呼び得るこの効果、つまり目的／手段関

41 ただし、ポール・ヴィリリオによって一般に広められ（Virilio, Paul: *Krieg und Kino. Logistik der Wahrnehmung*, übers. v. Frieda Gräfe und Enno Patalas, Frankfurt am Main: Fischer Taschenbuch Verlag 1989, S. 19）フリードリヒ・キットラーにも受け継がれている（Kittler, Friedrich: *Optische Medien*. Berliner Vorlesung 1999, Berlin: Merve 2002, S. 195ff.）この見解には、一部で疑義も呈されている。Vgl. Die Redaktion: “Medienhistorische Erleuchtungen,” Kintop. Jahrbuch zur Erforschung des frühen Films 13 (2004), S. 177-179. 写真装置と機関銃とのアナロジー的結合については以下を参照。Stiegler, Bernd: *Philologie des Auges. Die photographische Entdeckung der Welt im 19. Jahrhundert*, München: Wilhelm Fink 2001, S. 101ff.

42 Vgl. Benjamin: “Das Kunstwerk im Zeitalter seiner technischen Reproduzierbarkeit ‹Zweite Fassung›” (1935/36) , VII, 350-384.

43 Vgl. McLuhan, Marshall : *Understanding Media: The Extensions* of Man, New York: McGraw-Hill 1964, S. 23ff.

係の剰余を、緒方は己の様々な実践において作りなしつつあるのではないか。それは、（少なくともその初発の段階に限って言えば）同じく「事故」としてあっただろう水俣病事件を、この〈事故〉という位相を逆手に取ることで伝承してみせるという、巧緻極まるパフォーマンスなのである。

それはまた、あらゆる場所で「目的」のための「手段」として用いられているテクノロジーに密かに潜在している〈事故〉の位相を喚起してやまない。たとえば上述の言葉遊びという現象は、日頃意味伝達の技法として用いられているばかりでなく、法的・政治的な言説枠組みを構築する要素ともなる言葉というメディアそのものが潜在的に保持しているいまひとつの意味作用を剔抉し、「人間世界の希望とか願いとかが託され」た超世代的伝承のための記号として再定義する実践にほかならない。また土本らの手になるドキュメンタリー映画が提示する映像は、ある社会的・政治的意味内容の伝達を目的とするメディア観があらかじめ想定していないある種の剰余に観客を――〈触覚的〉なまでに――直面させることにより、被写体と観客という時間的・空間的に遠く隔たっているはずの両者を結びつけてしまうことがある。伝達手段自体が内容となるこれらの伝承はまさに、コミュニケイションにおける〈事故〉をなしてはいないだろうか。

さて、複製芸術論におけるベンヤミンもまた、「自然支配」という目的に奉仕する手段としての技術に代わる「自然と人類との関係の支配」としての技術、すなわちテクノロジーとの新しい関係性を、端的に映画というメディアに看て取るべくひとつの〈賭け〉を行なった。[44]他方、先に言及した「プラネタリウムへ」では、この後者の技術を、世代間関係との類比を通じて考察しようとしている。「自然支配」の技術が親の世代（能動的）による子供の世代（受動的）の「支配」ないし一方的な教

44「映画の社会的機能のうち最も重要なのは、人間と装置のあいだに均衡を作り出すことである」。Benjamin: a. a. O., 375. 複製芸術論にベンヤミンの映画への〈賭け〉を看て取る試みとしては、以下のものが白眉である。Hansen, Miriam Bratu: “Room-for-Play. Benjamin's Gamble with Cinema,” in : Schulte, Christian（Hrsg.）: *Walter Benjamins Medientheorie*, Konstanz: UVK Verlagsgesellschaft mbH 2005, S. 137-169.

育に対応するとすれば、「自然と人類との関係の支配」としての技術は「世代間の関係」の「支配」にあたる、とベンヤミンは言う。本稿の文脈に置き換えるなら、世代間の主客二元論を克服しようとするこの思考は、公認された知識ないし公的言説の一方的な教授と、そうすることによりさらに固定化される世代間の距離に代わって、相互に能動でも受動でもあり得る世代間の双方向的な関係性――〈舫い〉――の場の創成を提案するものとして読み替えることができる。そして「自然支配」の技術が惹起した「事故」をその「現場」において伝承しようとする緒方の実践もまた、目的/手段関係の剰余における超世代的伝承、「系譜学の事故」を目指していると言える。こうした視座に立つとき、いかなる意味でも接近しあうはずのない緒方とベンヤミン各々の思考像が、距離を超えて互いに共鳴しあう姿を望むことができるだろう――あの〈舫い〉あう「水夫たち」の姿を。

謝　辞

皆様が力を合わせて作り上げてくださったこの論文集を、うれしく
そしてありがたく頂戴します。

原稿を寄せてくださった方々、
寄稿してくださったばかりでなく編集に携わってくださった方々、
そして、本の製作を具体的に担ってくださった方々に
心からお礼を申し上げます。

そして身内ながら、
日頃の面倒見に加えてこの本のかかりの心配をしてくれた妻と
口絵を描いてくれた娘に感謝します。

謝意表明の一端として、以下に拙文を付載することをお許しください。

大久保　進
2011年２月

芸術の価値と無価値について考えるために[1]

大久保 進

はじめに

今ご紹介いただいた、前座を務めます大久保です。30分ほど時間を頂戴して、と考えていましたが、原稿を準備しているうちに、例によって長くなってしまいました。真打である松宮さんと聞いてくださる皆さまにはご迷惑をおかけしますが、50分ほど時間を頂戴して、以下に私なりの問いを投げかけたいと思っています。しかし、私はその答えを用意してこの場に臨んでいるわけではありませんので、今はそれを私に求めないでくださるよう、最初にお願いをしておきます。

松宮さんのお話はヨーロッパにおける芸術思想・ミュージアム思想にかかわるものと、勝手に、しかし根拠を持って想定して、前座としての話を準備していたのですが、松宮さんの講演題目を拝見しますと、私の話はどうやらスレチガイに終わりそうです[2]。急遽話題を変えるだけの才覚を私は持ち合わせませんし、またその余裕もありませんでしたので、用意した三題噺を聞いていただくしかありません。

私の論題は、第二次世界大戦にドイツが敗戦して6ヵ月後の1946年2月に、エーリッヒ・ケストナーがミュンヒェンの《新・新聞》紙に載せた

1 小文は、2010年12月11日（土）に開催された早稲田大学比較文学研究室2010年度秋季公開講演会での原稿にすこしばかり手を入れたものです。スタイルはそのままです。

2 真打の松宮秀治氏（元・立命館大学教授）の講演題目は「啓蒙主義の歴史思想 ―「普遍史」から「世界史」―」でした。

『人間の価値と無価値[3]』という文章の表題から借用したものです。この文章は、進駐した連合軍が撮影したフィルムを編集した、『死の工場』というタイトルの、強制収容所の惨状を記録した映画がバイエルンで一斉に上映されて、直前までナチス国民だったドイツの人々が、その更正のために、つまり、その脱ナチズム化と民主主義化の教育のために観ることを義務づけられた時に、それについて記事の執筆を求められたケストナーが呻吟の末に書いたものです。かつて授業で配布するために自分で訳したものが残っていましたので、他には翻訳はありませんから、余計なことかもしれませんが、ご参考までにそれを皆さまに差し上げておきます[4]。

一読してくだされればお分かりのように、ここには、統計家たちによる、化学物質としての人間の原価計算を出発点にして、ナチスによる、収容者たちからその生死を問わず得られる経済的利得の容赦ない効率的な追求がさまざまに記されています。ただ一つだけ、収容者の強制労働による経済効果の項目が忘れられているように見えますが、今はそれを問いますまい。ここには、生物資源としての人間の、そしてこの人間に帰属する財物の経済的価値、つまり価格と、人格的存在としての人間の価値、つまり人間の尊厳との衝突と懸隔が記されています。この関係を「人間の価値と無価値」と言っているわけだと思います。

枕が長くなりましたが、私の論題も、皆さますでにご推察のとおり、芸術あるいは芸術作品の経済的価値と文化的価値との、あるいは人間の生存にとっての価値との衝突と懸隔にかかわるものです。

お題の一：ハインツ・リッセ

三題噺の最初のお題は、今や日本ではほとんど誰も知らないであろう、ドイツの小説家・エッセイストであったハインツ・リッセのある文章です。1898年にデュッセルドルフに医者の息子として生まれたリッセは、

3 Erich Kästner: Wert und Unwert des Menschen. In: derselbe: Gesammelte Schriften. Band 5: Vermischte Beiträge. Verlag Kiepenheuer & Witsch. Köln 1959. S.61－64.

4 折角ですから、小文の末尾に付録として載せておきます。

第一次世界大戦に際会して17歳で志願兵として西部戦線に出征し、戦争終結まで一兵卒のままでした。復員後は生まれた町の大学で国民経済学と哲学を学び、1921年に博士学位を取得して、翌22年から公認会計士となり、この仕事を続けながら、第二次世界大戦敗戦の3年後、ようやく50歳にして書き始めました。亡くなったのは1989年です。専業の作家ではないということを、彼は終生誇りにしていた、ということです。いくつかの作品が日本語でも読めますが、すべて絶版です。例えば小説『地、震うとき』(河出書房新社)、『こうもり』(筑摩書房?)など。ドイツ語の教科書版になっている作品もあって、私も学生時代にその一冊『神への裏切り』を読まされました。この短編を、松宮さんが、２００３年に出版されて評判になった自著『芸術崇拝の思想』(白水社、2008刊)の序章で取り上げて、「近代の芸術家伝説あるいは芸術神話の新しい典型」(7ページ)と評してらっしゃいます。ということで、私もそのリッセから始めます。

リッセのエッセイ集『国費による優雅な狼藉』(1963刊)の3番目に、『さまざまな錯覚を集めた異常陳列室［／異常の部屋］[5]』と題する比較的長い文章があります。勘のよい方は、この表題があの「驚異陳列室［／驚異の部屋］Wunderkammer oder -kabinett」のモジリであることに直ぐお気づきになるでしょう。ミュージアムの原型の一つとしての「驚異の部屋」を踏まえながら、ここで「異常の部屋」と言われているのは、個人のコレクション展示室であり、画廊であり、展覧会場であり、ミュージアムであり、オークション会場でありながら、そこで展示され、競りにかけられる芸術作品こそ、「さまざまな錯覚」によって成り立っている「異常」と言われるところのものです。

1958年10月にロンドンで、ドイツの銀行家ヤーコプ・ゴルトシュミットの遺産に由来するフランスの画家の7点の絵(マネが3点、セザンヌが2点、ルノアールとゴッホが各1点)が競りにかけられ、総額781、000ポンドで落札された「事件」から説き起こして、リッセは芸術作品のこの

---

5 Heinz Risse: Abnormitätenkabinett der Illusionen. In: derselbe: Feiner Unfug auf Staatskosten. 12 Essays. Merlin Verlag. Hamburg 1963. S.19－54.

価格について考えを展開していきます。それを詳しく追いかけている余裕はありませんが、この「事件」によって、絵画市場あるいは芸術市場に途方もない投機的売買の波が押し寄せることになり、リッセはこれを、17世紀のオランダにおいてチューリップ・バブルを出現させた「チューリップ資本主義」と比較しながら、上述の絵画作品の「リアルな」原価（材料費と労賃）と、作品についてのその時々の専門家や批評家のその時々の「今日の」意見および需要／供給のバランスを前提として成り立つ市場価値としての「非リアルな」価格とを対比して論ずる一方で、芸術としての作品の「質」、つまり芸術的価値と市場における経済的価値とを対比して検討しています。例えば生前たった一枚しか売れなかったと言われているゴッホの絵の1点（『公園の風景』）が、このオークションでは132、000ポンドで競り落とされた事実を、あるいは、最初のうちは数百フランかそれ以下の値しか付かなかったと言われる印象派の画家たち、例えばセザンヌの絵の１点（『赤いヴェストの少年』）が、やはりこのオークションで最高額の220、000ポンドで、もう1点（『静物　リンゴ』）が90、000ポンドで落札された事実をどう考えるか、ということです。

このことを考えるためにリッセは、例えばセザンヌの全作品がある時何らかの理由でこの世界から消滅した場合と、例えば、それぞれ40,000マルクの価値を持っていたかもしれない5千軒の住居を有する町が全面的に破壊された場合とを仮に比較して（このような仮定と比較が適切かどうかはまた別の問題です）、こう言っています——両者の破壊／消滅はその性格をまったく異にしている、なぜなら、5千軒の住居はリアルな価値を持っているからだ、すなわち、人間たちがその家々で暮らしていたのであり、その彼らが今は住む家を持たず、彼らはどこかに新たに住む家を持たねばならず、そしてこのことのためにはコストがかかるからだ。これにたいして、セザンヌの絵はなるほど幾十とない壁に掛けられていたし、それらの絵に何か意味を認めていた人もいたことは確実だが、しかしそれらの絵を一度も見たことのない人たちが何百万人もおり、それらの絵の破壊によって困る人は誰一人いないのだ。困るのはただ小グループの人たちだけで、彼らにとってだけは何か穴や隙間のようなものがそこに生ずる結果となったかもしれない。他方画家セザンヌは死んでしまっているのだから、破壊された絵を1点だけでも再び制作する道は皆無であり、この喪失はどんなにコストを掛けても取り返しがつかないのだ、と（S.41f.）。

芸術作品の市場経済的価値を「錯覚」とし、芸術作品バブルを「異常」とするリッセのこの物言いを、人間の生存にとって芸術／芸術作品に価値があるのか、あるとすれば、どのような価値か？ 芸術／芸術作品はその意味で有用なのか、有用とすればどのように有用なのか？ と問うているものと解することが許されるとすれば、この問いは直ちに二つ目と三つ目のお題にかかわってきます。

リッセにはもう一つ気になる文章があります。読んだはずのその文章の表題すら私は覚えておらず、あるはずの原本もどこを探しても出てきませんので、割愛するのが筋なのでしょうが、しかし論題とのかかわりもあって、どうしても紹介しておきたいのです。もしご存知の方がいらしたら、教えてください。以下、記憶によって紹介します――古代のローマ市で暴動が起こり、暴徒化した市民たちが貴族や金持の屋敷や別荘を各個に襲って、そこにあった高価な芸術作品を略奪し、略奪できないものを破壊した。これに懲りた貴族や金持は、暴動が沈静化すると、私有する芸術品を集めて、ある大きな建造物に共同で収蔵・保管し、常時見張りを立てて侵入者に備えた。しかし、次に暴動が起こった時には、衆を頼んだ民衆は宝の蔵と化していたこの建造物一つを襲うだけでよかった。――これが歴史的事実に基づいているのかどうか分かりませんが、とにかくこういうエピソードだったと記憶しています。文化財を保管し保全するミュージアムこそ、それを効率的に、つまり一挙に大量に略奪し破壊することに格好の場所となりうる、と言っているのでしょうか？

ケストナーの上の文章を思い出して、これを文化財の「強制収容所」、その「死の工場」と言い換えるとすれば、少々あざとすぎるでしょうか？

お題の二：カール・クラウス

二つ目のお題は、知る人ぞ知るカール・クラウスのある文章です。自他の言語と文学に、とりわけて同時代のジャーナリズム的な言語と文学に徹底的な批判を加えた、このオーストリアの詩人・劇作家・批評家は、1874年にベーメンでユダヤ人実業家の息子として生まれ、1892年から4年間、学位取得を目標とせずに、家族が移り住んだヴィーンの大学で法学、哲学、文学を学ぶかたわら、ヴィーンの文人たちと交わり、新聞や雑誌に文芸記事を書きました。1899年に個人誌《ファッケル［炬火］Die Fackel》を創刊し、以降終生（37年間にわたって）この雑誌に拠って活動を続け、政治問題や社会現象などにも辛辣な批評と鋭い攻撃を加えました。クラウスは厳しい時代批判者として自己を貫き、そして、1936年に亡くなりました。その作品はそれなりの数を翻訳で読むことができます。例えば戯曲『人類最後の日々』と『第三のワルプルギスの夜』、エッセイ集『モラルと犯罪』と『言葉』（以上、いずれも法政大学出版局）、『カール・クラウス詩集』（思潮社）、エッセイ集『黒魔術による世界の没落』（現代思潮新社）などです。

ここで取り上げるのは、1919年11月にその《ファッケル》（F 519/520）にクラウスが載せた『パンと嘘[6]』と題する相当長い文章です。第一次世界大戦後何年も、敗戦したオーストリアの大方の人々は、いまだに復員しない夫や恋人や息子や兄弟の安否を気遣い、その帰還を待ち侘びる妻や恋人や両親や兄弟姉妹の辛い思いに加えて、生活必需品の著しい欠乏に苦しみました。日々の食料や暖をとるための燃料にも事欠く日々でした。1918年11月12日に成立したばかりのいわゆるオーストリア共和国、正式にはドイツ・オーストリア国は重大な経済的困難に直面していたわけですが、そういう状況のなかで敗戦後すぐに持ち上がって大いに議論を呼んだ問題があります。すなわち、政府は国有財産として残っている芸術作品を、とくに、かつて皇帝一家の夏の居城であったシェーンブルン宮殿を飾っている複数のゴブラン織タペストリーを戦勝国へ

6 Karl Kraus: Brot und Lüge. In: derselbe: In dieser großen Zeit. Auswahl. Band 2: 1914 – 25. Verlag Volk und Welt. Berlin 1977. S.257 – 279.

売却し、その売却益によってこの難関を乗り切るべきか否かという問題です。クラウスのこの文章はそのことの可否をめぐる議論への、彼一流の厳しい意見表明を含んでいます。

彼は同誌前号（F 514−518：1919年7月執筆））に、新共和国に出没し徘徊し続けるハプスブルク君主国時代のさまざまな旧悪を批判する『幽霊』と題する文章を、新生共和国の国民議会議長に宛てた公開書簡の形で書いていますが、その一部を『パンと嘘』の冒頭に引用して、その引用箇所ですでに、こう言っています――ルクススを、つまり奢侈・贅沢を、人間たちを犠牲にすることによって手に入れるような文化においては、芸術は装飾的な生存を何とか引き延ばすばかりであり、一国民の生産的なエネルギーは、その国民のすべての生きた美徳と同様、栄光においても悲惨においても等しく阻まれている、と（S.257）。そして、その一つの例として、ドイツ語で書かれた優れた同時代文学が完全に欠如していることを指摘した上で、自分はよく知らないが、と断りつつも、絵画に説き及んで、すなわちその材料の寿命を超えて作品が生き延びることのない絵画に説き及んで、こう言っています――自分は知っている、周囲で死が創造を否定しようと挑むことのない時にはじめて、絵画はレンブラントのような画家を持つことができるということを、そして、空っぽの時代にもしも生産的行為があるとすれば、それは、手許にあるレンブラントの画布でもって、寒さに震える人の剥き出しの肌を覆ってやる決断をすることであろうことを。なぜなら、精神はなるほど人間を超えたところにあるけれども、しかし人間は、精神が創造したところのものを超えたところにあるからであり、そしてこの人間がレンブラントのような画家であることはありうるのである、と（S.258）。

以下に続く詳細かつ徹底的な議論を追いかけて紹介することはここでは諦めますが、クラウスはこの主題を本文でさらに突き詰めていきます。芸術の神殿の守護者を自認する芸術専門家たちや、芸術愛好者をもって任ずる、高価な芸術作品を所有するブルジョアたちは、この問題の審判者を自称して、こぞって上述の売却提案に反対し、新聞もまた大方これに同調しました。彼らは、売却が提案されているタペストリーは高価な芸術作品であり、これを人類の貴重な文化遺産として守護・保全することこそ、これを現に所有する者の務めであるから、売却は不可である、と主張し、そして、芸術は人間よりも長命であり、おまけにこれを売ったとしても、それで買える穀物の量では直ぐに不足をきたすではないか、と反論するのです。クラウスはこれにたいして、自分の言葉の力の不足を嘆きながらも、この主張と反論を「嘘」として批判しているのです(S.259ff.)。この「空っぽの時代」において芸術の価値と無価値を考えるとは、彼にとっては、それを美学や投機的売買の問題としてではなく、人間の価値と無価値の問題として、つまりモラルの問題として考えることを意味しています、それはつまり、人間が「生きる」ための「パン」とのエレメンタールな関連を抜きにしては語れない問題なのです。

だからこそ彼は、物質としての寿命を超えて生き残ることはできない絵画を云々したのです。だからまた、売却すべき美術館所蔵品が尽きても、まだ図書館がある、と反駁できたのです。だからまた、最高の財としての人間の生との関係において、それを守り保つためならば、「手許にあるレンブラントの画布をもって、寒さに震える人の剥き出しの肌を覆ってやる」ことを決断することは「不可避」で「生産的」であると言えたのです。

お題の三：ジョゼフ・L・サックス

そして最後のお題は、環境法学の専門家の間で高名なアメリカの法学者ジョゼフ・L・サックスの著書『「レンブラント」でダーツ遊びとは――文化的遺産と公の権利[7]』です。ちなみに、この翻訳の出版当時、サックスはカリフォルニア大学バークリー校の教授でした。

この本は、その表題からも推測できるように、私有財産制を前提とするかぎりは、例えばレンブラントの絵の所有者がその絵を標的にしてダーツ遊びをしたとしても、法律に反することはなく、したがってまた、

7 都留重人監訳、岩波書店、2001刊。原著は、Joseph L. Sax: Playing Darts with a Rembrandt — Public and Praivate Rights in Cultural Treasuares. Ann Arbor: The University of Michigan Press. 1999. です。

公的な束縛を受けることもないという私権的事実を前にして、文化財／文化遺産を公共財と規定しようとする公法に何ができるのか？　両者の利害の衝突を法的にどのように調停することができるのか？　そして何よりも先ず、絵画や建築や古文書といった作品を文化財と規定して、私有されている文化財をも公益にかかわる公共財として保護あるいは管理あるいは利用しようとする公的権利は何を根拠／法源として成り立つのか？　と問うて、その問いに一定の説得的な答えと具体的な解決策を提示している法律書ですが、専門的内容を一般読者にも分かるように、沢山の実例をもって教えてくれています。ちなみに、日本とのかかわりで彼が触れているのは、大昭和製紙の会長だった斉藤了英が1990年に244億円で購入したルノアールとゴッホの作品2点を完全に「私物化」した例で、これには、実際には阻止されましたが、本人がこの2点の絵を死後自分と一緒に火葬に付することを希望した、というおまけまで付いていました。

文化財を公共財として守るべしとの公的要求の根拠としてサックスが述べているのは、簡略に言えば、それが人類の、人類による、人類のための文化的遺産であるということ、つまり、「世の中には所有対象物の中に、それが重要な理念や科学的・歴史的情報を体現している故に広く社会一般が正当にも利害関係を持っているものが数多くある」（17ページ）ということに尽きます。ここに見て取れる、「重要」かそうでないかを選別する思想を検討することも一つの課題たりえますが、今は棚上げにさせてもらいます。つまりは、個人の私的所有物であるけれども、それが社会一般に、例えば専門家や関心を有する人たちのアプローチを認めるために、そして関心のない人たちにも文化教育を施すことができるために、一定の条件の下においてであっても、公開されるべきである、公開という形で共有されるべきであると言うことができるのは、それが人類文化の貴重な遺産として社会一般の利益、つまり公益にかかわっている、という考え方が前提となっているからで、そうであるからには、公的なさまざまな対応や措置、例えば税制上の優遇措置とか文化財保護法や文化財登録法などによる、処罰をともなう規制であるとか（つまり、飴と鞭、ということです）が必要だ、というわけです。しかし、通り一遍の単純な解決策は、民主主義にふさわしく、強権的であることを避けようとするかぎり、ないと言うのです。

この物言いは私にはほとんど同義語反復としか思えないのですが、これは考え方というよりも、近世以来培われてきたヨーロッパ的芸術思想・ミュージアム思想の到達した、ほとんど信仰・信念と言ってよいレベルのものではないでしょうか？　ただし公正を期して急いで付言しますが、サックスは一方で、「歴史も芸術も、そして科学でさえ、それぞれの流行がある。そして、かつては公共の関心にまったく不向きと考えられた事柄［例えば性的なこと］…が、時がたってみると、関連性のきわめて高い主題となりうる」のだから、それらを「破棄したり破壊したりしてしまうことは、異なった考え方が別の時代に有力となりうる展望を排除することとなる」（374・375ページ）、と注意を喚起しています。しかし他方では、健全な私有財産制の善なることを前提として、それが公共財としての文化遺産の保守・保全に与えうるよき影響にも言及して、良心的で責任を自覚したコレクターは、破壊したり損傷したりすることのないように私有文化財の世話を焼き、また隠し立てをせず、最終的には公共的機関にそれを貸与し、委託し、あるいは寄贈するケースが多いのだ、とコレクターを弁護し、さらに、その文化財を売却して金銭的利益を、それも場合によっては莫大な利益をえることをも、私権の行使として容認してもいるのです（367ページ以下）。

おわりに

文化財の公共財としての／人類文化の遺産としての価値を自明視する「健全なる悟性」あるいは「社会の良識」に支えられた、私と公の当事者双方にとって一方的優遇にも一方的規制にも偏らない、サックスのこのバランスのとれた、穏当かつ合理的な提案と比較すると、リッセとクラウスの議論はなかなか過激な意見、との印象を与えます。サックスの立場を、ホルクハイマーとアドルノにしたがって「啓蒙主義」と、すなわち、進展した資本主義の時代の、数値化と効率化そして功利を追求することを自明視する合理主義として、個々の人間生存の否定への傾向を原理的に内包すると批判されもする「啓蒙主義」と名づけることが許されるとすれば（これはサックスの意図に反して、あまりに酷な言い方かもしれません）、リッセとクラウスは、カントの主張する「啓蒙」の立場、つまり、「敢えて賢かれ！」、そして「自分自身の悟性を使用する勇気をもて！」を出発点として、文化財の価値の自明視を疑うもの、ということができると思います。サックスと違って、私有財産制を前提にして、文化財をめぐる問題に、それを私的利害と公共的利害の衝突と懸隔として、双方の利益を勘案しながら、法的・行政的に対応することをこの二人はほとんどまったく考えていない、と言ってよいと思います。この二人は、芸術および芸術作品の価値なるものと人間の生存権という価値とを対比するなかで、後者に自らの立場を定め、そこから、芸術および芸術作品の、経済的価値ならぬ人間的価値なるものを再検討しようと試みているのだと、あるいは逆に、人間の生存権から、芸術および芸術作品の錯覚された経済的価値を、つまりその人間的生存の次元における無価値を抉り出そうと試みているのだと、私は思います。

今の私には、これらの議論がそれぞれどこまで通用するのかを、あるいは、そもそもこれらの議論のどれが正しいのかを検討する余裕も心算もありません。「芸術の価値と無価値について考えるために」、いかほどかでも刺激と材料を皆さんに差し上げることができたとすれば、私のこの三題噺の目的は達せられたことになります。

最後にあえて付言すれば、この問題を考えるための具体的な材料は山ほどあります。以下にほんの数例を挙げてみます。――自分の理想都市を建設することができるためにローマ市に放火させた皇帝ネロ、ローマ教会の贖宥状販売の利益に経済的に依存したイタリア・ルネサンスの文化、――あるいは、第一次世界大戦でベルギーのルーアン図書館を破壊したドイツ軍部の物言いと国際輿論の対立、タリバーンによる磨崖仏の爆破と国際輿論の対立、――あるいは、新しい芸術を退廃芸術として否定する一方で、その作品を一同に集めて巡回展示し、さらにはそれを売却して相当の金銭的利益を手に入れたナチス、その同じナチスによる芸術品の掠奪と私物化、「死海文書」の私物化——あるいは、ローマ法王庁ヴァチカンのいわゆる秘密図書館、友人カフカの原稿破棄の遺言に違約して、その原稿を整理し出版したマックス・ブロート（と、友人が違約するだろうことに期待していた節のあるカフカ）、画家の修行時代の模写作品と、例えばフェルメールの高名な贋作者メーヘレンの作品の位置づけ、ギリシャによるエルギン・マーブル返還の要求とそれにたいする英国の回答、——あるいは、芸術作品の国宝や重要文化財への指定、都市計画や文化行政の計画の一環としてのパブリック・アートと、それへの対抗軸たらんとするアート・プロジェクト、直近のデジタル技術の発達にともなう文化遺産のデジタル化と、それを前提としたミュージアムやアーカイヴの誕生、あるいは既存の施設の再編、などなど。

あるいは例えば、12月2日の朝日新聞朝刊の社会欄に、「ピカソ未公開作　仏で発見」との見出しで、これまで知られていなかった作品97点を含むピカソの絵画作品など、合わせて271点・総額6000万ユーロ（約66億円）の帰属をめぐって、息子ら相続人が、所有者を大量の作品を隠匿していたとして捜査当局に告訴し、文化遺産の不正取引を取り締まる当局は作品を押収し、所有者を一時拘束して取り調べたが、所有者は「ピカソや夫人から譲渡されたもの」と無実を主張している、との記事が出ていましたが、これもまた材料の一つになるでしょう。

というわけで、私は不十分なお話しかできなかったわけです。ご清聴、ありがとうございました。

付録
人間の価値と無価値（1946年2月）

エーリッヒ・ケストナー
大久保 進 訳

夜です。— 私は映画『死の工場』について書けと言われています。これは、アメリカ人たちが撮影したものを編集したものです。彼らがドイツの三百の強制収容所を占領した時の撮影です。昨年の四月と五月のことです。頬がこけて狂ったような笑みを浮かべた数百人の生き残りの骸骨そのままの人たちが、彼らの方によろよろと近づいてきた時のことです。よじれ炭化した骸がまだ通電している有刺鉄線にぶら下がっていた時のことです。まだいくつものホールやトラックや貨車が積み重なった骨と皮ばかりの死体で一杯だった時のことです。草地上に、頚部を撃たれて「片付けられた人々」の水平にパレードしている材木のような死体のいくつもの長い列が視察された時のことです。ガス室の前に最後の一連の殺人の名残りのみすぼらしい衣類がまだロープに掛かっていた時のことです。火葬場から滑り台のように伸び出ているいくつもの搬送路に最後の人骨が何百キロも滞貨していた時のことです。

＊

夜です。— 私は、この思慮の外の地獄の狂気について脈絡のある記事を書きおおすことはできません。考えても考えても、思いがこの映画に近づく度に、まとまらないのです。収容所で起こったことはこんなにも恐ろしいので、このことについて黙っていることは許されません、そして語ることができないのです。

私は思い起こします、統計家たちが人間の値段がいかほどになるか算出していたことを。人間もまた、実に周知のように、化学的成分からできています、つまり水、石灰、燐、鉄等々から。これらの成分が選別され、量られ、そして値段が付けられていたのです。人間は1.87ライヒスマルクの値段だったと思います。もしもシェイクスピアが小柄でとても太った人でなかったとするならば、彼の値段はひょっとしたら1.78ライヒスマルクになったかもしれません…… それでも、全然ゼロよりは良い。そういうことで、これらの収容所で犠牲者たちは単に殺害されたばかりでなく、最後の１グラムにいたるまで経済的に「処理された」のです。骨は挽いて粉にされ、肥料として市場に出されました。煮て石鹸さえ作られました。死んだ女たちの毛髪は袋詰めにされ、運送され、換金されました。歯の金の詰め物や歯冠やブリッジは上下の顎骨から毟り取られ、溶解の上帝国銀行に供給されました。私は、こうした収容所の「歯科実験室」で仕事をさせられていたかつての一囚人と話をしたことがあります。彼は自分の仕事を生々しく描写してくれたものでした。指輪や時計は集められて樽詰めされ、売却換金されました。衣服は襤褸布工場にいきました。靴は積み上げられ、売られました。

二千万の人間が命を落とした、と査定されています。しかし他には本当に何一つ無駄に落とされなかったのです…… 一人当たり1.87ライヒスマルク。そして衣服や金の詰め物やイヤリングや靴は余得でした。その中には小さな靴もありました。とても小さな靴も。

最近誰かが私に、テレージエンシュタット収容所で三十人の子供たちが私の作品『エミールと探偵たち』を上演した、と手紙を寄こしました。この三十人の内、まだ三人が生きています。二十七足の子供靴を売り払うことができたのです。何一つ無駄にしないために。

*

夜です。―　この映画の中に、制服を着た女たちや娘たちがバラック棟から審理のために引き出されてくる様子が見られます。告発されたドイツの女たちと娘たちです。一人が傲然と頭を反らします。ブロンドの髪が誇らかに後ろに翻ります。

ギュスターブ・ル・ボンの『群衆の心理学』を読んだことのある人ならば、理論として、人間が底知れぬほど深い陶酔に、心の疫病に襲われる時、何という思いもかけなかった悪魔的暴力が人間の内に生じうるか、おおよそ知っています。彼は、それを説明しています。それは説明不可能です。穏やかな、無害な人間たちが突然殺人者となり、そして自分たちの殺人を誇りにするのです。彼らが期待しているのは嫌忌や刑罰ではなく、表彰と勲章です。それは理解できると、この学者は言っています。それは、どこまでいっても理解不可能なままです。

だって、かつて子供だった女たちと娘たちなのです。姉妹であり、恋人であり、抱擁する者であり、花嫁だったのです。そしてそれから？　それから突然、彼女らは飢死しかかっている人間たちを鞭打ったのでしょうか？　それから、小さな子供たちをガス室に追い込んだのでしょうか？　そして今、頭を誇らかに反らしているのでしょうか？　これを理解しろと、ギュスターブ・ル・ボンは言うのでしょうか？

＊

夜です。—　この映画は一週間バイエルンのすべての映画館で上映されました。幸いなことに、子供たちには禁止でした。今ではコピーが西のアメリカ占領地区に出まわっています。映画館はどこも満員です。終わって外へ出てきた時、彼らは何を言うのでしょうか？

大方の人は口を閉ざしています。彼らは黙って帰宅します。蒼い顔で外へ出てきて、空を見上げて、「ほら、雪が降ってるよ」と言う人たちもいます。さらには、「プロパガンダだ！　アメリカのプロパガンダだ！　前の時もプロパガンダだった、今度もプロパガンダだ！」と、ブツブツ呟く人たちもいます。彼らの言う意味は何でしょうか？　これはプロパンガンダの嘘だ、と彼らが言おうとしているということでは、やはりほとんどないでしょう。彼らが見たところのものは、いずれにしろ写真に撮られているのです。アメリカの軍隊が、死体をドイツの幾つもの強制収容所で撮影するために、死体を積んだ幾つもの護送船団に大西洋を渡らせたのだなどと、彼らにしてもまさか思わないでしょう。そうすると、彼らの言っているのは、本当にあったことに基づく事実のプロパガンダ、ということなのでしょうか？　しかし彼らがその心算なら、「プロパガンダ」と言う時の彼らの声は何故こんなにも非難めいて聞こえるのでしょうか？　彼らはできることなら真実を示して欲しくなかったということなのでしょうか？　彼らはできることなら真実を知りたくないということなのでしょうか？　この映画を見せられた時にニュルンベルク裁判の男たちの幾人かがしたように、彼らはむしろそっぽを向きたいのでしょうか？

そして、「できることなら、もう何ヶ月も前に見せて欲しかった」、と言う人たちもいます。その人たちの言う通りです。しかし、遅れてでも真実を示し見ることは、それをしないよりは、依然としてベターではないでしょうか？

*

夜です。―　私はこのゾッとするテーマについて脈絡のある記事を書くことができません。私は気が立って部屋の中を行きつ戻りつしています。書棚のところで立ちどまって、手を突っ込み、頁を繰ります。ジローネが『独裁者の学校』という本の中で書いています：「テロルなるものがまさしくテロルとなるのは、それがどのような種類の暴力行為をも辞さない時であり、それにたいしていかなる規則、法律あるいは風紀ももはや通用しない時だ。政治上の敵対者があなたの家を占拠する、そして、自分が覚悟すべきものが何か、あなたには分からない：あなたの逮捕なのか？　あなたの射殺なのか？　単純な殴打なのか？　家の放火なのか？　妻と子供たちの連行なのか？　それとも、あなたの両の腕を切り落とすことで満足するのだろうか？　あなたの両眼を抉り出し、両耳を切り取るのか？

あなたにはそれが分からないのだ。あなたはそれを知ることができないのだ。テロルは法律も掟も知らない。それは剥き出しの暴力なのだ、常に、愕然たる恐怖を広めることだけを目指しているのだ。それは、ある数の敵対者たちを身体的に滅ぼすことよりも、最大多数の敵対者たちを心的にボロボロにすること、発狂させ、痴愚にし、臆病にさせること、彼らから人間の尊厳のどんな名残りをも奪い去ることを、むしろ企図してきた。その首唱者と実行者さえも、ノーマルな人間であることを止めるのだ。テロルの時代にもっとも効果的かつ最も頻繁な暴力行為であるのは、まさしく〈最も無意味な〉それであり、最も不必要なそれであり、最も予期せざるそれである……」

ジローネは、1938年に出版された自分のこの本を次の版でいささか改訂しなければならないでしょう。「身体的に滅ぼされた」二千万人の敵対者は一寸した数です。このこともまた、テロルにとってはどうでも良いことではないように見えます。陸軍少将フラーが『同盟戦争の第一次』で書いているのとは違って、「麻痺的な恐怖を広めること、敵を少なくとも一時的に発狂させること、自由を拘束するために発狂させること」ばかりでなく。焼き殺されガスで殺された人たちはもはや自由を拘束されるにはおよばないのです。二千万本のロープの節約になるのです。このことは過小に見積もられてはいけません。

＊

夜です。— クレマンソーはかつて、仮にドイツ人が二千万人少なくなっても、どういうことはないだろう、と言いました。ヒットラーとヒムラーはこれを誤解しました。彼らは、二千万人のヨーロッパ人、と信じたのです。そして彼らはそれを単に言っただけではないのです！
今や私たちドイツ人は、どれだけの数の人たちを収容所で殺害したかを、きっと忘れないでしょう。そして私たち以外の人たちには、どれだけの数のドイツ人がそこで殺害されたかを、できることなら時折思い出して欲しいのです。

本論文集は、以下の方々のご協力を得て成立したものです。
ここにお名前を記して、厚く感謝いたします。

執筆者一覧　（五十音順　敬称略）

氏　　名：荒又 雄介（あらまた　ゆうすけ）
現　　職：大東文化大学外国語学部専任講師
専攻分野：ドイツ文学

氏　　名：伊藤 壮（いとう　そう）
現　　職：早稲田大学大学院文学研究科ドイツ文学専攻博士後期課程在籍中
専攻分野：美学、ドイツ近現代詩

氏　　名：江口 陽子（えぐち　ようこ）
現　　職：早稲田大学講師、大妻女子大学兼任講師
専攻分野：現代ドイツ文学、食と身体をめぐる文化史

氏　　名：落合 桃子（おちあい　ももこ）
現　　職：早稲田大学大学院文学研究科美術史学専攻博士後期課程在籍中
専攻分野：西洋美術史、ドイツ美術

氏　　名：小野寺 賢一（おのでら　けんいち）
現　　職：早稲田大学文学部助手
専攻分野：ドイツ文学、美学・感性学

氏　　名：岡田 素之（おかだ　もとゆき）
現　　職：早稲田大学法学学術院教授
専攻分野：ドイツ文学、表象文化

氏　　名：亀井 伸治（かめい　のぶはる）
現　　職：早稲田大学講師
専攻分野：ドイツ文学、比較文学

氏　　名：杵渕 博樹（きねふち　ひろき）
現　　職：早稲田大学文学部講師
専攻分野：戦後・現代ドイツ文学、比較文学

氏　　名：黒田 晴之（くろだ　はるゆき）
現　　職：松山大学教員
専攻分野：ドイツ現代文学、ユダヤ音楽

氏　　名：河野 英二（こうの　えいじ）
現　　職：早稲田大学文学部講師、中央大学・法政大学兼任講師
専攻分野：近現代ドイツ・オーストリアの文学と思想、パフォーマンス研究

氏　　名：胡屋 武志（こや　たけし）
現　　職：早稲田大学講師、明治大学兼任講師
専攻分野：ドイツ近代思想、ミメーシス理論

氏　　名：佐藤 英（さとう　すぐる）
現　　職：早稲田大学文学部・文化構想学部講師
専攻分野：ドイツ文学、音楽文化論

氏　　名：佐藤 正明（さとう　まさあき）
現　　職：精神分析家（在ベルリン）
専攻分野：精神分析、文字・翻訳論

氏　　名：嶋田 由紀（しまだ　ゆき）
現　　職：早稲田大学文化構想学部助教
専攻分野：表象文化論、性と生権力論

氏　　名：摂津 隆信（せっつ　たかのぶ）
現　　職：早稲田大学大学院文学研究科ドイツ文学専攻博士後期課程在籍中
専攻分野：ドイツ演劇、喜劇

氏　　名：高岡 佑介（たかおか　ゆうすけ）
現　　職：早稲田大学大学院文学研究科ドイツ文学専攻博士後期課程
　　　　　在籍中
専攻分野：哲学、思想史

氏　　名：高橋 透（たかはし　とおる）
現　　職：早稲田大学文化構想学部教授
専攻分野：先端テクノロジー論、サイボーグ論

氏　　名：武井 彩佳（たけい　あやか）
現　　職：学習院女子大学国際文化交流学部准教授
専攻分野：ドイツ現代史、ユダヤ史

氏　　名：武田 利勝（たけだ　としかつ）
現　　職：駒澤大学総合教育研究部専任講師
専攻分野：ドイツ・ロマン主義

氏　　名：蝶野 立彦（ちょうの　たつひこ）
現　　職：早稲田大学文化構想学部助教
専攻分野：ドイツ近世史、宗教史

氏　　名：森 貴史（もり　たかし）
現　　職：関西大学文学部准教授
専攻分野：ヨーロッパ紀行文学・ドイツ文化論

氏　　名：柳橋 大輔（やなぎばし　だいすけ）
現　　職：早稲田大学・東京理科大学講師
専攻分野：近現代ドイツ文学・文化研究

規則的、変則的、偶然的

大久保進先生古稀記念論文集

2011年3月4日　初版発行

検印省略

編　者　大久保進先生古稀記念論文集編集委員会

発行者　原　雅久

発行所　朝日出版社

〒101-0065　東京都千代田区西神田3－3－5

電話　(03)3263-3321(代表)

ホームページ　http://www.asahipress.com

印刷　信毎書籍印刷

DTP　明昌堂

乱丁、落丁はお取り替えいたします

ISBN978-4-255-00572-0